U0927959

在悬崖上

邓友梅 等／著

20世纪中国文学争议作品书系

二十一世纪出版社集团
21st Century Publishing Group
全国百佳出版社

图书在版编目（CIP）数据

在悬崖上 / 邓友梅等著 . -- 南昌 : 二十一世纪出版社 , 2012.12

（20 世纪中国文学争议作品书系）

ISBN 978-7-5391-8280-3

Ⅰ . ①在… Ⅱ . ①邓… Ⅲ . ①中篇小说 – 小说集 – 中国 – 当代 ②短篇小说小说集 – 中国 – 当代 Ⅳ . ① I247.7

中国版本图书馆 CIP 数据核字 (2012) 第 276787 号

在悬崖上 邓友梅 等 / 著

策　　划	张　明
丛书主编	张秀枫
责任编辑	张　宇
出版发行	二十一世纪出版社集团 （江西省南昌市子安路 75 号　330025） www.21cccc.com　cc21@163.net
出 版 人	张秋林
经　　销	新华书店
印　　刷	北京雁林吉兆印刷有限公司
版　　次	2013 年 6 月第 1 版　2017 年 11 月第 2 次印刷
开　　本	700mm × 990mm　1/16
印　　张	24
字　　数	382 千
书　　号	ISBN 978-7-5391-8280-3
定　　价	42.00 元

赣版权登字—04—2013—191

如发现印装质量问题，请寄本社图书发行公司调换 0791-86524997

前　言

一

20 世纪五六十年代的小说，在当代中国文学史上，意义比较独特。不同的历史时期，对其评价也大相径庭。相当一批作品，曾经被打成大毒草，彻底抹杀其价值，作者则接受改造或身陷囹圄；有些遭到批评，反复删改，不断背离作者本意。世易时移，随着政治上的拨乱反正，这些作品得到了重新评价。1979 年，上海文艺出版社从当年被批判和否定的作品中选取有过较大影响和争议的，包括流沙河、刘宾雁、耿简、邓友梅等 17 位作者的代表性作品，编辑为《重放的鲜花》出版。这些“重放的鲜花”，代表了五六十年代主流文学之外的另一种声音，另一种倾向，对于我们全面认识那个时代的文学生态，理解那段历史的社会形态，有着重要意义。如今，二十一世纪出版社重新编辑出版这些小说，并配发相关的回顾和评论文章，既可以让普通读者了解那个年代的文学图景，了解作家创作和时代生活的关系，也可以给专业的研究者提供不同的视角，应该说具有一定的史料价值和学术意义。

近年来，众多学者关注中国当代小说创作与发展的得失，对影响中国小说走出困境和瓶颈的各种内外因素，不乏探索和追问。那么，何以近现代以来，中国文学总是与政治贴得那么紧密，或是首当其冲成为批判的靶心；或是推波助澜，为荒谬的时代歌功颂德，摇旗呐喊？何以近几十年来，中国文学在摆脱了政治干扰后，又被市场所俘获，成为欲望过盛的后现代文化产物，备受海内外学者质疑，评价相当之低？这些追问，关涉到文学的本质，文学的价值，文学与历史的重新审视和评价。理性去面对问题，审慎地思考问题，积极寻找问题的答案，无疑是很有必要的；否则我们既不能准确认识文学，也无法真正理解历史。文学的核心是人，历史的主体也是人，文学和历史中间站着的还是人。周作人说，文学不是为人生的，也不是为艺术的，而是为人生的艺术。所以，我们回头看五六十年代的争议小说，并非作品本身犯了什么政治错误，也并非思想艺术审美低劣而遭到批判，而是因为这些作品游离于时代的主旋律，在那个颂歌和战歌的年代，这些作品中表现出来的对现实问题的冷静反思和观照，对人性世界的真诚探索和表达，是不可能被接受的。大批判，上纲上线，以政治性和阶级性为唯一标准，深刻地反映了无产阶级专政时代，文学和文化的身份定位和现实命运。

二

1948 年 3 月，香港《大众文艺丛刊》创办，文学评论的话语体系开始转换，对作品的分析开了政治定位的先河。新的阶级论美学原则逐渐成为唯一标准。以解放区文艺为主导，要求培养工农兵作家，非此即彼，非友即敌的战争思维日益影响文学创作、文学评论和文学发展总体趋势。这一年，文坛开始对文人进行政治性批判，一些与工农兵文学不同的作家创作风格遭到批判，并且往往蔓延成为对作家本人的政治批判。郭沫若在《斥反动文艺》中，就不遗余力地批判沈从文、朱光潜、萧乾等“资产阶级”作家，指责这些人思想落后。邵荃麟、胡绳等对七月派领导人胡风的文艺理论，以及代表作家路翎的小说进行了集中清算。丁玲的《太阳照在桑干河上》出版遭到周扬阻挠，在毛泽东本人的许可下才得以出版，开创了党干预作家创作的先例。此后，文艺界领导对文学创作的干预更加严重，审查日益严格。1948 年的一系列运动，无论是思想清理，还是队伍清理，都是为共和国文学做出了充分的准备。

1949 年 7 月，中华全国第一次文艺工作者代表大会在北平召开。周恩来做了《政治报告》，高度评价国统区和解放区的文艺工作者，同时强调了文艺斗争原则和文艺队伍建设问题。周扬在《新的人民的文艺》讲话中指出，解放区文艺实现了文艺与人民与政治的紧密结合，文艺创作和发展应以毛泽东文艺思想为指引，反映党的政策，写重大题材和英雄人物，艺术上强调大众化的追求，同时要求对文艺加强党的领导。茅盾做了《在反动派反对和压抑下斗争和发展的文艺》的报告，检讨国统区革命文艺运动的各种错误倾向，尤其是批评了胡风及其周围的一些进步作家，提出用党的政策来衡量作品的政治性和艺术性。郭沫若在《为建设新中国的人民文艺而奋斗》的总结讲话中，回顾了中国现代文学30年的历史，指出现代文学是共产党领导的人民大众的反帝反封建的文学；号召文艺界开展批评与自我批评，同时展望新中国文艺发展的未来。要求文艺为工农兵服务，开展广泛的群众文艺运动，吸收苏联的文学创作经验，排除资产阶级的非革命因素，作家必须努力深入生活，改造旧的文学传统。

第一次文代会标志着中国当代文学进入了一个崭新的发展阶段，由五四新文学开创的个性解放自由民主精神，全面转向无产阶级专政和阶级化表达。无产阶级文学一体化初步形成。延安文艺模式成为共和国文艺发展蓝本。历史之流汹涌壮阔，当代中国文学却逐渐走入狭窄的发展航道，西方文艺思想，现实社会问题，爱情和人性的复杂性，城市和市民生活，都被否定和遮蔽。共和国文学规范日渐森严，文学进入体制化和一体化发展阶段。具体体现为，政权强力介入文艺创作，文艺笼罩在国家意识形态之中，作家被纳入各级各类组织，基本失去思想自由。文学新规范的建立，终于使中国文学被迫成为时代的传声筒和政治宣传工具。作家们只有在《人民日报》的社论、红头文件、毛泽东语录中，去把握生活与创作的本质和主流。

三

1949年8月27日《文汇报》发表了冼群的《关于“可不可以写小资产阶级”问题》的文章，引发讨论。讨论的实质是继续强化文学的“工农兵方向”。何其芳的《一个文艺创作问题的争论》，则代表官方对这次讨论做了总结，他认为：只要工农兵方向不变，小资产阶级也可以成为主角。不同的问题虽然可以提出来，最后都要由绝对的官方意志决定其对错，并且所有知识分子都必须遵守，不允许有个人见解，这种现象此后30年日趋严重。

1950年《文艺学习》第一期发表了阿垅的《论倾向性》一文，认为应加强艺术审美力量，从而使政治自然显现，同时强调“艺术即真”，即艺术必须真实。陈涌的《论文艺与政治的关系》一文批驳了阿垅的观点，认为阿垅的文章是以反对公式主义为借口，反对进步的革命文艺，是对毛泽东文艺思想的歪曲。茅盾此间发表的《目前创作上的一些问题》，指出政治即政策，没有政策，文学就没有现实性。陈涌的文章是建国以来第一篇以政治定性取代文艺评论的文章，此后这类文章不断泛滥。茅盾的观点则影响更广泛而深刻，后来很多人都认为作品艺术上差些是可以理解的，但不应牺牲作品的政治性。

1951年，对萧也牧《我们夫妇之间》的批判，开了对作家作品批判的先河。小说写知识分子出身的李克以工农出身的妻子张同志为镜子，接受教育改造自己的过程。在艺术上小说并不成功，但仍然遭到了文艺界的大批判。其中最重要的批判文章是丁玲的《致萧也牧同志的一封信》，文章认为该小说文艺倾向不对，想写李克改造，效果却是张同志应该接受改造，表现了作者本人留恋小资产阶级情调，厌恶工农的不良倾向。争论的结果是作者萧也牧公开检讨《我们夫妇之间》的错误倾向，表示要清算小资产阶级的观点，以此来参加保卫人民文艺的战斗。“文化大革命”结束后，文艺界对《我们夫妇之间》进行了再评价，认为这篇小说在建国初期，是一篇敏锐干预生活的作品，很有现实意义。

此后，方季的小说《让生命变得更美好吧》也遭到了批判。评论者认为小说写的党性力量没有美女力量大，应该接受审查，同时认为小说中的心理描写是运用了弗洛伊德的手法，是不健康的。对于路翎的《洼地上的“战役”》，一些评论者认为作品描写了王应洪在爱情和纪律之间的徘徊，这与国际主义精神是相背离的；并且王应洪胸口的信物有贬低志愿军形象的嫌疑。魏巍认为该小说在堆满了纪律的字眼下控诉了纪律的无情，诽谤了正义的战争，朝鲜姑娘金圣姬对王应洪主动的爱情，是对她的极大侮辱。巴金更认为这篇小说是路翎敌视人民，敌视军队，用个人主义代替集体主义，用颠倒黑白的方法来实现其反革命的目的。针对这些批评，路翎提出了反驳，但在1955年，该小说仍旧被看成是作家路翎在以反革命的情绪诬蔑志愿军、瓦解革命斗志，并且小说在感情上充满了小资产阶级情调。这些作品后来都得到了重新评价和正面肯定，而当年的那些大义凛然言之凿凿的批判，虽然世易时移，仍然音犹在耳，值得我们严肃反思。

四

1956年5月2日的最高国务会议确定了“双百方针”。1956年5月26日，陆定一召开了艺术家、文学家、科学家的代表大会，做了关于“百花齐放，百家争鸣”的报告。会上提出知识分子有独立思考、创作、批评、发表的自由，这就使知识分子误认为自由是无限制的，而忽视了这种自由只是在毛泽东的“二为方针”限制下的自由。会上还提出文学创作不限定题材，文学理论工作者有批评和反批评的自由。但同时又强调知识分子应用马克思主义改造世界观，并强调这种自由只是人民内部的自由。双百方针提出后，暴露社会黑暗的，写爱情的、人性的、人情的作品出现了一大批。小说创作方面，出现了干预生活的作品，如王蒙的《组织部新来的青年人》，揭露和批判了官僚主义。李国文的《改选》，表现了政治生活的某些不合理。还有一些描写爱情的作品，如宗璞《红豆》，探索了人的复杂情感与政治立场的关系，等等。其他如诗歌、戏剧、报告文学、文学理论等领域也相继出现了一大批具有独立思考、后来遭受批评的作品。

1956年至1957年上半年，“百花齐放，百家争鸣”的政策给中国当代文学带来勃勃生机，可惜这一批眼光敏锐、关注社会问题的青年作家和诗人，这些张扬个性的诗歌和揭露社会弊端的特写及小说，很快就遭到了疾风暴雨式的批判，作家们也大都因此被打成右派。

五

《人民日报》在1957年6月发表了《这是为什么》一文，标志着文艺界的气候开始转变。随后，即同年的7月份，该报公布了一大批右派名单。1958年《人民日报》发表了周扬的文章《文艺战线上的一场大辩论》，代表官方的文艺路线对其他文艺进行清算。反右运动中，数十万知识分子被打成右派，文学界是重灾区。首先从报告文学作家刘宾雁开始，一大批小说家如刘绍棠、王蒙等也都遭到批判、流放和关押改造。

从此，作家们开始小心翼翼地回避现实和躲避真情实感。文学的萧条再次降临。作家无法面对现实，无力改变现实，于是有人就在创作上选择了返回历史，这是在相对宽松的题材领域表达自己，如陈翔鹤的短篇小说《陶渊明写〈挽歌〉》。有的作家则选择了返回人性、返回“美”，意在避免与现实短兵相接，既保持了独立的艺术审美，又不至于涉及太敏感的东西，如茹志娟的短篇小说《百合花》。然而，这些作品同样无一例外遭到了批评。

通过“文艺大跃进”运动和“两结合”创作方针的实践，文艺新规范越来越朝着左的方向发展，最终将十七年文学推进到了文革文学。为了对文艺界实行“全面专政”，林彪委托江青于1966年2月在上海召开部队文艺工作座谈会，形成《部队文艺工作座谈会纪要》，炮制了所谓“文艺黑线专政论”。首先是把新中国成立以来文艺理论方面的代表论点归纳为“黑八论”，即“写真实”、“现实主义—广阔的道路”、“现实主义深化”、反“题材决定论”、“写中间人物”、反“火药味”论、“时代精神汇合论”和“离经叛道论”。紧接着则是把大批优秀作品打成“反党反社会主义的大毒草”。同时大兴文字狱，文艺工作者或被关进牛棚，或被流放监禁，致使冯雪峰、邵荃麟、老舍、田汉、赵树理、闻捷、杨朔、海默等数百名文艺家被迫害而死。蒙受冤假错案劫难的更是不计其数。同时强行解散全国文联、作协及其各地分会。全国文艺刊物，除《解放军文艺》外，全部被迫停刊。各种文艺团体、文化设施，一律停止活动。除了江青一手炮制的样板戏外，只有浩然等极少数作家还可以公开写作，发表作品。当代中国文学进入了最黑暗最荒芜的历史时期。不过，这已经不是文学的争议了。

回顾历史，可以提供思考的动因；直面历史，是一个民族真正强大的起点。五六十年代的小说创作，其成就当然不能抹杀，同时也应看到，它也存在着巨大的时代局限性和自身的结构性缺陷，并且这种局限至今影响深远。那些当年遭受了不公正对待、后来又得到了平反的作家作品，都是历史的镜子，以古鉴今，可以知兴替，当代中国文学的发展必须正视这一切，才有希望。

张艳梅

2013年5月

目　录

壹 // 我们夫妇之间

我向四面一望，但见四野的红墙绿瓦和那青翠坚实的松柏，发出一片光芒。一朵白云，在那又高又蓝的天边飞过。夕阳照到她的脸上，映出一片红霞。微风拂着她那蓬松的额发，她闭着眼睛，我忽然发现她怎么变得那样美丽了呵！我不自觉地俯下脸去，吻着她的脸……仿佛回复到了我们过去初恋时那些幸福的时光。

贰 // 在悬崖上

也许，你看见这些话会更对我反感了！不要以为，我是用这些威胁你要你不离开我！不，虽然我爱你(甚至觉得现在比以往更需要你的爱情)，我一想到和你分开就疯了似的浑身战栗，可是如果你不再爱我，不愿再重建我们的爱情，我决不祈求你怜恤！

叁 // 红　豆

江玫坐在床边，用发颤的手揭开了盒盖。盒中露出来血点儿似的两粒红豆，镶在一个银丝编成的指环上，没有耀眼的光芒，但是色泽十分匀净而且鲜亮。时间没有给它们留下一点痕迹。

肆 // 田野落霞

高金海像躲闪熊熊烧起的野火似的，向后倒退了一步，跌了一屁股泥，爬起来，狼狈地骑上车，奔青流村渡口去了。杨红桃高傲地站在饮马石上，彩色斑斓的晚霞笼罩着她，在她的脚下，是终点，也是开端。

伍 // 百合花

在月光下，我看见她眼里晶莹发亮，我也看见那条枣红底色上洒满白色百合花的被子，这像征纯洁与感情的花，盖上了这位平常的、拖毛竹的青年人的脸。

陆 // 赖大嫂

赖大嫂听了这个新规定以后，三心二意的，怎么也拿不定个主意。她觉得不喂吧，怕将来真的收入归己，自己吃了亏；喂吧，又怕办法变了，来个收入归公怎么办?

壹

我们夫妇之间

我向四面一望，但见四野的红墙绿瓦和那青翠坚实的松柏，发出一片光芒。一朵白云，在那又高又蓝的天边飞过。夕阳照到她的脸上，映出一片红霞。微风拂着她那蓬松的额发，她闭着眼睛，我忽然发现她怎么变得那样美丽了呵！我不自觉地俯下脸去，吻着她的脸……仿佛回复到了我们过去初恋时那些幸福的时光。

我们夫妇之间

萧也牧

一 “真是知识分子和工农结合的典型！”

我是一个知识分子出身的干部；我的妻却是贫农出身，她十五岁上就参加革命，在一个军火工厂里整整做了六年工。

三年前我们结了婚。当时我们不在一起，工作的地方相隔有百十来里，只在逢年过节的时候才能见面。所以婚后的生活也很难说好还是坏；只是有一次却使我很感动：因为我有胃病，一挨冻就要发作，可是棉衣又很单薄！那年，正快下雪的时候，她给我捎来了一件毛背心，还附着一封信，信上说：

> ……天快下雪了！你的胃病怎样了？真叫我着急得不知怎么着好！我早有心给你打件毛背心，倒也不是羊毛贵，就是钱凑不够！我就在每天下午放工从后，上山割柴禾，可是天气太短了！一下工，天很快就黑了！所以一直割了半个多月，才割了不少柴火，卖给厂里的马号里了，卖了二千块边币，称了两斤羊毛，问老乡借了个纺车，纺成了毛线，打了这件毛背心！因为我不会打，打的又不时样又尽是疙瘩，请你原谅！希望你穿上这件毛背心，就不再发胃病，好好的为人民服务……

我读着这封信，我仿佛看到了她那矮小的身影，在那黄昏的时候，手拿镰刀，独自一个人，弯着腰，在那荒坡野地里，迎着彻骨的寒风，一把，一把，一把地割着稀疏的茅草……她这样做，完全是为着我！为着我不挨冻，为着我“不再发胃病，好好的为人民服务……”突然，我流泪了！可是我感到了幸福！

两年以后的秋天，我们有了小孩，组织上就把我们调在一块工作。那时，我们住在一个叫“抬头湾”的山村里。每当晚上，我在那昏黄的油灯下赶工作，她呢，哄着孩子睡了以后，默默地坐在我的身旁，吃力地、认真地、一笔一划地练习写大楷。

山村的夜是那样的静寂，远远地能听见“胭脂河”的流水，“哗哗”的流过村边。

时间该是半夜了吧，我想她又是照顾孩子，又是工作，一定是很累了，就说：“你先睡吧！”她一听我的话，总是立刻睁大了有点朦胧了的睡眼：

“不！”继续练她的大楷，直到我也放下工作。

早上，孩子醒得很早，她就起来哄：“嗯嗯，听妈妈的话，别把爸爸扰醒了。”孩子才几个月大，当然不懂得，还是嚷！于是她就蹑手蹑脚地起来，抱着孩子，到隔壁老乡屋里的热炕头上哄着去了。

闲时，她教我纺线、织布；我给她批仿，在她写的大楷上划红圈，或是教她打珠算，讨论土地政策……

每天下午，孩子睡着了，我们抬水去浇种在窗前的几棵白菜，到沟里帮老乡打枣，或是盘腿坐在炕上，我搓“布卷”（棉花条儿）、拐线，她纺线，纺车“嗡嗡”地响，声音是那样静穆、和谐……

虽然我们的出身、经历，差别是那样的大，虽然我们工作的性质是那样的不同：我成天坐在屋子里画统计表，整理工作材料；她呢，成天和老百姓们打交道！但在这些日子里边，我们不论在生活上、感情上，却觉得很融洽，很愉快！同志们也好意地开玩笑说：“看你这两口子，真是知识分子和工农结合的典型！”

但是，不到一年的光景，我们却吵起架来了。甚至有一个时候，我曾经怀疑到：我们的夫妇生活是否能继续巩固下去。那是我们进了北京城以后的事。

二 “……李克同志：你的心大大地变了！”

今年二月间，我们进了北京。这城市，我也是第一次来，但那些高楼大厦，那些丝织的窗帘，有花的地毯，那些沙发，那些洁净的街道，霓红灯，那些从跳舞厅里传出来的爵士乐……对我是那样的熟悉、调和……好像回到了故乡一样。这一切对我发出了强烈的诱惑，连走路也觉得分外轻松。虽然我离开大城市已经有十二年的岁月。虽然我身上还是披着满是尘土的粗布棉衣，可是我暗暗地想：新的生活开始了！

可是她呢？进城以前，一天也没有离开过深山、大沟和沙滩，这城市的一切，对于她，我敢说，连做梦也没梦见过的！应该比我更兴奋才对，可是，她不！

进城的第二天，我们从街上回来，我问她：“你看这城市好不好？”她大不为然，却发了一通议论：“那么多的人！男不像男女不像女的！男人头上也抹油，女人更看不的！那么冷的天气也露着小腿；怕人不知道她有皮衣，就让毛儿朝外翻着穿！嘴唇血红红，像是吃了死老鼠似的，头发像个草鸡窝！那样子，她还觉得美的不行！坐在电车里还掏出小镜子来照半天！整天挤挤嚷嚷，来来去去，成天干什么呵！”总之，一句话：看不惯！说到最后，她问我：“他们干活也不？哪来那么多的钱？”

我说：“这就叫做城市呵！你这农村脑瓜吃不开啦！”她却不服气：“你没看见？刚才一个蹬三轮的小孩，至多不过十三四，瘦得像只猴儿，却拖着一个气儿吹起来似的大胖子——足有一百八十斤！坐在车里，翘了个二郎腿，含了根烟卷儿，亏他还那样‘得’！（得意，自得其乐的意思）俺老根据地哪见过这！得好好儿改造一下子！”

我说：“当然要改造！可是得慢慢的来，而且也不能要求城市完全和农村一样！”

她却更不服气了：“嘿！我早看透了！像你那脑瓜，别叫人家把你改造了！还说哩！”

我觉得她的感觉确实要比我锐利得多，但我总以为她也是说说罢了，谁知道她不仅那么说！她在行动上也显得和城市的一切生活习惯不合拍！虽然也都是在一些小地方。

那时候，机关里还没起伙，每天给每人发一块钱，到外边去买来吃。有一次，我们俩到了一家饭铺里，走到楼上，坐下了。她开口就先问价钱："你们的炒饼多少钱一盘？""面条呢？""馍馍呢？"她一听那跑堂的一报价钱，就把我一拉，没等我站起来，她就在头里走下楼去。弄得那跑堂的莫名其妙，睁大了眼睛，奇怪地看了我们几眼。当时，真使我有点下不来台，说实话，我真想生气！可是，她又是那样坚决，又有什么办法呢？只好硬着头皮跟着她走！

一面下楼，她说："好贵！这哪里是我们来的地方！"我说："钱也够了！"

她说："不！一顿饭吃好几斤小米，顶农民一家子吃两天！哪敢那么胡花！"

出了饭铺，我默默地跟着她走来走去，最后，在街角上的一个小饭摊上坐下了！还是她先开口，要了斤半棒子面饼子、两碗馄饨。大概她见我老不说话，怕我生气，就格外要了一碟子熏肉，旁若无人地对我说："别生气了！给你改善改善生活！"

像这类事，总还可以容忍。我想一个"农村观点"十足的"土豹子"，总是难免的；慢慢总会改变过来。

哪知她并不！

那时，机关里来了不少才参加工作的新同志，有男的也有女的。她竟不看场合，常常当着他们的面，一板正经地批评起我来。她见我抽纸烟，就又有了话了："看你真会享受！身边就留不住一个隔宿的钱！给孩子做小褂还没布呢！一支连一支地抽！也不怕薰得慌！你忘了？在山里，向房东要一把烂烟，合上大芝麻叶抽，不也是过了？"

开始，我笑着说："这可不是在抬头湾啦！环境不同了呵！"

她却有了气了啦："我不待说你！环境变了，你发了财啦？没了钱了，你还不是又把人家扔在地上的烟屁股捡起来，卷着抽！"

不知道怎么回事儿，我的脸，"唰"的就红了！站在一旁看热闹的青年男女同志们，本来看得就很有兴趣；这时候，就有人天真活泼地嚷起来："哈哈！脸红啦！脸红啦！"站在一旁的同志也马上随声附和，并且大鼓其掌：

"红啦！红啦！"这一嚷，我的脸，果真更加发烫了！

……

我发觉，她自从来北京以后，在这短短的时间里边，她的狭隘、保守、固执，越来越明显，即使是她自己也知道错了，她也不认输！我对她的一切的规劝和批评，完全是耳边风，常常是，我才一开口，她就提出了一大堆的问题来难我："我们是来改造城市的；还是让城市来改造我们？""我们是不是应该开展节约，反对浪费？""我们是不是应该保持艰苦奋斗、简单朴素的作风？"等等。她所说的确实也都是正确的，因此，弄的我也无言答对，这样一来，她也就更理直气壮了，仿佛真理和正义，完全是在她的一边；而我，倒像是犯了错误了！她几次很严肃地劝我："需要好好地反省一下！"

我有什么可反省的呢？我自己固然有些缺点，但并不像她说的那样严重，除了沉默，我还有什么办法？可是，有一次，我忽然再也不能沉默了！我们破例地吵了一架，这在我们结婚以来，还是第一次。

在今年六七月间，连日雨天，报上不断登着冀中和冀西一带闹水灾的消息；突然，她的精神也就随着紧张起来！每天报来，她就抢着去看。我发现，她是专门在找报上所列举的水患成灾的县份和村名。她一面读着，不断地发出惊叹"呵呵！怎么得了呀？才翻了身的农民，还没缓过气来，地又叫淹了！呵呵！"

有一次，我正在整理各地灾情的材料，她看着报，就大声嚷了起来："这怎么着好呵！俺村的地全叫淹了！哎呀！日子怎么着过呀！我娘又该挨饿了呵！怎么着呵？嗳！说呀！你说呀！"这我才发觉她是在征求我的意见。我出口说了句俏皮活："天要下雨，娘要嫁人——谁也没法治！党和政府自会想办法，你担心也枉然！"冷不防，她一伸手，一指头直通到我的额角上："没良心的鬼！你忘了本啦，这十年来谁养活你来着？"我说："反正不是你家！"她却真的又生我的气了："你进了城就把广大农民忘啦？你是什么观点？你是什么思想？光他妈的会说漂亮话！"我说："谁比得上你的思想！'响当当'的好成份！又是工人阶级出身！"她把桌子一拍："放你妈的臭屁！你别讽刺人啦！"就再也不理我了，好像很伤心的样子。

过了几天，我恰好得了一笔稿费。第二天，我正准备取钱上街，钱却怎么找也找不见了，心里真着急。我只好问她："我的钱呢？"她说："什么？钱？

哪里来的钱？你交给谁啦？”我继续找，直找得头上冒烟！她却“噗嗤”一声笑了！我知道准是她拿了，于是我就很正地说：“这钱不是我的！”“得了！你别唬弄我没文化了！稿费单上还有你的名字呢！”“是，是，我这钱，我有用处！我要去买一套‘干部必读’——十二本书！好好加强理论学习，比什么也重要！”“谁还知不道谁哩！加强你的‘冰鸡宁’，‘烟斗牌’烟去吧！”我一看不对头，只好恳求了：“你拿一半行不行？”她却说：“我早给家寄走了！”我不免吃了一惊：“真的？”她说：“唬弄鬼！”

我不知不觉地提高了嗓音：“这钱是我的！你不应该不哼一声就没收了！”哪知她的嗓音更大：“你没花过我的钱？嗯？你的花被面，你的毛背心，是谁的钱买的？”我说：“不稀罕！反正你得检讨检讨，你这样做对不对？”她说：“对！家里闹水灾，不该救济救济么？”我说，“你把钱捐给救灾委员会，那就算你的思想意识强，为什么给自己家里寄呀——那还不是自私自利农民意识！”她却真的火了：“反正比浪费强！钱我是寄走了！你看着办吧！”我说：“咱们分家！”她说：“马上分！今儿格黑价（今天晚上）你就不行盖我的被子！”我说：“好好好！”我一扭头就走了。

说也笑人，为了这么芝麻粒大的一点事，我们三天没说话，而且觉得很伤脑筋！恰好星期六那天晚上，机关内部组织了一个音乐晚会，会跳舞的同志就自动的跳起舞来，这正好解闷，我就去参加了！

我正下场，忽然发现：她抱着孩子来了！一看她的神色，知道糟了！她气冲冲地，直窜到我的面前，把孩子住我怀里一塞：“你倒会散心！孩子有你一半责任，我抱够了！你抱抱吧！”我说：“跳完这一场就回去！”她二话没说，把孩子往旁边的“沙发”上一撩，雄赳赳地走了。

孩子不见他妈，就“哇哇”地嚎啕起来，和着手风琴的伴奏，发出一种奇怪的音乐，引起了人们的注意。

我红着脸，抱起孩子，回到卧室里去。只见她伏在桌上写字呢！我悄悄地走到她的背后一看，原来她在给我写信：“李克同志：你的心大大地变了！”她发觉我来，马上又把纸撕了！

孩子见了妈，挂着两行眼泪，笑着，跳着，“哇！哇！”地叫，向她扑去，她才接过孩子，解开怀来喂奶。一面走到门边，背贴着门，向我下命令地说：“不许走！咱们谈判谈判！”

三　她真是一个倔强的人

这些虽然都是非原则问题，但也恰好正在这些非原则问题上面，我们之间的感情，开始有了裂痕！结婚以来，我仿佛才发现我们的感情、爱好、趣味差别是这样的大！甚至我曾经想到：我们的夫妇关系是否可以继续维持下去？

幸好，不久她被分配到另一个机关去工作了！我欢欢喜喜地打发她走了，精神上好像反倒轻松了许多！

我想她这种狭隘、保守、固执，恐怕很难有所改变。她真是一个倔强的人！

我们分手以后，约摸有个半月的时光，她连电话也没来过一个。却对旁人说：离了我她也能活！

可是，我却不能！即使我对她有很多不满。然而孩子总还是十分可爱的！我一想起那孩子的乌亮墨黑的大圆眼，和他那“牙牙”欲语的神气……我就十分怀念！终于还是我先去找她去了！哪知道一见她，她却向我一挥手：“今天工作太忙，改日来吧！”我说她真是个倔强的人。这评语，越来越觉得确切了！特别是又发生了几件事情以后。

当她到了那机关不久，找来了一个保姆：姓陈，叫小娟。样子很灵俐，她爸爸是个蹬三轮的工人。

那天正好是星期日，我在她机关里。那“老妈子房”里的掌柜，领着小娟来上工。

一进门，碰着我们俩，对小娟说：这是小少爷的母亲，这是……”

小娟毕恭毕敬地向她鞠了个躬。叫了一声：“太太！”哪知道我的妻，一听“太太”两个字，就像是叫蝎子螫着了似的嚷起来：“呀！呀！别叫别叫！我不是‘太太’！我是我是……我们解放军里头没有‘太太’！我姓张，你叫我张同志好了！记住！我叫张同志！要不你就叫我大姐！”说着就把小娟拉到炕上，和她并排坐下了。弄的那“老妈子房”的掌柜先是奇怪，接着也笑了：“对对！叫张同志！‘太太’那名儿，嘿嘿！不时新了！太封建！太封建！”

我的妻马上就给小娟上起政治课来：说她自己也是个穷人，曾经受过旧社会的压迫；后来共产党来了，她就参加了革命，得到了解放。因为工作太忙，孩子照顾不了，所以请小娟来帮忙，这样，她对小娟说：你也是参加了革命工作，咱们一律平等！和旧社会雇老妈子完全不一样，等等。

小娟听得很高兴，不住嘴地说："您说得真好！您说得真好！"小娟这孩子，虽说是灵俐，可是记性并不好！一不小心，常常又叫"太太"了！每逢这工夫，我的妻决不放松，一定及时纠正，并且又得上一堂政治课！弄得小娟反倒很不安了！

自从小娟来了以后，我的妻几次潘给我打电话：要我给小娟找识字课本，找笔墨纸砚……并且还给她订了学习计划：一天认五个字、写一张仿……一星期还有一堂政治课。我的妻自任文化教员兼政治教员。

每次周末的晚上，我去找她的时候，总是见她在给小娟上课，一板正经地念道："穷人、要、翻身、团结、一条心、永远、跟着、共产党、前进！"小娟就跟着念："穷、人、要、翻、身！"不知道为什么，我有点感动了！心想：她真是个倔强的人呵！

有一次周末的傍晚，我们从东长安街散步回来，看见"七星舞厅"门口，围着一圈人。过去一看：只见有一个胖子，西服笔挺，像个绅士，一手抓住一个十三四岁的小孩，一手张着五个红萝卜般粗的手指，"劈！劈！拍！拍！"直向那小孩的脸上乱打，恨不得一巴掌就劈开他的脑瓜！那小孩穿着一件长过膝盖的破军装，猴头猴脑，两耳透明，直流口水，杀猪般地嚷着："娘嗳！娘嗳！"嘴角的左右，挂下了两道紫血……

看热闹的人，越来越多；抄着手的、微弯着头的、口含着烟卷儿的……但是，都很坦然！

这情景，在我看来，也已经是很生疏的了！觉得很不顺眼，正想问问，忽听得人群里有人喝道：

"住手！你凭什么压迫人！"嗓音又尖又高。

一瞬眼间，我突然发现：那人不是别人，正是她，是我的妻！这时候，她昂头挺胸地站在那胖子的面前，正像武侠小说里所描写的——那种"路见不平，拔刀相助"的侠客的神气！我突然觉得精神上有点震动，但同时，马上又模糊地想：她真是好管闲事！不知道怎么着才好。

那胖子仍然一手拧住那小孩不放，一手贴到花领结上，很有礼貌地微微一笑！心平气和地向围着的人们说："这小子，太可恶，太可恶！不知道的人，以为我压迫人，其实，不然！我这个舞厅，是在人民政府里登记了的，是正当的营业，是高尚的娱乐！拿捐，拿税。而他，这孩子，却用石头子儿，往里——”他一挥手：“扔！如果，把我的客人们，全撵走了，那么，我——又当如何呢？”他还想接着演讲，却叫我的妻打断了他的话：

“你说得对！这孩子扔石头子儿，也可以说是一个错误！可是，我们是有政府的有秩序的！不是无政府主义！就说他犯了天大的法，也应该送政府法办！你有什么权力随便打人？嗯？有什么权力？你打得他满嘴流血，好像你还受了屈似的？嗯？让大伙儿评评理！”

这时候，人群里就有人嚷起来：“对对对！这同志说得对！”有一个苦力模样的人，也就走到那胖子面前，转过身来，指着那胖子向大伙儿说：“这位先生说的不错！这小孩儿是往舞厅里扔了一个石头子儿！我亲眼看见的……”

胖子马上微笑点头，“诸位听着！不假吧！光凭我一个人说不行！不行！”

那苦力接着说：“可惜这位先生说得不全！那小孩儿凭嘛平白无故地扔石头子儿哩？是那么一回事儿：刚才他在舞厅门口向客人们要钱，这位先生撵他走，他走慢了一步，这位先生‘啪’的给了他一个响锅贴（耳光）！回头，过了一会儿，这小孩就扔了个石头子儿，就又叫这位先生抓住了。这我也是亲眼看见的！现时不是那个世道了，是人就得说实话！”

胖子显得有点不安了，掏出一块小花手绢来不住地擦额角，对我的妻说：“同志！我认错行不行？”说着掏出一张伍佰元的人民券，向那个小孩一伸：“给！买糖吃！哈哈！”那被打了一顿的小孩，好像一切的仇恨，马上就消失了！把嘴角的血一擦，正想伸手去接，却马上被我的妻喝住了：“别拿！太便宜啦！一顿巴掌只值五百块钱？”

胖子马上伸手到口袋里，慷慨地说：“再加二百！”

我的妻却发了大火啦：“嗯！你真明白！你以为还在旧社会——有钱能使鬼推磨，有钱能使鬼上树？哪怕你掏一百万人民券，也不能允许你随便压迫人；随便破坏人民政府的威信！走！咱们到派出所去！咱们是有政府的！”

围着的人也就说：“对对！”

结果还是到了派出所。

那胖子先生认了错，表示切实悔过。于是罚了他二千元人民券，赔偿给那小孩作医药费。同时也批评了那小孩，以后不要扔石头子儿。

我跟随着我的妻从派出所回来，她很兴奋地问我：“刚才你怎么一句话也不说？”我说：“我有什么说的！那样的事，在城市里多得很，凭你一个人就管清了？这是社会问题，得慢慢……”我的话还没有说完，就叫她打断了：“去××的吧！不吃你这一套！我就要管！这是新社会，我就不让随便压迫人！我就不让随便破坏咱们政府的威信！咱们是有政府的，不是无政府主义！”我连忙说：“对对对！正确！”同时也觉得有点好笑，我真想说：什么叫“无政府主义”？你知道么？瞎用新名词儿！可是，我知道这句话是说不得的！

她真是一个倔强的人呵！我开始分析：她对旧社会的习惯为什么那样憎恨？绝无妥协调和的余地！我想，这和她自己切身的经历是分不开的。

她出身在贫农的家庭，十一岁上就被用五斗三升高粱卖给人家当了童养媳。受尽了人间一切的辛酸，她的身上、头上、眉梢上至今还留着被婆婆和早先的丈夫用烧火棍打的、擀面杖打的、用剪子铰的伤痕！共产党来了，她就毅然决然地参加了革命！为着自己的命运战斗！革命对于她，真可以说是：“破釜沉舟，背水一战”！绝无后退的路！

她曾经在游击区跳沟爬墙，和日本人、汉奸搏斗！她的手杀过人。她曾经在老山沟里的军火工厂里，制造子弹、装配步枪……为了突击生产，把右手的食指在“压力机”上撞下了一小节指头，成了一个疙瘩……

日本人来“扫荡”了！她率领着一班女工，连夜抢着机器，趟过齐大腿根的水去“坚壁”。因此落下了“寒腿”的病，每逢阴雨，至今还隐隐发病。

有一次深夜，工厂失火，她奋勇当先，率领了二十五个女工去抢救器材，差一点没烧死在火里。

在这些艰苦的日子里，她开始学习认字，写字，终于学成了“粗通文字”。

在一九四四年，她当选了“劳动英雄”。出席晋察冀边区第二届英模大会，我记得当她在大会上作完了典型报告的末了，她举着胳膊宣誓似的说：“……在旧社会里我是个老几？我只值五斗三升高粱米！这会儿大伙儿说我是英雄！叫我来开会，让我上台说话。唉！没有共产党哪会有我呵！我愿意为着全世界被压迫的人们彻底的解放，流尽我最后一滴血！”——那时候我在大会上担任收集和整理材料的工作。组织上分配我给她写传记，我们整整谈了三个晚上。也就在这个时候，我爱上了她。

四　我们结婚三年，直到今天我仿佛才对她有了比较深刻的了解

那一切的苦难，使她变得倔强。今天她来到城市，和这城市所遗留的旧习惯，她不妥协，不迁就，她立志要改造这城市！因此，有些地方她就显得固执、狭隘，甚至显得很不虚心了！特别是对于我更是如此。也因此使得我们之间的感情有了裂痕！但我对她依然还很留恋，还没有决心和勇气断然和她决裂！特别是当我比较清醒的时候，仔细想来，我们之间的一切冲突和纠纷，原本都是一些极其琐碎的小节，并非是生活里边最根本的东西！所以我决心用理智和忍耐，甚至迁就，来帮助她克服某些缺点！

我以为，我对她的分析和结论，已经是很完满很公平，而且没得这样做，对我来说是仿佛将要牺牲一些什么！

哪知道她还并不如我想象的那样！首先是她的某些观点和生活方式也在改变着。最明显的例子是：她现在所担任的工作是女工工作，在那些女工里边，也有不少擦粉抹口红的，也有不少脑袋像个“草鸡窝”的……可是她和她们很能接近，已经变得很亲近。有一次，我故意问她：“你不是很讨厌那些擦粉抹口红，头发像‘草鸡窝’的人么？”她却很认真地教训起我来了：“你不能从形式上、生活习惯上去看问题！她们在旧社会都是被压迫的人！她们迫切需要解放！同志！狭隘的保守观点要不得！”哈哈！她又学了一套新理论啦！

同时，她自己在服装上也变得整洁起来了！“他××”“××”一类的口头语也没有了！见了生人也显得很有礼貌！还使我奇怪的是：她在小市上也买了一双旧皮鞋，逢是集会、游行的时候就穿上了！回来，又赶忙脱了，很小心地藏到床底下的一个小木匣里。我逗她说：“小心让城市把你改造了啊！”她说：“组织上号召过我们：现在我们新国家成立了！我们的行动、态度，要代表大国家的精神；风纪扣要扣好，走路不要东张西望；不要一面走一面吃东西，在可能条件下要讲究整洁朴素，不腐化不浪费就行！”我暗暗地想：女同志到底是爱漂亮的呵！但在某些基本问题上，她不容易接受人家的意见，不认错的毛病，恐怕是很难改变的！

可是随着时间的前进，我又发现我对她的了解不但不完全，而且是相反

的！我总还是习惯从形式上去看问题！

有一次周末，我去看她，她独自抱着孩子坐在炕角里沉思。我说：“小娟呢？她吃饭去了？”她不安地说：“不！她走了！”接着她就告诉我：她们机关里有一个本地做饭的大师傅，有一只怀表，在昨天早晨开饭的时候不见了！恰好这时候，只有小娟到伙房里去倒过水，旁人没去过！同时，早先机关里在拾掇大客厅的时候，她捡了几个扣子。

所以就有人怀疑那只表也是她拿的！另外，早先有些同志也嚷嚷过，有的说丢了个化学梳子，有的说丢了一块毛巾。那大师傅也没和别的同志商量，就去找我的妻，肯定说那只表是小娟拿的！要我的妻向小娟追究。于是，她就问小娟拿了那只表没有？问的小娟直啼哭，一口咬定说：没拿！并且说：“大姐！要是我拿了，就算对不起您的一片好心！”小娟这孩子个性太强，受不了这，马上非走不解！挡也挡不住！

可是，就在这天晚上，大师傅自己又把表找着了！这一下，我的妻的激动和不安，真是无法形容！翻来复去，一夜没睡好觉！她对我说，机关里那么多的人为什么不怀疑旁人，偏偏就怀疑是小娟拿的表？你说老干部们都受过锻炼，决计不会拿的，这倒也是理由；可是机关里留用的旧人员很多，他们也没受过革命锻炼，那么为什么不怀疑是他们拿的呢？她说：“这是什么观点？这还不是小看穷人么？”我说：“算了！事情已经过去了，鸡毛蒜皮的一点事！”她说：“什么？这是思想问题哩！”

第二天清早，她让我陪她到小娟家里去走一趟。我说：“那又何必呢！人已经走了！要是让她知道表又找着了，她爸爸说我们诬赖人！老百姓知道了这件事，对我们的影响很不好！”

她说：“不！我们错了，为什么不认错呢？要不，小娟一辈子一想起这件事，就要伤心！影响更不好！”

可是，我还是认为不去的好！说实话，也就是说：我没有那样大的勇气！她说：“你给看孩子，我去！”我又怕孩子啼哭了没法治，只好硬着头皮，抱着孩子跟她走了！

到了小娟家里，只见她爸爸在拾掇车子，一见我们，就显得很尴尬说：“那表的事我知道了！昨天晚上我就揍了她一顿！对她说：咱们人穷志不穷！要是你真的拿了，我的老脸往那里搁？你不说真话，非打死你不解！刚才，我又揍了她一阵子！她可还是一口咬定：没拿！我正想找您去说说，我这孩子顶老实，手也严实，敢情也不准是她拿的！”

我听了，胸口直打扑通，而她反倒很镇静很自然，微笑着说：“不！大伯！我是来赔不是的！表已经找着了！不是小娟拿的！请你原谅！”

正在这时候，小娟从屋里出来了！红肿着双眼，扑到我的妻的怀里，两肩一耸一耸地哭了！我的妻摸着她的小辫，轻声地说：“小娟！你怪我不？”小娟哽咽着说：“不！大姐！您是，您是个，好人！您待我的好处，我，我，我这辈子也忘不了！”

我发现：我的妻的眼里，“扑索索”地掉下两颗黄豆大的泪点，滴到小娟的头上！

我们结婚三年，我还是第一次在人面前见她掉泪，那么个倔强的人呵！怎么今天也哭啦！

从这以后，我有好几天感到不安，我在她身上发现了不少新的东西，而正是我所没有的！也正是我所感觉她表现狭隘、保守、固执的地方！也正从这些地方，我们的感情开始有了裂痕！我想到夫妇之间的感情到底应该建筑在什么基础上？我们结婚三年，到今天，我仿佛才觉得对她有了比较深刻的了解！我真应该后悔，真应该像她过去屡次严肃地向我说过的：需要好好地反省一下了！

我正想不等到周末，就找她去深谈一次，恰好那天傍晚，我正在整理劳资关系的材料，她倒来找我了！我觉得有些不寻常，因为在平时她是轻易不来找我的！我问她：“有什么事？”她说：“没事就不许来找你么？”坐了好一会儿，一句话也没说，最后，她说：“到你们屋顶平台上去坐坐好么？”我说：“好的！”不知道为什么，我的心有点发跳，我怕要发生什么不能推测的事情了……

到了屋顶上，坐了一会儿，并且还批评她的工作一贯有点太急，恨不得一下子就把社会改造好。同时太不讲究工作的方式方法。

她说完了，叹了口气，把头靠到我的胸前，半仰着脸问我：“这该怎么着好？”我说：“你没接受批评吧？”她摇了摇头：“哪里！自己错了，还能不接受？那怎么算是个同志呢？我都坦白地接受了！”我说：“那就算了！还有什么难过的呢！”她忽然紧握着我的手说：“唉！只怪自己文化、理论水平太低！政策掌握得不稳！不能很好地完成党所给我的任务！以后你好好帮我提高吧！”

我说：“这是一方面。可是你也不要把自己的优点忽略了！比方拿我来说：文化上——初中毕业；革命历史——和你一样；工作职位——我是个资料科科长；每天所接触的是工作材料、总结报告；脑子里成天转着的是——党的政策。按理说，对于现实生活里边所发生的问题，应该比你有更锐利的感觉，应该更是是非分明。可是在这些方面我还不如你！——你不要笑！这是真话。我参加革命的时间不算短了！可是在我的思想感情里边，依然还保留着一部分小资产阶级脱离现实生活的成份！和工农的思想感情，特别是在感情上，还有一定的距离，旧的生活习惯和爱好，仍然对我有着很大的吸引力，甚至是不自觉的。——你有这个感觉吗？而你呢？虽说文化水准、理论知识、工作职位都比我低——这也是真话。可是你倔强、坚定、朴素、憎爱分明——这句话的意思就是说你有着很深的阶级仇恨心和同情心。可是你确实也有点急躁情绪——恨不得一个早起的工夫就把社会改造好。因此，常常喜欢用简单的工作方法方式，问题想得不够深不够远。你和我的这些缺点，都会阻碍我们的进步，不能更好地来完成党所给予我们的任务。我相信：在党的教育下加上自己的努力，我们一定都会很快进步的！你记得我们在'抬头湾'的时候，同志们不是曾经好意地和我们开过玩笑吗，说：'看你这两口子真是知识分子和工农结合的典型！'我看，我们倒是真要在这些方面彼此取长补短，好好地结合一下呢。"我像演讲似的说了不少话，要是在往日，准是早被她卡断了！可是，她今天听得好像很入神，并不讨厌，我说一句，她点一下头，当我说完了，她突然紧紧地握着我的手不放。沉默了一会儿，她说："以后，我们再见面的时候，不要老是说些婆婆妈妈的话；像今天这样多谈些问题，该多好啊！"

我为她那诚恳的真挚的态度感动了！我的心又突突地发跳了！我向四面一望，但见四野的红墙绿瓦和那青翠坚实的松柏，发出一片光芒。一朵白云，在那又高又蓝的天边飞过。夕阳照到她的脸上，映出一片红霞。微风拂着她那蓬松的额发，她闭着眼睛，我忽然发现她怎么变得那样美丽了呵！我不自觉地俯下脸去，吻着她的脸……仿佛回复到了我们过去初恋时那些幸福的时光。她用手轻轻地推开了我说："时间不早了！该回去喂孩子奶呵！"

一九四九年秋天，初稿于北京

（原载1950年1月1日《人民文学》第1卷第3期）

述评

短篇小说《我们夫妇之间》，作者萧也牧，作品发表在1950年1月1日《人民文学》第1卷第3期。作品因获时任《人民文学》主编茅盾的赏识，顺利发表。一经刊出，各地方报纸纷纷转载，并由上海昆仑影业公司改编为电影，搬上银幕。在影响不断扩大、作品发表半年之际，文学评论界掀起了批判的狂潮，作品不幸成为新中国成立后第一部被当作典型来批判的短篇小说。

小说着重描写了一个工农出身的妇女形象，言行尽显粗俗直白，但通过具体生活事例反映出女主人公具有坚定的革命立场，高尚的革命情怀；男主人公“我”是一名知识分子出身的干部，追求时尚，注重生活情趣。两人组成家庭，是典型的工农与知识分子相结合。

最先站出来批判的是文学评论家陈涌。他在1951年6月10日的《人民日报》上刊出了《萧也牧创作的一些倾向》，批评萧也牧的《我们夫妇之间》“依据小资产阶级观点、趣味来观察生活，表现生活”。继陈涌的批评文章后，在《文艺报》第4卷第5期又刊登了一封署名为李定中的“读者来信”，后经证实，李定中实为冯雪峰，这封带有匿名性质的读者来信，明显有失公正。《文艺报》的编者在这封信前头，加了一条“编者按”：

“陈涌同志写的《萧也牧创作的一些倾向》（见6月10日《人民日报·人民文艺》），对萧也牧的作品作了分析，我们觉得，这样的分析是一个好的开始。读者李定中的这封来信，尖锐地指出了萧也牧的这种创作倾向的危险性，并对陈涌的文章做了必要而有力的补充，我们认为很好。我们热烈欢迎广大读者对文艺创作大胆地提出各种意见；我们特别希望能多收到这样的读者来信。”

接下来，在1951年8月25日出版的《文艺报》第4卷第8期，主编丁玲发表了《作为一种倾向来看——给萧也牧同志的一封信》。

丁玲在信中写道：“我想把时间拉回去一年，从去年夏天说起吧。那时《我们夫妇之间》才发表不久，有人向我说这篇小说很获得一些称赞，很多青年人都喜欢。我就曾和康濯同志说，这篇小说很虚伪，不好，应该告诉你，纠正这种倾向，不要上当。当时我知道康濯同志把我的意见，以及他自己的意见，告诉过你，不过没有引起你的重视。”“再后，你的这篇不好的作品，却被许多‘专家’们欣赏了。

你的作品，在某些地方有了更大的市场，在上海被搬上银幕，一个又一个。”“你的作品，已经被一部分人当做旗帜，来拥护一些东西，和反对一些东西了……因此，这就不能不说只是你个人的创作问题，而是使人在文艺界嗅出一种坏味道来，应当看成是一种文艺倾向的问题了。为了保卫人民的文艺，现实主义的文艺，在一种正常的情况下前进，因此陈涌同志有了对你的批评……不管这些批评有没有说透彻，但热情地关心这些问题，这对于你，都是有好处的。因此，我也更觉得有责任来发表点意见。”这是作品发表一年半之久，受到批判持续了一年之久，丁玲给予的总结定性，“坏作品”的帽子摘不掉了。

1951年10月，萧也牧在《文艺报》上发表了《我一定要切实地改正错误》一文，持久的批判才暂且告一段落。

作品到底因为什么触动了文学界一根根敏感的神经？细心读者不难发现，原因就在于本文有别于以往革命文学的风格及其选材：它是通过对琐碎的日常生活的描述，着力描写革命队伍面对城乡差别，从政治思想到意识形态方方面面的转变过程。

进入新时期以后，宋娴在《书写方式与意义接受的悖反——试论重评萧也牧的<我们夫妇之间>》一文中写道：“纵观历年来对该作品的评论，不论是批判还是赞誉，几乎都围绕着夫妻二人的‘矛盾’来展开。对该小说的批判主要集中在将表现知识分子与工农干部之间的‘思想斗争’这一政治主题‘庸俗化’与对工农干部的‘丑化和嘲笑’上。但也正如现今很多研究者所发现的那样，这对夫妇之间的矛盾主要是由城乡生存方式之间的审美趣味、生活习惯等方面的差异引起的。20世纪90年代后，对该小说的评论也主要是看重其以新的角度来反映解放后新生活的现实，并从其表现了‘新的历史时期革命队伍中出现的城乡文化差别问题’的角度给予了肯定。可见，无论是批判其在表现‘思想斗争’这一严肃主题时对工农干部的玩弄和嘲笑，还是肯定其对解放后城市生活中普遍存在的城乡文化差异的敏锐的洞察力和表现力，都是针对小说的‘矛盾’情节所作出的论断。

“通过以上分析可以看出，矛盾的产生和激化都是围绕着夫妻间的日常琐碎事件展开的。而标志着矛盾缓和及和解迹象的事件则跳开了夫妻生活的狭小圈子，表现出妻子高尚的道德情操、高度的阶级觉悟和普泛的阶级关怀，以及在勇于开展批评与自我批评的过程中实际工作能力的一步步改进。而也正是在这些夫妻之外的事情上让‘我想到夫妇之间的感情到底应该建筑在什么基础上’，并对自己过去不知反省的态度表示出切实的‘后悔’。小说正是通过将所叙述的事件由夫妻二人的家庭生活圈逐渐扩展到与他人的交往合作及社会问题的处理上来，以期能够过渡并融入到政治话语的宏大叙事中去。”

当代文学评论家李洁非在评论《我们夫妇之间》时的一段话，我以为接触到了问题的要害，对其影响的阐述也不无道理。李洁非指出："对历史的审视与理解，需要时间。拉开一定距离后，并不难于辨清萧也牧的意义：他是一个转折点上的人物。革命战争年代过去了，新的国家生活摆在面前。有人主动尝试与以往革命文学有所区别的风格、内容和写法，以适合这种转变。萧也牧于是应运而生。他所探索的相较以往细腻深入一些的人情内容、世俗平凡一些的日常化笔触和简洁节制一些的话语风格，事实证明，符合广大读者的期待。假如能够探索下去，未遭阻拦，萧也牧极可能将作为共和国文学一位重要的开拓者留下来。可是实际却截然相反。纵观二三十年前的中国当代文学史，你总是面对一个特别奇异的现象：只要是社会、生活欢迎和期待的东西，往往遭压制与打击。这令人百思而莫解。”

关连长

朱　定

“第三连关连长是个优秀的战士，”团政委对我说：“也是个优秀的党员！就是文化程度低一点，这一次你去当文书，要好好的学学他的榜样，跟他学习，放下知识分子的架子；同时在文化方面要帮他克服困难；这样子对两方面才都有好处。”我答应了就走了。

第二天我就来到连部，那时候三连刚解放杭州回来，暂时驻在公路旁的一个庙里待命。在大殿上我找到一个通讯员，他把我带到最后一间房里。这房间，大概是用来堆破东西的，到处歪歪斜斜地放着一些破破烂烂的桌子凳子经台等，在角里倚着一个半面的韦驮，手里的鞭子也只剩了半节。就在这些破东西中间，硬挤出来一丈多地方，地上铺了点稻草当床，把一个三只腿的破桌子用木条支起来放在前面，就当办公桌；桌上放着一只电话机，铺着一张地图。这大概就是连的办公室了。“你先在这儿坐一会。”通讯员说着把一个布满灰尘的破凳子踢到我屁股底下来，“连长在看病号，我去叫他，等一会就来。”说了他就走了。

我就放下行李，坐在那不稳的凳子上，焦急地等着。在我未来之前，除开团政委的指示外，关于关连长，我实在听的太多了：在团里他是一个模范的连长，英勇的事迹传遍全国，最困难的任务常常落在第三连的肩上。过江时三连就担任突击任务，摧毁了敌人三道堡垒，把敌人一直赶出去，使团得以从容地顺利渡江。因此我对这连和领导三连的连长，充满了钦佩。同时对能派到这儿来，也觉得非常光荣。等了差不多有一小时，方才听见院子里有人声，接着通讯员就和一个大约三十多岁，中等身材，很瘦的人进来。我第一眼注意的是，他两条浓眉毛和眼边的一长条伤疤。我知道这就是关连长，就赶紧站起来，一时很窘，讲不出话来，他却已经抢步过来，双手紧紧地握住我的手，讲一口陕西音很重的官话说：

“朱同志，你来了！”

“王同志，”他又回头向通讯员说：“快去搞点稻草来！”说着他就蹲下去解我的行李卷。

“不、不，我自己来。”我不好意思地挡住他。

“嗳嗳，不要客气，都是革命同志么！”他和气地笑着，颊上的肌肉把那条伤疤直挤到耳后去。我们两个人合作解开了那个行李卷，里面我带了几本书，像《知识分子的改造》、《联共党史》等。他把那本厚厚的《联共党史》翻了一翻，羡慕地向我笑笑：

“以后得多多帮我认字呀！”

“哪里！”我惶恐地说，望着他那诚实的微笑。通讯员这时已扛进两大捆稻草来，他们两个就帮着我铺在地上，把床铺弄妥了，关连长拍拍那垫得厚厚的床说：

“就睡在我的旁边，朱同志，咱们今天晚上好好地谈一谈。”

那晚上我们真的谈开了，他讲给我听怎样从一个穷得连裤子也穿不起的雇农，得了共产党的帮助翻了身，成了一个自给自足的农民；怎样当上了村的干部，又带头参军到东北，从东北一直打到江南来；一九四六年入了党。……

“我入党入的迟了！”他叹息着说：“起先清算地主的时候我倒很积极，分了地以后，有了家业啦，又娶了婆姨。就把人给坑住了。一天到晚就忙自己的事，公家的事也不干啦，光只图自己享福，那时候脑瓜儿里搁着木块！”他叹了一口气，“以为革命这就算完事啦，后来又受了教育，思想方才慢慢地搞通，知道革命不光给自己革命，还有好多别的穷人受苦挨饿，遭人欺压。因此从头再来，积极地搞工作，当干部，又带头参了军，打仗立了功，方才入的党。吃亏就吃在文化程度不高，道理都是人家给讲的，自己如果能捧本书本子来念，”他羡幕地望了望垫在我头底下的书，“脑筋也就不会这样糊涂，以后得好好地帮我多认字呵！”他再重复一遍。

我答应了他，也把自己的学生生活讲了很多，他愈听愈有劲，我们两个一直谈到深夜方才入睡，一夜天就把两颗心拉近了。

连指导员姓马，年纪很轻，和我一见面就也像亲兄弟一样，长长短短的谈个不歇。那时候第三连休息下来就搞“识字运动”，我和他计划把许多有用的字写在方块纸上，就贴在这些东西上面。譬如枪上我们就贴个枪字；碗上我们就在底下贴个碗字；父字的方块上就画个老头子；在连字上面我们想不出办法，后来就把关连长绘画上去，画得又不像，我就提议在他的右眼旁画一条黑线来代表他的伤疤。出乎我们意料之外的，弟兄们记得最牢的是这一个“连”字，并且拿着这方块儿字给连长看，他自己也大笑起来，伸出大拇指夸赞我们的聪明。给关连长，我替他设计了一个“认字串”：把几个方块字用纸条给连起来，叠起来就成了一个总方块，拉开来就成为一个句子。第一句是：“我是关连长。”他本来有点基础，所以一天就把它念熟了。后来我就写比较长些的句子给他，他用心地念着。他用心和进步的程度是可惊的。起先一天只念一串，后来一天就能记两三串了。直到后来他军装的四个袋里装满了这些串串，每天拉出来放进去，纸条断了他就小心地修补起来，真的念熟的他就小心地折起来，放在枕头底下，这样子他每天总能至少识五个字，乐的他嘴也合不拢来。一天到晚地就问我要串串，弟兄们也争着问我和马指导员要方块字。

就这样，我慢慢地和第三连打成了一片。我真喜欢这样的革命家庭，在这里没有什么个人的存在，一连就好像合成一条生命。吃喝睡觉，游戏学习操练都在一起。有着一个共同的父亲：关连长。一个共同的母亲：马指导员。大家对于关连长，都有一种说不出的爱戴和亲热，待命的时间里，他也一天到晚地跑来跑去，布置警戒的岗位，检查弟兄的枪械，擦得雪亮的枪筒子他仍细心地眯起一只眼睛来看个仔细。

“这是当兵的命啦！”他时常说，“打仗的时候有时顾不到这些，现在可要加一把劲。”

马指导员最关心弟兄们的健康。后来他虽然搬到后面来和我们睡在一起，但总时常听见他半夜息息索索地爬起来跑到大殿上去看看弟兄，把毯子给他们盖上。晚上天气比较凉，弟兄们伤风咳嗽的很多，因此马指导员就特别照顾这一方面。

晚上我们三个同睡在一间房间里，大家天南地北无所不谈，中心往往环绕着思想转变方面，但也谈到恋爱，谈到家庭。一谈到家庭，老关就把他的伤疤一直笑到耳朵后面去，谨慎小心地从贴肉袋里摸出一个纸包，一层一层地剥开，最后拿出一张照片。上面是他的老婆，两手拉着两个孩子，脸都胖得像西瓜一样，后面歪歪斜斜的写着“爸爸收”三个字。

“我的婆姨跟两个娃儿，”老关说，一面斜着头看着这照片，一面孔爸爸的神气说：“前年寄来的。”

我们看了他这种得意的样子，觉得自己心里也就充满了快乐。

“在后方我看见过一张苏联照片，”马指导员说，“大游行的时候母亲都抱着小孩过检阅台，喝！都是胖得像个球似的。”

“有一天我们的小孩也要这样子的，”我说，“把反动派打垮了，大家好好地干，大家都能吃饱穿暖。”

“对了，”老关接下去说，“从前我就是搞不通这一点，后来受了党的教育才明白过来，不光是自己的娃儿，人家的娃儿一样要翻身过好日子，从前都叫反动派压迫得连饭也吃不饱，瘦得都像一根根高粱杆子似的……”他叹了一口气，把照片上的儿子看了又看，“以后不会这样呢！以后我们的娃儿有的是好日子。”我们三人就静静地躺在那里，觉得彼此之间充满了希望幸福。

第二天就奉令向上海开拔。沿路很平静，因为大部队在我们前面。反动派的抵抗非常薄弱，因此行军行得很快。但在路上老关却发了一次脾气，原因是搜索队踩了老百姓菜畦子。我们行军因为避免反动派的飞机，所以都离开了公路在田野里走，江南的田道都是很窄的，有的地方还围满了菜畦子，虽然老关再三吩咐大家小心，但有的搜索兵还在某畦子里乱走，因为搜索俘虏，搜索兵的数目又派得很多，因此沿路都可以看见被踩过的菜畦和踏扁的青菜。老关就越看越有气，晚上就召集了弟兄们开了一个会，严厉地批评了一顿：

“你们闭着眼乱闯，人家的菜畦子是一锄一锄开出来的，费了好多劲才长了这么几畦，你们可把他们一下子就踩垮了！你自己种的菜是不是这样踩呢？没有办法也得从缝里过去啊！就闭着眼乱闯？！这样不爱惜人民的劳动，还能算得人民的军队？！”他讲话的声音很高，脸胀得通红，伤疤发紫，被批评的弟兄们都惭愧地抬不起头来。

“大家回去好好想一想，”马指导员的声音比较和缓，“自己检讨一下，这事情是很不好的，以后我们要向连长保证决不做对不起人民的事。”他说着把手臂举了起来，下面全体弟兄的手也跟着举了起来。“现在解散了，回去好好休息。”

晚上就有四个弟兄跑来向老关坦白认错。老关这时又笑得合不拢嘴，把自己的一包烟都分光了。

第三天我们到了上海近郊。这时大部队在前头已接近虹桥机场，叫我们第三连暂时担任后方警戒的任务。老关这时就不大高兴，一天到晚很少讲话。但还是到处检查枪械，随时准备战斗。那晚上是安静过去的，但听了一夜的炮声和枪声，晚上我老是听见老关翻来覆去地睡不着，我是了解他这份焦急的心情的。

第二天天没亮就接着命令：向右翼移动去接替二连下来，开始向敌人攻击。老关这时更加沉静了，分配了各排的具体任务，他自己带领了第一排先走，我随后和二排一起上去。这时离敌人的阵地已经很近，天空中满是炮弹呼呼的声音。到达二连已筑好了的工事时，天刚亮，就发现在阵地前面有着一所大的红洋房。周围是很长的一垛墙，墙上开了几个洞，临时当作枪眼。

"那就是敌人的据点，"连副对我说，"咱们再往前！"我们一直爬到第一道壕沟里，老关正在那里沉静地观察那所洋房。这洋房是很坚固，用一块一块的大红砖砌起来。墙上枪眼下面又堆满了沙袋，我们正对着这屋子的后面。前面围墙一直延展出去，大概墙内是一个很大的花园，敌人的枪弹不时向我们这边打过来。枪洞后隐约地露出了像毒蛇头似的机枪枪口。

"用迫击炮先把这些机枪阵地打垮！"指导员提高喉咙来压服不断的枪声；老关却把他的脸绷得像石板一样："不要打！"他脸上的紫疤像要裂开似的，默默地把望远镜递给了马指导员。老马看着看着就破口大骂起来，骂着又把望远镜递给了我，我校正了距离一看，就看呆了。这洋房是两层，后墙上望过去，刚看见后面一间的玻璃窗，从窗中望过去，一房间挤满了很多孩子，有几个小的正把脸贴在玻璃窗上，把鼻子压扁了，天真地向我们这边看着，我看着火就从心底冒上来。

"入他娘啊！"我说，"狼心狗肺的臭东西！"大家的喉咙都被愤怒锁住了。这时，三排排长从交通壕里爬进来：

"连长！连长！"他叫道，"这是一所学校呐。"

"嗯，"老关的回答就像冰一样，"前面能不能冲进去？"

"我们炸倒了一段墙，"三排排长说，"敌人的机枪就在楼底下，正对那个缺口。中间又有一段刈平的草地，啥子东西也没有，进了墙也不济事。反正爬不过去，怎么办呢？打电话叫后方吊炮弹罢，炸他妈的稀烂！”

我愤愤地把望远镜递给老关，他看清楚了往后一坐，把个脸气的像白纸一样。

“张大有！”马指导员把迫击炮手叫过来，“张大有，能不能把炮弹吊进墙去，不落在屋面上？”

“不成啦指导员。”这出名的百发百中的迫击炮手摇着头回答，“我早看过了，就这么屁股大的一块地方，吊近一点就落在墙外不济事；吊远一点就把楼房炸坏了。再说，就把墙炸垮了也没鸟用，这批王八都躲在屋子里。”这时电话铃响起来，传过来一阵急促的声音。

“连长，”接电话的通讯员说，“团部里问是不是要炮队来支援？”通讯员一面把指挥炮火的红旗从胸前的通讯袋里拔出来。大家都不响，光听见空气中嗖嗖的流弹声音。

“不用，”老关坚决地回答，“就说我们马上发起冲锋！”

通讯员报告了把电话搁上了。

“回去！”老关向三排排长说，“集中火力射击那个缺口。把敌人的火力引过来，我从后面搞他的屁股！”

三排排长走了。

“我去，”二排排长自报奋勇说，“我先上去！”

“你领一班从右面过去！疏散开点。我带两个班从左面过去。老马，”他回过头来又向指导员说，“我们爬了一程你带三排再上，程得庆！”

“有！”那重机枪手从瞄准器上抬起头来。

“我们前进的时候，你开枪戳瞎他的两个眼！”

“是。”程得庆说。最后老关回头向我：

“老朱，你待在后面！别上来！”我不响，觉得很失望。

“准备！”老关向程得庆说，“爬到一半就开火！”说着一翻身就出了工事，二排的弟兄纷纷跟上，这时围墙前面的枪声已在激烈地响起来。老关爬了一程又回过头来，喊道：

“程得庆！小心不要把枪瞄得太高打到楼上去。”程得庆向他扬扬手，老关就带着二班弟兄散开一个大弧形，向前迅速地爬过去，过了十来分钟，老马带着三排也爬了出去，接着程得庆在手掌里吐了一口唾沫，机枪便得得的响起来，直扫在枪眼上，把那些红砖都打得一片片飞开来，我紧张地望着那些一起一伏的人影，向围墙逼近过去。

突然，对方的枪声也响起来。显然，敌人发现了我们，子弹打得极低，沿着地面呼呼的直飞过来。程得庆双手抓住重机枪达达回击，眼里像要喷出火来，那些黄色的人影已接近围墙了。接着起了一阵爆炸声，敌人的一架机枪暗哑了。

“炸的好！”通讯员在旁边抓住了望远镜高兴地大叫起来，“炸他娘的精光！连长炸的，连长爬在前头。”通讯员报告说。

就在这时，几声可怕的爆炸声又传过来。在墙外逼近的人影中升起了几股灰沙。

“连长！”通讯员突然惊吓地叫起来，抛掉了他的望远镜，捞起他的马枪，就疯狂地冲了出去。一阵寒冷通过了我的全身，跳起来跟了上去。这时前面的弟兄都站起来，大喊着冲了上去，第二排已爬到墙上，冲锋枪嘶叫起来。

“连长，连长，”通讯员一面狂奔，一面叫着。我盲目地跟在他后面，忘记了旁边啧啧的枪弹，我们几乎和三排一同冲到墙边。大部分弟兄已翻墙过去。激烈的战斗在里面进行着。我奔到前面离开沙袋二十米远地方，老关躺着，半个头颅已炸得血迹模糊了。通讯员蹲在他旁边，他脸上的表情是我永世不能忘的，我奔过去跪了下来，“老关！”我恐惧地急叫起来：“老关！”

“完了！”通讯员的声音深得像山谷里的回声。

“老关炸死了！……”我茫然地望着他，又望着老关伏卧的身体，好像这一切都不是真的，但事实放在前面，老关是给敌人的手榴弹炸死了。通讯员在旁边伤心地哭了起来，这时墙内的战斗已停止了。通讯员把上装脱下来，包住了老关难以辨认的头颅，我们两个呆呆地跪在那里，马指导员从缺口里急急跑出来：

“连长怎么样？”他焦急地问道，接着他就看见那包着的头颅，血迹已透过了那薄薄的军装，一瞬间我看见老马的脸色变得惨白，用力咬住他的嘴唇。

“回去，”他向通讯员说，眼里充满了泪水，“回去报告团部，说阵地打下来了，关连长……牺牲了！”通讯员敬了一个礼走了。

“来，咱们把连长抬进去！”老马说，我们两个默默地抬起他的尸体，走过那个缺口，把他放在后面的石阶上，这时围墙里的敌人都已肃清，弟兄们正在一个个解除敌人的武装，老马就坐在石阶上处理了一切事情，许多的弟兄悲伤地围在我们周围，老马最后站起来说：

“同志们！连长光荣的牺牲了！他本来可以不死的，但为了保护楼上的小孩，他给敌人炸死了！”老马停了一停来控制他的感情。“为别人，为下一代牺牲了自己，……”他继续说，“我们的连长显出了一个优秀的共产党员的品质！我们要永远记住他！学习他的榜样！大家敬礼！”我们都向老关的遗体敬了礼。

“马上前进！同志们！”老马的声音里充满了愤怒，“向前去消灭那些残酷的反动派！”弟兄们含着眼泪又往前去了。

老马和我走上楼去，推开了中间那个房间的门，满房子挤满了小孩子，惊惶地向我们呆呆地看了一分钟，最后坐在角落里的女教师，先叫起来：

“解放军！解放军来了！”

那些小孩子，一瞬间都拥过来，牵住我们的手，天真地叫着，笑着，跳着，老马无限亲热地俯身抱起了一个有着大眼睛的孩子，紧紧地偎住他那苹果似的面庞，两行眼泪流了下来。……

一九四九年十一月二十日

（原载《人民文学》第1卷第3期）

述评

短篇小说《关连长》，与《我们夫妇之间》一起刊登于1950年《人民文学》第1卷第3期上。作者朱定，1949年开始发表作品。1983年加入中国作家协会。著有长篇小说《地狱与天堂》，散文集《碧血丹心》和短篇小说集《台湾来的渔船》、《香岛除夕》等。

小说塑造了一名爱党、爱国、爱民而文化程度不高的军人形象，人物刻画得立体丰满。积极读书认字体现了关连长清晰的自我认知，关心士兵生活则表现了关连长爱兵如子，这些都比较符合军队基层干部的实际情况。作品以新进连队的文书"我"的视角，描写了军人生活条件的艰苦，工作环境的简陋。然而这些并没有影响战士们的斗志，作为先锋与排头兵的连队，他们战无不胜，攻无不克，物质条件的贫乏反衬出精神力量的强大与可贵。只要有坚定的信仰，一切困难都可以克服。故事的高潮出现在攻克上海近郊国民党指挥部的战役中，士兵发现，国民党军以一所小学做为阵地庇护，小学里的孩子们成了人质。战争的残酷在这一瞬间，被鲜活的小生命无限放大。为了避免伤及孩子，关连长决定采用强攻战术，在士兵的掩护下，他带头突击，胜利拿下了国民党军阵地。但令人惋惜的是，强攻中关连长不幸中弹牺牲。这是一种革命人道主义精神，高尚而伟大。作品颂扬的正是这人性中光辉的一刻，立意鲜明，充分体现了人民解放军是人民的子弟兵，群众的生命高于一切，更何况是一群孩童的幼小生命。

小说发表后，反响并不强烈，赞扬与批判都无从谈起。转年，上海义华影片公司根据小说改编成电影，于1951年4月搬上银幕，当时上海的《大公报》、《解放日报》、《新民报》多家媒体针对影片发表了不同意见，这些都属于文艺争鸣性质。正式开始批判是从《人民日报》1951年6月17日发表的《应该正确地塑造人民解放军的英雄形象》，随后，《文艺报》第4卷第5期，接连发表了3篇批判文章，即：张学星等的《评〈关连长〉》、梁南的《谈〈关连长〉中错误的军事思想》和《评电影〈关连长〉》。这些文章一致指责小说《关连长》犯有两个错误，一是"以小资产阶级人道主义代替了战斗的革命人道主义"，一是"严重歪曲了中国人民解放军的形象"。丁玲作为《文艺报》的负责人，在一次讲话中点名批评：朱定的《关连长》，"专门去找坏的东西，夸大甚至造谣"，"故意出解放军的洋相”“以庸俗的小资产阶级的人道主义，歪曲了我们人民解放军的革命人道主义”、“严重歪曲了中国人民解放军的形象”、“把我军指挥员写成没有高度战略思想的拼命主义的冒险者”、“反现实主义的创作方法”等等。

粉碎“四人帮”以后，《关连长》小说及其改编的电影，重新得到了公正评价。

我认为，小说正是通过一次具体的军事进攻，在尖锐的矛盾冲突中，歌颂了解放军高尚的思想情操和革命的人道主义精神。作品叙事简洁，起伏有致，于高潮处戛然而止。一个具有鲜明个性、富有立体感的解放军指挥员形象呈现在读者眼前，充分体现了作者的创作热情和对作品情节的驾驭能力。

著名电视主持人崔永元在2012年“两会”期间，在代表提案中，提出了过去有一些所谓的问题电影、反动电影，例如《武训传》、《关连长》、《我们夫妇之间》等，需要给它们平反，指出“这是那个年代的文艺政策有问题，不是创作者有问题”。

洼地上的“战役”

路　翎

在春季的紧张的备战工作里，侦察排的人们除了到前沿、敌后去从事各种危险而艰苦的工作以外，还要做一件很特别的事情，这就是深夜里去侦察侦察二线上的自己人，试一试他们的警惕性，看一看那些新老岗哨是否能够尽职，摸一摸我们的二线阵地到底是不是结构得很坚强。因为，这个时期敌人的特务很活跃。这个任务是团政治委员给他们的，政治委员嘱咐他们，一般地看一看阵地是否警戒得很严密，岗哨们是否麻痹大意就可以了；当然也可以施展一点侦察员的本领，给那些麻痹大意的同志们一点警惕，但一定要防止不必要的误会和危险；如果发生了危险，就得由侦察员们负责。团政治委员说这个的时候口气很严格，但似乎也含着微笑，因为他深深地懂得这些侦察员的性格；在他说着话的时候，他们一个个的眼睛全闪亮闪亮。于是这天晚上，侦察员们就“突破”了自己人的好几块阵地。在他们看来，这里也“麻痹”，那里也“大意”，他们确实忘了这一切仅仅因为他们是一个久经锻炼的侦察员，有些岗哨实在是只有他们才能钻得进去；他们熟悉一切，不是像真正的敌人那样怀着恐惧，而是怀着喜悦，相信着他们和岗哨之间的友谊。确实麻痹大意的也有——二班长王顺，这个老伙计，就从二连的一个打瞌睡的岗哨那里缴来了一支步枪。但侦察员们并不是总能“战胜”自己人的，有一些老战士的岗哨，他们就无论用什么办法也钻不到空子，甚至有的在潜伏了一两个钟点以后，在老战士的严厉的喊叫下，只好走了出来，交代了口令，说明是自己人；他们和这些老战士大半都认识，于是就互相笑骂起来。……

二班长王顺，这个出色的侦察员，朝鲜战场上的一等功臣，在缴回了那倒楣的岗哨的一支步枪之后，下半夜又摸到九连的阵地上来了。九连的新战士多，他想着要好好教训他们一顿。九连有一个岗哨在麦田边的土坎上。那里和八连的阵地相连，离前沿比较远，又没有道路，平常最安静，因而他觉得也是最容易麻痹的，于是就摸过去，观察着地形和情况，在麦田边上的土坎后面潜伏下来了。这时候那个个子不怎么高，但是身体看来是非常结实的岗哨正在土坡上来回走动，似乎很不平静。从这岗哨的端着冲锋枪的紧张而又不正确的姿态，王顺看出来他是一个新战士，并且判断他最多不会站过两次哨。

这判断果然是正确的。新战士王应洪，这个十九岁的青年，从祖国参军来，分配到九连才一个星期。这是他第二次执行战士的职务，第一次是在连部的下面。王顺不久就发现这年轻人非常警惕，但这警惕并非由于战场上的沉着老练，而是由于激动，他在土坡上走来走去。

敌人向前沿的我军阵地打了一排多管火箭炮，那年轻的岗哨站下了，看着那一下子被几十个红火球包围着的十几里外的小山头。

“吓，你这穷玩意儿才吓不了谁！”他自言自语地说；接着他又疑问地对自己说：“这他妈到底是什么炮呀？”

他走动了一阵，又站下了，长久地看着前面的田地。

“这麦子都长得这么高啦，……朝鲜老百姓真是艰苦哪！”他大声说。

显然他有许多激动的思想，而这也是只有一个新战士才会有的；老战士们是不大容易激动的。他一定是非常景仰而又有些不安地看着前沿的山头，他还没有到那里去过；并且他因为眼前的麦田而想到了他的才离开不久的家乡。而在老战士、侦察员们看来，麦田，这常常不过是阵地上的一种地形。可是，听到这年轻人的喃喃自语，王顺虽然一方面在批评着他的幼稚，一方面却不禁心里很温暖，觉得这年轻人在将来的战斗中一定会很勇敢。他开始带着深切的关心在注意着他了。他看到这年轻人那么紧张地在捧着冲锋枪，并且显然地因这可爱的武器而激动，不时看看它，然后挺起胸膛。但随即王顺就注意到了，这冲锋枪的枪口布却是没有摘下的。“真胡来呀，这怎么能行？”他想，决定警惕他一下，于是轻轻地咳嗽了一声。

那年轻人凝神地听着了，显然他的耳朵是极敏锐的，有一双侦察员的耳朵。但是他却是这么没经验，并不出声，只是疑惑地对这边看着，然后小心翼翼地走下坡来了，丝毫也没有地形观念，不知道要隐蔽自己，并且尽往附近的开阔地里看。他正好经过王顺的身边，几乎要踩到了王顺的脚。王顺一动也不动，心里好笑。“这么没经验怎么行呀！”他想。当这年轻的哨兵满腹猜疑地又走回来，从他身边走过去的时候，心里就腾起了一阵热情——他没有意识到这是对这个年轻人的抑制不住的友爱——一下子跳起来把这年轻人从后面抱住了。

那年轻人在这突然袭击下最初是惊慌的，叫了一声，但随即就满怀着仇恨和决心和王顺进行格斗了——沉着起来了。王顺没有能夺下他的枪。他像一头牛一样结实，一下子就翻转身来把王顺也抱住了，显然地，他已经好久地在准备着和敌人进行面对面的搏斗了。……他的这炽热而无畏的仇恨的力量很使王顺感动。王顺就赶紧说：“自己人。”并且说出了口令。

但那年轻人才不相信他是自己人，用着可怕的力量把他压在泥坡上，在他的肩上狠狠地打了一拳；这年轻人并不喊叫来寻求帮助，看来他是沉浸在仇恨中，非常相信自己的力量。王顺放弃了抵抗，甚至挨了这一拳还觉得愉快；虽然对于老侦察员，这种情形是不很漂亮的。

“自己人！侦察排的！”他说。

“管你什么人，我抓住你了！”那年轻人咬着牙叫，“不跟我走，我就枪毙你！”

“睁开眼睛吧！”王顺说，“你不看我连枪都没有拿出来？……”

可是他这句话只是提醒了那个新战士，他一只手按着王顺，动手来缴王顺腰上的手枪了。这就伤害了老侦察员的自尊。

“你没看见我是让你的么？”王顺按着枪，激动地喊着，“不许动我的枪，我发脾气啦！”

他像是在对小孩说话似的，可是那年轻人喊着：“就是要缴你的枪！”

他是这样的坚决，看来是无法可想的。钦佩和友爱的感情到底战胜了侦察员的自尊，他就自动地去拿枪。可是那年轻人打开了他的手，敏捷地一下子把枪夺过去了。

“不错，他还能懂得这个，”王顺想，于是笑着说：“好吧，我跟你走吧。”

这时，听见这里的这些声响和谈话，九连的两个游动哨已经作着战斗的姿态跑过来了，他们也都不认得王顺，拥上来帮着王应洪抓住了他。于是，留下了一个担任警戒，其他的一个就和王应洪一道，动手把王顺押到连部去。王顺不再辩解，但在走进交通沟的时候，他却回过头来笑着对王应洪说：

“你警惕性不够高，我在你跟前蹲了半个多钟点了；我咳嗽的时候，你直着身子光往开阔地里看——要是我是敌人早把你干掉了。打仗要利用地形啊。”

王应洪很是疑惑了，生气地问：“你到底是干什么的？”

“我吗？干我的老本行。你看，”他又转过脸来说，“要是现在我要逃还是逃得掉的，你把你那枪口布摘下来吧。要不一打枪管就会炸，你们连长就没告诉过你？”

王应洪羞得脸上一下子发烫了。等到老侦察班长又往前走去的时候，他悄悄地摘下了枪口布。

“你到底是干啥的？”

“你参军来几天啦？”

“你不用管！”他愤怒地说。

到了连部的洞子里，大声地喊了报告，他就对连长说：

“抓住了一个……”抓住了一个什么呢，他就说不上来了。连长认得这老侦察班长，一看情形，马上了解了。

“好哇，有意思，”连长笑着说，“你们这些侦察排的就是有本事，怎么你的枪倒叫我们新战士缴来了呀？”

“别得意啦，我是让他的！”王顺自嘲地笑着说，“他蛮不讲理，那有啥办法呢？你问他我是不是让他的？”

“我蛮不讲理？你别诬赖人啦，……我把你一枪打掉我也没错！”

“那可使不得。打掉了我就吃不成饺子啦。”王顺说，心里特别喜爱这年轻人了。灯光下看出来，他是长得很英俊的。

“你说说看我是不是让你的？”

“我要不揍你你就让我啦！”

这激昂的、元气充沛的大声回答使得连部里的人们全体都大笑了。老侦察班长自己也笑了。那挨揍的地方，确实还有点痛。

对九连的警戒情况作了一点建议，王顺就回来了。自这以后，他的心里就对这个新战士留下了很深的印象，甚至高兴人们说起这件事，就是，他被新战士王应洪所“俘虏”，还缴了枪。这件事情不久也就在全团流传起来，以至于团的首长们也都对新战士王应洪怀着特别的兴趣了。过了不久，从阵地下来休整，预备向各连调人来增强侦察排的时候，团参谋长就一下子想起了这个小伙子，建议说："这个王应洪跟咱们那个王顺，他们是有点老交情呢，调他来吧；侦察排总是调的班级、副班级的老兵，我看调几个年轻的去也有好处。"

这样，王应洪就到了侦察排，而且连里也把他分配到了二班。

不用说，王顺对这件事是很高兴的，当那个年轻人背着结实的背包，精神抖擞地来到班上，对着他极其郑重也极其高兴地敬了一个礼的时候，他就笑着跑过去把他的手拉住了，接下他的背包，拍拍他的肩膀，说："咱们是老交情啦，你说得对。你要不揍我我就不会让你！"

这年轻人马上就明朗地说："班长，分配我任务吧。"

他是羡慕着侦察员，非常乐意到侦察排来的。他在这些时间已经习惯于军事生活了，并且也晒黑了，长得更结实了。

他把侦察员的工作看得很神秘，但也想得很简单，因此一来就要求任务。班长王顺告诉他，现在他们在练兵，要学会各种各样的本领才能执行侦察员的任务，并不是任何人都能干侦察员的。第二天一早，班长把全班带上了山头，要求每一个人都找寻一块自己以为合适的地形，在半分钟内隐蔽起来，然后他来检查。侦察员们迅速地在山坡上散开去了，马上就一个一个地消失了，唯有这新来的战士仍然暴露在山头上，他很激动，急于要找寻一个合适的、让班长赞美的地方，可是愈是这样，愈是觉着哪里也不合适；乱草中间不合适，石头背后也不合适，跑到这里又跑到那里。这时班长已经上来了，他就焦急地一下子伏在旁边的一棵小树下面。班长王顺显然是装做没看见他，先去搜索和检查别的人，批评表扬他们在紧急情况中所利用的地形，并且提出一些问题：如果敌人的火力从这个角度打来，你这条腿还要不要呢？他高声说着话，显然是要让全体都听见。听见这些，检查一下自己的情况，王应洪明白自己要算是最糟糕的了，而这时他恰好看见了附近的一条土坎，于是跳起来往土坎跑去。但是班长说话了："谁在那里跑呀，咱们侦察员的纪律：伏下来，没有命令，不准动！你不怕把全班都暴露吗？"班长的声音是很温和的，有点嘲笑的味道，王应洪的脸一下子红到了耳根，痴痴地站在那里就不再动弹了。可是班长好像只是随便地说了这话，马上又不再注意他，又去继续检查别人了。他于是就又回到了原来的小树后面，照原来的姿势卧好，这时候他想：他一定要保持原来的样子，一动也不动，让班长来批评。班长最后才走近了他，简单地说：“你这里不好，除了这棵三个指头粗的小树干子，你是躺在土包上，没有一点隐蔽。你为什么会选择这里呢，因为你不沉着，人一不沉着，头脑就不灵活。”然后就集合了全班，开始了一天的练兵工作，没有再批评他了。……这样，这个青年就一点一滴地学习了起来，对班长充满了崇敬，爱上了这严格的军事生活。他想，他要发奋努力才能赶得上别人，才有资格在将来的战斗中要求任务。

练兵工作甚至有时候在深夜里也进行。因为排长调去学习去了，班长王顺还代理着全排的职务，他的工作非常忙。但即使这样，这个在侦察员中间威信极高的班长还能不时地抽出时间来和王应洪谈一些话，告诉他战场上的事情，勇敢的侦察员，他的那些牺牲了或调走了的战友们，在这样或那样的情况下怎么做；但关于在部队里流传着他自己的许多故事，他却避免提到。有一天王应洪忍不住地问了：是不是有一次，在五次战役的时候，他一个人深入敌后三十里，缴获了文件还炸掉了敌人的一个营指挥所？他笑笑说：那不过是敌人太熊了。过去那些没啥，看将来的任务吧。

总之，这两个人感情很好，练兵工作紧张而平静地进行，王应洪在任何工作上都非常积极，他拿班长做他的榜样。在那天晚上“俘虏”了班长的时候，班长给他的印像使他觉得这些侦察员们虽然大胆勇敢，却是有些调皮捣蛋的，但现在他觉得完全不是这样。他渴望执行任务的日子早一天到来，他渴望跟着班长去建立功绩，……可是，这时候在他们的生活里却发生了一件意外的事情。

侦察排在练兵的这个时候是住在阵地后面的山沟里的一个村子里，这是这一带剩下来的唯一的一个小村子，因为地形的关系，敌人的炮火射击不到的。王顺的这个班，住在一个姓金的老大娘家里。这老大娘六十二岁了，儿子是人民军战士，媳妇在敌机轰炸下牺牲，家里只有一个十九岁的、叫做金圣姬的姑娘；这一老一少在从事着田地里的艰苦的劳动。

侦察员们住到她们家来以后，这母女两个总是抢他们的衣服来洗，他们也就抽空帮她们做一点事情。金圣姬这姑娘是农村剧团的一分子，曾经参加过慰问战士们的晚会。唱歌跳舞都很好，侦察员们来了以后，她是这山沟里最活跃的一个姑娘。这大方而活泼的姑娘不久就和侦察员们非常熟识了，叫得出每一个人的姓名。星期天，侦察员们休息的时候，她就和他们学着打扑克，教他们朝鲜话，又向他们学中国话。而在侦察员们爬到屋顶上去替她家收拾房子的时候，她就攀在梯子上递东西，不停地快乐地大笑着。她的中国话不久就学得很不错了，而且会唱侦察员们的所有的歌子。于是侦察员们，住在这两母女这里，就像是住在自己的家里一样。但是忽然地，这姑娘的神气里有了一点特别的东西，变得少说话了，沉思起来了。

班长王顺是很敏感的，他不久便觉察出来，她的这种变化是因为王应洪。侦察员们初来的时候，她最爱和王应洪说笑，嘲笑这年轻人的愣头愣脑的劲儿；带着天真的神气逗弄他，搬着手指教王应洪学习朝鲜话的一二三四，在王应洪发音错误的时候就大笑起来，每一次都要笑得流出眼泪……

在战线附近，在敌人的炮击声中，她们的麦田附近经常落弹这样天真快乐的姑娘是特别叫人高兴的。但后来她忽然地就不再和王应洪这样大笑了，见到王应洪的时候就显得激动，在他走过的时候总是痴痴地看着他。有时候，显出特别兴奋的样子，和王应洪说上几句话，就要脸红起来。可是王应洪却完全没有注意到这个，这个年轻人的全部心思都集中在练兵的工作和未来的战斗任务中。使得这姑娘对王应洪发生感情的重要的原因，正就是王应洪的这种热诚。他帮她家做的事最多，他一早一晚都要帮她家挑水，午饭后有一点时间还要去抢着帮老大娘劈柴。他做这些是很自然的，他觉得这家人家很艰苦，而他们住在这里，总是会有些打扰别人的：老大娘那么大年纪还抢着替他们洗衣裳。参与着这日常的家庭劳动，老大娘有时就递口水，递块毛巾给他，对待他像对儿子一样，而金圣姬那个姑娘，在这些接触中心里满是感激，从这感激就产生了一种抑制不住的感情和想象了。在院子里只有他单独一个人在干活的时候，她就和他说许多话，替他递这拿那。有一次，天刚亮他担水回来，那姑娘像每天一样赶快拿东西来接，热烈地瞅着他，希望他和她说话，可是他低着头倒了水，担着水桶又出去了。第二挑水担回来的时候，金圣姬蹲在地上拿盆接水，忽然抬起头来看着他，用生硬的中国话问："你的家几个人？"他爽快地回答说："四口，父亲、母亲、哥哥、嫂嫂。"金圣姬紧张地、吃力地听着，红了脸，后来又想问什么，可是他已经唱起歌来，跑出去了。他什么也没有觉察出来。

第二天午后，别人都午睡了，他一个人在院子里挖着他的鞋子上的泥，老大娘忽然走过来，在他旁边蹲下了，拿一只手抚摩着他的肩膀，悄悄地用中国话问："你的十九岁？"他说："十九。"又问："你结婚过吗？"他说："没有。"老大娘于是对着他笑着，抚摩着他的头，说了很多他听不懂的朝鲜话。显然她那个女儿已经和母亲谈过她的心思了。可是这年轻的侦察员仍然什么也没有想到。老大娘的慈爱的抚摩，使他非常感动，他告诉她说，他的母亲也是快六十岁了，身体很好，和她一样还能下地劳动；又告诉她，他的母亲是很爱他的，他小的时候，看见他生病咽不下和着糠和榆树叶子的窝窝头，母亲就偷偷地哭，卖了自己的唯一的一件破棉衣，替他买来了两斤白面。他说着的时候看着老大娘，发觉老大娘脸上也有和母亲一样的皱纹，于是就想到，在他参军的时候母亲怎样地流了眼泪又微笑，说是："我这儿子没有叫国民党土匪打死，今天怎能不乐意他去哇……"他于是激动起来，想要和老大娘谈这些。可是他不久就发现他的夹着几个朝鲜字的中国话老大娘一点也没有听懂，正像刚才她的话他没有听懂一样。他激动得很厉害，想着现在他是一个志愿军的侦察员，是在为他的受苦的、慈爱的母亲和这个受苦的、慈爱的老大娘而战斗了，于是站了起来，找出了斧头就去替老大娘劈柴。

老大娘含着泪看着这年轻人——她仿佛觉得他已经是她的家庭里的人了，并且甚至想到了，当她的当人民军的儿子从前线回来时，将要怎样高兴地和他们家里的这个新人见面。而这个时候，金圣姬姑娘也正在厨房的门口对着这年轻人瞧着。她听见了她母亲对王应洪所说的一切话，但是王应洪后来所说的那些话她同样地没有能听懂。但是从这年轻人的激动的神情，她相信他已经能够懂得她的心了。

这种情况，这母女两个的动人的、热切的感情，渐渐地使得班长王顺很担忧。他相信王应洪不可能出什么岔子，但因为他特别喜爱王应洪，并且似乎和他还有着一种特别深刻的关系，因此就时刻害怕他会出岔子。而且，对于这一类的事情，老侦察员一向是很冷淡的，他还有一种简单的成见，就是，如果这一方面没有什么，那一方面也一定不会有什么的。因此他渐渐地有点疑惑了。他觉得，年轻人总难免的，他刚离开温暖的家不久——他听说过王应洪是怎样被母亲爱着，还不曾懂得、习惯战争生活，可能他被这个家庭的日常的劳动所吸引，可能他不知不觉地对金圣姬流露了什么。在军队的严格纪律和严酷的战争任务面前，这是断然不能被容许的。

但在这种考虑里，班长王顺的心里还有一种模模糊糊的他也说不上来的感情。当他的班里的一个战士对他反映了金圣姬和王应洪之间的状况，并且认为王应洪可能已经有了超越了军队纪律所容许的行为的时候，他才意识到自己的这种感情。他回想起了金圣姬的纯洁、赤诚的眼光，这眼光使他困惑。他想：她的心地是这样的简单，她怎能知道摆在一个战士面前的那严重的一切呢？可是，又何必要责难她不知道这一切，又为什么要使她知道这一切呢？

他是结过婚的人，并且有一个女孩。他一向很少写家信，总是以为他没有什么可写的，他觉得他对她们也一点都不思念。但金圣姬的神态和眼光，她在门前的田地里劳动的姿态，她在侦察员们走过的时候忽然直起腰来在他们里面找寻着什么的那种渴望的样子，就使得他隐隐约约地想起了那显得是很遥远的和平生活。金圣姬从一个小女孩长成大人了，她简直就是在炮火下成熟起来了，她特别宝贵她的青春，她爱上了纯洁的中国青年，她的一举一动都流露着，自自然然地，她渴望建立她的生活，和平的、劳动的生活。……正是这个，使他感到了模模糊糊的苦恼。

但军队的纪律和他心里的紧张的警惕却又使他不好去批评他班里那个战士的汇报。而且这个汇报使他对这件事情觉得更加疑惑起来，就是，王应洪可不可能在不知不觉之间对金圣姬流露了什么呢？经过一番考虑，他就把他所注意到的这一切汇报给连指导员了。连指导员也很喜爱王应洪，但也对这件事做不出判断，于是指示他说：好好注意，必要时找王应洪谈一次话。

指导员的意思是，如果现在真的还一点什么也没有，谈了话反而要影响王应洪的情绪的。王顺也觉得这个谈话很困难。但因为对这年轻人的特别的关切，因为对他的班的重大的责任感，王顺仍然当天晚上就找了王应洪到门前的土坡上去谈话了。

这谈话确实困难。王顺先是表扬了王应洪，表扬他在练兵中的进步，干工作的带头、勤劳和活跃，然后就说到了将来的战斗任务，说到一个革命军人的职责，说到纪律的重要。可是，说着这些，王应洪仍然一点也不明白。他从来都不怀疑这些真理。他以为班长是一般地在关心他，于是表示说，他是坚决要为革命奋斗到底的，他是青年团员，他希望能在将来的战斗里考验他！他热情而激动，就是不明白班长所暗示的那件事情。班长于是只好点破了。他说：“你觉得咱们房东那姑娘怎样？”

对这个问题，王应洪愣了一下。

“她挺好呀……”说到这里，他才一下子明白过来了。一定是班长不信任他，一定是别人说了他什么。这倔强的青年是不能忍受这种怀疑的，他痛心而愤慨了，叫着：“班长，你就这样看我么？”

班长王顺也是直性子，既然把问题点破了，他就决心搞到底，一定要弄出结果来，看这年轻人到底有没有什么。他于是不理会他的激动，冷淡地问：“你真的是没有什么？”

“你不相信你调查去好啦，这么不相信同志呀。”

这种说话的腔调，叫班长王顺愤怒了。这是孩子气的、老百姓的腔调。这在老军人看来是断然不能许可的，于是他冷冰冰地说：

“有纪律没有？你这口气是跟谁谈话啦？”

那年轻人一下子沉默了。过了一下，他以含着泪的、发抖的声音说：“班长，刚才我是不对……我汇报给你啦，我真是对她一点心思也没有。”

班长沉默着。他很难过——他是这样地喜爱这个青年，刚才似乎也不必那么严厉的。这年轻人说的话也是真理：为什么要不相信自己的同志呢？

“好啦，就这样吧。”他想安慰他几句，可是什么话也说不出来。他又想起了金圣姬姑娘的那一对热诚的眼睛。

回到班上去，熄灯号以后，王应洪好久睡不着。他这时才回想起这些时来金圣姬姑娘的神态，觉得果然是有些什么的，心里很不安了。眼前就有一个难题：明天一早起来替不替老大娘挑水呢？他想，不挑算了，为什么要叫人误会呢？但这时候，透过门缝，他看见了灯光下的老大娘的疲劳的脸和花白的头发，她正在推着磨子，艰难地耸动着她的瘦削的肩膀；而从屋子里面，则传来了劈拍劈拍的单调的声音——金圣姬姑娘在打草袋。这劈拍劈拍的声音混合着磨子的沉闷的轰轰声，震动着他。这两母女每天都要劳碌到什么时候才睡啊！那么，为什么他不该替她们挑水呢？如果明天一早起来，发觉坛子里空着，她们要怎样想呢？当然啦，她们是决不会责怪他的，可是他自己怎么能过得去呢？……想着这个，他心里觉得沉痛起来。“我是清清白白的，我哪一点也没有错，为什么要这么不相信我呀！”他想，于是他含着眼泪激动地对自己说：“不挑对不起人！坚决要挑！”

但是他仍然问了班长。看见班长在翻身的时候醒来了，他问：“班长，早上我替不替她家挑水呢？”班长用很柔和的声音回答说：“那当然可以。”然后又睡了。这回答使他很安慰。

他是全班每天起得最早的，趁这个时间去替那两母女挑点水，这已经成了习惯了。但是第二天一早他刚一起来，悄悄地去拿水桶的时候，打草袋打到深夜才睡的金圣姬忽然迅速地推开门出来了，两只手编着辫子，赤着脚走到踏板边上，注视着他。他不和她招呼——下决心一句话也不说，拿了水桶就走。金圣姬活泼地跳下踏板穿上鞋子就来和他抢水桶。侦察员们住到这里来的最初几天，她也曾和他抢过水桶，那是因为她觉得，她不好要这些劳苦的战士们帮助她，而且，在朝鲜，背水和顶水，是妇女们的事情。但后来的这些天，她就不再来抢水桶了。今天不知为什么她忽然地又这么干了，也许是因为，她已经把他看做自己家里的人，她又想起来了男子的尊严，而担水是妇女的工作。但王应洪却不曾想到这些，似乎是有些赌气，用力地夺了水桶就走。他挑了水回来，那姑娘已经在灶前生着了火，听见了脚步声就回过头来了，望着他笑，跑过来找盆子盛水，可是他为了免得和她接近，赶紧地把水倒在一个坛子里了，慌慌忙忙地以致于把衣服泼湿了一大片。金圣姬“啊哟”地叫了一声，马上找东西来替他揩，找不着干净的东西，慌忙中就撩起裙子来预备拿裙子给他揩，可是他红着脸一转身就出去了，金圣姬蹲在地上还来不及起来。

这对于金圣姬是一个不小的打击。为什么这样呢？她有什么不对的么？难道她对战士们照顾得不好，不曾把他们的衣服洗得很清洁么？她站了起来，悄悄地流下了一点眼泪。这个年轻的朝鲜姑娘，好些天来，听见王应洪的声音就要幸福得脸红；一早上在灶前烧火，听着他的挑水的脚步声的时候，她就要不由地想起了，一个男子不应该挑水的，将来，她烧着火，担着水，他在院子里这里那里收拾一下，然后他们一块儿到田地里去劳动，这就是家庭了。她觉得这好像没有什么不可能的。战争总归要过去的。而且，在她的心上，他一点也不是生疏的外国人了。

她真是很委屈。可是她也是倔强的。第二天天刚亮，王应洪起了床预备来挑水的时候，小水缸里和坛子里却已经满了，她在灶前烧火，不曾看他一眼。

他于是觉得苦恼。她一点过错也没有，为什么昨天要那样对待她呢？……可是这种情况是不能这么继续下去的，晚上他就向班长王顺把昨天和今天挑水的情况汇报了，他觉得他很对不起人，他不知道要怎么办；他建议他们班搬一个家，可是他又觉得，无缘无故地搬了家，就更对不起这两母女了。他于是希望快点上阵地去。班长嘱咐他仍然照常挑水，并且态度不要那么生硬。

以后几天，他起得更早，抢着挑了水。金圣姬姑娘不再走近来，也不再和他说话，只是默默地看着他。他总是很快地办完事情就出去了。这种情形弄得他很慌乱，他心里开始出现了以前不曾有过的甜蜜的惊慌的感情。对这种感情他有很高的警惕，于是在金圣姬姑娘面前他的态度变得更生硬了。这天晚上回来，预备抽点时间洗一洗衣服，他发现他的一套脏了的军服已经叫她洗得很干净，而且熨得整整齐齐的。他一瞬间害怕别人看见，红着脸像是做错了什么事情似的，赶快把这套军服塞到背包下面去了。但第二天早晨，穿上了这衣服，他决心一早就穿它，好使金圣姬心里高兴一点，来补救他的那些生硬的态度——往衣袋里一摸，却多了一件东西。拿出来一看，原来是一双用蓝布做面子，白布做底的，缝得非常细致的袜套。他没有什么犹豫就向班长汇报了，把这袜套交给了班长。班长拿着这袜套看了一阵，心里赞美着这年轻的战士的忠诚的纪律性，但又有点不安：过过穷苦的生活的人，是知道庄稼人家的艰难的；在这战争的山沟里，谁知道金圣姬姑娘费了多大的心思，才弄来了这一块簇新的蓝布？这两母女终年吃着酸菜和杂粮，而且那姑娘的裙子都打了补绽，她只有一条跳舞的时候才肯穿的比较新的红纱裙……这么考虑了一阵，黄昏的时候，他就嘱咐王应洪把这袜套还给金圣姬，虽然他知道这一定会使那姑娘委屈，但这没有办法，纪律比一切都重要。

这时金圣姬姑娘和她的母亲正在门前的踏板上吃饭，王应洪鼓起勇气来走过去了，不知为什么还敬了一个礼，把那袜套硬邦邦地往前一递，说："还你！"就没有别的话了。

那姑娘一瞬间瞪着他，她母亲也瞪着他。

站在附近的班长王顺觉得这简直太糟糕了，这年轻人简直太生硬了，连一句客气话也不会说，更不用说要他交代几句军队的纪律了。于是赶忙走过去笑着用朝鲜话解释说，志愿军不好随便接受老百姓的东西。……他没说完，老大娘兴奋地站起来了，大声地辩解着说：她才不信这个！这并不是随便接受老百姓的东西呀。她并且指指响着炮声的前沿的方向说：这还能分家吗？金圣姬姑娘为什么不该感谢这年轻人呢？可是那姑娘望望她的母亲又望望王顺，一句话也不说，红着脸把那袜套接了过去，又低着头继续吃饭了。

以后一切就显得很平静，没有什么事情了；只不过王应洪变得更慎重，换下来衣服马上就洗；金圣姬去抢别人的衣服洗，却不再来抢他的了。对于王应洪说来，这件事情虽然多少也扰动了他，但却并不曾在他的心里占多大的位置；实际上，班长王顺对这件事还注意得比他多些。将近两个月的练兵期间，他已经学会了侦察员的各种本领，还学会了敌人的好几种火器——侦察员们，有时候是要夺取敌人的武器来使用的。他学习得这样热衷中，以至于他没有时间来考虑金圣姬姑娘对他的感情。练兵任务快要结束的时候，一次打靶练习和演习动作中，他受到了团参谋处的表扬。这天黄昏，连指导员到他们班里来参加了他们的班务会，在做总结的时候也表扬了他。班务会以后指导员还不走，他是很活泼的人，看见金圣姬姑娘在那里推着小磨子磨麦子，便跳过去了，两腿在炕上一盘，夺过磨把来，非常熟练地磨了起来，一面就用非常好的朝鲜话讲着笑话，使得金圣姬不得不笑了起来——但这姑娘这时已是这么成熟了，不再像先前那么哈哈大笑了，而是侧着头，带着一种讥讽的神气微笑着。但指导员看见笑容就高兴，继续愉快地说笑着，因为他已经好些天不见到这姑娘的笑容了，他密切地注意着这件事情，赞美着他的年轻的战士，但也因了这姑娘的忧愁而有些不安。他帮她碾完了半斗多麦子才走。在他谈笑着的时候，王应洪赶着替她家的所有缸子坛子里挑满了水，因为他们明天一早还要有一次演习动作，怕来不及挑水；而且他们不久就要上阵地了，他觉得他不会有很多时间来帮助她们了，没有这些帮助，她们是会要困难一点的。金圣姬姑娘听着指导员的话在发笑，好像完全没有注意到他在干活，这使得他也很高兴，对这两母女，对这一段生活，充满了感激的心情。

第二天上午，在山坡上的松树林子里，农村剧团的姑娘们给战士们做了一次演出。战士们围成一个圈子坐着，对这些熟识的姑娘们的表演觉得非常高兴。金圣姬有三个节目：唱了一个歌，跳了一个《春之舞》和一个《人民军战士之舞》。

在《春之舞》里面，她穿上了她的唯一的一件粉红的纱裙；在《人民军战士之舞》里面，她演战士之妻。这时候人们才注意到她原来是这村子里的最美丽的姑娘，并且她表演得非常好。“人民军战士之妻”的好几个动作，使得有些战士的眼睛都潮湿了，甚至连老侦察员王顺都感动得说不出话来了。这表演的第一节的内容是：人民军之妻背着孩子，在敌机的轰炸下，送丈夫重返前方。王顺心里的感情很复杂，他就悄悄地注意着坐在他旁边的王应洪，可是这年轻人却好像没有什么感触，沉思地看着“人民军之妻”的飘动着的长裙——这个新战士，这时候是在想着虽然今天晚上他们就要上阵地，可是他却还没有战斗过，比起舞蹈里的那个挂着国旗勋章的人民军战士来，他真是差得太远了。他就是这样想的。后来发生了一点意外的情况，就是，班长王顺发觉出来，当金圣姬舞蹈着的时候，坐在圈子里面的村子里的姑娘们都在陆陆续续地朝这边看，而且悄悄耳语。……舞蹈一结束，姑娘们就用中国话叫起来了：欢迎王应洪唱一个！——她们甚至知道了他的姓名！战士们，包括连长和指导员在内，都轰的一下鼓掌了，而王顺就注意到，这时那个“人民军之妻”的脸上是闪耀着多么辉煌的幸福表情！王应洪很惊慌，哀求班长替他抵挡。王顺站起来了，自告奋勇地说：“我来唱！”可是姑娘们说，你也要唱，先让他来！这时连指导员跑过来了，像哄小孩一样对王应洪耳语着，把面孔通红的王应洪拉了出来。王应洪敬了一个礼，终于低声地唱了一个歌。大家沉静地听着，他唱得实在不好，战士们都替他捏着一把汗，可是姑娘们却听得出神——唯有那个“人民军之妻”带着一种担忧的、惊讶的神色。歌声一停，从姑娘们里面爆发了狂烈的鼓掌，于是王顺又看到了，那个也在轻轻鼓着掌的“人民军之妻”的脸上，闪耀着多么辉煌的幸福表情！

黄昏的时候，天气很晴朗，侦察排上阵地了。他们离开村子的时候，村里的妇女儿童们都送到了村口，望着他们走下山坡。金圣姬母女也送出来了，可是金圣姬现在却显得冷淡而严肃。她跟在母亲后面，看也不看王应洪；她母亲摸摸这个战士又摸摸那个战士，最后就拉住王应洪的手，说着说着落下了眼泪，她却是一声也不响。她慢慢走着在她自己的独特的思想中。

战士们走下了山坡，一边走一边回头招手，喊叫，大家都舍不得这些已经变得如此亲爱的人们，可是王应洪，既不回头也不说话，跑得很快，几步就奔下了山坡。

战士们走得很远了，在昏暗中看不见了，其他的一些送行的人们也陆续回去了，金圣姬才突然哭起来，拿手巾掩着脸急忙地朝家里跑去。因为到连部去谈话落在后面，最后才赶出村子的班长王顺，看见了这个。这姑娘哭着擦过他身边。

他站下来回头望着她，叹了一口气。

这姑娘呀，我也不是没有妻子儿女的人，这叫我怎么才能跟你解释呢？

他心里同时就更疼惜那个年轻的侦察员，这年轻人被这样的爱情包围着，可是自己不觉得，似乎还不懂得这个，一心只想着在战场上去建立功绩。于是王顺的眼前又一次地浮起了那遥远的和平生活，并且清清楚楚地意识到，这和平生活已经把那纯洁、心地正直、勇敢的年轻人交托给了他，在他的带领下，这年轻人正在大步走向战争，这个他还没有经历过的，他还不懂得的战争。

上阵地的第三天，听说战斗任务已经交给他们班，晚上就要出发，王应洪非常兴奋，就换上了那一套留了好些天的干净衣服。于是换衣服的时候他又发现了那双袜套，并且还增加了一条绣花的手帕，用中国字在两朵红花的上面绣了他的名字——很可能这姑娘是从他的背包或笔记本上模仿去的，又在花朵的下面绣了几个朝鲜字，他想那一定是她的名字。这两个名字都是用紫色的线绣的。他顿时心里起了惊慌的甜蜜的感情。第一个念头是想汇报给班长，但在从坑道里往外去的时候，他犹豫起来了。他想，现在班长这么忙，马上要出动了……等完成任务回来再说吧。

当然这时候他是想留下那条手帕。于是他把它仔细地折起来，放在胸前的口袋里。

黄昏的时候，王顺就带着他的班出发到敌后去了。任务是捉俘虏。

用侦察员们自己的话来说吧，任务是艰巨的。一个多星期以来，从敌人的炮火和敌人纵深里的活动情况上判断，前沿青石洞南山的敌人似乎变更了部署，而且似乎有发动进攻的模样；而我们又正在计划着一次规模较大的反击战，夺下敌人这条战线的咽喉青石洞南山。按照原定计划，这个战斗早些天就要发起了，一切准备工作都做好了，但是因为没有能最后地弄清敌人的变化而暂时地搁置了下来。上级指挥机关迫切地需要一个俘虏，但师的侦察队出动了两次都没有结果；战争两年多，敌人变得胆小而狡猾，俘虏不是那么容易捉到的。因此，这次就把团的侦察排的最好的一个班拿出去，把本来预备作为重要的下级干部而提升起来的侦察功臣王顺拿出去，这样，就在全班唤起一种极其严肃的感情，大家都明白这是关系全局的重要任务，这次出去，无论如何也要捉到一个俘虏。由于这种自觉的光荣意识，这个班里就升起了一股对敌人的傲气，在出动之前的紧张的准备工作里，他们的沉默的、严肃的、敏锐的神情和动作表示出来，无论是什么样的敌人，他们都要把他捏在手心里，只有他们先把敌人捏在手心里，全军才可以捏住前沿的山头，粉碎青石洞南山。在班长王顺的身上，这种对敌人的傲气是表现在冷静的眼光、变得很慢的严肃的动作和沉默的严厉的神情里面的；这负着重大责任的老侦察员是深知战前准备工作的重要的，他默默地、严厉地打量他班里的每一个人、每一支枪和每一双鞋带，不时地沉思起来，不耐烦和不相干的人说话，把那个跑来和他开了一句玩笑的连部通讯员一句话就熊走了。但在年轻的王应洪，这一股对敌人的傲气就表现在抑制不住的扬眉吐气的兴奋神色里，他无论如何也学不到班长的那股冷静。因而，当连长陪同着团参谋长来看一看他们的时候，班长王顺严厉地、惊心动魄地喊了立正的口令，他就扬着头、挺着胸，冲锋枪斜挂在胸前，显出了那种特别吸引人的天真而高贵的神情。

认真说来，班长的这个和平常完全不同的立正的口令，才是他的军事生活里的第一课。特别因为他怀里揣着那一条绣花手帕，这也才是他的明朗的人生道路上的第一课。他的慈爱的母亲在贫苦的生活中给了他的童年许多温暖，这绣花手帕又给他带来了他所不熟悉的模糊而强大的感情，他现在要代表母亲，也代表那个姑娘——不论他对她如何冷淡，这一点是毫无疑问的——为祖国，为世界和平而战，这一切感触、思想、感情，都出现在班长的那个立正的口令中，或者说，因那个立正的口令而出现了；这立正的口令使他全心全意地觉得满足和幸福。

团参谋长是笑着走进坑道的，在王顺的立正的口令声中变得严肃了，一下子感觉到了这个班的这一股必胜的傲气，于是心里突然疼痛起这些青年来。他走到王应洪的面前就不觉地站了下来，对着这年轻的侦察员看了好一阵，严肃的脸上又露出了微笑。

“这就是他么？”他问连长。

连长没有弄清楚参谋长指的是什么，因为关于这个年轻人的所有的事情团里都知道，但他看出来参谋长是喜欢这年轻人的，于是高兴地回答说：

“就是他。”

“王应洪！”参谋长喊着，显出了幽默的神气，眼睛里闪出了友爱的讥讽的光芒，看着这年轻人。

“有！”王应洪大声回答，下巴更抬高了一点。

“听说是你曾经把你们班长俘虏过，俘虏他是很不容易的啊，有这事么？”

“那是……”王应洪说，他想说：“那是班长让我的。”但马上觉得这样讲述不合乎一个军人的性格，于是大声回答：“报告，有这事！”

“唔，好！”参谋长显然很满意，虽然他早就知道这一切：“二班长，有这事么？”

“报告，有这事！”王顺骄傲地回答。全班的战士们的脸上都出现了微笑。

从这两句回答，参谋长就看出了这个班是团结得很坚强的。他检查了他们的行装和伪装圈：一切都合乎要求。他简单地又讲了讲这次任务的性质，并且抽出一个战士来问了一下他们准备的有哪几个战斗方案，指示了两点，于是这个班就出发了。

他们悄悄地、疾速地通过了敌人炮火封锁区，过了一条很浅的小河，顺着交通沟绕过一个山坡，潜伏着观察了一阵，就开始在黑暗中越过战线。

有一段路他们是在一片长满野花杂草的开阔地中间一点一点地前进的。左后面是我军的小山头，右边是敌人的山头，正往我军的阵地上打着机枪。这一阵机枪似乎帮助了他们，他们敏捷地跳跃着前进。王顺、副班长朱玉清，和其他的几个老侦察员都很熟悉道路和情况，这开阔地上不至于有敌人的岗哨：敌人不敢下来。他们刚通过不一会，就有一排机枪打在他们刚才越过战线的地方，显然地敌人是用火力盲目地警戒着那里。现在侦察员们的目标是一百米外开阔地中央的一丛槐树，槐树丛里面有土坎，可能敌人在那里安置了哨兵，如果是这样，而且不超出三个人，那就一下子干掉敌人，任务就基本完成了；如果没有，那就先占据这槐树丛再来计议。他们用战斗的队形分三面迫近这槐树丛了。天气阴沉而且吹着小风，很利于侦察员们的活动。班长王顺在前面发出了记号，大家卧倒，听着动静。除了微风吹动树叶，和附近的什么地方有溪水的流响声以外，没有别的声音。开阔地上长着一些春天的金达莱花，王应洪轻轻地拨开他面前的花枝，希望能更清楚地看见班长。但在这个不知不觉的动作里，他却摘下了一个花枝，把它衔在嘴里。这是因为他毕竟是初上战场，而这附近的这一片寂静特别使他激动，于是，面前的清楚可见的一切，杂乱的小草和小花，就叫他觉得安全和亲切：这些随处可见的小草和小花，仿佛是熟识的友人一般，忽然间就替他破除了战场上、敌人后方的那种神秘可怕的感觉，虽然他不曾意识到自己的这种状况。他在激动中比老战士们想得多。他甚至于忽然想，现在他可以写信告诉妈妈，他到敌人后方来战斗了。把那花枝在嘴里咬了一阵，班长又做了记号，他们又前进的时候，他就把花不知不觉地拿下来塞在衣袋里。他没有意识到这个，也不知道这是为什么。也许他的头脑是曾经闪过什么念头，他做这点多余的动作是为了对自己表示沉着。也许他会写信告诉母亲的——他老人家把朝鲜战场想得才简单哩。现在他们到了槐树丛边上了——里面没有敌人。

他们决定再深入。他们有好几个战斗方案，现在时间还多，看起来他们还不必考虑到最后一个战斗方案，就是用火力向少数的敌人强攻。因此他们就放过了山坡上的几处地方，那里有敌人的帐篷，传来说话的声音。他们紧挨着山边的一条小路前进，这小路是敌人前后交通的一条次要的通路，一定会遇到什么的。他们前进得很慢，贴着山坡和路坎，走几步听一下。他们不断地听见附近的山头上、帐篷里敌人的哇哇的声音，有一次还听见一个醉醺醺的歌声。枪声和炮声都落在他们远远的后面了。紧张的感觉加强着。快要走到小路转弯的地方，班长停下来了，向王应洪走来，对着他的耳朵说："往后传，在这里等，沿着路边拉开距离二十米一个，副班长带第二组到下边洼地里掩护……"这微小而又清楚的声音，好像不是班长的，好像是从很深的地底下传出来的一样。他往后传了。于是人们拉开了距离隐蔽了，现在，这个满怀激情的新兵，看不见他前面的班长，也看不见他后面的同伴了。

一点声音，一点动静也没有，王应洪贴在路边上杂草中间趴着，紧握着他的枪，并且摸了一下他腰上的手雷和加重手榴弹，以及那一把叫他觉得很威武的侦察员的匕首。虽然他的理智告诉他，班长和同志们就在几十米的前后或周围，在各个地方隐蔽，但是他仍然禁不住觉得可怕的孤独。他好不容易才抑制住他的冲动，就是，想往前爬一点，靠近班长，或者轻轻地喊一声试试——他多么渴望听见班长的声音啊。他的思想纷乱了起来。这样寂静，这样绝对的静止——这是和练兵的时候完全不同的，那时候在寂静中甚至还觉得有趣。他从来也不曾经历过，他甚至觉得自己已经被这深深的寂静所笼罩，所麻痹，不可能再从地上起来了。他用各种方法鼓舞自己，可是他的思想活动好像也是很困难的。最初，他无论想什么，都不能摆脱这孤单和寂静的意识。他努力去想到连队、团参谋长、亲人们……后来他又想着母亲，想着他满十岁时候，母亲才替他做了一件新棉袄，替他试这新棉袄的时候，母亲不住地把他转过来又转过去，拍着他的胸又拍着他的背，非常幸福地对父亲说："看，正合身！正合身！"忽然地他想到，母亲到了北京，在天安门见着了毛主席。母亲拍着手跑到毛主席面前，鞠了一个躬。毛主席说："老太太，你好啊！"母亲说："多亏你老人家教育我的儿子，他现在到敌后去捉俘虏去啦。"于是他又想起了金圣姬，她在舞蹈。看见了她的坚决的、勇敢的表情，他心里有了一点那种甜蜜的惊慌的感觉。他说："你别怪我呀，你不看见我把你的手帕收下了吗？"可是金圣姬仍然在舞蹈，好像没有听见他似的；敌机投下炸弹来了，那个"人民军之妻"紧抱着孩子扬起头来，她的嘴唇边上和眼睛里都有着悲愤的、坚毅的表情；于是那个英勇的人民军战士一下子出现了，他的胸前闪耀着国旗勋章。……但忽然地这一切都消逝了，仍然是面前的草叶、灰白色的寂静的道路。想象着这亲爱的一切，一瞬间就排除了对周围的寂静的苦痛的感觉，一瞬间觉得，这并不是在敌人的旁边，而是在亲人们的中间。但这些闪电一样的想象马上就被从心底里冲出来的对于目前的处境的警惕打断了，于是重新又感觉到那孤单、寂静。……

多么漫长的时间呀。但这时更紧张的情况到来了——传来了一大群皮靴踏在沙土路上、踩过草叶的声音，这声音立刻更响，更清楚了，而且连说话的声音也听得见了。敌人，美国兵正在这条路上往这边走来。他抓紧了枪。在阴沉的天空的背景下，看得见那在草丛上面露出半截身子来的高大的敌人了，一个一个地从小路转弯的地方陆续显露出来，走得很密，总有一个排，有的还在吸烟，看得见那闪耀着的红火头。现在那走在前面的几个美国人照距离看起来是已经走过班长的身边了，可是班长那里没有枪响。如果有枪响，那他就会不顾一切地端起枪来冲上去，那样要好得多，可是现在不是这样。没有班长的口令，谁也不能动的。那么现在这些美国兵正朝自己走来。……他忽然想：班长是不是还在那里呢？如果班长不在怎么办呀？这想法好像很真实，于是他差不多想要开枪了，或者想要怎么样地动作一下，反正是要动作一下，因为他正躺在路边上。但正在这个控制不住自己的时候，侦察员的铁的纪律使他的头脑一下子清醒了过来。

大皮靴杂乱地踏了过来。……这年轻的侦察员一动也不动，他的眼睛和枪口对准了他们。这纪律的意识战胜了一切，完全改变了他的状况。这就是，他意识到：他完全不属于自己，甚至也不属于自己的热情和勇敢，他的热情和勇敢必须绝对地属于伏在小路周围的黑暗中的他的班，而他的班属于他的连，他的团……绝对的寂静正好对他证明了他的班的威严的存在，他现在能够清楚地意识到他的班长和同志们的眼光和动作。于是他觉得他是十倍、百倍地强大，寂静和孤单的感觉完全没有了，他有手榴弹和冲锋枪，在等待命令。这样，他的头脑就变得冷静而清楚，浑身都是无畏的力量——由于纪律的意识，他就从那个幻想着的热烈的青年，变成了真正的战士。

一个又一个的敌人踏过他的身边，有一只皮靴离得这么近，几乎踏着了他的肩膀……他一动也不动，仇恨而冷静，像一个侦察员在这时候所应做的，数着敌人的数目，判断着他们的意图。敌人前后招呼着，通过去了。

班长那里仍然没有动静。

班长王顺决定放过这大约一个排的敌人，克服了战斗的诱惑——他的班是有可能歼灭这一个排的，那理由是不用说明的。但即使对于老侦察班长说来，克服这战斗热情的诱惑，也不是容易的，他有很多次这样的经验了。占着有利的地形，枪一响，盲目的敌人就成群地倒下，这是再好不过的事了，可是现在情形并不这么简单，他们是在敌人的纵深里，他不仅对他的班，而且对全军都负有重大的责任。而他的班，他从那绝对的沉寂里感觉到，现在是像他的全身的一部分一样，完全属于他的意志的，可是，不仅他们属于他，他也属于他们，在这种情况里要决断，是很沉重的。

是不是也有可能一下子歼灭敌人的大半，抓住了一个俘虏就立即撤退呢？当这个排的最后几个人通过他的身边，就是说，当这个排全部都落在他的班的范围里的时候，他这么问着自己。但他本能地觉得事情不会这么简单。他伏在路边上的草丛里，看着那最后的一双大皮靴从他的面前两步远的地方踏过了，紧紧地咬着牙才克制住了他心里的复杂的激动。他判断后面可能会有零散的敌人，于是决定继续等待。而这个时候他就更迫切地渴望着他的班继续保持着绝对的寂静，他心里不禁担心在他后面离他二十米远的那个年轻人——在这种时候，连老战士也有可能一下子弄出什么声音来的。初上战场时的那些感觉，他是记得很清楚的。当敌人经过他身边而向王应洪的位置走过去的时候，他替他感到苦痛的紧张。于是，当他的班保持着绝对的肃静和隐蔽放过了这一个排敌人之后，从这深沉的肃静中听出来这个班的威严的呼吸和坚强的纪律，他就觉得喜悦，并且从心底里赞美起那个初上战场的年轻人来了。

果然后面有零散的敌人。皮靴踏在沙土路上的声音又传来了，一个影子在天幕下出现了。这个敌人走得有些蹒跚，一面走一面自言自语，好像是喝醉了。这正是机会。这敌人到了他的附近，他正准备着一下子跃出去的时候，前面的路上却传来了急促的脚步声，另一个敌人凶恶地喊叫着追上来了。他以为他的班的行动被发觉了，但这时在他的眼前却出现了他所没有料到的事情：那追上来的敌人扑了上来就给了那第一个敌人一拳，那第一个敌人呜呜哇哇地叫着，在挨了第二拳之后就回击了。两个人打起架来。侦察员的眼光看出来，这两个人都是军官。于是他下决心趁这机会动手。而这时，好几个侦察员都从他们的位置上出来了：听着打架的声音，又被土坡遮拦着看不清楚，他们就以为是他们的班长在和敌人格斗。班长王顺拔出锋利的匕首，跳上去捅倒了一个敌人，第二个敌人狂叫起来向前逃跑，却被王应洪一下子奔出来抱住了。那敌人继续狂叫，王应洪恨透了这狂叫，用可怕的力量抱住他，几乎要一下子扭断他的筋骨，但这敌人却是意外的胆怯，在他的肩膀里好像是棉花团一样，顺着他的两臂的压力就抖索着对着他跪下来了。班长奔上来用一块布塞住了这敌人的嘴，这样他们就得到了一个俘虏。

但这时远远地传来了枪声。因为这个俘虏刚才的这一阵狂叫，刚刚过去的那一个排的敌人回转来了。狂叫着，奔跑着，离这里还有五六十公尺远就胡乱地放着枪。王顺命令侦察员们把俘虏拖到洼地里去，大家都向洼地里撤退，没有他的命令不准射击。他们刚离开小路，敌人的那个排已经迫近到四十公尺，已经在路边上散开，开起火来。并且右边山头上敌人的一挺机关枪也开起火来。

他们迅速地在洼地里退走，但到了洼地的中央，就叫敌人机枪的火力拦住了去路。而敌人的那个排已经向他们采取了包围的形势。于是王顺命令他的班散开来停止不动。他仍然不还击。

这老侦察员并不是第一次遇到这种危急的处境。他轻视这些敌人，他冷静地观察着情况，决心要把他的班，连同那个重要的俘虏，都带出去。洼地草丛里的这种寂静使敌人不安了——到底这些人是怎么回事呢？敌人不敢近来，只是架起了机枪朝这里那里地射击着，而右边山头上的那挺敌人的机枪，原来是胡打着的，这时反而向这挺机枪开火了。敌人里面发出了几声嚎叫，显然是被自己的火力打倒了几个。但后来就升起了一颗绿色的信号弹，山头上的火力停止了。

这时候王顺已经把他的班撤到一条干涸的沟里，占据了比较有利的地形。情况很危急，山头上的敌人可能就要下来，这里再不能停留，于是他下定了决心了。他命令王应洪跟着他留下来掩护全班；命令副班长朱玉清率领其他所有的人带着那个俘虏利用这条沟的地形向左后面撤退。当他和王应洪打响，把敌人的火力全吸引过来之后，朱玉清就应该带着侦察员们往左边的山坡后面冲去，进入一片树丛。除非敌人发觉了，进行追击，就不许回头。天亮以前必须把俘虏带到家。

副班长朱玉清想要自己留下来，其他几个侦察员也这样想，但他们听完王顺的清楚、简单、小声的命令以后，就不再作声了。班里的侦察员们大半都是王顺带领、培养出来的，连副班长朱玉清也是王顺带领出来的，大家都熟悉他的性格：对于这样的一个威望极高的班长和代理排长的命令，大家是无法说什么的。

于是人们开始撤退，抬着那个俘虏迅速地沿着小沟向左后面走去。估计他们已经快要爬上开阔地，而敌人的机枪正封锁着那里，王顺就命令王应洪留在沟里，听他的动静，他自己就爬上了沟沿，像箭一般地一下子跃到十米外的洼地中央的一个小土包后面去了。他一跃到那里就向三四十米外的敌人开火了，他打了一梭子就向右滚去，又打了一梭子，然后投出了手榴弹，并且喊着：“同志们，三班的跟我来，四班的向右！”王应洪也开火了，他学习着他的班长，打了几枪马上又跑到另一个地点投出手榴弹，同样地喊着：“五班的，在这里，同志们冲啊！！”他真的觉得他和无数的人在一起战斗。敌人的火力被吸引过来了。这时候，苦痛地听着这两个战友的惊心动魄的喊声，副班长朱玉清和侦察员们带着俘虏安全地潜入了左山坡后的树丛。

班长不让别人，却让他留下来和他一同担当这个严重的战斗，王应洪觉得意外的幸福。并且班长是这么干脆，没有说明为什么单单留下他，也没有对他特别嘱咐什么，这种绝对的信任就使得他处在他从来不曾知道过的光明和欢乐里。他简直忘了他还是第一次处在敌人的火力下面；在他的一生里面，这还是第一次战斗。他觉得他仿佛已经是身经百战了——事实也确乎可以是这样的，当他屏息着趴在路边上，看着敌人的大皮靴踏过去而意识到战斗的纪律，并且随后他又活捉了那个敌人，使敌人在自己面前跪下，他的战士的心就迅速地成长了。

至于班长呢，他也说不明白为什么单单命令王应洪留下来。他也许是赞美了这新战士刚才在潜伏中的沉着，在活捉敌人时的勇敢，想要锻炼一下这心爱的战士；也许是出于高贵的荣誉心，想要叫这年轻人看一看，学一学他这个老侦察员是怎样战斗的；但也许是想到了那件使他不安的爱情，金圣姬那个姑娘的眼泪。谁知道呢，也许他觉得，叫王应洪留下来从事这个绝妙的、但也是殊死的战斗，就会给那个姑娘，那个不可能实现的爱情带来一点抚慰，并且加上一种光荣。他是看见过那个姑娘的那么辉煌的幸福表情的。这一点是确实的；因为那个姑娘的那种不可能实现的爱情，以及王应洪对这爱情的极为单纯的态度，他就更爱这年轻人了。他的决定总归是和这有点关系的，在战场上，人们总是把最艰巨的任务交给最心爱的人的，虽然这时候他似乎并没有想到这一切。

总之，英雄的老侦察员和他的助手打得非常漂亮，掩护着全班撤退了。

敌人在打了一阵机枪之后，忽然地停了火，而且还后退了几米。这奇妙的情况马上就揭晓了，原来敌人是非常隆重地在对待着这场战斗：空中出现了四五颗照明弹，随即就是一阵迫击炮弹短促地呼啸着落了下来，在这块洼地上爆炸了。显然敌人已经用无线电报话机联系了他们的炮阵地。这个班最初的那一阵绝对的沉寂骇住了他们，他们总以为这里有很多的志愿军，随后王顺和王应洪的突然的开火和喊叫更使他们觉得是证实了这一点，于是他们就来正规化地作战了。如果听一听敌人在无线电报话机里说些什么，以及敌人的指挥机关在怎样吼叫，确实会很有趣的——看到落在周围的炮弹，王顺不禁笑了。威风极啦，怎么不连榴弹炮也拿出来呀。

王顺滚回到沟里，命令王应洪停止射击，准备夺路撤退。这时，按照美国的步兵操典，在一顿炮击之后，以机枪掩护，那一个排的敌人就从两翼包抄过来了，发出了呐喊的声音，卡宾枪打得像放鞭炮一样。而且，右边山头上的那挺机枪也向洼地中央射击起来。

因为这洼地上的“战役”的巨大规模而快活，王顺就着手来还击。这种快活的心情是战争里最可贵的，从这种快活的心情，他就做出了一个聪明而大胆的决定：从敌人阵线的正当中，就是从敌人的那挺机枪那里突破过去。左翼的十几个敌人已经顺着土坡向他们这边扑来了，王应洪打了一串子弹，他却甩出了一个手雷。这一声轰然的巨响使得敌人倒下了一大半，就在这当中，王顺招呼王应洪跟着他跳出了这条干涸的沟，又往右边的敌人群里打了一个手雷。然后，完全出乎敌人的意料之外，这两个侦察员沿着一条土坎向着正当中的那挺机枪奔去了，而那挺机枪这时正向洼地中央的那个小土包周围热情地射击着，以为那里隐藏着志愿军的主力；而右边山头上的那个火力点，则是正在忙着射击洼地的后半部，确信这是封锁住了志愿军的退路。并且，没有被打死的敌人，这时正向洼地的中央，连同着那条干涸的水沟，发起了勇壮的冲锋。

洼地上的“战役”，它的规模就是如此。这时那两个侦察员却突然出现在敌人的“纵深”里，用不几发子弹结果了那两个机枪手；灵机一动，王顺一下子扑倒在机枪的跟前，对准那些敌人射击起来了。事情于是非常简单，他射击了半分钟不到，就结束了这个洼地上的“战役”，当剩余的、滚在沟里的敌人刚刚明白过来，又打出了信号弹的时候，他已经带着他的助手投入了黑暗的荒地，越过了一条小溪，跑进了大片的洋槐树丛了。

王顺在前面奔跑着，他的左胳膊负了一点伤，这时才觉得有些疼痛。他听着跟在他后面的王应洪的脚步声，他忽然听出来这脚步声有些沉重，正在这个时候，右腿负伤的王应洪栽倒了。

他们两个都弄不清楚这是在什么时候负的伤。王应洪身上的伤还不止一处。在当时，他一点也不曾感觉到自己是负伤了，充满了胜利的快乐，无论手和脚都是灵活的。但现在这些伤被意识到了，一经被意识到，它们就发作了，于是王应洪支持不住了。

王顺一声不响地背起他就走。他们是一刻也不能在这附近停留的。敌人的整个的阵地这时一定是在骚动着，加强了警戒，要搜捕他们的。

意识到这紧张的情况，王应洪就要求班长不要管他，但是班长理都不理他。在年轻的新战士的心里，燃烧着壮烈的感情，他觉得他已获得足够的代价，他从来不曾想到他第一次参加的战斗有这么辉煌，他觉得现在是到了牺牲自己，而让班长脱险的时候了。于是，当他们出了树丛，迫近了敌人的警戒线，班长把他放在一条土坎后面，爬上去侦察情况的时候，他就下了这个决心；一有情况，他就留下来——像班长刚才带着他对全班所做的那样，用自己的火力和身体掩护班长脱险。

现在他们正在敌人阵地的旁边，这已经不是他们来的时候那一片开阔地，而是一条狭窄的山沟。这是最危险的地带，一有动静，敌人两边山头上的火力网就会把这一条不到四十公尺宽的山沟完全盖住；而且，两边的山坡上都有敌人的警戒。他只是在沙盘作业上学习过这一带的地形，班长却是知道一切的。但现在他们显然无从等待或另外选择道路。班长看了一看情况回来，就决定拖着他沿着土坎往山沟中间的几棵大树里面爬去。年轻的侦察员既已做了决定，看看没法开口向班长说什么，就把自己的冲锋枪扣在手中。他也用他的负伤的肢体帮着爬，咬紧牙关来忍受可怕的疼痛。这是非常艰难的道路，每一分钟只能爬行四五米。班长侧着身子，用右胳膊抱着他的胸部，用自己负了伤的左胳膊撑着地面，一步一步地拖着他。

"班长……"他说。

"不许说话！"班长对着他的耳朵严厉地说。

"我牺牲了不要紧。"

"别说话，纪律！"

听到了这个，年轻的侦察员就不再作声了。

他们毕竟到了那几棵枝叶长得很稠密的栗子树里面了。他们在一个小土包后面的草丛里潜伏了下来。现在又得再看动静。这时左右两边的小山头上，敌人互相地喊着他们听不懂的话，然后，就有三个巡逻兵从左边山坡出来，踏着草地慢慢地走着，端着枪，编成警戒的队形，向着这个栗树林走来。

"班长，"年轻的侦察员含着眼泪在恳求了，"我打响的时候，你从右边撤出去……"

班长掩住了他的嘴巴。这个动作是为了警惕，但也是因为难过；说这种话叫老侦察员太伤心了。为了防止这年轻人的意外的行动——他感觉得出来这年轻人身上有着怎么样的一种激动，他也知道，在负了重伤的时候，人们会想些什么——他就拿负伤的左胳膊用力地压住了这年轻人的握着枪的手。

三个敌人的巡罗兵沿着土坎和草丛搜索，慢慢地迫近了这小小的栗树林中，其中的一个突然大吼了一声，于是王应洪震动了一下，但班长更用力地压住了他。老侦察员非常镇静，现在还不能判断他们是否已被发觉，因为敌人是常常要拿这一套来给自己壮胆的。三个敌人紧挨着走到这小栗树林来了，在离侦察员们潜伏着的土包三四米的地方站下了，望这边瞧着。

连老练的侦察员这时也有些迷惑了。但侦察工作中的原则支持着他，这就是，绝对不暴露自己。小风把粗硬的栗树叶吹得发响。这三个敌人互相说了什么，忽然地其中一个又向着右边吼叫了起来。于是他们走过去了。

大约二十分钟之后，侦察员们出了栗树林，沿着右边的山根一寸一寸地爬行，这一个拖着那一个。没爬行几十米，又出现了敌人的巡逻兵，于是紧紧地贴着地面伏着；愈来愈明显地感觉到年轻人身上的激动，王顺沉着地压着他的手腕，并且用力地捏了一下他的手。这个动作的意思是，他们是这样地相爱而血肉相联，他决不能丢下他，而且，他还很有力量。……负了伤的特别艰难的行动，以及敌人的加强警戒使得他们一直到天亮还没有爬出这条山沟。

眼看着快要天亮，王应洪就又要求班长不要管他；他甚至于哄骗班长说，只要班长先走，他就能慢慢爬回自己阵地的。班长不理他，这沉默是含怒的。班长拖着他爬到一条长满杂草野花的小沟里，使他躺在一块比较干的地方，又爬过去慢慢地弄来一些草把沟边上细心地伪装起来，——这两个侦察员就躺下了，在这条狭窄的沟里，着手来度过这个白天。他们离山头上的敌人地堡仅仅三十米。但白天的情况也有有利的地方，因为我们阵地上的火力已经能封锁到这个山坡，敌人是不大敢下阵地来的。

班长替王应洪包扎了伤口，也把自己的伤收拾了一下。这年轻人的伤势使他痛心。他竭力显得安静，拿出一块手帕来，在水里弄湿，轻轻地替他擦着脸。然后就拿出了一个馒头——这老侦察员，是有着这种周密的计算的分了一半给他。

可是王应洪一口也不肯吃。他难过极了；意识到自己拖累了班长，这种心情比身上的伤还使他痛苦。他透过面前的杂草，定定地瞧着辉耀着阳光的五月的天空，一动也不动。

“纪律，”班长对着他的耳朵说，“你是祖国的好青年，你是人民的好战士，吃这半个馒头，这是纪律。”

于是王应洪开始吞吃馒头了。

黑夜过去了，现在是要再等到晚上。离自己的阵地还有两百米。但班长的脸上却出现了愉快的神情。他想要使这个年轻人改变心情，而且，胜利地完成了的捉俘虏的任务，洼地上的那个杰出的战斗，对这年轻人所尽到的责任，这个狭窄的小沟里的神秘的隐蔽，这一切都使他变得像早晨的阳光一样愉快。于是他躺在王应洪身边，几乎是全身都躺在湿泥里，对着王应洪的耳朵小声地、活泼地说起话来了。

“你猜我头一回当侦察员的时候是怎么的！一听见敌人的声音我就发懵了，没有你这么沉着勇敢。那时候我的政治觉悟也不怎么高，还想家哩。我也是老战士一点一点带出来的；咱们部队就是这样，一代传一代，一代比一代强——咱们的这个英勇顽强的老传统。我带着你这也不是为了你，这是为了咱们全军，也是为了人民和党的事业，你为啥要难过呢？”

王应洪不作声。他在想：“难道不许我为了人民和党的事业掩护你撤退么？”

“今夜晚咱们肯定能回到家里，咱们要去见连长，见团首长，俘虏是你抓的，你这次的功劳我一定要给你报上去。连首长团首长都在盼着你呢。”

“我没啥功劳。真的。我就是觉着我够本了，天黑了你先把我留在这里吧。”王应洪冷淡地说。

“不哇，同志。”老侦察员热烈地对着他耳朵说，“够本，这思想要不得，错误的。咱们革命的战士，共产党员青年团员，不是这么容易就够本的哪。一代又一代的，战场上多少同志流血牺牲才培养出咱们来的呀，你算算这个账吧，歼灭了一个排的烂狗屎敌人就能够本？”沉默了一下，看见这年轻人仍然不作声，他忽然微笑着非常柔和地说：“你还想着金圣姬那姑娘不？”

“没有。从来我就……”

“不是说的这。咱们也是为她，为老大娘战斗的，朝鲜人民血海深仇还没报，就够本？”这样他就把金圣姬姑娘也巧妙地拖到他的论据里面来了，他迫切地希望打动这青年战士的心，使他放弃那些苦痛的思想：“你说，咱们回到家，过些天再到村子看看，金圣姬跟她妈见到咱们可要多高兴啊，我要好好地跟她谈一谈咱们的这场战斗……”

他的眼前就出现了那姑娘的闪耀着灿烂的幸福的面貌。他并且又想到了舞蹈里的那个“人民军之妻”。在他命令王应洪和他一同留下的那个严重的瞬间，以及在他拖着这青年爬进栗子树林的时候，这个灿烂的幸福面貌都似乎曾经在他的心里闪了一下。现在回想起来，好像确实是这样的。他替这个不论从军队的纪律，或是从王应洪本人说来都没有可能实现的爱情觉得光荣，于是他觉得，他拖着王应洪在山沟里一寸一寸地前进，除了是为了别的重大的一切以外，也是为着这姑娘。她曾经在那黄昏的山坡上掩面哭着从他的身边跑过，于是他觉得他是对她负着一种他也说不明白的、道义上的责任。他怜惜她不懂得战争，怜惜她的那个和平劳动的热望；他觉得他真是甘愿承担战争里的一切残酷的痛苦来使她获得幸福。于是，爬进栗子树林进入这条小沟，替王应洪裹着伤，要他吃馒头，拿纪律来强迫他，哄他，又对他小声地柔和地说着话，这一切动作都好像在对他心里的金圣姬姑娘说：你看，我是要把他带回来再让你看看的，你要知道我爱他并不比你差，我更爱他，而且，你看，我决不是你所想象的那种不通情理的冷冰冰的人！

说来奇怪，他所担心，所反对的那个姑娘的天真的爱情，此刻竟照亮了他的心，甚至比那年轻人自己都更深切地感觉到这个。那年轻人沉默着，透过面前的草叶和几枝紫红色的金达莱花望着明朗的开空，他此刻没有想到这个。从敌人在他的眼前出现以来，他一直忘了这个，但在刚才班长说到纪律的时候，他忽然意识到他有件什么事情做得不顶好，接着，班长说起了金圣姬，他才想起来这件办得不怎么好的事情就是他口袋里的那一张绣花的手帕。他现在觉得这件事情没有什么道理。他的那种年轻人的惊慌而甜蜜的幼稚心情，已经被激烈的战斗和对任务、对班长的严重的意识所抹去，似乎是在他的心里一丝一毫也不存留了。他所不满足的仅仅是他没有能及时地掩护班长出险，此外他在生活中就不再需要别的什么东西了，何况那个他从来也没想到过的爱情。他也不理解那个姑娘的要建立一个和平生活的热望，她离他似乎很遥远、很遥远了。……他觉得，他没有及时地把手帕的事汇报给班长，是一个错误。这样，他就摸索着把那张折得很整齐的手帕从胸前的口袋里拿出来了。

“班长，我还没跟你汇报，”他平静地说，“这是她又塞在我的军服口袋里的，昨天换衣服才发现……还有那双袜套。”

班长接过去，展开那手帕来看了一看，想了一想，就又替他塞回口袋里来了。

“你留起来吧。”

“不，这违反纪律。”

“我相信你，同志，留着吧。”班长温和地说。这手帕此刻竟这么有力地触动了他，使他又想起了金圣姬的所有的美好的希望——而这美好的希望竟是不能实现的。在将来，他们终归会给这姑娘奋斗出一个和平的生活来，她将要结婚并生育儿女，那时她会怎样来回忆现在的这一切呢？“回去我汇报给连部，”他又说，“我想连部会同意你收下的……在这件事情上，没有哪个同志会批评你不对的。”

“我要这个没有道理呀。”年轻的侦察员坚持地说。

“你留着吧。”班长同样坚持地说。

他们沉默了下来。远远的战线上有炮声，可是周围很沉寂。王顺继续想着这件事，这条手帕，女孩子家的希望，并且拿它来和他们眼前的处境对比，——眼前是毫不容情的战争，他们躺在敌人阵地上的这个泥沟里。他想，女人们是不了解这些的，当然，这也不必要她们了解。比方他那个老婆吧，离别六年了，来信总是以为他还是六年前的那个爱嬉闹的青年，总是嘱咐他进饮食要当心，早晚不要受凉——也不知她是托村里的哪位老先生写的。在和平的日子里，真是连伤风咳嗽也要担心，可是现在他是一个身经百战的老侦察员，不仅不再是爱嬉闹的青年，而且还规规矩矩地在无论什么泥沟里一潜伏就是几个钟点；早晚不要受凉！这真是从哪里说起呀……可是这种思想却也牵动了他的一点回忆。老婆的信里说：女儿已经上小学，认得一百二十一个字了。他好一阵子想着这一百二十一个字，并且搬弄着手指，想要弄清楚这一百二十一到底是多大的一个数目。一下子他惊讶了：“我在这么大的时候，一个字也还不认得呀！这数目不小呀！”透过草叶，有一线阳光落在他的脸上，他闭了一下眼睛，忽然比任何时候都更深、更鲜明地感觉到他所从事的战斗的伟大意义。在敌人阵地上的这个小沟里，他清楚地看见，那扎着两条小辫子的、认得一百二十一个字的小姑娘在他所耕种过的田地边上跑过，还背了一个书包！这个他在中间度过了将近二十年的受苦的日子的家乡，这个生了他、养育了他，用地主的皮鞭迎面地抽击过他的家乡，从来不曾这么亲爱过！

“我忘了告诉你啦，”他对着王应洪的耳朵小声说，“我的八岁的女儿秀真，她认得一百二十一个字啦。”

王应洪转过脸来，微微笑了一笑。他当然高兴听到这个，可是他实在不很了解，班长此刻为什么会这么愉快。他觉得这一切只是为了安慰他，可是他是怎么也不能忘记目前的处境的。他摆脱不开这个思想：要不是他，班长早就脱险了。而且他身上的伤口痛得像火烧一般，浑身都没有力气，这就使他对今天晚上的路程更为担心。总之，他的思想是纷乱而苦痛的。渐渐地他抵抗不住身体的疲劳，迷迷糊糊地睡去了。那些苦痛的思想在睡梦中还继续了一会儿，他梦见敌人包围了他们，他想要冲上前去掩护班长，可是他的四肢无论如何也不能动弹。接着，他的梦境变得柔和起来了，年轻的、孩子似的心灵活跃起来了，他梦见了纺车在他的眼前打转——母亲在摇着纺车；仿佛是病了，母亲在守护着他，对他说："好好睡吧，一觉睡到大天光就好啦。"他说："不用，上级给了我重要任务！"于是他向敌后出发。忽然地金圣姬跑了出来，问他："我的手帕你留着啦？"他说："留着啦。"这时朝鲜姑娘们一起围上来了，赞美地看着他胸前的国旗勋章，欢迎他唱歌，他很慌张，想要躲藏。金圣姬说：我代表他吧！于是舞蹈起来。她不是在别的地方舞蹈，而是在北京，天安门前舞蹈，跳给毛主席看。母亲和毛主席站在一起。舞蹈完了，金圣姬扑到母亲跟前，贴着母亲的脸，说："妈妈，我是你的女儿呀！"毛主席看着微笑了；毛主席并且也看了看他，对他点点头，他也没有忘记敬了一个礼。于是他坚强而快乐，继续向敌后出发，走进了一条狭长的山沟，……他心里一惊，苦痛的感觉又恢复过来，他醒来了。那在旁边睁着眼睛守护着他的，不是母亲，而是班长。看见他醒来，班长碰碰他，兴奋地小声说：

"你听！"

他疑惑地听了一下，没有听见什么。

"这还听不出吗？我们的榴弹炮打青石洞南山。"

果然是的：我们的榴弹炮在向右边的小山头后面的敌人的青石洞南山射击。这不是平常的单发的冷炮，这是急促射，是排炮，每一次总有二三十发炮弹呼啸着穿过他们右前方的天空，然后就传来巨大的隆隆爆炸，连这小山沟里也充满回响。王顺听着这个已经好一阵了。"再来三排，再干！"于是，好像是受着他的指挥似的，一排、两排、三排炮弹过来了。于是他判断着，这一定是副班长他们已经把俘虏弄了回去，情况已经判明，说不定今天晚上就要发起那个准备已久的对青石洞南山的反击战。他把这个判断告诉了王应洪，于是他们兴奋地听着射击声。

不久，在他们后面的一些山头上，传出了敌人的重炮出口的声音，炮弹尖厉地划过空气从他们的顶空飞过去了；在重炮的射击声中，离得很近，还有一个化学迫击炮群的动作。老侦察员的耳朵清楚地判断着这些。有一个重炮群似乎是新出现的，而附近的这个迫击炮群，在这以前更是不曾射击过的，它的位置很利于控制我军向青石洞南山右侧运动的道路。显然的，敌人最近布置了许多诡计，我军必须争取时间。他兴奋得甚至有些焦躁了，很懊悔自己不曾携带一个无线电报话机。我们的人有没有弄清楚敌人的炮阵地的这些变化呢？

就像是回答着他的焦心的疑问似的，我军的重炮向着敌人纵深里的重炮阵地，以及附近的这个迫击炮群还击了——也是排炮。落在附近的山头上的巨大的爆炸使得躺在狭窄的小沟里的这两个侦察员就受到了激烈的震动。显然的我军一下子就对准了敌人的新出现的炮阵地。

“肯定了！肯定！”王顺说。俘虏已经捉回，今天晚上就会发起战斗，这个他现在完全肯定了。

他是多么兴奋啊！我军的猛烈的炮击，山沟里的巨大回响，狭窄的小沟里的激烈震动，这一切，使他觉得这是他的部队、首长、同志、亲人们在呼唤他，因那个“洼地上的战役”而欢笑，因他的苦痛而激怒，在支援他。

可是，对于侦察员们最爱听的我军的炮兵的这个合奏，王应洪却没有他的班长这样兴奋，虽然听着这些声音他的睁大着的眼睛也在发亮，并且嘴边上不时地闪过一点严肃的微笑。初上战场时的那些幼稚的激动已经在他的身上消失了，他忍受着他的伤口的痛楚，变得这样地沉着安静，虽然他刚才还以他的全部的年轻的热情梦见过金圣姬，但在清醒的时候他却对这个很冷淡；他觉得他心里很坚强。于是，看起来他的年龄仿佛一下子大了许多，仿佛他已经是身经百战的老兵，而那个热情的班长倒反而更像个青年了。

炮战沉寂下来不久，天就黄昏了。黄昏好像很长，很难耐，但天色毕竟黑了下来。这一天毕竟安静无事地过去了，王顺兴奋地准备出发。他甚至于有兴趣注意到了沟边上的那几棵紫红色的金达莱花，折下了一个带着两朵花的很小的花枝，插在王应洪胸前的衣袋里，并且开玩笑地说：“替咱们那姑娘带朵花去，气死敌人吧。”

天黑定了下来，他们爬出了这隐蔽了一整天的小沟，王顺拖着王应洪；向前爬行。

可是王应洪仍然怀着昨天夜里以来的那个决心。这决心愈来愈坚强。因而，当两个敌人搜索着巡逻过来，他们又隐蔽在土坎边上的时候，他就悄悄地向前爬行，王顺一下子拉住了他。但今天晚上星光明朗，他们的特别艰难的行动终于叫敌人发觉了。在草丛里又爬行了一阵之后，山边上传来了吼叫，立刻，两个敌人向着这边开着枪扑过来了。王应洪喊着：“班长，你快走！”投出了手榴弹而且向前滚去。王顺冲上去打了一梭子子弹，打倒了这两个敌人，背起王应洪就跑，敌人从山边上陆续出现，卡宾枪打了过来，现在用不着再爬行了，没有办法再隐蔽了，于是王顺背着王应洪用所有的力气奔跑起来，在黑暗中高一步低一步地奔跑着，周围飞舞着敌人的盲目的枪弹。

还有五十米不到，就是敌我之间的开阔地了，冲过去！还有三十米，……还有十米了！但敌人追上来了。

“班长，班长！”王应洪喊着。

又跑了两步，王顺一下子卧倒，把王应洪放在一块石头后边，说了一句：“你别动，放心吧！”就滚向旁边的一个土包，着手来和敌人做最后的决斗。约有一个班的敌人投掷着手榴弹卷过来了，突然地王应洪跪了起来。他居然还能跪起来——投出了手榴弹，而且越过那块石头一直迎着敌人滚去。王顺心里像刀割一般，像冲锋枪掩护着他，打完了剩下来的半梭子子弹。凶恶的敌人卧倒了一下又站起，继续冲来。王应洪就整个地出现在敌人面前，拦住了敌人，进行决战了。敌人蜂拥上来，想要活捉他。他打完了冲锋枪里面的子弹，一下子站了起来，用他的负伤的腿向前奔去，奔到敌人的中间，火光一闪——一个手雷爆炸了。

剩下来的几个敌人竟不敢再前进，而这时我军阵地上的火力支援过来了，我军的前沿部队出动了。

苦痛的班长王顺，抱回了这个崇高的青年。敌人向王应洪拥来的时候他就向前奔去，投出了他那么宝贵地存留着的两颗手榴弹……然后，他就扑倒在王应洪的身边了，喊着他，抚摩他，推着他，可是他不再动弹了。但他仍然似乎听见了王应洪的柔和的、恳求的声音：“班长，我打响的时候……”他哭了，可是他自己不觉得。他以愤怒的大力抱起他来，在呼啸的子弹下，背着他跑过了最后的那几十米的开阔地，跳进了交通沟；对于就在他的头顶和身边呼啸着的子弹，他抱着绝对冷淡的、无动于衷的心情，好像它们是绝对不能碰伤他似的。跳进了自己阵地的交通沟，听见了自己人的声音，他就在一阵软弱里倒下了，但头脑仍然很清醒，紧紧地抱着王应洪，喃喃地说：“王应洪，我们回来啦！”

夜里十点钟，根据从那个俘虏那里得来的情报——这居然是个上尉，从他的身上搜出了一份文件——我军发动了对青石洞南山的攻击，一个钟点以后就全部地歼灭了山头上的两个加强连的敌人。

班长王顺苦痛了很多天，他的身上揣着那一条染满了血的手帕。他先是把这手帕交给了连里，可是后来，团政委找他去谈话，又把这手帕还给他了。团政委详细地问着他们在敌后的一切，那年轻人曾经说过些什么话，以及洼地上的那一场战斗是怎么进行的。后来，沉默了一阵，就嘱咐他去看一看那个姑娘，把这件纪念品给她；政委说，依他看来，去看一看那两母女，告诉她们这件事，是比较合适的。王顺也这样想，可是好久都很难有这个勇气。这天早晨，上级给王应洪追记一等功的通报发下来了，他心里稍稍安慰了一点，就请示了连部，走下阵地来了。

金圣姬母女不知道这件事情。她们怎么能够知道那敌后的潜伏、洼地上的"战役"、栗树林中的爬行，她们怎么能知道这些呢？她们日日夜夜地望着闪着炮火的前沿，那里有她们的战士们，她们为他们洗过衣服，那里有那个心爱的青年，虽然他好像一直不懂得她们的心愿，但她们觉得，他终归是会要回来的。为什么不呢？人们说到中国军队的纪律，可是在她们看来，这与纪律有什么关系呢？

听说班长来了，金圣姬兴奋得像一阵风一样地从屋子里跑出来了，老大娘也笑着迎出来了。好几个妇女跟着进来了，因为她们好久没见到这些熟识的战士们了。不一会，小院子里已经围满了人。

班长王顺看了一看周围：自从他们上阵地以后，这院子里看来是没有什么变化。水缸也还在那里，装酸菜的坛子也还在那里，墙上的牵牛花开得很好。他甚至还注意到了支在水缸后面的那个打老鼠的小机器，那是王应洪帮老大娘做的。他坐了下来，对大家问了好以后，就不知道要怎样开口。母女两个，以及院子里的妇女们，都看着他。终于他简单地说起了他们的胜利，王应洪的牺牲，同时取出了那条绣着两个名字的、染满了鲜血的手帕。

在他一开口说话的时候，金圣姬的眼睛马上睁大了，嘴唇有点发抖，脸色苍白起来，这敏锐的姑娘已经猜到了。老大娘在看见了这条手帕的时候就哭起来，院子里的妇女们都哭了，可是金圣姬却不哭，只是脸色非常苍白，眼睛发亮，一动也不动地看着王顺和他手里的手帕。王顺在妇女们的哭声中继续慢慢地、困难地说下去，把手帕交给了金圣姬，随后又取出了一个纸包，从纸包里拿出了一张王应洪的照片。

老大娘哭得很厉害，可是金圣姬不哭。王顺注意到，这姑娘竟有这样的毅力，她一件一件地接过了东西，甚至还没有忘记把它们好好地折起来，包起来。只是她的眼睛更亮，睁得更大，脸色更苍白。

后来，王顺坐在踏板上，低着头，好久说不出话来。妇女们忍着泪肃静地看着他。他想要说一些话，政委也曾经嘱咐他说一点话，他想说："为了人类的美好的生活，王应洪同志英勇牺牲了，请你们不要难过，我们志愿军全体战士，要为这美好的生活战斗到底——请你们，请你，金圣姬同志，永远地记着他吧。"这庄严的言语来到他的心里了，可是这时候金圣姬一下子站了起来，对着他伸出手来，握着他的手并且对直地看着他的眼睛；忽然地她的手松了，她转过脸去用另一只手蒙住眼睛，她的身体在微微颤抖着，但马上她又转过脸来对直地看着他，紧握着他的手。这姑娘的手在一阵颤抖之后变得冰冷而有力，于是王顺觉得不再需要说什么了。

一九五三年十一月五日

（原载1954年《人民文学》第3期）

述评

作者路翎（1923—1994），原名徐嗣兴，原籍安徽省无为县，生于江苏南京。中国现当代著名作家。短篇小说《洼地上的“战役”》发表于《人民文学》1954年第3期。后收入作者的小说散文集《初雪》。《洼地上的“战役”》是一篇以抗美援朝战争为题材，热情讴歌中朝两国人民深厚友谊的优秀作品。小说着重塑造了一名志愿军小战士王应洪和一个朝鲜姑娘金圣姬两个人物形象。小战士恪守军人职责，办事坚持原则，待人憨厚正直；朝鲜姑娘纯真热情，勤劳善良，温柔体贴。作品通过细腻的人物心理活动描写，呈现两人之间朦胧而受阻的爱情故事，生活的细节与严酷的战争有机地交融在一个叙事整体。

作品发表后引起了强烈反响，然而，由于不久身为青年作家的路翎即被打成“胡风反革命集团”的主要成员，于是《洼地上的“战役”》也无端地受到了严厉的批判。例如袁水拍等人就批评作者塑造的人物“玷污了志愿军士兵的形象”，“歪曲了士兵们的求实的精神和神圣的责任感”。如此等等。

1955年5月25日，巴金在北京参加中国文联主席团、作协主席团召开的联席扩大会议，讨论批判胡风问题。同月写了书评《谈别有用心的〈洼地上的“战役”〉》。巴金在新时期出版的名著《随想录》，最后的一篇文章是《怀念胡风》，文中最后一节谈到，在反对“胡风集团”的斗争中，他写过三篇文章。其中第三篇是批评路翎的《洼地上的“战役”》的，巴金在文章里说，读头一遍我很不满意，可是过了一晚，一个朋友来找我，谈起这篇文章，我就心平气和无话可说了。我写的是思想批判的文章，现在却是声讨‘反革命集团’的时候，倘使不加增改就把文章照原样发表，我便会成为批判的对象，说是有意为‘反革命分子’开脱。《人民文学》编者对我文章的增改倒给我帮了大忙，否则我会遇到不小的麻烦。”巴金在文章中又说：“用全国的力量对付‘一小撮’文人，究竟是为了什么？那么这个‘集团’真有什么不能见人的阴谋吧。不管怎样，我只有一条路走了，能推就推，不能推就应付一下，反正我有一个借口：‘天王圣明’。当时我的确还背着个人崇拜的包袱，我想不通，就不多想，我也没有时间苦思苦想。”

1955年6月路翎入狱监禁，1964年因患精神分裂症保外就医。1966年11月因申诉“肇事”，又被收监，1975年始得刑满释放。1980年中央决定平反胡风冤案，同年11月18日，北京市中级人民法院再审判决："宣告路翎无罪"。一名作家，一部作品，一场冤案，就这样了结。

今天，驻足于和平年代，回望曾经陷入胡风冤案的这场"文化战役"中的作者与作品，不难看出，当年作品本身的创作意图往往被忽略，而代之以无限放大的人物性格中的细小缺陷并使之无限政治化。

作家韦君宜曾说过："我看过胡风一派的一些作品，例如《洼地上的'战役'》，还比较喜欢，但是对于他们特别喜欢描写人的疯狂性，就不大看得惯了。就像邵荃麟说的：'他们专爱写精神奴役创伤'那种味儿。但是，谁喜欢什么味儿，绝对拉不到反革命上去。这样做是谁也想不到的。"

何满子在1999年出版的《中国爱情与两性关系——中国小说研究》中，评价《洼地上的"战役"》："路翎的激情使人感受到从书页上喷薄而出扑面而来的热气。"

2011年，著名文艺理论家童庆炳教授在对《洼地上的"战役"》等作品的分析中，阐释了的人文关怀对文学的重要性。童庆炳以作品为中心提出了"文学作品中历史理性维度与人文关怀维度的'张力论'，不仅适合于战争，同样也适用于新时期的建设"这一观点。我认为这种认识，既客观理性，又具深义。

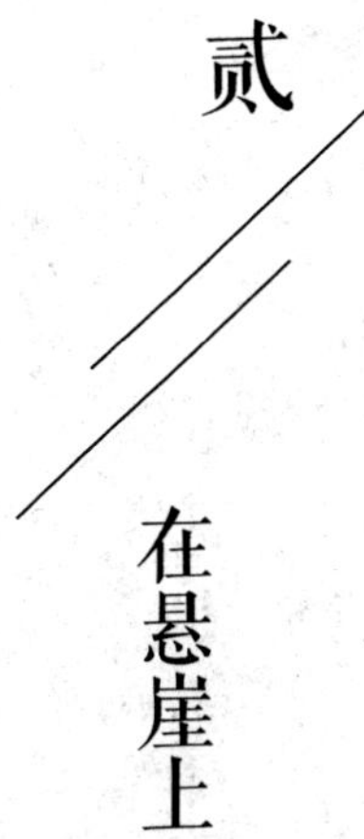

贰 在悬崖上

也许，你看见这些话会更对我反感了！不要以为，我是用这些威胁你要你不离开我！不，虽然我爱你(甚至觉得现在比以往更需要你的爱情)，我一想到和你分开就疯了似的浑身战栗，可是如果你不再爱我，不愿再重建我们的爱情，我决不祈求你怜恤！

在悬崖上

邓友梅

夏天的晚上，闷热的很，蚊子嗡嗡的。熄灯之后，谁也睡不着，就聊起天来。

大家轮流谈自己的恋爱生活。约好了，一定要坦白。

睡在最东面的，是设计院下来的一位技术员，是个挺善淡的人。轮到他说的时候，他却沉默了许久也不开始。

人们你一句我一句的催他。

终于，他叹了口气，说起来。——

我和我爱人，是自由恋爱结婚的。

前年，我刚从大学毕业，到二工地上作技术员。头一天进工地，我就出了个漏子——坐火车没有要报销单据。我懊丧极了，心想会计员一定不肯给我报，就是给报，也要狠狠的批评我一顿。我噘着嘴进了会计室。

坐在办公桌后边的，是位挺端庄的姑娘，剪着发，身上浅蓝色的衬衣已经洗的发白了。她推了把椅子让我坐下。

“你怎么会忘记要报销单据呢？”她严肃的说：“这是国家的制度呀！”

我擦着汗说：“是的，我，我才从学校出来，还没这习惯……”

“唔！”她微笑着，“那就是另一回事了，我写个信您去车站补领一份吧。”

我把信接过来，走出门，她又喊住了我，赶出来说：“您头一天来也许还有许多事要办，您写个补领条，我替您办了好不好？”

我对她有了个极深的印象。

这时，我正申请入团。她担任团支书的职务，三天两头和我个别谈话。她长的挺秀气，笑起来很美。我很高兴有这样一个支书帮助我，但我没想到会和她恋爱，我觉着她和我不是一样的人，她要比我高些。

过了些天，她的历史我也知道了：她上学不多，初中毕业后在家中闲住了一阵，解放后又上了一个时期会计学校，就出来工作。现在经过自修，已能看俄文的联共党史。在我来的那年春天入了党。我对她就又加上了一层敬意。工地上的人也都挺尊敬她。

不知怎么一来，我就爱上她了。我找一切机会接近她，星期天约她一块去玩，听到她大方的答应我，我是那么受宠若惊，似乎跟她走在一起，我的人格也高尚了许多。——她是青年们的领导人啊！

我提出要求来了。她沉思了一会，温柔的说："再考虑一下吧，我比你大两三岁呢，这也许不大好。"

我急道："你这么说真伤害我，我爱的是你这个人，年龄有什么相干？"

从这以后，她对我更亲切了。不仅在思想上督促我进步，生活细节她也处处操心。我不会有计划的用钱，发薪的那两天，整天的又是吃又是买，一过十五号便连烟也没的抽。她要求替我管账，从此我不仅每月过的都很富裕，而且能按月积蓄一点钱。过去，我的袜子、手帕，一个月也不想洗一次。碰到星期天，要和她一道去玩了，就慌慌忙忙的去买新的来。她看见，便玩笑的说："你以为穿上新袜子，别人就更喜欢你些么？"于是就让我把旧的拿出来帮我洗洗补补。我不好意思的说："你帮我作这些，人家会笑你吧！"她正色说："这有什么可笑的！两人一起作点事不比在街上瞎逛有意思？"真的，同志们并不笑她，只说我"野马上了笼头了！"我听了，心中暗暗得意。

有好几次，她问我对她有什么意见，我实在说不出来，她就说："你瞧，你总是不在政治上注意别人，对我还这样呢，对同志们又该怎样？"我脸红着答应改过，可是总也改不过来。

这年秋天，我们结婚了。我主张买架有弹簧的双人床，她却说："睡木板不一样？"我要买个美术化的大理石台灯，她却说："买个普通的，看去还大方、美观。"我说："结婚，一辈子只有一次，钱不够可以借！"而她说："结婚只是新生活的开始，以后日子还长呢！"

结婚后，我们感情很好。早上一起上班，下午一起回家。我们很少坐车，总是一边散步，一边谈心。不知为什么谈话的资料总是那么丰富，平常的小事两人也谈的兴趣很浓。回家之后就一起学习，先是她读俄文，我读技术书。后来，她说要纠正我不爱读政治书的毛病，便把俄文移到早上去念，晚上叫我念政治书给她听。有时候我们两人也分开读，那时我就常常把眼睛从书本上移到她脸上，端详着那一双黑黑的眉毛和稍显得苍白的脸，越看越看不够，简直不敢相信她是自己的妻，要和自己共同生活到永久永久。她发觉我在看她，却不抬起头来，仍低着头看书。但脸渐渐的红了，嘴角露出微笑。我忍不住跳过去抱住她，用力吻着她说："我什么都不需要了，剩下的就是工作，工作，好好的工作！"她笑着，倚着我闭上眼睛呆一会，然后说："行了，该用功了，咱们规定好半小时休息一次，谁破坏了罚谁，要不然咱俩就要变成二流子了。"

后来，我调到设计院工作，俩人每周只能见一次面。于是每个星期天都成了我们的节日，我们一起去参观展览会，看电影，跳舞。她买了只小炭炉，有时不想出去，我们就请朋友们来家吃饭。她会炒许多样菜，在冷天，还用玻璃瓶装了叫我带到机关去吃。不管作菜、洗衣服，我都当她的助手，虽然我一动手总是给她添许多额外的麻烦，她还是要我去帮助她。

我们经常的谈着自己一星期来的工作、思想等等。在这些谈话中，我渐渐认出了她的许多特点，给我印象最深的就是她的质朴，或叫作"实事求是"。我是若不夸大事情的一些地方，就会连那事情本身也说不出来。比如我设计完了一项图纸，总这样说："嗨，费了九牛二虎之力，总算完成了，真费劲！"她呢，却总是简单的一两句话："我作完了月结算！"若不就再加上一句："有个地方还要复核一下。"我们也常谈到未来。有时我说："等到下一两个五年计划时，也许我能给我们自己设计一座最新式的住宅，这要有阳台、有浴室，有……"她却说："咱们从下月起该节省些，存点钱，万一明年有个小宝宝，这房就住不开了。"她这种性格不知不觉的影响着我。当我接受任务设计一幢办公楼时，不知怎么，我一向追求表面华丽的作风使自己感到可厌了！我竭力从实用和大方上着手。结果这套设计得到了表扬，在反形式主义学习时上级还叫我作了典型报告。在生活作风上，我也逐渐改变自己言过其实、锋芒毕露的毛病，同志们都说我踏实多了。在这种情形下我参加了青年团。

这时期，我工作和生活都很愉快。我常想，只要这样按部就班的学习、工作、生活，一步步走下去，不断的提高自己，争取作一个好党员和红色专家还有什么难处呢?

没有料到，我像一个参加长途竞走的人，半路上贪恋一株新异的花草，忘了路标的指示，走起弯路来了。

设计院来了一个才从艺术学院毕业的、作雕塑师的姑娘，叫加丽亚。她父亲是位音乐教授，母亲是个德国人，她北京话和柏林话都说的挺流利。她来时是秋天，穿着件浅灰色的裙子，米黄色的毛线衣，头发是棕色的，眼睛却是黑色的，眼睫毛很长。于是“加丽亚”三字就粘到小伙子们的嘴唇上了。开会的时候，这个给她搬椅子，那个给她递茶水。休息时，这个约她去散步，那个请她去打球。她一天到晚兴高采烈的，一会儿把她的快乐传染给这个，一会儿又传染给那个。我自然不会像那些单身汉似的去献殷勤，不过，说良心话，我也挺欣赏她的相貌和风度，很愿和她一起散散步，谈谈心。

中秋节，机关组织大家去游颐和园。加丽亚说她要去，许多小伙子也争先报了名。有人替她拿水果袋，有人给她在车上留坐位。那天我爱人要参加她们工地上的集体活动，我只好一个人去，坐在车上，我冷眼看着那些小伙子发笑。

加丽亚上来了，假装没听见人家招呼她坐，却意外的，竟走到我面前笑笑说：“劳驾，往里一点。”

我往里挪挪，从侧面看着她。她脸朝着前面，故意作出严肃的样子。

车子过了西郊公园，猛然转了个弯，她撞到我身上了。重新坐好后，她向我点点头说：“对不起。”

我说：“您真客气！”

“对您不敢不客气，”她望着我笑道，“您总是那么严肃，好吓人哪！”

“唔？”我大声笑起来。

我俩热烈地谈起来了。我称赞她的衣服和身材，她不仅不害羞，反倒爽快地议论姑娘们的身材特点，以及应该如何打扮之类。我很喜欢她这种爽快劲，便也毫无顾忌的发表意见，然后又谈到了大学生活，共同的兴趣……越谈越投机，下车时，我们俨然像朋友了。

“你船划的怎样？”她妩媚的看着我。

在学校里谁没受过姑娘的青睐？谁没有点在同辈青年中争胜的劲头，加丽亚似乎一下子又把我拖回到三年以前去了，我得意的看看那些用嫉妒眼光盯着我的小伙子，拉着加丽亚说：“走，咱买船票去。”

这以后，我和她成了要好的朋友，有好电影和音乐会，我们总是一道去。

有一次看《杜勃罗夫斯基》。回来的路上，她说：“这俩演员真漂亮啊！”

我说：“两人很相称！”

“人家是有意识这样选的，”她正经的说，“爱情，除了性格、志趣之外，还应该是美的结合，两个人都漂亮，不仅自己幸福，对旁观的人也是幸福的……”正说着，对面走过一对男女来，男的有二十七八岁，很年轻、精神。女的在笑着，脸上堆了几条皱纹，看来要比男的大四五岁。她立刻用肘子一碰我说：“喏，你瞧，也许他俩感情还不错，可是叫别人看起来总有不愉快之感，不能不算遗憾吧？”

我看看那俩人的背影，先还挺高兴，以为加丽亚在暗示我俩“很相称”，接着，我想起我妻子来了。“她比我大两岁，也没加丽亚这么‘帅’，要叫加丽亚看见我俩一起走，她会怎样评论呢？”不由得有些扫兴。

正巧，这个星期六我们机关有舞会，我把爱人约来了。我们坐在大厅角上，觉着背后有人嘁嘁喳喳的连笑带议论，回头一看，正是加丽亚。她见我看她，便索兴大声道：“我正议论你呢！”甩甩头发，走过来向我睐眼说：“可以介绍一下吗？”

我红着脸，把爱人介绍给她。天晓得，在加丽亚对面我爱人怎么显得那么呆板，没有风度和苍白。我真后悔，不该把她带到这里来现眼。以后乐曲再响的时候，我就请加丽亚跳，请别的同志跳。加丽亚问我：“你让她一人坐在那儿她不会生气么？”我说：“她并不太喜欢跳舞！也不太会跳！”然而，当我跳完一个华尔兹回到妻的身旁时，妻却很不高兴的说：“我想回家了，你一人留下来跳吧！”我忙说：“为什么，还早呢？”她说：“我累了！”我只好耐着性陪她回去。路上我们一直沉默着，快到家门口了，我装作玩笑的口吻问她：“是不是我净和别人跳，你生气了？”她说：“干吗要拉我去作展览品呢？我在家看点书不更好？”我说：“人家要认识你也没有什么恶意！我请别人跳也是礼貌。”她说：“我见不得那种轻浮相。我尊敬别人，也希望别人尊重我！”

到家之后，我们默默的坐了一阵就睡了。躺在床上，我忽然想道：如果我身边躺的不是她，而是加丽亚，这些不愉快不就没有了么？

是啊，假如妻也有加丽亚的相貌、风度、趣味，那我该多幸福啊？

为了避免惹闲气，我一连几个星期都没参加舞会。

一个星期六晚上，我正收拾东西准备回家，加丽亚进来了，对我笑道：“女主人管教的真严，舞会上都见不着你的面了。”

我说：“我自己不愿意跳！”

“说这么好听干么？”她呶呶嘴，“出名的舞蹈能手！不过身不由己罢了！”

我有点挂不住火，说：“这么说，我今天就跳一晚上给你看！”

“回去挨骂可没有人同情呵！”她笑笑，又说道，“今晚上有联欢晚会，说要选几个跳的好的起示范作用，你怎么样？”

我说：“好，我俩算一对！决定了！”

她笑着推我：“那还不快打电话请假！”

我急道：“向谁请假？我是自由的！”

话虽这么说，我可确实担心妻在家里着急。只是不好意思去打电话。

许久没进舞厅，一听乐声，一见那灯光，立刻兴奋起来，把别的事全放在脑后了。

加丽亚换了一身漂亮的衣服。音乐一响，我俩就旋风似的转过了整个大厅，人们那赞赏的眼光紧追着我俩闪来闪去。加丽亚得意的说：“我好久没这么高兴过了，跳舞本身是愉快的，被人欣赏也是愉快的。我告诉你个秘密，姑娘虽然爱在人前装的神圣不可侵犯，可是心里还是愿意被人欣赏！”我笑道：“小伙子们又何尝不如此？”她说：“你也这样？”我笑道：“可惜我不漂亮，引不起人们的欣赏！”她笑道：“别客气，我还是头一个欣赏你的！”我们边跳边说笑，总是撞着别人。她耸耸肩说：“不管他，我快乐的时候，根本不考虑周围还有别人存在！”我说：“也不考虑你自己是否存在吧？”

“对极了，这才叫忘我！”转了一转，她又笑道。“我能忘我，你就不能！”

我问：“为什么？”

“你忘了自己，可有个人没有忘你！”

本来我已忘了家中的事，她这一提，我的兴致立刻减了不少。便说：“咱们不谈别人好不好？”

正这时，门口有人喊我的名字道：“电话，您爱人找！”

“怎么样？”她推开我，笑道，“生命诚可贵，爱情价更高，若为自由故啊……”

我气冲冲的跑出来，到传达室一把抓起电话来大声吼道：“我马上回去！”

说完，电话里没有人回答，我奇怪了，问道：“怎么回事，你走了么？”

里边干咳一声，低声说：“我是问你回来吃饭不，省得我等，又没催你回来……”

我听到她那委屈的声调，再没心思跳舞了，真觉着自己失去了自由。走到大厅去向加丽亚告别，她正和一个穿蓝西装的年轻人跳舞，脸上仍然洋溢着快乐，而且还兴高采烈的说着什么。经过我面前时，她只轻轻的点了一下头。我赌气一句话也没说，便走回家去。

我爱人正在桌前坐着，桌上放着冷了的饭菜，见我进来，她把头一扭。

我说：“怪不得人们说女同志小器，我就回来的晚一些，也不致这样啊！”

“我对你说什么了，你拿起电话就发凶？”她生气的说，“我妨碍你什么了么？”

我听她话里有话，急道：“好，好，你别说这些，以后不离开你一步就是了！”

“我并没这样要求你！”她喊了一声，又赶紧住了嘴。两只眼睛阴凄凄的望望我，小声说：“真可怕，星期六你也不愿回家来了，我们也开始吵嘴了……”

“不要胡思乱想，”我说，“夫妻吵嘴是难免的。”

“唉，既吵开了头，谁又保险不会永远吵下去？”

这阵风暴过去，她睡了。我躺在床上又想起了舞会，想起了加丽亚，想起了大街上和舞会上人们投过来的羡慕的眼光。于是，我不由的看了一眼我们的结婚照片，第一次发现我们的年龄差别是这样明显。我有些害怕的想道：“我结婚的太匆促了点吧……”

她翻了个身，醒了。见我还开着灯，问道：“怎么还不睡？生气了？”

我摇摇头。

“别生气，也许我们还不善于处理生活问题……不过，你不该连个电话也不给我，”她吻着我，“你知道我站在门口等了多久啊，菜凉了，我去热，热好了，你还不回来……”

“是我不好。”我抚摸着她的头发说，心里却又想起了加丽亚，我觉得自己虚伪的可怕，但又制止不住自己。

加丽亚初来时所引起的骚动，平静下去了不少。许多围绕着她的青年也自动散开了。而且人们提到她的名字时，越来越多的由赞赏变成责难。说她“轻浮，在感情上打游击”。我想，男孩子们追求一个姑娘落了空，总难免说吃不到嘴的葡萄是酸的，所以我不仅不因此改变对她的看法，反倒有些替她抱不平。看得出，她也隐隐有些苦闷，于是和我接近的更密切了。每天晚饭后我们都到什刹海边去散步，或去溜冰。她脑子里随时都能出现奇异的幻想。看到冰，便想到将来有一天马路上的人行道会全用冰铺起来，行人全穿着冰刀。她说：“那时咱俩在星期天就可以散步到天津去。”看到水，她又想到将来她要盖一间双层玻璃的雕塑室，玻璃之间灌满了水。我就说：“将来我为自己设计住宅时，一定为你预备一间这样的水晶宫，把你像金鱼一样的养在里边。”说完，我偷察她的脸色，她并没生气，倒说：“你真是个知音者，我要有你这样个哥哥该多好！”我说：“好，你就做我的妹妹吧。”从这以后，单我俩在一起时，我们就兄妹相称。

有一次我们在什刹海边散步，她手里拈着枝梅花，一边往头上簪一边哼着：“啊，姑娘呵——”唱到半句，忽然停下来，自言自语的说道：“姑娘，这两字多响亮啊，像黄金一样，我一辈子也不让它离开我。”

我笑道：“照这样说，一结婚，黄金就贬值了！那，你是永远也不结婚的了？”

“也不一定，”她笑起来，“也许将来有个人能使我不得不用这黄金似的名字去换他的爱情——谁知道这个人在哪里呢？”

我心里发起热来，以为她在暗示着我。

冬天，加丽亚总是戴一顶灰色的哥萨克式羊皮帽。我很喜欢这样的皮帽，曾问过帽店，说是要过一个月才有，我就等着。妻见我这么冷的天还光着头，便买了一顶长毛绒的给我，说：“你也不要太节省了，条件允许，也该注意一下仪表。”

戴上绒帽的第二天，加丽亚跑来找我说：“你不是喜欢我的皮帽么？店里有了，咱去买吧。”我毫不犹疑的和她一齐走了出去。半路上，我觉得这样办有点不妥，踌躇说：“等一等，也许我钱不够——”

“我送给你，”加丽亚痛快的说，“全机关就我这一顶，未免太孤单了，它要有伙伴。”

她真的不准我付钱，送了一顶给我，并且当着许多店员和顾客的面给我试过来试过去，一边端详着我，一边拍手说：“帅，帅，我要给你塑个半身像，戴这帽子的。”她不顾旁边人的窃笑，也不管我脸红。

我一时大意，星期六晚上戴着皮帽回家了，妻一见便吃惊的问：“你买的？”

我脸一红，支吾道：“不买还有人送？”

“我不是才给你买了新帽子？”

“我……”

“你根本不把我买的东西放在眼里，”她不高兴的说，“我真傻，还以为不买帽子是为了省钱呢！原来人家没找到合适的，哼，越打扮越好看了！”

“她就不懂什么叫美！”我想，“加丽亚就不是这样！这就是艺术修养啊……”

“你为什么发愣？”她睁大眼睛问，“生气了？唉，你想想你这是浪费不是？一个人的好坏不在他的打扮上，在灵魂里！”

“你瞧，劝我买帽子也是你、反过来说我也是你！”为了不使她疑心，我又说了几句笑话，便帮她一起布置饭桌。吃过饭，我倚在床上休息，不知不觉的又想念起加丽亚来。我在脑里重演着我们在一起玩的情景，回忆每一句似乎有意又似乎无意的话，不知过了多久，渐渐的我感到有什么不正常的气息了，为什么这样静呢？我找寻妻，她头伏在桌上，肩膀一耸一耸的。

我意识到她在哭，心里烦躁起来，走到她身边问：“我又没惹你，无缘无故哭什么？”

她不说话。

“到底怎么了呀！”我急道，“有什么话不能说？是不是见我买了顶帽子心疼？”

“你有心事，回家来就自己出神，理都不理我！”

“哎呀，我工作一天累了，你又不是小孩，要人回来哄你！”

她又放声哭起来，呜呜咽咽的说：“咱们谁也不是小孩子，夫妻之间应该怎样生活也都懂得的！这样冷冰冰的总该有个原因！”

我急道：“你不要乱扯好不好？”

“谁也不瞎，星期六也不愿回来，打电话一找就发脾气，……你根本忘记了还有我这样一个人存在！”

我竭力强词夺理的分辩，可是连我自己也感到了笑声和话声中的虚伪调子。她的眼睛里，从此增加了忧郁和怀疑的影子，我的脾气也更暴躁了。似乎一切都变了个样，以前回家去，老远见到她在门口等我，心中感到无限幸福，现在一见她在门口等我，心中立刻发起怒来，“哼，一刻都不放松我，在这儿盯着呢！”进屋之后，她催我吃饭，我就没好气的说：“你叫我喘喘气好不好？”她看我一眼，便赌气坐在床上不响了。过了许久，她又问我：“咱们有什么问题当面揭开谈谈好不好，不要这样折磨别人！”我当然不能揭开谈，只好说她：“你就是小器，别人随便说几句话你都胡想，这样子别人怎么跟你相处呢？”

她冷冷的笑一笑说：“随你怎么说吧，不过我愿对你进两句忠告，往错误路上走的人，开始总是并不太自觉的，而且开头都是从极小的细节上开始……”

我气道：“你就是真理，谁对你不好谁就是往错误的路上走，多高明的逻辑呀！”

就这样，我们几乎没有一个星期不吵架！只要一听到她来电话，我心中立刻像坠了块铅，一听说她星期六不能回家，我就浑身感到轻松。

回家，成了我最大的痛苦。

和爱人的关系越坏，对加丽亚的感情也越浓。对加丽亚的感情越浓，也和爱人的关系越坏。到底那是因，那是果，我已不甚了然了。

只有一点是明白的：每当我看到加丽亚的可爱处，便暗暗去和妻的讨厌处相比。甚至把妻引我讨厌的行为试放在加丽亚身上，那时就觉得这些行为也是可爱的。于是，我想象中的加丽亚就比现实的加丽亚更可爱、更完美。而想象中的妻，却比现实中的妻更难相处。

我不能否认妻在品质上、在思想上那些值得尊敬的地方，我觉得这对一个革命同志来说是重要的，但不一定适合作我的爱人！既这样，何不换个人？

我作离婚的打算了。

我下了多少次决心，但一到对着妻的面时我就张不开嘴了。我知道她爱我，我提出离婚对她是个沉重的打击，我不忍说出口。我绞尽了脑汁想找一个既不使她痛苦又能达到离婚目的的办法。我找机会说些别人离婚的故事，称赞那些人作的干脆。又偷偷的把两人的衣服分开箱子，暗示她我已下决心要离开她，但天晓得，当她真的懂得了我的用意，脸色变的那么悲哀和可怕时，我又慌了，又拼命安慰她，不叫她多心，说我这一切行动全是无意的。结果问题没有解决，我们之间更紧张，更痛苦了，我连夜的失眠，她明显的瘦了下去。我痛骂自己这种倒霉的"善良"，却又下不了狠心。

在机关里，我的日子也很难熬。人们已经在说我和加丽亚的闲话了，他们甚至当着我的面说加丽亚是个道德堕落的人，说她是纯粹的资产阶级作风，有人半玩笑半正经的说我"昏了头"，但我又怎么能放弃和加丽亚接近呢？她是那么不稳定，今天给这个画油画像，明天和那个合作漫画，最喜欢和她跳舞的那个穿蓝西装的人(现在穿"皮猴"了，也是蓝色的)仍死追着她，我若把她失掉了，岂不是两头落空吗？

团里注意上这件事了，小组会上大家正式给我提出意见。支书也找我谈话，并且明示我这样下去将为团的纪律不允许。我不能不收敛一些了。可是加丽亚呢，这个冤家一点都不体谅我。有一次，她当着许多人的面约我陪她去买东西，我含糊了一句，她立刻一甩头发走了。我追上去解释，她说："你不去别人会陪我去，没什么！"我说："咱们感情好，何必当着人面表现出来……"

"我跟你有什么不能见人的事？我就不怕别人诬蔑我，你怕受连累不要接近我好了！"

"加丽亚，你冤枉人心……"

她见我真急了，反倒扑哧一笑说："光知道注意别人的反映，就不知道注意一下自己的脖子么？瞧，围巾都破了，不能换一条吗？"我苦笑道："哪里顾的上！"她说："自己都不爱美，还说欣赏旁人呢？"她把自己一条驼色的解下来围在我脖子上。围巾上带着她的体温和芳香，使我发醉。

但，到底还是痛苦多。我真不知道一个人的脑子竟会乱到那样的程度，我总想把自己的心事整理出个头绪来，却怎样也整理不出来。

组织上交给我设计一个医院的任务。我高兴极了，以为这下精神有了新的寄托，可以暂时忘记这些杂事了，谁知道我在桌前一坐下来，脑子就又转到了加丽亚和我妻的身上去。设计神经病房，我就想到自己提出离婚会给妻带来多沉重的痛苦，为自己的残酷害怕。画到日光浴室我又想起了加丽亚的玻璃雕塑室，加丽亚是这么可爱，我怎么能和幸福交臂而过呢？不，忍受过一时的良心责备，就是一生的幸福呵……就这样想啊想的，日子一天天过去了，连张草图都没画出来。上边催了，再不能耽误了，我没法叫自己相信这一切都是为加丽亚效劳，设计病房，我就想着她披着轻软的睡衣在屋里躺着；设计阳台，我又想象她在阳光下画水彩画。图设计出来以后，我吃惊的发现自己在舒适、美观上花了那么多心思，甚至显得太豪华了，但已经没有修改的时间。

图纸交上去不久，批回来了，不仅指责了许多地方不适用，形式主义，还在上面写道："一个人的设计风格和他整个的思想感情是分不开的，你的朴素的风格在失去，这是一件值得你深思的事情！"

这个打击使我更加深了一层苦恼，在爱情上我是这么不幸，在事业上我若再没有了前途，我还有什么可希望的呢？我悲观极了，既找不到引起这一切的原因，又不知道应该把这一切怎样结束。

团里专为我开了一个批评会。大家帮我分析，说我的资产阶级意识在作怪，说我道德品质低下。我是这样反感，但又没勇气反驳他们，我说我和加丽亚只是一般关系，顶多是感情趣味上相投些。大家又批评加丽亚的感情趣味，说她是在感情上剥削人！发言最尖锐的正是过去围绕加丽亚的几个青年，你想，我能服气么？

散会以后，留在我脑子里的只一个印象——这一切该有个结果了，越拖延下去越糟糕！

这天晚饭后，我悄悄约加丽亚去海边散步。偏巧在路上遇上了我们的科长，他是个老干部，在科里威信很高。他用不喜欢的眼色瞅了瞅我俩，对我说："晚上到我这儿来一下好不？"

我答应着，猜到他要和我谈什么，心里忐忑起来。

显然，加丽亚也猜到了这一点，她瞅瞅我，嘴角轻轻一弯，像嘲笑我，又像嘲笑她自己。

我俩各想着心事，顺着海边的笔杨走了半天。她轻轻叹口气说："在咱们这儿作人真难，尤其是姑娘！"她皱起眉来，但那声调却一点也没有伤心的意味，反倒像有点得意的说，"长得漂亮点又成了罪过了，人们围你，追你，你心肠好点，和他们亲热些，人们说你感情廉价！你不理他，他闹情绪了，又说不负责任！难道，这一切都能怨我吗？”

我说：“有些话，只当听不见算了！”

“我也有缺点，有点温情主义，喜欢和男孩子们玩玩，可是，难道这样就非逼我嫁一个人才行吗？谁爱出嫁谁出嫁好了，何必管我！”

我笑一笑。

她看看我，小声说：“他们还说我破坏了你们夫妻关系……”

我紧张起来，忙说：“这是哪里的话！”

“我只是把你当作哥哥的，并没有想别的，你如果因为这受到旁人批评，尽可以不理我！”

“加丽亚，我又没惹你……”

我心中顿然一悟，啊，女孩子常常要说和自己心情相反的话：她怕你和她分开，就故意说愿和你分开，她心里真爱你，又怎么好直说出来呢？特别在这众目所视的情况下……

“唉！”她手里拿着个树枝，拍打着自己的裤子说，“最苦闷的，莫过于没人理解你了。”

“加丽亚，”我捏住她的手，低声说，“相信我，我理解你。”

我们挨得紧紧的站着，有好几次我想吻她，但终于压制住了。站了好久，才往回走。想到立刻要去见科长，我一步比一步走的慢。

科长坐在办公室的沙发上，见我进来，将身子一挪，便招呼我坐下。

“上次叫你考虑一下自己在设计作风上的变化，你考虑了没有？”

“想……想是想了，还没想仔细。”

“怎么想的？孤立的，就设计思想考虑设计思想？”

我含糊的应了声。

“那样考虑不出名堂来！”他昂起头，自语的说。他思考了一下，直爽的问道：“你谈谈，最近一个时期，在你心中占最重要地位的是什么问题？”

“生活问题！”我也坦白的说，“和爱人相处的不好。”

“为什么相处的不好？”

我把我的情况和想法大概和他谈了一下。

他沉默了许久，叹口气：“有些人说‘爱情问题是生活琐事’，我倒不是这样看法，我觉得这个问题上最能考验一个人的阶级意识，道德品质！”

接着他详细地给我讲了一段从前他自己想离婚而又没有离成的故事。抗战前他在家里结的婚，两人感情一直很好，胜利以后他进了城市，接触了好多知识分子，便产生了要和自己老婆离婚的念头，经过几次请求，领导上批准他回家去办理手续了。在回家坐的火车上他碰见有一孕妇要生产，当时整个车厢里的人都忙起来了，有人解开行李撕被单给小孩作尿布，有人从这车厢跑到那车厢来回的找大夫，列车长额上挂满了汗珠，就像那个生产的人是他的女人一样。这一切使老科长有了很多感触，他一边思索着一边和我说：“当时我就想，我们这个社会的人，所追求的道德精神，不就是要这样的关心别人，关心集体么？对别人负责，对集体负责，互相都把对方的痛苦当作自己的痛苦，说穿了，共产主义精神不就是这么个内核么？我在离婚这件事上，为我爱人着想了多少？她等待我好多年，今天把丈夫等来了，却是来和她离婚的，不难想象，她的思想，她的精神要发生什么样的变化呀？……还有比否定自己整个儿的精神品质更严重的悲剧么！就算离婚后我能找到一个漂亮的、合意的新爱人，它能弥补我这终身不能挽回的损失不能？在尖锐的斗争中，自己向自己低了头，以后再说自己是真正愿作个真实的共产主义者，恐怕连自己也不会相信了！……”

他的事情，他的话，动了我的心，我有好几次不自觉的联想到了自己老婆那痛苦处境。可是，我又怕我自己的意志软，会真的听了科长的话悔了离婚的念头，等将来后悔失去了加丽亚时再挽救也来不及了。我对自己说：“狠一点，一咬牙就过去了！”便竭力、故意地增加自己对科长反感的情绪，心里在说：“他说的光是大道理，他是没有碰到我这样的具体情况！你身边有一个加丽亚看……”

我嗫嚅地问道：“这么说，两个人在性格、作风方面的不同就不能成为他们是否能幸福的生活下去的主要条件了？”

“是的。当然这很有关系，所以任何人在没有恋爱和结婚以前都有权利选择选择么！为什么你在恋爱和婚后都很喜欢她而现在变了呢？为什么人家嫁给你以后你又见异思迁呢？”他不放松我，追问道：“听说你喜欢加丽亚？”

我含糊的应了一声。

“加丽亚在美术学院因为作风不好被记了过，你倒跟她的性格相投。嗯？

你觉得她的作风跟我们健康的思想感情不相容没有？你批评过她这些没有？”

听到他说加丽亚这样，我真吃了一惊，但紧接着，我心里袒护起她来了。是呀，许多人在她那儿碰了钉子，当然不会说她好话！至于美术学院的事，谁知道真相怎样呢？反正加丽亚跟“品质恶劣”四个字连不在一起。莫忘记，科长是在打通我的思想啊，他还会对我称赞她的好处吗，更何况她的许多美处只有我一个人认的出。

科长见我低头不语，以为我动了心了，便叫我回去好好想想。

怎么想呢？说良心话，他的道理没有一句不对；就是有一样，加丽亚是活生生的人，我爱她，也相信她会爱我，我曾想象和描绘了那么多我们将来共同生活的图画，如今一百步走了九十九了，我怎么甘心一刀两断呢？

我知道，如果我认真的去咀嚼科长的话，我自己的良心会受不住的，结果我还是两边下不了决心，那只会无限期的把事情再拖下去。如今从上到下全注意上这事了，哪还有拖延的余地？

我决定回家把事情说穿，跟妻一刀两断！

一想到马上要处理，我又害怕起来。妻的许多可爱的地方一下子又都涌到了我的眼前；从我们第一次见面，她给我留下的好印象，到我们最近一次吵架中她的忍让态度，一场比一场鲜明的在自己脑子里重映开了。我不禁问自己：“我真没有冒失吗？我失去了她，真的不致后悔吗？……”

“果断一些！”我出声的对自己说，“照这样犹豫不决，什么事也作不成！”

然而，我还是决断不了！加丽亚呀加丽亚，你若不出现在我面前我不是会平平静静的生活下去，并不感到有什么不满足吗？你害了我！

啊，不，幸福的机会，一生也许就只有一次，如果碰不上加丽亚，也许我今生都不会体验到和加丽亚相处时的愉快，你还是该来的。

另外我也想到，加丽亚尽管跟我很好，但从来没有明确表白过我们的爱情，万一她变了呢？我还是要先试探一下。

我悄悄走到加丽亚宿舍门口，胆怯的敲了敲门。

里边一阵脚步响，门开了。她披着头发站在我面前，笑道：“半夜三更，什么事？”

我说：“没事，我从来没到你这屋来过，看看……！”

“那就请进吧！”

她的墙上挂着两幅她的油画像，——一个是正面半身，一个是倚在大石柱子上的全身——和一张漫画像，下边各有一个简化的作者的署名。对面墙上，是一张许多穿着滑冰服的人的合影，加丽亚站在中间，周围有一群小伙子。她推了把椅子给我坐。我看到桌上面，台灯前边放着个未完成的半身泥塑人像，便问道："这是我的？"

"你的完了！"她回身从书柜上拿下一个硬纸匣来，递给我说："请自我欣赏吧！"

我打开一看，果然是戴着皮帽的、我的半身像。因为比我本人漂亮，有些不大像我了。我禁不住称赞说："好，好极了！"

她笑道："是人长的好，不是我塑的好。比如我吧，再好的雕塑师也不能把我塑成个艺术品！"

我说："得了，不用塑，你本身就是件最好的艺术品！"

说笑了一会儿，我正打算把话转到正题上去，外边有人敲起门来。

"谁？"加丽亚拉开门，进来的又是那个穿蓝皮猴的，(他又改穿中国式的绸棉袄了，还是蓝色的。)他进来后对我点点头，便在桌的一旁坐下了。

我暗骂他来的不是时候，心想他一定有什么事，索兴等他走了再说吧，便随手从桌上拿起本书来，乱翻着。

见他的鬼，他也坐在那儿翻起书来了！我看看加丽亚，希望她设法把他支出去。

加丽亚看看我，又看看他，格格的笑起来了，说道："真妙，你们怎么上我这儿演哑剧来了！"

我不由的笑了，他也笑了。

"咱打牌吧！"加丽亚打破僵局说，"赌倒茶的！输了的人给赢了的倒茶！"

我急的了不得，那有心思打牌！可又不甘心出去让那家伙在这儿——我很后悔以前竟没想到上宿舍来找加丽亚，他一定常常来的！——就跟他们打起牌来。鬼知道怎么搞的，一上去我就输，还要给他倒茶，而且一点也看不出加丽亚对我比对他更亲热些，到第三盘，我把牌一推说："我不玩了，困的很！"

"别丧气嘛！"加丽亚半玩笑的说，"人们都说赌场上失意，情场上得意呀！"

我觉着加丽亚这话大有深意，立刻浑身都舒畅起来，用胜利者的眼色扫了扫蓝棉袄，说："好，打！"

可是外边也响熄灯铃了。

我恋恋不舍的抱着我的塑像走出屋，加丽亚送我们出来，悄悄对我说："你回去看看塑像的肚子里有什么东西！"

"调皮鬼！"我说完，轻飘飘的向宿舍走去，我等不及回去看，走到一盏路灯下就把纸匣打开了，伸进手一摸，摸出一张纸条，上边写道：

"人还像，只是不知他的心是怎么样的！星期天下午三点，我去北海，你来不？"

一股暖流从心底冲上脑袋，我呼吸都困难起来！一时高兴，便抽出笔来在一边写道："加丽亚，加丽亚，你就要看到我的心了！"

苦苦的思索了好几天，决定最后一次试试妻子，看还有没有"和平解决"的希望。若实在没有，那就让她恨我好了，也许那样更好些！若叫她带着怀念离开我，对她说来就更难忍受，对我说来，也会加深良心上的自责。

星期六的夜晚到来了。

天冷得出奇，北风吱吱乱吼，马路上冷冷落落，偶有几个行人，也把头躲在大衣领里边。悬在街正中钢丝上的电灯疯了似的乱摇着。

我到家时，妻已先回来了，正在火炉上煮什么，满屋都是甜味。她一只手拿着筷子。两眼直瞪瞪的瞅着火苗。

见我进来，她问道："外边冷吧？"

我随便答应着，把塑像放在桌上。她凑到桌前，打开纸匣一看，便叫道："好！"端详了一阵，又说："可惜这人的技术不高，塑的有些走样了。"

我板着脸说："艺术是要夸张一些的，你不懂！"

"干什么单单夸张这顶皮帽和围巾。看！帽子还歪着，"她笑道，"好好的人，弄得像个资产阶级大少爷。"

我说："我本来就不是无产阶级出身，请原谅。"

"你不用凶，"她笑道，"我今后反正不跟你吵架了！真下了决心！"

我觉得她真的有点和平常不一样，暗暗感到有些蹊跷，但又不好意思再板着脸，便假笑道："不吵了，哭起来还不比吵架更烦人？"

"也不哭了，傻瓜才吵架和哭！"她微笑着说，"我想明白了，那样能解决问题嘛？不行！只表现自己软弱无能，反正两人要过下去的，干么不找个能解决问题的办法，光冲动毫无用处！”

“她是打算一辈子不与我分开了？”我暗想着，有点失措，脱掉大衣后，便拉了张椅子在一旁坐下，心里一边想主意，一边说些没用的话应付她，省得她发现我心不在，又伤心。

我问她：“煮什么？”

“酸楂酱，最近我……”她笑笑说，“我想吃，你不爱吃嘛？煮好，咱们一人装一罐带到机关去吃。”

我不感兴趣的说：“算了吧，罐子不好刷。”

“我来刷。”

我便不再说话了。她也不像平常那样追问我为什么不说话，只一边搅锅里的酸楂，一边对着火苗出神。我觉得她有些异样，但没心情去关怀。坐了会儿，我说困了，便先睡下。

睡到半夜，一翻身，我觉出床在轻轻的颤抖，注意了一下，听到她在被底下抽泣。

“讨厌，和这种人一起生活就是哑巴也会发脾气！”我心想，不愿理她，扭过身去。

过了半天，她还不停，我忍不住了，回过头来喊道：“你有什么委屈的，说出来好不好，只是哭！别人老远回家来就是听你哭的？”

她不回话，哭的更响了。我觉着再在她身旁躺下去，浑身要烦躁的炸裂，便一撩被子，披上大衣下了床，拧开灯，从桌上抽出一本小说来，坐在火炉旁看书。眼睛看着书上的字，脑子里却想着其他事。我对自己说：“看来只有离婚才能从这种痛苦里解脱出来了，这算什么生活？每星期六都这样度过！科长光知道讲大道理，让他来过两天这样的生活看！……”

过了许久，我觉得又冷又困，她也安静下来了。我才又回床上去躺下，一边盖被，一边生气说：“你考虑一下，这屋子并不是只有你一个人，你只顾要脾气，别人怎么忍受？我们都是平等的人，我又没有压迫你。”

她沉默着。我躺了一会儿，就睡着了。

第二天我睁开眼，她已在地下缝东西。炉子周围烤着我昨晚脱下的内衣，干净的衣服放在我枕边。我心里卑视的说：“真是一个不直爽的人，心里明明对我不满，表面上还这样作！加丽亚决不会这样。”

我一边穿衣服，淡淡的问："缝什么呢？"

她头也不抬，说："手套，你的！"

"歇一会吧，我打算买呢！"

"我知道你不会戴它，但既做了，就做完吧！"她忽然口气转为凄然的说："什么都应该有始有终不是？"

我走下地，见她两眼红肿得厉害，便说："你瞧，昨晚你自己说的，再也不哭了，结果倒哭的更厉害了！"

"你放心好了，今后再不叫你看见眼泪。"说完，她轻轻叹了口气。

我讪讪的找些话来问她，她回答的很平静。我想："她平静下来了，该找机会摊牌了。"

吃饭时，她突然说道："我今天下午有事要回去！"

我说："正好，我下午三点有个会。"

她隐隐的冷笑了下说："碰的真巧！不过我下个星期不一定回来了。"

我说："那——我去看你好吗？"

她冷笑道："不必啦，我们那儿同志也多的很，这个家，也确实叫人痛心……"说着，她又对着窗发起楞来。

望着她那委屈、痛心的神色。我也很难过，心想"快刀斩乱麻，一下子了啦吧！"便把口气放的极缓和的说："我问你一句话，你不要动感情，冷静的、理智的考虑一下再回答我好不好？"

她震动了一下，随即平静下来，两眼瞅着地说："你说吧！"

"你是个好同志，我也爱你，可是，你考虑一下，你跟我性格相投吗，共同生活下去会有真正的幸福吗？你不要生气，你冷静下来想想，……"

"我知道你要提这问题了！"她似乎胸有成竹的说："我先问你一个问题好不？"

"好！"

"你坦白的说，你最不满意我的是什么？"

我脸红起来结结巴巴的说："咱们个性不同，我常使你痛苦，我也很惭愧……"

"不必拐弯！"她脸色苍白的直视着我说，"我们到底共同生活了许久，互相还是知道些根底！什么个性不同，我们开始不是相处的挺好吗？我替你说好了，我年纪比你大，我长的不漂亮……”

我忙解释：“你……”

“不用解释，不用担心我会受不住，我用不着人怜恤的！”

我急道：“你别误会，我早说了，我只是提个问题，叫你别冲动……”

“没有什么误会，我又不是孩子！”她顿住，眼睛一转，落下两颗泪来，她急忙转过身去，背对着我问：“我只问你，当初我说我年纪比你大，要你认真考虑，你为什么说考虑好了？……说什么，全怨我自己没出息……”

“你别急眼！”我说，“我只是问问，又没提离婚！”

“你怕负责任，怕我怀恨你，不敢提！”她转过身来，冷静的说道：“没关系，我主动提出来好了！我并不是要求好坏有个丈夫！我要的是真正的爱情：两人这样敷衍下去都没好处！以前我一直存着个重新和好的希望，现在我明白没希望了，不会拖的！”她说，从椅子提起手提包，头也不回的走出门去，又回身轻轻的把门推上，就好像平常回去一样，一点暴怒的痕迹都没有。

我麻木了似的望着门，骤然间堆上了一大堆问题在眼前：桥拆了，她的心伤透了，再也没有和好的希望了！可是，我面前的路真的像平日想象的那么美吗？会不会再想回来又回不来呢？加丽亚万一……天哪，我本以为一解决了和她分离的问题，事情就会单纯下来，我的脑子会安静下来，哪知道，反倒更复杂了，更乱了！这屋子挤的人喘不出气来，我得出去，赶快去找加丽亚，可是她说的三点钟在北海等我，现在才十一点。表啊，你怎么不走了？

我披上大衣，锁上门，走到了街上。外边风小了，雪花大片大片的往下落着，我不坐三轮，也不坐电车，昏头昏脑的在街上乱走，从隆福寺走到东安市场，又从东安市场走到王府井南口，一路上我什么也没看见。有好几次我被三轮工人从马路上推开，他们还指着脸挖苦我，我不跟他计较，也不生气，只随着旁人走去。

好容易到了两点半。我跳上一辆三轮，拍着车厢喊：“北海，快！”他要撑篷，我说：“敞着痛快。”

三轮在雪地上飞驰起来，我却急的恨不能跳下去自己跑。雪越下越大了。金黄色的故宫屋顶全变成了银色的。已经分不出哪是御河，哪是白玉石的河岸。我不停的擦着脸上的雪水，望着北海前门。

终于看到了啊!

加丽亚像朵艳丽的花站在白雪中，她穿着一件紫红色的呢大衣，白色镶红边的毡靴。我大声喊道“加丽亚——”

她提起一只黄黑两色的毛手套，跳着喊起我的名字。车还没站稳，我就跳了下来，我握着她的手觉着有千言万语要马上倾泻给她。

“瞧我选的这块地方怎样？”她闪着长睫毛，冻得红红的脸上堆着微笑：“北海的雪景，多美呀！咱们上后山去玩，堆雪人，嗯？不要走桥上，从冰上滑过去！”

我俩手拉着手在冰上边走边溜。

我拉着她，心中打着腹稿，准备尽量“艺术”的把事情说给她。她呢，大声的笑着，跟我谈雪，谈梅花，谈鸟，就是不问关于我的“心”的事。

我耐不住了，上岸时，一边小心的扶着她，一边笑道：“你不是要看我的心吗？我带来了！”

“啊？”她疑问的看看我，随即笑起来，“那就掏出来看看。”

“我和爱人离婚了。”说完，我打了个冷战，紧张的望着她的脸色。

“真的？”她停住了脚，思索了一下，说：“既然离了，我说句话也没妨碍了，本来我就觉着你结婚早了些，尿布、奶瓶、火炉、家庭……唉呀呀！这些俗事会把任何一个天才的想象力全磨光的！爱情本来是诗，可是一弄这些，哪里还有诗？”

我有些茫然的看着她，不知说什么好!

“还有，理想的爱人要慢慢发现啊！”她甩甩头发，笑道：“不结婚时，你有爱五亿九千九百九十九万人的权利，和被他们爱的权利！一结婚，完了，只能守着那一个人，老早把自己缚在一个人身上，再碰到理想的人时，后悔也来不及了！”

“加丽亚，别净说这些！”我靠近她说：“我假如没有新的爱情来补偿，马上会疯的！”

她笑道：“你现在自由了，爱谁不可以？”

我鼓足了勇气说：“我爱你！”

她歪了歪头，从地上拾起一块湿漉漉的石子，朝松树上的乌鸦投过去，乌鸦“哑！哑！”的叫着。她回过头来说：“我没权利不准人家爱我，可有一样，你不要一翻脸，又去给我提意见，说是加丽亚害了你！”

我急道：“加丽亚，我说的是真话，你明白我现在是处在什么样的地位上！”

“唔？”她住了嘴，看了看我的脸色，马上收住了笑容，咬着嘴唇看了一会儿自己的脚尖，抬起头来时，又换成了平日的神色，无所谓的说：“你想叫我嫁给你？嗯？”

我吃惊了，她怎么真像心里没有这件事似的，我说：“你该明白我的心！”

她脸上现出得意的神色，两颊更红了，她说：“坦白的说，我从来还没有考虑过出嫁这件事，它距离我还远的很呢！我跟你说过，我不轻易离开姑娘的地位！请你原谅！”

“啊？”我像头顶被人砸了一石头，两腿软了下来，我气喘着说：“加丽亚，我为你才离的婚，你怎么……？”

“什么？”她叫一声，想了一想立刻指着脸跺着脚哭道：“你吓我，你把你离婚的罪往我身上加，威胁我嫁给你！我不怕的！啊，我怎么办哪，所有的人都欺侮我！”

她哭着，也不顾怜惜衣服，背靠着树摇起来。

我走上去，抚着她的肩哀求的说：“加丽亚，加——”

“走开，走开，知人知面不知心，我把你当哥哥，你却暗算我！跟我谈这样的话，谁让你离婚来？你这样说出去，大家更抓住打击我的借口了，设计院我呆不下去了……”

“加丽亚，冷静一点，加丽亚——”

“走，走，你不走我走！”她推开我，回身就跑，我追着她，拼命的喊道：“加丽亚，加丽亚！”

正好有两个人从山后转过来，一见我们这情景，惊住了。我脸一红对加丽亚喊道：“你放心吧！我还并不像你想象的那么卑鄙。”离开了加丽亚，自己朝山上走去。

我两只脚机械的，走啊，走啊，走个不停，恨不能一拳把身边的东西全毁了，一边走着，一边觉着自己脚下的雪地在往下陷，马上就要把我跌进深坑里去了。

我怎么了？我闹了些什么？这一切是真的，还只是我脑子里想象的？

我觉着两腿沉重的抬不起来，走进一个亭子里坐下了。我靠着亭柱，想清理一下脑子里的一团乱丝，但我清理不出来，想来想去只有两句话："老婆走了！加丽亚并不爱我！只剩下我自己了！"

天暗下来了。雾仍无声的往下飘着，公园里寂静得不见一个人影，西边的大楼上，冒出稀稀的黑烟来。隐约的听到了园外街上的熙嚷声和看到电车的火花。冷，冷得浑身发抖。我无可奈何的走出园门，雇了辆三轮，回到家里去。

屋门锁着，我想起这屋门是我自己锁上的。接着，从我结婚时起，在这屋里发生的一切都又重新涌上了我的眼前，不知为什么我把自己摆在我爱人的地位上去想，我假定我是她，天天想她，一到星期六早早的回来把一切准备好站在门口风地里等候她，等久了，打个电话问问，可是得到的回答却是怒斥和冷淡。……我这才第一次看到了自己那冷酷的面目。怎么搞的，我是这样一个无情的、狠毒的自私小人啊！她竟忍受住了！

我的眼圈湿了，我恨不得立即找到她，向她诉说一切，让她随便怎样惩处我！我不要她饶恕，我在道德上犯了罪，我伤害了她！

门锁着，我不愿开门，怕看到屋里的情景自己会忍不住！我踉踉跄跄的离开家，往机关走！

"全是加丽亚，这个狠毒的人！"我走着，咬牙说。但是，一个反对的声音在我脑子里问道："机关里人有的是，有结了婚的，也有没结婚的，为什么只有你被她害成了这样？"

于是，我和加丽亚的初次见面，我们的交谈、散步……都重新涌到眼前来了。我这才第一次冷静的重听了我俩每一句"有诗意"的谈话！重见了"有情感"的每一次来往，我发起烧来了，多卑鄙呀，什么"诗意"，不就是"调情"么？什么情感，不是自我"陶醉"么？这不明明是我那些已不知不觉淡下去了的"趣味"又被加丽亚唤出来，蒙上了自己的眼！被资产阶级感情趣味弄昏了头的人啊！你虽然和爱人结婚很久了，但你并没认识到她的真正可爱处，因为，原来并没完全爱她最值得爱的地方……

日常同志们对我的批判、科长说的话，又都像石子似的重新打在我的心坎上。

想这些作什么，现在什么都没用了，迟了。

我以后的日子怎么过呢？永远沉陷在孤寂的，悔恨的心情中么？我才二十多岁呀！啊！我原来不是都很正常，未来的生活也看的清清楚楚的么！我怎么把自己从正常生活的轨道抛出来了呢？

……

被脚下的石头绊了一下，我清醒了过来，看到前边已是机关的大门了。看到这个大门，我更加清楚的明白了今天发生的一切。原来一切都结束了，只剩下我一个暴露出原形的、没有人同情的“小人”了。妻心寒到那种程度，不会回来的；加丽亚只担心着我会对她有什么不利，自然也不会再理睬我！同志们呢，同志们……我的眼又模糊了。

“×同志，您的东西！”门房老李认出我，老远就喊起来。我擦擦泪走上去，他从屋里拿出个布包来给我，说：“您爱人四点多钟时送来的，她说忙着去赶火车，没工夫等你回来了。”

“赶火车？”我浑身战栗了一下，手忙脚乱的解开了包裹，没防备从里边滚出一个玻璃瓶来，落在地上摔破了，溅的满地都是果酱。包里是今早上换下来的衣服。中间夹着一封信。我抽出来，头一眼看见的是加丽亚塞在我的塑像中的那个便条，我挺奇怪，赶紧看那封长信。

……

我难过极了，心里乱的很，唯一的希望是你耐心的把它看完。

昨天上午，我去医院检查身体，医生给我贺喜，说我怀上小孩了。当时，我立刻想起了我们最近的生活情形。我们在一起共同生活的不好，这样下去，对不起我们自己当初的愿望，更对不起这没出世的小宝宝！我想，我是有责任的，我在感情上要求你的多，在思想上关心你，体贴你的少，……在医院，我就下了决心，今后不再哭闹了，要耐心的和你商量，帮助你分清是非！

可是，还没等我把这一切告诉你，我收拾屋子时，无意中发现了这个纸条！我以前只风闻你和另一个女孩子在感情上有些不正常，但真没想到竟发展到这地步，这对我的打击太大了！我伤心极了，慌张极了，苦苦的想了一夜，我又替孩子伤心，他有什么罪过，一生下来就碰到这样难堪的处境，这全是我们的不好，我们不配作父母。

当你刚才提出离婚的问题时，我就抱着‘干脆利落”、不要你怜恤的心情回答你的。但回答之后，我难过了，甚至有些后悔了，我在屋里不能呆下去了，我不愿在你面前表现出软弱，我走了出来。

明天我开始休假，我本打算在家住些天，现在，我觉得一个人住在那间屋里是一种不堪忍受的折磨，我决定立刻回天津家里去！咱们分居一个时期，也可以更冷静的考虑问题！

我不知你爱的另一个人是谁？我虽不满意她，但我决不毁谤她，我只希望你想一想，一个不尊重别人幸福的人，她会给你带来幸福吗？

亲爱的(让我还这么叫你吧！)，我爱你，我真担心你会走上错路——在这些地方你是那么叫人不放心，你最近在各方面都有变化，在爱情上的变化只是思想意识变化的一部分反映，我过去没有严格的提醒你注意这些，现在又没有机会来提醒你了！你自己也该注意一下才好！

也许，你看见这些话会更对我反感了！不要以为，我是用这些威胁你要你不离开我！不，虽然我爱你(甚至觉得现在比以往更需要你的爱情)，我一想到和你分开就疯了似的浑身战栗，可是如果你不再爱我，不愿再重建我们的爱情，我决不祈求你怜恤！

算了吧，话是说不完的！

…………

我看完一遍，没有懂她说了些什么，又急急的看了一遍，才模糊的觉得她还在爱我，还可以饶恕我。我急忙跑出机关大门，跳上一辆过路的三轮喊道：“快，快！上东站！”

门房老李在后边喊：“同志，你的东西，你的……”

技术员讲着，讲着，发现听的人一点动静都没有，问道：“怎么？都睡了！”

“没有，没有。”

“你说下去呀！”

“唔！”他安慰的吁了口气。想了想说：“完了，你们知道的，我没有离婚！”

听的人说："你到车站找着她没有，回来以后又怎么样？事还多呢，怎么完了？"

讲故事的人说："回来后，为了重建我们的爱情，两人也还费了好大力气的，不过，那要讲起来就太长了，明天还上班呢！"

沉默一会，他笑了声："最好星期天你们上我家去作客吧！耳闻不如一见哪！"

（原载《文学月刊》一九五六年九月号）

述评

作者邓友梅（1931—），生于天津，原籍山东平原县，汉族，当代著名作家。1952年进入中国作协文学讲习所学习，毕业后发表小说《在悬崖上》，引起轰动。1957年被错划为右派分子。“文化大革命”中受到严重迫害，送盘锦等地改造，拨乱反正后得到改正，调北京市文联任专业作家，党组成员。邓友梅的作品数次获奖并被译为英、法、德、意、日、阿拉伯、老挝等多种文字。

短篇小说《在悬崖上》，最初发表于1956年9月号《文学月刊》。小说通过技术员“我”讲述自己的恋爱故事，引出妻子和建筑设计院做雕塑的女孩加丽亚，展现三人间的情感纠缠。技术员性格善变、虚荣；妻子纯朴善良，通情达理，贤淑有礼，克己自律，是典型的贤妻良母，完全符合50年代审美及道德要求；而加丽亚年轻貌美，外向大方，不拘小节，凡事以自我为中心，活的真实而富有个性。技术员终难抵挡加丽亚的诱惑，加之自我放大的爱情感受，终于在妻子面前无法隐藏。两人的婚姻由于加丽亚的出现开始走向崩溃的边缘。当技术员向加丽亚求婚时，遭到拒绝。加丽亚想要的并不是婚姻，只是爱情的感觉。技术员悲痛欲绝，痛心于自己对加丽亚的错误认识，同时悔恨自己赶走了妻子。而出人意料的是小说的尾声部分：妻子居然原谅了技术员，满怀爱意地等待他的回头。技术员的内心亦开始反思，自省；加上外部舆论的谴责，侧面的敲打，内外合力，最终将技术员从悬崖边拉回，夫妻二人以和解圆满收场。作品反映了人的软弱，在诱惑面前，虚荣会把人推向悬崖；同时也批判了在爱情和婚姻中的利己主义。

这部以婚外恋为题材的小说赫然出现在以颂扬革命事业为主流的50年代，发表后的反响各异。肯定的声音是：文学创作当中出现了新颖的题材，人物形象也有相当的新鲜感；然而，由于作品与主流意识相悖，批判与讨伐便随之而来，小说的主人公被批评为“存在严重的生活作风问题”，作品“宣扬并滋长一种小资产阶级的情调”，“腐化人们的思想和灵魂”，“诋毁革命者的正面形象”，最终结论是，作品是一株“毒草”。因此，作者在小说发表一年后很快被打成“右派”。直至1979年才得以平反，重新展开文学创作。

“文革”结束后，文学界对《在悬崖上》这篇小说重新进行了分析和评价，普遍认为，作品通过两个具有不同爱情观、婚姻观的女性形象，深层次地探讨了隐含在人物形象背后的女性意识，在婚外恋所引发的情与理、道德与法律矛盾的互相纠结中个人情感生活的起落沉浮。在那政治进步高于一切的年代里，作品的这些探索是大胆的，也是有意义的。

张清华在评述《在悬崖上》的《女性之魅与“男权中心主义的色情幻想”》一文中写道："这种意识实际上暗含或者‘影射’了这个年代盛行的‘休妻’风气——革命者在进城之后纷纷休掉先前农村的糟糠之妻。很多难言之隐，都或多或少地在作品中闪现出来。”这是对作品的另一种解读，也是一种补充，我认为有一定道理。

小巷深处

陆文夫

一

苏州，这古老的城市，现在是熟睡了。她安静地躺在运河的怀抱里，像银色河床中的一朵睡莲。那不大明亮的街灯，照着秋风中的白杨，婆娑的树影在石子马路上舞动，使街道也布满了朦胧的睡意。

城市的东北角，在深邃而铺着石板的小巷里，有间屋子里的灯还亮着。灯光下有个姑娘坐在书桌旁，手托着下巴在凝思。她的鼻梁高高的，眼睛乌黑发光，长睫毛，两条发辫，从太阳穴上面垂下来，拢到后颈处又并为一条，直拖到腰际，在两条辫子合并的地方，随便结着一条花手帕。

在这条巷子里，很少有人知道这姑娘是做什么的，邻居们只知道她每天读书到深夜。只有邮递员知道她叫徐文霞，是某纱厂的工人，因为邮递员常送些写得漂亮的信件给她，而她每接到这种信件时便要皱起眉毛，甚至当着邮递员的面便撕得粉碎。

徐文霞看着桌上的小代数怎样也看不下去，感到一阵阵的烦恼。这些日子，心中常常涌起少女特有的烦恼，每当这种烦恼泛起时，便带来了恐惧和怨恨，那一段使她羞耻、屈辱和流泪的回忆就在眼前升起。

是秋雨连绵的黄昏是寒风凛冽的冬夜吧，阊门外那些旅馆旁的马路上、屋角边、阴暗的弄堂口，闲荡着一些打扮得十分妖艳的姑娘。她们有的蜷缩着坐在石头上，有的依在墙壁上，两手交驻在胸前，故意把那假乳房压得高高的，嘴角上随便叼着烟卷，眯着眼睛看着旅馆的大门和路上的行人。每当一个人走过时，她们便娇声娇气地喊起来：

“去吧，屋里去吧。”

“不要脸，婊子，臭货！”传来了行人的谩骂。

这骂声立即引起她们一阵哄笑，于是回敬对方一连串下流的咒骂：

“寿头，猪猡，赤佬……”

在这一群姑娘中，也混杂着徐文霞，那时她被老鸨叫作阿四妹。她还是十六岁的孩子，瘦削而敷满白粉的脸，映着灯光更显得惨白。这些都是七八年前的事了，徐文霞一想起心就颤抖。

一九五二年，政府把所有的妓女都收进了妇女生产教养院。徐文霞度过了终身难忘的一年，治病、诉苦、学习生产技能，她记不清母亲是什么样子，也不知道母爱的滋味，人间的幸福就莫过如此吧，最大的幸福就是在阳光下抬着头做个正直的人！

那一年以后，徐文霞便进了勤大纱厂。厂长见她年轻，又生着一副伶俐相，说：“别织布吧，学电气去，那里需要灵巧的手。”

生活在徐文霞面前放出绚丽的光彩：尊敬、荣誉、爱抚的眼光，一齐向她投过来。她什么时候体验过做人的尊严呢！她深藏着自己的经历，好在几次调动工作之后，已无人知道这点了，党总支书记虽然知道的，也不愿提起这些，使她感到屈辱。没人提，那就让它过去吧，像恶梦般地消逝吧。

爱情呢，家庭的幸福呢？徐文霞不敢想。她也怕人夸耀自己的爱人，怕人提起从前的苦难，更怕小姐妹翻准备出嫁的衣箱。她渐渐地孤独起来，在寂静无声的夜晚，常蒙着被头流泪，尢事时不愿有人在身边。于是，她便在这条古老的巷子里住下来，这里没人打扰她，只是偶然门外有鞋敲打着石板，发出空洞的回响。她拼命地读书，伴着书度过长夜，忘掉一切。只是那些曾玩弄过她的臭男人不肯放松她，常写信来求婚，徐文霞接到这些情书时便引起一阵怅惘，后来索性不看便撕掉：“谁能和做过妓女的人有真正的爱情，别尝这杯苦酒吧！”

徐文霞站起来在房间里走动，把所有的杂念都赶掉，翻开小代数，叹了口气，自语道：“把工作让给我，把爱情让给别人吧！”

徐文霞重新埋进书本，努力探索难解的方程式。一会儿，字母便在眼前舞动，扭曲着，糊成一片黑。她拉拉眼皮，想唤回注意力。可能是天气燥热吧，她伸手推开玻璃窗。窗外起着小风，树叶儿沙沙地响着，夜气和秋声那样催人入眠，徐文霞更加烦躁了。

徐文霞为啥烦躁，只有她自己知道，那个大学毕业的技术员张俊的影子，如今还在眼前晃动。他年轻，方方的脸放着红光，老是带着笑容和她谈话，跑到她身边来找点什么，却又涨红着脸无声地走开了。徐文霞知道为着这件事烦恼，却故意不肯承认，用这种办法，她击退过好几次爱情的干扰。今天怎么搞的呢，说不想又偏去想："他今天为什么到我这里来呢？光是轻轻地敲了一下门，隔半天又敲了一次，想进来，又不想进来的样子。他的脸那么红干吗，别这样红吧，同志！难道我这个人还能讥讽人吗？唉，他为什么不讲话，他挺会说话的，今天倒结结巴巴的，尽翻我的书看，还看得很有趣呢！这些书他不是都读过吗？他要帮我补习代数，还要教我物理。昏啦，我竟答应了他，要是他怀着什么心思，我可怎得了啊！"徐文霞平静的心被搅乱了，全部"防线"都崩溃了，她不理睬那许多对她含着深情的眼光，撕掉好些向她吐露爱情的信件，却无法逃避张俊那纯真的孩子般的眼睛。她收不住奔驰起来的思想，一会儿充满了幸福，幸福得心向外膨胀，一会儿充满了恐惧，感到这事是那么可怕。各种矛盾的心情，痛苦地绞缢着她，悲惨的往事又显明起来，她伏在桌上抽泣着，肩膀在柔和的灯光下抖动。

窗外下起雨来，檐漏水滴在石板上，像倾述着说不完的闲话。

二

时间从秋天到了冬天，徐文霞心里却像开满了春花。

一下班，张俊便到徐文霞的房间里来了。他坐在徐文霞的对面，眼不转睛地看着她。看得徐文霞脸红心跳起来，忙说：

"来吧，抓紧时间。"

张俊笑着，打开课本。他不仅讲，还表演，不知又从哪里找来许多生动的譬喻。这一点，张俊自己也不明白，在徐文霞面前，他的智慧像流不完的河水。

徐霞开始做习题时，张俊便坐到另一张桌上做自己的功课。这时候，房间里静极了，只有笔在纸上唰唰地响。张俊一伏到书桌上，就两三小时不动身。徐文霞深怕他过度疲劳，便走过去拉拉他的耳朵，搔搔他的后脑。张俊嚷起来：

“好，你又破坏学习。”

徐文霞咯咯地笑着，便坐下来。不一会，她又向张俊手里塞进一只苹果。张俊把苹果放在桌子上，先不去动，过了一会，拿起来看看，然后便到徐文霞的口袋里摸小刀。

“好，这次是你破坏学习。”

“苹果是你送给我的！”

这一骚动，两个人都学不下去了，便收起书本，海阔天空地谈起来。张俊老是爱谈将来，一开口便是“五年以后”的理想：

“到那时候我是工程师，你是技术员……”

“我也能做技术员吗？”

“只要你学习时不调皮。”张俊调皮的眼光望着她：“那时我们还在一起工作，机器出了毛病，我和你一起修，我满脸都是机器油。嘿，你会不认识我哩！”

“你掉在染缸里我也认识。”

“要是世界上有这么一对，他们一起工作，一道回家，星期天一起上街买东西，该多好啊！”

徐文霞被说得心直跳，脸上绯红，故意装做不明白的说：“那是人家的事情，你谈它做啥。”

徐文霞好像浸在一缸温水里，她第一次感到爱情给人幸福和激动。

实在没话谈了，他们便挽着手到街头散步。苏州街上的夜晚，空气是很清新的，行人又那么稀少。他们尽拣没人的地方走，踩着法国梧桐的落叶，沙沙的怪舒服。徐文霞老爱把那些枯叶踢得四处飞扬。到底走多少路，他们并不计较，总是看到北寺塔，看到那高大巍峨的黑影时便回头。

张俊每天到徐文霞这里来，实在忙了，睡觉之前也一定来说一声：“睡吧！文霞，明天见。”

徐文霞也习惯了，等到十点半张俊还不来，她便睡下等他。果然听着门上的钥匙响，张俊走进来，用手在她的被头上拍两下：“睡吧，文霞……”然后她才能真的安详地熟睡了。

在爱情的海洋里，徐文霞本来已经绝望了，却忽然碰着救命圈，她拼命抓着，生怕滑掉。夜里，她常常梦见张俊铁青着脸，指着她的鼻子骂：“我把你当块白璧，原来你做过妓女，不要脸的东西，从此一刀两断！”徐文霞哭着，拉着张俊：“不能怪我呀，旧社会逼的……”张俊理也不理，手一摔，走出门去。徐文霞猛扑过去，扑了个空。醒来却睡在床上，浑身出着冷汗，索性痛哭起来，泪水湿了枕头，人还在抽泣。

徐文霞再也睡不着了，多少苦痛都来折磨她，寻思道：“怎么办哩，老是这样下去吗？万一我的过去给张俊知道呢！告诉他吧。不，他不会原谅我，像他这样的人，多少纯洁的姑娘会爱上他，怎么要做过妓女的人呢？不能讲，千万不能讲啊！”徐文霞用力绞着胸前的衬衣，打开床头的电灯，她恐惧，她怕。她不能失去张俊，不能没有张俊的爱情。

三

初冬晴朗的早晨，天暖和得出奇。苏州人都走进了那些古老的花园度过他们的假日。

徐文霞穿着鹅黄色闪着白花的绸棉袄，这棉袄似乎有点短窄，可是却把她束得更苗条而伶俐。辫子好像更长了，齐到棉袄的下摆，给人一种修长而又秀丽的感觉。她左手拎一只黄草提包，和张俊慢慢地走进了留园，在幽静曲折的小道上，徐文霞的硬底皮鞋，咯咯地叩着鹅卵石。小道的两旁，是堆得奇巧的假山石，瘦削的太湖石到处耸立着，安排得均匀适中。晚开的菊花还是那么挺秀，不时从太湖石的洞眼中冒出一枝来。徐文霞的眼睛像清水里的一点黑油，滴溜溜地转动着，心旷神怡。

他们在清澈的小石潭中看了金鱼，又转过耸峙的石峰，前面出现了一座小楼。

“上楼去吧。”徐文霞眼睛柔和发亮地望着他。

张俊拉着她的手却向假山上爬。

“咦，上楼多好！”徐文霞跌跌跄跄地，爬到山顶直喘气：“我叫你上楼偏要上山！”

“已经上楼啦，还怪人。”

徐文霞向前一看，真的上了楼，原来假山又当楼梯，使人在欣赏山景中不知不觉地登上楼，免去爬楼梯那枯燥的步行。徐文霞忍不住笑起来，停会儿又叹气说：

“俊，你看造花园的人多灵巧啊，人总是费尽心机，想把生活弄得美好一些。”

“走吧，说这些空话做啥。”

他们穿着曲折的回廊，徐文霞心中有些忧伤，说：“唉，空话，要是明白了造园人的苦心，你就会同情他，同情他那美好的愿望。”

张俊心一悸动，看着徐文霞忧伤的眼色，忙说：“你怎么啦，文霞，想起什么了吧？”

“不，没有什么。”

“那你为什么不高兴呢？”

“高兴哩，能和你在一起，总是高兴的。”徐文霞强笑了一下：“走吧，你看前面又是什么地方？”他们走进了一个满月形的洞门，眼前出现了一片乡村景色，豆棚瓜架竖立着，翻开的黑土散发着芬芳。他们在牵满了葫芦藤的花架下散步，看那繁星一样掇在枯藤上的小葫芦。

张俊沉默着，忽然一副庄重的神色说：

“文霞，你说心里话，你觉得我这个人怎样。”

“怎么说呢，我这一世，要找第二个人，恐怕……再也……”

张俊兴奋极了，满脸着光彩，快活地说：“这么说，文霞，我们结婚……”

徐文霞陡然一震动，喜悦夹杂着恐怖向她奔袭过来。她脸色有些苍白，嘴唇边微微抖动，半晌才说：

“走吧，我们向前。”

张俊兴奋的话说个不完：“文霞，人生的道路是漫长的，在这条路上，两个人携着手，齐奔自己的理想；一个疲乏，另一个扶着她；一个胜利，另一个祝贺他。你说，还有爬不过的高山，渡不过的大河吗！”

徐文霞感动得几乎掉下眼泪来，有这样的一个人，伴着一生，不正是自己的梦想吗！可是，她却怀疑地望着张俊，想道：“要是你知道我的过去，你还能说这些话？”她痛苦地低下头，忙说：“走吧。”

在那边，出现了一座土山，山上长满了枫树，早霜把枫叶染红了，红得像清晨的朝霞。在半山腰的石凳上，坐着个人。这人背朝着徐文霞，拉起大衣领子晒太阳。徐文霞咯咯的皮鞋声，引起了他的注意，便回过头来，露出一张扁平的脸，像一张绷紧了的鼓皮，在鼓皮的两条裂缝中间，滴溜溜的眼睛盯着徐文霞。等徐文霞发现这人时，已到了跟前，这人也跟着站起来，恭恭敬敬地说：

“你好呀四妹，你还在苏州吗？”

“你！你……也在这里玩吗。再见！俊，到山顶上去看看。”徐文霞拉着张俊的手，一溜烟奔上了山峰。她神色慌乱，喘着气，腿肚在抖，眼皮跳动，浑身直打寒噤。

张俊望着那个人，见他已懒洋洋地下山了，就说：“那人是谁，怎么叫你四妹？”

徐文霞哆嗦着：“没有什么，一个熟人，四妹是我小名。”她呆了一下：“回去吧，这里很冷，没啥玩头。”

徐文霞奇怪的神色，心里疑惑着，忐忑不安地走出了园门。

四

门上，轻轻敲了一下。半晌，又轻轻地敲了一下。

徐文霞的脸色从惊疑变成喜悦敏捷地从床上跳起来：“冒失鬼，又忘了带钥匙呢！”

徐文霞慢慢地拉开门，想猛地冲出去吓张俊一下。忽然，有个扁平的脸在眼前出现了。徐文霞一惊，一阵凉气从脚下传遍全身，暗自吃惊道：“朱国魂！就是那天在留园碰到的朱国魂。”徐文霞愣住了，不知道把门关上呢还是放他进来。

朱国魂微笑着，向巷子的两端看了一眼，不等什么邀请，很快地折进门来，跟着把门关上，恭恭敬敬地叫了声“徐小姐”。

听到喊徐小姐，徐文霞更惊惶的想：“都知道啦，这个鬼。”她强力使自己镇静，不露出一点张惶的神色，冷冷地问：

“这几年在哪里得意呀，朱经理？”

“嘿嘿，没有什么。前几年政府说我破坏了市场，把我劳动改造了两年。徐小姐，听说你这两年很抖呀。”朱国魂努力想说点儿新腔，不小心又露出了这句老话。

“现在谈不到抖不抖。”徐文霞感到一阵恶心。

朱国魂向房间里打量着，一时不讲话。徐文霞也戒备着，不知道他下一步会要出什么花招。她看着这张扁平脸，眼睛里藏着屈辱和愤怒。就是这个投机商，解放前她还是一个十六岁纯洁的少女的时候，他是第一次曾那样残酷地侮辱过她，把她的身子尽力地摧残。现在他想干什么呢？他不讲话，伸长着脖子挨过来，咧着那个圆圈圈似的嘴直喘气。徐文霞向后让着，真想伸手给这张扁平脸一记耳光，可是她忍耐着。从碰到他的那天起，她就怕这个人，总觉得有把柄落在这人手里。

朱国魂突然用解放前的那副流氓腔调说：“嘻嘻，阿四妹，你真有两手，竟给你搭上张俊那小子，一表人材呀！咳，有苗头。不过当心噢，过去的那段事得瞒得紧点，露了风可就炸啦！”朱国魂眨着他那小眼睛，又意味深长地说：“你放心，我不会公开我们解放前那段交情，你的好事我总得要成全，对不对？”

徐文霞手足发凉，极力保持着的镇静消失干净。脱口说出心里话：“你怎么晓得这样清楚！”

“唉，买卖人嘛，打探消息的本事还有点哩！”

徐文霞满脸煞白，一瞬转了很多念头：痛骂他一顿，轰他出去，拉他到出所。这些都容易办到，可是要给张俊知道呢，要是这恶棍加油添醋地告诉张俊呢……她不敢想，头昏旋起来。她狠狠地望着对方，那张扁平脸在眼前无限制地伸长，扩大，成了极其可怕的怪相。

“你要怎么样呢，朱经理，大家都是明白人，有什么里子翻出来看看。”

“咳，谈不上怎么样，这又不是解放前。不过，我现在摆的个小摊，短点本。想问你借一点，大家心里有数嘛，互相帮忙。”

徐文霞下意识地伸出微抖的手，摸出一叠钞票放在桌子上。

朱国魂站起来，一迭声地说谢谢。他把大拇指放在唇边上擦了点唾沫，熟练地一数，又笑嘻嘻地放在桌子上，说："徐小姐，这二十块钱不能派什么用场。要是你身边不便，我改日再来拜访。"

徐文霞紧咬着牙，脸胀得发紫。她把半个月的工资狠命地摔在地板上，转身扑到枕头上，哽咽不成声地哭着。

五

冬天渐渐摆出冷酷的面貌，连日刮着西北风，雪花飞飞扬扬地飘落下来。

徐文霞呆坐着，面容消瘦了，眼睛也无光了。她看雪花扑打到玻璃窗上，化成水珠，像眼泪似的流下来。透过这挂满眼泪的玻璃窗，看到外面大团的雪花飞舞着，使天空变成白蒙蒙的一片。

床头闹钟嘀嗒嘀嗒地响，永远那样平稳。徐文霞又向钟看了一眼："咦，他怎么还不来！"

"朱国魂大概把我的一切告诉他啦！"徐文霞的心像悬在蛛丝上，快掉下来，却又悬荡着：他爱的人原来做过妓女啊！他还有脸见人吗？他哪里还能来呢。

"滴铃铃铃！"闹钟突然响起来。徐文霞一惊，以为是门铃响，她手捺着那跳得别别的胸脯。她怕朱国魂又来纠缠，又怕张俊来撞上朱国魂。她想："朱国魂不会轻易地放我，这条毒蛇，不把血吸干了是不会吃肉的。"

张俊进来了，跺着脚，抖掉雨衣上的雪，脸冻得通红，嘴里喷出白气。他满脸是笑地说：

"文霞，多大的雪，你出去看看，嘿，好几年不下这样大的雪啦！"

徐文霞飞奔过去吻着他："怎么现在才来，最近怎么常来得这样迟呀？"

"是你心理作用，我还不是和过去一样，下班就来看你！文霞，别乱猜，无论怎样，我总不会离开你。"

徐文霞紧紧地搂着他："别离开我，俊，别丢掉我呀！不，就是丢掉我，我也不会怨你。"

张俊扬起了眉毛，不明白的望着徐文霞，心想道："她近来消瘦了，眼眶里含着泪水，心中埋藏着什么痛苦呢，不肯说，又不准问。唉，亲爱的姑娘！”他的唇边动了两下，想问什么又忍住了，只说：“结婚吧！文霞，结了婚我们会天天在一起的。”

徐文霞低头沉默着。突然，她又无声地哭了起来，伏在张俊的怀里揩眼泪。

张俊抚摸着她的头发，又怜惜又着急：“别难过，文霞，我是用真诚的心待你的，为什么你对我忽然又不信任了呢？”张俊拍拍徐文霞，安慰她一会儿，才说：“还有个会等我去，你先看看复习题，晚上我再来讲新课。”

徐文霞恍恍惚惚地想：“走啦，又走啦！最近他总是这样匆匆忙忙的，好吧，结局快到了，到了，总有一天会到的，不如早些吧！”她哪有心思复习小代数呀，不知不觉又去打开箱子，把新大衣穿起来，新皮鞋穿上，围好那红色的围巾，对着镜子旋转了几下，然后叹了口气，又一件件脱下来。她自己也不相信，这些东西竟是他买来的，准备结婚的。她幻想着这一天，却又不相信会有这一天。近几天张俊不在时，她便独自翻弄这些衣服，玩赏着，作出各种美妙的想象，交织成光采夺目的生活图画。越是痛苦失望的时候，她越是爱想这些。

蓦地，朱国魂撞了进来，皮笑肉不笑地说：

“你好呀，徐小姐，准备结婚啦，我讨杯喜酒吃。”

徐文霞一看见他，所有的幻想都破灭了，她发怒地把衣袋都塞进箱子里。全是这个人，一切幸福与欢笑都被这个人砸得粉碎，她怒睁着眼睛问：“你又来做什么？”

“上次承你借了点小本钱，可是……又光啦。”

“怎么，我是你的债户？”徐文霞立起来，眼睛都气红了，恨不得燃起一场大火，把这个人燃成灰烬。

“何必这样动火呢，徐小姐，有美酒大家尝尝，一个人吃光了是要醉的。”

徐文霞所有的怒火都升起了：“跟这个畜生拼了吧。”可是回头看看那乱七八糟的衣箱，心又软下来，手颤抖地摸出二十块钱。

朱国魂没料到第二次勒索竟这么容易，不禁向她看了一眼，发现她近几年竟长得如此苗条而又多姿，高高的胸脯，滚圆的肩膀，浑身发散着青春诱人的气息。他的心动起来了，升起一种邪恶的念头，扁平的脸上充满了血，打个哈哈说：

“今晚我睡在这里。”

“叭叭！”两下清脆的耳光声。

朱国魂猛地向后一跳，手抚着面颊，他仍微笑着说：“咳，装什么正经呀，你和我又不是第一次！”

徐文霞猛扑过去，像一头发怒了的狮子。所有的痛苦、屈辱和愤怒一齐迸发出来了，她用力捶打着朱国魂。朱国魂还是嘻嘻地笑着说：“看哪，欺侮人呀，但是我原谅你，打是亲来骂是爱！”徐文霞更气得脸都白了，什么也不顾，一口咬住朱国魂的膀子。朱国魂真的痛得跳起来了，随手拎起一张方凳子，想了一下，又轻轻地放下来，放下脸来说：

“别这么神气，我只要写封信给张俊，告诉他你是干什么的，过去和我曾有过那么……”

徐文霞夺过方凳猛力掷过去。朱国魂知道再闹下去不好，转身溜出门去。方凳子“轰隆”一声撞在板壁上，把四邻都惊动了。

六

徐文霞站在张俊的宿舍门口，头发蓬乱着，脸色发青，眼睛里充满绝望的光芒：“去，告诉他，出丑让我一个人，痛苦由我承当。”心里虽这么想，脚下却不肯移动，仿佛门槛里有条深渊，跨进一步就无法挽救。

张俊洗完脸，端了满满的一盆肥皂水，正要用力向门外泼，忽见门外有人，连忙收住，水在地板上泼了一大滩。

“是你！文霞。”张俊惊叫起来，看见徐文霞这副样子，更是惊慌。他忙拉着她的手坐到床上：“发生什么事啦文霞，快告诉我，快！”

徐文霞痴呆着，眼睛直楞楞地看着张俊，眼泪一滴接一滴地落在地上。

“什么事，文霞？”张俊摇着她的肩膀：“快说吧！看你气成这个样子，唉，急死人啦！”

徐文霞还是僵坐着，突然一转身，扑到张俊床上，只是泣不成声地哭着。张俊心乱极了：“别哭，有话说呀，别哭啦，给人家听见了笑话。”

徐文霞不停地哭着，让眼泪来诉说她的身世、痛苦和屈辱。一直哭了十多分钟，才觉得塞在心头的东西疏通了，慢慢地平静下来，深深地吸了口气，坦率地诉说着自身的遭遇。曾经有多少个夜晚啊，她把这些话在胸中深深地埋藏着，让自己独自忍受着这痛苦。

张俊开始被徐文霞的叙述弄得不知所措，只吃惊地张着眼睛，但是后来他像听到一个不平的故事一样，怒不可遏地从床上跳起来："那个坏蛋在哪里，岂有此理，现在竟敢做这种事，我去找他！"

"别去吧，俊，派出所会找他的，不要为我的事情再闹得你也没脸见人。我对不起你，你一片真心待我，我却把我的身世对你瞒了这么长时间。别骂我，俊，我是怕你……"

"别哭吧，文霞。"

"我知道你不会娶一个曾经做过妓女的女孩子，我为什么要拖住你呢，拖住你来分担我的羞耻和痛苦！我要离开苏州，请求组织调我到上海去工作。今后希望你和我仍做个知己的朋友吧……"徐文霞说不下去了。又伏倒在床上哭起来。

张俊沉默着，混乱得说不出一句话来。心里打翻了五味瓶，说不出是什么滋味。

徐文霞揩干了眼泪，渐渐平静下来，想站起来走了，却没有一点力气。又过了一会儿，她像一个出征的战士，一切想好之后，带着一副毅然的神色离开了张俊的屋子，走上了她的征途。

张俊仍一人在屋子里呆立着，不知怎样处理这件事才好，脑膜什么也不能思索。……

夜深了，冷得要命，大半个月亮架在屋檐上，像冰做的，露水在寂静中凝成了浓霜。

在那条深邃而铺着石板的小巷里，张俊在徘徊。他远远望着徐文霞那个亮着灯的窗户，每次要到窗户跟前又退回来，"怎么说呢，向她说些什么呢？"他想得出，那盏灯下坐着个少女，这少女是善良的化身，她无论怎样也不能和妓女这名词联系起来。他知道她在痛苦中：由于她屈辱的过去而无法生活下去，他的心又软下来："不能怪她呀，在那个黑暗的时代里，一个软弱的孤儿，能作得了什么主呢！"

要是做为一个普通女孩的不幸，毫无疑问，张俊是会同情的，而且马上就能谅解。可是，这是徐文霞，是个要伴着自己一生的姑娘。他踌躇着，在巷子里一趟又一趟地走着，似乎下决心要数出地上的石头。许多事情在眼前起伏，他想起和徐文霞相处的那些充满了幸福和幻想的日子，在这些日子里，人就变得聪明，而且对一切事情充满了信心。这些都是一个姑娘带来的，这姑娘挣扎出了苦海，向自己献出了一颗纯洁的心。她忍受着那许多痛苦来爱自己，又那么向往着美好的未来而不断地努力。张俊突然一转，奔跑到徐文霞的门前，一摸口袋，又忘了带钥匙，便提起拳头拼命地敲门。

那性急的擂门声，在空寂的小巷子里，引起了不平凡的回响。

（原载1956年《萌芽》第10期）

述评

作者陆文夫，1928年生于江苏泰兴。1948年赴苏北解放区参加革命，翌年随军渡江到苏州，任新华社苏州支社采访员、《新苏州报》记者。1956年发表成名作、短篇小说《小巷深处》。1957年调江苏省文联从事专业创作，后因参加筹办《探求者》同人刊物，下放工厂、农村劳动达十五六年。粉碎“四人帮”后平反，1978年返苏州从事专业创作，主要作品有小说集《荣誉》、《二遇周泰》、《小巷深处》、《特别法庭》、《小巷人物志》、《围墙》、《美食家》，长篇小说《人之窝》，文论集《小说门外谈》等。先后获全国优秀短篇小说奖、优秀中篇小说奖。陆文夫学养深厚，其作品深蕴着时代和历史的内涵，清隽秀逸，含蓄幽深，是当代中国文学史上的精品，常读常新。

《小巷深处》写于1955年10月，原载于1956年第10期《萌芽》杂志。它是一篇充满浪漫主义色彩的爱情题材小说。作品叙述了在旧社会里当过妓女的徐文霞，通过新社会的改造，在社会主义大家庭中自学苦读、勤奋上进的故事。她从劳动、学习、生活、思想各个方面，积极改造，获得了新生。徐文霞与工厂技术员张俊共同劳动，两人之间产生了情感的碰撞，并一同勾勒温馨浪漫的爱情前景。但做过妓女的悲苦经历时时浮现在徐文霞心头。她的内心深处敏感脆弱，自觉卑微，令她无法做到毫无顾忌地追求个人幸福。张俊知晓了徐文霞的经历后，故事在张俊“那性急的擂门声”中戛然而止，给读者以无限的想象空间。这声音来自敲响的门板，也来自徐文霞那扇久已为张俊敞开的心门。作品之所以蕴藉深厚、打动人心，在于徐文霞复杂的人生经历和情感起伏。作品充满人情伦理、人文关怀，同时揭示了人性的复杂与隐秘，具有一定的审美价值和思想性。

《小巷深处》在发表之时，编辑部就以“编者的话”的形式对其予以评价：“陆文夫同志用优美的笔触描绘出了一个被侮辱与被损害的女性的复杂心理状态，塑造了一个无辜的充满人情味的女性形象。”发表后好评甚多，引起轰动。作品被收入《1956年全国短篇小说选》。文学评论家许杰在1956年第12期的《萌芽》上发表了一篇《关于〈小巷深处〉》的评论文章，他指出：“作者能够从一个被遗弃、被忽略的小人物身上，看出一个人的向上的灵魂，歌颂我们这个伟大的时代，这就是值得我们重视的一点。”

不久，陆文夫与艾煊、高晓声、方之、叶至诚、梅汝凯、陈椿年等人，一同筹办了同人刊物《探求者》，探索人生、力主创新。陆文夫执笔写了《发刊词》，全面阐述了他们的艺术主张。但随即便出现了1957年的那场“反右”斗争。参加“探求者”的同人被打成反党小集团。陆文夫被定性为“中右”，从轻处理，到工厂当起了学徒。《小巷深处》便也成了被批判的文学作品。

作品被批判的主要观点是，宣扬“资本主义人性论”，整篇“具有相当浓厚的小资产阶级色彩”，小说中主要人物的塑造不具备政治思想高度，纯属私人情感范畴，“错误的创作倾向和错误的道路”、“不正的‘正面人物’”等。错误的批判延续了很长时间。

《小巷深处》小巷幽幽，承载了多少人的悲欢离合；岁月深深，记录着多少动人的故事。当年的批判，如今的反思，构成一段特殊的历史。世俗伦理的大门开开合合，住在历史深处的人物，走进了读者的心中。“他力求每一短篇不踩着人家的脚印走，也不踩着自己上一篇的脚印走，他努力要求在主题上，在表现方式上，出奇制胜。”——这是1964年茅盾在《读陆文夫的作品》中对他小说的评价。江苏省作协原党组书记、著名作家海笑说：“我读了陆文夫的《小巷深处》，觉得他的作品是阳春白雪”，“从此，我记住了陆文夫，觉得他真聪明、敏感，才智过人。”茅盾肯定了陆文夫的创新精神，海笑视《小巷深处》为清新高雅之作，这些评价贴切而准确，可以使今天的读者正确看待这部曾经有过很大争议的作品。

美 丽

丰 村

这是今天现实生活中的一个故事，自然它是真实的。

这个故事是一九五六年四月末旬季凤珠大姐告诉我的。那时，她正在休假，刚从内蒙古回到上海来。她是一个地质学家，解放后她率领着一支地质勘探队几乎跑遍了全国。但是，她也急切地怀念着她的家，她的成家立业的儿女和几个知心的朋友。“我不能忘记的人，就是我的力量。”她说。她已经是五十岁的人了，新的生活和新的事业，使她获得了那种生命的力量和生活的激情。

我和季凤珠大姐是老同事和好朋友，我们共过患难，一直亲近如姐弟。她在上海的那些日子，我们几乎是天天见面，几年的分别，仿佛使我们有说不完的话，谈不完的事。在一个礼拜六的夜晚，她给我讲述了这个故事。那时候她有着显然的激动和固执的骄傲。她开头说：“现在的青年人，都有一颗美丽的心。那心呵，像宝石，像水晶，五光十色而透明。”后来，她又自语说：“年青人都多么可爱。但是，他们可又有着自己的忧虑和苦恼。有时，甚至于叫人担心。”说罢，她抬眼急切地望住我，又说：“你记得我的侄女儿季玉洁么？你教过她，她是你的学生。你曾夸说她‘是个有办法的孩子，她将会是一个事业活动家’。你不记得她么？”她还说：“季玉洁是个地下党员，是进步学生的核心，是个敢作敢为的孩子。你接触过她，就不会忘记她。”她还说：“季玉洁那孩子的一双深沉的沉思的眼睛，随时都在流露着智慧和意志，那是胆怯的人不敢正视的。”她后来自语似地感慨说：“生活是多么复杂呵，生活对人又具有多么大的教育的性质！而人在生活中，该需要什么样的准确、又准确呵。”她最后自信地又说："生活是无情的。但是，人是生活的主人。"

解放后我几乎变成了一个旅行家，我到过许多地区的许多城市。我爱那些城市，我爱它们的独出的自己的特色。西北那些小县城有着一眼到底的朴素，而西南的小城市又是多么安静和幽雅。我爱重庆的富于幻想的雾，也喜欢上海的引人深思的夜晚，我留恋大连的那种令人心旷神怡的明净，也对那使人心胸开阔的内蒙古城市充满热爱。实在说，我不能理解北京，但是，我狂热地爱着它。它比任何一个城市都激动我和吸引我，我日夜向往着它。北京博大而深刻，美丽而庄严，它会使我的生活感到有意义。

我从内蒙古休假来上海，首先想到的是北京。我必须在北京落落脚，那会是一种生活的享受。我决定在北京呆两天，饱享一下我久久渴望的那份生活的福气。两天过后，我又觉得至少该呆五天。我自己简直不能作主似的，结果竟呆了十天。而我离开北京那天，还有点儿恋恋不舍，它好像总在引诱着我，召唤着我。前门车站的那每一根廊柱，似乎也都唤起着我内心的一种亲切的爱。我手提着笨重的提包留恋地在月台上走着，不愿走上闷人的车厢去。

"什么时候我能再来呢？"我心里不住问自己。

开车之前，我不能不走上火车了，列车员帮助我并领我到了车厢尽头的一个卧铺房间。那是一个双铺小房间，和我同房间的一位姑娘，看样子她是在半小时之前就来到了，此刻，她一个人静静地坐着，默默望住窗外，像是凝视，又仿佛是沉思，似乎任何惊扰都不能惊动她。我放好提包和衣物之后，对于这位完全不理睬惊扰的旅伴感到奇怪，我猜度地审视了她很久。"这是个做什么的姑娘呵？"我对自己说。我想要坐下来和她搭话时，她转过脸来，惊奇地望住我，终于像个孩子似的跳了起来。

"呵，姑母。我们怎么会在这里碰到呵？"她高兴地说，惊喜使她红着脸。"谁会想到呵？"

"玉洁，我的孩子，我简直不敢认你了。"我说。这孩子的一切也都使我高兴。"你怎么也来这里了？"

"开会呵。"她说。那两只深沉的眼睛里，闪露着骄傲和遗憾的交杂的情绪，又说："我们总是来开会呵。"

"那不是很好么？"我说，我一直盯着她，希望从她脸上找到什么特别的东西似的。

“很好。”她说，顺从地笑着，把我扶在坐位上。“我们已经多少年不见了？”

“解放多少年就是多少年哩。”我说。话没有说完，房间里又走进来一个青年姑娘。这个姑娘穿着米色的长裤，绒黄色的外套，围着一条黑白条花的围巾，头发的式样也正合她的身材和脸型，给人一个懂得生活的印象。她身材不高，两只眼睛显露着动人的聪明。她走进来就感到有些冒然似的，迟疑地站着，似乎是打算退出去了。

“没有关系呵，小金，”玉洁说，她随即站起来，又说：“这是我的姑母。”她又转身对我说：“这是小金同志，我们的秘书，是和我一同来开会的。”

“又是一个幸福的姑娘。”我心里说。看到小金我就想起勘探队的那些姑娘们，年轻孩子都多么叫人欢喜。我拉小金坐在我的身边。

“我该称呼您什么呢？”小金高兴地笑着，说。

“那可随便呵。”我也觉得好笑了。

“我没有姑母，也称呼姑母好了。”小金说。

“多你一个这样的侄女儿，我会感到幸福呵。”我说。

“你不嫌顽皮就好了。”小金俏皮地说。

火车徐徐开动了。我拉着两个姑娘站起来，走出房间，靠近走廊的车窗去。我想多望一眼北京，我衷心地向北京道别。小金在我的身后，自语似地说：

“我喜欢北京，但我讨厌北京的春天。”

这使我吃了一惊。我扭转身来，说：

“为什么？”

“这种永不饶人的风沙，叫人吃不消。”她说。

“不呵，”我说，“这是娇嫩的姑娘说的话，勘探队的那些姑娘可完全不是这样。”我审视着她又说：“调你去内蒙古呢？”

“那是另一回事了。”她说。

我摇了摇头，我不觉得是这样。我问玉洁说：

“你呢，玉洁？你也是这样么？”

玉洁并没有对我的发问感到惊奇，她那么遗憾似地默默地笑着，为难似地说：

“这叫我怎么回答呢？一句话怎么说得完呢？”

玉洁的神态给了我一种印象：这已经是个成熟的姑娘了。小金的活泼天真，在玉洁身上已经很少了。在她的眉宇间还可以察觉出那种成年人的隐藏的内心的忧虑。现在我断定她是个有着复杂的感情的人。我担心地盯视着她。

玉洁仿佛已经察觉了我的思想似的，她逃避着我的盯视，打岔说：

“姑母爱北京哪些地方？”

“什么地方我都爱。”我说。“天安门的庄严，前门的热闹，长安街的广阔，小胡同的安静，我都爱哩。”我望望忍不住笑的小金，又说：“北海和颐和园还会有人不爱么？”

“那么，你调部里来工作好了。”小金笑着说。

“那样，谁又在边疆呢？谁在沙漠地带呢？”我说。

“我。”小金正经说，“我在办公大楼里可要憋坏了。”她的神色庄重而又认真，祈求似的眼睛盯住我，又说：“如果我也能到勘探队去该多好呵。”

我拉住两个姑娘走到房间里。我说：

“谈点别的吧，姑娘们，我还不知道你们是怎么生活的哩。”我还说：“都结婚没有呢？”

小金肯定地摇了摇头，很爽快。

“那么，对象呢？”我接着问。

小金又摇了摇头，但是那样的迟疑而带有满意的情绪。她那微笑中的幸福的影子，使我感觉到她的摇头是虚假的了。我相信这个可爱的姑娘有着一个满意的对象了。但是，我注意玉洁的时候，她已经伏在窗口，凝视窗外了。显然她是在回避我的问题了。我疑惑地注视着她，心里想：“这孩子会有什么不幸呢？”

火车轰轰地飞奔着。窗外的春天的黄沙仿佛雾气似的，紧跟着狂跑的火车流滚。

“姑母，你先歇歇吧，”小金忽然说，她好像要逃开这个僵局似的。“我该到我的铺位上去了。”

“一起玩玩呵，小金。”玉洁转过身来说。她的眼睛使我看出是那么亲近她和需要她。“你一个人有什么趣味呢？”

“我会再来的。”小金说。

“你两个为什么不在一起呢？”我插问说。

“我是硬卧。”小金说，对我笑一笑，就一阵风似的走了。

这使我想到玉洁不简单了。这个姑娘是一个相当的负责人了。在这一段时间中，我对她的印象串在一起了：她过去的勇敢和大胆，被慎重所压制了，而她的热情埋没在严肃中间了。她的纯黑的外套和蓝色的制服，以及她的那种平梳的发式，都使我感觉到玉洁这孩子是努力使自己脱离青年人，而她的精神中间却仿佛隐藏着苦恼。

“解放这些年，你都在做什么工作呵？”我终于耐不住问。

“还不是一直坐办公室么？”她回答说。

“是个负责任的人了，”我仿佛自语说，“是一个青年负责干部了。”

“这是组织上的培养呵。”她唯恐我再说下去似的抢口说，谦虚地笑着，又说：“我还年轻，不是组织培养我，我会做什么呢？”

“在你这一辈的兄弟姊妹中，你是个能干的孩子。这一点我老早也是相信的。”我说。我盯着她的眼睛，不愿她逃避我，仿佛我是企图从她的深沉的两眼里，看到我熟悉的和肯定的那些东西。后来我又说：“自己越是个负责人，越应该自己注意一些自己的问题。”

她的脸上出现了一种痛苦不像痛苦、欢乐又不是欢乐的别扭的情绪，她的眼睛逃开我，思索似的埋了下去。停了好久，她才低低地说：

“哪里有时间去想自己呵！”

这是一种沉重的深夜自语的声音。这是她在倾吐她的心。我听着她的话，心里暗暗打了个寒噤。

火车上的播音员又在噪人地广播什么了，大概是要到什么车站了。但是，我似乎没有听见什么。我觉得有一种什么东西压着玉洁这孩子，我为她的心灵的忧郁担心。我不觉叹了一口气。

玉洁似乎是看透了我的心情，而为我担忧了。她安慰似的对我说：

“我还不认为是个什么问题呵，姑母。”

我审视着她，说：

“不要瞒我。孩子。这会使我难过。”

她勉强笑一笑。后来，像是撒娇，又像是安慰我，她柔声说：

“我都会告诉你，姑母。不过，现在谈点别的不好么？”接着，她又说：

“我把小金叫来，咱们玩玩不好么？”

没有等我答话，她就跑走了。我记得她的这个动作，这个像飞燕似的身影，是我以前所熟悉的。

“孩子到底是一个好孩子。”我自语说，几乎又叹了口气。

火车离开天津车站，天已经完全黑尽了。不知什么时候起了风，风在车窗外面的旷野里，无拘束地嘶叫着，有时也发狂地碰动着火车的窗户。这时，我和两个姑娘已经吃了晚饭，坐在小房间里，疲劳似的沉默着。

“昨天我和季主任几乎坐了一夜，”小金说，“今天，我可不能不早睡了。”

“昨天为什么不多休息呢？”我说，我心怀疑窦地望着两个姑娘。“你们的会议不是前天就结束了么？”

两个姑娘在默默地沉醉地笑着。而玉洁低下了头去。

“我们是在谈呵！”小金快活地说，“我们把所有的话都谈过了。”她的灵活的眼睛看住玉洁，又说：“我们几乎把一生都谈了。”

“呵。”我惊奇地说。后来我又说：“那么，你去休息吧，孩子。明天，我们也可以谈呵。”

小金走的时候也要求玉洁早休息。她说玉洁比开会之前瘦了。她说到上海也不会有什么休息时间。“工作在等着，把身体搞坏怎么得了呢？”她说，好像她有责任似的。玉洁挽着小金的手把她送出去了。好一阵玉洁才回来，拉住了门子，走到窗前，仿佛是对着镜子似的两手梳整着自己的头发。她似乎对窗户说：“小金和我在一起几年了。她会为我痛苦，也会为我欢笑，她倒是我的知心的姊妹。”

“玉洁，我不能帮你解决什么问题，”我说，“但是，我愿意为你分担一些快乐和忧虑。”我看她婷婷的站着，凝视着窗外的黑暗，又说：“也许，这没有必要，也没有用处。”

“不，姑母，不是这样。”她终于说，动也没有动一下。“我总是觉得我能够为我自己负责。”

“是呵，孩子，我相信这一点。”我说。“那么，你坐下来，把你的快乐和苦痛倾吐出来，你会更轻松些。”

玉洁转过身，企图向我笑一笑。也许是由于心情的沉重和烦乱，终于是皱了皱惯于思索的眉头，迟疑地坐在我的身边，久久没有说话。

“上海解放之后，由于工作需要，我离开了大学。”玉洁开始说。她两眼望着脚，说话像自语。“我参加工作，就给一个秘书长同志作秘书。他要负责一些文化单位的接管工作，又要负责一些对外文化的交流工作。我的工作繁忙而又没有头绪，并且，我又完全不懂怎么工作。我的工作的办法，就是苛刻要求我自己。每天，不论有多少工作，我必须把它做完，然后才回宿舍去，哪怕天天到深夜。如果哪一天事情少，我也一定守候着办公室，等待我的首长，接受工作。有时得到的是几句重要的叮嘱，有时等到的是一个电话：‘小季呀，没有什么问题了，早去休息吧。’这可能是十点钟，也可能是十二点钟了。我觉得：我的任务就是帮助首长，给首长方便。首长需要什么，我必须知道什么，并且拿给他什么。秘书，必须是首长的记事本，必须是首长的眼睛，必须是首长的耳朵，而且，还要是首长的脚和手。我的首长原是一个兵团的后勤政委，是个细心而严格的人。他好像懂得每一个人，理解每一个人的心。因此，他常常考虑到干部的困难，而认真地去指导和帮助干部。他常说：‘如果干部什么都能懂，什么都能做好，还要领导干什么？领导的责任就是把干部提高起来。’但是，他要求工作做好，要求‘著有成效’。他不许任何人重复错误。老实说，我有些怕他，但我尊敬他。我兢兢业业全心全力地对付工作，还怕工作做不好。我不愿意看他对‘不满意’摇头、不愿意听他对谁的错误叹气，我也怕他的那种无言的批评。我不能不要求自己把工作做好。”她忽然停住，望着我说：“我说这些，你不嫌烦人么？”

“不，孩子。我什么都想听。”我说。

她盯住窗户，沉默着。仿佛她企图发现什么似的。

“一个秘书，需要懂得自己的首长。”玉洁又开始说。“需要懂得首长的作风，懂得他的习惯，甚至要懂得他的爱好。这不是说要迎合他，而是说，要关心他。为什么不要自己的辛苦劳累的首长轻松愉快些呢？为什么不要尽可能少分他的心神呢？为什么不给一个能干的负责同志多安排喘一口气的条件呢？我是这样要求我的。你也许不知道我的首长是多么不会关心他自己。他有病不喜欢看医生，他总是说：‘看啥病呀，看的时间没有等的时候久哩。’我觉得这需要我为他挂号，并且给他安排去医院的时间。他不论在任何时候，也不知道休息，这就需要我在休息时间里使他安静，那怕能够使他清静几分钟。他也常常工作到深夜不吃饭，我如果不给他准备东西吃，又怎么行呢？有一次他对我开玩笑说：‘小季呀，我在你面前简直像一个孩子了，没有你的照顾，我就活不好了。’我的脸一下发起烧来。我说：‘这是我的责任呵。’他说：‘不过，我剥夺了你不少的时间和精力，我又怎么心安呢？’我说：‘秘书长怎么这么说呢？这不是我的工作么？’他说：‘只是让你特别辛苦了些。’我说：‘工作需要呵。’这时，是深夜十点钟。我随他走出办公室。在冷清的走廊的灯光下，他忽然自语说：‘为革命嘛，还有什么好说的？’我也点了点头。

“在这次谈话之后，我发觉我的首长开始注意关心他自己了。他是极力避免打搅我，而亲自安排了。他还对我说：‘你看，你教会了我生活。’而我觉得这不是应该的，为什么要首长自己分神呢？一个秘书的责任难道单纯是处理工作么？我觉得这可能是我的过错。对首长的生活，我深深感觉需要有更妥善的安排和更细心的照顾，不然，使首长用于领导工作的精力而耗费在生活小事上面，我该如何对党交代呢？我认为一个首长的生活，在家庭需要爱人的帮助，在机关就必须依靠秘书。我不能放松我的职责呵。但是，我的首长对我对他的关心和照顾，似乎是有些不安了，他对我说：‘小季，你的工作是不是太繁重了？你这样，怎么解决你的学习问题呢？’他还说：‘我不能要你这样工作呵，一个青年干部应该有时间学习。’我说：‘生活在秘书长身边就是很好的学习呢。’他温和地笑笑，说：‘这不行哩，还要读书呵。’他又说：‘我来帮助你学习吧。’我衷心高兴着说：‘好呵。可是，你的时间太宝贵了。’这一天，我回到宿舍就开始读书了。我觉得，我如果不努力学习，就会辜负我的首长。有时我也觉得他的深皱着浓眉埋藏着的两只永远精神饱满的眼睛在望着我，监督着我。我不能不努力。每天，我不论回到宿舍是几点钟，我也要至少学习两小时，并且作出笔记。当然，这样我会天天睡眠不足，我几乎是每天红着眼睛去上班。我的首长最初并没有注意，后来，他终于发觉了。他对我说：

“‘小季呀，你的眼睛不对头了。’

“‘没有什么呵。’我说。我不敢看他。

“‘你眼睛里的血丝好像日子不少了。’他又说。

“‘这会好的。’我说。我简直是怕看他了。

“‘这不好呵，’他终于站起来，走向我的桌边了。‘你的脸色好像也不对了，不要弄垮自己呵。’

“‘我很好呵。’我说，我大胆望了他一眼。

“他忧愁似的担心的摇了摇头，然后说：

“‘革命工作不是一天可以做完的，今天你需要早休息。’他走回到自己的办公桌时，忽然又说：‘我用车子送你回去。’

“那天下班之后，他也没有再做事了。他说他也要休息了，而且一定要用车子送我到宿舍去。当然，我和我的首长同车这不是第一次，我坐首长的车子回宿舍，也不是第一次。但是，只有这一次，我感觉不同了。我怕他看我，我的心在跳了。我下车之后，他说：

“‘要好好休息，要为工作珍惜自己。’

“我站着，顺从地点点头。他的车子走了。我还是呆呆地站着，望着。好久，我仿佛才发现我自己，而在发现我自己时，我又想到他：‘他是回家了，还是回办公室了？他这样劳累怎么得了？’我迟疑地走进宿舍去。这天，我没有读书，因为，我一句也读不下去了。并且，这一夜我也几乎没有睡觉，我自己也不知道我胡思乱想了些什么。”她说着，自己就默默地笑了。后来，她深深地从鼻孔里叹了一声气，这才又说：“由于过度疲劳和睡眠不足，我终于病倒了。我不能不孤单地躺在宿舍里。我想起床，但头晕不能站立，而睡着又使我心焦。‘我怎么能病呢？我病倒，工作谁做呢？秘书长谁照顾呢？’我烦躁地喃喃着。我有时想打个电话到办公室去，问问秘书长是否在？他是否很好。我躺着，无力地喘着气。但是，我仿佛是日夜想着工作和首长。虽然我有时也觉得自己很好笑，但是，我不能赶掉他的影子。他似乎是一直在我的身边：他望着我，像是在责备我，也像在鼓励我。他是瘦了，他好像只剩下了两只坚决有力的眼睛。我摇着头，叹息了一声。我不愿再想到他。‘他会关心他自己的。’我对自己说。但是，我又仿佛听到了他的声音：他的低沉的谈话声和他的轻松愉快的笑声。他的着地有力的脚步声，也好像响在我的耳边。我也觉得自己奇怪而为自己担心了。‘想这些作啥呀？’我埋怨我自己，‘这和我有什么关系呀？’可是，我每听到汽车的停车声，我的心又会激烈地跳动起来，而且会止住呼吸倾听着。不论有没有动静，自己也很久不能平静。我发觉我是希望他来看我，而且我也愿意看看他。因此，我也时时在失望。可是，我也怕他来，怕看见他。我怕他的那双眼睛。他的眼睛好像能够看穿我的心。但是，那一天，他终于真的来了。他怕惊动我似的走到我的床边，轻声问我：

“‘好一些么，小季？’

“我的心激烈地跳着，难忍地喘着气，不能响出声音来。

“‘需要住医院么？’他又说。

“我摇摇头。后来，我喘息着说：

“‘不，秘书长，我就好了。’

“‘我相信是这样，’他说，低沉的声音有点愉快了。他坐在我的床边，又说：‘你一病倒，我搞得什么都没有秩序了，工作都要搞乱了。’他望住我，笑着，又说：‘离开你，我好像也不会生活了。’

“我的心跳着，我简直不知道说什么。

“‘你看，任何一个工作岗位都多么重要！’他又说。‘集体的事业就需要集体的力量。小季，’他突然抓住我的手，使我全身颤抖了一下，血液冲击着我的心。‘为革命还要坚决把身体搞好。’

“‘我一定，秘书长。’我喃喃说。

“‘那好。’他说。他站起来打算走了。又说：‘我还有会。有时间我还会来看你的。’他发觉我什么似的，奇怪地望住我。但他终于没有再说什么，他走了。我感觉到全身的轻松，我喘了一口气。我的病好像也没有什么了，我决定起床来，走一走。我想我一定会把身体搞好。”玉洁站起来，就像刚刚说的，她默默地开始走动了。

“你是在恋爱了，孩子。”我说。立刻我又觉得我说了一句傻话。

“不，姑母。”玉洁站住，否认说。“我那时没有觉得我是爱他，我也没有要去爱他。没有。”她用力摇着头。后来，她低头走着，自语似的又说：“那时候我知道我不能爱他，他有爱人和两个可爱的孩子，我如果爱他，会使他们一家感到痛苦。而我也知道，他们共过患难，他们十分恩爱。我如果爱他，我就会陷进那错误的泥坑。”

“是这样！”我惊叹说，感到难以理解似的望住她。

玉洁走到我的身边坐下来，搓着自己的手心，说：

“是这样呵，姑母。我没有想过我要爱他。”她自己也感觉奇怪似的笑一笑，又说：“我不见他，我就担心，我希望看见他，而我一看见他的眼睛就会不安，接近他我也会心跳，但是，我怎么能爱他呢？一个干部和首长恋爱会受到众人的责难，何况他还有一个好爱人呢？”

“那你不是自找痛苦么，孩子？”我忧虑地说。

她默默地摇摇头，然后说：

“我没有要爱他，我也没有感到痛苦。你也许不知道，我和秘书长的爱人姚华也是亲近的呵。她比我大八岁，受过革命的锻炼，当时是一个区委的组织部副部长。我敬爱她，叫她大姐，她也把我看作小妹妹。我有许多问题，也都需要请教她，她给过我不少帮助。她的身体不好，害着后期的肺病，只是还没有躺下。组织上和医生都嘱她住医院，但是，她不愿意离开她的家，她曾对我说：‘幸福，具体体现在家庭里哩。’她好像觉得离开她的家庭，就会离开幸福，就会有所不幸。因此，她坚持在家休养，生活在爱人和孩子身边。她越是有病，越是留恋家庭，越是重视自己。而且，她容易急躁，容易冲动，而心胸又不是那么开阔。我觉得我对姚华是理解的，我也特别敬爱她。我差不多每个星期天都到她们家去，陪她一家玩一玩和做些什么。我几乎可以说是他们家庭里的半个成员。而且，他们的两个孩子对我特别亲热。那时，姚华总是说：‘你们的好阿姨来了！不要让你们的好阿姨走了！’这是我愿意的。并且，我觉得这是我的职责。但是，后来我感觉到，姚华总是用疑惑的眼睛瞅着我，她对我不是亲近而是冷淡了。在我生病之前，姚华有一天对我这么说：‘你懂得生活，你会找寻幸福，你会好一辈子哩。’后来，她也说过这么一句：‘我们家像有一块吸铁石吸着你哩。’我不懂她的这些话，但我已经感到了惊异。无论如何，我是为着我的首长，为着他的顺心和安静，我没有去想它。‘姚大姐有病，容易冲动。’我安慰自己说。当我病好之后，第一次去她家时，她的眼睛简直是在敌视我了。那眼神，我在暴怒的虎的眼睛里看到过，我心里是畏惧的。但我还是高兴地走向她，并且说：

“‘大姐，我好久没有来看你了。’

“她动也没有动一下，而且，没有把手伸给我。

“‘大姐，你的病是不是有好转？’我又说。站在她的身边。

“她翻起仇视的眼睛瞅我一下，然后用力拉着嘴角，鼻孔里哼了两声之后，说：

“‘我能早死才是好事哩。’

“‘这是为什么呵，大姐？’我说。

“‘为什么？你知道。’她激动难耐地说。‘你走吧。’她用下巴指着门口。‘你就是我的亲妹妹，我也不愿看见你，在我死之前，我不想再看见你。’

“我惊骇地站着。我不知道我是恐惧还是委屈，我身上发抖，心里想哭。我呆木地站着。

“‘我是活不久了。但我不准许任何人抢我的幸福。’她又仇恨地自语说。

“‘呵，大姐。’我说。

“‘请你走！’她说。她在暴怒了。

“我回到宿舍里，哭了整整一晚。”玉洁伤心似的停住了，她低着头沉默了许久，仿佛极力使自己平静一下。然后她又说：

“我曾经向我们的支部书记汇报过我和姚华的这种情况，我是希望得到她的分析和帮助。而她胸有成竹地笑着，仿佛她早就了解似的。后来她说：

“‘机关里的同志也不是没有意见呵。’她察视着我，又说：‘你的工作不坏，这是大家一致的看法，但你对秘书长的态度，是不是有向上爬的思想呢？你全心全意为着秘书长的动机是什么呢？！’她笑着。她好像是用笑缓和她说话的尖锐性似的。停停她又说：‘这就不能不检查呵！要检查自己！要检查自己的思想动机。’

“‘我想过我自己，’我激动地说，‘我没有不好的动机。’

“‘如果是这样，那很好。’她说。担心我不诚实似的望住我，又说：‘不过，你能不能向党保证呢？’

“‘我愿意保证。’我坚决说。

“‘可是，也应该懂得照顾影响。’她说。

“我懂得。但是，我有一点想不通：我是不是可以稍微放弃我的职责呢？我是否可以不照顾或少照顾我的首长呢？我这样想过。但是，我的良心不允许。而且，我看到我的首长时，我就不能不照顾他，在他的面前，我会忘记我自己，也会忘记一切。我怎么办呢？”

“我想问你，玉洁，”我不能忍耐地打断了她的说话，“你的首长，他是什么看法，他又是什么态度呢？”

“他好像什么都不知道。”玉洁说，那语气是肯定的。

“姚华对他没有什么不好么？”我问，“两个没有争吵么？”

玉洁瞪着两个沉思的眼睛，摇着头，说：

“没有。他没有说过。”后来她又说：“他没有表露过他有这种苦恼。”

“是呵，姚华懂得爱他呵。”我不禁说。

“我知道。”玉洁决断说。“姚华不愿意给秘书长任何苦恼，我知道这一点。可是，我也不愿意。我也不愿意秘书长在我身上感觉到一点一滴的苦恼。因此，我也不能不掩藏着我的痛苦。但是，因为我一连几个星期没有到秘书长家里去，他似乎也感觉到了。有一天工作结束后，他对我说：

“‘为什么不到我家去了，小季？有什么使你不愉快么？’

“我的心跳着，我感觉到全身的紧张。

“‘没有，秘书长。’我喃喃地说，‘这些时候，我有些个人的事。’

“‘那么，今天跟我去。’他终于说，‘去坐坐，玩玩。’

“我不要去。我怕姚华的眼睛。我担心姚华会伤害我。我不敢想姚华在首长面前会如何冲动。但是，我不愿拒绝他，我似乎也不敢拒绝他。我跟他去了。我的心疯狂似的跳着，脚手一阵阵的发麻，我不知道我是怎么走进他的家了。姚华正在等着秘书长。据说许多年来，即使在战争中，她也是等着他，和他同睡，也和他同起。她看到我时，显然是在生气，似乎是站不住。

“‘你怎么了，姚华？’秘书长走向她，担心的说。

“‘今天特别不好，’她掩饰自己说，‘我想早点休息哩。’

“‘好呵，’秘书长说，无可奈何地望我一眼，仿佛有什么为难似的。又说：‘让小季坐一会。’

“‘不。’我说。能够离开他们的家，我就觉得轻松。‘我什么时候都可以来看你们，可是，现在，我要走了。’我说着，就逃跑似的，跑出了他们的家，跑到大街上了。”玉洁说到这里，好像气喘似的喘了口气，沉默住了。她像是在回忆，也像是在排除回忆。她站起来，忽然问：

“快到什么地方了？”

“我也不知道呵。”我说。

她走到窗口，打开了窗户。她伏在茶几上，像淋浴似的迎着夜风，好久都没有动一动。“北方的夜，好像也是单纯的。”她自语说，然后关住了窗户，走回我的身边坐下来。“也许要到济南了。”她又说。

我没有回答她的话。她使我沉陷在她那种痛苦的处境里，我为她忧心。我终于说：

“你该怎么处下去呵，孩子？”

她轻轻叹口气，说：

“正像小金说的，我是迎着痛苦生活，而这又是我愿意的。”她仿佛说不下去似的，停了一阵，又说：“你也许还不知道，不久，‘三反’就开始了。我的首长是机关里‘增产节约委员会’的主任和‘打虎队’的队长，自然，他没有时间照顾他自己和姚华了。而这时，姚华终于病倒了，她大量呕着血，有时就会晕过去，她必须住医院了。秘书长对我说：

“‘小季，你去帮助她吧，把她送到医院去，照顾照顾她。’

“‘好呵。’我说。我跑到他的家去。

“姚华昏迷似的在床上躺着，脸色苍白得可怕。头发覆盖着她的半个脸，深陷的眼睛，疲乏似的紧闭着。我站在她的床前，默默的望着她，心情沉重地发着呆。她仿佛发觉什么似的，慢慢睁开了眼睛，她看到我时，两只眼睛突然睁大了，咒骂似的盯着我。

“我心里抖跳了一下，慌乱的说：

“‘大姐，咱们到医院去吧。’

“她的深陷得可怕的眼睛盯住我，没有说话。

“我简直不敢看她了。

“‘你走！’她喘息着，声嘶力竭地说。‘我不要看见你。’

“我想走开。如果我走开，她也许会轻松些。但是，首长的话在我耳边响着，首长的洞察人心肺的眼睛也在望着我。我终于说：

“是何秘书长要我送你，大姐。”

“‘呵，他。’她喃喃说。接着，长长喘了一口气，再也没有说什么了。她无力地躺着，闭住了眼睛。后来，她自语说：‘我要医生，不要医院。’她还呓语说：‘我不要离开他。’

“姚华住医院之后，我应该常常去看她，并且，我也想去看她。但是，我不敢去看她。我怕引起她的痛苦，我怕她的仇恨的目光。我不能不时常提醒秘书长，我说：

“‘你该常常去看看大姐，秘书长。’

“‘是呵，我该去看她。’秘书长说，‘可是，我不能守着她呵！’他无可耐何地笑一下，又说：‘你看我有什么时间呢？’

秘书长没有时间，这我是知道的。我应该替他去做他没有时间去做的事情，我愿意这样。但我不敢去看姚华。我说：

“‘无论如何你要去看她。而家里的孩子，我去照料。’

“‘小季，这如何好呢？’秘书长动情地说，他说话的口齿竟是拙笨的了。‘这如何好呵？小季。’

“‘你必须去看她，’我说。我简直是在命令他了，‘你会给她力量，给她信心。’我心情激动着。‘她是多么爱你呵！’

“‘我们共过生命哩。’他说。说到爱情，他似乎有自己的骄傲。但说话之间，他却流了两滴眼泪。

“我希望姚华活着，永远活着。如果她健康，那对他该是多么大的幸福！但是，他是多么不幸呵！姚华死了。他失掉了她。”

“呵！”我几乎是在惊叫了。我觉得沉重，又觉得轻松。事情终归是该结束了。

玉洁沉重地坐着，沉默着。火车开始停靠在一个车站上，但她仍然没有动一动。

“她死那一天，正是我们‘三反’运动结束那天。”玉洁又说。沉重的情绪使她精神有些凝呆。“那是下午三点钟，秘书长正在作‘三反’总结的报告，而干部医院来了电话。电话是说姚华的病突然恶化了，可能是由于并发症，而难有什么希望。他们要秘书长立刻到医院去。我跑到大厅去告诉他，他要我先到医院去，他必须在一小时之后才能来。我坐上首长的汽车到了医院，跑进了病房。一个护士在病房门口挡住我，说：‘你是她家什么人？她怕是无救了。’

“我没有答话，径直走到了姚华的床边。姚华的干瘦的脸上，已经没有一丝血色，露在外面的耳朵，就像一片枯叶。塌陷的眼睛紧闭着。只有一阵阵的厉害的气喘，才使我感觉到她还活着。医生和护士默默站在她的床的一边，仿佛是在等候她的气绝。我耐不住自己的激动，我哭了。

“她睁开了眼睛，看到我感觉惊骇似的，咕噜说：

“‘呵，是你。’

“‘是我，大姐，’我说，忍不住流着泪。‘秘书长就要来的。’

“‘呵，他要来。’她说，闭住了眼睛，好像她感到安慰似的。她的嘴唇一直无声地动着，似乎是重复着自己说过的一句话。后来，她突然又睁开了那怕人的眼睛，就像一个复仇者怒视着敌人似的，瞅住我。并且，她似乎也企图坐起来。她对我好像有着死不饶恕的仇恨。

“‘我爱他。我不准你……’她努力说，一句话没有说完，她就气绝了。我不知道我是生气，还是伤心，是为秘书长的不幸，还是为我自己的痛苦，我哭着，我一直哭得头发木，心口发胀，我不能抑制地哭着。后来，我自己也觉得，我是在哭我自己的遭遇。我爱秘书长，他会知道我的爱情。我也知道秘书长爱我，我感觉到他那颗热烈的心。但是，姚华活着，他不能去爱两个人，我也不愿意他把爱情分给两个人，我愿意自己痛苦。而现在，姚华死了。我怎么办呢？他会把全部的爱情给我，我会像姚华那样爱他，直至终死。但是，这是可能的么？我能够得到这个幸福么？”

“为什么是不可能呢？”我忍不住插说。

玉洁激动地沉默了一会儿。然后对我笑了一下，仿佛觉得我的插问是多余的。

“姚华死后，秘书长就病倒了。”玉洁又说。“他病，‘三反’中的劳累是个原因，但更大的原因，是姚华死的伤痛。他在医院里住了几乎两个月。当然，我时常去看他，并且为他照料着孩子和家务。我决心使他的家改变样子，不使她感觉失去姚华的痛苦，而使他感觉清新愉快。他出院那天，对他的家庭感到了极大的高兴。‘有你的照顾。我什么都会是满意的。’他对我说。那天的晚饭我是在秘书长家里吃的，孩子睡觉之后，我们两人在沙发上坐着，默默坐了好久。我有几次想回宿舍去，但我又愿意那么坐一坐，多坐五分钟一分钟也好。他仿佛也没有那么安静舒意地坐过似的，看来他是那么满意。房内没有一点声音，空气好像也是适人的。但是，他忽然自语说：‘人应该自己掌握自己的命运，这是必须的。但有时候，似乎又掌握在别人手里。’这使我心跳了，我觉得他是在说我的心似的。后来，他一下坐起身，倾心地望住我，说：

“‘小季，我们呢？’

“‘我们？’

“‘是呵！’他肯定说，激动起来。‘我们爱，我们爱吧！你不爱我么？’

“我怎么不爱他呢？我爱。我没有爱过一个人像爱他这样，我不能缺少他，不能没有他。我的心疯狂地跳着。我爱他。但是，我看到了姚华的可怕的仇恨的眼睛，听到了支部书记的声音。我全身打了一个寒战。

“‘不，’我终于说，‘这不可能。’

“‘为什么呢？’他激动着，紧紧抓住我的手。‘为什么呢？’

“我感到他的手的热气，就像得到了幸福。我希望他的手抓住我，抚摸我。这似乎比他说什么话都好。但是，我听到了一阵乱杂的指责的声音：‘你这是个人向上爬！’‘我不准你抢走他！’我又看到那些嘲笑的眼睛和仇怒的眼睛。我慌忙摔开了他的手。

“‘你不要这样，’我说，心跳着。‘我要走了。’我没有看他，我快步跳了出去。那一夜，我是在黄埔江边度过的。虽然我曾两次回到他的门外，也在他的窗外，望着他窗帘上的晃动的人影徘徊过。但我还是在黄埔江边，游魂似的直到黎明。”

“你怎么这样处理自己呵，孩子？”我感到可怕似的说，这是多么不可想像的事。

“我怎么不想到姚华呢？”玉洁固执说，“而我，也向支部书记保证过呵。”

“呵，是这样！”我死板地叫着。

“好坏，事情是已经结束了。”她说，站了起来。“他不久也调北京去了。”她低头徘徊着，又说：“虽然自己还有些痛苦，但事情总算是过去了。”她开始向我轻松地笑一笑，我简直觉得不能理解她了。

“睡吧，孩子，”我终于说，“时间已经不早了。”

“见到姑母，疲倦好像都跑光了。”她说，不住地走动着。

我整理着铺位，没有回答她。后来我想到她大学里的那两个小伙子，我耐不住问她：

“你大学里的两个朋友呢？”

“早已经分散了，”她说，“现在一个在新疆，一个在印度，是外交人员了。”

“是呵，以前就该考虑自己的问题哩。”我埋怨说。我觉得我几乎是在说一些傻话了。但是，她却认真摇了摇头，好像是否定我的说话，又像是自己的感叹。后来她说：

“那时候满心向往的，是工作和事业。爱情、家庭这些东西，自己不仅是不懂得，而且还觉得厌恶。”

说罢，她又打开窗户，伏身在窗口，迎着夜风窥视着黑夜。自语说：

“看情形，怕是要到泰安了。”

火车离开徐州车站，太阳就照耀着窗户了。我觉得我只是刚刚睡着，现在又醒了。我无论如何再也睡不下去了，而玉洁却在鼾声鼾气地疲倦地睡着。我躺着，正打算起身的时候，小金一下闯进来了。她吵叫说：

“哈，还在睡哩。”

“不要吵她。”我轻声说，就爬了起来。

“那么，咱们去吃早点吧，姑母。”小金说。小心翼翼地坐下来，好像还有点不安似的。

我穿好衣服，梳整了一下头发之后，就和小金走向餐车去。餐车里是那么爽人而清静。一个大大的车厢只散坐着三两个旅客。我们找到一个靠窗的位子，坐下了。

“你和玉洁在一起工作几年了，小金？”我问她。

“已经五六年了。”她丝毫不加思索地说。“喂，”她喊着服务员，然后又对我说：“你吃什么？姑母？”

“什么都好，”我说，“只要汤多些。”

小金要了两个汤面，并且，叮嘱了服务员几句。然后坐下来，说：

“季主任对我才像妹妹一样哩。”

“那么，你也认识何秘书长了？”我性急地又问她。

她觉得惊奇似的望住我，点了点头。后来，她有所感似的皱了皱双眉，说：

“那是我们的老首长，一个好领导。”她仿佛有点激动，又说：“他很能理解人，但是，他又好像没有真正理解季主任。”她摇着头，又说：“真的。他不理解她。”

“为什么呢？”我说。

“他信任她。”她严肃地说。“他很信任她。她的什么话，他都认为是真实的，她说‘不爱他’，他也认为是真实的。自己也就愿意担当那种痛苦了。其实，”她望住我，好像在察视我的神色似的。“季主任是最爱他的。”后来，她又说：“他调走之后，季主任并没有不爱他，她还深深地爱着他。可是，他倒真是绝望了似的，连信也没有了，即使来信也是谈公事。你知道，他正是在我们上级机关哩。”

“呵。”我说。我心里想：“事情竟会是这样。”

“一九五三年四月间，我和季主任到北京去过，”小金说，一双灵活的眼睛似乎也变得呆滞了。“我知道季主任要去看他，希望有机会向他表示心迹。她一路上显得高兴，并且不断和我谈他。可是，到北京后，她却又不敢去找他，好像遭受什么打击似的。我说：‘我陪你去。’那天开会之后，我就和季主任跑到他的家里。呵，天，他正在房里和一个女同志谈话。看来，那个女同志已经不是什么生客，而仿佛是他家里的人。是她让座，她在倒茶。季主任有一阵几乎站立不住，仿佛眼睛也失明似的，她一把抓住了我。后来，她才镇静了下来，总算愉快地支持过去了。”小金停住，望着我，解释说：“那就是何秘书长现在的爱人，曾经当过演员，两人一同出过国哩。”

面已经端上来了。我们开始吃面，并且沉默了。

“那天晚上，我才真正理解了季主任，”小金耐不住似的，一面吃着，一面又说。“当我们走出何秘书长的家，她腿软不能走路了。但是，她神情坦然。回到旅馆之后，她不要睡，她要我陪她。她说：‘夜里坐一坐该是多好，多难得的事呵。’她还说：‘北京的夜是多么好，在深夜里，你就会觉得你和毛主席在一起哩。’但是，又怎么能够一直不睡呢？而睡下之后，她的痛苦的哭泣，又把我弄醒了。我说：

“‘既然自己痛苦，为什么不和他谈呢？’

“‘我不能破坏别人，不能让别人痛苦。’她说。

“‘要我，可不是这样，’我说，‘要是我，我就对他谈出来，由他去选择。’

“‘不，不，’她说，‘我会支持过去的。’

“是呵，她会支持。这次我们到北京开会，还到他家去吃了饭哩。可是，那已经完全是同志了。她还对我说：‘你看老首长是多么幸福。’是的，我也觉得他是年轻了。”

一批旅客拥到餐车里来，看来，我们的谈话是不能继续下去了。我们急忙吃完了面，去小金的寝车看了一下，又走到我的寝车来。

玉洁还在睡着。好像她今后没有机会多睡觉而决心睡到上海似的。

“我是玉洁的姑母，我不能不担心她哩。”我坐下来说。

“谁也是这样。”小金说。她斜着身子坐在茶几上，望着上铺沉睡的玉洁。后来又说：“她工作忙，很少时间去考虑自己的问题。”她纳闷似的低着头，又说：“你知道我们的工作，没有星期天也没有假日。就是有朋友，有时候两月三月也很难见一次面，这不能不是个问题哩。”

“玉洁也有朋友么？”我关心地问。

“有过哩。”她说。“那是个青年外科医生，是个有事业心的人，并且也是个钟情的人。”小金回忆地皱着眉，停了一下。又说：“那是前年后半年了。他们是怎么认识，认识了多么久，我并不知道。可是，当我知道的时候，已经是发生问题了。”

“呵，这孩子！”我说，“怎么总是这样呵。”

“不，不。”小金摇着头否定说。“那时我们工作忙，经常有大批外宾交插着，工作繁，会议多。她那时又是办公室的副主任，每天不到深夜，就无法喘口气。”说到这里。小金还觉得有些紧张、烦心似的。“有天傍晚，季主任从会议室里跑出来，慌忙紧张地对我说：‘小金，快给干部医院外科病房徐医生打个电话，就说我没有时间了，他不要等我了。’我打电话给这位医生的时候，他很不愉快。他在电话里说：‘一个人为什么这个样子呢？为什么一天到晚要坐在会议桌上呢？她什么时候能够不开会呢？’是呵，每一批外宾的活动，每天都需要安排，工作也需要检查，怎么能不开会呢？他不是不了解，而是心急不耐了。深夜里我和季主任走回宿舍时，我说：

“‘怎么要我打电话呢？他不愉快呵。’

“她无可奈何地笑着，望了我一眼。在灯光里我看到她的眼神是那样包藏着委屈和无奈。她说：

“‘我知道他会生气，我简直不敢打电话给他。’后来，她又说：‘我们三个月没有碰面，并且，我已经失约几次了。’

“‘为什么不叫他来呢？’我说。

“‘来又有什么办法呢？’她说。她要我回答似的望住我，又说：‘他也忙呵。他自己也不知道，哪一天他不站在手术床边。’

“是的。我们的生活只有我们自己知道，季主任的痛苦也只有她自己知道。后来，当我问到季主任是不是看过徐医生时，她简直激动起来了。她说：

“‘他既然不能够理解我，我还有什么话好说呢？’

“我感到担心而惶恐，我不敢去看她。

“‘为了爱情，要我放弃工作，改变职业，这是不可能的！’她忽然又说，仿佛是受到了什么侮辱似的，那种愤怒的神情是我没有看见过的。她愤然沉默了一阵之后，又说：‘爱情不能祈求，而且我也不会要哩。’

“‘这是怎么回事呵？’我惊愕说。

“她从大衣口袋里摸出了一封揉皱的信封，我知道这是徐医生的同样的信封、同样的笔迹的许多来信中的一封。这些信当它们来到的那些时候，我都看见过的。

“‘你看，他在写些什么？’她气恼地说，摔给了我。

“他的那封信确实说了不少叫人生气的话。但是，能够看出他是为了爱她，他是为了得到她的爱。只不过他是为了满足他自己。

“‘从信上看，他还是爱你的呵。’我说。

“‘这种爱情，我不要哩。’她轻卑地说。

“她把那个家伙丢开了。后来，那个徐医生的电话她也不接了。她总是说：‘小金，你告诉他，我在开会。’其实，她却望住我安静地微笑着。”

“她小时是这样，现在还是这样。”我忍不住说。“她怕是三十一岁了，也不小了。怎么是这样呵！”

“这不好么？”小金说。

“是呵。”我无限感慨说，“这是她的可贵之处，但也是个悲剧。”

“不，不。”小金强辩着。

“不什么呢？怎么不呢？”我说。

“你们争论什么呵？”是玉洁的声音，她已经睡眼惺忪地坐起来。小金一下跳起来，叫着：“呵，你醒了。快起来吧，蚌埠快要到了。”

小金在房间里愉快地扭了两个圈子，踏起舞步，显然是逃避着玉洁，匆忙逃了出去。

季风珠大姐要离开上海回内蒙古的前一天，我去看她，我们又谈到了季玉洁。她心情畅快地说：

“玉洁那孩子，谁也不用担心她。”那口气带着自信的豪气。“她是个有主张，有看法的人，这类人，是用不着谁为她忧心的了。”我看到她是全心愉快的。她还说：“我曾到玉洁机关里去看过她，她使我觉得她是一个组织家，一个工作的组织家。”她兴高采烈的眼睛望住我，又说：“不过，她们的工作忙而紧张。你在那里呆一会儿，就好像每一根神经都拉满了弦似的，叫你难以喘气。”她用那老年人的有意思的表情，感叹地摇了摇头。又说：“我在她的办公室里呆过半个下午，那使我吃惊而钦佩。一个办公室，就像打仗的指挥部：电话交错地竞赛似的响着，人员们不断急步出进，那工作是紧张的，但是有秩序。我观察着每一件事物，而我觉得每一件事物都作好了安排。玉洁就是这个秩序的组织者。我看着那孩子，她给了我一个新的东西，那就是信心，工作的信心。”她严肃地自傲地笑了一下，又说：“这孩子不会是一个失败者。”

“我能够想象这一点，”我说，“这可以和她的过去联系起来的。”

“是么？是么？一个事业上的胜利者，在生活上会是败北的么？”季大姐兴奋欲狂地说着。从她的眼神里我看到，她对季玉洁的完全的信任。她还说：“一个有主张的人，她所想的，就是如何实现她的主张哩。”

季大姐谈到季玉洁的生活，就有一种难以压制的激动。她仿佛是企图说服我似的，又说：

“你看着，玉洁会是幸福的。她怎么会不幸福呢？”

（原载1957年《人民文学》第7期）

述评

作者丰村（1917—1989），原名冯叶莘，曾用名冯夺、丰大克、冯维典、丰乃天等。1935年秋考入河北省立大名师范学校。次年参加中国共产党。1937年抗日战争爆发后，在中共直南特委组织的抗日救国10人团和冀南抗日救国会做宣传与组织联络工作。1938年1月去延安，被分配在中央印刷厂当印刷学徒，5月离开延安去山西前线，进行抗战宣传，并开始写小说，1939年初发表小说处女作。1940年初到四川成都，参加中华全国文艺界抗敌协会成都分会，并任驻会干事。同时写有短篇小说《爷爷》、《回炉货》等。1946年到上海，出版了长篇小说《大地的城》。1947年在上海主编《同代人》文艺丛刊。之后，陆续出版了短篇小说集《望八里家》、《毁坏》、《灵魂的受难》、《呼唤》等。1949年5月上海解放后，先后参加了上海文学工作者协会、华东作家协会、中国作家协会上海分会、中国作家协会，并先后任《人民文化报》社长、上海市人民政府新闻出版处审查科长。1962年初，参加上海市第二次文学艺术工作者代表大会的筹备工作，任筹委会委员和筹委会秘书长兼秘书处主任，并当选为上海市文联委员和中国作协上海分会理事。

短篇小说《美丽》，原刊于1957年第7期《人民文学》。作品讲述了一个三角情感关系的动人故事。首长处于“顶角”位置，他具有着良好的群众基础，是一位可敬可爱、为新中国的文化事业不停操劳的领导者形象；另“一角”是夫人及两个孩子，她们与首长构成了完美和谐的家庭；第三角则是女秘书季玉洁，她聪明上进、恪尽职守，是首长工作和生活上的好助手。季玉洁在工作过程中，情感不知不觉地发生了变化，内心波澜横生，对首长的关怀帮助超出了秘书的工作范围。爱一个人没有错，而且这种爱也没什么功利目的，是纯洁而真挚的；问题在于被爱的一方已有家室，季玉洁内心深处陷入了矛盾和迷惘之中，她认识到这种爱是不恰当、不道德的。她以共产党人的标准来要求自己，她选择了痛苦的隐忍。而当首长夫人姚大姐因病去世，“三角”中缺失一角后，季玉洁与首长有了走到一起的可能，但她面对首长真心的表达：“我们爱，我们爱吧！你不爱我吗？”仍然选择了回避，最终各自独立线性延伸，始终未能交汇。是没有勇气面对那份深深的爱恋？还是没有可能抹去姚大姐临终时忧怨忌恨的目光？就这样，一份深沉纯粹的爱永远珍藏在内心深处了。读到此，不难理解作者为小说拟定的题目，“美丽”的是人？是故事？还是这份纯粹的爱?

20世纪50年代，新中国成立不久，全国上下政治第一，集体至上，个人情感总是隐匿在最边缘的角落。作者充满写作智慧，巧妙地以季玉洁姑妈的视角为读者婉转讲述这一动人的情感故事。小说最后写姑妈观察过侄女季玉洁的工作状态后，发出感叹："一个事业上的胜利者，在生活上会是败北的么？""你看着，玉洁会是幸福的。她怎么会不幸福呢？"这是一种带有强烈个人期许的美好祝愿。

在一个把个人情感定性为小资产阶级情调，不分是非曲直把美好的爱情曲解为个人享乐的年代里，这样的作品发表后势必会受到质疑。小说刊出不久后全国进入了反右高潮，因此，很快小说便在《人民文学》第9期遭受批判。

批判者所持的主要观点是，作品所描写的男女爱情、家庭亲情、社会友情是"资产阶级世界观和文艺观"，是"宣场资产阶级人道主义和人性"，是"精神毒素"，是"立场错误"等等，讨伐的浪潮此起彼伏。作者也理所当然地成了"右派"分子。

这篇小说连同邓友梅的《在悬崖上》、宗璞的《红豆》均为爱情题材小说，其命运也大体相似，均被定性为宣扬小资产阶级爱情至上的有毒作品。"文革"结束后，作品也重新获得了肯定，被收入小说集《重放的鲜花》，1979年由上海文艺出版社出版，重回公众视线。

这篇小说，通过季玉洁这个人物，深入地探讨了爱与道德，爱与责任的关系，我们可以看到一种隐忍克制的美，和女性独立意识绽放出的动人光彩。反观当今社会某些人对道德底线的放弃，以及其他一些精神迷乱的现像，小说的现实意义是不言而喻的。

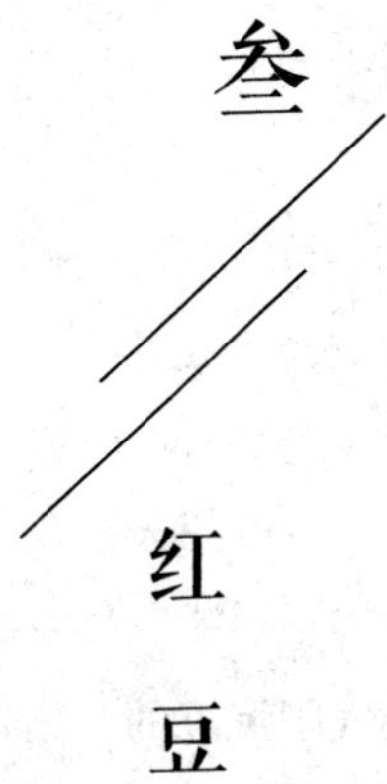

叁 红豆

江玫坐在床边，用发颤的手揭开了盒盖。盒中露出来血点儿似的两粒红豆，镶在一个银丝编成的指环上，没有耀眼的光芒，但是色泽十分匀净而且鲜亮。时间没有给它们留下一点痕迹。

红　豆

宗　璞

天气阴沉沉的，雪花成团地飞舞着。本来是荒凉的冬天的世界，铺满了洁白柔软的雪，仿佛显得丰富了，温暖了。江玫手里提着一只小箱子，在X大学的校园中一条弯曲的小道上走着。路旁的假山，还在老地方。紫藤萝架也还是若隐若现的躲在假山背后。还有那被同学戏称为阿木林的枫树林子，这时每株树上都积满了白雪，真是“忽如一夜春风来，千树万树梨花开”了。雪花迎面扑来，江玫觉得又清爽又轻快。她想起六年以前，自己走着这条路，离开学校，走上革命的工作岗位时的情景，她那薄薄的嘴唇边，浮出一个微笑。脚下不觉愈走愈快，那以前住过四年的西楼，也愈走愈近了。

江玫走进了西楼的大门，放下了手中的箱子，把头上紫红色的围巾解下来，抖着上面的雪花。楼里一点声音也没有，静悄悄地。江玫知道这楼已作了单身女教职员宿舍，比从前是学生宿舍时，自然不同。只见那间门房，从前是工友老赵住的地方，门前挂着一个牌子，写着“传达室”三个字。

“有人么？”江玫环顾着这熟悉的建筑，还是那宽大的楼梯，还是那阴暗的甬道，吊着一盏大灯。只是墙边布告牌上贴着“今晚团员大会”的布告，又是工会基层选举的通知，用红纸写着，显得喜气洋洋的。

“谁呀？”一个苍老的声音从传达室里发出来。传达室门开了，一个穿着干部服的整洁的老头儿，站在门口。

“老赵！”江玫叫了一声，又高兴又惊奇，跑过去一把抱住了他。“你还在这儿！”

“是江玫！”老赵几乎不相信自己昏花的老眼，揉了揉眼睛，仔细看着江玫。“是江玫！打前儿个总务处就通知我，说党委会新来了个干部，叫给预备一间房，还说这干部还是咱们学校的学生呢，我可再也没想到是你！你离开学校六年啦，可一点没变样，真怪，现时的年轻人，怎么再也长不老哇！走！领你上你屋里去，可真凑巧，那就是你当学生时住的那间房！”

老赵絮絮叨叨领着江玫上楼。江玫抚着楼梯栏杆，好像又接触到了六年以前的大学生生活。

这间房间还是老样子，只是少了一张床，有了些别的家具。窗外可以看到阿木林，还有阿木林后面的小湖，在那里，夏天时，是要长满荷花的。江玫四面看着，眼光落到墙上嵌着的一个耶稣苦像上。那十字架的颜色，显然深了许多。

好像是有一个看不见的拳头，重重地打了江玫一下。江玫觉得一阵头昏，问老赵 :“这个东西怎么还在这儿？”

“本来说要取下来，破除迷信，好些房间都取下来了。后来又说是艺术品让留着，有几间屋子就留下了。”

“为什么要留下？为什么要留下这一间的？”江玫怔怔地看着那十字架，一歪身坐在还没有铺好的床上。

“那也是凑巧呗！”老赵把桌上的一块破抹布捡在手里。“这屋子我都给收拾好啦，你归置归置，休息休息。我给你张罗点开水去。”

老赵走了。江玫站起身来，伸手想去摸那十字架，却又像怕触到使人疼痛的伤口似的，伸出手又缩回手，怔了一会儿，后来才用力一揿耶稣的右手，那十字架好像一扇门一样打开了。墙上露出一个小洞。江玫颠起脚尖往里看，原来被冷风吹得绯红的脸色刷的一下变得惨白。她低声自语 :“还在！”遂用两个手指，箝出了一个小小的有像牙托子的黑丝绒盒子。

江玫坐在床边，用发颤的手揭开了盒盖。盒中露出来血点儿似的两粒红豆，镶在一个银丝编成的指环上，没有耀眼的光芒，但是色泽十分匀净而且鲜亮。时间没有给它们留下一点痕迹——

江玫知道这里面有多少欢乐和悲哀。她拿起这两粒红豆，往事像一层烟雾从心上升起，泪水遮住了眼睛——

那已经是八年以前的事了。那时江玫刚二十岁，上大学二年级。那正是一九四八年，那动荡的翻天覆地的一年，那激动，兴奋，流了不少眼泪，决定了人生的道路的一年。

在这一年以前，江玫的生活像是山岩间平静的小溪流，一年到头潺湲的流着，从来也没有波浪。她生长于小康之家，父亲做过大学教授，后来做了几年官。在江玫五岁时，有一天，他到办公室去，就再没有回来过。江玫只记得自己被送到舅母家去住了一个月，回家时，看见母亲如画的脸庞消瘦了，眼睛显得惊人的大，看去至少老了十年。据说父亲是患了急性肠炎去世了。以后，江玫上了小学上中学，上了中学上大学。

在中学时，有一些密友常常整夜叽叽喳喳地谈着知心话。上大学后，因为大家都是上课来，下课走，不参加什么活动的人简直连同班同学也不认识，只认识自己的同屋。江玫白天上课弹琴，晚上坐图书馆看参考书，礼拜六就回家。母亲从摆着夹竹桃的台阶上走下来迎接她，生活就像那粉红色的夹竹桃一样与世隔绝。

一九四八年春天，新年刚过去，新的学期开始了。那也是这样一个下雪天，浓密的雪花安安静静地下着。江玫从练琴室里走出来，哼着刚弹过的调子。那雪花使她感到非常新鲜，她那年轻的心充满了欢快。她走在两排粉妆玉琢的短松墙之间，简直想去弹动那雪白的树枝，让整个世界都跳起舞来。她伸出了右手，自己马上觉得不好意思，连忙缩了回来，掠了掠鬓发，按了按母亲从箱子底下找出来的一个旧式发夹，发夹是黑白两色发亮的小珠串成的，还托着两粒红豆，她的新同屋萧素说好看，硬给她戴在头上的。

在这寂静的道路上，一个青年人正急速地向练琴室走来。他身材修长，穿着灰绸长袍，罩着蓝布长衫，半低着头，眼睛看着自己前面三尺的地方，世界对于他，仿佛并不存在。也许是江玫身上活泼的气氛，脸上鲜亮的颜色搅乱了他，他抬起头来看了她一眼。江玫看见他有着一张清秀的象牙色的脸，轮廓分明，长长的眼睛，有一种迷惘的做梦的神气。江玫想，这人虽然抬起头来，但是一定并没有看见我。不知为什么，这个念头，使她觉得很遗憾。

晚上，江玫躺在床上，久久不能入睡。许多片断在她脑中闪过。她想着母亲，那和她相依为命的老母亲，这一生欢乐是多么少。好像有什么隐秘的悲哀在过早地染白她那一头丰盛的头发。她非常嫌恶那些做官的和有钱的人，江玫也从她那里承袭了一种清高的气息。那与世隔绝的清高，江玫想想，忽然好笑了起来。

江玫自己知道，觉得那种清高好笑是因为想到萧素的缘故。萧素是江玫这一学期的新同屋。同屋不久，可是两人已经成为很要好的朋友。萧素说江玫像是从另一个世界来的，清高这个词儿也是萧素说的，她还说："当然，这也有好处也有不好处。"这些，江玫并不完全了解。只不知为什么，乱七八糟的一些片断都在脑海中浮现出来。

这屋子多么空！萧素还不回来。江玫很想看见她那白中透红的胖胖的面孔，她总是给人安慰、知识和力量。学物理的人总是聪明的，而且她已经四年级了，江玫想。但是在萧素身上，好像还不只是学物理和上到大学四年级，她还有着更丰富的东西，江玫还想不出是什么。

正乱想着，萧素推门进来了。

"哦！小鸟儿！还没有睡！"小鸟儿是萧素给江玫起的绰号。

"睡不着。直希望你快点回来。"

"为什么睡不着？"萧素带回来一个大萝卜，切了一片给江玫。

"等着吃萝卜，——还等着你给讲点什么。"江玫望着萧素坦白率真的脸，又想起了母亲。上礼拜她带萧素回家去，母亲真喜欢萧素，要江玫多听萧姐姐的话。

"我会讲什么？你是幼儿园？要听故事？呶，给你本小书看看。"江玫接过那本小书，书面上写着"方生未死之间"。

两人静静地读起书来了。这本书很快就把江玫带进了一个新的天地。它描写着中国人民受的苦难，在血和泪中，大家在为一种新的生活——真正的丰衣足食，真正的自由——

奋斗，这种生活，是大家所需要的。

"大家？——"江玫把书抱在胸前，沉思起来。江玫的二十年的日子，可以说全是在那粉红色的夹竹桃后面度过的。但她和母亲一样，憎恶权势，憎恶金钱。母亲有时会流着泪说："大家都该过好日子，谁也不该屈死。"母亲的"大家"在这本小书里具体化了。是的，要为了大家。

"萧素，"江玫靠在枕上说："我这简单的人，有时也曾想过人活着是为了什么，但想不通。你和你的书使我明白了一些道理。"

"你还会明白得更多。"萧素热切地望着她。"你真善良。你让我忘记刚才的一场气了。刚刚我为我们班上的齐虹真发火。"

"齐虹？他是谁？"

“就是那个常去弹琴，老像在做梦似的那个齐虹，真是自私自利的人，什么都不能让他关心。”

萧素又拿起书来看了。

江玫也拿起书来，但她觉得那清秀的象牙色的脸，不时在她眼前晃动。

雪不再下了。坚硬的冰已经逐渐变软。江玫身上的黑皮大衣换成了灰呢子的，配上她习惯用的红色的围巾，洋溢着春天的气息。她跟着萧素生活渐渐忙起来。她参加了“大家唱”歌咏团和“新诗社”。她多么欢喜那“你来我来他来她来大家一齐来唱歌”的热情的声音，她因为《黄河大合唱》刚开始时万马奔腾的鼓声兴奋得透不过气来。她读着艾青、田间的诗，自己也悄悄写着什么“飞翔，飞翔，飞向自由的地方”的句子。“小鸟”成了大家对她的爱称。她和萧素也更接近，每天早上一醒来，先要叫一声“素姐”。

她还是天天去弹琴，天天碰见齐虹，可是从没有说过话。本来总在那短松夹道的路上碰见他。后来常在楼梯上碰见他，后来江玫弹完了琴出来时，总看见他站在楼梯栏杆旁，仿佛站了很久了似的，脸上的神气总是那样漠然。

有一天天气暖洋洋的，微风吹来，丝毫不觉得冷，确实是春天来了。江玫在练琴室里练习贝多芬的月光曲，总弹也弹不会，老要出错，心里烦躁起来，没到时间就不弹了。她走出琴室，一眼就看见齐虹站在那里。他的神色非常柔和，劈头就问：

“怎么不弹了？”

“弹不会。”江玫多少带了几分诧异。

“你大概太注意手指的动作了。不要多想它，只记着调子，自然会弹出来。”

他在钢琴旁边坐下了，冰冷的琴键在他的弹奏下发出了那样柔软热情的声音。换上别的人，脸上一定会带上一种迷醉的表情，可是齐虹神采飞扬，目光清澈，仿佛现实这时才在他眼前打开似的。

“这是怎么样的人？”江玫问着自己。“学物理，弹一手好钢琴，那神色多么奇怪！”

齐虹停住了，站起来，看着倚在琴边的江玫，微微一笑。

“你没有听？”

“不，我听了。”江玫分辩道，“我在想——”想什么，她自己也不知道。

“我送你回去，好么？”

“你不练琴么？”

“不想练。你看天气多么好！”

就这样，他们开始了第一次的散步，就这样，他们散步，散步，看到迎春花染黄了柔软的嫩枝，看到亭亭的荷叶铺满了池塘。他们曾迷失在荷花清远的微香里，也曾迷失在桂花浓酽的甜香里，然后又是雪花飞舞的冬天。哦！那雪花，那阴暗的下雪天！——

齐虹送她回去，一路上谈着音乐，齐虹说：“我真喜欢贝多芬，他真伟大，丰富，又那样朴实。每一个音符上都充满了诗意。”江玫懂得他的“诗意”含有一种广义的意思。她的眼睛很快地表露了她这种懂得。

齐虹接着说，“你也是喜欢贝多芬的。不是吗？据说萧邦最不喜欢贝多芬，简直不能容忍他的音乐。”

“可我也喜欢萧邦。”江玫说。

“我也喜欢。那甜蜜的忧愁——人和人之间是有很多相同的也有很多不相同的东西。”那漠然的表情又来到他的脸上。“物理和音乐能把我带到一个真正的世界去，科学的、美的世界，不像咱们活着的这个世界，这样空虚，这样紊乱，这样丑恶！”

他送她到西楼，冷淡地点了一个头就离开了，根本没有问她的姓名。江玫又一次感到有些遗憾。

晚上，江玫从图书馆里出来，在月光中走回宿舍。身后有一个声音轻轻唤她：“江玫！”

“哦！是齐虹。”她回头看见那修长的身影。

“你怎么知道我的名字？”齐虹问。月光照出他脸上热切的神气。

“你怎么知道我的名字？”江玫反问。她觉得自己好像认识齐虹很久了，齐虹的问题可以不必回答。

“我生来就知道。”齐虹轻轻地说。

两人都不再说话。月光把他们的影子投在地上。

以后，江玫出来时，只要是一个人，就总会听到温柔的一声“江玫”。他们愈来愈熟。不知从什么时候起，从图书馆到西楼的路就无限度地延长了。走啊，走啊，总是走不到宿舍。江玫并不追究路为什么这样长，她甚至希望路更长一些，好让她和齐虹无止境地谈着贝多芬和萧邦，谈着苏东坡和李商隐，谈着济慈和勃朗宁。他们都很喜欢苏东坡的那首江城子："十年生死两茫茫，不思量，自难忘，千里孤坟、无处话凄凉。"他们幻想着十年的时间会在他们身上留下怎样的痕迹。他们谈时间，空间，也谈论人生的道理——

齐虹说："人活着就是为了自由。自由，这两个字实在好极了。自就是自己，自由就是什么都由自己，自己爱做什么就做什么。这解释好吗？"他的语气有些像开玩笑，其实他是认真的。

"可是我在书里看见，认识必然才是自由。"江玫那几天正在看《大众哲学》。"人也不能只为自己，一个人怎么活？"

"呀！"齐虹笑道："我倒忘了，你的同屋就是萧素。"

"我们非常要好。"

因为看到路旁的榆叶梅，齐虹说用热闹两字形容这种花最好。江玫很赞赏这两个字。就把自由问题搁下了。

江玫隐约觉得，在某些方面，她和齐虹的看法永远也不会一致。可是她并没有去多想这个，她只欢喜和他在一起，遏止不住地愿意和他在一起。

一个礼拜天，江玫第一次没有回家。她和齐虹商量好去颐和园。春天的颐和园真是花团锦簇，充满了生命的气息。来往的人都脱去了臃肿的冬装，显得那样轻盈可爱。江玫和齐虹沿着昆明湖畔向南走去，那边简直没有什么人，只有和暖的春风和他们做伴。绿得发亮的垂柳直向他们摆手。他们一路赞叹着春天，赞叹着生命，走到玉带桥旁。

"这水多么清澈，多么丰满啊。"江玫满心欢喜地向桥洞下面跑去。她笑着想要摸一摸那湖水。齐虹几步就追上了她，正好在最低的一层石阶上把她抱住。

"你呀！你再走一步就掉到水里去了！"齐虹掠着她额前的短发，"我救了你的命，知道么？小姑娘，你是我的。"

"我是你的。"江玫觉得世界上什么都不存在了。她靠在齐虹胸前，觉得这样撼人的幸福渗透了他们。在她灵魂深处汹涌起伏着潮水似的柔情，把她和齐虹一起溶化。

齐虹抬起了她的脸，"你哭了？"

"是的。我不知为什么，为什么这样感动——"

齐虹也感动地望着她，在清澈的丰满的春天的水面上，映出了一双倒影。

齐虹喃喃地说："我第一次看见你，就是那个下雪天，你记得么？我看见了你，当时就下了决心，一定要永远和你在一起，就像你头上的那两粒红豆，永远在一起，就像你那长长的双眉和你那双会笑的眼睛，永远在一起。"

"我还以为你没有看见我。"

"谁能不看见你！你像太阳一样发着光，谁能不看见你！"

齐虹的语气是这样热烈，他的脸上真的散发出温暖的光辉。

他们循着没有人迹的长堤走去，因为没有别人而感到自由和高兴。江玫抬起她那双会笑的眼睛，悄声说："齐虹，咱们最好去住在一个没有人的岛上，四面是茫茫的大海，只有你是唯一的人——"

齐虹快乐地喊了一声，用手围住她的腰。"那我真愿意！我恨人类！只除了你！"

对于江玫来说，正是由于深切的爱，才想到这样的念头，她不懂齐虹为什么要联想到恨，未免有些诧异地望着他。她在齐虹光亮的眼睛里读到了热情，但在热情后面却有一些冰冷的东西，使她发抖。

齐虹注意到她的神色，改了话题：

"冷吗？我的小姑娘。"

"我只是奇怪，你怎么能恨——"

"你甜蜜的爱，就是珍宝，我不屑把处境跟帝王对调。"齐虹顺口念着莎士比亚的两句诗，他确是真心的。可是江玫听来，觉得他对那两句诗的情感，更多于对她自己。她并没有多计较，只说是真有些冷，柔顺地在他手臂中，靠得更紧一些。

江玫的温柔的衰弱的母亲不大喜欢齐虹。江玫问她："他怎么不好？他哪里不好？"母亲忧愁地微笑着，说他是聪明极了，也称得起漂亮，但作为一个人，他似乎少些什么，究竟少些什么，母亲也说不出。在江玫充满爱情的心灵里，本来有着一个奇怪的空隙，这是任何在恋爱中的女孩子所不会感到的。而在江玫，这空隙是那样尖锐，那样明显，使她在夜里痛苦得睡不着。她想马上看见他，听他不断地诉说他的爱情。但那空隙，是无论怎样的诉说也填不满的罢。母亲的话更增加了江玫心上的阴影。更何况还有萧素。

红五月里，真是热闹非凡。每天晚上都有晚会。五月五日，是诗歌朗诵会。最后一个朗诵节目是艾青的《火把》。江玫担任其中的唐尼。她本来是再也不肯去朗诵诗的，她正好是属于一听朗诵诗就浑身起鸡皮疙瘩的那种人。萧素只问了她两句话："喜欢这首诗不？""喜欢。""愿意多有一些人知道它不？""愿意。""那好了。你去念罢。"江玫拂不过她，最后还是站到台上来了。她听到自己清越的声音飘在黑压压的人群上，又落在他们心里。她觉得自己就是举着火把游行的唐尼，感觉到了一种完全新的东西、陌生的东西。而萧素正像是指导着唐尼的李茵。她愈念愈激动，脸上泛着红晕。她觉得自己在和上千的人共同呼吸，自己的情感和上千的人一同起落。"黑夜从这里逃遁了，哭泣在遥远的荒原。"那雄壮的齐诵好像是一种无穷的力量，推着她，江玫想要奔跑，奔跑——

回到房间里，她对萧素说："我今天忽然懂得了大伙儿在一起的意思，那就是大家有一样的认识，一样的希望，爱同样的东西，也恨同样的东西。"

萧素直看着她，问道："你和齐虹有一样的认识，一样的期望么？"

江玫很怪萧素这时提到齐虹，打断了她那些体会，她那双会笑的眼睛严肃起来："我真不知道怎样告诉你，我和齐虹，照我看，有很多地方，是永远也不会一致的。"

萧素也严肃地说："本来是不会一致。小鸟儿，你是一个好女孩子，虽然天地窄小，却纯洁善良。齐虹憎恨人，他认为无论什么人彼此都是互相利用。他有的是疯狂的占有的爱，事实上他爱的还是自己。我和他已经同学四年——"

"你怎么能这样说他！我爱他！我告诉你我爱他！"江玫早忘了她和齐虹之间的分歧，觉得有一团火在胸中烧，她斩钉截铁地说，砰的一声关上房门，到走廊里去了。

"回来！回来。"第一声是严厉的，第二声是温柔的。萧素打开房门，看见她站在走廊里，眼睛像星星般亮。"你这礼拜天回家吗？有点事要你做。"

江玫是从不拒绝萧素的任何要求的。她隐约觉得萧素正在为一个伟大的事业做着工作，萧素的生活是和千百万人联系在一起的，非常炽热，似乎连石头也能温暖。她望着萧素，慢慢走了回来。

"什么事？交给我办好了。"

"你不回家么？"

"原来想回去看看。听说面粉已经涨到三百万一袋了。前几天《大公报》

登了几首小诗，有一点稿费，想去送给母亲。”

江玫一下子觉得疲倦得要命，坐在椅子上。

萧素本来想说“不食人间烟火的江玫也知道关心物价了，”又一想，就没有说。只说：“这里有几篇《壁报》稿子，礼拜一要出，你来把它们修改一遍，文字上弄通顺些，抄写清楚。我明天进城，可以把钱送给伯母。”她把稿子递给江玫，关心地看着她，说：“过两天，咱们还要好好谈一谈。”

礼拜天，江玫吃过早饭就坐在桌旁看那些稿子。为什么这些短短的文字并不怎么通顺的文章这样有说服力？要民主反饥饿，像钟声一样在江玫耳边敲着。参加新诗朗诵会的兴奋心情又升起来了。《火把》中的唐尼的形象仿佛正站在窗帘上。

有人敲门。

“江玫！”是齐虹的声音。

江玫转过头去，正是齐虹站在门口，一脸温柔的笑意，在看着江玫。

“哦！你来了！”

“昨天晚上到你家里去了，伯母说你没有回来。我连家也没有回，就回学校来了。”他走上来握住江玫的手。

一提起齐虹的家，江玫眼前就浮现出富丽堂皇的大厅，老银行家在数着银元，叮叮当当响，这和江玫手上的那些文章很不调合。甚至齐虹，这温文尔雅的齐虹，也和它们很不调合，但江玫看见他，还是很高兴的。

“在干什么？要出《壁报》么？听说你还朗诵诗？你怎么？也参加民主运动了？我的女诗人！”

江玫不太喜欢他那说话的语气，颔首要他坐下。

“我是来找你出去玩的。你看天气多么好！转眼就是夏天了。我来接你到‘绝域’去做春季大扫除。”

“绝域”是他们两个都喜欢的一个童话《潘彼得》中的神仙领域。他们的爱情就建筑在这些并不存在的童话，终究要萎谢的花朵，要散的云，会缺的月上面。

“今天不行呀，齐虹。”江玫抱歉地说。抽回了自己的手，理了理放在桌上的稿子。“萧素要我——”

“萧素！又是萧素！你怎么这么听她的话！”齐虹不耐烦地说。

“她的话对么！”

“可是你知道我多么想和你在一起，去听那新生的小蝉的叫唤，去看那新长出来的小小的荷叶——我想要怎样，就要做到！”齐虹脸上温柔的笑意不见了，好像江玫是他的一本书，或者一件仪器。

江玫惊诧地望着他。

“也许，你还会去参加游行罢！你真傻透了！就知道一个萧素！”愤怒的阴云使他的脸变得很凶恶。但他马上又换上一副温和的腔调：“跟我去罢，我的小姑娘。”

江玫咬着自己的嘴唇，几乎咬出血来。

门外有人叫：“小鸟儿！江玫！快来看看这幅漫画，合适不合适。”

江玫想要出去。齐虹却站在桌前不放她走。江玫绕到桌子这边，齐虹也绕了过来，照旧拦住她。江玫又急又气，怎么推他也推不动，不一会儿，江玫的头发散乱，那红豆发夹落在地下。马上就被齐虹那穿着两色镶皮鞋的脚踩碎了，满地散着黑白两色的小珠。江玫觉得自己整个的灵魂正像那个发夹一样给压碎了。她再没有一点力气，屈辱地伏在桌上哭起来。

齐虹需要的正是这样的哭泣。他捡起那两粒红豆，极其体贴地抚着她的肩：“原谅我，原谅我！我太任性，我只是说不出的要和你在一起，我需要你——”

“别哭了，别哭了，我的小姑娘。”齐虹真的着急起来，“我再也不惹你生气了，再也不——再也不——”

江玫觉得这一切真没意思。她很快就抬起头来，擦干了眼泪。她看出来《壁报》是编不成了，但她也下定决心不跟他出去。只呆呆地坐着，望着窗外。

“好了，好了，不要生气。我来做个盒子把这两粒红豆装起来罢。做个纪念，以后决不会再惹你。咱们该把这两粒红豆藏在哪儿？”

以后，这两粒红豆就被装在一个精致的盒子里面，放在耶稣像后面的小洞里了。那小洞是齐虹偶然发现的。江玫睡在床上看见耶稣的像，总觉得他太累，因为他负荷着那么多人世间的痛苦。

这一次争吵以后，齐虹和江玫并不是再也不，而是把争吵哭泣，变成了他们爱情中的一部分。他们每次见面总有一阵风波，有时大有时小，但如有一天不见面，不看到听到对方的音容笑貌，在他们却又是受不了的事。他们的爱情正像鸦片烟一样，使人不幸，而又断绝不了。江玫一天天的消瘦了，苍白了，母亲望着她忍不住哭。齐虹脸上那种漠不关心神气消失了，换上的是提心吊胆的急躁和忧愁。因为他对人生不信任，他对爱情也不信任，他监视着爱情，监视着幸福，监视着江玫——。

就在这个时候，江玫也一天天明白了许多事。她知道少数人剥削多数人的制度该被打倒。她那善良的少女的心，希望大家都过好的生活。而且物价的飞涨正影响着江玫那平静温暖的小天地。母亲存着一些积蓄的那家银行忽然关了门。江玫和母亲一下子变成舅舅的负担了。江玫是决不愿意成为别人的负担的。她渴望着新的生活，新的社会秩序。共产党在她心里，已经成为一盏导向幸福自由的灯，灯光虽还模糊，但毕竟是看得见的了。

也就在这时候，江玫的母亲原有的贫血症愈来愈严重，医生说必需加紧治疗，每天注射肝精针，再拖下去的话，后果不堪设想。但是这一笔医药费用筹办起来谈何容易！舅舅已经是自顾不暇了，难道还去麻烦他？本来和齐虹一提也可以，但是江玫决不愿求他。江玫只自己发愁，夜里直睡不着觉。

萧素很快就看出来江玫有心事。一盘问，江玫就一五一十告诉了她。

“那可不能拖下去。”萧素立刻说，她那白白的脸上的神色总是那样果断。

“我输血给她！小鸟儿，你看，我这样胖！”

她含笑弯起了手臂。

江玫感动地抱住了她：“不行，萧素。你和我的血型一样，和母亲不一样，不能输血。”

“那怎么办？我们总得想办法去筹一笔款子——。”

第三天，晚上萧素兴高采烈地冲进房间。一进来就喊：“江玫！快看！”江玫吃惊地看她，她大笑着，扬起了一叠钞票。

“素！哪里来的？你怎么这样有本事！”江玫也笑了，笑得那样放心。这种笑，是齐虹极想要听而听不到的。

“你别管，明天快拿去给伯母治病吧。”萧素眨眨眼睛，故作神秘地说。

“非要知道不可！不然我不安心！”

“别说了。我要睡觉了。”萧素笑过了，一下子显得很是疲倦。她脱去了朴素的蓝外套，只穿着短袖竹布旗袍，坐在床边上。

江玫上下打量她，忽然看见她的臂弯里贴着一块橡皮膏。江玫过去拉起她的手，看看橡皮膏，又看看她的脸。

“有什么好打量的？”萧素微笑着抽回了手，盖上了被。

“你——抽了血？”

萧素满不在乎地说：“我卖了血。不只我一个人，还有几个伙伴。”

人常常会在一刹那间，也许只是因为一个眼神一个手势，伤透了心，破坏了友谊。人也常常会在一刹那间，也许就因为手臂上的一点针孔，建立了死生不渝的感情。江玫这时什么话也说不出来。她一下子跪在床边，用两只手遮住了脸。

礼拜六，江玫一定要萧素自己送钱去给母亲。萧素答应了和江玫一道回家，江玫也答应了萧素不告诉母亲钱的来源。两人欢欢喜喜回家去了。到了家，江玫才发现母亲已经病倒在床，这几天饭都是舅母那边送过来的。她站在衰老病弱的母亲床边，一阵心酸，眼泪夺眶而出。萧素也拿出了手绢。但她不只是看见这一位母亲躺在床上，她还看见千百万个母亲形销骨立心神破碎地被压倒在地下。

这一晚，两人自己做了面，端在母亲床边一同吃了。母亲因为高兴，精神也好了起来。她吃过了面，笑着说：“我真是病得老了，今天你舅母来，问我有火没有，我听成有狗没有：直告诉她从前咱们养了一只狗，名叫斐斐。——”萧素和江玫听了笑得不得了。江玫正笑着，想起了齐虹。她想：这种生活和感情是齐虹永远不会懂的。她也没有一点告诉给他的欲望。

六月，反对美国扶植日本的运动达到了高潮。江玫比以前更关心当前的政治局势。她感到美国正在筹谋着什么坏主意。很明显，扶植压迫中国人民八年之久的日本，在每一个中国人心上都会引起抑止不住的愤怒。

有一天，萧素和江玫坐在窗前，读着当时美驻华大使司徒雷登在报上发表的声明，一面读一面生气。声明中说：“如使日人成为饥饿不安之人民，则日人亦将续为和平之威胁，此种情形适为共产主义所需。如吾人诚意为一般之利益计，必须消灭鼓励共产主义之因素。”这很可以看清楚美国的目的究竟何在了。读完报纸，江玫愤愤地说：

“要不要共产主义，是我们自己的事！”

萧素微笑道：“你知道共产主义是什么？”

江玫坦率地说：“我不知道。不过我想那种生活总不会比现在坏。那时的人，都像你一样——”

萧素又笑道："现在哪里不够好？你吃着大米饭，穿的花布旗袍，还坏么？"

江玫倚在萧素身上，一面想，一面说："这个人吃人的社会，不只在物质上，也在精神上。"她出了一会儿神，又说："萧素，要知道，我是多么寂寞呵。"

萧素抚着她的肩，说："人生的道路，本来不是平坦的。要和坏人斗争，也要和自己斗争——"以后江玫在最困难的时候，总会想起这几句话。

六月九日，北京学生举行反美扶日大游行，江玫也参加了。

那天早上，窗外还黑得像老鸦的翅膀，江玫就起来收拾医药包，她是救护队的。她看看萧素空了一夜的床，又看看救护包上的红十字，心想萧素这一夜不知忙得怎样了，也许今天就会用这包里的绷带纱布来救护她罢。不知为什么，江玫特别为萧素和几个社团里的同学担心，江玫摸摸碘酒和红药水的药瓶，心中又兴奋，又不安。

"小鸟儿快走呀！"同学在门外叫起来了。

她们跑到操场上，夏天的太阳刚在东柳村那边村庄的屋顶上射出一片红光。萧素正在人丛里，她分明是一夜没有睡，胖胖的面庞有些苍白，但精神还是那样好。她看见江玫和同学们跑来，脸上闪过一个嘉许的微笑：

"江玫！"

"萧素！"江玫悄悄地塞给她一个大苹果，那是齐虹昨天送来的。对于齐虹不断向西楼运来的各式各样的礼物，江玫只偶尔接受一点水果和糖食。

长长的队伍出发了，举着各种标语，沉默地走在郊外的大道上。愈走天愈亮，愈走路愈分明，一个男同学问江玫："药包重吗？我代你拿。"江玫微笑，说："一个兵士的枪，能让人家代他背着吗？"那男同学也微笑，看着她穿着白衬衫蓝长裤红背心的雄赳赳的样子，问："你永远都要做一个兵？"江玫严肃地睁大眼睛，略想了一想，她回答："是的，永远。"

队伍七点钟就到了西直门，可是城门关了，进不去。人群中有的喊着："不开城门，决不回校！"有的喊着："大家冲呵，冲进去！"一时群情激昂，人声嘈杂，那些标语牌子忽高忽低地起伏着。萧素在队伍里跑来跑去叫着："别嚷！别乱！已经去交涉了。"江玫忽然很希望自己是一个手执拂尘的仙女，用拂尘一指，城门马上便开——自己这样想想，又觉得好笑，还是等萧素他们交涉，萧素比仙女有用得多。

果然，到九点钟时，城门开了，队伍涌进城去，正遇到城里几个大学的同学拥在门前迎接他们。“同学们，你好！”“兄弟们，你好！”热情的呼声，此起彼落，江玫觉得泪水已冲到了眼睛里，她连忙低下头，看着自己的鞋尖。

游行开始了，大家一步步的走着，一声声的喊着。“反对美国扶植日本！”“要自由！”“要独立！”口号像炸弹一样在空中炸了开来，路旁的有些军警脸上带了惊慌的神色。江玫几乎来不及想喊了些什么，只觉得每一步路每一声喊都使大家更接近光明——

队伍走过了西四西单天安门，绕南池子到北京大学的民主广场。走过天安门的时候，江玫望着那宏伟的建筑，心里升起一种怜悯而又惭愧的心情。天安门在不肖的子孙手里，蒙受了多少耻辱。江玫觉得那剥落的红墙也在盼望着：新的社会快点来，让中华民族站起来，让天安门也站起来！

在民主广场举行了群众大会，有几个教授讲演。也许是累了，也许是别的原因，江玫觉得思想很不集中，那种兴奋和激动已经过去了。她惦记着那黄昏笼罩了的初夏的校园，惦记着自己住的西楼，说得更确切些，她是惦记着那在西楼窗下徘徊的那个年轻人。天知道他会急成什么样子，会发多么大的脾气，会做出怎样的事来！她把肩上挎的药包紧了一紧，感觉到一阵头昏。

萧素走过来了，低声问：“你不舒服么？”

“没有，一点儿都没有！”江玫连忙振起了精神。自己暗暗责骂自己，在这样的场合，偏会想到他！

大队回到学校时，灯光已经缀满校园。江玫回到房间里，两腿再也抬不起来，像是绑上了两块大石头。这时有人敲门，江玫心中一紧，感到一场风暴就要发生了，她靠在床栏杆上，默默地啜着热水。门开了，进来的是老赵。他的眉头皱得打了结，手里拿着一个破碎的糖盒子，往桌上一放说：

“哎哟江小姐！可真不得了啦！我活了这么大年纪也没见过脾气这么火暴的人！你们这位齐先生别是用公鸡血喂大的吧？他要死了，准得下冰冻地狱把人镇凉了才行，要不然连阎王殿都给烧啦！”

“什么‘你们齐先生’？别这么说。他怎么了？你快说呀。”江玫放下了手中的杯子。

“今儿个下午他来找您，我说江小姐游行去了。他一听，就把他带来的这盒糖扔到大门外台阶上了，像是扔球似的！盒子破了，糖都滚了出来，我看这盒糖呀，值一袋面的钱，心里怪舍不得，我说，‘齐先生，江小姐不在，你给东西留下得了，干吗发这么大的火呀？’他一听更急了，一张脸煞红煞白，抄起门房的一个茶杯就摔在玻璃窗上，哗啦！你瞧这满地的玻璃渣子！我看他是有点儿疯病！摔完了拔腿就走，还扔在台阶上三百万的票子，那是让我们修玻璃买茶杯？您说是不是？”

“别说了。”江玫无力地挥手。“就补块玻璃买个茶杯罢。”

“这糖，我看怪可惜了的，给您捡了来了。”

“你带回家去，那不是我的，我不要。”

这时萧素已经进来了，把这一段话都听了去。她一回来就洗脸洗脚，都收拾好了就伏在桌上写什么。而江玫还靠在床栏杆上，一动也不动。

萧素停下笔来，“你干什么？小鸟儿？你这样会毁了自己的。看出来了没有？齐虹的灵魂深处是自私残暴和野蛮，干吗要折磨自己？结束了吧，你那爱情！真的到我们中间来，我们都欢迎你，爱你——”萧素走过来，用两臂围着江玫的肩。

“可是，齐虹——”江玫没有完全明白萧素在说什么。

“什么齐虹！忘掉他！”萧素几乎是生气地喊了起来，“你是个好孩子，好心肠，又聪明能干，可是这爱情会毒死你！忘掉他！答应我！小鸟儿。”

江玫还从没有想到要忘掉齐虹。他不知怎么就闯入了她的生命，她也永不会知道该如何把他赶出去。她迟钝地说：“忘掉他——忘掉他——我死了，就自然会忘掉。”

萧素真生她的气：“怎么这样说话！好好儿要说到死！我可想活呢，而且要活得有价值！”她说着，颜色有些凄然。

“怎么了？素姐！”细心而体贴的江玫一眼就看出有什么不平常的事。对萧素的关心一下子把她自己的痛苦冲了开去。

萧素望着窗外，想了一会儿，说：“危险得很。小鸟儿。我离开你以后，你还是要走我们的路，是不是？千万不要跟着齐虹走，他真会毁了你的。”

“离开我！”江玫一把抱住了萧素。“离开我！为什么！我要跟你在一起！”

“我要毕业了呀，家里要我回湖南去教书。”萧素似真似假地回答。她是湖南人，父亲是个中学教员。

“毕业？”

“是毕业呀。”

可是萧素并没有能毕业，当然也没有回湖南去教书。她去参加毕业考试的最后一项科目，就没有回来。

同学们跑来告诉江玫时，江玫正在为“英国小说选”这一门课写读书报告，读的书是英国女作家艾米莱·勃朗特的《咆哮山庄》。江玫和齐虹常常谈论这本书。齐虹对这本书有那么多警辟的见解，了解得那样透彻，他真该是最懂得人生最热爱人生的，但是竟不然——

萧素被捕的消息一下子就把江玫从《咆哮山庄》里拉出来了。江玫跳起来夺门而出，不顾那精心写作的读书报告撒得满地。好些同学跟她一起跑出了西楼，一直跑到学校门口，只看见一条笔直的马路，空荡荡的，望不到头。路边的洋槐上发散着淡淡的香气。江玫手扶着一棵洋槐树，连声问：“在哪儿？在哪儿？”一个同学痛心地说：“早装上闷子车，这会子到了警察局了。”江玫觉得天旋地转，两腿再没有一点力气，一下子就坐在地上了。大家都拥上来看她，有的同学过来搀扶她。

“你怎么了？”

“打起精神来，江玫！”

大家嘁嘁喳喳在说着。是谁愤愤的声音特别响：“流血，流泪，逮捕，更教人睁开了眼睛！”

是呀！江玫心里说：“逮走一个萧素，会让更多的人都长成萧素。”

江玫弄不清楚人群怎样就散开了，而自己却靠在齐虹的手臂上，缓缓走着。

齐虹对她说：“我们系里那些进步同学嚷嚷着江玫晕倒了，我就明白是为了那萧素的缘故，连忙赶来。”

“对了。你们不是一起考高等数学吗？听说她是在课堂上被抓走的。”江玫这时多么希望谈谈萧素。

“是在考试时被抓走的。你看，干那些民主活动，有什么好下场！你还要跟着她跑！我劝你多少次——”

“什么！你说什么！”江玫叫了起来，她那会笑的眼睛射出了火光。“你！你真是没有心肝！”她把齐虹扶着她的手臂用力一推，自己向宿舍跑去了。跑得那么快，好像后面有什么妖魔鬼怪在追着她。

她好容易跑到自己房间，一下子扑在床上，半天喘不过气来。这时齐虹的手又轻轻放在她肩上了。齐虹非常吃惊，他不懂江玫为什么会发这么大的脾气，他曲着一膝伏在床前说：

“我又惹了你吗？玫！我不过忌妒着萧素罢了，你太关心她了。你把我放在什么地方？我常常恨她，真的，我觉得就是她在分开咱们俩——”

“不是她分开我们，是我们自己的道路不一样。”江玫抽咽着说。

“什么？为什么不一样？我们有些看法不同，我们常常打架，我的脾气，确实不好。不过，那有什么关系，反正我只知道，没有你就不行。我还没有告诉你，玫，我家里因为近来局势紧张，预备搬到美国去，他们要我也到美国去留学。”

“你！到美国去？”江玫猛然坐了起来。

“是的。还有你，玫。我已经和父亲说到了你，虽然你从来都拒绝到我家里去，他们对你都很熟悉。我常给他们看你的相片。”齐虹得意地拿出他随身携带的小皮夹子，那里面装着江玫的一张照片，是齐虹从她家里偷去的。那是江玫十七岁时照的，一双弯弯的充满了笑意的眼睛，还有那深色的嘴唇微微翘起，像是在和谁赌气。“我对他们说，你是一首最美的诗，一支最美的乐曲——”若说起赞美江玫的话来，那是谁也比不上齐虹的。

“不要说了。”江玫辛酸地止住了他。“不管是什么，可不能把你留在你的祖国呵。”

“可是你是要和我一块儿去的，玫，你可以接着念大学，我们要永远在一起，没有任何东西能分开我们。”

“不要说了，不要说了。”这是江玫唯一能说的话。

心上的重压逼得江玫走投无路。她真怕看萧素留下的那张空床，那白被单刺得她眼睛发痛。没有到礼拜六，她就回家去了。那晚正停电，母亲坐在摇曳的烛光下面缝着什么，在阴影里，她显得那样苍老而且衰弱，江玫心里一阵发痛，无声地唤着“心爱的母亲，可怜的母亲”，眼泪不由自主地流了下来。

“玫儿！”母亲丢了手中的活计。

“妈妈！萧素被捉走了。”

“她被捉走了？”母亲对女儿的好朋友是熟悉的。她也深深爱着那坦率纯朴的姑娘，但她对这个消息竟有些漠然，她好像没有知觉似的沉默着，坐在阴影里。

“萧素被捉走了。”江玫又重复了一遍。她眼前仿佛看见一个殷红的圆圆的面孔。

“早想得到呵。”母亲喃喃地说。

江玫把手中的书包扔到桌上，跑过来抱住母亲的两腿。“您知道！”

“我不知道但我想得到。”母亲叹了一口气，用她枯瘦的手遮住自己的脸，停了一下，才说：“要知道你的父亲，十五年前，也是这样不明不白地就再没有回来。他从来也没有害过什么肠炎胃炎，只是那些人说他思想有毛病。他脾气倔，不会应酬人，还有些别的什么道理，我不懂，说不明白。他反正没有杀人放火，可我们就这样糊里糊涂地再也看不见他了——”母亲说着，失声痛哭起来。

原来父亲并不是死于什么肠炎！无怪母亲常常说不该有一个人屈死。屈死！父亲正是屈死的！江玫几乎要叫出来。她也放声哭了。母亲抚着她的头，眼泪浇湿了她的头发——

从父亲死后，江玫只看见母亲无言流泪，还从没有看见她这样激动过。衰弱的母亲，心底埋藏了多少悲痛和仇恨！江玫觉得母亲的眼泪滴落在她头上，这眼泪使得她逐渐平静下来了。是的，难道还该要这屈死人的社会么？彷徨挣扎的痛苦离开了她，仿佛有一种大力量支持着她走自己选择的路。她把母亲粗糙的手搁在自己被泪水浸湿的脸颊上，低声唤着：“父亲——我的父亲——”

门轻轻开了，烛光把齐虹的修长的影子投在墙上，母亲吃惊地转过头去。江玫知道是齐虹，仍埋着头不作声。齐虹应酬地唤了一声“伯母”，便对江玫说：

“你怎么今天回家来了？我到处找你找不着。”

江玫没有理他，抬头告诉母亲：“他要到美国去。”

“是要和江玫一块儿去，伯母。”齐虹抢着加了一句。

“孩子，你会去吗？”母亲用颤抖的手摸着女儿的头。

“您说呢？妈妈！”江玫抱住母亲的双膝，抬起了满是泪痕的脸。

“我放心你。”

“您同意她去了，伯母？”人总是照自己所期待的那样理解别人的话，齐虹惊喜万分地走过来。

“母亲放心我自己做决定。她知道我不会去。”江玫站起来，直望着齐虹那张清秀的象牙色的脸。齐虹浑身上下都滴着水，好像他是游过一条大河来到她家似的。

可是齐虹自己一点不觉得淋湿了，他只看见江玫满脸泪痕，连忙拿出手帕来给她擦，一面说：“咱们别再闹别扭了，玫，老打架，有什么意思？”

“是下雨了吗？”母亲包起她的活计，“你们商量罢，玫儿，记住你的父亲。”

“我不知道下雨了没有。”齐虹心不在焉地回答，他没有看见江玫的母亲已经走出房去，他的眼睛一刻都没有离开江玫。

江玫呆呆地瞪着他，尽他拭去了脸上的泪，叹了一口气，说：“看来竟不能不分手了。我们的爱情还没有能让我们舍弃自己的一生。”

“我们一定会过得非常舒适而且快活——为什么提到舍弃，为什么提到分手？”齐虹狂热地吻着他最熟悉的那有着粉红色指甲的小手。

“那你留下来！”江玫还是呆呆地看着他。

“我留下来？我的小姑娘，要我跟着你满街贴标语，到处去游行么？我们是特殊的人，难道要我丢了我的物理音乐，我的生活方式，跟着什么群众瞎跑一气，扔开智慧，去找愚蠢，傻心眼的小姑娘，你还根本不懂生活，你再长大一点，就不会这样天真了。”

“傻心眼？人总还是傻点好！”

“你一定得跟我走！”

“跟你走，什么都扔了。扔开我的祖国，我的道路，扔开我的母亲，还扔开我的父亲！”江玫的声音细若游丝，她自己都听不见自己在说什么。说到父亲两字，她的声音猛然大起来，自己也吃了一惊。

“可是你有我。玫！”齐虹用责备的语气说。他看见江玫眼睛里闪耀一种亮得奇怪的火光，不觉放松了江玫的手。紧接着一阵遏止不住的渴望和激怒，使他抓住了江玫的肩膀。他压低了声音，一字一字的说：“我恨不得杀了你！把你装在棺材里带走！”

江玫回答说：“我宁愿听说你死了，不愿知道你活得不像个人。”

风呼啸着，雨滴急速地落着。疾风骤雨，一阵比一阵紧，忽然哗啦一声响，是什么东西摔碎了。齐虹把江玫搂在胸前，借着闪电的惨白的光辉，看见窗外阶上的夹竹桃被风刮到了阶下。江玫心里又是一阵疼痛，她觉得自己的爱情，正像那粉碎了的花盆一样，像那被吹落的花朵一样，永远不能再重新完整起来，永远不能再重新开在枝头。

这种爱情，就像碎玻璃一样割着人。齐虹和江玫，虽然都把话说得那样决绝，却还是形影相随。花池畔，树林中，不断地增添着他们新的足迹。他们也还是不断地争吵，流泪。——

十月里东北局势紧张，解放军排山倒海地压来，解放了好几个城市。当时蒋介石提出的方针是："维持东北，确保华北，肃清华中。"虽然对华北是确保，但华北的"贵人"们还是纷纷南迁，齐虹的家在秋初就全部飞南京转沪赴美了，只有齐虹一个人留在北京。他告诉家里说论文还有点尾巴没写好，拿不到毕业文凭，而实际上，他还在等着江玫回心转意。他根本不相信江玫可能不跟他走。他，齐虹，这样的齐虹，又在发疯地爱着的齐虹！在那执拗的江玫面前，他不只一次想，若真能把她包扎起来带走该有多好！他脸上的神色愈来愈焦愁，紧张，眼神透露着一种凶恶。这些都常在黑夜里震荡着江玫的梦。

江玫的梦现在已不是那种透明的、颜色非常鲜亮的少女的梦了。局势的变化，萧素的被捕，齐虹的爱以及她自己的复杂的感情，使她多懂了许多事。在抗议"七五"事件（国民党屠杀东北来的青年学生）的游行里，她已经不再当救护队，而打着"反剿民，要活命，要请愿"的大标语走在队伍的前列了。她领头喊着"为死者申冤，为生者请命"的口号，她奇怪自己的声音竟会这样响。她想到，在死者里面有她的父亲；在生者里面有母亲、萧素和她自己。她渴望着把青春贡献给为了整个人类解放的事业，她渴望着生活来一次翻天覆地的变动。

后来据萧素说（萧素在解放后出狱，在广播电台做播音员，向全世界广播北京的声音），那时的地下组织原打算发展江玫参加地下民主青年联盟的，只是她和齐虹的感情，让人闹不清她究竟爱什么，憎恶什么，就搁下来了。江玫听说这话，只轻轻叹了口气。

一九四八年冬天，北京已经到了解放前夕。城里流传着这样的民谣："家家挂红灯，迎接毛泽东。"最沉得住气的反动官员们大亨们都纷纷逃走了。齐虹家里几乎是一天一封电报催他走，并且代他订了飞机座位。那时江玫的中心工作是和同学们一起讨论怎样应“变”，宣传护校。她为即将到来的解放，感到兴奋，好像等待着一件期待已久的亲人的礼物，满怀着感情，幻想解放后的日子。而同时，她和齐虹那注定了的无可挽回的分别啮咬着她的心。她觉得自己的心一面在开着花，同时又在萎缩。

一天，齐虹进城去了，直到晚上还没有露面。江玫坐在图书馆里，一页书也没有看，进来一个人她就抬头，可是直到电灯开了，齐虹还是不见。她忽然想，很可能他已经走了。走了，永远再也见不到他了。可是江玫一定还要再看他一眼，最后一眼！“齐虹！齐虹！”江玫几乎要叫出来，叫得全图书馆都听见。她连忙紧咬着嘴唇，快步走出了图书馆。

那是那一年冬天的第一个下雪天。路上的雪还没有上冻，灯光照在雪花上，闪闪刺人的眼。江玫一直向北楼走去，她想看一看那正对着一棵白杨树梢的窗子，有没有灯光。那个房间她从没有去过，可是那窗口她却十分熟悉。齐虹常对她讲窗口的白杨树叶的沙沙声怎样伴着他度过多少不眠的夜。透过飞舞着的迷乱的雪花，她一下子就找到那棵白杨树，而那白杨树梢的窗口，漆黑一片，没有灯光。

江玫的心沉了下去。她两腿发软，站在北楼前，一动也不动。

也许他从城里回来太累，已经去睡了？也许他还没有回来？江玫快步走进了北楼，走到齐虹的房间，她敲门又推门，门是锁着的。

“难道再见不着他了！真见不着他了！”江玫走出北楼，心里在大声哭泣。她完全没有看见新诗社的一个同学从她身边走过，也没有听见人家在唤着“小鸟儿”。

好容易走到西楼，江玫真是一点力气都没有了。她想找个地方靠一靠再上楼，一眼看见自己房间里有灯光。那房间，自从萧素被抓去以后，是那样空，那样冷，晚上进去总是黑洞洞的。这时竟点着灯，这灯光温暖了江玫，她三步两步跑上去，在门外就叫着“虹！”

果然是齐虹在房间里等她，满脸的焦急使他看上去苍老了许多。他一看见江玫，连忙迎上来握着她的手，疲倦地、也多少有些安心地说：“你到底回来了！我以为我再也见不着你了。”

江玫没有回答。她怕自己会把刚才那一番焦急向他倾吐，会让他明白她多离不开他。而他却就要走了，永远地走了。

“明天一早的飞机，今晚就要去机场。”齐虹焦躁地说：“一切都已经定了，怎么样？咱们就得分别么？”

“分别？——永远不能再见你——”江玫看着那耶稣受难的像，她仿佛看见那像后的两粒红豆。

“完全可以不分别，永不分别！玫！只要你说一声同我一道走，我的小姑娘。”

“不行。”

“不行！你就不能为我牺牲一点！你说过只愿意跟我在一起！”

“你自己呢？”江玫的目光这样说。

“我么！我走的路是对的。我绝不能忍受看见我爱的人去过那种什么‘人民’的生活！你该跟着我！你知道么！我从来没有这样求过人！玫！你听我说！”

“不行。”

“真的不行么？你就像看见一个临死的人而不肯去救他一样，可他一死去就再也不会活转来了。再也不会活了！走开的人永远也不会再回来。你会后悔的，玫！我的玫！”他摇着江玫的肩，摇得她骨头直响。

“我不后悔。”

齐虹看着她的眼睛，还是那亮得奇怪的火光。他叹了一口气，“好，那么，送我下楼罢。”

江玫温柔地代他系好围巾，拉好了大衣领子，一言不发，送他下楼。

纷飞的雪花在无边的夜里飘荡，夜，是那样静，那样静。他们一出楼门，马上开过来一辆小汽车，从车里跳出一个魁梧的司机。齐虹对司机摇摇手，把江玫领到路灯下，看着她，摇头，说：“我原来预备抢你走的。你知道么？你看，我预备了车。飞机票也买好了。不过，我看了出来，那样做，你会恨我一辈子。你会的，不是么？”他拿出一张飞机票，也许他还希望江玫会忽然同意跟他走，迟疑了一下，然后把它撕成几半。碎纸片混在飞舞的雪花中，不见了。“再见！我的玫。我的女诗人！我的女革命家！”他最后几句话，语气非常尖刻。江玫看见他的脸因为痛苦而变了形，他的眼睛红肿，嘴唇出血，脸上充满了烦躁和不安。江玫忽然想起，第一次看见他时，他脸上那种漠不关心，什么都没看见的神气。

江玫想说点什么，但说不出来，好像有千把刀子插在喉头。她心里想："我要撑过这一分钟，无论如何要撑过这一分钟。"她觉得齐虹冰凉的嘴唇落在她的额上，然后汽车响了起来。周围只剩了一片白，天旋地转的白，淹没了一切的白——

她最后对齐虹说的一句话就是"我不后悔"。

江玫果然没有后悔。那时称她革命家是一种讽刺，这时她已经真的成长为一个好的党的工作者了。解放后又渐渐健康起来的母亲骄傲地对人说："她父亲有这样一个女儿，死得也不算冤了。"

雪还在下着。江玫手里握着的红豆已经被泪水滴湿了。

"江玫！小鸟儿！"老赵在外面喊着。"有多少人来看你啦！史书记，老马，郑先生，王同志，还有小耗子——"

一阵笑语声打断了老赵不伦不类的通报。江玫刚流过泪的眼睛早已又充满了笑意。她把红豆和盒子放在一旁，从床边站了起来。

（原载1957年《人民文学》第7期）

述评

作者宗璞，1928年生于北京，著名哲学家冯友兰之女，当代作家。主要作品有《宗璞散文小说选》，散文集《丁香结》，长篇小说《南渡记》，翻译《缪塞诗选》(合译)、《拉帕其尼的女儿》等。所作《弦上的梦》获1978年全国优秀短篇小说奖，《三生石》获1977—1980年全国优秀中篇小说奖，散文集《丁香结》获全国优秀散文(集)奖，童话《总鳍鱼的故事》获中国作家协会首届全国优秀儿童文学奖。她的小说作品多写知识阶层，文字优雅，富有诗韵。“文革”后的创作一度进行过现代主义技巧的探索，例如《我是谁》、《蜗居》、《泥沼中的头颅》等，受到文学批评界的关注。

短篇小说《红豆》发表于1957年《人民文学》第7期。小说讲述的是大学生江玫和齐虹之间爱情的悲剧故事。两人由于家庭出身不同，人生观、价值观存在的强烈差异，直接导致最终爱情之花的凋落，终于酿成悲剧苦酒。在当时的社会背景之下，这种所谓的不同阶级之间在思想观念、政治立场上的差异，是他们分道扬镳最根本的原因。作品采用倒叙方式，开篇以柔软洁白的雪花象征着人们对美好情怀的寄望，两颗红豆暗喻终将只是一场无言的结局。小说叙事起伏有致，急缓得当，充分展现了处在特殊历史时期中人们的内心世界：理想，真情，冲突，挣扎，无奈，既简单，又纠缠。无限柔情而美好的爱情，在坚硬的现实和激烈而尖锐的思想冲突中终于落花流水，玉石俱焚。阳光与黑暗交替，诗意与残酷并现。

时也，命也。《红豆》发表后，“反右”斗争渐次进入高潮，文学创作成为了重灾区。宗璞因为这篇作品被扣上了政治问题的帽子，遭受到严厉的批评与指责。一时间舆论界出现了一面倒的势头，《人民文学》同年的10月号上刊登了孙秉富的《批判〈人民文学〉七月号上的几株毒草》和《这是什么样的革新——本刊编辑部整理》两篇文章，直指《红豆》。孙秉富在文中明确指出“小说《红豆》也是一株莠草，受了党的六年教育的女主人公江玫在回忆她过去的那个极端仇视人民革命，在解放前夕怆惶逃往美国的贵族大学生的时候，是多么惋惜，怅惘和悲痛。”继之，在作品发表一周年之际，1958年7月，北大海燕文学社召开了题为“《红豆》问题在哪里？”的座谈会，参加座谈会的有时任《人民文学》主编的张天翼和《红豆》的作者宗璞。座谈会的主论调便是《红豆》是一部宣扬小资产阶级恋爱至上的有毒作品，认定了作者存在思想倾向上的严重问题。在猛烈无情的批判声中，宗璞无奈地低头认错。她当场承认自己的小说“在读者中散布了坏影响，感觉负疚很深”。随后，她还在“书面的补充发言”中承认“自己思想意识中有很多不健康的东西。在写这个小说时，自己也被这爱情故事所吸引了。……尽管在理智上想去批判的，但在感情上还是欣赏那些东西——风花雪月，旧诗词……有时欣赏是下意识的，在作品中自然流露了出来。”“……宗璞同志最后说：《红豆》是个坏作品，它的发表当然是件坏事，但对自己来说，未尝不是件好事。它使我得到大家的批评和帮助，认识到自己思想感情上的重大缺点，认识到思想改造的重要。”（《〈红豆〉的问题在哪里?——一个座谈会记录摘要》，《人民文学》1958年第9期）

五六十年过去了，《红豆》并没有被读者忘却。当代文学评论家李建军在对《红豆》的评论中有这样的表述：“宗璞的《红豆》，写得既缠绵悱恻，又很不舒展，仿佛无尽的情思，刚要宣吐出来，又咽了回去。它对人物的不舍之情写得很真实，但是，到后来，却按照狭隘的‘斗争哲学’把一对恋人区分为‘好人’和‘坏人’，落入了‘亲不亲，阶级分’的俗套。在虚假、乏味的模式化叙事泛滥成灾的50年代，宗璞在《红豆》中所表现出的略显感伤的诗意美，令人耳目一新。”李建军是站在今天的角度，回望和重新认识当年的文学创作和作品，客观而中肯，小说虽有不足，但作者在那个时代对艺术的坚守和探索，既需要勇气，也需要才气。《红豆》所体现的独特的诗意美，于温婉哀伤中所谱写的这曲爱情悲歌，是十分感人的。在时代巨变下，人们的内心与思想波澜起伏，作品真实地反映这种波动，是有意义的。作为50年代有争议的爱情小说，经过历史反复淘洗，今天重现了它独特的思想和艺术的魅力。

来访者

方 纪

传达室通知我有一个自称大学生的客人来访。会客单上填的是："康敏夫，二十八岁，辽宁，无职业……"我想了想，实在记不起认识这样一个人来。是读者？投稿人？或者是求助的居民，来党委机关要求解释疑难的群众？我迟疑了一下，便跟传达同志走下楼去，先进接待室去等。

接待室在楼下靠近大门拐角的地方。没有窗子，白天也要开灯。我推开门。随手扭亮电灯，在靠近门口的一张沙发坐下。接着，门一响，有人从我身后走进来。我欠起身，伸出手去；这个人却头也不回，绕过中间的圆茶几，一直走向对面的一张沙发，一声不响地坐下。

等我看清楚我的这位客人时，当真吃了一惊，同时想到会客单上那个古怪的名字：康敏夫——共产者。这种名字，在二十到三十年代，在那时的有些自以为革命的知识分子当中，曾经流行过。其实，这多半是些拿革命玩票的公子哥儿式冒充的虚无主义者。这样的名字和这样的人，在我们今天的生活里是难得再见了，却怎么在我面前，就坐了这样一个。使我吃惊的，他的样子也和他的名字一样古怪，头发那么长，就像那时那些自称为颓废派的艺术家那样。只是那些人的头发披落下来，直到肩上；而他的直立着，一根根都看得清楚，真有"怒发冲冠"之势，只是没有帽子罢了。他的脸，又如同他身上那件失去了本来面目的白衬衣，肮脏，污垢，在一层油汗之下透着无底的苍白。还有，也许由于在灯光下，他脸上浮动着一层看起来像磷火一样的绿色的光。

他一直低着头，所以看不见他的眼睛。而当我一面等他说话，一面看着手里的会客单时——那上面的名字、年龄、籍贯……字迹很清秀，完全不像眼前的这个奇怪的来客；只除了是一般的也显得苍白、无力，而且潦草。

“有什么事吗……先生？”我说。

面对着这样的人，我实在说不出“同志”这个崇高的字来，宁愿十分拗口的称他为“先生”。

他仍然不动，低着头，不说话。但随着我的声音，他的眼皮忽然向上翻开，露出一对大得怕人的白眼球，迅速朝我一瞥——真是怕人！在这一霎那间，我看见那白眼球在发红的眼眶里滚动了一下，便也闪出那种像磷火一样的绿色的光来。

这眼睛里流露着疯狂、绝望和对人的不信任。

要知道，这事发生在今年六月初。正在“大鸣大放”，“右派分子”猖狂进攻，“反右派”斗争还没有开始的时候。如同后来报上常说的——乌云乱翻。在这种时候，什么古怪的事都可能发生，因此我的这些也许是过敏的印象，不能说是没有原因的。甚至于，我警惕起来了。

这时，他依然垂着头，只抬起一只手来，手指痉挛地在衬衣口袋里悉悉索索的摸。好久，掏出一卷纸头，放在自己面前，又用眼睛盯住它，然后显得十分用力地推向我面前。

我立即抓过纸头，迅速地翻捡着——急于想知道这是怎样一个人。先是一张一张卖掉东西的单据。其中有皮箱、自行车、西装、大衣，还有女人的用物首饰等等。最后，是两张医院的住院证明书。第一张上写——

康敏夫，二十八岁，辽宁，无职业，服毒自杀。原因待查……

第二张上写——

康敏夫，二十八岁，辽宁，无职业，服毒自杀。原因待查……

两张证明书，除了是两个医院和两个医生不同的签字盖章，两个不同的日期外，其余的，竟一字不差！

我更加莫名其妙！抬起头来看他，他也在看我。我们的眼光相遇了，他狡猾地低下头去，然后从另一个口袋里，又摸出一张四寸的照片，仍旧用眼睛盯住，用力地推到我面前。

这是一张双人合影，一男一女。女的——我怎么说呢？她不能算漂亮，但却容光照人，这从照片也看得出来。是由于她的那一双眼睛吧，像一泓秋水一般明亮，坦白得能一下子看到她的心里。但是她的心里，又包含着多少东西呵！这些东西还没有显现出来，但是你能感觉到，这些是高尚的，充满着希望……此刻，她正把头倚在男的肩上，略微显得忧郁的微笑着。男的，虽也带着微笑，但却面目模糊，你看不透他心里想些什么。我不由得把照片和我眼前的这个人对比了一下——不错，是他，坐在我面前的这个来访者；虽然他已经有了那么大的改变。

我明白了，抬起头来，把眼睛一直盯住他。

他却冷然一笑。笑得也有点怕人。接着，变得兴奋起来，滔滔不绝地向我讲述了他下面的故事。

你一定觉得奇怪吧，我为了这样一桩纯粹是个人的私事来麻烦你。但是，我先声明：我不是把你当作一个作家——虽然我知道你常写点小说什么的；我是把你当做党委机关的一个工作人员，并且曾经负责过这个城市的文化行政工作，来提醒你注意，注意你过去的工作——比方说，对艺人的管理教育……你看，你认得这个人吗？对，照片上的这个女人？你仔细瞧瞧，她是你们这里一个小有名气的曲艺演员——唱大鼓的。哦，你想起来了，认出来了。是的，你应该认识。那么我就不必再说出她的名字了。我真不愿意说出这个名字来。在我的记忆里，就是这个人，她的存在，她的一切；而不是名字。名字是没有意义的。譬如我的这名字，看来你早觉得奇怪了。其实，毫无意义！北京解放那年，我正在读大学二年级。我像许多青年一样，由于解放，一时狂热，我从一本什么小说上找到了这个名字……现在，你明白，这不过是荒唐，滑稽！

你摇头了。你不想听我这些议论？好，我立刻就进入故事本身。事情是这样的——我很抱歉，我来找你，连封介绍信都没有……但是，我到哪里去弄介绍信呢？我的证件、大学毕业证书和服务证等等，早在我第一次自杀之前就统统烧掉了。还好，现在剩了这么两张住院证明书。至于熟人，在这个城市里，除了她，也再没有。其实就是在这个世界上，我亲近的人也很少。母亲，老了，病着，快要死了；在沈阳老家的病床上等我。但我不能去看她。此外，我有一个教师，哲学教授，在北京。我跟他念过四年哲学讲义，又帮他编过三年哲学讲义。现在也因为我的荒唐，他声明没有我这个学生，还有什么人呢？没有了，除了她。而她，也发誓永远不再见我！

就是这样。你自己判断吧，在这个世界上，有谁还能证明我的身份？我自杀了两次——这在你看来等于犯罪，不是吗？我自绝于人们，却每次都有人把我送到派出所，派出所又把我送到医院，医生又把我救活来，民政局又来救济我，就连派出所那位好心的所长，看我饿得流汗，还自己掏腰包。但人们为什么要这样？真好笑！

我的四年大学是在解放以后读完的。当时学校分配我到南方去参加土改，两年后，回到母校，给我的哲学老师做助教……只是因为她，你看见吗？是她！本来我工作得不坏呀，党在提出向科学进军以后，我还准备了副博士论文呢……但是自从认识了她，这个女人——

就在去年冬天，寒假，我回到故乡去看望我久病的母亲。她曾经是一个中学教师。父亲是工程师，死了。这时，我在沈阳一个戏园子里遇到她。

你知道她，不是吗？凭良心说，她是个好人。尽管因为她，我自杀了两次，但我感激她。因为她，现在我才认识了自己……

她并不漂亮，不是吗？但她那一双眼睛，你瞧瞧吧，能一下看到她心里！多么坦白，又多么深沉。而且，你听过她唱吗？她一开口，她眼睛里面那一切善良、光明的东西，就都随着她的声音唱出来了。这声音，清澈、明朗，就像秋大小溪的流水……我第一次看见她，听她唱，就激动了。

也许演员吸引人有她独特的魅力？这份应该了解的。因为她们不只由于自身的条件，还由于她们所表演的那些激动人心的光明的性格……不过我不知道，这只是我的猜想。但无论如何，我被她激动了，吸引了。

你不要笑吧！我的激动是正当的。这就是说，她的演出是成功的，她有做为演员的天才。但是别的人呢？他们同样喜欢她，却是——起哄！至少在我看来是这样。而我觉得，这是对她的一种污辱，也是对我的……你明白吗？我气愤，简直气坏了，我一直跑到后台。可是等见到她，——真可笑！我却不知道自己来干什么！我恭恭敬敬地向她鞠躬，道歉，安慰她，总之，没头没脑地说了许多赞扬她的话。……

可是，她听着我的那些话，却摇摇头，简直莫名其妙。接着，她笑了，说：

“谢谢你同志。多谢你关照。可是你有什么事吗？这是后台，同志，还是请便吧！”

她转过身去。

我完全没有明白她的意思。她呢，也根本没有听懂我的话。我觉得自己受了委屈，差一点哭出来。赶紧朝外走。走到门口，一回头，她却跟在我后面，微笑着看我，我站住了。

“谢谢你的好意。”她说。“要是你到天津来，就顺便来看我们吧，在南市……”而且，你猜怎么样，她还向我伸出手来。

我迟疑了一下，慌忙伸过手，捏了一下她那纤细的、柔软的手指。

事情就是这样开始的。你觉得奇怪吗？

是的，所以我说，我不理解这种人，现在想起来，这完全是误会，荒唐！……但是，我很快就回到北京，而且很快就找到一个借口，向教授请假，到天津来，而且找到了她。

你知道这种人的生活吗？艺人？……不，我不是说她，是说，她的母亲。她有一个母亲，养母，——这我后来才知道，是养母。她在从解放以后，就是个被管制分子。这是当地派出所——就是给过我钱的那个好心的所长告诉我的。他还告诉我，最好不要去她家里。但是，这怎么行呢……

她有过一个“姐姐”——这也是在后来，我们同居了之后，她告诉我的她身世的一段。

“……等我们稍稍长大一点的时候，”她说。泪水充满她的眼睛，却不流出来，她总是这样。“妈妈拿着皮鞭子要我们跪在她面前，逼姐姐接客。那一年，她才十五岁。我……因为太小，后来，一个常到我们家来的弦师，看我嗓子好，这才学了艺。以后，解放了，我才没有走姐姐的路……现在，姐姐，早因为病，死了！”

但起初，我哪里知道这些呢！我这次到她家——是在南市一个戏园子里打听到的——恰巧她的母亲不在。我站在院里喊了一声，她便迎出来。当她发现是我的时候，她那惊异的样子，使我也惊异起来了。她先是不认识似的看着我，以后大约是记起来了，但又仿佛不相信自己的眼睛。接着，脸红了，笑了，笑得非常好看——和在沈阳后台对我的笑，完全不一样——至少我自己觉得这样。

她慌忙地把我让进自己住的那间小房子里，慌忙地给我掸干净一张凳子，让我坐下，又慌忙地给我倒茶，然后，站在旁边，看着我，像是自言自语般轻悄悄地对我说道，

“真想不到，你会找来……”

现在想起来，我对她当时的这种情形，以及这种话，也是完全没有理解的；就像我完全没有理解，她在沈阳后台对我说的话一样。

而且，在说完上面的话之后，她仿佛已经把所有的话全说完了，再不说话了。只是坐在我对面，她自己睡觉的一张小木床的边缘上，两手扶着膝头，身子倾向我，用她那坦白而深沉的眼睛，仔仔细细地端详起我来了。我真不明白她什么意思。我被她看得脸发烧，心直跳，手脚无处置放……而她，还是那样地看我，像要一直看透我的心！

看吧！我的心，是不怕她看的。而且，我正要拿给她看，让她看清楚，我——爱她。

但是，同志，这是我现在的话。在当时，我可真是尴尬透了。谁知道，她为什么这样看我？这个人，原来是这样认真，这样大胆？

我不想推卸责任，真的，当我在沈阳戏园子里跑到后台去看她，那时候，我只不过出于一种激动。以后到天津来，找她，我也并不明白，究竟是一种什么力量推动我。只觉得，我要来；而且，她约了我……但是，当我推开她家的门，喊着她的名字，她应声跑出来，站在我面前的时候，我却不明白自己来做什么。

现在，她那样地看着我，我明白了：我爱她。

是的，我爱她，而她也——爱我。

一定是这样。因为我的这个概念——从在沈阳见她，到这次来找她，这中间那些我并不清楚，也不理解的情绪所形成的这个概念，确是由于她——她那样地看我，不说话。唉……后来，我问起她，她说：那时候，她要说话，眼泪就会掉下来的。

可是，最后，到我们分手的时候，她却说：不，那不是爱，那不过是出于一种——感激！对于我的真心，热情，不远千里来看她……

你相信吗？我有时想，也许她是对的……但是，也许她是为了安慰我，——欺骗我，才这样说的。在我们最后要分开的时候，她要我忘记她，不再想她，甚至，恨她，来减轻我的痛苦？

是的，她太好了，她会这样的。

而我却……

正在这时候，她那样看着我的时候，进来了一个半老的女人。这个女人轻轻的，像猫走路一样，就进来了。我们谁也没有发现她。而当我们察觉的时候，她已经站在我身边，眯缝着眼睛，仔细地打量我了。

我抬起头，看见她，立刻觉得身上发冷——她的眼睛虽然眯得很细，但还是立刻使我有一种震栗的感觉。我站起来，她说话了——

"哎哟！"她叫道。声音很高，却完全是沙哑的，而且带着浓重的鼻音，这给人一种不洁净的感觉。

"这是谁呀！"她叫道。"嗳，原来，你瞧，我们二姑娘做事可真机灵，连我都不知道，就……就挂上了。"

她围了一件很旧的青缎子斗篷，身上发出一种令人作呕的气味，在我面前转一个身，就像一阵风，又不见了。

她出去了，却立刻又回来。站在门口，仔仔细细地朝我看了一眼，才慢慢走出去。这一眼，真太可怕了，我一辈子也不会忘记。当她眼睛完全张开来，不再眯缝着的时候，里面便闪着一种像刀锋一样、冰冷的、令人颤栗的光！

但是，她，脸色苍白了，眼睛里含着泪，却不流出来，走到门口，双手扶住门框，叫了一声——

"娘！"

原来，这就是她的——娘！我惊异得简直说不出话来。抓起帽子，往外就走。她放下一只手臂，让开路。我跨出门去。但从背后，她抓住了我的一只手。

我停住了，回过头来，她已经把脸埋在另一只手臂里，哭得出不来声。而她拉住我的那只手，也久久不肯放开。

……

我们第一次的相会，就是这样。

这多么奇怪！我带着一种莫名其妙的、受了侮辱的心情回到北京。但是怎么也摆脱不开这次会见的印象。而且老是觉得，她那样紧紧抓住我的手，就像是在水里将被淹死的人，抓住了不论什么物件一样，我可怜她——她太可怜了！

而且，这种感觉越来越强烈，使我不能忍耐。终于，不久——我觉得还是太久了，我要看见她，甚至，夺取她——从她的妈妈手里——这种意念折磨着我，又来到天津。

这回是晚上，在南市一个小戏园子里。我是晚车到的。在车站买了一张《新晚报》，而且第一眼就看到了她的名字：在南市的一个戏园子里演出。我直接从车站跑到那个戏园子。买了票，坐在靠近舞台的地方，等。我心里激动极了，想着要再享受一次在沈阳看到她时的那种幸福。但不知怎么，当我这样想着的时候，已经觉得不自然了。她的那个家，那个母亲，以及她说的话，都化做了一种烟幕似的东西，把她包围、遮蔽了；又显现出来……

这时，随着报幕人念出她的名字，一阵掌声把她迎出台来。我的心不由自主地跳动，就像周围的掌声。真的，她又出现在我面前了。她安静地走，站着，向观众鞠躬。当鼓声一响，她抬起头，于是，那坦白而深沉的眼睛，向着全场微笑。

我觉得我的心脏停止了跳动——我为什么这样激动？爱情？或者还有别的东西？

正这时候，从我后面，有这样的谈话撞过我的耳朵里来

"瞧，这小妞，德行！前儿晚上她妈拉我去打牌，就把牌局给撵散了……"

"装的可匀实哪！要在早先……臭唱人鼓的……到这会儿，咱巴结不上喽！瞧，她身上那件旗袍，还不定是哪个小白脸给买的哪！"

这些话，说的声音不高，但就在我耳边。不，应该说，就在我心里。我的头，像猛然挨了一锤子，耳朵嗡嗡响，眼睛冒金花，身子瘫软……以致我根本没有听见她唱，唱什么，怎样唱。只是迷迷糊糊地，仅从很远很远的地方，不，像从烟雾里，看见她。她的嘴在动，手在动，就是看不见她的眼睛，听不见她的声音。

我站起来了，双手扶着走道两旁的椅背，摇摇晃晃地走出园子。

这天晚上，我躺在旅馆里，整整发烧了一夜。

第二天，我去看她。

迎着我的喊声，她立刻跑出来。样子非常高兴，紧紧和我握手，眼睛坦白地看着我。

我却看着她身上那件旗袍。墨绿色，绣着细细的花边，衬着她那匀称的身材，确实非常好看。

也许是我的样子很奇怪，她握住我的手，想说什么，却又停住了。她看看我的眼睛，又看看自己的旗袍，像是身上沾了什么脏东西，而受到人们的嘲笑那样。

“你看什么？”她终于忍不住问。

我没有作声。

“我身上有什么东西吗？”

说着，她在我面前转了一圈，轻捷得像小鸟一样。然后侧起头来望我。眼睛仍旧是那么坦白、深沉；声音还是那样清澈、明亮。

我觉得自己脸红了。心里责骂自己这种不礼貌的举动。但我仍旧没有说话。

“你看这件衣服吗？”她还是高兴地说。“上个月发了工资，新做的，好看吗？合身吗？手工不错，是吗？”

她说的多么好，天真、率直，完全像个小孩子。

我几乎想给自己一个嘴巴！但只用力地握了一下她的手，然后她拉我向上房走去。到门口了，她才在我耳边悄悄说：

“妈妈在屋里。”

我心里一惊，想收住脚，向回走，但是来不及了。房门开了，她的那位妈妈，站在前面。

“哈，康先生……同志！上回，你竟不辞而别了呀！我买点心回来，人倒没影儿了。……今儿个你来啦，可不许走哪！我这就出去，给你们……”

说着，她当真抓起那件斗篷，一面披在身上，向门外走去。

忽然，这位妈妈又转回来，快步地走到我面前，眯缝着眼睛，压低了沙哑的嗓子，威吓般的说道：

“现在解放了，不似从前……我们卖艺，可不卖身哪！”

一下子，我全身发抖起来！要不是她跑过去，“娘，娘”地直叫，哀求她不要再说下去，我不定会干出什么来！

但是她的娘，完全没有理她，一甩袖子走了。现在只剩下我们俩，谁也不说话地站着。好一会，她忽然失声痛哭起来。

这时候，我愤怒极了，我直截了当地告诉她：她必须马上离开这个地方，跟我走。并且，从今以后，再不要上园子！……

同志，你判断一下吧！难道我这话有什么地方错了？不是吗，她应该离开这种肮脏地方，脱离这种不名誉的生活，跟我走。

但是，她说：

"我知道，我早想到的。"她止住了我，从我面前向后退去，离开我远远地看着我，像是不认识我那样。"你看不起我们，我们这些人，我们做艺的，唱大鼓的！你要我离开这个地方，跟你走，还不许再上园子……你，你是怎样看我们呀！解放了，我们，是文艺工作者：加入了工会，是工人阶级。怎么，你敢请看不起这个？你是大学生，高人一等，我们，唱大鼓的，不配你……你，看错人了！你，还是趁早，离开我们这个地方！当心，别站脏了你的鞋子呀！"

她说着，头也不回地冲进她自己的那间小房子，把门锁了，任凭我苦苦哀求，再也不肯出来。

我只得回去了。回到旅馆，又发烧了一整夜。

第二天一天，我关在房子里，饭也没有吃，给她写了一封长长的信。

晚上，我又到她演出的那个戏园子去。但是没有了她。票房说，她请了病假。我只得把信托票房转交给她。

我又挨过了一天一晚。夜里，等戏园子散场以后，我按照信上约定的，在她回家路上的一根电线杆下面，等到了她。

你看，同志，我什么都讲了。……

是的，我犯了罪。可是，我感到幸福——你不要皱眉，我指的是，那天晚上——我们一同走回旅馆去的时候，路上，静悄悄的夜，没有行人。只有路灯的光，照着我们俩的影子。我向她说明，我并没有看不起她的意思；相反，因为我太爱她了。因此她不能像现在这样子生活下去，她应当同我在一起，过一种正当的生活。凭着她的聪明、善良……唉，谢天谢地，她总算明白了。她说，她和那位妈妈住在一起，简直透不过气来。这个，她不是不明白。这位妈妈，像条毒蛇一样盘踞在她身边，每天吸她的血，吸她的血。并且时时准备着，一口把她吞掉。她说，最使她难以忍受的是，这位妈妈也像蛇一样冰冷。虽然解放以后，不再打她，不再骂她，并且讨她的好；但她冰冷。脸是笑的，嘴是甜的，心，却是冷的！无论怎样，她感觉不到一丝温暖。因此，她孤独，害怕。她每天的快乐就是上园子。她对着成千的观众，把埋藏自己心里的全部热情，用她那透明、发光、像秋天小溪的流水一样的声音，使别人快乐，她自己也快乐。因此她离不开园子，离不开那些他们相互鼓舞的观众。虽然，还有那样一些人，在园子里起她的哄；散场以后跟在她后面，甚至有时跑到她家里——多半是她妈妈的老相识，喝酒，打牌，并且要她陪着，一直到天亮。然后，她的这位妈妈，就什么都有了；连同每天的早点和小菜。都有人给送来——这是她家对门，那间小杂货铺掌柜的！

她说，她想过，她应该有一种比现在更好的生活。有人关心她，给她温暖，并且不再时时提心吊胆。她说，自从认识了我，我特地老远跑来看她，她把这希望放在我身上。

唉，你明白吗？你能够想象，当我听她谈着这一切的时候，我的激动，我的幸福……你不要那样看我，你不明白。是的，你，不可能明白。但是我，明白了一切——她爱我，是的。

但是现在呢？现在，在我自杀了两次以后，我又发现，这一切，都不过证明我的荒唐、可耻！

你不要笑，还是让我说下去。第二天，我应她的要求，回北京去。是的，她的要求。她要求不要老来缠她，不仅因为她那个妈妈，我还应该好好工作，学习，为了她……我答应了，而这一次，我是带着那么多的幸福和满足回去了。

在我们不见面的时候，她写信来说——虽然信写得不大通顺，她说，她的那位妈妈，待她坏极了，总是冷言冷语骂她，不给她一点活动的自由，她要跟我会面，十分困难。同时，她也越来越清楚地说到：她们到底不能再住在一起了，她必须离开，因为，她怀孕了，而且被妈妈发现，逼她堕胎！

收到这些信，我又惊又喜，她怀孕了，这是我的孩子，是的。我的孩子！堕胎，我不允许，我有责任，于是，当天，我赶来天津。

我是抱了多么热切的希望，还有那么多的勇气，来搭救我的妻子——我现在有权利这样说了。但是——你想吧，她的那位妈妈，是怎样对待我的！

真的，至今我想起她那样的目光，还觉得浑身发冷。如她说的。像毒蛇一样，虚伪、贪婪、冷酷……可是这一次，见到我，倒真像是她满心高兴我们有了孩子，说：

“嗳哟哟，恭喜恭喜，这么快就有了，连我都瞒了！”

她笑嘻嘻地说，声音还是那么沙哑而尖厉，给人一种不洁净的感觉。

我点点头。

“现在，怎么办呢？”她问道。

怎么办？结婚！这是我唯一的答复。她是我的，孩子是我的。

我说出了我的想法。

“就那么容易吗？”忽然，这位外婆把脸沉下来。“你吃了灯草灰来的，说话那么轻巧！”

我奇怪极了，我望着她。

她眯缝起眼睛来看我。

“你有多少钱？”她问。

对呀，我应该考虑到这一点。我每月的薪水是六十八块，今后要三口人生活。但是，我的家里，总还有点什么，譬如，母亲的衣服，首饰……

我告诉了她实际情形。

她出声地冷笑了。

“你们怎么生活，”她说道，“这不与我相干。我说的是，你带走我的姑娘，留多少钱给我？”

怎么？她会说出这样的话来！我浑身发冷，头发晕，在她面前，我竟变得这样软弱无力。我对她说：这种要求是无理的，非法的，违反了婚姻自由。……但我的声音，仿佛连自己也听不见，空空洞洞。

“得啦，先生。”她一点儿也不注意我，还是那样眯缝着眼，带着那样奇怪的，怕人的笑，对我说：

“既然你敢到我们这儿来找便宜，可见也不是个雏儿。老娘眼里不揉砂子，你就别跟我们装着玩啦，这事对我们——告诉你，算不了嘛，可是你哪，出头露面的人，到时候，吃不了可兜着走呀！……”

“怎么，你说……”我叫起来。“你敢，这样说话！我要娶她，和她结婚，我不怕……”

“嗳呀呀，”她倒笑起来了。“干嘛，翻啦，我的姑爷呢！你娶她？好，可是，晚啦，你玩弄演员，污辱艺人，工会不答应……

“我爱她……”

“知道啦，要不爱，就弄出孩子来啦！我说的不是这个。你给我待着吧。”

我当真又坐下去。

“二姑娘，来呀！”她叫道。

她——我的妻，果然出现在门口了。只穿着短衣服，头发蓬松，哭得像个泪人儿。

我的心简直破碎了！我抢上一步，想去抱她，吻她，安慰她。……可是，这位妈妈，却把身子一横，挡在门口，从叼着烟卷的嘴里，轻轻滑出两个字：

“等等！”

她，我的妻，低着头，啜泣着，并不看我，站在门口台阶上。

而我不知为了什么，竟在这位妈妈后面，偷偷地跪下。

这位妈妈，她看也没有看一眼，只轻轻冷笑一声，把烟蒂头丢在地上，用力踩灭，说：“得了，给我起来吧！”

我站起来了，她转向我：“孩子是我养大的，虽说不是亲生，我不心疼谁心疼？只要你们别黑了心，日后忘记我……”

她说着，还当真哭了起来，掀起衣襟去擦眼泪。

唉，同志，你看，我是付出了多少代价，我的幸福的代价！我们到底达到了目的——她跟我回到北京，我们同居了。

条件是，每月寄五十块钱给她的那位妈妈，直到养老送终。

唉，就这样吧，如果不再发生别的事情……你不要总是对我摇头吧！我知道，你并不同情我。而且，真的，事情竟是这样，当她，我的妻，离开了她的那位妈妈，也就离开了我。

是的，也离开我。你觉得奇怪吗？我马上就告诉你——我坦白地承认，她对我好。我们的同居生活是幸福的。她心里有那么多的温柔和善良，她听我的话。尽管她是在那样的环境里长大，却完全能约束自己，过简朴的生活。在我们不多的薪金里，她刻苦地积蓄，为的是能够按月寄给她妈妈五十块钱，还清这笔冤债；并且，以后要生孩子……但是我，却一点也不理解她的这种心情。

我不满意她这种清苦的生活，我的越来越多的不满意是有充分理由的。

比方，我要给她做衣服，她不肯；买表，她不肯……这难道是为了我吗？我只不过想，她既然是我的妻子，应该穿戴得像样一点，像个有知识的人。不要让我周围的人知道——她的来历。

你又对我皱眉了，是的，这是我们不同的地方，因此，我们的生活就越来越不像当初我想象的那样了。我的脾气越来越坏，她的眼泪越来越多。终于，有一次，我坦白地对她说了，她应该习惯一种新生活，完全忘记过去，并且永远不要再打算“上园子”！

是的，我又这样说了，因为我这样想，我认定是这样。但是，当她开始说话的时候，我恐怖了、颤栗了，我想起了那次在她家的院子里，我怎样说的，她怎样回答我。但是，来不及了！

她静静地听我说完。——这是在一个晚上，我们同居了两个月之后。她坦白而深沉的眼睛，终于涌出了眼泪。

“康……”她低声说，站在我面前，还握住我的双手。“到底，你还是看不起我们！看不起我们这样的职业，这样的人！你为什么不让我上园子？你是个有知识的人，难道连这也不明白：新社会，我们做艺，还是丢人的么？我舍下妈妈，跟你来了，那是因为她……可是，我舍不下园子。你不知道，这些天，虽然身边有你，不上园子，我是多么闷得慌！为了怕你不高兴，我连唱一声，调调嗓子都不敢。我觉得，我的嗓子发紧，快要干了。我真害怕，从今以后，我再上不了园子！我舍不下园子，舍不下观众，舍不下琴弦和我的唱。你不记得了吗，在沈阳，你第一次听我唱，就跑到后台来，向我说了些什么？不是因为我的唱，才惹你喜欢，才找到我天津，才像现在，……和你住在一起了。求求你，什么我都依你，我已经是你的人了，怀着你的孩子……只是你，别这样看我吧，让我上园子，和观众一起，唱吧！”

我后悔，但是来不及了。

就在我们这次谈话以后不久，有一天，晚上，我下班回来，她，我的妻子，不见了！

起初，我以为她上街去买东西。我等着，等着。天晚了，不见回来。我上街去找，跑遍了我们周围所有的铺子。哪里去了呢？我听到铺子里收音机放送京韵大鼓——哦，“上园子”！我想。我又跑遍了北京所有的园子。

到天快亮时候，我拖着麻木了的两腿和麻木了的心，回到家里——唉！这哪里还是个家？没有了她什么都没有了。冷冷清清，一切都变得陌生而可怕起来。因为我进门时踢倒了放在炉边的锅子，索性连炉子也砸了。

我坐着，一个人，灯也不开，什么也看不见，也听不见。一切是这样空虚。仿佛我们这两个月的同居生活，根本不曾有过，是一场梦……

直到早晨的第一列电车开出来，车轮碾着铁轨的轰隆声提醒了我。我到车站去。

……

同志，你听着，这样久，一句话也不打断我，是真的对我的故事感到了兴趣？还是由于职务关系，你养成了这样一副冷静头脑？对我的幸福，你一点也不激动？对我的不幸，一点也不同情？或者，你听着，在心里笑，笑我荒唐，自私，莫名其妙……但是，随你怎么想吧，我要说下去，既然我说了。

我到了天津。一直跑到她家。门虚掩着。我一步跨进院子，站在她的门前。

门锁着。我用力扭动锁头，摇动门扇，两只拳头用力敲门，仿佛她就睡在里边，却故意把门倒锁起来，不见我。

上房门开了。她的妈妈走出来了。披着衣服和头发，这使她的样子更加难看。

“谁呀？”她一面裹紧衣服，走到我背后，像根本不认识我的样子。“哦，原来是……你，康……”

我突然转过身去，眼睛盯住她。她倒退了一步。

“是我！”我大声喊叫。“她在哪里？”

她又眯缝起眼睛来了，她脸上浮现一种奇怪的笑，我心里不由得打了一个冷颤。

“谁呀，你找谁？”她一点也不生气地说：“一清早，就这样来砸人家的门子……”

“你别装糊涂啦！”我发狠地叫道。“找谁，你的女儿！你们把她弄回来，藏在什么地方？”

“二姑娘？”她又倒退了半步。脸上那奇怪的笑不见了，眼睛里放出异样的光来，“我的女儿？”

“是的，你的女儿，跑了，不见了，你们把她弄回来，藏起来了……”

我忘却一切，高声叫喊，并且逼到她面前。她一步一步倒退着，显出害怕的样子，眼睛却狡猾地眨着。忽然，她像被我推倒，坐在地上，嘤嘤地哭起来了。

“没有，二姑娘没有回来……没有在这里呀！……我的苦命的孩子，只说你找了个知书识礼的好人，丢下娘享福去了，这才几天，又给人家撵出来……你可跑到哪儿去啦，这是你的家呀，我的苦命的孩子……”

我站住了。她哭得和真的一样，鼻涕一把泪一把，伤心极了。

我望着她，不说话。

她哭着，叫着。一清早，没有任何人来劝解。

我望着她，不说话，只觉得一阵阵恶心。

她，忽然站起来了，眼睛放出凶恶的光，而且扑向我——

“你，你害了我闺女，反倒找我来要人……你找，你翻，找不出来，我，跟你拼啦。”

她躬着腰，低着头，头发披散着，直奔我来。因为跑得猛，她身上那件斗篷，飘落在地上，露出贴身的粉红色的绒线衣。

我开始犹疑了，一步一步向门口退去。真的，我有点害怕，她的声音，她的样子，她的举动，都给我一种不祥之感。我觉得也许是真的我弄错了，她不在这里，而且……她在哪里？我怎么就这样一直跑了来？

但是，现在，我不知道该怎么办。

她爱我——我始终这样相信。要不，她临走，还把做好的饭给我放在炉子上，……只是我自己不小心，把锅子踢翻了。

是的，一定是我弄错了——她要是在这里，不会不出来见我。

一面想，我退到大门口，转身要走，门外站着一个人。

“嘛事儿，我的好太太。”那人说，眼睛却盯住我的脸。“这是为嘛，一大清早……”

看见这个人，她的妈妈，越发叫得凶了。

“抓住他！”她喊，一面踉踉跄跄扑上来，“就是他，糟蹋了二姑娘，又，把她逼跑了！我豁出去跟他拼了……别让他跑了呀，王掌柜！”

别的话我都没有听过去，“王掌柜”这三个字就像在我头上敲了一棍子，想起了那天在戏园子里听到的谈话；以及她说的，“陪着打牌，连早点也给送来……”

我的愤怒转移到他身上，并且迎上前去。

“你！”我喊，一把抓住他。

“嘛，我？”他声色不动地只从牙缝里挤出两个字来，接着一扬手，捋住我的手腕，我栽倒在地上。

“这也是你小子找便宜的地方！”

他说，并且跨过我，走进门里去了。接着是砰砰嘭嘭关门的声音。

我躺了很久，用了很大力气才站起来，回过头去，望了望身后紧闭的门，——就像是我的一切希望，生路，统统被关断了。

我摇摇摆摆朝前走去。胡同里还没有人，只有前面王掌柜的小杂货铺门开着，看得见货架上陈列着各种日用东西。在这些东西里，我忽然发现了“滴滴涕”！

是的，“滴滴涕”，不就是氯苯乙烷吗？只要一瓶，或者两瓶，就够了。是的，我应该结束一下了。

我继续前行，不敢停留。到了街上，行人多起来。我警惕地注意每一个人，又怕被人看到。

后来，我渐渐明白了：我在找她。但是没有。

没有。我永远失去了她，失去了一切，生活，幸福，幻想……

我又看到一家杂货铺。我走进去了。我站在那里，好久，直到有人问我：“你买什么？”我指了指货架子上的“滴滴涕”。

是的，我永远失去了她，和我自己的一切。我再没有可想的，可留恋的了，一切就这样了。我需要赶快……

等我醒来的时候，我躺在医院里。

这还需要详细说吗？不必了吧，没有意思。如果要说，也只是这一点：“滴滴涕”并不能解决我的问题。

我在医院里躺到第三天。

我躺着，望着雪白的天花板，雪白的被单，雪白的床和家具——我的头脑，也像这些一样是白的，空空洞洞。

我什么也想不起来。没有记忆，没有思想，没有欲望。

医生问我：为什么自杀？我说：不知道。

如果我真是“不知道”，忘记这一切，该多好呵！

但是就在我应该出院的这一天，护士告诉我：有人来看我。

我想不出还会有谁来看我。谁也不知道我在这里。连同我最亲爱的母亲，尊敬的老师。我是一个自绝于这个世界的人，谁也不要知道我的可耻的一生，谁也不要来看我，可怜我……

但是，进来的——是她！

她出现在病房门口。眼睛惊惶四顾，寻觅，是的，她在找我，她没有忘记我。

看到我，她的眼睛闪亮了一下，然后慢慢走过来。

她瘦了，苍白；却显得更美丽。由于怀孕、或者迟疑，而小心地走动着。

她坐在我床前，把手指轻轻放在我的脸上——真奇怪，这手指，纤细、柔软，像我在沈阳第一次触到时一样。现在又像魔术师的手指，触到我的脸上，我头脑里的记忆、感情、思想、欲望，立刻统统复活了。

尤其是，当她开始说话的时候，那声音，透明、发光，像秋天小溪的流水。

我真后悔！有这样的声音，怎么可以不让她“上园子”？难道就是因为她太好听了，动人了，我要单独占有她？

而且，我后悔，为什么我现在才想到这一点。

她呢，也正说到这一点。她说，她那天离开家，也不是情愿的。王掌柜和她的一个“姨母”，突然跑来，说妈妈生了很重的病，要她立刻回来。她虽然也觉得有点奇怪，但还是回来了。

“我想那不是真的。”她说，“可是我想念起我的母亲来了。因为你，你，不许我上园子。我们，到底不是一样的人……”

她望着我。眼睛里含着泪，却不流出来。

我恨透了自己！我自私，真是卑鄙极了！

“去吧，上园子吧。”我想这样对她说。但是我说不出来，我害怕。

“可是，他们骗了我。”她只顾自己说，一点也没有察觉到我的心情。“妈妈没有病。他们存心骗我……这算什么，这是什么意思！……我离开她们了，不再和妈妈住在一起……”

我高兴得几乎跳起来。

“回去吧，跟我回去！”我立刻抓住她的手。

“不！”她继续说，挣开我的手，站起来。“我哪里也不去，我要一个人……生活！”

这时，她看着我——那是怎样的眼睛呵！坦白、深沉，像往常一样；但是我完全不认识了，是那样坚强、有力，一下子就看到了我的心里！我连忙闭上眼，蜷缩在床上。

她那样看了我多久，我不知道。等我慢慢睁开眼的时候，她已经不见了。留在我眼前的，仍是那样的眼睛，坦白、深沉、坚强、有力。而我，在她的眼里，是那样渺小、可怜，微不足道！

现在我们的地位完全调转来了：不是我可怜她，是她可怜起我来了。

从她的眼睛里，我看到了自己的价值。

是的，使我们分开的，不只她的妈妈，王掌柜，主要的，是她自己，她——看不起我！

从这一刻起，我心里产生了一种可怕的念头。我出院了。但是我没有回北京去——我哪里也不去，像她所说的。我找到一个小店住下来。我要再看到她。我也要那样地看她一眼。使我们的地位恢复原来的样子，证明我的存在的价值。

当然，我不再到她家，但是，我到戏园子。我天天找她，跟随她，追踪她，等待机会，我要那样地看她！

马路上，胡同里，公园，市场，百货公司……当然，最主要的是戏园子。我到所有的戏园子，每天都去，坐着，听着，看着，等待着。

后来，渐渐地，我当真喜欢起这种生活来了。我学会了起哄——蹬地板，叫倒好，吹口哨，以及诸如此类，完全像一个流氓。

但是，你能明白吗，我痛苦！当我这样做的时候，我的心又痛苦又满足——因为我尝到了一种报复的快乐！

我每天到戏园子去，痛苦而又满足的坐着，听着，等待着。忽然，有一天……

是的，有一天，我终于等到了——是她，我的妻子，出场了。这是我出院大约两三个礼拜之后。

她掩饰着自己日益显明的身孕，侧着身子，走向台前。她坦白而深沉的眼睛，此刻深陷下去。两颊苍白，光艳照人的少女的红润，完全消失了。还只有那声音——透明、发光，像秋天小溪的流水。

听着这声音，我的心又燃烧起来。

如果你经历过，你所渴望的。心爱的。只能属于你的东西，却被所有的人爱上，喜欢——你怎么想？

于是，我站起来了。身子发木——大约是心跳得太厉害。像上次一样，双手扶着两旁的椅背，走出了园子。

我看到她了。但是我不能那样地看她——我没有这勇气，我站得太低了，怎么也不能从上面——看她。

我在马路上走。沿着电杆下面路灯的影子。而且暗暗记起电杆的数字来了。从戏园子门口的第一根起……九十七、九十八、九十九，到了！到了我们上次会面的地点，我站住了，把整个身子倚在电杆上，望着它上面一团洁白的光。

电车从我面前轰隆轰隆地驶过；行人从我背后挤挤撞撞地走过。我看见，却没有觉得。然后，车辆和行人慢慢稀少了，热闹的街道冷清起来。但是我倚在电杆上，站着，不动。

果然，来了。从脚步声我就能听出来，是她。

她走得那么坚定，只有心里充满自信、精神上高尚的人才能那样走路。皮鞋一声一声敲着水门汀的便道，在深夜里发出清晰的声响。

我回过头去。

我首先看到的却是，在她身后，紧跟着一个穿长衣服的矮胖子。“王掌柜……”这个印象在我头脑里迅速一闪，我滚烫的脸，立刻又贴到冰凉的电杆上。

接着，从我身后——她已经完全不注意我，或者不认识我了，坚定的、自信的，皮鞋敲着水门汀的便道，去远了。

我用了很大力气才从电杆上离开。我的半个脸是冰凉的；而另外半个，热辣辣地发烧。

我心里燃烧着仇恨。是的，仇恨！我要报复。我紧紧跟在她后面，而且立刻感到了足够的胆量和力气。

转过胡同，灯光暗了，再过去就是她家门口。她站住了，回过身来，对那人大声说道：

“到了，大叔，你请回吧！”

但是他，那个人，王掌柜，一声不响，猛然张开两臂，把她——我的妻子，抱起来！

我头晕了，天旋地转。

“你，怎么敢……救人……”

接下去。是一声清脆的耳光。不很有力，但却响亮；她的纤细的手，打在那肥胖的脸上，在深夜的胡同里发出回声。

我清醒过来。心里充满喜悦。立刻冲上去。而且力气那么大，把王掌柜推倒在地上。以致连我的妻，也被带得几乎跌倒。我赶紧去扶她，王掌柜已爬了起来；我放开她，又转向王掌柜，而且趁他还没有站稳的时候，我的手掌也打在他的脸上。

我打得那么准确，那么响，仿佛我从来就会这样打人——我得意极了。

但是这时，我的妻子，认出了是我——这该多么好！我走过去，想对她说……她却向后退去，像不认识我，害怕我，那么厌恶而恐怖地看我。刹那间，她变得那么怕人，我甚至怀疑自己看错了。

没有。她一开口，我就明白了——完了！“到底，我们不是一样的人！”——我记起了她说过的话。

但此刻，她已经不是那样说了。

“你，你这个人！”她说，声音忽然变得嘶哑了。这是从来没有的事。“你这个人，这样缠住我，为什么？……我是你什么人？难道，因为我错认了你，就应该一辈子，错下去！你跟着我，监视我，像防贼一样防我！……我是你的什么人！你害了我，还不肯放我。去，你，离开我，远一点，我永远也不要再看到你……”

她双手掩住脸——像是为了证实她永远不再看到我的誓言，迅速转过身，几乎是跑着，冲向胡同深处看不见的地方，当真没有进她妈妈的大门。

现在，这里只剩了我们两个。我，和小杂货铺的王掌柜。我想，我们必须拼个死活了。而且准备我死。但事情完全出人意外。他走到我面前，站住，两手抱在胸前，根本不像要打架的样子，只是那样站着，望着，上上下下打量我。

唉，同志，如果现在我们打起来，他痛打我一顿，该多么好呢？不，他不肯这样做，他的眼睛比他的手更有力气。

我不敢看他，掉过头去，望着她跑去的方向。这时，在我身后，忽然响起一阵笑声——你听到过半夜猫头鹰的笑吗？据说听到这样的笑要死人的！一点不错，我听到了，而且比那还可怕。

他笑得我心里发冷，浑身打颤，连骨头都软了，站都站不住了。

他却笑着，走开去了；走进他那间杂货铺。

……

同志，也许你累了吧？我的故事也应该结束了。实际已没有可说的了。事情就是这样。

也许你还想听听我的第二次自杀？其实一样。不过比第一次稍微漂亮一点就是了。我回到旅馆——就是那小店，把所有的东西送了人，口袋里还剩三块钱。然后，我在灯下给我的母亲写了一封信——当我要告别人世的时候，自然应该首先告别她。她病在床上已经一年了，早要我回去看看她，我没有能这样做。现在，更不能了。接着，又给我的那教授写信，也向他告别，承认我的确不配做他的学生，并且也把他的哲学统统还给他，这对我没有一点用处。以后，天就亮了。我洗干净脸，上街吃早点，就到每一家药房里去买尽可能多的"巴苯比妥"。这样，到中午，我居然凑够了足以使我长眠的安眠药片。我走进一家大馆子——大概是"蓬莱春"吧？要了一瓶烧酒，两样菜。一边喝酒，把安眠药片偷偷的，全部送下肚子。从馆子里出来，叫了一辆三轮车，请他送我到下瓦房。

车夫是一个健壮的人，而且快乐。他蹬得非常之快，一点也不知道他要送我到什么地方去。车子穿过大沽路，两旁高大的建筑迅速闪过。商店橱窗里的陈设，这时候居然对我发生了诱惑——我从来也没有注意过这些；只在那次给她买大衣的时候。现在又是一件大衣，和她穿的那件一样颜色，式样也……但是已经来到郊区了。眼前是新建的工厂，工人宿舍，从那里面传来孩子的哭声——这多么好！可是来不及了。我开始吐血，大口大口的。起初我不出声，以后抑制不住地呻吟起来。车夫回过头，而且停下了。他的脸色很特别，显得憎恶而愤怒。我害怕了，又可怜起自己来了。想向他说点什么，已经不行了。一张口，血喷出来。我知道完了，用力睁着眼，看那车夫健壮的、显得憎恶而愤怒的脸……

他望着我的脸，就像我是那个三轮车夫一样，谈话忽然停下来。他的脸变得苍白、僵硬，完全像一副石膏模型；只是嘴唇轻轻颤抖着，像是意犹未尽。

但他站起来了，连一句道别的话也没有说，抓起那“证件”、照片，一直朝门外走去。我发现会客单还在我手上，连忙签了字，追出来，等我把会客单交到收发室，追出门外，他已在马路上走着了。马路上照耀着初夏明丽的阳光，而他，就像一个影子，一个幽灵，飘飘荡荡，在太阳光下，一会儿就消逝了。

我走回办公室去。感到又激动又疲倦，像做了一个不祥的梦，刚刚醒来。这是一个什么人？他的故事，说明了什么？

我立刻找来了一位管文艺工作的女同志，问她，知不知道那个演员？这人怎样？她现在什么地方？却没有告诉她方才发生的事。

她回答了我的问题：那个演员确实不错，正派，有才能，要求进步，有一个养母，被管制分子，还阻止过她加入青年团呢。

“现在呢？”我问。

“现在，文艺工会把她安置在一个曲艺工作队里，已经离开了她的养母。”

“这是为什么呢？”

她笑了，望望我，显然发觉我问的有点奇怪，于是反问道：

“你为什么今天忽然问起这个人来？”

这是一个好心肠的女同志，在婚姻问题上受过折磨，因此总是愿意世界上所有的事情都像她希望的那样子。于是我告诉了她方才发生的事。

“不要说下去了。”她皱着眉，打断我，还做了一个轻蔑的手势。其实，我才刚只提到了那个人的名字。

“康敏夫，我知道。”她接下去说。“这样的男人，混蛋一个！”

她激动了，说不下去。停了一会，她继续说：

“这样的人，见了女人，像苍蝇见了蜜，赶也赶不开，把女人当做他荷包里的玩艺，私有财产，占有人家的心，还自私、嫉妒、报复……”

“就是这些吗？”我问，想到了更多的事。

“什么？”她抬起头来望望我，像是发觉自己说错了话，连忙补充说：“当然，不，不止这些，还有，这个人，纯粹是，资产阶级大少爷，自私自利，为女人，丢了工作，家也不要，还欺负人……”

“欺负谁了？”

“她，那个女演员呀！”她高声回答，简直生气了。“不准她上园子，看不起她，在精神上折磨她。……”

“唔……”我长出了一口气，意思是，原来这一切都是事实。于是说：

“就因为这个，那个女演员，就不要他了……”

“是的，他们不是一路人，不能在一起。”她的口气十分肯定，完全是那个女演员的话，就像她是她的辩护人。

“还有别的原因吧……”我继续着自己的思路。

“有，她的养母，和她的养母的姘夫。”

“王掌柜？”

她点点头。

“但那不是主要的。”接着，她说。“那养母被管制，王掌柜是个自负盈亏户，流氓，顶多出坏主意，起不了决定作用，要是他，那个男人，稍微争气一点……”

“不！不完全。”我打断她的话，并且想：完全女人见识，就是不会从政治上看问题。……于是告诉她，去把这件事查查清楚，弄个结果出来，给我汇报。

以后，没有几天，六月八日，“人民日报”的社论发表了，整风形势急转直下，工人说话了，“反右派”斗争开始了。

那真是一个不平常的夏天！至今，当我追记这个故事的时候，外面飘着大雪，但只要一想到那些日子，那些热烈的、战斗的场面，还觉得身上发热。

而且越来，“反右派”斗争越深入，这个人的面目，在我心里越清楚了——他和那些“右派分子”，在精神上，是那么相像。他生活的目的，只为了他自己；一切美好的，有用的，他都要占有；他损害别人，满足自己；占有别人的心，并把人毁灭掉！

因为“反右派”斗争紧张，工作忙得不可开交，而且自从看清楚了这种人，心里生出了一种绝对的厌恶，就像那个女演员对他那样；便也渐渐忘记了这件事。

到十月间，“反右派”斗争结束了，取得了彻底胜利，人人都带着一种健康的、新的喜悦，想着未来……这时，文艺处的那个女同志来找我。

“你有空吗？”她望着我说，“现在该向你汇报了。”

“什么事？”我摸不着头脑，早已忘记了我布置给她的任务。

“康敏夫……”

“哦？”我叫了一声，觉得一阵恶心。就像刚刚吃饱饭，却有人说：你吃了一只苍蝇！但既然自己布置的工作，只好硬着头皮听。便说：

“你说吧，简单点。”

“很简单。”她急速地说，“这个人，劳动教养去了。”

我望着她，倒显得有点意外。

“是他自己要求的。”她立刻补充道。

“他自己要求的？”我重复了一句，而且马上觉得，事情只能是这样，这是唯一的、必然的结果。我放心地叹了口气。

“因为他胡闹，把工作弄丢了，学校不许他回去，他也再找不到工作；后来，经过“反右派”，他好像也认识了，这是他唯一的出路。”

她简要地做了说明。接着，谈到调查的经过，那个养母，因为她的女儿在文艺工会进行了控诉，街道上把她斗争了一番，答应让她的女儿自由，再不干涉。王掌柜，因为流氓作风，派出所把他教训了一顿，再犯，就处理他。至于她自己，那个女演员，现在带着自己刚生的女儿，过得很好。

“生了？”我问，忽然觉得。心里高兴。

“生了，一个女孩子，完全像她妈妈，眼睛真漂亮……为这孩子，还有好大一场斗争。”她继续说。

“和谁？”

“还有谁，那个男人，孩子的爸爸，真可恶！她生产的时候，他来了，找到文艺工会，一定要求看看她，看看孩子，说是尽做父亲的责任。当时她在医院里，没有答应他去。生产以后，也是我心软，和文艺工会的小工商量：‘让他们见个面吧！’可好，见了面，他硬逼着她去登记，结婚，要不，他就要带走孩子，还真的动手去抢！……我说那个女同志，可真有志气，当面给了他一耳光。他跑了。”

说着，她笑起来，我也笑了。

一九五七年十二月

（原载1958年《收获》第3期）

述评

方纪，当代著名作家，河北省辛集市（原束鹿县）人，1919年生于河北省束鹿县一个农民家庭。代表作《挥手之间》，记录了1945年抗日战争胜利后，毛泽东赴重庆参加国共和平谈判这一重要的历史时刻。主要作品有：长篇小说《老桑树底下的故事》，中篇小说《不连续的故事》，短篇小说《来访者》，散文特写集《长江行》、《挥手之间》，长诗《不尽长江滚滚来》、《大江东去》、《三峡之秋》，文学评论集《学剑集》等。

短篇小说《来访者》，发表于《收获》1958年第3期，讲述了一个敏感自私的大学青年助教康敏夫与旧社会女艺人一见钟情，突破了女艺人养母的障碍走到一起，后又分手的爱情悲剧。作品选材独特、构思巧妙，它通过表情阴郁、性格极端的来访者康敏夫这一人物的自述，交待了故事的起因和发展乃至结局，叙事自然贴切，给人以真实亲近感。作品把“来访者”由一个知识分子拯救者的身份演变成被工人阶级拯救的形象，把主人公的思想、感情、个性特别是弱点展现得淋漓尽致，从而反衬了工人阶级的自我觉醒，以及重拾自信与生活的希望。

这篇小说表象上看似阴郁，实际上字里行间寓有爱憎，其内核并不缺少阳光，如盛夏的树影，光影斑驳。康敏夫作为一个病态的人物形象，被刻画得形神毕肖，他那极端的心理状态狭隘地把爱理解成占有的观念意识，给人留下了深刻的印象。“他和那些右派分子，在精神上，是那么相像。他生活的目的，只为了他自己；一切美好的，有用的，他都要占有；他损害别人，满足自己；占有别人的心，并把人毁灭掉！”他是一个反面的自大自负的知识分子典型。最终他被劳教去了，而女艺人带着她的女儿则生活得很好。作品实质是在颂扬新社会，它说明，只要按照新社会的标准改造自已，未来就会充满希望，生活里自然会洒满阳光。

小说的发表时间使它有幸避开了1957年“反右”的巨大风暴，但在继之而来的“文艺思想大辩论”与“批判修正主义思想”的思想运动中却没有那么幸运而终于成为了靶子。当时一些主流的报刊纷纷发表文章，说它歪曲了现实，美化了极端个人主义者，歪曲了新社会。尤其是姚文元的文章《论<来访者>的思想倾向》（《文艺报》1958年第16期），对作品不作实事求是的分析，抡起文字的狼牙棒，恣意地上纲上线，一时间阴风怒号，草木皆兵。虽有良知未泯者表示了不同意见，但批判的势头仍然占有主导地位，于是就“盖棺论定”地认为《来访者》是“含有毒素的作品”，“从头至尾，充满着消沉、颓废的情绪”，简直就是“一篇对新社会的‘控诉书’”！

小说发表于20年后的1977年，英国里兹大学的一位汉学家在他对中国当代文学的研究和评论中，认为中国当代文学只有3篇作品是具有划时代意义的，是可以传世的，一篇是孙犁的《铁木前传》，一篇是方纪的《来访者》，一篇是刘心武的《班主任》。

时间走到1979年，拨乱反正时期，作品与作者终得以平反昭雪。过往的质疑抨击在历史深处回荡，但作品本身所具光芒不可阻挡。1981年百花文艺出版社出版了《方纪小说集》，“编后语”对方纪的《来访者》及其他小说作了很高的评价，并对他的创作道路与艺术特色作出了分析与评估：

“对方纪小说，有的说它恃才猎奇，有的嗔他离经叛道，有的则怀疑他别有用心。从40年代初到50年代末，方纪的小说所碰到的，既有善意的惋惜，又有尖刻的指责，还有姚文元之流抡过来的恨不能一棍打死的大棒。可以说，他的创作道路一直是不平坦的。一直发展到60年代初，更有人想要从创作倾向上和他算一笔总账，更不用说到了‘文化大革命’，罗织政治罪名，必欲置之死地而后快的那些事情了。现在，认真分析一下方纪小说招致非议的原因，可以归结到一点上，就是因为他的人物形象创造，从理论到方法上有些与众不同。可是，现在当人们从反复的经验教训中逐步认清艺术本身的发展的规律和道路时，就越来越感觉到当时方纪小说中表现的那点与‘众’不同的东西，是多么难能可贵啊！”

奇异的离婚故事

孙　谦

一

星期六的下午两点半钟，于主任准时地走进了他的办公室。数伏天，外面没有风，办公室里闷热的像放在开水锅上的蒸笼。于主任把文件包扔在小茶几上，连电扇也没顾得开，就匆匆地——也是习惯地拉开了办公桌子的第一个抽屉。

抽屉里是空的。没有他急于想看到的小纸条，也没有他熟悉的那种浅蓝色的信件。于主任失望地关上了抽屉，站在那里愣了一阵，然后才拨开了电钮。

电扇转着，大风吹着，屋子里顿时变凉爽了。但是于主任的心情却一点也没平静下来，仍然是火乎乎地不自在，心上像是钻了一窝正在搬家的蚂蚁……

近几月来，于主任得了一种怪病：一到星期六下午，就心乱的没有办法工作了：一会儿想这，一会儿想那；一会儿坐下，一会儿又站起来；一会儿摸摸电话，一会儿又看看手表——活像一个正在闹恋爱的小青年。

其实于主任并不年青啦；在他二十岁那年，他就从他父亲开设的文具店里偷跑出来参加了抗日战争，到现在已经整整十七年了。看外表——于主任确实还有股青年劲儿：光光的下巴向上翘的头发；胸脯挺得高高的，走起路来登登响。论实际——于主任早就有了老婆，而且已经有了两个孩子。

于主任的老婆孩子住在遥远的乡下。他从来不大想念老婆孩子的，也不大谈论他们。因为这样，机关里的很多人——特别是那些还没有对象的姑娘——都以为于主任是个没有“家小”的人；也因为这样，于主任就充分地表现了他那不同于普通老干部的特点：爱穿戴，也爱玩儿，还爱跳舞。因为他很会“生活”，姑娘们在背后议论他的时候，给他下了这么个评语：“有‘无产阶级的思想’，又有小资产阶级的风度”……

电话铃响了。于主任懒洋洋地拿起了耳机——听到讲话的声音，于主任立刻变的像年轻了二十岁，眼睛也显的格外明亮了。

“……你是佐琴？……是啊，我是树德，嘿嘿，我一听声音就知道是你……你怎么到医院去啦——去医院干什么？……好好，我不问啦……什么重要的事情？……现在说还不行吗？……晚上我没有什么事情。到公园？那好极了！我请你吃东西……”

于树德放下电话以后，兴奋的在办公室里跳起舞来。忽然他觉的太“外露”了，赶忙停住了舞步。为了遏止这种过度的兴奋，他抽着了一支纸烟。刚抽了两口烟，忽然又想起了一件必须马上办好的事情，于是他又跑到办公桌边，飞快地抓起了电话耳机。

“接汽车房……小王吗？是我。小王，下班以后不要回家，我要用车——我一下班就走，你要早点吃……”

于树德还没有说完话，局长的秘书进来了。

“老于，三点钟开会……”

“开什么会？”

“昨天我不告诉你来？”

“反对铺张浪费？——啊呀，我给忘啦！”

“局长让我问你的反省提纲写好啦没有？”

“写，写好啦。”

“那走吧——差十分三点啦。”

“你先走，我去解个手。”

秘书走了。于树德赶忙打开文件包，取出那份还没有写完的反省提纲来看看……

于树德不怕在会上检讨，也不怕别人的批评。工作中谁也免不了犯错误，犯了错误当然得“检查思想”——于树德是很会反省，很会检讨的。但是今天的情况不同：第一，反省提纲还没有写完；第二，现在是礼拜六的下午，一下班就要赴陈佐琴的约会。要是于树德反省的不够深刻，那就会让别人抓住“小辫子”。抓住小辫子就会展开批评，展开批评就得拖长会议时间——不，一定要想办法使得会议在下班以前结束，那怕给自己多扣几个帽子也可以。

于树德拔出钢笔来，正要动手修改反省提纲的时候，收发老郝挟着一大叠子信件走了进来。

于树德在签收簿上签了字。老郝把一封双挂号信端端正正地放在办公桌子上，出去了。

邮至××市××街××号

于树德同志亲收

×省×县桂花村杨玉梅寄

于树德一看那个有着红线条的土里土气的信封，马上就猜到一定是那个住在乡下的“黄脸婆”给他写来的——不是要钱，就是让他回家。

是的，是那个“黄脸婆”写来的！

于树德没有忙着拆信，只是看着信封皱了皱眉头，然后就写了一张小便条：“此人不在，原信退回。”

他把便条贴在信封上，准备喊公务员把挂号信退还给收发室。但是他忽然想起他刚才已经在签收簿上签了字啦——要让老郝把这事情反映到人事处，那麻烦可就多啦！

正在犹豫的时候，局长秘书又在门外催着开会去啦。

于树德匆忙地答应了一声，然后把那封远道而来的挂号信拦腰一撕，随手丢到废纸篓里，跑去参加反铺张浪费的会议、作他的“自我检讨”去了。

……会议开的很激烈，直到摇过下班铃以后半小时，才算暂告一段落。于树德急死了——一跑出会场，就向着汽车房奔去。

于树德坐进了小汽车里边，一边摇着扇子，一边吩咐道：“公园！”

小王按了按喇叭，小汽车呜地开出了机关大门，驶到了嘈杂的街上……

按照规定，于树德是没有资格乘坐小汽车的。可是堂堂办公室主任，怎么好让他耽误时间跑路子呢？于是在于树德的亲笔批示下，机关就购置了一辆公用小汽车——实际上就是给于主任买了一辆专用车。他坐着小汽车去出席会议，他坐着小汽车去接洽事务，他坐着小汽车去百货公司买东西，他当然也可以坐着小汽车去逛公园……

夏天的公园——尤其是在礼拜六的傍晚——简直变成了市场：买门票得排队，划船得排队，吃饭得排队，喝茶得排队——甚至连看“留言板”也得排队！

于树德躁死啦：甚么规定都妨碍着他寻找陈佐琴。

小孩子们在儿童乐园里尽情地玩着；学生们在空场上围成了小圈子，拍着手，唱着歌，跳着舞；家长们带着幼小的儿童在草地上休息着；一对一对的青年男女手挽着手，笑眯眯地走向浓荫深处……

于树德心急地寻找着陈佐琴，但是怎么也看不到陈佐琴的影子。他跑的浑身淌了汗，肚子也饿了。他想自己先吃点东西，可是又得排队等饭。于是，在一气之下，他就走出了公园，坐进了小汽车里，闷声闷气地吩咐小王道：“回机关！”

机关的院子里，正在进行着周末舞会。电唱机放送着时而轻快时而徐缓的音乐，青年们在愉快地转着圈子。

于树德很想跳一场舞——他是本机关有名的舞迷，舞场的这些设备，都是在他亲笔批示下修建和购置的——可是现在他不能跳舞，他得快快寻找陈佐琴，他得和她一起去吃饭——陈佐琴还有很重要的事情告诉他呢。

陈佐琴不在舞场里，也不在秘书科里——整个机关找遍了，哪里也没有她的影子。

于树德疲惫地走进了自己的办公室，随手开了电灯，然后就习惯地拉开了办公桌子的第一个抽屉——

噫，那封撕破了的双挂号信怎么跑到抽屉里来啦？噫，信的下面还放着一张纸条！

于树德拿起了那张纸条——当他一看见那些熟悉的字迹的时候，他的脑袋上像挨了重重的一拳——轰地一声响：发胀了！

——糟糕！让她给看见信了！！

陈佐琴的便条写的很凄惨——简直像蘸着眼泪写的：

“你从来没有说过你家里有妻子——你欺骗了我！

“我爱过你，但是我受了你的愚弄！

“我痛苦死啦！我有苦说不出口来，你让我怎么生活下去——

“医生说我怀了孕啦……”

看到这里，于树德像突然跌进了冰窟，一下子起了一身鸡皮疙瘩——他害怕了。

于树德“喜欢”陈佐琴是事实，但他并没有打定主意要现在就和她结婚——他还没有和“黄脸婆”正式离婚，他对陈佐琴“还不够十分了解”，他还想“再进行一些选择”。

而现在……这事情要让党支部知道了，岂不是一切都完了？

…………

于树德闭着眼睛想了想，然后继续读着陈佐琴的便条：

“我想不通：生活在这样的时代，为什么还会遭遇到这样的痛苦？

“我问你：你为什么要欺骗我这个傻姑娘？你为什么要欺骗你那个善良的妻子？……”

陈佐琴的“书面质问”没有激起于树德的什么“良心谴责”，但却勾起了他对往事的回忆。

他像平常处理公事般地放下了那份“文件”，随即点了一支纸烟，皱着眉头走动了一会，然后坐在柔软的小沙发上，闭起了眼睛。

仿佛已经是很久很久以前的事情了，有些琐碎的情节，于树德简直想不起来了——

在一个雷雨的夜晚，昏迷的于树德被抬到一个小山庄上的农民的家里“坚壁”起来。他害的是伤寒病，浑身烧的像一团火；不吃不喝，迷迷糊糊，连屙屎拉尿都不知道。当他从昏迷中醒过来，睁开疲倦的眼睛时，一个姑娘正站在他睡着的炕沿下，忙着替他“淋药”。那姑娘很年轻，脸儿红红的，一对大眼睛像是两颗晶亮的星星……

于树德刚出了“水”，日本鬼子就来“扫荡”这个小山庄了。

于树德很着慌：想站又站不起来，想跑又跑不脱，眼看要让敌人抓住了。

但是，当敌人真正要来到那个小山庄的时候，那个年轻的姑娘就把一件大皮袄包在于树德身上，背着他爬过了几架大山，把于树德掩藏在预先已经烧暖了的山洞里……

那个很年轻的、脸儿红红的、一对大眼睛像是两颗晶亮的星星的姑娘，就是于树德现在的妻子，就是于树德一想起她来就要生气的那个“黄脸婆”。

怎么能把自己的妻子叫作“黄脸婆”呢？这自然是有着一段时间过程的——

于树德是因为爱上了那个姑娘才娶她作妻子的。结婚以后，于树德的心上像拴上了一条看不见的绳子——常常想家，一有空儿就要回家；特别是当他的妻子给他生了那个胖小子以后，于树德回家的次数就越来越多了。

解放战争胜利了，上级党委考虑到于树德曾在城市里读过中学，又在他父亲的店铺里学过买卖——有一些城市生活经验，便决定调他到城市去工作。于树德接到这个通知的时候，兴奋的连饭也吃不下去了，可是当他真得要离开老婆孩子出发那天，于树德忍不住地在他的妻子面前哭了——于树德现在很不愿意提起这桩事情，提起来就觉得害臊。

刚进城市的时候，于树德仍然是思念老婆孩子的。当时的生活很不安定，工作又太忙乱，于树德还没有时间考虑私生活的问题。但是，当工作和生活都比较地安定了，工作的职位也比较地升高了的时候，于树德忽然意识到自己已经走错了脚步：不应该急急忙忙地娶了个“土老婆”，这里的漂亮姑娘有的是！后来，于树德到几个著名的工商业城市出差去了。在那些地方，于树德接触了各种各样的行业，认识了各种各样的人物；经见的多了，感受的深刻了，对他那“黄脸婆”就更不满意了——老婆和孩子已经变成了他生活中的负担和累赘了。从此以后，于树德就不再想念老婆和孩子了，也不大过问他们的生活了。也是从此以后，于树德就逐渐地学会了“吸收生活乐趣”的本领，于是就在近几个月来认识了陈佐琴……

陈佐琴的“肚子”绝对不能暴露，只有“当机立断”地走这一条路了！

于树德恼怒地扔掉了将要熄灭的烟蒂，随手抓过来陈佐琴写的那份“文件”，又匆匆地看了一遍，然后习惯地拔出了红色铅笔，就在那份“文件”的空白处，嗖嗖地写下了一段批语：

“已阅。怀孕事，无庸烦恼；我明晨即回乡办理离婚手续去。”

这个问题就这么决定啦，现在该着考虑回家和怎么回家的问题了。

一提起回家来，于树德立刻想起了已故的父亲。父亲是不大回家的，可是每次回家都是穿戴的簇新衣裳，而且要带着各种各样的东西，大摇大摆地到乡亲邻里面前显耀一番的。于树德现在还没有力量装扮成父亲回家时候的模样，可是自从调离本地工作以来，他还没有回过一次家。第一次回家嘛，总不能让村里人笑活，得理一理发，得换一套漂亮衣服；得给乡亲们买点礼物，得给孩子们带点糖果……

于树德忽然想到了他的小女儿——他没有见过那个小女孩，也不知道她叫什么名字，但是当他一看到别人的小女孩时，他就要想起了她，而在一想到她的时候，他的心里就有一种说不出来的别扭情绪——

四年以前，当他在另外一个机关工作的时候，他的“发妻”带着家做的黄面饽饽，跑了老远路子来看他了。乍一见面，他简直吓住了。啊呀，她的脸色怎么会是那么黑？她的皮肤怎么会是那么粗糙？她那家做布鞋上浮满了尘土——连她身上穿着的那件“结婚花布衫”也显的不像从前那么好看了。

于树德怕同事们笑话他老婆的土气，像窝贼似的把她在屋里圈了三天，第四天就把她送到了汽车站。

从那以后，他就又添了一块“心病”——现在他已经是两个孩子的“爸爸”了。

也是从那以后，他就不再提起他的妻子了；日子一久，人们都把他认成了单身汉，甚至连他自己也觉得他是“没有累赘”的人了。

现在，他得把那些累赘割掉，他得回家。

回家，尽快地回去，再尽快地回来——陈佐琴的“肚子”要让党支部发觉了，那可算闯下大乱子了！

他拿起了电话耳机。

“接汽车房……我是于主任。小王在不在？……回家啦？……派人叫他去！让他连夜回来，明天我要下乡去……到哪儿去？——离这里五百里地，来回走四天……什么油？……让他灌上好啦，我有办法报销！”

二

于树德的“发妻”叫杨玉梅。她是桂花村农业社的副社长。无论在劳动方面，或是在管理家务方面，她都是桂花村的好把式。

杨玉梅的脸儿不像十三年以前那么红了，眼睛也不像十三年以前那么明亮了——十三年啊，这漫长的十三年啊！杨玉梅该忍受了多少困苦和艰辛？该付出了多少汗水和眼泪？她没有忘记她抱着那哭叫着的孩子怎么去逃避敌人的“扫荡”和“清剿”，她也不会忘记她是怎么在那荒芜的土地上光着臂膀拉犁种地！

荒乱的年月过去了，和平来到了，杨玉梅渴望着丈夫能帮她一把：尽快地把那被敌人破坏了的家园整修起来，过两天安静的日子。但是丈夫外调了，一切的担子都落在她一个人身上；她得抚养孩子，她得耕种土地，她得整修房舍……

杨玉梅在恢复生产中，碰到了各种各样的困难。但她没有被困难吓倒。她参加了互助组。白天拼命的劳动，晚上操持家务——她没有让时间空空地流过。

她很想念丈夫——特别是在那冬天的漫长的夜晚，和在那些家人团聚的佳节，杨玉梅感到十分的孤寂，心上像猫儿搔痒似的不安宁。但是当她一想到丈夫是在外边闹革命，而她自己负有“抚育孩子”的使命的时候，她的心情就变得十分恬静了；她亲了亲睡熟了的儿子，靠着他身旁躺下，瞪着眼睛想着——她盼望于树德能抽空回来看看她……

但是她的丈夫太忙了，实在抽不出空来——他没有时间来看她！

于是，她把孩子托给邻家照拂，她自己去看了一趟丈夫。啊，他发胖了，脸上像涂了油，看起来仿佛比走时候更年青了。他可真够忙，一个会议接着一个会议，一直开到深更半夜才罢手，甚至连礼拜天还有会开！

丈夫没有时间带她逛大街。在三天之内，她拆洗了丈夫的被褥，翻缝了丈夫的棉袄；洗干净所有的脏衬衣，补好了一大堆破袜子……

回到村里来，她就觉得身上“不对劲儿”；过了九个月，她生下了那个漂亮的小女孩……

这两年来，家境闹的好多了，村里又成立了农业社，杨玉梅的日子过的不像以前那么苦了。但是她却更忙了：在社里，她得帮助社长管理社务，她得为那几百亩土地的收成操心；回到家里，她得给孩子们做饭、缝衣服，还得管教他们——男孩子虽然上了学，可是越来越调皮；女孩子已经会跑跳了，可是稍不操心，说不定她就会跌到塘里去。这些都不算苦，最苦的是等丈夫的书信——

从她看他回来以后，于树德的书信越来越稀疏了；开始是两个月一封信，后来变成四个月一封信，而且这封信和那封信的内容一样：嘱她带好孩子，种好庄稼。甚至当杨玉梅热情地把她被选为副社长的大喜事写给于树德以后，他的回信里也没写来一句鼓励她的话，仍然是让她带好孩子、种好庄稼！

去年一年，于树德寄来过三次信。今年已经过了一大半啦，他还没有来过一封信呢！

开始的时候，杨玉梅真的相信他是“忙的顾不上写信”呢。后来她从自己的经验中，把那顾不上写信的理由推翻了：她也很忙，可是就是在最忙的时候，她也有想念丈夫的时间呀。

她犯疑了。

——会不会有别的女人缠住了他？……不会的！……真要有别的女人缠上他呢？……

她害怕了。

她衷心爱着她的丈夫。而且她相信他也是爱她的——

他们的结婚不是由父母包办，是自由恋爱的。虽然他们的出身不同，可是他们在一起共过患难。那神秘的山洞，那洞外的枪声；那山沟里的流水，那山坡上的野花……那些情景给她留下了不可磨灭的印像——永生永世也不会把它忘记。

难道他能忘记吗？

不会，他不会忘记——除非他的脑子出了毛病！

他也不会被别的女人缠住——除非他丢了良心！

那么他为什么不给家里打信呢？

——是不是病啦？

一想到丈夫会生灾害病，杨玉梅马上就着急起来。一个月以前，她急急忙忙地给于树德写了一封信。她天天等回信，夜夜盼消息，可是等了二十多天，她连一个字也没等到。前几天她又寄了一封双挂号——如果还接不到回信，她决心找他去啦！

她的心思被撕成了三份：一份儿放在农业社里，一份儿放在孩子们身上，一份儿飞过五百里大地去寻找她的丈夫——它受尽了折磨，但却找不到落脚的地方！

她被熬煎得瘦了，她躁的眼睛红了，嘴唇也破了……

今天，杨玉梅要到县农场去驮麦籽；半前晌，她骑着一头肥壮的小毛驴走出了沟口，走上了黄土公路。

数伏天，半月没落雨，黄土公路被各种车辆砸成了粉沫——只要汽车一驰过，平地上马上升起三丈烟尘。

从分水岭的斜坡路上，驰下来一辆银灰色的小汽车。小汽车无声地飞驰着，漆皮在阳光下闪着亮——活像是一只由半天空里栽下来的鹞子！

小汽车一出现，无论人畜车辆都得给它让路：驮着粮食的骡驮子躲开了，拉着大木料的胶轮车躲开了，连载着建筑材料的载重汽车也躲开了。

杨玉梅急忙跳下了驴背，使劲地拉住了缰绳，心想把它拉到靠崖的路畔上。但是小毛驴被那转眼飞驰到跟前的“灰鹞子”吓慌了，它直着脖子，拼命地向沟那边扯——如果不是杨玉梅紧拉着缰绳，它真会跳下沟去的。

小汽车响着喇叭，小毛驴拉长声音嘶叫；小汽车呜呜地喘着气，小毛驴睁着充血的眼睛尥蹄子——它们谁也不让谁，谁也走不成！

小汽车停了下来。嘣地一声响，汽车门儿开了一条缝，一张怒冲冲的脸孔从汽车里伸了出来。

“哎，怎么搞的？——你不会把缰绳拉短一点儿！？”

杨玉梅像突然聪明了似的，一下子奔到毛驴跟前，一把拉紧了“口勒”，扭过身去看着那位“首长”。

那位“首长”瞪了杨玉梅一眼，呼地把脑袋缩进了汽车里边——又是嘣地一声响，汽车门儿关上了。

就在这一刹那间，杨玉梅突然认出了那位“首长”，原来就是她久盼着的丈夫——于树德！

她呆住了。

突然她敞着嗓子喊道：“老于！老于！！——树德！！！”

但是在和她喊叫的同时，小汽车也长长地鸣了一阵喇叭，然后就像闪电似的从她身边飞了过去！

小汽车后边冒着一股青烟，吓得小毛驴几乎挣脱了缰绳。尘土，尘土，三丈高的黄烟——呛的杨玉梅什么也喊叫不出来了。

杨玉梅没有气馁。她急急地跳上了驴背，用力向驴脖子上捶了一拳。小毛驴受了惊，勇猛地向着小汽车追去。

在这场“快乐的竞赛”中，小毛驴彻底地失败了——霎眼工夫，小汽车就跑到坡下去了。

杨玉梅全身浮满了尘土，像刚从山芋窖里爬出来似的。她的心跳动得像那飞跑着的汽车轮子，她的眼睛死盯着那闪着光亮的“灰鹞子”。透过浓重的尘雾，她突然看见那“灰鹞子”离开了黄土公路，驶进沟里去了。

“是他，是他——是他回家来啦！”

她的眼睛里滚着热泪。暂时之间，她把一切忧愁都忘记了。她很懊悔她曾经抱怨过她的丈夫——现在他不是已经回来了吗？

她爱他，他也爱她；她觉得她是世界上最幸福的人！

她又捶了毛驴一拳……

她一边揩着那欢乐的眼泪，一边倒思谋着怎么招待她那久别的丈夫了……

三

桂花村坐落在半山上，像是一幅挂在壁上的山庄图。在她对面的坡上，有着一些条条缕缕的梯田；在梯田的边沿上，长着一些柿子树和核桃树。在她的脚下，有着一片上好平地，地里长着各种各样的好庄稼；在那片平地的当中心，有一条两丈深的石涧，涧水无声地流着。

中午时分，桂花村睡着了；村里没有一点声响，寂静得像是时钟停了摆——能劳动的人们上地去了，学龄儿童们上学去了；白发老人们躲在凉爽地方困着了，穿着开裆裤的娃娃们玩累了。

突然从前沟里传来一阵怪响。像是打闷雷，又像是狗打架——不，不像；像是老牛喘，又像是煽车响——不，也不像；呃，对啦，像是日本飞机来扔炸弹！

平静的桂花村突然骚乱起来；狗儿狂吠着，鸡儿飞上墙；老人们惊惶地走出院门，伸长脖子向沟里探望；穿着开裆裤的娃娃们像一群刚出窝的小鸡，叽叽喳喳跑下沟里去了……

小汽车沿着山楞，嗯隆嗯隆地向坡上爬着。路面很窄，坡度很大；又是凸凹不平，又是弯弯曲曲——一不小心，就会把车开到沟下去。司机很紧张；两眼盯着前面，又得踩油闸，又得转舵轮——急得满头流大汗。

于主任很舒适地坐在小汽车里边。他用不着因为道路难走而担心——他相信小王的开车技术；他也用不着因为刚才发生的事情而感到惭愧——在黄土公路上，于树德是认出了他的妻子杨玉梅的，可他不愿意在那样的地方和她会面答腔；会了面怎么办？一个人是拉着小毛驴，另一个人是坐着小汽车——汽车和毛驴怎么能走在一起？你不能把毛驴拴在汽车上拉着跑呀！还有，一个人是这样的装束，另一个人是那样的打扮，要是两个人相跟着走进村里去，那是多么煞风景？……

对的，那么办是对的！

于树德并不憎恨杨玉梅，因为她没对不起他的事情。在他的记忆中，仿佛他就根本没有爱过杨玉梅，只是“喜欢了她”一阵子罢了；现在嘛，往事过去了，得真正地找寻“情感的安慰”了。

但是不管他怎么不承认过去的事实，而他和杨玉梅之间，却存在着一种固定的关系；这关系虽然不怎么正常，但是那两个活蹦乱跳的孩子——特别是那个漂亮的小女孩，却是在这种不正常的关系中诞生的！

一想到这些，于树德马上就懊悔得不得了——

“妈的，以前怎么会那么混？怎么会那么轻浮？怎么会不想到现在？！……”

他把自己尽情地咒骂了一通，然后转回到现实中来——可以想象到：杨玉梅一定曾为丈夫的“荣归”，高兴得眉开眼笑；也可以想象到：当他和她谈到怎么解决他们之间的关系的时候，她会惊得发呆，然后必然要爆发一阵可以掀得起屋顶来的哭叫——孩子们也会吓得哭成泪人儿！

他不愿意看见这种场面，他也不忍心看见这种场面——他要“人情”而又“仁慈”地解决问题。

他忽然可怜起杨玉梅来了——

她以后怎么办呢？不行——得替她找一条出路！

他希望杨玉梅现在已经有了“对象”。甚至希望杨玉梅已经和她的对象，发生了“某种不名誉”的勾当。而且他还希望偏偏在他回家那阵，恰好撞上杨玉梅和她的对象在一起。——这有多好，他是胜利者：他要怎么样，就能怎么样；一切问题马上就可以解决！

但是，于树德立刻又推翻了这种假设——这是不可能的；杨玉梅不是那种人，她也不会干出那种事情来；而他自己也绝不愿意他的老婆偷汉子！

算啦，就是最“仁慈”的办法，也绝对堵不住杨玉梅的眼泪。眼泪是淹不死人的。男子汉大丈夫，干事得果决一点；婆婆妈妈的人，一辈子也干不了大事情！

于是，于树德决定了采取“快刀斩乱麻”的战略——“痛痛快快”地解决问题。

小汽车爬上了一段斜坡，拐过了一个山角，于树德突然看见了他那出生地——小小的桂花村。像触了电似的，于树德的心跳了。他想跳出汽车去饱看一下故乡的景色，然后跑到村里去和那些老人们握手问好。

但是这是没有什么意思的。

的确，桂花村参加革命的人不算少，可是像于树德这么大的“干部”，却没有几个；还有，桂花村年年有回家探家的革命干部，可是没有一个能坐得上小汽车——于树德开的是第一炮。

荣耀，荣耀，值得骄傲的荣耀啊！

于树德掏出了麻纱手帕，擦了擦闪着油亮的脸皮，弯下身去揩了揩已经十分光亮的皮鞋，又掸了掸新毛料做成的新制服上的尘土，然后嘛，郑重其事地伸直了腰干，不自觉地扮出了他父亲回家时候的神情，脖颈挺得老长，像是一只打野食的肥鹅。

小汽车像飞似的向着坡下驰去。小王没有换档：他想借着冲劲儿，一下子冲到对面坡上去。汽车冲下了坡。忽然坡下出现了一个“硬拐弯儿”——呀，深崖！

于树德吓坏了，脸色变成了一张白纸。

小王真有两下子。他猛的转了几下舵轮，小汽车拐了弯，躲过了深崖。可是顺了这面顾不了那面：小汽车凶猛地离开了正路，颠簸了两下子，“噗喳噗喳”地陷进了泥水窝。

小王慌了，赶快加油，赶快换档，心想赶快把车开出泥潭去。小汽车像害了热病似的喘着气，呼叫着；车轮子飞快地旋转着，泥浆四溅着——只是在原地喧吵，怎么也不能前进一步。

小王开了倒闸，可是小汽车仍然是原地不动，而且越陷越深了。

什么办法也没有啦，只有“减轻负载”一着了。小王停止了摆弄机器，扭过身来看了于树德一眼，负疚地说：“于主任……”

“你是怎么搞的？”

“路太难走。”

“怎么不看着前面？”

“这根本就不是汽车走的道儿。”

于树德心里窝了一团火，很想把小王臭骂一通，可他知道小王的“猫儿脾气”，于是只得忍下了这口气，喃喃地说：“这可怎么办呢？”

小王又看了于树德一眼，意思是说：“非下不可了，你要会开车，你来坐在这里，我自己下去推车。”

于树德不会开车，他也不愿意下去：一下去就得糊一身泥。穿着这样贵重的衣服怎么好下泥潭？这是毛料子，一码就值三十元！再说，要是滚上一身泥巴，你让我怎么去见乡里乡亲？

于树德没有下车的意思。他开了车门，站到踏板上，看了看泥洼，又看了四周，说：

“这村没人啦？——都到哪里去啦？”

他的话语还没有落音，那群穿着开裆裤的娃娃们“欢迎”他来了。他们睁着惊讶的眼睛，好奇地看着那发亮的大怪物，极力想猜出它为甚么要跳到沤麻坑里去“渡水”……

这些小崽子绝对帮不了什么忙，于树德急得冒汗了……

嗐，真是“吉人自有天相”，于树德止在难中时候，有一个骑着毛驴的女人，急冲冲地拐过山角来了。

于树德听到了一阵热切的喊叫。

“老于！老于！……”

于树德一眼就认出了他的老婆，（啊，她来得正是时候！）于是假装成初见面的样子喊道：“啊呀，玉梅！……”

小毛驴跑下坡来了，杨玉梅猛的跳下了驴背，用劲地扯着缰绳：“刚才我看见你来……”

“在哪儿？”

“在分水岭坡上……”

“噢，是你呀！啊呀，我说看着有点儿面熟呢——快来帮帮忙吧！”

杨玉梅没有爱惜她的新衣服。她拴住了毛驴，“劈里叭喳”地跑进了泥潭。又是掏污泥，又是填石头，又是推汽车——但是汽车只是喘着气，拼死命也冲不出坑来。

杨玉梅绕着汽车转了一圈子，搔着鬓角想办法。拴在树干上的小毛驴不耐烦地嘶叫起来。杨玉梅忽然兴奋了，她跑到毛驴跟前，匆忙地解下了捆绑鞍架的绳索，然后又踏进泥水里，把那粗麻绳拴在汽车的前挡板上。

但是当她跑过去拉毛驴的时候，那吓惊了的小毛驴却死也不肯走到汽车跟前来。

杨玉梅越用劲儿扯缰绳，小毛驴越是朝后躲；杨玉梅越是涨的脸红，小毛驴却越要要奸……

站在汽车踏板上的于树德帮了腔：“打嘘，打嘘，打！打……”

正在这时候，一群扛着锄头的农民，从那看不出来的山坡小路上跑了下来。当他们看见了汽车——特别是当他们认清了站在踏板上的于树德的时候，他们也不看脚下的泥水，一窝蜂似的向着汽车围来。他们热情地向他打招呼，亲切地向他问好；他们也不管手上带着的泥土和汗水，一股劲儿地抢着和于树德握手，友善地拍着于树德的肩膀和胸膛——可惜我们于主任的那身漂亮衣服可遭殃啦，转眼之间就挂上了无数的黑印子——像是白猪皮上盖上了税印！

于树德认出了杨玉梅来信上常提到的那位农业社长——周立本。

“立本，你看这是什么路？比上天梯还难走——你们怎么不把它修一修？”

“已经修过好几次啦——以前这条道儿，那儿有现在这么宽？”

“这还算宽？——连大车也不能走。”

“咱们村里没有大车，只有骡驮子——你要早捎回个信儿来，我们一定给你修一修……”

“不不，我不是说汽车，我是说拖拉机……”

“那还早呢——真要到了时候，我们一晚上就把道儿修好啦。”

于树德刷地红了脸，难堪地干笑着——他没有词儿了。

杨玉梅看出了他的窘境，马上就替丈夫解了围。

“别讨论拖拉机啦，快奈何这汽车吧。”

“对，对——快帮帮忙吧！”于树德恳求着。

乡亲们马上扔下了锄头z，围着小汽车忙起来。有的人搬来了垫石，有的人砍平了坑楞；好多人站在泥坑里，乱哄哄地推攘着汽车。

小王开了油门，小汽车吼叫着。乡亲们呐喊着，小汽车喘息着——到底是人多气势壮：在乡亲们的帮助之下，小汽车呼地冲出了泥窝；然后又带着余威，猛地向对面坡上冲去。

于树德脱险了。他本想跳下踏板，请乡亲们抽支纸烟，谢一谢他们；可是他怕跳车跌断腿。于是他就伸出一只手掌来晃了晃，然后退到车厢里边，嘣地关上了车门。

小汽车尾后拖着一条捆绑鞍架的粗麻绳，转眼之间就爬上了坡顶，驶进村里去了。

就在这时候，发呆的乡亲们听到了一声巨响，像是谁家的房子倒了。

“又怎么啦？”

穿着开裆裤的娃娃们在坡顶上喊了：“汽车把门楼子顶塌了！”

一位乡亲看了杨玉梅一眼，说：“看看，这他要说你把门楼子修得太窄啦！”

杨玉梅扔下了毛驴缰绳，慌忙地向着坡上跑去……

四

于树德回到家里来啦。杨玉梅的屋子里马上变得热闹了一阵子：许多乡亲来看望于树德，这一批走了，那一批又进来……

杨玉梅的脸色变得像是浓雾退去以后的朝阳——光辉灿烂，饱满健壮。

她以女人特有的敏捷动作，迅速地换上了干净衣服，洗去了脸上的尘土，理顺了头发；而且在极短的时间内，已经给丈夫和他的司机同志烧下了开水，沏好了黄芩茶。

她跑到学校里替大宝请了假。她拉着大宝跑到农忙托儿所里引出了小金。她给两个孩子把衣服整理好，告诉了他们快乐的消息——爹爹回来了！

大宝是个瘦孩子，脖子里系着红领巾，他好像并没有因为父亲回来而兴奋。小金刚满三岁，胖乎乎的，脸红得像苹果，走路像跳舞——她看着母亲高兴她也跟着高兴，而她自己却弄不清楚为什么要高兴。

杨玉梅满面光辉地拉着两个孩子，走进了那被汽车撞塌了的院门。临进屋门了，大宝突然害臊起来：他涨红着脸皮，想要逃跑，杨玉梅先把大宝推进了屋里，然后拉着小金跨进了门槛。

“他是你们的爹——叫爹。”

大宝不习惯当人面叫爹。他扭捏了一阵子，猛的喊了一声爹，调转头逃跑了。小金看着那个生人，不住地眨巴着眼睛；她有点好奇，又有点害怕——她不会叫爹。

于树德一见面就爱上了他的女儿——小金。他拿出糖果来逗引着她。

“叫爸爸，叫爸爸。”

杨玉梅帮了腔：“叫爹爹，叫爹爹。”

“叫爸爸，叫爸爸！”

“叫爹爹，叫爹爹！”

小金不知道该听那个大人的话才好，可是她终于学着叫出来了。

“爹——爸！”

杨玉梅笑出眼泪来了。于树德亲了亲女儿，把一块糖果送进她的嘴里。站在门外的大宝一看见妹妹有了糖吃，就忘了害臊，磨磨蹭蹭移近了屋门。于树德猛不妨地捉住了儿子，一边拉着他进屋，一边向他搔痒——大宝吱吱咯咯地笑了……

杨玉梅擦掉了欢乐的眼泪，跨着炕沿坐下来，看着丈夫向孩子们问长问短，她的心上呀，真像是开了花。

有无数的话语涌上了她心头！她想告诉他：村里的农业社又扩大了，今年新修了水地，还安装了一架抽水机；她想告诉他今年她赚了多少劳动日，分了多少麦子；她也想告诉他房屋是怎么修盖起来的；她也想告诉他村里的各种趣事……

该告诉他的事情太多啦，一时半霎实在说不完；再说，大天白日的，怎么好意思关在房里聊闲话呢？——有话可以留着晚上说。

她压制住想要说话的欲望，站起身来向着孩子们说道：“大宝，引上你爹出去游逛游逛，我给你们做晌午饭——吃好的！”

……于树德被孩子们引下了沟底。他参观了农业社的烟叶丰产地和棉花田，又去看那今年新开的水地和那部小小的只能烧汽油的抽水机。

引擎“拍塔拍塔”地响着，抽水机把涧水抽到谷地里。司机小王很有兴致地站在抽水机旁边，身上沾了不少泥土，手上挂着黑污的机油，看样子像刚帮着乡亲们修理好了抽水机。

于树德觉得故乡的变化并不大，虽然地界减少了，地块儿变大了，还多了那部罕见的抽水机，可要把这些变化和他参观过的官厅水库工程比起来，那简直是砂粒比碌碡——相差的太远了。

他们离开了石涧，扭头向村里走着。于树德就走了那几步路，已经觉得很累了——简直连小金也追不上了。

凭良心讲，于树德已经爱上他的这个家了——

他没有想到杨玉梅能修盖起新屋子。他还记得他那高墙厚瓦的老屋子，和那老屋子里的各种摆设。他也记得他那老屋子被日本鬼子烧成了灰烬的情景。现在的新屋不如老屋子厚实，也没有老屋子高大；墙壁是用泥坯筑成的，屋顶上也没有“张口兽”。可是新屋子比旧屋子有两大优点：屋子里的墙壁刷的挺白，窗户上镶着大玻璃——屋子里很干净，很亮堂。

还有他那老院子里——现在已经变成新院子了——长着的两株核桃树：枝叶密，果实多，荫影大——在它下面铺张凉席，那真是最好的睡午觉的地方！

还有那院子里的花草——杨玉梅可真怪：她从哪儿抽出时间来栽种这些花草呢？……也是嘛，要是院子里不栽种些花草，那怎么能像活人居住的地方？

还有这两个孩子，简直像两块赤金！

还有抚育这两个孩子的妻——

暂时之间，于树德把他回家来的“任务”忘掉了。

他觉得他应当感激杨玉梅：可以想象到，管理这一摊子不是容易的。她流过汗水，费过心血，当然也淌过眼泪。她有气力，能劳动受苦；她有才能，能经管家务——这两年还学会了管理社务；最主要的是她有恒心：离家五年啦，不短呐，整整的五年；在这五年里头，杨玉梅该替他办了多少事情？该耗费了她的多少精力？该吃了多少苦头？——可是她没有变心！

于树德忽然把现在的杨玉梅和十年以前的杨玉梅混和在一起了。她是年轻的，脸色是红润的，大眼睛像两颗晶亮的星星——四年以前，她去看他的那副模样，他连一点儿也想不起来了……

杨玉梅站在院门口招呼吃饭了，于树德引着孩子们上了坡。一转弯儿，他看见了停在院门口的那辆脏污了的小汽车。猛然之间，他想起了他回家来的“任务”。

他站住了。

他把站在门口的杨玉梅和住在机关里的陈佐琴作了一番比较——那个梳着两条长辫儿的大学生陈佐琴中选了。

但是他决定暂时还不谈这个问题，因为他要痛痛快快地吃一顿久别了的家乡饭，他要尽情地享受一下全家团聚的欢乐……

吃罢中午饭，孩子们跟上“司机叔叔”耍去啦。屋子里只剩下他们两个人：于树德抽着了纸烟，优闲地喷着烟雾；杨玉梅累的满面红光，正在吃着那些剩菜剩饭。

她是很累啦，可是她自己不觉得累——她愿意天天能有这样的忙累就好啦——这样的日子她已经盼了四年啦，如今来到了，她能觉得累吗？

累死也是幸福的！

屋子里很安静。杨玉梅忽然想起了一桩心事，她一边吃着饭，一边问道：“老于，你接到我的挂号信啦？”

“嗯？挂号信？——哦，哦，接到啦！”

“这可在家里多住几天吧。”

“不行啊——只能住一两天。”

“一两天？”

“工作太忙啦，离不开……”

杨玉梅妩媚地看了丈夫一眼，玩笑地说：“跟上你呀，和守了寡一样……”

于树德一下子就抓住了这个空子：“是啊，你守的是活寡——这样日子可真不好过……”

杨玉梅苦笑着说：“也过惯啦……”

“人活一世，没有几天年青。不能这么瞎糊涂的过下去啦，得想法子解决啦。”

杨玉梅放下了饭碗，吃惊得说不出话来了。

“玉梅，我真替你难受，又是孩子，又是家务，你一个人怎么能忙得过来？——要是老这么下去，不把你熬得累死？我看咱们两个啊，真还不如离了婚痛快呢……”

杨玉梅没有说话。她觉得受了委屈，心上像蒙上了一层乌云，大颗的眼泪扼止不住地滚了出来。

于树德突然心动了一下——他可怜她，怜悯她，爱惜她；但是他“坚强”地遏止了那种“脆弱情绪”：

“不！这种日子不是人过的——我回来就是找你解决这事情来啦。”

“嗯！？”

杨玉梅呆住了。希望，多年的希望，一下子破灭了！等待，长久的等待，等待来的却是被人抛弃、愚弄和耻辱！她突然觉得一阵昏晕，身上像抽了筋骨似的发软。她用手扳住了炕沿，呆呆地看着她那日夜盼望着的“丈夫”。

于树德低垂着脑袋，叹了一口气，偷偷地看了杨玉梅一眼，说：“不要难过啦。早一天总比晚一天好。你受过的苦楚，我记下啦。”

杨玉梅的心上像扎上了一把尖刀，痛楚得她觉得窒息起来。她没有哭叫。她忍住了已经迸出来的眼泪，悲戚地看着那个坐着汽车回家来的“大干部”。

于树德掏出一叠钞票来，把它放在炕沿上。说：“这够你们花半年啦。包袱里还有几丈花布……”

杨玉梅没有看那些钞票和花布，用力地咬着嘴唇。

于树德看了杨玉梅一眼，低声说道：“你不要恨我——我是为了你好。”

杨玉梅再也忍不住了，泪水像决口的河水似地涌了出来，她用手捂住了眼睛，大步地奔出了屋子，伏在核桃树干上抽泣着……

哭吧，善良的玉梅，痛痛快快地哭一场吧——眼泪会把你的悲苦洗干净的……

五

整整一个下午，于树德没有见过杨玉梅的面，他害怕起来了。

——要是她寻了短见怎么办？

他跑出院子来，爬上了坡，跑进西坡上的枣林里。太阳刚落山，山坡上一片红光。他在枣林中没有找着杨玉梅，却迎面碰上了农业社长周立本；他想扭头躲过去，但是周立本喊住了他。

“树德，玉梅说，你回来是和她离婚来啦？”

于树德躲闪地说：“是，是的……”

“为什么呀？”

“两个人不在一起工作，空挂着个夫妻名儿……”

“你不会多回来看她两次？”

“我哪儿有时间回来？”

“那你把她带上……”

“带上怎么办？——她又没有文化……”

“那也累不住你——她没有文化，可她有手……”

“不啦，我再不找那些麻烦啦。”

“那你是下定决心啦？”

“下定啦。”

周立本沉默了一阵子，深深地叹了一口气：“你知道她等你等的多苦啊？——今天她哭了一后晌……”

“她到哪儿去啦？”

“你找她干什么？”

“我怕她出了事……”

“这你倒用不着耽心——她是共产党员，不会干那些傻事情；再说还有两个孩子要她照护，她也不忍心……”

于树德无可奈何地叹了一口气。

周立本严正地说：“你不应该回来——你让她痛苦等待了五年；现在，你又一下子把她推到油锅里边……”

“我是没有办法……”

“你用不着瞒我——我记得你爹是为什么娶小老婆的……”

“这事儿怎么能和那事儿比？……”

“既然有今天，当初你为什么要和她结婚？还有，既然你已经不喜欢她啦，你为什么又让她有了孩子？”

于树德分辩着：“那时候我没有不喜欢她呀……”

“不是！那时候你还没有对像——你要牵着绵羊找骆驼！”

“啊呀，你把我说成什么人啦？”

"我不知道你们支部对这事情有什么意见——要是让我处理你这问题，我绝对不同意！"

于树德突然冒火了："你有什么资格干涉这事情？——这是《婚姻法》上规定了的！"

"你摸一摸你的良心吧——它让狗吃啦！"

周立本鄙视地吐了一口唾沫，扭身就走了。

于树德很气恼。他没有想到周立本会说那样的话，更没有想到周立本会对他那么无礼。自他担任办公室主任以来，他说出来的每一句话，差不多就是"金科玉律"，很少有人敢反驳它；特别当他出差到天津、上海购买器材的时候，那些"规规矩矩"的资本家都把他捧成了"圣人"，他说一句，他们应一句，简直像"奴才"见了"主子"一样。而今天，当他坐着小汽车、穿着毛料子制服、回到这个山村以后，一个小小的周立本，竟敢说他的"良心让狗吃了"，竟敢当他的面前吐唾沫！真是岂有此理！

于树德生了一阵闷气之后，突然想开了：周立本是什么人？他不当长工了才几天！他走过什么地方？见过什么世面？他就知道娶妻生子，养活家口——他压根儿就没有尝过爱情的味道，根本就不懂得什么叫作爱情！

和这样的人生气。有什么意思呢？

他平静了。

晚霞消失了，天色暗下来。于树德走回到撞塌了的院门口，忽然又心跳起来：家里不知道乱成什么样子啦？——杨玉梅一定披头散发地躺下了，孩子们一定哭成泪人儿了，司机一定饿饭了。

完全出乎他的意料：家里很平静。两个孩子坐在院里吃晚饭。他们的妈妈在厨棚下忙着。

孩子们一看见"爸爸"回来，马上就端起了饭碗，向着厨棚下躲去了。于树德坐在小凳上，拿起了一块孩子们掰开了的玉黍面饽饽，咬了一口。这时候，杨玉梅端着一个木盘子走过来——盘子里放着一碗冒着热气的稀饭，还有一叠刚烙熟了的白面葱花饼。

杨玉梅的脸色挺沉静，巨大的痛苦并没有打击得她弯下腰来。她的眼皮略微有点浮肿，头发稍许有点散乱。乍然一看，她好像比午前消瘦了。

她把木盘放在矮桌上。于树德看了看木盘，放下了玉黍饽饽，拿起了烙饼。说："司机呢？"

"看抽水机去啦。"

"有什么好看的——连饭也不吃啦？"

"我正想和你说这事情呢：抽水机没有油啦，今天晚上就得歇工——社里想借你汽车上的油……"

"不行吧？——两种油不一样。"

"司机同志看过啦，他说可以用。"

于树德考虑了一阵子。

"不行啊，我一两天就要走啦……"

"我们连夜派人进城买去啦，明天早晨就还你。"

"可我用的是公家的油，我不能随便违犯制度——呃你去问问司机看。"

孩子们看见母亲要走了，放下饭碗就跟上了她。于树德招呼孩子们吃烙饼，没有一个孩子肯走过去。于树德拉住了小金，小金哭喊起来："不要你，不要你——要妈妈！"

杨玉梅说："走吧。"

于树德放开了小金。她们母子三个相跟着走出去了。一阵空虚的感觉突然向他袭来。他觉得他已经不是这个家里的人啦……

……晚上，司机小王蜷曲在汽车里睡了。杨玉梅把于树德安顿在外屋的铺板上，然后回到里屋来，关上了屋门。

孩子们都睡着了。杨玉梅帮他们脱下了衣服，盖上了夹被。她像往常一样地取出了针线簸箩，想给孩子们缝补衣服；可是她的心像丢了一样；不是穿不上线，就是让针尖刺破了手指。

她放下了针线，吹灭了灯，没有脱衣服就躺下来。

月光很亮，屋子里像白天一样。

杨玉梅睡不着觉。各种各样的回忆，一股劲儿地向她涌来——有甜的，有酸的，有苦的，也有辣的——她觉得自己受了委屈，受了骗；她伤心地哭了。

她不愿再向"睡在外屋的那个人"示弱。她用劲地咬住了枕头——她要让那苦涩的眼泪再倒流进肚里去。

这时候，睡在外屋的于树德打门了，杨玉梅吃惊地坐起来。

"玉梅，玉梅——我们的事情到底怎么办呢？"

“你连明天也等不到啦？”

“明天？”

“明天我跟你到法院去。”

她不再流眼泪了。她恨他——心上像浇上了滚油般地火烧缭乱，一股力量从她内心深处迸发出来，她发狠地用手抓住炕沿砖，她想把它扔到于树德的头上去！

偏偏这时候于树德又叫门了。

“玉梅，玉梅……”

“干什么？”

“你把门儿开开——我有话对你说。”

杨玉梅跳下炕来，开了门栓，站在了明亮地方，瞪着眼睛看着外屋。

于树德走进屋来：“啊哟，外面跳蚤能把人抬起来——咬的睡不着……”

“你要干什么？”

“噫，干么要瞪眼睛？老夫老妻啦，你忍心看着我喂跳蚤？”

“外屋没有跳蚤——你到底要说什么？”

于树德嘿嘿地邪笑着：“说什么——有什么好说的呢？”

“没有说的你出去吧！”

“我哪儿也不去啦。买卖倒台还得吃一顿散伙饭呢——你好意思把我赶出去吗？”

杨玉梅没有答活。她伸出手去抓住了于树德的衬衣领口，像拖一袋肥料似的把他拖到门口，拼着全身的力量把他推出门去，然后关上了屋门，咣地上了栓。

于树德的脚下像踩上了西瓜皮，滑溜溜地向前跑了两步，噗咚一声响，爬倒在地上了。

这一晚上呐，我们的于主任别想睡安稳觉啦！

六

早饭以后，小王擦洗着汽车，于树德叼着一根纸烟等待着洗刷锅碗的杨玉梅——他们要相跟着到人民法院办理离婚手续去。

于树德刚走出了被汽车撞塌的院门，一位满头大汗的邮递员给他送来了一封加急电报。于树德签了收据，展开了电报——

“陈佐琴已向法院起诉，见电速归。”

真是晴天打霹雳，于树德呆住了。

这一下什么都完蛋了：“爱情”破产了，还得到法院去；这事情怎么向党支部交待？怎么向局长交待——就是用“书面反省”和“思想检查”的办法躲过了党和行政的处分，可是以后哪个姑娘还敢和于树德接近呢？

于树德恨死那个黄毛丫头陈佐琴了！

现在怎么办？

如果真的和杨玉梅离了婚，那就会加重自己的错误，就会加重党和行政对自己的处分；再说，陈佐琴已经给他揭了“底”啦：家里有老婆，还有两个孩子；要是一离婚，于树德总得“分”一个孩子，有了孩子的拖累，于树德就不可能再去寻找什么“生活中的乐趣”，也就再别想找什么“感情的安慰者”了。

不，现在绝对不能和杨玉梅离婚去了！

于树德揉皱了那封加急电报，扭回头去看看院门。

杨玉梅走出了院子，连于树德一眼也没看，就一直向着坡下走去。

于树德喊住了她。

“玉梅——我不去啦。”

“为什么？”

“就这么瞎胡活下去吧——我不想离婚啦。”

杨玉梅看了看于树德，坚决地说：“我不管你，我是决心离啦！”

于树德走到杨玉梅跟前，和解地说：“不要耍性子啦。我们已经好了十几年啦——以后我多回来几次就好啦。”

杨玉梅摇了摇头：“我不信你的话啦——受骗，只能是一次！”

“那你是下定决心啦？”

“嗯。”

“那孩子们怎么办？”

“你放心，我全管！”

杨玉梅扭过身去，头也不回地向着大路走去了。

于树德呆站了一会子，突然向着小王喊道：“开车！”

小王瞪着眼说："到哪儿？"

"进城——回机关！"

"进城可以，要回机关可就没有油啦。"

"那油呢？"

"借给农业社啦。"

"谁让你借给他们的？"

"我呀——你不说过汽车的事儿由我负责吗？再说你也没说今天就走哇！"

于树德窘住了——他把全部的愤怒发泄在那张电报纸上：他一直把它撕成了碎末——像锯屑一样！

坡下的石涧旁，抽水机在工作着；引擎轰响着，清水流进了谷地里……

……傍晚时分，于主任坐着汽车回到机关来了。一下汽车，他就看到了通讯员奇怪的眼色；走进院子，他又看到了公务员奇怪的眼色——凡是碰到他的人，都是用奇怪的眼色看他。于树德受不了那种眼色的威逼，连跑带跳地闯进了他的办公室。

噫，办公室也变了样儿啦：桌椅挪了地位，大沙发也不见了；有一个不认识的人，竟敢坐在于主任的转椅上办公。

于树德没有和那个人打招呼。他先倒了一杯茶，然后开了电扇——大风一来，那个人的文件，就在屋子里飞舞起来。

那个人站了起来，惊异地说："同志。你找谁呀？"

"我谁也不找。"

那人仔细地看了看于树德，猜测地问："你是于树德同志吧？"

"是的。"

"你坐的那部捷克式的车子回来啦？"

"回来啦——你？"

"哦——我是今天才调来……"

"做什么工作？"

"办公室主任。"

"嗯？！那我？"

"关于你的工作暂时还不清楚，支部书记叫你回来立即到他那里去一下，你这就去看看吧！"

于树德知道事情不妙，这时他忽然感到浑身冰冷，正准备拖着两条沉重的腿出门去。

忽听新来的办公室主任又叫了他一声，他回过头来，那人说道：“哦，忘记告诉你啦，茶盘下边有一张传票，是市法院送来的。”

于树德抽出那张传票来，但他没有看它……

于树德这一次准备出售的“反省丸”和“自我检查丹”大概要失效了：第一，他现在不再是办公室的主任了——他已经被撤职了；第二，法院将要给他的是刑事处分，而不是什么“思想反省”。

这就是一个奇异的离婚故事的始末。这个故事虽然有点荒诞，但是生活中确实有这种荒诞的事情。

一九五四、一一、二十于北京

（原载《长江文艺》1956年第1期）

述评

孙谦(1920—1996)，编剧、小说家，原名孙怀谦，山西文水人。幼时家境清贫，小学未毕业即被家人送去学习经商，1937年加入青年抗日决死队，1938年在黄河剧社任演员、导演。1940年到延安，进入鲁迅艺术学院附属部队艺术干部训练班学习，1942年调到晋绥边区文联工作，并任保德县三区文化部长，开始发表短篇小说，并参与创作了大型秧歌剧《王德锁减租》，1947年起先后在东北电影制片厂、电影局电影剧本创作所、北京电影制片厂任编剧，创作了《农家乐》、《陕北民歌》、《葡萄熟了的时候》、《夏天的故事》、《谁是凶手》、《奇异的离婚故事》等10余部电影剧本。1957年后他在山西省文联从事专业创作，陆续发表短篇小说，并结集为《伤疤的故事》和《南山的灯》。“文革”后，他与马烽合作完成电影剧本《新来的县委书记》，后更名为《泪痕》搬上银幕，获得文化部优秀影片奖和《大众电影》“百花奖”最佳故事片奖。其后，又与马烽合作写出了《咱们的退伍兵》、《黄土坡的婆姨们》等优秀剧作。曾任山西省作协副主席，山西省文联副主席，山西省影协主席等职。

《奇异的离婚故事》，发表于《长江文艺》1956年第1期。小说讲述机关干部于树德欺骗少女抛弃发妻的故事。于树德是一名共产党员，并且是一名领导干部。进城后，思想堕落，将共产党人艰苦朴素、真抓实干的优良传统丢得一干二净。对少女陈佐琴隐瞒自己已婚的事实，欺骗少女纯真美好的情感，并致使其怀孕。对家乡的妻子儿女则不闻不问，是个忘恩负义的典型。在其预谋策划与妻子离婚的过程中，暴露出他还是一个贪图享乐、冷酷绝情、爱慕虚荣的伪君子。但他的如意算盘最终是珠洒满地，妻子在看清他卑鄙丑陋的一面后，毅然决然地同意与他离婚，而被诱骗的少女在认清他本来面目后，一纸诉状，将其告到法院，于树德也因此丢了工作，这一切都是他咎由自取。

应该说，作者敢于向现实生活中的不良现象发起抨击，是难能可贵的；而小说的故事情节也起伏有致，人物形象鲜明，性格丰满，无论就当时而言还是就现在来看，都不失为一篇成功的作品。

作品发表的当年亦即1956年，孙谦将《奇异的离婚故事》改编成电影文学剧本，借助公园、影院、舞厅等元素表现了城市生活的丰富多彩，通过于树德这个典型人物形象讽刺了忘本的领导干部，具有一定的现实意义。上影黄祖模导演于1958年将影片拍摄完成，改名为《谁是被抛弃的人》。

然而，随着1957年整风运动和反右派斗争的愈演愈烈，这部作品成了批判的对象。有论者指出，这篇小说“诋毁革命队伍”，“歪曲、丑化、污蔑党的领导干部形象”，“攻击党和社会主义”，是一株“毒草”。对于以此改编而成的电影，批评的声音更是一浪高过一浪。1958年12月2日的《人民日报》刊登了陈荒煤的文章《坚决拔掉银幕上的白旗——1957年电影艺术片中错误思想倾向的批判》，文中指出：“也还有一部分影片，拍摄完毕后还需要做修改或者根本不能放映，如《未完成的喜剧》、《谁是被抛弃的人》、《不夜城》等。尽管这些创作者的政治情况不同，但是，从作品的思想内容来看，不能不说《谁是被抛弃的人》、《球场风波》等，都是反党、反社会主义的作品。”

人与动物的最大区别在于人是有思想的，同时人是会变的，领导干部也不会例外。可能变好，也可能变坏。关键是如何认识。小说在描写于树德与妻子结合的情节中，我们可以看到，那是一段患难与共的经历，具有着革命者的胸怀，情真意切。而当所处的外部环境发生变化时，如果没有崇高的信仰作为一个人的精神支柱，那么变坏是很容易的。这篇小说所揭露的不良现象，即使到了今天，也并不罕见，甚至有过之而无不及。回想当年对作品的痛批，再看如今的习以为常，我们应该反思并警醒，保持党员的纯洁性、先进性和坚守做为人的伦理道德的底线，还真是任重而道远。

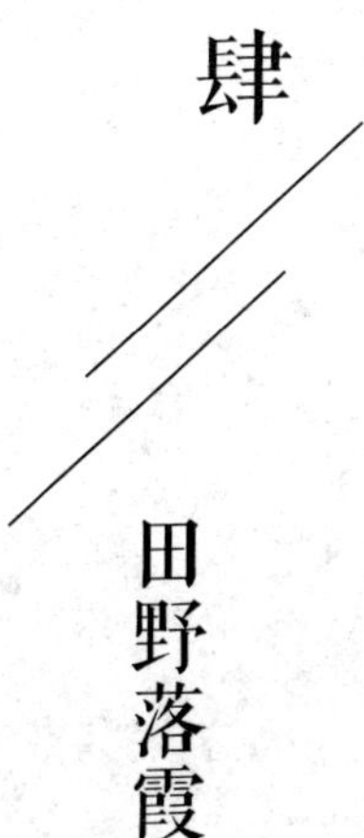

高金海像躲闪熊熊烧起的野火似的，向后倒退了一步，跌了一屁股泥，爬起来，狼狈地骑上车，奔青流村渡口去了。杨红桃高傲地站在饮马石上，彩色斑斓的晚霞笼罩着她，在她的脚下，是终点，也是开端。

田野落霞

刘绍棠

1

入夜了，五月的原野宁静下来，但是起了微微的风。代理区委书记刘秋果，已经关着门在屋里走了一个钟头，这时他猛地收住脚，推开了窗户，探出头去，只见那一丝不浑的圆月，慢悠悠地从东南天角的山根下升起来，高高的夜空，几颗银亮银亮的星子，像是从水里刚捞出来似的闪动和冰冷。他解开制服上身的钮扣，一股夜风猛地直冲进他的胸膛，他机灵灵打了个冷战，长长地吐了口气，像是把满腹的郁闷呼了出来。

他没有关上窗户，扭过身来，把办公桌上的煤油灯点着了，青幽幽的灯光，照在他那苍白的脸上，照见他那深陷的像笼罩着一层烟雾似的大眼睛，两条漂亮的黑眉毛愁苦地紧锁在一起，嘴巴死死地闭着，风吹进屋来，他那投映在白墙上的清瘦的身影，就像一棵小白杨树在夜风里摇曳。

刘秋果又颓然地坐在藤椅上，两手抱着头，伏在桌上昏昏茫茫地思索起来。

窗外，晃动着几个歪歪扭扭的身影，有低低的嬉笑的声音。

“这回就要分出公母来了！”

“二虎相争，必有一伤！”

刘秋果激怒地一拍桌子，霍地跳起来，那几个老油条赶紧溜了，于是他重又闭上窗，把灯捻暗了，继续走着，走着……他对副书记高金海的容忍已经够了。

正月新春，社会主义大风暴席卷整个运河平原，区委书记俞山松被调任县委副书记，意想不到的，刘秋果被抓做代理区委书记，同时还仍然兼管拖拉机站。当时只讲定代理三个月，但是现在已经超过一个多月了，却没有听说派人，而撤区的消息已经传来。

副书记高金海为这个职位已经钻营很久，他的老上级副县长张震武也替他四处奔走，但是在县委书记那里碰了一鼻子灰。于是，刘秋果从到任的第一天起，嫉妒和暗斗就包围了他。高金海拉拢了一批老油条，专挑刘秋果的毛病，给刘秋果小鞋穿。比如，刘秋果喜欢深夜看书，他们就提出要节约行政开支，逼得刘秋果只好自动提出，他的用油由他自己买；刘秋果爱刮脸，衣服常换常洗，脚下穿的是皮鞋，又因为曾经得过肋膜炎，他把区委会办公室的一把藤椅搬到屋里用，屋里又挂了一张油画，于是他们便四处扬言，说刘秋果追求享受，生活很不刻苦；刘秋果不喜欢拿父母老婆开玩笑，又常劝别人多多读书，于是他们便说刘秋果摆知识分子臭架子，鼓励教条主义风气；刘秋果的爱人是读过高中的城市姑娘，在拖拉机站任秘书，两个人常常在太阳落山，晚霞燃起的时候，到田野和河边去散步，小夫妻相倚相靠，非常亲热，于是他们就散布谣言：刘秋果阴阳两面，外表上是无产阶级面孔，骨子里却完全是肮脏的小资产阶级情感……

刘秋果忍受着这些对他个人的人身攻击，默默地不说一句辟谣和辩驳的话，但是在工作上，他不肯让一步，于是他跟高金海的关系就一天天更加恶化了。

今大，高金海所闯的祸，成为一根导火线，他们的争吵总爆发了。

高金海以地委机关报特约通讯员的资格，写了一篇完全是克里空的通讯，他把自己负责的沿河一带村庄的打井数目字，提高了百分之五十，大肆吹嘘自己，并且暗暗讽刺刘秋果是小脚女人，老牛破车；由于害怕编辑部会下乡调查，他便骑着自行车去四处督阵。

但是白杜梨树村却只打了三眼井，连计划数字的百分之二十都没达到，白杜梨树村的老头反对打井，他们说，从他们落生到现在，六七十年只见过涝，没见过旱，白杜梨树村的土地躺在运河母亲的怀抱里，奶总是吃不完的。

高金海暴跳如雷，硬拉着社主任，喊来几个打井老把式，狠狠地训斥一顿以后，便到田野上去勘察。这几个老头一面是对打井心怀不满，一面也是因为地脉和位置都不合适，从黎明一直蹓到太阳升起来，也没确定一个地方。高金海气坏了，便亲自在田野上按照灌溉区划配置起来，到晌午，二十眼井的位置都确定了。

灯笼火把，披星戴月的，第二天傍晚就挖成三眼，但是井壁却沙沙作响，高金海心里也发慌了，便又把这些老头叫来，这些老头看了两眼，便摇头说一定得坍。高金海不相信，给他们腰上拴一根绳子，强迫他们下井，只听"轰隆！"一声，三眼井全坍了，大家赶紧扯绳子，其中一个老头因为抢救稍晚，腿被砸断。

刘秋果听到这个消息，马上赶到现场，命令立刻送到县医院，让高金海跟他回区委会，于是他们爆发了一场空前的争吵。

"你有什么资格教训我？我为革命流过血，拼过脑袋，你不过就是一张农业机械化学院毕业的文凭，我入党的时候，你还在喊蒋大总统万岁！"

高金海一脚踢开门，冲了出去，跨上自行车就跑了。

刘秋果没去追赶他，他关着门在屋里踱着，苦恼地思索着所发生的一切，同时等候县医院的电话……

这时，办公桌上的电话猛地丁零零响起来，刘秋果一阵心惊肉跳，他抄起听筒，呼吸都急促了。

"你是秋果吗？"一个清脆悦耳的女人的声音。

"啊，岳樱，是你！"刘秋果长出一口气，这电话是他爱人从六里外的拖拉机站打来的。

"你不是说今晚回家，怎么还不回来？"岳樱娇嗔地责问道。

"明晚回去吧。"

"今晚要复习俄文，这是你规定的制度呀！"岳樱很不高兴地说。

"发生了一件重要的事，不能回去了。"

"什么重要的事？"

"一件很惨痛很头疼的事。"

"如果不需要保密的话，你跟我谈谈。"

"我……"刘秋果一拧眉毛，咬了咬牙，"我得去找高金海，跟他冷静地谈一谈！"说完，他把话筒挂上了。

刘秋果的手还没收回来，电话铃又紧骤地响了。

“是刘书记吗？”这小杨大夫是区卫生所的医生，刚从医士学校毕业一年，刘秋果派她护送白杜梨树村那老头到县医院去的。“那老头的情况怎么样？”刘秋果急不可待地问道。

“刘书记，截肢了！”听筒里，传来小杨大夫的哭音。

“什么？”刘秋果大叫一声，“一定要保住他的腿，请他们院长接电话！”

“是院长亲自动的手术，”小杨大夫痛哭着说，“院长说他已经竭尽全力，但是只能保住一条腿。”

“唉，这……”刘秋果就像被割下一条子肉，他把听筒一扔，抱头倒在藤椅上。

“刘书记，刘书记！喂，喂！……”小杨大夫在电话筒里嘶哑地呼喊。

刘秋果疯了似的跳起来，他没挂上那一声声呼唤的电话，冲出门，骑上车到百丈溪村高金海的家去。

这时，已经是夜晚十点钟。

2

五月的夜晚是温暖的，又是冰冷的。刘秋果骑着自行车，沿着运河河畔的小路奔跑。带着一股微微鱼腥气的河风，柔软地吹拂着他，果园里的苹果花开了，月光照着，像是十冬腊月凝聚枝头的残雪，发散着冰冷的清香味，月夜是朦胧的，村庄和树林似见不见，夜风在田野上像是一对对情人在低低细语，没有别的声音，残春的夜晚是那么恬静、安逸。

刘秋果在百丈溪村头停下了，他站在一棵白杜梨树下，呼吸了一口杜梨树花那酸甜酸甜的香气。前面就是高金海的家，秫桔编的篱笆和柴门，闪闪发亮，屋里黑洞洞的没有声音，只有天井鸭圈里的二十几只鸭子，耐不住夜寒，呷呷地拥挤着叫了两声，一团团的白色在窝里蠕动着。

刘秋果只来过这里三五次，那是为了调解他们夫妇间的吵架而来的，但是他以后坚决不肯再给他们做调停人了，高金海那疑神疑鬼的眼色，和高金海老婆杨红桃那忧郁和火热的一双眼睛，都使他很不自在。

他把怦怦猛跳的心镇定下来，看了看手腕上的表，“十点四十了！”他又沉吟了很久，才下定决心叫门。

“谁呀？”一个声音微微沙哑的女人在屋里问道。

“大嫂，惊动了你，老高在家吗？”

那女人没有答话，只听屋门吱呀一响，她已经走到院里，刘秋果简直后悔自己的莽撞到来，现在想走也走不脱了。门开了，杨红桃惊喜地叫了一声：“刘书记，是你呀！”

“老高回来没有？”刘秋果焦急地问道。

“外面挺凉的，进屋里来吧！”杨红桃笑嘻嘻地说。

“大嫂，没什么事，我只是问……”

但是杨红桃把他的自行车抢过来，搬进门槛里，刘秋果只好硬着头皮跟在她后面，杨红桃插上门，就一直奔进屋里，点上了灯，刘秋果的心全凉了，高金海一定没在家。

“进屋来暖暖吧！”杨红桃向他招手。

“老高回来没有？”刘秋果站在院里一动不动。

“你看你，难道他不在家，你就不能在我这里坐一坐吗？”杨红桃不高兴地说。

刘秋果只得走进屋里，昏暗的灯光里，杨红桃披散着长长的头发，穿着紧身小红夹袄，给他沏茶。

“大嫂，我不渴。”

“那我给你做点饭吃。”

“不，我吃过了！”刘秋果坐在炕沿上，就像屁股下坐着一堆蒺藜狗子，一副愁眉苦脸、无可奈何的样子。

“噢，你还封建哪，嘻嘻！”杨红桃突然怪罪地瞟了刘秋果一眼，但忍不住又扑哧笑了，“从抗日战争八路军游击队到运河起，这间屋子不知道招待过多少咱们的人，十几年，不说上万，也得有几千吧！我没想到什么不方便，习惯了。”

“喔，”刘秋果好像轻松一些了，“我是来找老高的……”

“我知道你不是来找我的！”杨红桃俏皮地开了个玩笑，但马上就严肃起来，“出什么事了吧？”

“是呀！老高他闯了祸，我们俩又吵了嘴……”

“是不是在白杜梨树打井，砸折了一个老头的腿？”杨红桃拢了拢滑到眼前的头发，问道。

“就是！”刘秋果懊丧地站起来，“可是老高却死不认错，我得去找他！”

“不用跑瞎道，你找不着他！”杨红桃忽然冷冷地说。

“怎么？”

“他躲到一个安乐窝里去了。”

“那……那我就到那里去找他！”刘秋果固执地说。

“不要去！”杨红桃张开胳膊拦着刘秋果。

“这是怎么回事？”刘秋果迷惘地望着杨红桃那一阵阵泛红的脸。

“你今晚住下吧，我想跟你谈谈。”杨红桃的声音突然变得那么遥远、微弱，像是一个口干舌焦、全身无力的夜行人，向人求援的声音。

“不行！我得回去。”刘秋果吓得连连摇手。

“我可没有什么坏念头！”杨红桃暴怒地叫了起来，那张美丽的脸像白菜叶子似的青白，“论年岁，我是你的老大姐，我知道自己的身份；论觉悟，我是个十二年党龄的党员，我知道党的纪律。可是你这个区委书记，为什么就这样爱胡思乱想，为什么不想听听一个多灾多难的党员的知心话？”

刘秋果被问得张口结舌，他搓着手，又坐下来，呐呐地说：“我是怕老高……”

“他算什么东西！”杨红桃破口骂道，“搞破鞋钻狗洞的坏蛋！”

“你这话……”

“咱们还是平心静气地谈吧！”杨红桃脸色一阵微红，惭愧地笑了，“我是个急性子，从小人家就管我叫山喜鹊，出了嫁，人家又管我叫野媳妇，可是这都是过去的事了，很远很远以前的事了。”

她忽然闭着了嘴，悽惨的眼光投向挂在墙壁的一张照片上，刘秋果的眼睛追随着望去，那是一个英武的游击队员的放大相片，镶着一个雕花的镜框。

“他是谁？”刘秋果轻声问道。

“我那个死鬼男人，”杨红桃悲伤地长叹了口气，“我的第一个男人不是高金海，那时候谁瞧得上他！我的男人是黑脸包龙柏司令手下的骑兵连长，在运河这一带雷一样的响呢！”杨红桃说到这里止住了，她是在压下心头的激动。

“他是一九四五年死的，”杨红桃再一次深情地望了那墙上的相片一眼，沉思地接着说下去，“包司令让国民党给谋害了，我那个死鬼闹个人行动，独自藏着枪进城去刺杀假谈判的国民党专员，只打死了两个卫兵，他被抓住了，铡在城里的十字街头，到今天我进城都不敢从那里走。”

“后来呢，就跟老高结了婚？”刘秋果插嘴问道。

“我守了五年寡，”杨红桃摇摇头说，“兵荒马乱的年头，我也没想到过改嫁，就像替我那死鬼战斗似的，我没告诉你，我担任过好几年的党支部书记呢。”

“知道，”刘秋果点点头，“我很为你关在家里惋惜呢。”

“我后悔嫁给高金海！”杨红桃咬着她那洁白的牙齿，“现在的县委第一副书记陆寒江，过去是我那死鬼骑兵连的指导员，后来他在这一带领导护地斗争，我们常在一块，他喜欢过我呢！不过我因为他总批判我那死鬼无组织无纪律，不应该采取什么个人英雄主义的恐怖行动，我就讨厌他，对他挺冷淡，就这么拉倒了。到了一九五二年，我得罪了那时候的区委书记张震武，被撤销了党支部书记职务，我有冤没处诉，就心灰意懒了……”

“这个我倒没听说！”刘秋果吸了一口气。

“现在张震武已经是副县长，可是我至今也不服罪，他是公报私仇！”杨红桃的眼眶里满是泪花，“张震武到我们百丈溪来，总是在酒铺包饭，不把饭派到各家去，我娘这个老太太，也是共产党员，就看不上眼，跑去骗他说请他吃饺子，他高高兴兴地来了，可是一进门，却是榆钱炒豆腐渣，他火了，说是故意耍笑他，我娘也急了，就骂他刚打下江山就忘了本，共产党员要都像他这样，革命就会跟闯王进京一样下场，坐十八天皇上就得垮台，问得他说不出话，只得闷着头吃了半碗，抓起帽子，又到酒铺去了。后来我又常常反对他那种官老爷架子，他对我们娘儿俩算记恨在心里了，鸡蛋里挑骨头，专找我的毛病，因为我坚决不同意强迫征购我们村的渔船，跟他大吵了一回，他说我是破坏党的决议，一声令下，就把我的党支部书记职务撤销了……”

“这不合法啊！”刘秋果愤慨地说，“你应该向上级党委申诉。”

“我气病了，整整病了一个春天，”杨红桃无限悲酸地说，“我娘产生了退坡思想，也影响了我，生活又挺困难。这时候高金海来了，他原是我死鬼骑兵连的排长，在我们家躲过扫荡，养过伤，吃过住过，现在回来当区委副书记。见着熟人该多亲哪！他给我还了药账，又跟我献殷勤，我一时糊涂，心就动了，我娘不同意，可是我没听她的话，就这样嫁给了高金海，你看，一个人离开了党……”杨红桃低下头，抹了两把眼泪，又掏出手帕擦干流出的鼻涕。

刘秋果激动地站起来，弓着腰，在屋里走着。

“高金海本想玩腻了就散伙的，因为我跟他拼命，他才不得不娶了我。于是他又嫌我不能养孩子，又嫌我什么性格不温柔，我不受他欺侮，就跟他吵，他索性不再回家来，偷偷在外边搞破鞋。后来被俞山松同志知道了，狠狠地整了他一顿，他才不敢再闹，可是仍然不回家住，也不给家里钱，我娘病倒在炕上，因为没钱吃药，又气又恨，就眼瞧着死了……”杨红桃说着说着，泣不成声。

“别难过，别难过，会好起来的！”刘秋果无力地安慰着。

“我一个人劳动一个人吃饭，跟他已经没关系了，”杨红桃又悲切地说下去，“合作化大风暴来了，人们已经忘了我，我没有出头露面，就这么孤苦伶仃地过日子，可是高金海等俞山松同志走后，就像野狗解开了链子，又找了姘头。”

“我怎么不知道？”刘秋果又大吃了一惊。

“区里有一批高金海的心腹，他们会遮盖你的眼睛，他们因为你的资格浅，合伙欺侮你，这我听高金海说过！”杨红桃愤恨地说，“今晚高金海一定是到青流村去了，住在他的姘头家里，是个富农的女儿，才十八岁，可是他已经三十六岁了呀！”

“这算什么人！”

“你说，我应该不应该跟他离婚呢？”杨红桃恳切地问道。

“这……”刘秋果一时手忙脚乱了，马上回不出话。

“比如我是你的姐姐，你该怎么说呢？”杨红桃哀怨地、忧伤地望着刘秋果。

“我支持你！”刘秋果猛地感到自己这种怕负责任的态度真可耻，于是坚定地回答这个无限信赖自己的女人。

“人们会不会把我看做是坏女人呢？”杨红桃羞涩地低下头说，“死了丈夫，嫁了人，嫁了人又离婚，离了婚我还想找个真心实意的人。”

“不会的，不会的，你为什么也有这种封建思想呢？”

“唉，你不懂得做女人的苦处，女人要比男人想得多，也难得多呀！”杨红桃眨动着她那长长的睫毛，眼泪忍不住簌簌流下来。

窗外，一颗流星歪歪扭扭地划下来，河流轻轻地撞击着陡峭的河岸，隔岸的村庄，一只雄鸡叫了全运河滩的第一声。

“杨大姐，”刘秋果的眼睛闪闪发光，望着这个不幸的女人那惨白的脸，“你应该坚强起来，拿出你过去的气魄，不要让人们忘了你！你受的冤屈，党会弄明白的。”

“谢谢你，你睡吧，真对不住，跟你乱扯了半夜。”杨红桃抱歉地苦笑了笑，哽咽着说了一声，就跑了出去。

“你到哪儿去？”刘秋果问道。

“我到那屋去睡。”

刘秋果关上了门，吹熄了灯，月光流泻进来，他不能入睡。杨红桃靠住秫秸篱笆，迷惘地望着在月光下闪闪发亮的河流，朦胧的田野，听着一只丧偶的布谷鸟那厉的哀啼，忽然一股悲酸疼遍全身，她双手捧着脸，肩膀一抽一缩的，她无声地哭了起来。

3

黎明前，月亮转到运河西岸的树林背后去了，原野浓黑起来，闪闪发亮的河流，已经模糊不清，只听见那轻轻的喧闹的声音，树林像一个个挺立不动的黑影；猛地，一声清亮婉转的啼叫，呼唤黎明的鷚雀从天空掠过，杨红桃抬起头，朝霞从东山脚下的深谷里燃烧起来了。

杨红桃舒展了一下酸痛的身体，长长地吐了一口胸头的闷气，然后轻轻地走到屋檐下，刘秋果还睡得很甜，她怕惊动他，蹑手蹑脚地挑起水桶，慢慢地抬开柴门，快步到河边去了。

她走下运河高岸，脱了鞋，挽起裤脚，趟进潺潺作响的河流里，一股电流似的寒冷，刺疼她的皮肤，通遍全身，她哆哆嗦嗦地打了个冷战，然后弯下腰，洗起脸，她嘘着气，困盹完全消失了。

“你今天怎么起得这么早？”陡岸上，一个发劈的声音问道。

杨红桃仰起脸，陡岸的老龙腰河柳下，站着高金海；她汲满桶，上了岸，盯着那满是眼屎，布满血丝的眼睛，问道：“你昨晚到哪儿浪荡去了？”

“我住在区里啦！”高金海打了个大哈欠，伸了个长长的懒腰。

“瞎说！”杨红桃喝道，“刘秋果同志深更半夜来找你，说你跟他吵了架，一赌气走了，你怎么会住在区里？”

高金海惊吓得揉揉眼睛，急迫地问道：“告诉我，他都跟你调查了些什么，快说！”

“你去问他吧！他就在家里。”杨红桃冷冷地说。

“怎么，你留他住下了？”高金海朝后跳了一步，上下打量着杨红桃。

“这有什么，人家黑灯瞎火地找你来，扑了个空，能让人呛着夜寒回去吗？”杨红桃镇静地瞪着他。

“他住在哪屋？”高金海又抢到杨红桃面前，嘴里喷着发臭的酒气。

“我那屋。”杨红桃理直气壮地回答。

“你呢？”

“我没睡。”

“胡说！是你勾引他占我的炕头来了！”高金海撒腿就奔家里跑。

“站住！不准你胡闹！”杨红桃扔下水桶，喊嚷着跟在后面。

高金海已经跑进院里，他反手把柴门抬上了，一直闯进屋里；刘秋果被脚步声惊醒，从炕上忙坐起来，一见高金海那丧门神似的样子，也有些发慌。

“打扰你的好梦！”高金海咬得牙齿咯咯响。

“我是来找你的，你跑到哪儿去了？”刘秋果压住心跳，硬使自己镇定下来。

“找我来了？”高金海恶狠狠地一声冷笑，“可找到我老婆的被窝里来了？”

“你这叫什么话？”刘秋果血涌上脸，“你说这话难道不害羞？你污辱了同志，也污辱了你自己！”

“是你污辱了我！”高金海嘶哑地喊叫，“你给我戴上这顶绿帽子，我还有什么脸见人？你欺人太甚啦！”

“你看着我的眼睛！”刘秋果跳下炕，面对着高金海。

“不许动手！”

院里“扑通”一声，杨红桃从篱笆上跳进来。

“你看你还像个共产党员吗？”杨红桃指着高金海的鼻子，厉色地数落道，

“摇摇晃晃，满嘴的烧酒味，回到家又不问青红皂白，蛮横不讲理地大吵大闹，让乡亲们听见，你还顾不顾影响？”

“你不用拿这套大原则遮羞脸，你们穿一条裤子，早编好蒙哄我的话！”高金海龇着牙，跳着脚喊。

“老高，希望你冷静一点！”刘秋果憋着满肚子火，说道。

“谁受了这种污辱也不能冷静！”高金海耍起赖皮，完全不想说正经的。

“呸！”杨红桃照地上啐了一口唾沫，“你这个没人心的家伙，你在外面拈花惹草，又来给我脸抹黑！我问你，你昨晚是不是住在青流村的姘头家里了？”

高金海恼羞成怒，拧着眉毛，嘴里喷溅着唾沫星子，叫道：“我知道你们俩做成的活局子！我不吃这一套，咱们到区委会说去！”说着，他不顾杨红桃跟刘秋果的拉扯，跌跌撞撞地跑了出去。

“我正想把问题提到区委会议上去！”刘秋果也要跟着出去，但是杨红桃拉住了他。

“刘书记，让你受这样的冤枉，我真难受……”杨红桃痛苦地说。

“没什么，大姐！”刘秋果拿开她那冰冷的手。

“我也要到区里去，我要揭穿他这个卑鄙的坏蛋！”杨红桃紧握着拳头，眼里的泪花晶莹发光。

刘秋果没说什么，就骑上车走了，但是走到河边，又转了回来，严肃、沉重地对杨红桃说：“杨大姐，你不要去，这不好，辛苦你一趟，到拖拉机站去告诉我爱人。”

这一天，区委会沉浸在神秘的、令人窒息的空气里，高金海四处浪荡，跟这个咬咬耳朵，跟那个拍拍肩膀，又跟所有在家的区委委员做了个别谈话，大家怀着恐惧而又好奇的心情，等待着夜晚的到来。

黄昏，杨红桃经过激烈的思想斗争，才动身到拖拉机站去。拖拉机站坐落在运河滩的荒野上，四外是黑压压的丛林，绿漆栅栏包围着几列红房子，黑夜，尤其是没有月亮的黑夜，红房子的电灯亮了，就像行驶在运河原野上的一只大船。

杨红桃见到了刘秋果的爱人岳樱，岳樱还像个未成年的少女，微微黧黑的脸蛋，一双黑溜溜的大眼睛，长长的，不停地眨动着的睫毛，两条粗粗的辫子甩在背后，穿着一双旧皮鞋，熨得很平整的旧蓝制服裤子，上身是褪了色的格子衬衫，套着一件花毛衣，她惊讶地把杨红桃让到她的屋里。

他们的房间里，非常整洁和明亮，靠后墙是他们夫妇睡的床，铺着一床大花床单，两床碎花的棉被和一对喜鹊登枝的软枕头，临窗有一张书桌，一个装得满满的书架。岳樱让杨红桃坐在床边，杨红桃怕坐脏了那漂亮的大花床单，只是靠床边站着，岳樱便强按她坐下来，笑了笑，就请她谈……

岳樱眼睛睁得大大的，听着杨红桃的话，她咬紧了那薄薄的嘴唇，微黑的脸蛋一阵明一阵暗，眼睛被泪水模糊了。

"真阴险，真卑鄙！"岳樱激怒地站起身。

"岳樱同志，你相信……"杨红桃害怕地瞧着这个气怒的小姑娘。

"秋果不是那种人！"岳樱看了一眼挂在床头的他俩的合影，"高金海放这个肮脏可耻的烟幕弹，想遮掩他违反党的政策的错误，真无耻！"

"岳樱同志，我对不起你们！"杨红桃哭了。

"大姐，这不能怪你，"岳樱走过来，用热毛巾给她擦脸，"可是你为什么不离开高金海呢？对于这样一个灵魂发臭的人，你还有什么可留恋的呢？"

"岳樱同志，你是个幸福的人，你不知道我这个受苦受难的人的心呀！"杨红桃抽抽泣泣地说。

岳樱束手无策了，她一只手按着杨红桃的肩膀，沉思地凝视着窗外的原野，她忽然搂着杨红桃，说道："大姐，你才三十五岁，你振作起来吧！一点也不晚。你应该记住，你是个老党员。秋果跟我都会帮助你，好大姐！"

杨红桃痴呆呆地听着，点点头："对……我记住你的话！"说着，她便推门跑了出去。

原野上刮起雄劲的风，呼呼地吼叫，绿栅栏外的白杨树上，一群喜鹊扎煞着羽毛飞起来，盘旋着绕树几遭，又落在枝头。

一股风从杨红桃没有掩实的门缝里钻进来，岳樱打了个冷战，从衣架上抓起一条围巾和一件棉大衣，熄了灯，锁了门，奔跑着到区委会去。

区委会的宿舍都熄灯了，岳樱打着手电走到里面去，突然"哗啦啦！"一声响，像是桌椅被踢翻了。

门被撞歪了，高金海狂怒地跳到院里，挥动着胳臂大叫："这是陷害，我也要向县委提出报告的！"他疯了似的跑走了。

会议室里并没有回声，椅子一阵乱响过后，灯熄了，区委委员一个个默默地走出来。岳樱躲在黑暗的角落里。最后，等大家都出院了，刘秋果才独自一个走出黑洞洞的会议室，站在台阶上，一动不动。

“秋果！”岳樱扑过去。

刘秋果低低地说了声：“你来了！”就伸开胳臂，让岳樱给他围上围巾和穿上棉大衣。

“走吧！”岳樱心疼地拉住他的袖子，走了出去。

在寒冷的夜风里，岳樱紧紧地偎着刘秋果，一声不响地走着，静静地听着他们那合拍的脚步声。

“我现在才知道，斗争并不是我入党时所想象的那么浪漫！”刘秋果声音低沉地说。

岳樱只是更靠紧他，像是要把她的热，输送到他的身体里。

“不如做助教，或是当研究生了，那时候想得太美妙，太不现实了！”

“你……”岳樱抓住他那冰冷僵硬的手指。

“不，只是有这么一股逆流在流动，要把它压回去，压回去，斗争并不是那么浪漫！”

4

十天后，刘秋果跟高金海接到县委会的电话，要他俩第二天到县里来，高金海同时还接到一张传票，法院要他明天出庭，审理杨红桃提出的离婚案。

这天下午，高金海忽然不见了，他神不知鬼不觉地回到百丈溪村，偷偷地蹲在杨红桃院后的河岸下面，一会儿，那群鸭子摇摇摆摆地来了，他嘴里低低地叫着，等鸭群下了河，他非常巧妙地抓住两只最肥的，鸭子连叫都没叫出一声，就被他装在自行车车袋里，又在河边用两张一角钱的新票，骗买了一个光屁股小男孩的三只野鸭，于是他跨上车，过了河，顺着公路奔县城去。

高金海进了城，已经是万家灯火了。他到食品公司买了两瓶杏花村汾酒，马不停蹄，就急忙到城东南角的副县长张震武家去。

这是一个显得很荒凉的大院子。因为张震武有七个挨肩的儿子，这七个宝贝儿子一个比一个矮半头，一个比一个更顽皮捣蛋，在集体宿舍里，他们常常打碎玻璃，随地大小便，或是拧开自来水龙头，闹得水流成河，所以不得不在外面租了一所房子，把他们撵了出去。

高金海在门口下了车，掏出手帕擦了擦前额上的汗，喘了口气，便用大拇指去按电铃。

“谁呀？”一个粗哑的声音问道。

“见张县长的。”

门栓“哗啦”一响，大门张开了，一个挽着袖子、双手湿漉漉的、肥胖的保姆站在门口。

“你是干什么的？”这个胖保姆的口气非常盛气凌人。

“见张县长！”高金海的态度也相当傲慢。

“张县长晚上不会客！”这位胖保姆显然是要给高金海一个下马威。

“告诉你，张县长谁都不见，也得见我！”高金海指着自己的鼻子卖字号。

这时，院里正房的竹帘“啪嗒”一声响，一个大喇叭嗓子吆喝道：“马嫂，跟谁吵吵闹闹的哪？”

“是我，是金海！”高金海连忙抢着回答。

“啊呀呀！哪一股香风把你吹来了，好久不见，看不起我这个老上司啦！有两个月没登我的门坎啦！”

随着这大喇叭似的声音之后，一个又高又大，挺着突出的大肚子的胖子，拖着一双木屐走出来，高金海急忙闪过马嫂，奔上前去，“啪！”两个人狠狠地握住了手，马嫂吓得赶紧溜到厢房去了。

他俩走进屋里去，张震武一眼看见高金海手中提着的鸭子和酒瓶，哈哈大笑：“好小子，你来行贿啦！”

“看你说的，”高金海的脸一下子涨红了，“我是顺便带点野味来看你，今晚又要住在你这里，吃饭给饭钱，住店给店钱！”

“马嫂！”张震武兴奋地高声叫道，“先别洗衣服了，把这几只鸭子下灶！”

里屋“哇！”地一声，刚刚喂奶睡熟的小儿子被惊醒了。

“你把声音放轻点！”他老婆抱怨道。

“我早就想吃野鸭子，想得做梦都吧唧嘴！”张震武压低嗓门，得意地摇摇头。

“你已经吃过了，两大碗饭呢！”他老婆在屋里提醒他。

“这没关系，要发挥肚皮的积极性嘛，哈哈哈哈！”张震武笑得咳嗽着，那肚皮都抖动起来。

屋里的小儿子又被吓醒了，他老婆无可奈何地叹了口气，哼着催眠曲，哄孩子入睡。

三杯热酒下肚，张震武脱掉衬衫，只穿一件背心，乱舞着筷子，一面从嘴里吐出碎骨头，一面打开话匣子。

“不用想逃避责任，毫无疑问的，你犯了个严重的错误！”张震武猛地站起身，在屋里踱起来。

“我……”高金海不满地扔下筷子。

“别跟我狡辩！”张震武瞪着眼睛威胁道，“你必须正视错误，接受教训！”说着，他又坐下来，连着吃了几块鸭肉，灌了两盅酒，然后舒舒服服地长出了一口气。

“我该怎么办呢？”高金海有些惊慌。

“虚心接受批评，深刻检讨错误！”张震武打开抽屉柜，拿出两份打字的材料，“这里一份是刘秋果的报告，一份是你的报告。你看人家这个大学毕业生，写得言词流利，口气委婉，有事实，有分析，有批判，有检讨，小葱拌豆腐，一清二白！你再看看你的，胡扯一气，态度蛮横，说什么刘秋果跟你老婆睡过觉，你简直是自己把自己涂抹成一个小丑，打官司靠状纸，你是非输不可。”

“其他的县委委员有什么意见，你知道不知道？”高金海吓得乱了手脚。

“周书记到省城去了，省委大概是批准了他的请求，让他要笔杆子去写长篇小说，他不在倒是你的幸运，周书记是大学生出身，对知识分子从来都是偏向的。”张震武说到这里，突然把声音拉长了，放慢了，“至于两位副书记大人，虽然跟我一样，是泥腿子出身，但是对你却一向不大喜欢，而对刘秋果这个大学毕业生，倒是相当的宠爱，这大概是为了沾点知识分子气，好抬高身价吧！唐县长刚刚到任，什么情况都不大了解，只能随大流。别的县委委员我没跟他们谈过，不过可以肯定，整个情况对你非常不利！”

“我怎么办呢？”高金海现在才感到笼罩在头上的重重阴影。

“还是那句话：虚心接受批评，深刻检讨错误！”张震武点了一支烟，用一根火柴剔着牙，“你跟刘秋果都将列席会议，你必须态度谦虚，对你这份强词夺理的报告，要加以严厉的自我批判，你写了什么声明之类的东西没有？”

“没……”高金海已经明白他写出的那个充满谩骂、要挟言词的声明大为不妙，心想必须连夜重写。

“那就写一个吧！和和气气，老老实实的，我将尽量使你不受处分，只提议把你调动一下工作。调到我的身边来搞商业，这是现代化流线型的工作。我们要学会做买卖，列宁说的！”张震武仰躺在布满尿渍的沙发上，喷着烟圈。

“好，写就写一个吧！”高金海说，“我也要预先通知你，杨红桃对你一直怀恨在心，不知道什么时候会反咬一口呢！”

“这个女泼皮！我处分她，完全是为了维护党的组织纪律的尊严。”张震武不以为然地翘着二郎腿，冷笑道，“我真不明白，你当初为什么接管这个剩货！”

“我让鬼迷了心窍！”高金海搔着头皮，在屋里来回踱着，但是心里却像吞了块铅，沉重得很，他踩灭了香烟头，打了个哈欠，“天不早了，睡吧！”

张震武看了看手表，把烟头一扔，说道：“可不是，十二点五十了，早晨六点半还要听政治经济学讲课，又得迟到了！”说着，他又提高嗓子叫道：“马嫂，客房收拾好了吗？”

“收拾好了！”

屋里，孩子又被惊醒，哇哇地嚎起来，他老婆又无可奈何地抱怨道：“你把声音放低点！”

高金海到客房里，锁上房门，把原来的声明书用火柴烧着了，便一支接一支地吸起烟，到后半夜，忽然文兴大发，掏出笔来，伏在桌上，只听一片沙沙磨纸声，直写到窗纸发白。他四肢无力地朝床上一仰，闭上了眼睛，只觉得天旋地转，两眼飞着金星，一阵阵心惊肉跳，想要呕吐；他恍恍惚惚地似睡非睡，忽然被一阵令人毛骨悚然的声音惊醒，他睁眼一看，原来是张震武在房檐下大刮舌头，手表的时针早已经过八点了。

5

刘秋果整整失眠一夜，黎明时他起来，便到田野和河边上去，那混合着泥土、树木和野花的香味的清新空气，刺激得他的头脑清凉清凉的，沁人肺腑的晨风，像是一股淙淙作响的溪流，流过他那发焦的心，金色的太阳渐渐露出山头，河边的向日葵面向着东方。

刘秋果到达县委会，直奔县委第一副书记陆寒江的办公室，他走到门外，听见屋里有一个妇女哭哭泣泣的声音，他赶忙收住了脚。

“一个共产党员，在政治上松了劲，党性在他身上渐渐消失，那他就成了一个活着的死人！”陆寒江的声音很严厉，但是也微微流露出一点感伤的味道，“你跟你死去的丈夫，都缺少理智，脑袋一发热，做出追悔不及的事来；他违反党的斗争策略，结果丢了命，你在婚姻上，受了骗。”

那女人哭得更痛心了，她哽哽咽咽地说：“你现在骂我也晚了！……”

“是晚了，我后悔当初没有狠狠地骂你一顿！”陆寒江的声音非常低沉，“我听到你嫁给高金海，难过了很长一段日子，那时候我还没有爱人，而现在已经做了父亲。离开高金海吧！不过，尽管离了婚，如果你不让过去那勇敢、大胆、粗犷、泼辣的杨红桃复活，仍然是醉生梦死！”

“我听你的话，除了你肯这样骂我，天下还有谁呢？”那女人抽抽搭搭地说。

刘秋果忽然想起杨红桃跟他说过的故事，赶忙扭转身，他刚拐过甬路的松墙，迎面，年轻的县委第二副书记俞山松，手里拿着一卷报纸走来了。

“老兄，这下子可要三堂会审你了！”俞山松没等刘秋果打招呼，就笑着跑过来。

“你好！”刘秋果伸过手来，脸很红地说道。

“走，到老陆屋去！”俞山松亲热地扯着刘秋果的胳臂。杨红桃正在洗脸，陆寒江皱着眉头吸烟，见他们进来，脸忽然一红。

“杨大姐，你来了！”俞山松笑道。

杨红桃连忙回过头，那两只眼可真像熟烂的红桃子，她凄苦地一笑，“俞书记，你好。”

“本来想请你列席会议，可惜你还要去打官司，不然会更彻底地揭穿高金海的本相！”俞山松说。

杨红桃把手巾拧干搭在绳上，慌慌张张地说道：“俞书记，刘书记，老陆……陆书记，我得到法院去了。”

陆寒江也跟了出去，到甬路松墙外，他低声对杨红桃说：“从法院回来到我家去吧，看看我的孩子，还有我爱人。”

杨红桃扭过脸去，咬住嘴唇，含混地说了一声，“我去……”就快步走了。

陆寒江阴郁地回到屋来，俞山松劈头把一张报纸扔给他：“看看高金海厚颜无耻的自我吹嘘吧！”

陆寒江慢腾腾地把报纸展开了，从头到尾细细地看了一遍，他抬起头，问刘秋果道：“他这篇通讯所报导的情况和数字，你们区委会审查核对过没有？”

“没有！”刘秋果痛苦地说，“高金海做事向来不告诉我，我对他也一向和平共处，在给县委的报告里，我已经提出请求处分。”

“处分完了怎么办呢？”俞山松的嘴角掠过一抹嘲讽的笑影，“去当助教，去做研究生。”

“这……”刘秋果一惊，“你怎么知道我想过？”

“因为千层篱笆也得透风！”俞山松的眼光逼视着他。

“想过……”刘秋果低下头，“不过自己已经把它否定了。”

下午五点钟，杨红桃挺着胸脯第一个从法院里走出来。跟着，脸色蜡黄的高金海也走出法院门口。他从口袋里摸出一支烟，罗锅着腰点着了，忽然看见杨红桃的后影闪进了一家食品店里，便跟踪过去。只见杨红桃买了一盒点心，又走进百货公司，买了一个洋娃娃。这更引起高金海的猎奇心，他一直隔着几步距离，尾随在杨红桃身后，直到看见杨红桃走进陆寒江家门口，他才咬着牙，啐口唾沫，转回身。

高金海回到张震武家听候消息，六点钟，张震武摇摆着一身肥肉，怒气冲冲地回来了。

“怎么样？”高金海走出来，低声问道。

“给你个严重警告！”张震武的脸上像蒙了一层灰。

“到底还是给了处分！”高金海沉下脸，不高兴地嘟哝道。

“都是俞山松闹的！”张震武气恼地叫道，“他姓俞的有什么了不起？小白脸，凭着两片子嘴，看了几本什么辩证论唯物法的书，就连升三级。我要向党中央打报告。我当过了运河的区委书记，他才接我的后任，提拔干部重才不重资，这会伤老革命者的心！”

“我的工作呢？”高金海胆怯地问道。

“根据我的提议，派你去做县供销社的第二副主任！”张震武不耐烦地解开衣服，“马嫂，打洗脸水来！”

高金海感到很没意思，无聊地坐了一会儿，抓起帽子，说道：“我走了！”

“再住一天吧！”张震武的脑袋涂满肥皂沫，大喊道。但是高金海已经把车推出门坎了。

杨红桃走进陆寒江家的院子里，一个老太太正在做饭，杨红桃说明来意，被让进屋里。

“您是寒江的母亲吗？”杨红桃问道。

“对。您……”老太太疑惑地望着这个陌生的女人。

“我跟寒江十几年前就认识，我死去的男人是寒江的老战友。”

杨红桃的眼睛投在白墙的一幅照片上，老太太端坐在中央，怀抱着一个胖胖的男孩，背后站着陆寒江和一个二十六七岁的女人，那女人剪发，重眉毛，大眼睛，双眼皮，上身穿的是抱腰的花棉袄，下身是一条蓝呢制服裤，显得那么文静，和蔼可亲。“您的儿媳妇在哪工作？”杨红桃问道。

“在小学里当校长。”

“多好的人品哪！”杨红桃想知道老太太对儿媳的评价，故意引老太太说话。

“人品好，心眼更好，”老太太笑得眯着眼，“我不是娶来个儿媳妇，是接来个亲闺女，我们寒江过去一直不想结婚，听说还是我那儿媳妇主动性强呢！”

“啊！”杨红桃的心疼起来，她急忙站起身，“大娘，墙上那张照片有小尺寸的吗？”

“有，还有一张四寸的。”

“把它给了我吧！”杨红桃说，“我给孩子买了一盒点心跟一个洋娃娃，您别笑话。我得走了”。

“你再稍稍等一等吧，六点钟寒江就会回来，孩子也就由他妈顺路从托儿所带回来。”老太太说。

“不啦！”

杨红桃把那张照片揣在怀里，跑了出去，一股热辣辣的眼泪模糊了眼睛，她什么也听不清，什么也看不见，像是奔跑在迷雾里。她到汽车站，正赶上最后的一班车。

车到百丈溪村站，已经黄昏了，杨红桃下了车，金红色的晚霞浓重地涂染着西山的树林，她走到河边，感到很累，于是她在河边的一块饮马石上坐下来，弯下腰去，手捧着喝了几口河水。对岸有两个人，靠得紧紧的，沿着河边的小道，慢慢地走着。晚霞给田野、树林和河面镀上了一层赤金色，田野显得更广阔，树林显得更高大，河流的声音更喧响。从背影，杨红桃看出是刘秋果和岳樱，这一定是岳樱到车站接刘秋果，于是无限怅惘涌上心头，她闭上了眼睛。

“怎么，想接我回去再睡一回吗？”一个恶毒的声音在耳边响起。

杨红桃打了个冷战，霍地跳了起来，刘秋果和岳樱的影子已经不见了，面前站着的是高金海。

“不要脸！”杨红桃气得发喘，许久才从胸膛迸出这句话。

“为了你这个臭娘儿们，我送掉了一半前程，我一辈子也忘不了你！”高金海恶狠狠地说。

“我也不会忘记你这个恶魔！”杨红桃握紧两只拳头，像是在荒原上打击猛扑上来的饿狼似的，“我会看得见你的下场的！”

高金海像躲闪熊熊烧起的野火似的，向后倒退了一步，跌了一屁股泥，爬起来，狼狈地骑上车，奔青流村渡口去了。

杨红桃高傲地站在饮马石上，彩色斑斓的晚霞笼罩着她，在她的脚下，是终点，也是开端。

1957年3月原载《新港》1957年第3期

述评

刘绍棠（1936—1997），河北通县（今北京通州区）人。1949年读中学时开始发表短篇小说。1951年到河北文联工作半年，阅读了大量文学名著，深受孙犁作品熏染。翌年发表成名作短篇小说《青枝绿叶》，并被选入中学语文课本。1954年入北京大学中文系。1956年加入中国作家协会。1957年发表小说《田野落霞》、《西苑草》及一些论文，被错划为“右派”，1979年平反。曾任北京市作家协会副主席、中国文联委员、国际笔会中国中心会员、《中国乡土小说》丛刊主编等职务。著有短篇小说集《青枝绿叶》、《山楂村的歌声》、《中秋节》、《蛾眉》等，中篇小说《运河的桨声》、《蒲柳人家》、《瓜棚柳巷》、《荇水荷风》、《小荷才露尖尖角》等，长篇小说《春草》、《地火》、《狼烟》、《京门脸子》，《豆棚瓜架雨如丝》等，《蒲柳人家》获首届全国优秀中篇小说二等奖，《蛾眉》获1981年全国优秀短篇小说奖。他的作品格调清新淳朴，文笔通俗晓畅，描写从容自然，结构简洁完整，乡土色彩浓郁。

《田野落霞》发表于1957年3月，原载《新港》。小说塑造了区委代理书记刘秋果和区委副书记高金海正反两个人物形象，描写了他们对待革命工作及日常生活等各方面的表现。两者截然不同的立场态度，反映了干部队伍中素质的良莠不齐，揭露革命队伍里存有腐败分子的现象。故事通过打井事件展开。高金海动员群众打井，不讲科学，胡干蛮干，压断了一位老者的一条腿。在责任事故面前，高与刘两方矛盾尖锐，斗争突显，境界各异。小说还浓墨重彩地塑造了高金海的妻子杨红桃这一人物形象，通过对她从一名充满激情与斗志的党的工作者，到离开党组织后消极隐忍认命的村妇，以及再次接受党的关怀教育获得新生等一系列身份重置过程的描写，说明个人的幸福离不开党，更离不开自我的觉醒与抗争。作品以一个小人物的成长历程，反应了大时代背景下的个人命运。

作品发表在新中国成立八年之际，全国上下革命热情高涨。50年代的作品以赞颂弘扬党的正确领导、表现人民生活翻天覆地变化居多。《田野落霞》以党的领导干部为主要人物形象，批判党的个别领导干部无视群众利益，贪图享乐，不思进取。作品发表后，即遭到各界的批评，直至被定性为一部“干预生活”的“反党小说”。1957年19期《文艺报》上，刊登了康濯以“写给刘绍棠”为副题的长文，文中指出刘绍棠新发表的《田野落霞》、《西苑草》等作品：“又更急转直下和出人意料地追求着没落和虚无的意境，欣赏着对于所谓生活阴暗面的揭露，发展着不健康的甚至是歇斯底里的曲调，以及违反生活真实的小资产阶级的情怀……”著名作家老舍的批评也很尖锐：“我们看一看这些人的创作实践，不是就很清楚吗：刘绍棠的《田野落霞》，把农民、党员、干部写得无可再丑；从维熙的《并不愉快的故事》，竟煽动农民闹事，反对农业合作化。难道能说他们脑子里没有什么思想支配吗？我看这就是资产阶级右派思想作怪的结果……《田野落霞》和《并不愉快的故事》能给人们什么教育呢？只能教育人们去反对共产党、反对社会主义。这不是很清楚的事吗！”一篇短篇小说，已经上纲上线到反党反社会主义了。

作者当时正处年轻气盛，信心饱满。在各种文学座谈会议上，表现积极，勇于表达自己的思想及看法。1957年相继发表了《现实主义在社会主义时代的发展》和对毛泽东《在延安文艺座谈会上的讲话》发表15周年纪念的《我对当前文艺问题的一些浅见》两篇文章。前一篇文章，作者批评了当时文艺创作中的教条主义；后一文中，刘绍棠对文学普及与提高的关系等问题，发表了有建设性的看法。前有反党小说《田野落霞》，继而又是大胆阐述个人的观点，因此，在接下来的政治运动中，作者被定性为“右派”。直到1979年，终获平反。

客观地讲，作者在人物塑造方面，确实存在两极分化的现象：正面人物，尽善尽美，知识分子刘秋果夫妇趣味高雅、为人正派，有一种与所处环境不合时宜的“高尚”情调；反面人物则被写得一无是处，对退伍军人高金海、张震武的丑恶嘴脸的刻画几乎到了极致。赞与贬都毫不吝惜笔墨。当然，这并不影响这篇小说惩恶扬善、爱憎鲜明的主题思想和干预生活的勇气。值得注意的是，对于《田野落霞》的认识和评价充满了曲折。吴舒洁在《<重放的鲜花>与“拨乱反正”》一文中写道：“1979年5月上海文艺出版社出版了《重放的鲜花》（以下简称《鲜花》）这一短篇小说选集。这本选集编选了一些在1956—1957年间有着广泛影响、后来被打成‘毒草’的作品……然而《鲜花》中并没有选入‘干预生活’更为尖锐的《田野落霞》，而是选了描写大学内知识分子生活的《西苑草》。一个较为显在的原因大概是《西苑草》更符合‘温良恭俭让’的风格，而不像《田野落霞》那样过于阴暗。类似的如当年同样影响较大的荔青的《马端的堕落》也未入选，我们或可从1978—1979年间发生的‘歌德’与‘缺德’的争论看到，在‘干预生活’与‘暴露黑暗’之间仍存在着隐隐的界线。”看来，所谓揭露“阴暗面”，所谓干预生活，批判现实主义的创作精神和方法，还有很长的路要走。

改 选

李国文

按照工会法的规定，这一届工会委员会已经任满了，如果再不改选的话，除非工会法有了新的章程，否则再拖下去，会员也不能同意的。于是委员们忙碌起来，工会主席起草一年来的工作总结。为了使这报告精采生动，让人听了不打瞌睡、不溜号，他向各个委员提出了“两化一板”的要求：

“你们提供的材料是我报告的基础，工作概况要条理化，成绩要数字化，特别需要的是生动的样板。”

也许没有听过“样板”这个怪字眼吧？它是流行在工会干部口头的时髦名词，涵意和“典型”很相近，究竟典出何处？我请教过有四五十年工龄的老郝，他厌恶地扭起眉头：“谁知这屁字眼打哪儿来的！许是协和语吧？”

委员们都在为“两化一板”着忙，本来冷落的厂工会，这时像停久了的钟摆，不知谁拨弄一下，滴搭滴搭地走动起来，显得少见的生气。人们路过工会的窗口，都不禁探头张望，担心里边别要是出了什么事？“两化”倒是容易的，“一板”却为难了。委员们既没有艺术提炼的才能，又不像到人事科、劳动工资科、厂长室、合理化委员会照抄材料和数字那么方便。但是主席却像产妇进入临产期那样，孩子没有出世，已经琢磨得出他的声音笑貌；他仿佛看到了在会员大会宣读这篇作品的结果，得到了全体会员的欢迎和信任，一致赞成他们继续连任下去。

主席把委员们找来汇报“两化一板”材料，每个人的脸色都沉甸甸的，连通讯员也是愁眉不展，他瞪着一堆久已不用的脏茶杯发愁，一时怎能洗刷出来？这时主席发言了：“来全了咱们就凑吧！咦？老郝哪？怎么又不见他？”

通讯员抢着回答：“我通知他了，他说打发完死人就回来。”他巴不得主席说声找，那他拔腿飞跑，就可以丢下茶杯不管了。

“什么死人？”

“铆工车间的老吴头老死了。我们老郝给看的板子，选的地皮，这阵子正大出殡哪！主席，我去把他找来？”

大概考虑到把出殡队伍的头脑、葬礼的主持人抽走的话，得罪了死者倒不用怕的，反正他也不会提意见了，冒犯了群众那可是划不来的，何况目前正是改选期间，于是通讯员只得低头冲洗茶杯去了。

“同志们！要紧是样板！”他不满意委员们汇报的材料，“数目字你们不给我，我也能搞到的。现在我这报告缺的是样板，难道我们工会委员会干了一年，没有一块样板？……”主席说得激昂慷慨，急得用手直弹桌子，爆起一阵浮土，呛得委员们直打喷嚏……

大家一阵沉默……

“板子倒是有的，我看中一副好板子，娘的，就是不给我。”幸亏老郝讲这话时是在出殡队伍里，否则那得了“样板”狂的主席，一定会抓住他紧紧不放的。

老郝拄了根拐棍，走在出殡队伍的前面，和他并排走着的，是死者的老伴，没有成年的儿子，和一些有着三四十年工龄的老头，他们头项都秃光光的，步伐迟缓，神态在严，震慑得瞧热闹的人屏神敛息。跟着是十六人的抬棺大队，二十来人的挖墓大队。这些老郝眼中的的年轻人，额头也已皱纹累累，经过时间的磨练，饱尝了生活的艰辛以后，性格稳定了，开始变得踏踏实实，步伐沉稳起来。他们的后面，是拖得很长的群众队伍，并不需要特别组织的，只要老郝带着头的，而且送的是一个善良的死者，人们就自觉地除下帽子，排到队伍里去。没有灵幡，没有花圈，没有旗帜，没有哀乐，只是默默行进中的送葬队伍，这对一个朴实的老工人来说，那是再合适不过的葬礼了。

老郝轻声地回顾左右说：“我在制材厂给他们一顿教训，老吴铆了一辈子铆钉，就连你这厂房架子也有他的心血，难道不该摊副好板子，他死活不给，这柏木的也是硬对付来的。”

到得墓地，墓穴早挖好了，吆喝着把棺材松绑轻轻放下去，开头几铲子上是由死者的亲人、老郝和老工友们填上的，随后那些年轻人才一拥而上，抢起那开动机器、挥铁锤的臂膀，一眨眼工夫从平地耸起新的坟山。老郝照例讲讲话结束葬礼，他的墓前演说从来没有准备过，而且永远讲得动听，甚至连死者的行状也不需特别记忆，他们共同生活了半辈子，熟悉得连手心纹路都清楚的。讲到最后，老郝叹了口气，惋惜地："唉！又死了一个好手艺人，老吴那双手可是宝贝啊！他拿起铆枪来，比姑娘用绣花针还灵巧。他铆的活过上千年万载，也找不出半点毛病。可是眼下有些心盛的娃娃，昨天还穿着开裆裤呢，今天刚满师，就想爬到别人头上撒尿。"老郝用眼扫了那站在圈子外边的真正年轻人，他们几乎没有勇气正视老郝的眼光，都扭过头去。"学学这位死去的老爷子吧！他是活到老，学到老，孩子们，这话不能错的。"

他送那老伴和孤儿回家，在他们家用拐棍这儿点点，那儿戳戳，提出一连串的问题："米、面还存着多少？煤和劈柴还有没有？房子漏不漏？孩子上学多少学费？念书的出息怎样？……"那老伴儿哭哭啼啼地回答，孩子倒还镇静，给他娘补充着。老郝看到最后说："好吧！将来让孩子进厂补个学徒，把他爹的手艺传下去。你嘛哭够了也就算了，人老了总得死，你我也不免要走这条道的。可是你活着，就得打活着的主意，好生把孩子教养成人，死鬼也就心安啦！"刚止住哭的老伴，这时哽咽起来，走出门老郝回头说："烧煤眼看过不了冬，明天我着人给送来。"

每逢他打发走一个老朋友，两腿就增加一两分不自在，翻过铁路道口，累得他差点瘫痪了。他记起工会找他开会，记起那头痛的"两化一板"："横竖也是迟到，他们能宽待我老头的。"他索性在路基旁坐下歇脚。

一个没脚虎的小孩，刚学会走路，他那蹒跚的脚步和这患风湿症的老人差不多，在向路基爬过去。这时虽然没有火车，老郝依然顾不得一切抢前抱了过来，任凭孩子挣扎哭喊，他也不放松一点，他气得骂道："娘的，这是谁家的孩子？要让火车碰伤轧坏，该到工会哭啦闹啦！"

一个婆娘听到声音喊着走来："谁欺侮我们家宝贝儿？"

"我，是我！"他愤愤地把孩子朝地上一顿，顿得孩子哇的哭了。要是别人，那婆娘性子早发作了；可是认出了是老郝，脸上堆笑："麻烦您老人家，给我们看孩子，谢谢您啦！"

“哼！”他挥了挥拐棍：“你这是什么做妈妈的？放孩子满处乱跑。现在我是浑身不得劲，要有力气，用这好好揍你一顿；就该知道怎么带孩子啦！”那婆娘在他背后伸了伸舌头，抱着孩子走开了。

等老郝赶到工会，会早就散了。只剩下主席一个人，埋头在写他那篇杰作，脸憋得通红，老郝也没敢打扰他，蹑手蹑脚地坐在旁边等待。他对于提起笔来，正在动脑筋做文章的人，永远怀着敬畏的心情，哪怕他的孙女伏在灯下做功课，他也喜欢在旁边静坐观看，和她同享创造的烦恼和愉快。可是主席这篇文章太难写了，他几乎在折磨自己：一会儿抓挠头发；一会儿拧自己的鼻子；一会儿咬钢笔杆；一会儿拍打脑袋，青筋暴起老高，最后把笔一扔呻吟道：“样板，样板，没有样板什么都完了！”

老郝同情地叹了口气，主席转过身，惊讶得眼睛都吊到额头上去：“老郝你怎么搞的？多咱工会开会，你也没有痛快地参加过，不是迟到就是早退；不是张三叫就是李四喊，你是工会的委员，还是大家的勤务员？”

老郝怯生生地回答：“我不是来了吗？”

“好！那就听听你的汇报，两化一板，要紧的是样板！”

老郝抖抖索索地打口袋里掏出个本子，污秽得跟抹布差不多，他颠三倒四地寻找，也找不到煞费苦心准备的“两化一板”，急得他两腿直哆嗦，偏偏那些滑腻的纸张不听话，在手指头间滑来滑去。

“在哪儿？老郝！”主席斜着眼瞪他。

“这……这……哦……”

主席真的动气了，委员们都存心来欺侮他似的，谁也没有给他找来合适的材料，老郝更是荒唐，连句话都说不上来，他正颜厉色地说：“老郝，你让我给委员报告什么？就报告你一年来送了几个死人？……”

“我干了什么，大伙也全一目了然，你要让我说，脑袋不管事了。这本子上我求人写着的，娘的，都给揣乱了……”

一个指挥偌大送葬队伍的头脑，讲话做事那么威风凛凛的人物，怎么在这个年龄比他儿子还小的人面前，变得软弱、衰老、可怜？老郝不是一下子把勇气全部挫折了的。他虽然是个基层工会干部，但是几年来整个工会刮来刮去的风，可把这老汉刮糊涂了。

起初他当工会主席，那份热心肠待人是极好的，亲昵的管他叫“我们老郝”，开玩笑的称呼他是“老郝子”。一切要都是这样顺顺当当就好了，然而不幸的事情来临了。

……他捧着纸片，站在讲台上，结结巴巴地念着，动员参加反动道会门的工友赶快登记。这还是现在的主席，当时是工会干事草拟的文稿，哪怕最蹩脚的“公文程式”、“尺牍大全”，也要比这篇讲稿有感情、有血肉得多。老郝念了一长串前缀词句以后，本来文化不高的他，被这文字游戏搅得头昏脑胀，底下的词句没有来得及看清，嘴里竟滑出了这样的话，想收回也来不及了。

“同志们！……我们，大家，一齐，参加，反动，道会——”会场里哄动起来，老郝站在嗡嗡的人群面前手足失措，他慌忙补充一句：“嗳，嗳，我们大家，一齐参加，一贯道！”喧嚣声更大了，好久不能平息。

笑得最厉害的是青年男女，还有坐在主席台位置上的几个干部，好久，还捂着嘴偷偷地乐。

“瞎！两回我都把反对落掉了！照稿子念我是不行的。”老郝差点急出了眼泪。

“不行！你得检讨，这是政治上的原则错误，立场问题！”不久，老郝就改作副主席了。

“副主席也没啥！横竖我是个党员，什么工作也是党让我做的，怎么能挑肥拣瘦？”依旧是原来模样，整天马不停蹄地转着，除了有些顽皮的学徒，封了他一阵“点传师”，这些闲话也像露水见不得太阳似的云消雾散了。

恰巧那年春天下起缠绵的梅雨，年久失修的老工房都漏了，只要天稍一放晴，老工房到处挂起湿了的被窝床褥，像一片五花斑驳的万国旗，耀人眼目。

房产科正在按计划给厂长、科长维修住宅，也不管工友们半夜里睡不好觉，大盆小罐地接雨水，结果弄得个个熬红了眼，上班也打不起精神来。

“老郝呢？他怎么不见啦？”

“不能躲起来的，这事他不管谁出头？”

老郝倒真的没躲，正在和房产科长斗嘴唇呢，他满身泥泞气鼓鼓地坐着等科长解决。科长埋在圈椅里：“行了！你是工会干部，知道什么叫计划性？计划就是法律，厂长他也不能破坏。漏这点雨就受不了，解放前怎么过来的？那时候坍的坍、倒的倒，让大伙将就点吧！”

“亏你说得出口，你还是个党员哪！”老郝啪打啪打地走出去，一路在地板上留下了泥汤。他到处走遍，想尽了一切办法，最后逼得他只好打把洋伞，光着脚丫子，站在厂长家门口，和他讲道理。这回倒真的是脾气发作，气得他直哆嗦——

“别人要是拖着不管，我不生气。你是厂长，你不该这样对待。开会、研究、考虑！那得到驴年马月！”

厂长站在门廊里，躲闪着刮来的风雨：“老郝，你进来好好谈。”

“不，不，你多咱不答应解决，我不进去也不走，老工房有多少户像我这样挨淋！”厂长软动硬说不行，只得下命令维修工程停工，赶紧去老工房堵漏子，他才满意地走了。

虽然他在党内受到批评，不应该这样对待领导，而且他挨了淋，风湿症又发作了，但他看到那么多笑脸，腿痛和批评全不在乎。腿总归好了，依然走马灯似的忙着。

反对工会经济主义倾向的这阵风，千里迢迢地刮来了，风尾巴一扫，小磨房就陷在风雨飘摇的局面当中。这使老郝真的担惊受怕起来。每天上班前花上几文钱，喝上碗热豆浆；省得家里妻小清早起来忙活，这是老郝放在心里许久的想法。凑巧工厂附近的小磨房关张，他建议厂里盘下，并且花了点钱改建一下。“难道这就是经济主义？当初谁也没有反对。”老郝弄不通这点，独自纳闷。

小磨房开张的那些日子，热气腾腾的豆浆，大家喝得美滋滋的。工友们欢迎、干部们高兴、上级也夸赞。建立小磨房的功绩，工会自然得总结的，青年团也写了一份，行政认为有责任跟着上报了，份份材料都写得天花乱坠，但哪份材料也没提到老郝的名字。他找材料修房，买牲口，请石匠锻磨这些事，都不知记到谁的账上去了，老郝无所谓地笑笑，只要大家有浆喝，根本就不去计较的。

然而风是刮来了？

“谁的经济主义？”在小磨房里有人探讨起来。一位曾经总结过小磨房，把它比作天仙妙境的人，拭去粘在嘴唇上的浆皮子：“这得工会老郝负全责，都是他一人张罗的。我早就看出不对头，既然能够搞小磨房，发展下去粉坊、菜园子不也可以？”他很为自己能提高到“政策水平”认识问题，而洋洋自得。四周的工友惶恐地瞧着他，人们担心着别把小磨房封闭了，但是终于没有撤消，因为热浆不仅工友爱喝，就连那些“事后诸葛亮”们也并不讨厌的。现在的工会主席，那时的宣传委员代老郝写了篇检讨，也没征得他同意给报上去，后来老郝给免去了副主席的职务，担任劳保委员，他很知足也很高兴：“小磨房没关张这就行啦。我就是这样的材料，卖我的老命对付着干吧！”

他上任第一件事，就是修建休养所，老郝忘记一切不愉快的事情，每天起早贪黑地干，寻工买料、勘测地皮，忙得不亦乐乎。他像泥瓦匠工头，浑身尘土仆仆，终于挑中了小树林的一块地方，那里靠厂子很近，原是旧社会打算给厂长盖洋房的，地基现成。人们路过那儿，停住脚：“老郝，这是干什么？”

“盖休养所，让大家享享福！”

“老郝，你真好！”人们赞美着走开了，可他的心却沉浸在这种幸福里，他觉得为人们做这一件件好事，就越来越接近人们盼望的时代。他舒服，痛快，有力地挥舞镐头，远远看，他像是个壮实的年轻小伙。

现在的主席，那时已经是副主席了，正是少年得志的时候，玲珑剔透，仿佛每个细胞都在跳舞似的。在一次什么会议上，有位厂里的负责干部，认为把休养所盖在小树林，不若修在太阳沟好：“那儿我去过一趟，风景美，空气好，真是有山有水……”我们这位主席最善于察颜观色、领会上级意图的了，赶紧让老郝停工，到太阳沟另找新址。

老郝独自领着工友在这披荆斩棘，谁也不来过问，早预感到情况有些不妙。然而太阳沟的建议他却断然拒绝：“不行，我想过，二十来里地，又在荒山里，太不方便。”

“真是难以贯彻领导意图！”主席暗地想着，然后说：“每年夏天小伙子成群结队去玩，就说明那儿好，满山遍野的柿子树、枣树、梨树，还有草地，那太阳沟游起泳来多带劲！”

“不行！那儿闹狼！”还是不同意。

“嘿！工人阶级会怕狼？笑话！”他不想再和这顽固的老头说下去：“这是组织决定，你就执行吧！”

休养所落成以后，特地先组织了干部去休养，还没有过三天，且不说往山里运送给养是何等困难，汽车开不进去，要用骡子往山腰驮；休养员原想在太阳沟里嬉水作乐，老乡们派出代表抗议，说这吃喝用水万万作践不得的；恐怖的是到了夜里，狼嗥声使人久久不能入睡，还要随时提防狼群的袭击。于是有人说自己健康完全恢复，无需耽误宝贵的床位，申请提前出所；也有不怕狼而留下的，那些大抵是部队出身的干部，好久没有过枪瘾，趁此机会施展一下身手。

以后谁休养回来，就仿佛虎口脱生，人们都开玩笑地围上去祝贺："恭喜恭喜！活着回来了！"

当反对工会只抓生产，忽略生活的风刮来的时候，人们把老郝和休养所连在一起："为什么把休养所盖在深山里？"

"让我们修行出家？"

"叫我们喂狼？"

想不到干部也责备他："你是工会劳保委员，为什么不起监督作用。"七嘴八舌弄得老郝没法应付，一发急更是说不出个整句子，他成了把好事办坏的"样板"。不久工会改选，偏偏他没有落选，因为这底细不久就拆穿了，人们相信老郝绝不会办这"缺德"事。只好让他挂上个委员的名，不再给他什么具体分工，这可把老郝苦恼了些日子："我真是越干越寒心啦！"但是他在人们的心中得到温暖，大家越来越尊敬他、亲近他、信任他，在好多工友的心目中，老郝就是工会，工会就是老郝，有事都来找他，现在成了"不管部大臣"，倒显得比先前更忙，工会里整天也见不到他的影子。

经历了这可算坎坷的路程，他老了。背驼了，腰弯了，仅剩下的数茎头发，也如银丝般的白，但是他的心没有衰老，仍如先前那样激情澎湃。不知为什么，碰上这些常常在当面或事后指责他的人，他就变得缄默、拘谨，甚至惶恐起来。

主席还在等待着他的答复，丝毫没有怜悯的心意，老郝低声地求着："明天不晚吧！豁出一夜不睡，也把两化一板找到。"主席沉吟了一会，点了点头："好吧！"老郝如同犯人听到释放似的，慌忙拉起拐棍预备回家，他的孙女早就在桌旁，等着爷爷帮她做功课了。但是未及跨出门坎，主席又叫住他："老郝同志，你等等，咱俩一路走，我有件事想和你谈谈。"

这是头一回的新鲜事，他用戒备的眼光注视着主席的行动，预感到一场风暴来临了。

"老郝同志，本来想明天谈的，我想你是个党员，同事这么多年，我也知道你的性格，你喜欢痛痛快快——”

“你说吧！”

“随着形势发展，工会工作也需要向前走，老郝同志，你是老工会工作者了——”

老郝不耐烦地截断他：“什么事尽管说好了，不用扯东扯西给我哑谜猜！”这种口吻使人想起当年老郝是主席，而现在的主席却是工会干部的时代。也许老郝的语气触怒了他，他用一种冷冷的调子说：“这次候选人的名单，我们研究以后，决定不提你了。明天晚上选举，你的意见怎么样？”

“把我给免了，你们？”

从他的脸上，老郝看到他嘴里没说出的话：“你老了，不中用了，该退休啦！别挡着别人的路，别不识时务弄个更难堪的下场。”他两条腿仿佛是借来似的，不听他支配，好容易挣扎到了家，刚推开门，瘫痪无力的他，噗通倒在门坎上，小孙女恐惧地叫着：“爷爷！爷爷！”他昏厥过去了。

第二天他没有能进厂，汽笛声白白地吼了半天，他内心感到有些歉疚，这是他解放后头一回缺勤，那回雨淋患风湿症，他还坚持上班了。想到人不免要走去的道路，他居然颓唐起来，跟老伴讨了点烧酒，红着脸不好意思地抿了半盅，但是他放下了：“怎么？想死了？不，不！”他挣扎起来，拄着拐棍，扶着孙女进厂去了。

“爷爷，你还能活多大？”

“起码也得一百岁，孩子！越活越甜啊！”他们走进厂子，走进礼堂。他抱着孙女在边门的角落里坐下，听主席正在淋漓尽致地发挥高论。也许主席讲得太快了，只在人们耳朵里留下“板……板……板”的声音。跟着是财务委员和经费审查委员的报告，那一连串数目字，只是讲给麦克风听的，没有一个会员注意他讲的是千是万，既然你上台了，就得让你讲完罢了，我们的听众是最有礼貌的了，从来也不把蹩脚的演说者哄下台去。

神圣的选举开始了。主席再一次征求对候选人名单的意见，顿时场内鸦雀无声，这是不妙的征兆，主席心里想：“这名单在小组酝酿时，缺乏说服动员，看这劲头儿够呛。”

“同志们还有没有意见？”会场里的空气沉闷得令人窒息。“要没有意见，这名单就先用拳手的方法通过了！”

“等一下！”一个瘦小枯干的老工友站起：“为什么这回没有了我们老郝？”

坐在后边的老郝给震惊了一下。

主席连忙解释：“随着新的工作开展——”

另一个粗鲁的声音打断他：“直截了当说吧！老郝犯了什么错误？有人说该死的休养所是老郝盖的，可这傻主意不是他出的，我赌咒发誓，他原先打算盖在小树林的。”

主席台上交头接耳地议论。

小孙女觉得她爷爷在哆嗦，但是这激烈的场面吸引了她，她也顾不得了。

主席走到台口，大声地讲话，这时全场像一堆干草着火似的，辟辟拍拍地到处冒火星。“同志们！同志们！个别人的意见可以——”有人笔挺地举起手，主席让他发言。

“谁在漏雨的时候找人来修房子？谁整年马不停蹄地为别人忙着？谁在人家为难的时候伸过手来？是谁？像这样的人，不配作工会干部？”他愤愤地坐下，把椅子弄得轧轧响。

有人站起：“老吴头死了，你去了吗？你还是主席！”这厉害的责询弄得主席怪狼狈的。

主席台上召开了临时委员会，会场里完全像开了锅的水，猛烈地翻滚起来，有人打开了窗子，透进了初春的寒风。

小孙女觉得她爷爷平静了，不过这会抱得她更紧些，使得她没法扭回头去看爷爷的脸……

主席走到脚灯前，摆手让大家安静，他几乎是喊叫：“同志们！候选人名单不进行表决了，现在各车间来领选票，票已经印好了，同志们如果选郝魁山同志或别的同志，划掉其中任何一位……”

会场里又是一番纷乱，红色的票箱抬到场子中间。

“郝字是赤字帮个耳朵，魁字是鬼帮个斗，山是山水的山……”扩音器也无济于事，从来也没有像今天这样热闹，人们都不愿离开，偏等看了选举结果才走。

选举计票人，选举监票人，又乱哄哄地喧嚣了一顿，被推选出来的人尴尬地走到票箱跟前，开始进行工作。

三千四百二十三张票。计算机从会计科取了来，辟里啪拉地摇着。扩音器放着唱片，呜嗷呜嗷地听不清唱的是什么。

小孙女已经失去了兴趣，人们簇拥着走来走去，她倒在爷爷的怀里睡着了，那是靠边门幽暗的角落，谁也没有注意。

真是手忙脚乱，又添了五把算盘，算盘珠子跳动着，郝魁山的选票在往上升，二千九百、三千一百、三千三百……三千四百零五。复核了一遍，计算机和算盘的数字完全符合，这消息不用扩音器，一眨眼全场每个角落都传遍了。

主席宣布选举结果："第一名郝魁山同志，得票数为三千四百零五，第二名……"没等他说完，雷动的掌声淹没了他的声音。

"安静！安静！"

谁也不听他的，掌声有节奏地响起，在后面的老郝，不知道是高兴还是痛苦，萎然地垂下了头。

"我们老郝哪？让他出来讲话……"

"静，静！"主席敲着话筒："静，静一下，同志们！今天这个会开得成功！请静一静，这是一次发扬民主的样板！"

"老郝在哪？老郝！老郝！他来了吗？"人们都四处搜寻。小孙女惊醒过来，用背顶着她的爷爷，她爷爷像熟睡了似的纹丝不动。"爷爷！爷爷！"她挣脱了她爷爷的僵硬的胳膊，回头看见他两眼木呆呆地瞪着，发僵的嘴唇在流着口涎，她恐惧地大叫起来。

老郝死了！

他静静地在人群的声浪里死去的。

全场沉静下来，静得连窗帘簌簌的飘响都听得见，寒风带来了春的气息，人们饱饱地呼吸着。想起了孜孜不息的老郝，脑海里波澜起伏，一个个眼睛都润湿了，虽然人们抑制着感情，怀念他的、感激他的人，都禁不住地嘘唏起来；就是那些对他抱愧的人，心头也是不很平静的。

按照工会法的规定，改选是在超过人数三分之二的会员中举行的。这次选举是有效的。新的工会委员会就要工作了。

（原载1957年7月《人民文学》"革新特大号"）

述评

作者李国文，1930年出生于上海，念过戏剧学校当过文工团员，去过朝鲜战场做过文艺编辑。1957年因写小说《改选》，被错划为“右派”。1979年重新回到文坛，出版过长篇小说《冬天里的春天》、《花园街五号》、《危楼记事》和中短篇小说集《第一杯苦酒》、《没意思的故事》、《电梯谋杀案》、《涅槃》、《洁白的世界》等，作品多次获奖。曾任《小说选刊》主编，为中国作家协会专业作家。

《改选》像是一出充满嘲讽的“闹剧”，作品的情节戏剧化，故事的结尾却充满了悲凉。小说的主人公之一老郝曾是单位的工会主席，他一心一意为人民服务，急劳动人民之所急，想劳动人民之所想，赢得了群众的普遍尊敬与爱戴。而后上任的工会主席则专搞“两化一板”的表面文章，终日找“样板”树典型，流于形式，不切实际，官僚主义歪风邪气很严重。在新一届工会领导选举当中，老郝虽不在候选人之列，但在群众心目中，他才是当之无愧的人选，因而在选举现场老郝以第一名高票通过。小说的构思出人意料，在最终当选时，以老郝的去世结局，故事戛然而止。老郝虽然缺乏主动抗争意识，但他的思想境界和道德情操还是令人尊敬和怀念的，在他的身上凝聚着一定的悲剧色彩。

时任《人民文学》杂志小说编辑的崔道怡，在收到李国文的6篇小说投稿后，写信并约见了李国文，崔道怡对他说：“这六篇小说写得都不错，但《改选》写得最好。你修改一下，我先发这篇，往后再慢慢发那些。”就这样，《改选》发表在1957年7月《人民文学》“革新特大号”的头条。显然，对一名新作家来讲，这是充分的肯定和特大的殊荣！小说主旨在于反映社会主义建设时期人民内部的复杂矛盾，揭露并批判了官僚主义及形式主义，大胆地针砭了时弊。也正因此，小说一经发表，就引起了关注，如此锋芒毕露的作品，争议自然不可避免。

当时还是一个文学评论作者的姚文元首先跳出来发难：“像《改选》这样的作品，至少是代表了一种和社会主义现实主义完全不同的流派的创作倾向的。细致地分析这些作品，将有助于我们理解马克思列宁主义思想在创作中的地位，以及真实性同思想性的不可分割的关系，并且将有助于说服一部分作者认识没有政治立场的‘写真实’的虚幻性，认识把社会主义现实主义方法同马克思列宁主义思想割断将会把我们引导到什么方向去。”（姚文元《论文学上的修正主义思潮》，新文艺出版社1958年版，第50—94页）有了这样的批判，《改选》的作者李国文就被划成了“右派”。

相较姚文元的批判，作家兼评论家的秦兆阳对《改选》的指责则更为直接了当：“他们认为只要是提倡现实主义，就是提倡‘写真实’论，就是不要马克思主义的世界观，就是提倡资产阶级的批判现实主义，就是提倡揭露社会主义的阴暗面，就是反社会主义。”（秦兆阳：《现实主义——广阔的道路》，见《文学探路集》第200页）

1957年7月号《人民文学》的头二三条小说《改选》、《红豆》（宗璞）、《美丽》（丰村）当时均遭挞伐。粉碎“四人帮”后，这3篇小说均被收入1979年上海文艺出版社出版的《重放的鲜花》集子中。作品发表于65年后的今天，翻开历史的书页，反思作者当年的创作意图和作品的实际，我更愿意认同肖冬连的说法，肖冬连在《1956年：“百花运动”中的文艺界》（《党史博览》2005年12期）一文中写道：“李国文的《改选》等小说，可以视作革命理想主义的批判话语。理想化的教育培养了他们理想化的目光，他们用这种目光看待革命成功之后的现实，发现它并不像过去向人们所描绘的那样美好。于是，从理想主义出发，以高度的社会责任感，反映人民内部的复杂矛盾，大胆揭露和批判官僚主义和其他阻碍社会主义建设的消极现象，批评政治经济体制上存在着的弊端，其价值取向不是否定这种理想，而是努力于美好理想的实现。”

组织部新来的青年人

王　蒙

一

三月，天空中纷洒着似雨似雪的东西。三轮车在区委会门口停住，一个年轻人跳下来。车夫看了看门口挂着的大牌子，客气地对乘客说：“您到这儿来，我不收钱。”传达室的工人、复员荣军老吕微跛着脚走出，问明了那年轻人的来历后，连忙帮他搬下微湿的行李，又去把组织部的秘书赵慧文叫出来。赵慧文紧握着年轻人的两只手说：“我们等你好久了。”这个叫林震的年轻人，在小学教师支部的时候，就与赵慧文认识。她苍白而美丽的脸上，两只大眼睛闪着友善亲切的光亮，只是下眼皮上有着因疲倦而现出来的青色。她带林震到男宿舍，把行李放好、解开，把湿了的毡子晾上，再铺被褥。在她料理这些事情的时候，常常撩一撩自己的头发，正像那些能干而漂亮的女同志们一样。

她说：“我们等了你好久！半年前就要调你来，区人民委员会文教科死也不同意，后来区委书记直接找区长要人，又和教育局人事室吵了一回，这才把你调了来。”

“可我前天才知道，”林震说：“听说调我到区委会，真不知怎么好。咱们区委会尽干什么呀？”

“什么都干。”

“组织部呢？”

“组织部就作组织工作。”

“工作忙不忙？”

“有时候忙，有时候不忙。”

赵慧文端详着林震的床铺，摇摇头，大姐姐似的不以为然地说：“小伙子，真不讲卫生；瞧那枕头布，已经由白变黑；被头呢，吸饱了你脖子上的油；还有床单，那么多折子，简直成了泡泡纱……”

林震觉得，他一走进区委会的门，他的新的生活刚一开始，就碰到了一个很亲切的人。

他带着一种节日的兴奋心情跑着到组织部第一副部长的办公室去报到。副部长有一个古怪的名字：刘世吾。在林震心跳着敲门的时候，他正仰着脸衔着烟考虑组织部的工作规划。他热情而得体地接待林震，让林震坐在沙发上，自己坐在办公桌边，推一推玻璃板上叠得高高的文件，从容地问：

“怎么样？”他的左眼微皱，右手弹着烟灰。

“支部书记通知我后天搬来，我在学校已经没事，今天就来了，叫我到组织部工作，我怕干不了，我是个新党员，过去作小学教师，小学教师的工作与党的组织工作有些不同……”

林震说着他早已准备好的话，说得很不自然，正像小学生第一次见老师一样。于是他感到这间屋子很热。三月中旬，冬天就要过去，屋里还生着火，玻璃上的霜花融解成一条条的污道子。他的额头沁出了汗珠，他想掏出手绢擦擦，在衣袋里摸索了半天没有找到。

刘世吾机械地点着头，看也不看地从那一大叠文件中抽出一个牛皮纸袋，打开纸袋，拿出林震的党员登记表，锐利的眼光迅速掠过，宽阔的前额下出现了密密的皱纹，闭了一下眼，手扶着椅子背站起来，披着的棉袄从肩头滑落了，然后用熟练的毫不费力的声调说：

“好，好，好极了，组织部正缺干部，你来得好。不，我们的工作并不难作，学习学习就会作的，就那么回事。而且你原来在下边工作的……相当不错嘛，是不是不错？”

林震觉得这种称赞似乎有某种嘲笑意味，他惶恐地摇头：“我工作作得并不好……”

刘世吾的不太整洁的脸上现出隐约的笑容，他的眼光聪敏地闪动着，继续说：“当然也可能有困难，可能。这是个了不起的工作。中央的一位同志说过，组织工作是给党管家的，如果家管不好，党就没有力量。”然后他不等问就加以解释："管什么家呢？发展党和巩固党，壮大党的组织和增强党组织的战斗力，把党的生活建立在集体领导、批评和自我批评与密切联系群众的基础上。这样作好了，党组织就是坚强的、活泼的、有战斗力的，就足以团结和指引群众，完成和更好地完成社会主义建设与社会主义改造的各项任务……"

他每说一句话，都干咳一下，但说到那些惯用语的时候，快得像说一个字。譬如他说"把党的生活建立在……上"，听起来就像"把生活建在登登登上"，他纯熟地驾驭那些林震觉得是相当深奥的概念，像拨弄算盘子一样的灵活。林震集中最大的注意力，仍然不能把他讲的话全部把握住。

接着，刘世吾给他分配了工作。

当林震推门要走的时候。刘世吾又叫住他，用另一种全然不同的随意神情问：

"怎么样，小林，有对象了没有？"

"没……"林震的脸刷地红了。

"大小伙子还红脸？"刘世吾大笑了，"才二十二岁，不忙。"他又问："口袋里装着什么书？"

林震拿出书，说出书名："《拖拉机站站长与总农艺师》。"

刘世吾拿过书去，从中间打开看了几行，问："这是他们团中央推荐给你们青年看的吧？"

林震点头。

"借我看看。"

"您有时间看小说吗？"林震看着副部长桌上的大叠材料，惊异了。

刘世吾用手托了托书，试了试分量，微皱着左眼说："怎么样？这么一薄本有半个夜车就开完啦。四本《静静的顿河》我只看了一个星期，就那么回事。"

当林震走向组织部大办公室的时候，天已经放晴，残留的几片云现出了亮晶晶的边缘。太阳照亮了区委会的大院子。人们都在忙碌：一个穿军服的同志夹着皮包匆匆走过，传达室的老吕提着两个大铁壶给会议室送茶水，可以听见一个女同志顽强地对着电话机子说："不行，最迟明天早上！不行……"还可以听见忽快忽慢的"哐哧、哐哧"声——是一只生疏的手使用着打字机，"她也和我一样，是新调来的吧？"林震不知凭什么理由，猜打字员一定是个女的。他在走廊上站了一站，望着耀眼的区委会的院子，高兴自己新生活的开始。

二

组织部的干部算上林震一共二十四个人，其中三个人临时调到肃反办公室去了，一个人半日工作准备考大学，一个人请产假。能按时工作的只剩下十九个人。四个人作干部工作，十五个人按工厂、机关、学校分工管理建党工作，林震被分配与工厂支部联系组织发展工作。

组织部部长由区委副书记李宗秦兼任，他并不常过问组织部的事，实际工作是由第一副部长刘世吾掌握。另一个副部长负责干部工作。具体指导林震工作的是工厂建党组的组长韩常新。

韩常新的风度与刘世吾迥然不同。他二十七岁，穿蓝色海军呢制服，干净得抖都抖不下土。他有高大的身材，配着英武的只因为粉刺太多而略有瑕疵的脸。他拍着林震的肩膀，用嘹亮的嗓音讲解工作，不时发出豪放的笑声，使林震想："他比领导干部还像领导干部。"特别是第二天韩常新与一个支部的组织委员的谈话，加强了他给林震的这种印象。

"为什么你们只谈了半小时？我在电话里告诉你，至少要用两小时讨论'发展计划'！"

那个组织委员说："这个月生产任务太忙……"

韩常新打断了他的话，富有教训意味地说："生产任务忙就不认真研究发展工作了？这是把中心工作与经常工作对立起来，也是党不管党的一种表现……"

林震弄不明白什么叫"中心工作与经常工作对立起来"和"党不管党"，他熟悉的是另外一类名词："课堂五环节"与"直观教具"。他很钦佩韩常新的这种气魄与能力——迅速地提高到原则上分析问题和指示别人。

他转过头，看见正伏在桌上复写材料的赵慧文，她皱着眉怀疑地看一看韩常新，然后扶正头上的假琥珀发卡，用微带忧郁的目光看向窗外。

晚上，有的干部去参加基层支部的组织生活，有的休息了，赵慧文仍然赶着复写“税务分局培养、提拔干部的经验”，累了一天，手腕酸痛，不时在写的中间搁下笔，摇摇手，往手上吹口气。林震自告奋勇来帮忙，她拒绝了，说：“你抄，我不放心。”于是林震帮她把抄过的美浓纸叠整齐，站在她身旁，起一点精神支援作用。她一边抄，一边时时抬头看林震，林震问：“干吗老看我？”赵慧文咬了一下复写笔，调皮地笑了笑。

三

林震是一九五三年秋天由师范学校毕业的，当时是候补党员，被分配到这个区的中心小学当教员。作了教师的他，仍然保持中学生的生活习惯：清晨练哑铃，夜晚记日记，每个大节日——五一、七一……以前到处征求人们对他的意见。曾经有人预言，过不了三个月他就会被那些生活不规律的成年人“同化”。但，不久以后，许多教师夸奖他也羡慕他了，说：“这孩子无忧无虑，无牵无挂，除了工作，就是工作……”

他也没有辜负这种羡慕，一九五四年寒假，由于教学上的成绩，他受到了教育局的奖励。

人们也许以为，这位年轻的教师就会这样平稳地、满足而快乐地度过自己的青年时代。但是不，孩子般单纯的林震，也有自己的心事。

一年以后，他经常焦灼地鞭策自己。是因为社会主义高潮的推动，全国青年社会主义积极分子会议的召开，还是因为年龄的增长？

他已经二十二岁了，记得在初中一年级时作过一篇文，题目是“当我××岁的时候”，他写成“当我二十二岁的时候，我要……”现在二十二岁，他的生命史上好像还是白纸，没有功勋，没有创造，没有冒险，也没有爱情——连给某个姑娘写一封信的事都没做过。他努力工作，但是他作的少、慢、差。和青年积极分子们比较，和生活的飞奔比较，难道能安慰自己吗？他订规划，学这学那，作这作那，他要一日千里！

这时，接到调动工作的通知，“当我二十二岁的时候，我成了党工作者……”也许真正的生活在这里开始了？他抑制住对小学教育工作和孩子们的依恋，燃烧起对新的工作的渴望。支部书记和他谈话的那个晚上，他想了一夜。

就这样，林震口袋里装着《拖拉机站站长与总农艺师》，兴高采烈地登上区委会的石阶，对于党工作者（他是根据电影里全能的党委书记的形象来猜测他们的）的生活，充满了神圣的憧憬。但是，等他接触到那些忙碌而自信的领导同志，看到来往的文件和同时举行的会议，听到那些尖锐争吵与高深的分析，他眨眨那有些特别的淡褐色眼珠的眼睛，心里有点怯……

到区委会的第四天，林震去通华麻袋厂了解第一季度发展党员工作的情况，去以前，他看了有关的文件和名叫《怎样进行调查研究》的小册子，再三地请教了韩常新，他密密麻麻地写了一篇提纲，然后飞快地骑着新领到的自行车，向麻袋厂驶去。

工厂门口的警卫同志听说他是区委会的干部，没要他签名，信任地请他进去了。穿过一个大空场，走过一片放麻的露天货场与机器隆隆响的厂房，他心神不安地去敲厂长兼支部书记王清泉办公室的门。得到了里面"进来"的回答后，他慢慢地走进去，怕走快了显得没有经验。他看见一个阔脸、粗脖子、身材矮小的男人正与一个头发上抹了许多油的驼背的男人下棋。小个子的同志抬起头，右手玩着棋子，问清了林震找谁以后，不耐烦地挥一挥手："你去西跨院党支部办公室找魏鹤鸣，他是组织委员。"然后低下头继续下棋。

林震找着了红脸的魏鹤鸣，开始按提纲发问了："一九五六年第一季度，你们发展了几个人？"

"一个半。"魏鹤鸣粗声粗气地说。

"什么叫'半'？"

"有一个通过了，区委拖了两个多月还没有批下来。"

林震掏出笔记本记了下来。又问：

"发展工作是怎么样进行的，有什么经验？"

"进行过程和向来一样——和党章的规定一样。"

林震看了看对方，为什么他说出的话像搁了一个星期的窝窝头一样干巴？魏鹤鸣托着腮，眼睛看着别处，心里也像在想别的事。

林震又问："发展工作的成绩怎么样？"

魏鹤鸣答："刚才说过了，就是那些。"他好像应付似的希望快点谈完。

林震不知道应该再问什么了，预备了一下午的提纲，和人家只谈上五分钟就用完了。他很窘。

这时门被一只有力的手推开了。那个小个子的同志进来，匆匆忙忙地问魏鹤鸣："来信的事你知道吗？"

魏鹤鸣无精打采地点了点头。

小个子的同志来回踱着步子，然后劈开腿站在房中央："你们要想办法！质量问题去年就提出来了，为什么还等着合同单位给纺织工业部写信？在社会主义高潮当中我们的生产迟迟不能提高，这是耻辱！"

魏鹤鸣冷冷地看着小个子的脸，用颤抖的声音问："您说谁？"

"我说你们大家！"小个子手一挥，把林震也包括在里面了。

魏鹤鸣因为抑制着的愤怒的爆发而显得可怕，他的红脸更红了，他站起来问："那么您呢？您不负责任？"

"我当然负责。"小个子的同志却平静了，"对于上级，我负责，他们怎么处分我！我也接受。对于我，你得负责，谁让你作生产科长呢？你得小心……"说完，他威胁地看了魏鹤鸣一眼，走了。

魏鹤鸣坐下，把棉袄的扣子全解开了，喘着气。林震问："他是谁？"魏鹤鸣讽刺地说："你不认识？他就是厂长王清泉。"

于是魏鹤鸣向林震详细地谈起了王清泉的情况。王清泉原来在中央某部工作，因为在男女关系上犯错误受了处分，一九五一年调到这个厂子作副厂长，一九五三年厂长他调，他就被提拔作厂长。他一向是吃饱了转一转，躲在办公室批批文件下下棋，然后每月在工会大会、党支部大会、团总支大会上讲话，批评工人群众竞赛没搞好，对质量不关心，有经济主义思想……魏鹤鸣没说完，王清泉又推门进来了。他看着左腕上的表，下令说："今天中午十二点十分，你通知党、团、工会和行政各科室的负责人到厂长室开会。"然后把门砰地一带，走了。

魏鹤鸣嘟哝着："你看他怎么样？"

林震说："你别光发牢骚，你批评他，也可以向上级反映，上级绝不允许有这样的厂长。"

魏鹤鸣笑了，问林震："老林同志，你是新来的吧？"

"老林"同志脸红了。

魏鹤鸣说："批评不动！他根本不参加党的会议，你上哪儿批评去？偶尔参加一次，你提意见，他说：‘提意见是好的，不过应该掌握分寸，也应该看时间、场合。现在，我们不应该因为个人意见侵占党支部讨论国家任务的宝贵时间。’好，不占用宝贵时间，我找他个别提，于是我们俩吵成了现在这个样子。”

“向上级反映呢？”

“一九五四年我给纺织工业部和区委写了信，部里一位张同志与你们那儿的老韩同志下来检查了一回。检查结果是：‘官僚主义较严重，但主要是作风问题，任务基本上完成了，只是完成任务的方法有缺点。’然后找王清泉‘批评’了一下，又找我鼓励了一下开展自下而上的批评的精神，就完事了。此后，王厂长有一个来月对工作比较认真，不久他得了肾病，病好以后他说自己是‘因劳致疾’，就又成了这个样子。”

“你再反映呀！”

“哼，后来与韩常新也不知说过多少次，老韩也不答理，反倒向我进行教育说，应该尊重领导，加强团结。也许我不该这样想，但我觉得也许要等到王厂长贪污了人民币或者强奸了妇女，上级才会重视起来！”

林震出了厂子再骑上自行车的时候，车轮旋转的速度就慢多了。他深深地把眉头皱了起来。他发现他的工作的第一步就有重重的困难，但他也受到一种刺激，甚至是激励——这正是发挥战斗精神的时候啊！他想着想着，直到因为车子溜进了急行线而受到交通民警的申斥。

四

吃完午饭，林震迫不及待地找韩常新汇报情况。韩常新有些疲倦地靠着沙发背，高大的身体显得笨重，从身上掏出火柴盒，拿起一根火柴剔牙。

林震杂乱地叙述他去麻袋厂的见闻，韩常新脚尖打着地不住地说：“是的，我知道。”然后他拍一拍林震的肩膀，愉快地说：“情况没了解上来不要紧，第一次下去嘛，下次就好了。”

林震说：“可是我了解了关于王清泉的情况。”他把笔记本打开。

韩常新把他的笔记本合上，告诉他：“对，这个情况我早知道。前年区委让我处理过这个事情，我严厉地批评过他，指出他的缺点和危险性，我们谈了至少有三四个钟头……”

“可是并没有效果呀，魏鹤鸣说他只好了一个月……”林震插嘴说。

“一个月也是效果，而且绝不止一个月。魏鹤鸣那个人思想上有问题，见人就告厂长的状……”

“他告的状是不是真的？”

“很难说不真，也很难说全真。当然这个问题是应该解决的，我和区委副书记李宗秦同志谈过。”

“副书记的意见是什么？”

“副书记同意我的意见，王清泉的问题是应该解决也是可能解决的……不过，你不要一下子就陷到这里边去。”

“我？”

“是的。你第一次去一个工厂，全面情况也不了解，你的任务又不是去解决王清泉的问题，而且，直爽地说，解决他的问题也需要更有经验的干部；何况我们并不是没有管过这件事……你要是一下子陷到这个里头，三个月也出不来，第一季度的建党总结还了解不了解？上级正催我们交汇报呢！”

林震说不出话。

韩常新又拍拍林震的肩膀：“不要急躁嘛。咱们区三千个党员，百十几个支部，你一来就什么问题都摸还行？”他打了个哈欠，有倦意的脸上的粉刺涨红了：“啊——哈，该睡午觉了。”

“那，发展工作怎么再去了解？”林震没有办法地问。

韩常新又去拍林震的肩膀，林震不由得躲开了。韩常新有把握地说：“明天咱们俩一齐去，我帮你去了解，好不？”然后他拉着林震一同到宿舍去。

第二天，林震很有兴趣地观察韩常新如何了解情况。三年前，林震在北京师范上学的时候，出去作过见习教师，老教师在前面讲，林震和学生一起听，学了不少东西。这次，他也抱着见习的态度，打开笔记本，准备把韩常新的工作过程详细记录下来。

韩常新问魏鹤鸣：“发展了几个党员？”

“一个半。”

“不是一个半，是两个，我是检查你们的发展情况，不是检查区委批没批。”韩常新纠正他，又问：“这两个人本季度生产计划完成的怎么样？”

“很好，他们一个超额百分之七，一个超额百分之四，厂里黑板报还表扬……”

谈起生产情况，魏鹤鸣似乎起劲了些，但是韩常新打断了他的话：“他们有些什么缺点？”

魏鹤鸣想了半天，空空洞洞地说了些缺点。

韩常新叫他给所举的缺点提一些例子。

提完例子，韩常新再问他党的积极分子完成本季度生产任务的情况，他特别感兴趣的是一些数字和具体事例，至于这些先进的工人克服困难、钻研创造的过程，他听都不要听。

回来以后，韩常新用流利的行书示范地写了一个“麻袋厂发展工作简况”，内容是这样的：

……本季度（一九五六年一月—三月）麻袋厂支部基本上贯彻了积极慎重发展新党员的方针，在建党工作上取得了一定的成绩，新通过的党员朱××与范××受到了共产党员的光荣称号的鼓舞，增强了主人翁的观念，在第一季度繁重的生产任务中各超额百分之七、百分之四。广大积极分子围绕在支部周围，受到了朱××与范××模范事例的教育，并为争取入党的决心所推动，发挥了劳动的积极性与创造性，良好地完成或者超额完成了第一季度的生产任务……（下面是一系列数字与具体事例）这说明：一、建党工作不仅与生产工作不会发生矛盾，而且大大推动了生产，任何借口生产忙而忽视建党工作的作法是错误的。二、……但同时必须指出，麻袋厂支部的建党工作，也仍然存在着一定的缺点……例如……

林震把写着“简况”的片艳纸捧在手里看了又看，他有一刹那甚至于怀疑自己去没去过麻袋厂，还是上次与韩常新同去时自己睡着了，为什么许多情况他根本不记得呢？他迷惑地问韩常新：

“这，这是根据什么写的？”

“根据那天魏鹤鸣的汇报呀。”

“他们在生产上取得的成绩是因为建党工作么？”林震口吃起来。

韩常新抖一抖裤脚，说：“当然。”

“不吧？上次魏鹤鸣并没有这样讲。他们的生产提高了，也可能是由于开展竞赛，也许由于青年团建立了监督岗，未必是建党工作的成绩……”

“当然，我不否认。各种因素是统一起来的，不能形而上学地割裂地分析这是甲项工作的成绩，那是乙项工作的成绩。”

“那，譬如我们写第一季度的捕鼠工作总结，是不是也可以用这些数字和事例呢？”

韩常新沉着地笑了，他笑林震不懂“行”，他说：“那可以灵活掌握……”

林震又抓住几个小问题问：

“你怎么知道他们的生产任务是繁重的呢？”

“难道现在会有一个工厂任务很清闲吗？”

林震目瞪口呆了。

五

初到区委会十天的生活，在林震头脑中积累起的印象与产生的问题，比他在小学呆了两年的还多。区委会的工作是紧张而严肃的，在区委书记办公室，连日开会到深夜。从汉语拼音到预防大脑炎，从劳动保护到政治经济学讲座，无一不经过区委会的忠实的手。林震有一次去收发室取报纸，看见一份厚厚的材料，第一页上写着“区人民委员会党组关于调整公私合营工商业的分布、管理、经营方法及贯彻市委关于公私合营工商业工人工资问题的报告的请示”。他怀着敬畏的心情看着这份厚得像一本书的材料和它的长题目。有时，一眼望去，却又觉得区委干部们是随意而松懈的，他们在办公时间聊天，看报纸，大胆地拿林震认为最严肃的题目开玩笑，例如，青年监督岗开展工作，韩常新半嘲笑地说：“吓，小青年们脑门子热起来啦……”林震参加的组织部一次部务会议也很有意思，讨论市委布置的一个临时任务，大家抽着烟，说着笑话，打着岔，开了两个钟头，拖拖沓沓，没有什么结果。这时，皱着眉思索了好久的刘世吾提出了一个方案，马上热烈地展开了讨论，很多人发表了使林震敬佩的精采意见。林震觉得，这最后的三十多分钟的讨论要比以前的两个钟头有效十倍。某些时候，譬如说夜里，各屋亮着灯：第一会议室，出席座谈会的胖胖的工商业者愉快地与统战部长交换意见；第二会议室，各单位的学习辅导员们为“价值”与“价格”的关系争得面红耳赤；组织部坐着等待入党谈话的激动的年轻人，而市委的某个严厉的书记出其不意地出现在书记办公室，找区委正副书记汇报贯彻工资改革的情况……这时，人声嘈杂，人影交错，电话铃声断断续续，林震仿佛从中听到了本区生活的脉搏的跳动，而区委会这座不新的、平凡的院落，也变得辉煌壮观起来。

在一切印象中，最突出和新鲜的印象是关于刘世吾的：刘世吾工作极多，常常同一个时间好几个电话催他去开会，但他还是一会儿就看完了《拖拉机站站长与总农艺师》，把书转借给了韩常新；而且，他已经把前一个月公布的拼音文字草案学会了，开始在开会时用拼音文字作记录了。某些传阅文件刘世吾拿过来看看题目和结尾就签上名送走，也有的不到三千字的指示他看上一下午，密密麻麻地划上各种符号。刘世吾有时一面听韩常新汇报情况，一面漫不经心地查阅其他的材料，听着听着却突然指出：“上次你汇报的情况不是这样！”韩常新不自然地笑着，刘世吾的眼睛捉摸不定地闪着光；但刘世吾并不深入追究，仍然查他的材料，于是韩常新恢复了常态，有声有色地汇报下去。

赵慧文与韩常新的关系也被林震看出了一些疑窦：韩常新对一切人都是拍着肩膀，称呼着“老王”、“小李”，亲热而随便。独独对赵慧文，却是一种礼貌的“公事公办”的态度。这样说话：“赵慧文同志，党刊第一百〇四期放在哪里？”而赵慧文也用顺从包含警戒的神情对待他。

奇怪得很，林震说不清他的这个新环境是好是坏。他还是像在小学时一样，每天照样很早就起来球哑铃，还是照常地给人以“单纯”的甚至“天真”的印象。

但是，他的内心活动却比在小学的时候多得多。他必须学会判断一切事情和一切人。

……四月，东风悄悄地刮起，不再被人喜爱的火炉蜷缩在阴暗的贮藏室，只有各房间熏黑了的屋顶还存留着严冬的痕迹。往年，这个时候，林震就会带着活泼的孩子们去卧佛寺或者西山八大处踏青，在早开的桃李与混浊的溪水中寻找春天的消息……区委会的生活却不怎么受季节的影响，继续以那种紧张的节奏和复杂的色彩流转着。当林震从院里的垂柳上摘下一颗多汁的嫩芽时，他稍微有点怅惘，因为春天来得那么快，而他，却没作出什么有意义的事情来迎接这个美妙的季节……

晚上九点钟，林震走进了刘世吾办公室的门。赵慧文正在这里，她穿着紫黑色的毛衣，脸儿在灯光下显得越发苍白。听到有人进来，她迅速地转过头来，林震仍然看见了她略略突出的颧骨上的泪迹。他回身要走，低着头吸烟的刘世吾作手势止住他："坐在这儿吧，我们就谈完了。"

林震坐在一角，远远地隔着灯光看报，刘世吾用烟卷在空中划着圆圈，诚恳地说：

"相信我的话吧，没错。年轻人都这样，最初互相美化，慢慢发现了缺点，就觉得都很平凡。不要作不切实际的要求，没有遗弃，没有虐待，没有发现他政治上、品质上的问题，怎么能说生活不下去呢？才四年嘛。你的许多想法是从苏联电影里学来的，实际上，就那么回事……"

赵慧文没说话，她撩一撩头发，临走的时候，对林震惨然地一笑。

刘世吾走到林震旁边，问："怎么样？"他丢下烟蒂，又掏出一支来点上火，紧接着贪婪地吸了几口，缓缓地吐着白烟，告诉林震："赵慧文跟她爱人又闹翻了……"接着，他开开窗户，一阵风吹掉了办公桌上的几张纸，传来了前院里散会以后人们的笑声、招呼声和自行车铃响。

刘世吾把只抽了几口的烟扔出去，伸了个懒腰，扶着窗户，低声说："真的是春天了呢！"

"我想谈谈来区委工作的情况，我有一些问题不知道怎么解决。"林震用一种坚决的神气说，同时把落在地上的纸页拾起来。

"对，很好。"刘世吾仍然靠着窗户框子。

林震从去麻袋厂说起："……我走到厂长室，正看见王清泉同志在……"

"下棋呢还是打扑克？"刘世吾微笑着问。

"您怎么知道？"林震惊骇了。

"他老兄什么时候干什么我都算得出来，"刘世吾慢慢地说，"这个老兄棋瘾很大，有一次在咱这儿开了半截会，他出去上厕所，半天不回来，我出去一找，原来他看见老吕和区委书记的儿子下棋，他在旁边'支'上'招儿'了。"

林震把魏鹤鸣对他的控告讲了一遍。

刘世吾关上窗户，拉一把椅子坐下，用两个手扶着膝头支持着身体，轻轻地摆动着头：

“魏鹤鸣是个直性子，他一来就和王清泉吵得面红耳赤……你知道，王清泉也是个特殊人物，不太简单。抗日胜利以后，王清泉被派到国民党军队里工作，他作过国民党军的副团长，是个刮刮叫的情报人员。一九四七年以后他与我们的联系中断，直到解放以后才接上线。他是去瓦解敌人的，但是他自己也染上国民党军官的一些习气，改不过来，其实是个英勇的老同志。”

“这样……”

“是啊。”刘世吾严肃地点点头，接着说：“当然，这不能为他辩护，党是派他去战胜敌人而不是与敌人同流合污，所以他的错误是应该纠正的。”

“怎么去解决呢？魏鹤鸣说，这个问题已经拖了好久。他到处写过信……”

“是啊。”刘世吾又干咳了一会，作着手势说，“现在下边支部里各类问题很多，你如果一一地用手工业的方法去解决，那是事倍功半的。而且，上级布置的任务追着屁股，完成这些任务已经感到很吃力。作为领导，必须掌握一种把个别问题与一般问题结合起来，把上级分配的任务与基层存在的问题结合起来的艺术。再者，王清泉工作不努力是事实，但还没有发展到消极怠工的地步；作风有些生硬，也不是什么违法乱纪；显然，这不是组织处理问题而是经常教育的问题。从各方面看，解决这个问题的时机目前还不成熟。”

林震沉默着，他判断不清究竟哪样对；是娜斯嘉的“对坏事绝不容忍”对呢，还是刘世吾的“条件成熟论”对。他一想起王清泉那样的厂长就觉得难受，但是，他驳不倒刘世吾的“领导艺术”。刘世吾又告诉他：“其实，有类似毛病的干部也不只一个……”这更加使得林震睁大了眼睛，觉得这跟他在小学时所听的党课的内容不是一个味儿。

后来，林震又把看到的韩常新如何了解情况与写简报的事说了说，他说，他觉得这样整理简报不太真实。

刘世吾大笑起来，说：“老韩……这家伙……真高明……”笑完了，又长出一口气，告诉林震：“对，我把你的意见告诉他。”

林震犹豫着，刘世吾问：“还有别的意见么？”

于是林震勇敢地提出：“我不知道为什么，来了区委会以后发现了许多许多缺点，过去我想象的党的领导机关不是这样……”

刘世吾把茶杯一放：“当然，想象总是好的，实际呢，就那么回事。问题不在于有没有缺点，而在于什么是主导的。我们区委的工作，包括组织部的工作，成绩是基本的呢，还是缺点是基本的？显然成绩是基本的，缺点是前进中的缺点。我们伟大的事业，正是由这些有缺点的组织和党员完成着的。”

走出办公室以后，林震有一种奇怪的感觉：和刘世吾谈话似乎可以消食化气，而他自己的那些肯定的判断，明确的意见，却变得模糊不清了。他更加惶惑了。

六

不久，在党小组会上，林震受到了一次严厉的批评。

事情是这样：有一次，林震去麻袋厂，魏鹤鸣说，由于季度生产质量指标没有达到，王厂长狠狠地训了一回工人，工人意见很大，魏鹤鸣打算找些人开个座谈会，搜集意见，准备向上反映。林震很同意这种作法，以为这样也许能促进“条件的成熟”。过了三天，王清泉气急败坏地到区委会找副书记李宗秦，说魏鹤鸣在林震支持下搞小集团进行反领导的活动，还说参加魏鹤鸣主持的座谈会的工人都有历史问题……最后说自己请求辞职。李宗秦批评了他的一些缺点，同意制止魏鹤鸣再开座谈会，“至于林震，”他对王清泉说，“我们会给以应有的教育的。”

批评会上，韩常新分析道：“林震同志没有和领导上商量，擅自同意魏鹤鸣召集座谈会，这首先是一种无组织无纪律的行为……”

林震不服气，他说：“没有请示领导，是我的错。但是我不明白为什么我们不但不去主动解群众的意见，反而制止基层这样作！”

“谁说我们不了解？”韩常新翘起一只腿，“我们对麻袋厂的情况统统掌握……”

“掌握了而不去解决，这正是最痛心的！党章上规定着，我们党员应该向一切违反党的利益的现象作斗争……”林震的脸变青了。

富有经验的刘世吾开始发言了，他向来就专门能在一定的关头起扭转局面的作用。

“林震同志的工作热情不错，但是他刚来一个月就给组织部的干部讲党章，未免仓促了些。林震以为自己是支持自下而上的批评，是作一件漂亮事，他的动机当然是好的；不过，自下而上的批评必须有领导地去开展，譬如这回事，请林震同志想一想：第一，魏鹤鸣是不是对王清泉有个人成见呢？很难说没有。那么魏鹤鸣那样积极地去召集座谈会，可不可能有什么个人目的呢？我看不一定完全不可能。第二，参加会的人是不是有一些历史复杂别有用心的分子呢？这也应该考虑到。第三，开这样一个会，会不会在群众里造成一种王清泉快要挨整了的印象因而天下大乱了呢？等等。至于林震同志的思想情况，我愿意直爽地提出一个推测：年轻人容易把生活理想化，他以为生活应该怎样，便要求生活怎样，作一个党的工作者，要多考虑的却是客观现实，是生活可能怎样。年轻人也容易过高估计自己，抱负甚多，一到新的工作岗位就想对缺点斗争一番，充当个娜斯嘉式的英雄。这是一种可贵的、可爱的想法，也是一种虚妄……”

林震像被打中了似的颤了一下，他紧咬住下嘴唇忍住了心里的气愤和痛苦。

他鼓起勇气再问：“那么王清泉……”刘世吾把头一扬：“我明天找他谈话，有原则性的并不仅是你一个人。”

七

星期六晚上，韩常新举行婚礼。林震走进礼堂，他不喜欢那弥漫的呛人的烟气，还有地上杂乱的糖果皮与空中杂乱的哄笑；没等婚礼开始他就退了出来。

组织部的办公室黑着，他拉开灯，看见自己桌上的信，是小学的同事们写来，其中还夹着孩子们用小手签了名的信：

林老师：您身体好吗？我们特别特别想您，女同学都哭了，后来就不哭了，后来我们作算术，题目特别特别难，我们费了半天劲，中于算出来了……

看着信，林震不禁独自笑起来了，他拿起笔把“中于”改成“终于”，准备在回信时告诉他们下次要避免别字。他仿佛看见了系蝴蝶结的李琳琳、爱画水彩画的刘小毛和常常把铅笔头含在嘴里的孟飞，……他猛把头从信纸上抬起来，所看见的却是电话、吸墨纸和玻璃板。他所熟悉的孩子的世界和他的单纯的工作已经离他而去了，新的工作要复杂得多……他想起前天党小组会上人们对他的批评。难道自己真的错了？真的是莽撞和幼稚，再加几分年轻人的廉价的勇气？也许真的应该切实估量一下自己，把分内的事作好，过两年，等到自己“成熟”了以后再干预一切吧？

礼堂里传来爆发的掌声和笑声。

一只柔软的手落在肩上，他吃惊地回过头来，灯光显得刺眼，赵慧文没有声响地站在他的身边，女同志走路都有这种不声不响的本事。

赵慧文问：“怎么不去玩？”

“我懒得去。你呢？”

“我该回家了，”赵慧文说，“到我家坐坐好吗？省得一个人在这儿想心事。”

“我没有心事。”林震分辩着，但他接受了赵慧文的好意。

赵慧文住在离区委会不远的一个小院落里。

孩子睡在浅蓝色的小床里，幸福地含着指头，赵慧文吻了儿子，拉林震到自己房间里来。

“他父亲不回来吗？”林震问。

赵慧文摇摇头。

这间卧室好像是布置得很仓促，墙壁因为空无一物而显得过分洁白，盆架孤单地缩在一角，窗台上的花瓶傻气地张着口；只有床头小桌上的收音机，好像还能扰乱这卧室的安静。

林震坐在藤椅上，赵慧文靠墙站着。林震指着花瓶说：“应该插枝花，”又指着墙壁说：“为什么不买几张画挂上？”

赵慧文说：“经常也不在，就没有管它。”然后她指着收音机问：“听不听？星期六晚上，总有好的音乐。”

收音机响了，一种梦幻的柔美的旋律从远处飘来，慢慢变得热情激荡。提琴奏出的诗一样的主题，立即揪住了林震的心。他托着腮，屏住了气。他的青春，他的追求，他的碰壁，似乎都能与这乐曲相通。

赵慧文背着手靠在墙上，不顾衣服蹭上了石灰粉，等这段乐曲过去，她用和音乐一样的声音说："这是柴可夫斯基的《意大利随想曲》，让人想到南国，想到海……我在文工团的时候常听它，慢慢觉得，这调子不是别人演奏出的，而是从我心里钻出来的……"

"在文工团？"

"参加军事干部学校以后被分配去的，在朝鲜，我用我的蹩脚的嗓子给战士唱过歌，我是个哑嗓子的歌手。"

林震像第一次见面似的又重新打量赵慧文。

"怎么？不像了吧？"这时电台改放"剧场实况"了，赵慧文把收音机关了。

"你是文工团的，为什么很少唱歌？"林震问。她不回答，走到床边，坐下。她说：

"我们谈谈吧，小林，告诉我，你对咱们区委的印象怎么样？"

"不知道，我是说，还不明确。"

"你对韩常新和刘世吾有点意见吧，是不？"

"也许。"

"当初我也这样，从部队转业到这里，和部队的严格准确比较，许多东西我看不惯。我给他们提了好多意见，和韩常新激动地吵过一回，但是他们笑我幼稚，笑我工作没作好意见倒一大堆，慢慢地我发现，和区委的这些缺点作斗争是我力不胜任的……"

"为什么力不胜任？"林震像刺痛了似的跳起来，他的眉毛拧在一起了。

"这是我的错，"赵慧文抓起一个枕头，放在腿上，"那时我觉得自己水平太低，自己也很不完美，却想纠正那些水平比自己高得多的同志，实在不量力。而且，刘世吾、韩常新还有别人，他们确实把有些工作作得很好。他们的缺点散布在咱们工作的成绩里边，就像灰尘散布在美好的空气中，你嗅得出来，但抓不住，这正是难办的地方。"

"对！"林震把右拳头打在左手掌上。

赵慧文也有些激动了，她把枕头抛开，话说得更慢，她说："我做的是事务工作，领导同志也不大过问，加上个人生活上的许多牵扯，我沉默了，于是，上班抄抄写写，下班给孩子洗尿布、买奶粉。我觉得我老得很快，参加军干校时候那种热情和幻想，不知道哪里去了。”她沉默着，一个一个地捏着自己的手指，接着说：“两个月以前，北京市进入社会主义高潮，工人、店员还有资本家，放着鞭炮，打着锣鼓到区委会报喜，工人、店员把入党申请书直接送到组织部，大街上一天一变，整个区委会彻夜通明，吃饭的时候，宣传部、财经部的同志滔滔不绝地讲着社会主义高潮中的各种气像；可我们组织部呢？工作改进很少！打电话催催发展数字，按前年的格式添几条新例子写写总结……最近，大家检查保守思想，组织部也检查，拖拖沓沓开了三次会，然后写个材料完事。……哎，我说乱了，社会主义高潮中，每一声鞭炮都刺着我，当我复写批准新党员通知的时候，我的手激动得发抖，可是我们的工作就这样依然故我地下去吗？”她喘了一口气，来回踱着，然后接着说：“我在党小组会上谈自己的想法，韩常新满足地问：‘难道我们发展数字的完成比例不是各区最高的？难道市委组织部没要我们写过经验？’然后他进行分析，说我情绪不够乐观，是因为不安心事务工作……”

“开始的时候，韩常新给人一个了不起的印象，但是实际一接触……”林震又说起那次写汇报的事。

赵慧文同意地点头：“这一二年，虽然我没提什么意见，但我无时无刻不在观察。生活里的一切，有表面也有内容，作到金玉其外，并不是难事。譬如韩常新，充领导他会拉长了声音训人，写汇报他会强拉硬扯生动的例子，分析问题，他会用几个无所不包的概念；于是，俨然成了个少壮有为的干部，他漂浮在生活上边，悠然得意。”

“那么刘世吾呢？”林震问，“他绝不像韩常新那样浅薄，但是他的那些独到的见解，精辟的分析，好像包含着一种可怕的冷漠。看到他容忍王清泉这样的厂长，我无法理解，而当我想向他表示什么意见的时候，他的议论却使人越绕越糊涂，除了跟着他走，似乎没有别的路……”

“刘世吾有一句口头语：就那么回事，他看透了一切，以为一切就那么回事。按他自己的说法，他知道什么是‘是’，什么是‘非’，还知道‘是’一定战胜‘非’，又知道‘是’不是一下子战胜‘非’，他什么都知道，什么都见过——党的工作给人的经验本来很多。于是他不再操心，不再爱也不再恨。他取笑缺陷，仅仅是取笑；欣赏成绩，仅仅是欣赏。他满有把握地应付一切，再也不需要虔诚地学习什么，除了拼音文字之类的具体知识。一旦他认为条件成熟需要干一气，他一把把事情抓在手里，教育这个，处理那个，俨然是一切人的上司。凭他的经验和智慧，他当然可以作好一些事，于是他更加自信。”赵慧文毫不容情地说道。这些话曾经在多少个不眠的夜晚萦绕在她的心头……

“我们的区委副书记兼部长呢？他不管么？”

赵慧文更加兴奋了，她说：“李宗秦身体不好，他想去作理论研究工作，嫌区的工作过于具体。他作组织部长只是挂名，把一切事情推给刘世吾。这也是一种相当普遍的不正常的现象，有一批老党员，因为病，因为文化水平低，或者因为是首长爱人，他们挂着厂长、校长和书记的名，却由副厂长、教导主任、秘书或者某个干事作实际工作。”

“我们的正书记——周润祥同志呢？”

“周润祥是一个非常令人尊敬的领导同志，但是他工作太多，忙着肃反、私营企业的改造……各种带有突击性的任务，我们组织部的工作呢，一般说永远成不了带突击性的中心任务，所以他管的也不多。”

“那……怎么办呢？”林震直到现在，才开始明白了事情的复杂性，一个缺点，仿佛粘在从上到下的一系列的缘故上。

“是啊。”赵慧文沉思地用手指弹着自己的腿，好像在弹一架钢琴，然后她向着远处笑了，她说：“谢谢你……”

“谢我？”林震以为自己听错了。

“是的，见到你，我好像又年轻了。你常常把眼睛盯在一个地方不动，老是在想，像个爱幻想的孩子。你又挺容易兴奋起来，动不动就红脸。可是，你又天不怕地不怕，敢于和一切坏现象作斗争，于是我有一种婆婆妈妈的预感：你……一场风波要起来了。”

林震又真的脸红了。他根本没想到这些，他正为自己的无能而十分羞耻。他嘟哝着说：“但愿是真正的风波而不是瞎胡闹。”然后他问：“你想了这么多，分析得这么清楚，为什么只是憋在心里呢？”

“我老觉得没有把握，”赵慧文把手放在自己的胸前，“我看了想，想了又看，我有时候想得一夜都睡不好，我问自己：‘你的工作是事务性的，你能理解这些吗？’”

“你怎么会这样想？我觉得你刚才说的对极了！你应该把你刚才说的对区委书记谈，或者写成材料给《人民日报》……”

“瞧，你又来了。”赵慧文露出润湿的牙齿笑了。

“怎么叫又来了？”林震不高兴地站起来，使劲搔着头皮，“我也想过多少次，我觉得，人要在斗争中使自己变正确，而不能等到正确了才去作斗争！”

赵慧文突然推门出去了，把林震一个人留在这空旷的屋子里，他嗅见了肥皂的香气。马上，赵慧文回来了，端着一个长柄的小锅，她跳着进来，像一个梳着三只辫子的小姑娘。她打开锅盖，戏剧性地向林震说：

“来，我们吃荸荠，煮熟了的荸荠！我没有找到别的好吃的。”

“我从小就喜欢吃熟荸荠，”林震愉快地把锅接过来，他挑了一个大的没剥皮就咬了一口，然后他皱着眉吐了出来，“这是个坏的，又酸又臭。”赵慧文大笑了。林震气愤地把捏烂了的酸荸荠扔到地上。

临走的时候，夜已经深了，纯净的天空上布满了畏怯的小星星。有一个老头儿吆喝：“炸丸子开锅！”推车走过。林震站在门外，赵慧文站在门里，她的眼睛在黑暗中闪光，她说：“下次来的时候，墙上就有画了。”

林震会心地笑着：“而且希望你把丢下的歌儿唱起来！”他摇了一下她的手。

林震用力地呼吸着春夜的清香之气，一股温暖的泉水在心头涌了上来。

八

韩常新最近被任命为组织部副部长。新婚和被提拔，使他愈益精神焕发和朝气勃勃。他每天刮一次脸，在参观了服装展览会以后又作了一套凡尔丁料子的衣服。不过，最近他亲自出马下去检查工作少了，主要是在办公室听汇报、改文件和找人谈话。刘世吾仍然那么忙……

一天，晚饭以后，韩常新把《拖拉机站站长与总农艺师》还给林震，他用手弹一弹那本书，点点头说：“很有意思，也很荒唐。当个作家倒不坏，编得天花乱坠。赶明儿我得了风湿性关节炎或者犯错误受了处分，就也写小说去。”

林震接过书，赶快拉开抽屉，把它压在最底下。

刘世吾坐在另一边的沙发上正出神地研究一盘象棋残局，听了韩常新的话，刻薄地说："老韩将来得关节炎或者受处分倒不见得不可能，至于小说，我们可以放心，至少在这个行星上不会看到您的大作。"他说的时候一点不像开玩笑，以致韩常新尴尬地转过头，装没听见。

这时刘世吾又把林震叫过去，坐在他旁边，问："最近看什么书了？有没有好的借我看看？"

林震说没有。

刘世吾挪动着身体，斜躺在沙发上，两手托在脑后，半闭着眼，缓慢地说："最近在《译文》上看了《被开垦的处女地》第二部的片段，人家写得真好，活得很……"

"您常看小说？"林震真不大相信。

"我愿意荣幸地表示，我和你一样地爱读书：小说、诗歌，包括童话。解放以前，我最喜欢屠格涅夫，小学五年级，我已经读《贵族之家》，我为伦蒙那个德国老头儿流泪，我也喜欢叶琳娜；英沙罗夫写得却并不好……可他的书有一种清新的、委婉多情的调子。"他忽地站起来，走近林震，扶着沙发背，弯着腰继续说，"现在也爱看，看的时候很入迷，看完了又觉得没什么，你知道，"他紧挨林震坐下，又半闭起眼睛，"当我读一本好小说的时候，我梦想一种单纯的、美妙的、透明的生活。我想去作水手，或者穿上白衣服研究红血球，或者作一个花匠，专门培植十样锦……"他笑了，从来没这样笑过，不是用机智，而是用心。"可还是得作什么组织部长。"他摊开了手。

"为什么您把现在的工作看得和小说那么不一样呢？党的工作不单纯，不美妙，也不透明么？"林震友好而关切地问。

刘世吾接连摇头，咳嗽了一会儿又站起来。靠到远一点的地方，嘲笑地说："党工作者不适合看小说。……譬如，"他用手在空中一划，"拿发展党员来说，小说可以写：'在壮丽的事业里，多少名新战士参加了无产阶级的先锋行列，万岁！'而我们呢，组织部呢，却正在发愁：第一，某支部组织委员工作马大哈，谈不清新党员的历史情况。第二，组织部压了百十几个等着批准的新党员，没时间审查。第三，新党员需经常委会批准，常委委员一听开会批准党员就请假。第四，公安局长参加常委会批准党员的时候老是打瞌睡……"

“您不对！”林震大声说，他像本人受了侮辱一样地难以忍耐，“您看不见壮丽的事业，只看见某某在打瞌睡……难道您也打瞌睡了？”

刘世吾笑了笑，叫韩常新：“来，看看报上登的这个象棋残局，该先挪车呢还是先跳马？”

九

魏鹤鸣告诉林震，他要求回到车间作工人，他说：“这个支部委员和生产科长我干不了。”林震费尽唇舌，劝他把那次座谈会搜集的意见写给党报，并且质问他：“你退缩了，你不信任党和国家了，是吗？”后来魏鹤鸣和几个意见较多的工人写了一封长信，偷偷地寄给报纸，连魏鹤鸣本人都对自己有些怀疑：“也许这又是‘小集团活动’？那就处罚我吧！”他是带着有罪的心情把大信封扔进邮箱的。

五月中旬，《北京日报》以显明的标题登出揭发王清泉官僚主义作风的群众来信。署名“麻袋厂一群工人”的信，愤怒地要求领导上处理这一问题。《北京日报》编者也在按语中指出：“……有关领导部门应迅速作认真的检查……”

赵慧文首先发现了，她叫林震来看。林震兴奋得手发抖，看了半天连不成句子，他想：“好！终于揭出来了！还是党报有力量！”

他把报纸拿给刘世吾看，刘世吾仔细地看了几遍，然后抖一抖报纸，客观地说：“好，开刀了！”

这时，区委书记周润祥走进来，他问：“王清泉的情况你们了解不？”

刘世吾不慌不忙地说：“麻袋厂支部的一些不健康的情况那是确实存在的。过去，我们就了解过，最近我亲自找王清泉谈过话，同时小林同志也去了解过。”他转身向林震：“小林，你谈谈王清泉的情况吧。”

有人敲门，魏鹤鸣紧张地撞进来，他的脸由红色变成了青色，他说，王厂长在看到《北京日报》以后非常生气，现在正追查写信的人。

经过党报的揭发与区委书记的过问，刘世吾以出乎林震意料之外的雷厉风行的精神处理了麻袋厂的问题。刘世吾一下决心，就可以把工作作得很出色。

他把其他工作交代给别人，连日与林震一起下到麻袋厂去。他深入车间，详细调查了王清泉工作的一切情况，征询工人群众的一切意见。然后，与各有关部门进行了联系，只用了一个多星期的时间，就对王清泉作了处理——党内和行政都予以撤职处分。

处理王清泉的大会一直开到深夜，开完会，外面下起雨，雨忽大忽小，久久地不停息。风吹到人脸上有些凉。刘世吾与林震到附近的一个小铺子去吃馄饨。

这是新近公私合营的小铺子，整理得干净而且舒适。由于下雨，顾客不多。他们避开热气腾腾的馄饨锅，在墙角的小桌旁坐下来。

他们要了馄饨，刘世吾还要了白酒，他呷了一口酒，掐着手指，有些感触地说："我这是第六次参加处理犯错误的负责干部的问题了，头几次，我的心很沉重。"由于在大会上激昂地讲过话，他的嗓音有些嘶哑，"党的工作者是医生，他要给人治病，他自己却是并不轻松的。"他用无名指轻轻敲着桌子。

林震同意地点头。

刘世吾忽问："今天是几号？"

"五月二十。"林震告诉他。

"五月二十，对了。九年前的今天，'青年军'二〇八师打坏了我的腿。"

"打坏了腿？"林震对刘世吾的过去历史还不了解。

刘世吾不说话，雨一阵大起来，他听着那哗啦哗啦的单调的响声，嗅着潮湿的土气。 个被雨淋透的小孩子跑进来避雨。小孩的头发在往下滴水。

刘世吾招呼店员："切一盘肘子。"然后告诉林震："一九四七年，我在北大作自治会主席。参加五二〇游行的时候，二〇八师的流氓打坏了我的腿。"他挽起裤子，可以看到一道弧形的疤痕，然后他站起来："看，我的左腿是不是比右腿短一点？"

林震第一次以深深的尊敬和爱戴的眼光看着他。

喝了几口酒，刘世吾的脸微微发红，他坐下，把肉片夹给林震，然后斜着头说："那时候……我是多么热情，多么年轻啊！我真恨不得……"

"现在就不年轻，不热情了么？"林震试探着问。他想了解一下这个人，想逗得他多说几句。

“当然不，”刘世吾玩着空酒杯，“可是我真忙啊！忙得什么都习惯了，疲倦了。解放以来从来没睡够过八小时觉。我处理这个人和那个人，却没有时间处理处理自己。”他托起腮，用最质朴的人对人的态度看着林震，“是啊，一个布尔什维克，经验要丰富，但是心要单纯。……再来一两！”刘世吾举起酒杯，向店员招手。

这时林震已经开始被他深刻和真诚的抒发所感动了。刘世吾接着闷闷地说：“据说，炊事员的职业病是缺少良好的食欲，饭菜是他们做的，他们整天和饭菜打交道。我们，党工作者，我们创造了新生活，结果，生活反倒不能激动我们……”

林震的嘴动了动，刘世吾摆摆手，表示希望不要现在就和他辩论。他不说话，独自托着腮发愣。

“雨小多了，这场雨对麦子不错，”过了半天，刘世吾叹了口气，忽然又说：“你这个干部好，比韩常新强。”

林震在慌乱中赶紧喝汤。

刘世吾盯着他，亲切地笑着，问他：“赵慧文最近怎么样？”

“她情绪挺好。”林震随口说。他拿起筷子去夹熟肉，看见了他熟悉的刘世吾的闪烁的目光。

刘世吾把椅子拉近了，缓缓地说：“原谅我的直爽，但是我有责任告诉你……”

“什么？”林震停止了夹肉。

“据我看，赵慧文对你的感情有些不……”

林震颤抖着手放下了筷子。

离开馄饨铺，雨已经停了，星光从黑云下面迅速地露出来，风更凉了，积水潺潺地从马路两边的泄水池流下去。林震迷惘地跑回宿舍，好像喝了酒的不是刘世吾，倒是他。同宿舍的同志都睡得很甜，粗短的和细长的鼾声此起彼伏。林震坐在床上，摸着湿了的裤脚，眼前浮现了赵慧文的苍白而美丽的脸。……他还是个毛小伙子，他什么也没经历过，什么都不懂。他走近窗子，把脸紧贴在外面沾满了水珠的冰冷的玻璃上。

十

区委常委开会讨论麻袋厂的问题。

林震列席参加。他坐在一角，心跳、紧张，手心里出了汗。他的衣袋里装着好几千字的发言提纲，准备在常委会上从麻袋厂事件扯出组织部工作中的问题。他觉得麻袋厂问题的揭发和解决，造成了最好的机会，可以促请领导从根本上考虑一下组织部的工作。时候到了！

刘世吾正在条理分明地汇报情况。书记周润祥显出沉思的神色，用左拳托着士兵式的粗壮而宽大的脸，右腕子压着一张纸，时而在上面写几个字。李宗秦用食指在空中写划着。韩常新也参加了会，他专心地把自己的鞋带解开又系上。

林震几次想说话，但是心跳得使他喘不上气。第一次参加常委会，就作这种大胆的发言，未免过于莽撞吧？不怕，不怕！他鼓励自己。他想起八岁那年在青岛学跳水，他也一边听着心跳，一边生气地对自己说："不怕，不怕！"

区委常委批准了刘世吾对于麻袋厂问题提出的处理意见，马上就要进行下面一项议程了，林震霍地举起了手。

"有意见吗？不举手就可以发言的。"周书记笑着说。

林震站起来，碰响了椅子，掏出笔记本看着提纲，他不敢看大家。

他说："王清泉个人是作了处理了，但是如何保证不再有第二、第三个王清泉出现呢？我们应该检查一下区委组织工作中的缺点：第一，我们只抓了建党，对于巩固党没给以应有的注意，使基层的党内斗争处于自流状态。第二，我们明知有问题却拖延着不去解决，王清泉来厂子整整五年，问题一直存在而且愈发展愈严重。……具体地说，我认为韩常新同志与刘世吾同志有责任……"

会场起了轻微的骚动，有人咳嗽，有人放下了烟卷，有人打开笔记本，有人挪了一下椅子。

韩常新耸了一下肩，用舌头舔了一下扭动着的牙床，讽刺地说："往往听到一种事后诸葛亮的意见：'为什么不早一点处理呢？'当然是愈早愈好喽……高、饶事件发生了，有人问为什么不早一点，贝利亚，也有人问为什么不早一点。再者，组织部并不能保证第二、第三个王清泉不会出现，林震同志也未尝能保证这一点。……”

林震抬起头，用激怒的目光看着韩常新。韩常新却只是冷冷地笑。林震压抑着自己说：“老韩同志知道缺点的存在是规律，但他不知道克服缺点前进更是规律。老韩同志和刘部长，就是抱住了头一个规律，因而对各种严重的缺点采取了容忍乃至于麻木的态度！”说完，他用手抹了抹头上的汗，他也不知道自己怎么敢说得这样尖锐，但是终究说出来了，他有一种如释重负的感觉。

李宗秦在空中划着的食指停住了。周润祥转头看看林震又看看大家，他的沉重的身躯使木椅发出了吱吱声。他向刘世吾示意：“你的意见？”

刘世吾点点头：“小林同志的意见是对的，他的精神也给了我一些启发……”然后他悠闲地溜到桌子边去倒茶水，用手抚摸着茶碗沉思地说：“不过具体到麻袋厂事件，倒难说了。组织部门巩固党的工作抓得不够，是的，我们干部太少，建党还抓不过来。麻袋厂王清泉的处理，应该说还是及时而有效的。在宣布处理的工人大会上，工人的情绪空前高涨，有些落后的工人也表示更认识到了党的大公无私，有一个老工人在台上一边讲话一边落泪，他们口口声声说着感谢党，感谢区委……”

林震小声说：“是的，正因为这样，我才觉得我们工作中的麻木、拖延、不负责任，是对群众犯罪。”他提高了声音，“党是人民的、阶级的心脏，我们不能容忍心脏上有灰尘，就像不能容忍党的机关的缺点！”

李宗秦把两手交叉起来放在膝头，他缓缓地说，像是一边说一边思索着如何造句：“我认为林震、韩常新、刘世吾同志的主要争论有两个症结，一个是规律性与能动性的问题，……一个是……”

林震以不知从哪儿来的勇气对李宗秦说：“我希望不要只作冷静而全面的分析……”他没有说下去，他怕自己掉下眼泪来。

周润祥看一看林震，又看一看李宗秦，皱起了眉头，沉默了一会，迅速地写了几个字，然后对大家说：“讨论下一项议程吧。”

散会后，林震气恼得没有吃下饭，区委书记的态度他没想到。他不满甚至有点失望。韩常新与刘世吾找他一起出去散步，就像根本没理会他对他们的不满意，这使林震更意识到自己和他们力量的悬殊。他苦笑着想：“你还以为常委会上发一席言就可以起好大的作用呢！”他打开抽屉，拿起那本被韩常新嘲笑过的苏联小说，翻开第一篇，上面写着：“按娜斯嘉的方式生活！”他自言自语：“真难啊！”

他缺少了什么呢？

十一

第二天下班以后，赵慧文告诉林震：“到我家吃饭去吧，我自己包饺子。”他想推辞，赵慧文已经走了。

林震犹豫了好久，终于在食堂吃了饭再到赵慧文家去。赵慧文的饺子刚刚煮熟。她穿上暗红色的旗袍，系着围裙，手上沾满面粉，像一个殷勤的主妇似的对林震说：“新下来的豆角做的馅子……”

林震嗫嚅地说：“我吃过了。”

赵慧文不信，跑出去给他拿来了筷子，林震再三表示确实吃过，赵慧文不满意地一个人吃起来。林震不安地坐在一旁，一会儿看看这，一会儿看看那，一会儿搓搓手，一会儿晃一晃身体。

“小林，有什么事么？”赵慧文停止了吃饺子。

“没……有。”

“告诉我吧。”赵慧文目不转睛地看着他。

“昨天在常委会上我把意见都提了，区委书记睬都不睬……”

赵慧文咬着筷子端想了想，她坚决地说：“不会的，周润祥同志只是不轻易发表意见……”

“也许，”林震半信半疑地说，他低下头，不敢正面接触赵慧文关切的目光。

赵慧文吃了几个饺子，又问：“还有呢？”

林震的心跳起来了。他抬起头，看见了赵慧文的好意的眼睛，他轻轻地叫：“赵慧文同志……”

赵慧文放下筷子，靠在椅子背上，有些吃惊了。

“我很想知道，你是否幸福。”林震用一种粗重的，完全像大人一样的声音说，“我看见过你的眼泪，在刘世吾的办公室，那时候春天刚来……后来忘记了。我自己马马虎虎地过日子，也不会关心人。你幸福吗？”

赵慧文略略疑惑地看着他，摇头，“有时候我也忘记……”然后点头，“会的，会幸福的。你为什么问它呢？”她安详地笑着。

林震把刘世吾对他讲的告诉了她：“……请原谅我，把刘世吾同志随便讲的一些话告诉了你，那完全是瞎说……我很愿意和你一起说话或者听交响乐，你好极了，那是自然而然的，……也许这里边有什么不好的，不合适的东西，马马虎虎的我忽然多虑了，我恐怕我扰乱谁。”林震抱歉地结束了。

赵慧文安详地笑着，接着皱起了眉尖儿，又抬起了细瘦的胳臂，用力擦了一下前额，然后她甩了一下头，好像甩掉什么不愉快的心事似的转过身去了。

她慢慢地走到墙壁上新挂的油画前边，默默地看画。那幅画的题目是《春》，莫斯科，太阳在春天初次出现，母亲和孩子到街头去……

一会，她又转过身来，迅速地坐在床上，一只手扶着床栏杆，异常平静地说：“你说了些什么呀？真的！我不会作那些不经过考虑的事。我有丈夫，有孩子，我还没和你谈过我的丈夫，”她不用常说的“爱人”，而强调地说着“丈夫”，“我们在五二年结的婚，我才十九，真不该结婚那么早。他从部队里转业，在中央一个部里作科长，他慢慢地染上了一种‘油条’劲儿，争地位、争待遇，和别人不团结。我们之间呢，好像也只剩下了星期六晚上回来和星期一走。我的看法是：或者是崇高的爱情，或者什么都没有。我们争吵了……但我仍然等待着……他最近出差去上海，等回来，我要和他好好谈一谈。可你说了些什么呢？”她又一次问，“小林，你是我所尊敬的顶好的朋友，但你还是个孩子——这个称呼也许不对，对不起。我们都希望过一种真正的生活，我们希望组织部成为真正的党的工作机构，我觉着你像是我的弟弟，你盼望我振作起来，是吧？生活是应该有互相支援和友谊的温暖，我从来就害怕冷淡。就是这些了，还有什么呢？还能有什么呢？”

林震惶恐地说：“我不该受刘世吾话的影响……”

“不，”赵慧文摇头，“刘世吾同志是聪明人，他的警告也许并不是完全没有必要，然后……”她深深地吐一口气，“那就好了。”

她收拾起碗筷，出去了。

林震茫然地站起，来回踱着步子，他想着、想着，好像有许多话要说，慢慢地，又没有了。他要说什么呢？本来什么都没有发生。生活有时候带来某种情绪的波流，使人激动也使人困扰，然后波流流过去，没有一点痕迹……真的没有痕迹吗？它留下对于相逢者的纯洁和美好的记忆，虽然淡淡，却难忘……

赵慧文又进来了，她领着两岁的儿子，还提着一个书包。小孩已经与林震见过几次面，亲热地叫林震“夫夫”——他说不清“叔叔”。

林震用强健的手臂把他举了起来。空旷的屋子里顿时充满了孩子的笑闹声。

赵慧文打开书包，拿出一叠纸，翻着，说：“今天晚上，我要让你看几样东西。我已经把三年来看到的组织部工作中的一些问题和自己的意见写了一个草稿。这个……”她不好意思地摸了一下一张橡皮纸，“大概这是可笑的，我给自己规定了一个竞赛的办法。让今天的自己和昨天的自己竞赛。我划了表，如果我的工作有了失误——写入党批准通知的时候抄错了名字或者统计错了新党员人数，我就在表上画一个黑叉子，如果一天没有错，就画一个小红旗。连续一个月都是红旗，我就买一条漂亮的头巾或者别的什么奖励自己……也许，这像幼儿园的做法吧？你好笑吗？”

林震入神地听着，他严肃地说：“绝不，我尊敬你对你自己的……”

临走的时候，夜已经深了，林震站在门外，赵慧文站在门里，她的眼睛在黑暗中闪着光，她说：“今天的夜色非常好，你同意吗？你嗅见槐花的香气了没有？平凡的小白花，它比牡丹清雅，比桃李浓馥。你嗅不见？真是！再见。明天一早就见面了，我们各自投身在伟大而麻烦的工作里边。然后晚上来找我吧，我们听美丽的《意大利随想曲》。听完歌，我给你煮荸荠，然后我们把荸荠皮扔得满地都是……”

林震靠着组织部门前的大柱子好久好久地呆立着，望着夜的天空。初夏的南风吹拂着他——他来时是残冬，现在已经是初夏了。他在区委会度过了第一个春天。

他做好的事情简直很少，简直就是没有，但他学了很多，多懂了不少事。他懂了生活的真正的美好和真正的分量；他懂了斗争的困难和斗争的价值。他渐渐明白，在这平凡而又伟大的、包罗万象的、担负着无数艰巨任务的区委会，单凭个人的勇气是作不成任何事情的……从明天……

办公室的小刘走过，叫他：“林震，你上哪儿去了？快去找周润祥同志，他刚才找了你三次。”

区委书记找林震了吗？那么不是从明天，而是从现在，他要尽一切力量去争取领导的指引，这正是目前最重要的……

隔着窗子，他看见绿色的台灯和夜间办公的区委书记的高大侧影，他坚决地、迫不及待地敲响了领导同志办公室的门。

（原载1956年《人民文学》9月号）

述评

短篇小说《组织部新来的青年人》，作者王蒙，小说最初发表在1956年9月《人民文学》。王蒙，1934年10月15日生于北京。中国当代著名作家。著有短篇小说集《深的湖》、《杂色》和长篇小说《青春万岁》、《活动变人形》等。

小说原名《组织部来了个年轻人》，发表时经编辑修改为《组织部新来的青年人》（王蒙后来结集时使用原名）。小说一经发表，各界反响强烈，作者也立刻成为众人谈论的焦点，正所谓“成也萧何，败也萧何”，王蒙因这篇小说而成名于世，但也因此篇小说而被打成右派。

小说是较早反映社会主义体制下的人民内部矛盾，揭露官僚主义的作品。小说描写了各种官僚主义者的不同形象，北京市某区委副书记兼组织部长李宗秦是个在其位不谋其政的官僚主义者。区委组织部第一副部长刘世吾是一个革命热情衰退，似乎看透了一切，对错误采取冷漠麻木态度的官僚主义者。区委组织部工厂建党组组长韩常新是个浅薄的官僚主义者。麻袋厂厂长兼党支部书记王清泉是个饱食终日无所用心、作风简单粗暴的官僚主义者。

林震是一个有理想、有朝气、富有原则性和正义感的青年党员干部。他满怀热情地踏入社会，面对现实生活中的种种复杂现象，他感到困惑，并引发了他的思考和斗争。林震在作品中还有结构上的作用。作品是以林震到组织部后的所见所闻所经历所遭遇为结构线索的，以他为视角，通过他的眼光，刻画了一系列官僚主义者，尤其是塑造了颇有深度的刘世吾的形象。

揭露党员干部官僚主义的文学作品，在建国后的一段时间里几乎是空白。《组织部新来的青年人》的发表具有突破“禁区”的意义。因而作品甫一问世即遭到讨论和批评，著名文学评论家李洁非对此曾有如下描述：“1957年2月9日，《文汇报》的《笔会》突然登出一篇长文，这就是李希凡的《评〈组织部新来的青年人〉》。这篇文章有几点特别之处。第一，它不像《文艺学习》讨论中的批评性意见，作为正方、反方之一方，而是以单独占有话语空间的形式出现，给人的印象不是‘讨论’，而像王蒙所说，采取了‘批判’的姿态。第二，提出的指控和措辞都比较严厉，认为小说对官僚主义的描写歪曲了现实，引用毛泽东论述将这种‘值得注意的不健康的倾向’定义为‘要求人们按照小资产阶级知识分子的面貌来改造党，改造世界’。王蒙说，批评者‘从政治上上纲，干脆把小说往敌对方面揭批，意在一棍毙命’。第三，作者身份比较特殊，他是经过红学事件被毛泽东亲手树立的‘小人物’代表，三年来威望日重，所发出的声音较之于别人，尤不可等闲视之。此后，‘批判’声音占了上风，包括中国作协党组1957年1月29日组织的讨论会，结论也是‘总的认为这小说是有毒素的’。”

然而，有意思的是，毛泽东就这篇小说接二连三做出指示。有研究者统计，从2月至4月，毛泽东就此共有5次谈话。如此短的时间，就同一个作家作品发表如此频繁的谈话，在毛泽东一生，似乎绝无仅有。“这些谈话，有三个要点。一是李希凡文章以故事发生地为北京却写了官僚主义，而挞伐王蒙；毛泽东则质问：谁说北京没有官僚主义？二是对王蒙这个人，毛泽东强调要‘保护’。三是毛泽东对《人民文学》编辑部修改小说原稿一事大动肝火，斥为‘缺德’。”（崔建飞《毛泽东五谈王蒙〈组织部新来的青年人〉》，《长城》，2006年第2期）。

“官僚主义害死人”，写官僚主义同样害人不浅。由于题材过于敏感尖锐，即便有毛泽东的介入，作者最终也没能在运动浩劫中幸免。

时至今日，我们应如何看待这部作品？李洁非指出：“在50年代语境之下，《组织部新来的青年人》在文学性上明显高于一般作品，即使50年后，仍然不乏可赏之处。”（李洁非《重读<组织部新来的青年人〉》，《阅读与写作》2001年8期》）此论可谓公允。作品的典型价值和时代意义，它的讽刺与警醒作用，超越了某个固定的历史时期。

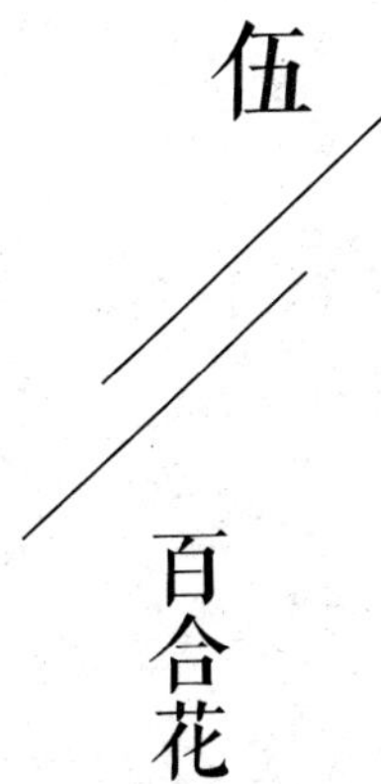

在月光下，我看见她眼里晶莹发亮，我也看见那条枣红底色上洒满白色百合花的被子，这像征纯洁与感情的花，盖上了这位平常的、掩毛竹的青年人的脸。

百合花

茹志娟

一九四六年的中秋。

这天打海岸的部队决定晚上总攻。我们文工团创作室的几个同志，就由主攻团的团长分派到各个战斗连去帮助工作。

大概因为我是个女同志吧！团长对我抓了半天后脑勺，最后才叫一个通讯员送我到前沿包扎所去。

包扎所就包扎所吧！反正不叫我进保险箱就行。我背上背包，跟通讯员走了。

早上下过一阵小雨，现在虽放了晴，路上还是滑得很，两边地里的秋庄稼，却给雨水冲洗得青翠水绿，珠烁晶莹。空气里也带有一股清鲜湿润的香味。要不是敌人的冷炮，在间歇地盲目地轰响着，我真以为我们是去赶集的呢！

通讯员撒开大步，一直走在我前面。一开始他就把我撩下几丈远。我的脚烂了，路又滑，怎么努力也赶不上他。我想喊他等等我，却又怕他笑我胆小害怕；不叫他，我又真怕一个人摸不到那个包扎所。我开始对这个通讯员生起气来。

嗳！说也怪，他背后好像长了眼睛似的，倒自动在路边站下了。但脸还是朝着前面。没看我一眼。等我紧走慢赶地快要走近他时，他又蹬蹬蹬地自个向前走了，一下又把我摔下几丈远。我实在没力气赶了，索性一个人在后面慢慢晃。不过这一次还好，他没让我撩得太远，但也不让我走近，总和我保持着丈把远的距离。我走快，他在前面大踏步向前；我走慢，他在前面就摇摇摆摆。奇怪的是，我从没见他回头看我一次，我不禁对这通讯员发生了兴趣。

刚才在团部我没注意看他，现在从背后看去，只看到他是高挑挑的个子，块头不大，但从他那副厚实实的肩膀看来，是个挺棒的小伙，他穿了一身洗淡了的黄军装，绑腿直打到膝盖上。肩上的步枪筒里，稀疏地插了几根树枝，这要说是伪装，倒不如算作装饰点缀。

没有赶上他，但双脚胀痛得像火烧似的。我向他提出了休息一会后，自己便在做田界的石头上坐了下来。他也在远远的一块石头上坐下，把枪横搁在腿上，背向着我，好像没我这个人似的。凭经验，我晓得这一定又因为我是个女同志的缘故。女同志下连队，就有这些困难。我着恼的带着一种反抗情绪走过去，面对着他坐下来。这时，我看见他那张十分年轻稚气的圆脸，顶多有十八岁。他见我挨他坐下，立即张惶起来，好像他身边埋下了一颗定时炸弹，局促不安，掉过脸去不好，不掉过去又不行，想站起来又不好意思。我拼命忍住笑，随便地问他是哪里人。他没回答，脸涨得像个关公，讷讷半晌，才说清自己是天目山人。原来他还是我的同乡呢！

“在家时你干什么？”

“帮人拖毛竹。”

我朝他宽宽的两肩望了一下，立即在我眼前出现了一片绿雾似的竹海，海中间，一条窄窄的石级山道，盘旋而上。一个肩膀宽宽的小伙，肩上垫了一块老蓝布，扛了几枝青竹，竹梢长长的拖在他后面，刮打得石级哗哗作响。……这是我多么熟悉的故乡生活啊！我立刻对这位同乡，越加亲热起来。我又问：“你多大了？”

“十九。”

“参加革命几年了？”

“一年。”

“你怎么参加革命的？”我问到这里自己觉得这不像是谈话，倒有些像审讯。不过我还是禁不住地要问。

“大军北撤时我自己跟来的。”

“家里还有什么人呢？”

“娘，爹，弟弟妹妹，还有一个姑姑也住在我家里。”

“你还没娶媳妇吧？”

“……”他飞红了脸，更加忸怩起来，两只手不停地数摸着腰皮带上的扣眼。半晌他才低下了头，憨憨地笑了一下，摇了摇头。我还想问他有没有对像，但看到他这样子，只得把嘴里的话，又咽了下去。

两人闷坐了一会，他开始抬头看看天，又掉过来扫了我一眼，意思是在催我动身。

当我站起来要走的时候，我看见他摘了帽子，偷偷地在用毛巾拭汗。这是我的不是，人家走路都没出一滴汗，为了我跟他说话，却害他出了这一头大汗，这都怪我了。

我们到包扎所，已是下午两点钟了。这里离前沿有三里路，包扎所设在一个小学里，大小六个房子组成品字形，中间一块空地长了许多野草，显然，小学已有多时不开课了。我们到时屋里已有几个卫生员在弄着纱布棉花，满地上都是用砖头垫起来的门板，算作病床。

我们刚到不久，来了一个乡干部，他眼睛熬得通红，用一片硬拍纸插在额前的破毡帽下，低低地遮在眼睛前面挡光。

他一肩背枪，一肩挂了一杆秤；左手挎了一篮鸡蛋，右手提了一口大锅，呼哧呼哧的走来。他一边放东西，一边对我们又抱歉又诉苦，一边还喘息地喝着水，同时还从怀里掏出一包饭团来嚼着。我只见他迅速地做着这一切。他说的什么我就没大听清。好像是说什么被子的事，要我们自己去借。我问清了卫生员，原来因为部队上的被子还没发下来，但伤员流了血，非常怕冷，所以就得向老百姓去借。哪怕有一二十条棉絮也好。我这时正愁工作插不上手，便自告奋勇讨了这件差事，怕来不及就顺便也请了我那位同乡，请他帮我动员几家再走。他踌躇了一下，便和我一起去了。

我们先到附近一个村子，进村后他向东，我往西，分头去动员。不一会，我已写了三张借条出去，借到两条棉絮，一条被子，手里抱得满满的，心里十分高兴，正准备送回去再来借时，看见通讯员从对面走来，两手还是空空的。

“怎么，没借到？”我觉得这里老百姓觉悟高，又很开通，怎么会没有借到呢？我有点惊奇地问。

“女同志，你去借吧！……老百姓死封建。”

“哪一家？你带我去。”我估计一定是他说话不对，说崩了。借不到被子事小，得罪了老百姓影响可不好。我叫他带我去看看。但他执拗地低着头，像钉在地上似的，不肯挪步，我走近他，低声地把群众影响的话对他说了。他听了，果然就松松爽爽地带我走了。

我们走进老乡的院子里，只见堂屋里静静的，里面一间房门上，垂着一块蓝布红额的门帘，门框两边还贴着鲜红的对联。我们只得站在外面向里“大姐、大嫂”的喊，喊了几声，不见有人应，但响动是有了。一会，门帘一挑，露出一个年轻媳妇来。这媳妇长得很好看，高高的鼻梁，弯弯的眉，额前一溜蓬松松的留海。穿的虽是粗布，倒都是新的。我看她头上已硬挠挠的挽了髻，便大嫂长大嫂短的向她道歉，说刚才这个同志来，说话不好别见怪等等。她听着，脸扭向里面，尽咬着嘴唇笑。我说完了，她也不作声，还是低头咬着嘴唇，好像忍了一肚子的笑料没笑完。这一来，我倒有些尴尬了，下面的话怎么说呢！我看通讯员站在一边，眼睛一眨不眨的看着我，好像在看连长做示范动作似的。我只好硬了头皮，讪讪地向她开口借被子了，接着还对她说了一遍共产党的部队，打仗是为了老百姓的道理。这一次，她不笑了，一边听着，一边不断向房里瞅着。我说完了，她看看我，看看通讯员，好像在掂量我刚才那些话的斤两。半晌，她转身进去抱被子了。

通讯员乘这机会，颇不服气地对我说道：“我刚才也是说的这几句话，她就是不借，你看怪吧！……”

我赶忙白了他一眼，不叫他再说。可是来不及了，那个媳妇抱了被子，已经在房门口了。被子一拿出来，我方才明白她刚才为什么不肯借的道理了。这原来是一条里外全新的新花被子，被面是假洋缎的，枣红底，上面撒满白色百合花。

她好像是在故意气通讯员，把被子朝我面前一送，说：“抱去吧。”

我手里已捧满了被子，就一努嘴，叫通讯员来拿。没想到他竟扬起脸，装作没看见。我只好开口叫他，他这才绷了脸，垂着眼皮，上去接过被子，慌慌张张地转身就走。不想他一步还没有走出去，就听见“嘶”的一声，衣服挂住了门钩，在肩膀处，挂下一片布来，口子撕得不小。那媳妇一面笑着，一面赶忙找针拿线，要给他缝上。通讯员却高低不肯，挟了被子就走。

刚走出门不远，就有人告诉我们，刚才那位年轻媳妇，是刚过门三天的新娘子，这条被子就是她唯一的嫁妆。我听了，心里便有些过意不去，通讯员也皱起了眉，默默地看着手里的被子。我想他听了这样的话一定会有同感吧！果然，他一边走，一边跟我嘟哝起来了。

“我们不了解情况，把人家结婚被子也借来了，多不合适呀！……”我忍不住想给他开个玩笑，便故作严肃地说：“是呀！也许她为了这条被子，在做姑娘时，不知起早熬夜，多干了多少零活，才积起了做被子的钱，或许她曾为了这条花被，睡不着觉呢。可是还有人骂她死封建。……”

他听到这里，突然站住脚，呆了一会，说：“那！……那我们送回去吧！”

“已经借来了，再送回去，倒叫她多心。”我看他那副认真、为难的样子，又好笑，又觉得可爱。不知怎么的，我已从心底爱上了这个傻乎乎的小同乡。

他听我这么说，也似乎有理，考虑了一下，便下了决心似的说：“好，算了。用了给她好好洗洗。”他决定以后，就把我抱着的被子，统统抓过去，左一条、右一条的披挂在自己肩上，大踏步地走了。

回到包扎所以后，我就让他回团部去。他精神顿时活泼起来了，向我敬了礼就跑了。走不几步，他又想起了什么，在自己挂包里掏了一阵，摸出两个馒头，朝我扬了扬，顺手放在路边石头上，说：“给你开饭啦！”说完就脚不点地地走了。我走过去拿起那两个干硬的馒头，看见他背的枪筒里不知在什么时候又多了一枝野菊花，跟那些树枝一起，在他耳边抖抖地颤动着。

他已走远了，但还见他肩上撕挂下来的布片，在风里一飘一飘。我真后悔没给他缝上再走。现在，至少他要裸露一晚上的肩膀了。

包扎所的工作人员很少。乡干部动员了几个妇女，帮我们打水，烧锅，作些零碎活。那位新媳妇也来了，她还是那样，笑眯眯的抿着嘴，偶然从眼角上看我一眼，但她时不时的东张西望，好像在找什么。后来她到底问我说：“那位同志弟到哪里去了？”我告诉她同志弟不是这里的，他现在到前沿去了。她不好意思地笑了一下说：“刚才借被子，他可受我的气了！”说完又抿了嘴笑着，动手把借来的几十条被子、棉絮，整整齐齐的分铺在门板上、桌子上（两张课桌拼起来，就是一张床）。我看见她把自己那条白百合花的新被，铺在外面屋檐下的一块门板上。

天黑了，天边涌起一轮满月。我们的总攻还没发起。敌人照例是忌怕夜晚的，在地上烧起一堆堆的野火，又盲目地轰炸，照明弹也一个接一个地升起，好像在月亮下面点了无数盏的汽油灯，把地面的一切都赤裸裸地暴露出来了。在这样一个“白夜”里来攻击，有多困难，要付出多大的代价啊！

我连那一轮皎洁的月亮，也憎恶起来了。

乡干部又来了，慰劳了我们几个家做的干菜月饼。原来今天是中秋节了。

啊，中秋节，在我的故乡，现在一定又是家家门前放一张竹茶几，上面供一副香烛，几碟瓜果月饼。孩子们急切地盼那炷香快些焚尽，好早些分摊给月亮娘娘享用过的东西，他们在茶几旁边跳着唱着："月亮堂堂，敲锣买糖，……"或是唱着："月亮嬷嬷，照你照我，……"我想到这里，又想起我那个小同乡，那个拖毛竹的小伙，也许，几年以前，他还唱过这些歌吧！……我咬了一口美味的家做月饼，想起那个小同乡大概现在正趴在工事里，也许在团指挥所，或者是在那些弯弯曲曲的交通沟里走着哩！……

一会儿，我们的炮响了，天空划过几颗红色的信号弹，攻击开始了。不久，断断续续地有几个伤员下来，包扎所的空气立即紧张起来。

我拿着小本子，去登记他们的姓名、单位，轻伤的问问，重伤的就得拉开他们的符号，或是翻看他们的衣襟。我拉开一个重彩号的符号时，"通讯员"三个字使我突然打了个寒战，心跳起来。我定了下神才看到符号上写着×营的字样。啊！不是，我的同乡他是团部的通讯员。但我又莫名其妙地想问问谁，战地上会不会漏掉伤员。通讯员在战斗时，除了送信，还干什么，——我不知道自己为什么要问这些没意思的问题。

战斗开始后的几十分钟里，一切顺利，伤员一次次带下来的消息，都是我们突破第一道鹿砦，第二道铁丝网，占领敌人前沿工事打进街了。但到这里，消息忽然停顿了，下来的伤员，只是简单地回答说："在打。"或是"在街上巷战。"

但从他们满身泥泞，极度疲乏的神色上，甚至从那些似乎刚从泥里掘出来的担架上，大家明白，前面在进行着一场什么样的战斗。

包扎所的担架不够了，好几个重彩号不能及时送后方医院，耽搁下来。我不能解除他们任何痛苦，只得带着那些妇女，给他们拭脸洗手，能吃得的喂他们吃一点，带着背包的，就给他们换一件干净衣裳，有些还得解开他们的衣服，给他们拭洗身上的污泥血迹。

做这种工作，我当然没什么，可那些妇女又羞又怕，就是放不开手来，大家都要抢着去烧锅，特别是那新媳妇。我跟她说了半天，她才红了脸，同意了。不过只答应做我的下手。

前面的枪声，已响得稀落了。感觉上似乎天快亮了，其实还只是半夜。外边月亮很明，也比平日悬得高。前面又下来一个重伤员。屋里铺位都满了，我就把这位重伤员安排在屋檐下的那块门板上。担架员把伤员抬上门板，但还围在床边不肯走。一个上了年纪的担架员，大概把我当做医生了，一把抓住我的膀子说："大夫，你可无论如何要想办法治好这位同志呀！你治好他，我……

我们全体担架队员给你挂匾……”他说话的时候，我发现其他的几个担架员也都睁大了眼盯着我，似乎我点一点头，这伤员就立即会好了似的。我心想给他们解释一下，只见新媳妇端着水站在床前，短促地“啊”了一声。我急拨开他们上前一看，我看见了一张十分年轻稚气的圆脸，原来棕红的脸色，现已变得灰黄。他安详地合着眼，军装的肩头上，露着那个大洞，一片布还挂在那里。

“这都是为了我们，……”那个担架员负罪地说道，“我们十多副担架挤在一个小巷子里，准备往前运动，这位同志走在我们后面，可谁知道狗日的反动派不知从哪个屋顶上撂下颗手榴弹来，手榴弹就在我们人缝里冒着烟乱转，这时这位同志叫我们快趴下，他自己就一下扑在那个东西上了。……”

新媳妇又短促地“啊”了一声。我强忍着眼泪，给那些担架员说了些话，打发他们走了。我回转身看见新媳妇已轻轻移过一盏油灯，解开他的衣服，她刚才那种忸怩羞涩已经完全消失，只是庄严而虔诚地给他拭着身子，这位高大而又年轻的小通讯员无声地躺在那里。……我猛然醒悟地跳起身，磕磕绊绊地跑去找医生，等我和医生拿了针药赶来，新媳妇正侧着身子坐在他旁边。

她低着头，正一针一针地在缝他衣肩上那个破洞。医生听了听通讯员的心脏，默默地站起身说：“不用打针了。”我过去一摸，果然手都冰冷了。新媳妇却像什么也没看见，什么也没听到，依然拿着针，细细地、密密地缝着那个破洞。我实在看不下去了，低声地说：“不要缝了。”她却对我异样地瞟了一眼，低下头，还是一针一针地缝。我想拉开她，我想推开这沉重的氛围，我想看见他坐起来，看见他羞涩的笑。但我无意中碰到了身边一个什么东西，伸手一摸，是他给我开的饭，两个干硬的馒头。……

卫生员让人抬了一口棺材来，动手揭掉他身上的被子，要把他放进棺材去。新媳妇这时脸发白，劈手夺过被子，狠狠地瞪了他们一眼。自己动手把半条被子平展展地铺在棺材底，半条盖在他身上。卫生员为难地说：“被子……是借老百姓的。”

“是我的——”她气汹汹地嚷了半句，就扭过脸去。在月光下，我看见她眼里晶莹发亮，我也看见那条枣红底色上洒满白色百合花的被子，这像征纯洁与感情的花，盖上了这位平常的、掩毛竹的青年人的脸。

1958年3月

（原载1958年《延河》第3期）

述评

短篇小说《百合花》，广受众多读者的喜爱，作为茹志鹃的小说代表作，多次被收入中学语文课本和大学文学教材。茹志鹃，1925年9月生于上海，当代著名女作家，著有短篇小说集《百合花》、《高高的白杨树》、《静静的产院》、《草原上的小路》等。1956年任上海《文艺月报》小说编辑，此间创作完成了《百合花》，发表于1958年第3期《延河》杂志。小说以独特的写作手法，丰满细腻的人物描写，具体而微、富有表现力的笔触，有别于这一历史时期严肃正统的战争题材小说，它以清新自然的姿态呈现在公众眼前，给人以耳目一新的感觉。

《百合花》通过描写和讴歌子弟兵对人民的忠诚和人民对子弟兵的敬爱来表现军民团结、生死与共这一深刻主题。文中两个典型的人物形象是小通讯员和新媳妇，小通讯员是年轻的解放军战士。他的主要性格特征是对人民的忠诚。他关心群众利益，注意群众影响。他朴实、机灵、爱美，并且有着十八九岁男孩子对妇女的腼腆、羞怯神态和心理。新媳妇是普通的农村妇女，她的主要特点是热爱子弟兵。《百合花》在人民解放战争的广阔背景下，作者选择了这两个平凡的人物作精心的描绘，作品在选材的角度和刻画的细腻上，都是独具特色的。作品采用对比和衬托的方法，通过对百合花被子、野菊花、馒头、破洞等一系列细节描绘，富有表现力地刻画了人物性格，展现了人物丰富的感情世界和纯朴优美的心灵。作品语言清新自然，具有浓厚的抒情诗的意味。文中百合花被子是连接军民的重要纽带，不但深刻地表现了军民团结、生死与共的主题，而且在塑造人物形象方面也发挥了重要作用，既刻画了新媳妇对子弟兵无比崇敬的心灵，也烘托了小通讯员的动人形象。作品的细节运用精当而且到位，从借被子到献被子，构成作品的基本情节，前后呼应，卒章显志，彰显了作品结构的严谨。

小说清新温婉而且诗意盎然的独特风格，在那个年代显得很“另类”，因而发表之初便引来争议。这种争议不同于文学十七年通常所指的有关思想性、政治性的问题，而是艺术风格的与众不同。作品的题材是解放战争，作品所表现的却是人的情感，强大的时代洪流与个人的诗意抒发之间形成了落差，这种落差冲击着人们的视觉及神经，于是就形成了质疑甚至批判的舆论倾向。

祖丁远在《女作家茹志鹃与小说<百合花>的风波》一文中，回顾了这一过程的全貌，他写道：“1958年3月，茹志鹃的丈夫王啸平在南京华东军区解放军剧院被以莫须有的罪名补划为‘右派’。此时，发表茹志鹃的《百合花》实在不是时候，她所在的工作单位掀起风浪。一些‘左’派老手指责这篇小说‘缺乏阳刚之气’、‘风格过于纤细’。又提出批评说，已经‘走到反党危险边缘’。他们片面地认为，凡是革命题材，只允许用豪放的笔法与所谓阳刚的风格，口号式的政治概念写，否则就是‘反党’，作家就得入‘另册’，划为‘右派’。那个时候对茹志鹃这个弱女子来说真可谓剑拔弩张，大有‘围剿’之势。”（《银潮》2004年第5期）

因《百合花》而处在舆论旋涡当中的茹志鹃，同时也迎来了人生中最重要的时刻——她的小说得到了茅盾的赏识。茅盾在1958年6月《人民文学》杂志上发表了题为《谈最近的短篇小说》一文，该文10000多字，其中以两千多字的篇幅分析、欣赏并高度评价和充分肯定了茹志鹃的《百合花》。茅盾写道：“《百合花》可以说是结构上最细致严密，同时也是最富于节奏感的。它的人物描写也有特点：人物的形象是由淡而浓，好比一个人迎面而来，愈近愈看得清，最后，不但让我们看清了他的外形，也看到了他的内心。”“《百合花》有它独特的风格……它的风格就是：清新、俊逸。这篇作品说明，表现上述那样庄严的主题，除了常见的慷慨激昂的笔调，还可以有其他的风格。”“作者善于用前呼后应的手法布置作品的细节描写，其效果是通篇一气贯串，首尾灵活。”“我以为这是我最近读过的几千个短篇中间最使我满意，也最使我感动的一篇。它是结构谨严，没有闲笔的短篇小说，但同时它又富于抒情诗的风味。”得到文学大师茅盾的关怀与肯定，使小说《百合花》芬芳于世，情满人间。《百合花》的重要意义不在于作品本身的成就，而是开启了文学作品多样性的新纪元。

英雄的乐章

——献给十月

刘 真

一

庆祝建国十周年后的一天夜晚，我坐火车来到了北京，迎着十月凉爽的风，我急步走到天安门前。北京！这难道是你吗？那六亿人民的大礼堂，宏伟的博物馆，辉煌的民族文化宫。长安街上是一片电灯的海洋，电灯的森林。我好像进入了童年奇妙美丽的梦中，又像看见了共产主义的顶峰。

首都啊！从你建都以来，有过多少辛酸苦泪？八国联军曾撕破你古老的衣衫，日本法西斯害的你遍体血淋淋。那些民族败类把你的心肺——珍贵的历史文物，盗给了美帝国主义。然而首都哇，我的母亲！今天你站立在宇宙间，你把月亮照耀得苍白无力，暗淡的星群在讥笑着自己。

首都！你就是中国人民伟大的灵魂。你的英雄儿女，为了你有这身合体的衣裳，曾付出了鲜血和生命，今天你站立在世界上，和华盛顿、巴黎、伦敦比起来，只有你是最新最美的。

首都，我的母亲！在你那光辉灿烂的上空，我看见了一个青年的笑影，他是我童年的朋友……

二

一九三九年，我还是一个不满十岁的女孩子，跟母亲一起，来到了革命队伍里。我不识字，也不知什么是歌声，天天睁大着一双眼睛，搜寻着世上一切新奇事物。忽然，我看见在村边的柳荫下，有一排整齐的队伍在学唱歌。教歌的是一个小兵。他穿着灰色的小军服，黑红的长脸形，个子不高，又细又健美。他两腿紧紧并立，两手挥动着拍子，又精明又有力。他们唱着：

我现在要当兵，
去参加八路军，
去杀鬼子兵，
父老兄弟姐妹们
大家都很高兴，
来欢送我当兵，
…………

在家，我见过打地基喊号子的，每年正月十五夜里，看见过我们村的小戏，他们只会唱王大娘锯大缸与后娘打孩子，别的什么也不会。我还没见过这么多男人站在一起唱歌的呢，教歌的又是那么小的一个小男人。我想：等我回了老家，我首先应该把这件事告诉我的女朋友们。我出来的时候许下她们了：

“我在外边看见什么稀罕事儿，都回来告诉你们。”

为了安慰她们，我把我姥姥给我缠的花线蛋儿、花布块块、老鸹枕头(椭圆形的石头子儿)都分送给了她们。

不久，母亲送我参加了宣传队。每当我学会了一个新歌、新舞，都要求去看看她，为了向她显显本领。我觉得已经很了不起了，可是人家说我们不够水平，调我们到艺术训练班去受训。

这一下，我的眼界更扩大了，我看见了十几个宣传队的五百多孩子，就是他们小声说话，也比大群的喜鹊儿吵架还热闹哩。有一次，胖大的音乐教员领着一个男孩，穿过许多孩子群，来到我们队前说：

“我给你们介绍，这是派给你们的音乐组长，平常帮助你们练歌。别看他人小，简谱、五线谱，他都会，他还会作曲呢！他叫张玉克。”

大家拍完了手，我的心猛然一跳，把他认出来了，这就是我第一次看见教歌的小兵。原来人家是个有大本事的人，我心里很高兴。

队伍散了，他从身后拍了我一下肩膀说：

“你也来啦？”

“你怎么认识我？”

“前年夏天，我在独立营教歌，用眼角看见你站在场边上，你的嘴一张一张，也想跟我们唱，就是不好意思出声。我想：这个女孩子，早晚也会参加宣传队的，我猜的对不对？”他笑着，很亲热地拉起了我的手。我觉得很害羞，就用力把手抽回来。这一抽，他刷的一下脸红了，扭头跑到远处去。

看着他矫健的背影，我觉得很难过。在家的时候，男孩和女孩是不许拉手的，来到革命队伍里，学会了握手，握完就急忙撒开，除了跳舞的时候，我还没和男孩子拉过手呢！其实，一个手拉拉有什么关系？叫人家怪不好意思的，真成问题。

在他这个小组里，我是个最小的女孩子，可是声音最高最洪亮，学歌学的最快，不到半月，也学会了识简谱，我看得出，他越来越喜欢我。可就因为那次拉手的问题，我们相处得很不自然，好像有什么东西把我们隔开了。他不再单独和我说话，我唱得再好，他也不表扬我。我不恨他，只恨自己的手。

我们这个组，共有八个女孩子，上级每人每月发给两毛五分钱的津贴。有个叫凤琴的，特别好吃，她号召我们说：

“咱们有了这些钱，轮流请客，每天由一个人买两根油条，第二天另一个人买，这样下去，我们可以吃很久。”

听她这么一说，馋虫儿立刻爬到我们嗓门上来了，我们举手通过了她聪明的提议。第一天，她先买来了，用纸包着，神秘的向我们一挥手，我们齐呼拉的跟她跑到村边一个大麦秸垛后面去。她把我们排好了队，又把油条送到我们嘴唇上，叫我们每人咬一口，然后她自己咬一口，还事先发表声明说：

“都少咬一点，吃的太快了，香味儿在嘴里呆的时间短。”

遵照她的指示，每次我们只咬那么一点点。已经轮流地吃了三遍，一根油条还没吃完。

突然，大吼一声，从枣树棵子里蹦出一个人来，原来是张玉克。吓得我们蹲在地下，抱成一团，听人家训起我们来：

“你们参了军，都是伟大的抗日战士，看你们吃油条的样子，真给八路军丢人。你们为什么要排队？排起队来是抗日的，不是叫你们吃油条的。”

这时候，我们还有一根多油条没吃完呢，凤琴偷偷咬了一口，还让我们轮流咬，我们谁也不张嘴了。凤琴比我们大，比我们凶，她气呼呼地站起来，高举着油条说：

“你等我们吃完了再批评不行吗？要把我们吃病了，你负责？”

玉克高举起两个铁拳头：

“我负责？我该把你们这群馋猫打到泥坑里去。你们这样发展下去，前途是不光明的，长大了都是一个一个的馋老婆。你们以为那两毛五分钱来的容易吗？那是老百姓的血汗，是拿来抗日，培养我们长大的。你们该买成本子学文化，买成鞋袜行军，你们这样糟蹋了，有了困难再去找上级？同志！艰苦的战争年月还长着呢。”

说完，他涨红着脸，愤愤地走了。我们蹲了半天不敢动，谁也不好意思看谁。只有凤琴，忽闪着两只大眼睛，愤怒地斜视着远去的玉克。一口一口，把油条咬得那么狠。

第二天早晨跑完步，照常是练歌，玉克站在我们队前，脸上是那么庄严、平静，好像昨晚没发生什么事似的。可是，我不好意思抬头看他。这次唱的是《黄水谣》，当唱到“扶老携幼四处逃亡”那一句的时候，我哭了。

从这以后，我老是躲着玉克走，他也很少抬头看我一眼。我想：他永远不会再喜欢我了。

就在这个日子里，开始了百团大战，部队在打仗，群众在大破公路铁路。狡猾的敌人也常跑到后方来报复我们。有一次，我们这群娃娃队，一气被鬼子追了三十里。平常，孩子们为了表示互相友爱，总是你抢我的背包，我夺他的米袋。这一次，谁也顾不得谁了。我从来也没跑过这么长的路，胸中好像有大块的东西堵塞了一样，大张着嘴也喘不出气来，我就要躺倒了。突然，一双有力的小手，把我的米袋、书包、被包，统统从我身上扒下去。立刻，我觉得背上去掉了一座大山，我又能跑了。直到跑出了危险地，队伍休息下来，玉克把我的东西往我身边一扔，跑着去给我们找房子了。

当一个人最需要帮助的时候，他帮助了你，你怎么能忘记他呀？

三个月以后，我们训练班要结束了，孩子们要各回各的宣传队。在一条小胡同的中间，我碰见了玉克，我们面对面地站了一会儿。这一次，我想主动的向他伸出手来，握手告别，可是他根本不理我的手，只说了声：

“清莲！再见！”

我什么也没回答上来，就分别了。走到胡同口上，我回头看了他一眼，他也正好回头看我。

这一年，他十五岁。我觉得，他是我童年真正的朋友。

三

从这以后，我没有再见他，直到一九四二年敌人大扫荡的时候。有一次，在战场上，我突然看见一个英俊的少年，被十几个鬼子追赶着，那少年一面跑一面用手枪往回打。他打得那么沉着，那么准，一连打死了五个敌人，敌人不敢再追，他跑脱了。他跑的真快，他的身材，他的步伐，他的气质，多么像玉克呀。我在后面拼命地追他，一直追了十多里，他钻进一块玉米地里，仰脸朝天，躺在一个长满青草的坟头上喘粗气。我大喊了一声：

“玉克！”

他忽地坐起来了，天呀！我不认识他，可是他多么像玉克呀！我相信，假如玉克处在他刚才的情况下，也会像他那样的勇敢顽强。他笑着说：

“小妹妹，我口干死啦，你有办法吗？”

我立刻高兴地满地跑起来，给他拔了一抱青青的玉米秆，扔给他说：

“你就嚼吧，它解渴。”他拿起一根来，一面用牙剥着皮，一面笑着看我。我又跑着扒来几块大红薯说：

“你饿吗？我身上有洋火，把它们烧熟了，就是一顿饭。”

他狠狠地吸着玉米秆的水说：“谢谢你，你就烧吧，反正我不能帮助你。”

我立刻蹲在地下用两手挖呀，挖呀，几下就挖了个大深洞。我把红薯排在上面，留了个烧火的口，拾来一抱干玉米秸，点着火烘烘的烧起来。烧到半熟，我把红薯推到火中，用土埋起来，对他说：

“焖一会儿就烂了。”他点了点头，忽然睁大眼睛说：

“哎！你老是看我干什么？”

“你是不是姓张？”

“对不起，我没姓过张。”

“你有没有一个弟弟？”

“对不起，我妈就生了我自己。”我们一同大笑起来。

“你问的真奇怪。”

“因为，你很像一个人。”

“当然我像人，反正不会像小狗儿。”我们又笑了一阵。

吃完了红薯，他用袖子擦着嘴上的灰说：

“好哇！我又有劲跑啦，可以追上队伍了。小妹妹，我怎么谢谢你呀？”

“你只要像刚才那样，永远别叫敌人捉住就好。”

他笑着，向我点了点头，又是那么敏捷地跑走了。唉！他真是多么像玉克呀！

敌人扫荡以后，宣传队取消了，我剃了光头，假装成个男孩子，和我侄女一起，藏在一个老大娘家里。夜间我们三个人共盖一床被，白天帮大娘收秋。敌人把庄稼都糟蹋完了，我们把一颗颗的豆粒、大麻子，从地下捏起来，把柴草一筐筐地背回来。

有一次，我和侄女正背着筐往地里走，迎面来了个挎手枪的小战士，啊！好像又是那个吃红薯的人，可是他猛地喊了一声：

“清莲！”

天呀，这一次是真的玉克，他站在我面前。我那套可身的小军装没有了，我剃成了光葫芦头，穿着老大娘又宽又长的蓝褂子。我们童年共同的歌声、欢乐不见了。他成了一个真正的兵。他好像并不关心我，他只看着我脚边的青草说：

“要求上级，把你们送到太行山去念书。”说完，他头也不回一下，就走了。

天呀！我觉得，他并没有看见我，他越走越远了，我想放声大哭，可是我侄女却猛然大笑起来，笑得她倒在地下，半天才说出：

“一认出玉克，你的两手紧忙把光头抱起来了。你抱也白抱，人家看得见。还不如不抱呢，一抱起来，两个袄袖子那么长，那么宽，就像戏台上吊死的李翠莲。”

她这么一说，我也觉得刚才自己的样子太可笑，我气恼地追打她，越打她越笑，没办法，我放声哭起来。我一哭，她更笑得喘不上气来了，用两手抱着肚子说：

“哎哟我的妈呀！妈哟！”看见她那疯样子，我又把哭转成大笑了。

第二天，是一个清静的早晨，只听见“得得得”远远跑来一匹马，停在我们大门前。进来了一个魁梧的骑兵通信员，他一把拉住房东的手说：

“老大娘！你家不是有我们的两个女孩子吗？是这么回事，昨天玉克从这里路过，看见她俩没有衣服，他回去抱住教导员就哭起来了。教导员叫我送来了二十块钱，叫你老人家费心，每人给她们做一套衣服。”

老大娘擦着她那流不完的泪说：

“好孩子，都是好孩子。”

老大娘急忙买了几丈白粗布，用胶泥染成了土黄色，整整五夜她没好好睡，在暗淡的油灯下，每人给我们做成了一套可身的新衣服。

不久，地委会派来了一个老练的男同志，把我们送上了太行山。

一年以后，一个女同学对我说：

“你是不是认识张玉克？他也来太行啦，他像是变成一个大人了。前天咱在东山坡上课，他藏在一块大石头后面瞧咱们，我看他是在瞧你呢！等咱们上完课，他就跑了，听说他刚被捕回来，身上负了好几处伤，敌人把他折磨的可苦啦，他正在整风班里接受审查。”

听了她的话，我喝不进水也咽不下饭。也不懂得请假去看看他，只是幻想着，在山石草木中偶然的碰见他。不管我的眼睛怎么寻找，太行山，有的是瀑布流泉，有的是巨石飞鸟，有的是花草果木，有的是古庙小桥，就是没有看见他。

四

一九四五年冬，平汉战役开始了。我已经下了太行山。我仍然是个宣传员，参加了伤兵运送站。这次战役，是解放战争的第一炮，在我的经历中，没有比这次战役更残酷的了。但是，我们没有被打倒，倒把每个人民战士的头脑打得更清醒了。我觉得，我们的军队好像是一个巨人，他的身子被打得歪了一下，当他掌握了重心，重又站稳的时候，他的眼睛更加明亮，他手中的武器也瞄得更准了。也就从这里开始，蒋介石一生反共的、残忍的、野兽的梦，被打成了冬天的树叶，渐渐的，从那棵毒虫咬空了的老树上，完全落下来了。

在一天夜里，我小心地走进了放彩号的房间，我动作的声音，连我自己也听不见。但是，在这寂静的，寒冷的，战争的夜里，我听见了一个急促的声音：

“清莲！”

天呀！我站着，怎么不敢回头看呢！我慢慢地，像机器人一样转动了我的身体。在靠近门口的地铺上，我看见了一个英俊的、瘦瘦的、健壮的年青战士。他的两手交叉在胸前，一起被绷带缠着，在脖子上吊着。他稍微低着一点头，一双聪明透亮的眼睛，像黑暗中草原的烈火，他把屋内所有的伤员轻轻扫视了一遍。我明白他的意思，我要尽快把我应该作的工作办完。但是，我的动作是多么的慌乱呀。

我用热毛巾给每个同志擦了手，擦了脸，又给他们喂水、喂饭。我想尽力把一切事做得更好、更细、更周全。但是，我的手一直在哆嗦，因为他那一双热切的眼睛，在查看着我每个细小的动作。

最后，我拿着一条热气腾腾的毛巾，走到他面前，他向我摇了摇头，我又把手巾放下了。

他依墙坐在草铺上，并点头向我示意，我面对着他，也轻轻地坐下。他盯着我看呀，看呀，我们都流泪了。

话，多么难出口哇，他终于先开始了。他的声音低沉而洪亮，他吐出的每个字，像一颗颗的明珠，重重地落在我的心盘上：

“清莲！你，快长成一个大姑娘了，长得很好。可是，你知道我吗？我当了连长，不！你别觉得奇怪，那连长的位置，是用一个十九岁的青年，流了太多的鲜血凝结成的。我最后看见你那次不久，就被捕了。清莲，像咱们小的时候在一起，怎么会想到人世间会有那么深重的苦难？日本法西斯，用活埋、狗咬、刀砍，使多少个亲爱的笑容永远消失了。那些同志临死，有多少话要对这个星空世界诉说呀！但是，他们紧闭着嘴唇，一个字也没有吐露，那时候我想：要是我出去了，能看见党，我把话都替他们说出来。但是，当我看见了党，我能说什么？从哪里说起呢？

“日本鬼子要把我送到他们的国家去做苦工，你想：我能去吗？没走到天津，我就从火车上跳下来了。是一个穷苦的老大爷，用一双神仙才会有的手，接住了我，偷偷养好了我的伤，他一手拄着拐杖，一手背着五斤面蒸的糖窝窝，把我送出了敌占区，我才又找到了咱们的部队，不就是这些吗？还有什么要说呢？”

“那么，你在太行山看见过我吗？为什么……？”

我咬住唇，说不下去了。

“不！原谅我，那时我刚当俘虏回来，怎么能让你看见？可是我看见了你，你又长出了一头更黑、更亮的头发，我高兴死了。你恨我是个自私自利的人吗？”

我对他摇了一下头，问他：

“你的手……？”

“那没关系，不久全会好的，再回到部队上，还能拿武器。可是你呢？你和你的文工团，还有你们演的戏，能一直在前线吗？”

我向他点了点头。

“要是我们打到黄河，打到长江，打到四川、广州去呢？”

“都跟着你们。”

他完全抬起了头：

“假如过大海呢？到海南岛、到台湾，你们也能……？”

“当然，都跟着。”

他松心地出了一口气，快乐的眼睛，好像要看穿整个世界。他本想站起来，可是又坐下说：

“我还要问你，要是到社会主义、到共产主义，你都一直跟在我的身后吗？不会当我回头的时候，看不见你了吗？”

“不会，如果你不放心，我和你并排走，行不行？”

他仰起脸，把头依在墙上，长串的热泪，从他那微闭的眼睛里流出来。

这时候，天亮了，太阳从东天边伸出了它那五彩的胳膊。那些劳苦功高的民工们，扛着担架，来抬伤员了。

玉克猛地睁大了眼睛想了一会说：“哎？清莲！你还是那么爱吃油条吗？”

当我明白了他的意思放声大笑起来。他站起来说：

“听见你的笑声，多不容易呀！”

担架都抬走了，玉克的腿没负伤，他跟在担架最后面自己走。他出了们，步子迈的那么大，我必须小跑步才能跟上他，他不愿意回头，只是说：

“战斗打了半夜，后面的伤员同志马上就来，你不要送我。”

我急步跑到他面前，两手伸开，挡住他的路说：

“这一次，我不能和你握手怎么办？”

他是那么调皮地笑着说：

“我才不跟你握手呢，你那么小的人儿，就那么封建。那时我心里发誓说：这个女孩子老顽固、老封建，我一辈子不和她握手。”

“现在，你还遵守你的誓言吗？”

他看了看自己一双负伤的手：

“是的！要遵守。”

他走远了，清晨茫茫的白雾，裹住了他那一双宽阔的肩膀。

在人生的道路上，尤其是在战争年月里，有多少次分别，多少次会见，但是他呀！使人永远难忘。……

五

听说他很快治好了伤，就回到了他的部队。这次他回来，他的步伐在大地上迈得更快了。到了一九四七年，关于他的三次立大功，他的非凡勇敢，他的高度的智慧，他升任为营长，他才二十一岁已知道像父亲一样热爱他的士兵。总之，关于他和他部队的英雄故事，像飞雷闪电，很快传遍了全军。我想，如果外国人认识他，也会念颂着他的名字。

那时候，我多么傻呀，已经十八岁了，还不知道写信是怎么回事，而他呢？那么聪明，为什么也这样傻？

在多少个深夜里，在冰河中，在山顶上，在多次部队交叉行军的十字路口，那战马，那脚步，沙沙沙走过去了，像巨浪一样的流过去了。我察看过无数战斗员的面孔，我的眼睛都酸痛了，可是，一次也没看见他。

这时候，我们文工团在演出《白毛女》，我扮演喜儿。每次的演出我都是那么热情激动。我总以为，在台下那千万双眼睛里，也许会有他的那双热切的眼睛。他仍然像看我服侍伤员那样查看着我每个细小的动作。但是，他为什么不来找我？

有一次，我卸完妆，低头一看，在镜子里看见了他，我把镜子紧紧抱在心口上，在我的身后，突然有一个雷一样的声音说：

“你像小时候一样，还是唱得那样好；不过声音老练多了。”

我突然地转过身来，面对着他——一个二十一岁的，脸上每根线条都成熟了的战斗指挥员，他是个真正的大人了。我气恼地说：

“白长着这么大的个子，怎么那样不懂事啊？”

他望着我，眼中含满了激情的泪，轻轻扶我坐在放服装的床上。

人们都在忙乱地收拾着舞台，谁也没注意我们。只有枣树枝，在我们头上微微摆动。

汽灯的光，照在他的眼睛里，他像从前一样地看着我说：

“我不愿意只是在信上见你。你知道吗？有一次，我们住在运河渡口上，听说你们要从这里过河。我直直地站了一夜，又等了一个白天。部队全都过去了，最后一个人的脸我也看过了。没有你，我就跟着那个队尾走去了，是骑兵通讯员把我找回去的。后来才知道，那不是你们的部队。”

“玉克！”

我通过自己的眼泪，惊喜地看着他，他是多么神秘，又多么平常啊！我永远不为自己再去折磨他。我相信，不管他当了什么首长，不管他有多少功勋，他永远不会变，他永远会是他。

我真想详尽地知道他的一切。

“玉克，对我说说你打仗立功的事吧！”他微微摇了摇头，两手轻轻往下一按：

“你知道，‘打仗’二字是用血写成的，你叫我的心休息一下吧。”他忽然高兴地问，“你给前方战士做过一个蓝色的慰问袋吗？”我笑着点了点头，他也笑了，“你说巧不巧？那个绣着你名字的慰问袋，正好分到我们营来了。我打开一看，里面有两盒香烟，一包饼干和许多红枣。我本想独吞了，又一想，我们营战斗英雄很多，谁也有份儿。我吃了一块饼干，两个红枣，就送给我们营五十岁的一个老英雄了，他又送给我三块饼干。老实说，我很喜欢那个蓝色的袋子，没好意思向他要。”

看着他，我笑了，他现在的样子，多么像小的时候呀！等到再过几年，他又会是个什么样子呢？

“玉克！你想过吗？等到战争胜利了，你干什么？”

“不记得了吗？我是多么热爱音乐呀！在打仗的时候，我听见的不是枪炮，而是像海涛巨浪，像雷似的音乐。我想，用我的双手，我的头脑，用我整个生命去尽快地、彻底完成这部战争的、胜利的乐章。然后，你给我伴奏着，或是歌唱着，我们共同去谱写一部真正美好的乐曲。”

他的话，像冲开阻石的激流，涌流不尽。他每次带给我的这些智慧澎湃的新思想，是人世间最崇高，最珍贵的礼物。我愿永远听他说下去。

“我们党，从他出生以来，已经战斗了二十六年，付出了多么高的代价呀！创造一种新生活，可真是不容易。一个真正的人想从地球上站起来，可是那些豺狼恶狗嫉妒你是一个人，你比它们美，就从四面八方伸出血爪撕你、咬你。我们的祖先，战胜了野兽才有今天的人类。我相信，今天的人更聪明。”

说着，他解开身上背的皮包，从里面拿出一些半尺长的五彩照片，摆在我面前。我惊喜极了，我长这么大还没见过这么高大华丽的楼房呢！

“玉克，这都是真的房子吗？”

“当然是真的。你想想看，在这个世界上，有人住这样的楼房，也有人睡在大街上。可是我们呢？今天是山顶，明天是草地，还没有一个站脚的地方！想看看自己喜欢的人，比上天还难。”

他拉我站起来，把那一张张的照片摆在床上向我介绍：

“这是美国的华盛顿，法国的巴黎，英国的伦敦，意大利的罗马。这都是他们的首都，可是清莲呀！咱们的首都呢？你有首都吗？咱们那些大娘大爷劳苦了一辈子，知道什么是自己的首都吗？等我们胜利了，哪里应该是我们的首都呢？你想过没有？”

我对他摇了摇头。他用食指轻轻点着我的额头说：

“你呀，别光想演戏那一件事，如果一个人不想世界大事，就是思想懒汉，懒来懒去，就变成一个地道的大傻瓜了。好！我不再批评你，现在我们来猜想，哪里是我们的首都？不！你先别说，让我打着拍子，咱俩一齐说，看看咱俩想的是不是一样。”

我很紧张，恐怕和他说的不一样了。他那么庄严地抬起手来说：

“现在开始，我打四拍，最后一拍落地，咱俩的话也一齐落地。”

我们一齐说：“好！一一二——北京！”

我们拉起了手大笑着跳起来。就是童年的时候，我们也没有在一起这样说笑、欢乐过。他稍微歪着头，笑着对我说：

“既然你喜欢那些照片，都送给你，并且，一言为定，下次再见你，我一定把北京的照片带给你。听说北京很美，就是没有人家那么多好看的楼。这没关系，咱们自己修哇！”

我收拾起那些照片，重新叫他坐在床上。我细看着他脸上每根线条，和他那双聪明无比的眼睛。我忽然觉得，他有多么奇怪呀！他的心胸像海似的宽阔，他的思想像天空的星星一样透明而丰富。他整个生命，像清泉水，在山间，在花草中，在住满飞鸟的密林里，无声地流出来，流到人间，默默地给人好处。

“玉克！在你的面前，我真像个小傻子，你为什么懂得那么多事呢？你也没念过多少书，不就是上过小学吗？你像是从外国刚留洋回来一样。”

“哈哈！”他清脆地笑了一声，“这没什么了不起，每个战斗员都懂得。在生活的激流里，是会懂生活的。比如说，你踏过了人生的各种海洋河流，你就会知道哪儿深，哪儿浅，哪儿有吃人的鲨鱼，哪儿有宝贝，清莲啊！这人生的海洋，可不像咱童年想象的那么简单，只有用你的头脑，真正熟悉了地形，懂得了什么是好，什么是坏，什么是美，什么是丑，你就不会堕落到腐烂的泥坑里去，你就会永远走着一条平坦的大道。”

“这么说，你对一切都明白了吗？”

“不！要是和‘一切’比起来，我只不过是刚从蛋壳里爬出来的小鸟儿，还没长毛呢，我多么想上学呀，胜利以后，如果我上了音乐学院，我身上长出文化艺术的翅膀，我就飞着去看看我们走过的每个地方，把经历的一切都谱成乐章。那里面会有英勇的战斗，也有战后甜蜜的休息，有我们的大娘大爷——我们亲爱的人民，和他们那不朽的劳动。其中也必然有太行山清清的流水。在山顶的一棵柿子树下，坐着一个多情的少女，她从小就离开了母亲。假如她允许我坐在她身边，我就对她唱起我自己谱写的歌曲……”

我好像看见了他说的一切，又像听见了他那美好的歌曲。天哪！我把他怎么办呢？假如泪水能说出我心里有多么感动，我真想扑在他怀里哭……

眼前的生活惊醒了我们，舞台前后收拾完了，团长叫大家回村休息，说明天要到更远的地方去演出。

玉克轻轻扶起我，哑声对我说：

“我们离这儿十五里，送送我好吗？”

我没有回答，悄悄跟他走出后台，走出村。

身后汽灯的亮光远了，人声被深夜的寂静淹没了。在我们前面，只有高空的月牙，只有一条中原的、明亮的小路，和路旁的草丛。

我们走着，走着，尽量放慢脚步走着。我把他送到了，他又把我送回来。

有无限延长的乐谱，没有无限延长的道路。当黎明的鸟声一叫，他像被火烫了似的，紧紧握起了我的双手……

中原！
你这历次英雄的战场
你这古代祖先的住所，
你给过人多少苦难，又多少欢乐？
你给人们起过多少光荣的名字？
多少人在你的土地上走过？
中原！
这一对年青的友人，
在这二十世纪四十年代里，
也在你胸脯上，
留下了深深的脚印。

六

不久，羊山集战役开始了，打的是蒋匪帮最强硬的六十六师。

地球上有多少高山峻岭？我们祖国的河山数不清。可是羊山，谁知道你是个什么东西？你只不过是个大黄土堆。那些万恶的豺狼疯狗占据了你，在上面修了数不尽的地堡。

一个年青的营长——我童年的、少年的、青年的、永远的朋友，我最亲爱的人，用他和他战友的鲜血，把“羊山”二字，永远写在战史里。

战斗结束不久，那个五十岁的老英雄找我来了。他站在一个十八岁的少女面前，不像是父亲吗？他却像孩子一样的捂着脸，不愿让自己哭出声。

我明白什么事发生了，我像木头一样站着。

世界不存在了，在我面前，只有他的面容、他的眼睛、他那珍珠似的语言，和他手中的武器——这一切，化成了他那不朽的音乐，在我整个心灵中热烈地鸣响。

“老英雄！别哭泣！让他自己谱完他的乐章吧！”

“我们的营长，每次打起仗来，想尽一切办法保全我们的生命，并想更多更快地消灭敌人。他像最孝顺的儿子，又像最慈爱的父亲。这一次，又是他领着头，在那不分个粒的弹雨下，用刺刀、手榴弹，打毁了所有的地堡，扫清了道路。敌人的枪炮哑巴了，成群的俘虏举着双手，跪着。满山都是乱扔着的枪炮，和飞机空投的弹药。我们以为这次战役就算结束了。可是谁知道，最后，还有一个最坚固的地堡，就是它，把我们全营战士的心挖去了……

“那个地堡里，半天没往外打枪，当我们营长领头冲上去时，枪声响了……

“全体战士，像狂风一样，呜地一声冲进了地堡。那里面集中了六十六师所有还活着的团长、师长、参谋长。他们像被勒住脖子的疯狗一样，挤在角落里。战士们多少只手一齐撕住了他们。就是把他们剁成肉酱，把蒋匪军全部消灭光，也减轻不了我们的愤怒和悲伤……

“我们掐着那些狗官狗将的脖子，把他们拉出地堡来，叫他们跪在我们营长身旁……

“多次的流血、战斗，把我们锻炼成了勇敢坚强的战士，可是这一次，我们围着亲爱的营长……”

老英雄颤抖着手，从腰间抽出那个蓝色的慰问袋，放在我手里，哽咽着告诉我：“他说，就是还没给你找到，北，北，北京的照片……”

七

今天，我在首都每座宏伟的建筑物前，都拍下了五彩照片。我把它们拿回家去，和那些华盛顿、伦敦、巴黎、罗马放在一起。亲爱的，我告诉你，那古老的北京——我们的首都，是最新最美的。

亲爱的！这北京的照片，是党、毛主席，你的战友们，和全体劳动人民给咱们找到的。

亲爱的！在每座建筑物的光辉里，我都看见了你。你微仰着年青健美的头，在瞭望全宇宙。

你从童年就向往的，世上最美好的共产主义交响乐，在我们童年欢聚的河北大平原，在秀美的太行山，在我们战斗的中原，在祖国辽阔的土地上，一起轰响起来。

亲爱的，你该是多么高兴。

（原载1962年《蜜蜂》第24期）

述评

作者刘真，原名刘清莲，山东夏津人。中共党员。1939年参加革命，在部队曾任演员、宣传员、交通员、创作室主任、文工队队长。1952年入东北鲁艺学习，次年进北京中央文学讲习所学习。历任中国作协武汉分会专业作家，中国作协第三、四届理事，河北省文联、中国作协河北分会副主席。1990年旅居澳大利亚，为澳大利亚新南威尔士州华文作协顾问。1951年开始发表作品。1956年加入中国作家协会。著有小说集《春大姐》、《长长的流水》、《英雄的乐章》等，另有散文集《山刺玫》，报告文学集《西天取宝记》，故事集《红围巾的旅行——彭总的故事》等。1977年后发表了《知耕鸟》、《黑旗》、《婚礼》等中短篇小说，在海外发表回忆录《回首再望》、《我在文坛三十七年》，中篇小说《神农架的日本少女》及随笔、散文多篇。2005年获纪念中国人民抗日战争胜利60周年金质纪念章。

《英雄的乐章》是应《人民文学》约稿而写。1962年，小说完成后，作者向同行征求意见，稿件却意外被河北省文联看到，并且在未征得刘真同意的情况下，将小说发表在省文联主办的文学半月刊《蜜蜂》杂志第24期上。出人意料的是同期还刊发了“本刊评论员”的题为《高举毛泽东思想红旗，坚决反对修正主义思潮》的文章。文章指出，“《英雄的乐章》以资产阶级人道主义观点看待革命战争和爱情问题，这是当前右倾机会主义分子反党反社会主义建设总路线在文艺界的反映。”文章特别强调，要以此为例，“坚决把形形色色的修正主义文艺思潮打击下去！”作品被戏剧性的发表，河北省文联自立靶子，进行猛烈抨击，这种做法实在不够光明磊落，不但反映了那个时代的一些特点，也反映了政治斗争中某些人对道德底线的突破。

《英雄的乐章》，是以刘邓大军1947年7月过黄河、挺进鲁西南为背景而写的。故事讲述在人民解放军与国民党军队的一次战斗中，小说女主人公清莲的恋人玉克英勇牺牲的故事。作者采用极其细腻的笔触，在故事高潮到来前做了充分的情感铺垫，心理描写生动形象，恋人间的纯洁而深沉的情感、犹疑而渴望幸福的心绪写得惟妙惟肖，跃然纸上。作品通过无意牵手、教学歌曲、偷吃油条、偷看表演、负伤救护、夜晚送行等一件件小事，展开情节，层层递进，两个年轻主人公的情感逐步加深。当我们读到玉克在国民党军大势已去，胜利在望之际，却被最后一个藏匿的国民党军官击中牺牲时，心绪难平，为其惋惜不止。革命胜利的华彩乐章中有多少美丽的音符戛然而止了，我们永远也不能忘记他们。作品中革命青年对胜利的热切渴望，对首都的向往和热诚，令人读之落泪，感人至深。

在一个将个人情感视为不祥、不革命的时代，小说不可避免地遭到批判或许并不奇怪，奇怪的这些“批判”都是非理性的、牵强的、无限夸大“上纲上线”的。这些文章大抵这样写道：“小说宣扬的是资产阶级人道主义的‘乐章’”、是“私情的哀歌”、“资产阶级个人主义的赞歌”、作品宣传“温情、调和、投降”，是“挂着歌颂的幌子制造悲剧”，“是在修正主义思潮影响下诅咒革命战争”，等等，不一而足。

1963年夏天，周扬为刘真仗义执言，要求为刘真平反。周扬对河北省文联的负责人说：“人家还没有发表的作品，你们就拿出去批判，这是不道德嘛！”并鼓励刘真说：“党需要你在政治上和艺术上都尽快成熟起来，你是有才华的。”（引文见刘真：《他的名字叫没法说……》，《忆周扬》第393页）。山西省的著名作家马烽后来也曾声援，对同行擅自发表他人作品的行为加以否定。

然而，到了1966年的4月，江青的“部队文艺工作座谈纪要”出笼。《英雄的乐章》被打成江青讨伐的“黑八论”之一的所谓“反‘火药味’论”的一个黑标本，作品又一次遭到批判。刘真同其他作家一样，被批斗、侮辱、游街、关入“牛棚”，强制劳动改造……“文革”结束后，直到1980年，刘真的《英雄的乐章》才被落实政策，得到彻底平反。同年，在《河北文艺》第1期上，又重新发表了《英雄的乐章》。起起落落中，作者及其作品，这一曲带有无数休止符的赞歌终得嘹亮唱响。

亲 人

王愿坚

离下班的时间还有半个多钟头，桌角上的电话铃突然急骤地响起来。曾司令员放下手里的红铅笔，伸手抓起听筒。

电话是从将军的宿舍里打来的。公务员带着掩饰不住的兴奋说："首长，你的父亲来了！"

父亲？将军不由得心里一震："哦，他果然来了！"

像一块石头投进湖水里，将军那平静而专注的心情被这突如其来的消息搅乱了。他下意识地抓起桌上的文件，举到眼前。按照将军那严格的生活习惯，他是要在今天下午把这份报告看完的。但是，这份刚才那么使他感兴趣的"新兵工作"报告，这会儿却失去了吸引的力量。在他眼里只是一些蓝色的花条在那半透明的打字纸上跳动，怎么也读不进去；而脑子里却老是在翻腾着一句话："他来了，怎么办？……"

这个问题使将军困扰了差不多快半年了。今年五月间，他突然接到了一封信。信是江西一位农民写的，交报社转来的。他疑惑地把信拆开来，在信的开头，紧接着他的名字后面是四个粗黑的大字："吾儿见字……"当时，司令员曾哈哈大笑着向政委说："看，来认我做儿子了！……"

但是，当他继续读着信的内容的时候，随着那一个个黑字，他那开朗的笑容却被紧蹙的双眉代替了。信上写着："……五年以前，白杨嶂的广善回家了，他说你早就不在了，在过大草地的时候牺牲了。我难过，哭了一场又一场。可我又不信你会死。……前天听人说你在报上发表讲话了。天下重名重姓的人不少，可不能那么巧……我给你写这封信，要是你是我的儿子，就给我来信，你要不是我的儿子……”信就在这里断了。大概这位老人再没有勇气把下半截话说出来。代笔的人怕也是被老人这念子之情所感染，没有再加添什么。下面只落了一个陌生的名字。

显然，这位老人是错认人了。按常理，既然非亲非故，写封回信解释明白就行了。可是不知怎的，将军就没有这么做。他按照老人来信的地址，写了一封信寄到县的民政科去查问。回信很快就来了，这位烈属是个孤苦伶仃的老头子，政府和社里已抚保着他的晚年。他那个和将军同名的儿子是一九三一年参加红军的，据调查，确实在过草地时牺牲了。

接到信的当天晚上，将军伏在桌上给老人写信了。他写了扯，扯了写，直到夜深了，信还没有写成。不管措词是多么委婉，可是一当他写到“我不是你的儿子”这几个字的时候，手就不由得微微发抖；到后来，就连想到这几个字，也觉得脸都有些发烧了。直到夜里一点多钟，当他在信的开头写下了“父亲大人”四个字，并且重重地点下两个圆点以后，他才觉得自己的感情才能顺畅地表达出来。他写好了信，亲自跑到邮局去装上二十元钱的汇票，把信发出去了。

这个做法是这样的出人意外。当将军发信回来，公务员赵振国就忍不住悄悄地把这消息告诉了汽车司机老韩：“人家认儿认女，可咱首长，高高兴兴地认了个老爷子！”

其实，小赵又哪里知道将军在这个差不多通宵不寐的夜里所涌起的心情呢？将军早就失去了父亲。早在二十多年以前，国民党军队向苏区进行四次“围剿”的时候，老人家就被害死在村南那道长满榕树的山坳里了。当将军读着这位烈属的来信的时候，当他现在捏着钢笔，为了斟酌回信的每一个字句而沉思的时候，他曾经不只一次地回忆起自己所能记忆的父亲的面容。他不知道这位失去儿子的老人的模样，不知道他的年纪，除了这个陌生的名字，他几乎什么也不知道，但是他却总不由自主地把这位老人想象成自己父亲的样子：乌黑的胡须，眉毛老长老长的；额角的两端一直秃进去，耳边的头发像撒上了两小撮面粉；甚至在左耳朵底下也一样有着个铜钱般大的瘢痕……不，当然不会是这个模样——这位老人只是等待自己的儿子就已经等了二十多年了。

那么，老人的儿子呢？怕是真像那位同志说的，早已牺牲了。随着这个念头，将军的思路不由得转到过去那些在他身边倒下的战友上。他索性放下笔，呆呆地望着窗前那棵老槐树沉思起来。也许老人的儿子是当年的四班长曾庆良？他是在掩护部队渡湘江时牺牲的。或者是四连指导员曾育才？他是过大雪山抢救一个挑夫时掉下山沟去了……这些同志并不和他同名，可是不知怎的，他却总想把他们和这位老人连在一起……

将军继续沿着自己的战斗道路想着。慢慢地眼前那一丛树叶幻化成了一片茫茫的绿野。那是大草地，到处是腐烂的水草、污泥，一汪汪的水潭，水面上浮泛着一串串黄绿色的水泡。他掉队了，正忍受着难耐的饥饿在蹒跚地走着，突然，脚下一软，一条腿陷下去了，他拼命一挣扎，另一条腿又陷了下去。整个身子在向下沉，水，淹过了大腿，淹上了肚子……就在这时，一支枪托平伸在他的脸前。接着一个人用沙哑的嗓子喊："快，快躺下，往外滚！"他连忙躺倒下来，就在这一瞬间他认出那人是六班的战士曾令标。借着这拖曳的力量，他滚出了烂泥。等他在一块硬实的泥堆上站起身，就看见曾令标因为全身用力，早已深深地陷进泥里，他惊叫一声："老曾……"慌忙摘下肩上的枪，已经来不及了。曾令标一声"再见"还没说完就沉进了泥水里，水面上只留下一只手高擎着步枪，枪筒上挂着半截米袋子。旁边一串水泡和一顶缀着红星的军帽在浮动着……

"我这条命是战友给的啊！"想到这里，将军情不自禁地望望身边的那张小床，床上他小儿子一双胖胖的小手搭在被子上，睡得正香。他觉得自己的眼睛有些模糊了，血在一个劲地向脸颊上涌。从那个难忘的日子起到现在，无论是战斗、工作还是学习，将军总是严格地警醒着自己："多干些！再多干些！"这里面除了一些更重要的原因以外，就是他从心底里感觉得到：他肩上还负担着另一个人的未完成的一切，那怕能代他做一点儿也是好的。但是现在他却突然发现，这些还不就是一切，只要有可能，他似乎还应该担负起另一项义务。

这个义务是什么呢？他的眼睛不由得又落在老人的那封来信上。不错，曾令标的家庭情况和地址他没来得及知道，而且在这位战友与老人之间也没有什么必然的联系。但事实却是：老人的儿子也像曾令标同志那样英勇地死去了，而老人却在怀着微弱的希望，在那白色恐怖的日子里茹苦含辛地等着，等着，等了二十多年。

"要使这位失去唯一儿子的老人得到安慰，唯一的办法是还给他一个儿子！那怕是暂时的也好！”就怀着这种复杂的感情，将军写下了那封回信。

这以后，将军就成了赡养和安慰这位老人的亲人。每月，当他发下薪金的时候，不管工作有多忙，将军总要挤出一个夜晚用在写“家信”上。慢慢地，将军惊奇地发现，随着一封封信的往来，他和老人的心在一天天靠近，他仿佛觉得，这陌生的老人就是曾令标同志的父亲；不，简直已经成了他的家庭中的一个重要的成员了。每当天气凉了，他就会告诉爱人高玫：“给老人织件毛衣吧？还得弄双毛袜子去！”每当家里谁伤风感冒了，他也会忙着写封信向老人问候……而老人的来信中流露出的每一点愉快的表示，将军也感到极大的快乐。

尽管这样，但将军却仍然暗暗不安，生怕书信中哪一个字会露了马脚，被老人发觉。特别是上月“父亲”来信说要来这里看望“儿子”的时候，他更加不安起来。他曾经连着写了两封信，要求老人不要来。理由嘛当然很多：他工作忙，老人年纪太大了……并且肯定地告诉“父亲”：只要他工作一空，他会带着小孙孙去看家的。他希望这样能把老人暂时稳住。因为他知道事情总会要被老人知道的，如果事情来得迟些，那会使老人的情感得到温暖的时间长一些。可是，毕竟将军对这位老人思念儿子的心情体察得还不够周到，现在，老人竟不顾“儿子”的种种劝阻，还是来了。

“现在，可怎么办呢？”将军苦苦地思索着。这位身经百战的司令员，从来不是个优柔寡断的人，过去，多少次战斗，多么复杂的情况，他总能够果断地定下决心；可是现在他却像一个迷路的人走到三岔路口上，左右为难了。直到下班铃响了，他走出办公室的时候，还没有找出答案。

汽车迎着晚霞，在秋风里平稳地驶着。将军怔怔地望着车窗外缓缓逝去的梧桐树，忽然欠起身：

“开得太快了！”他觉得这些树向后退得太快，简直像一株株倒下来似的。

司机老韩笑着扭头望了司令员一眼：“不快呀！”说着，用指甲轻轻地敲了敲速度表。表针正在“20”和“40”之间微微颤动着。

“慢点，再慢一点！”将军对自己的幻觉也感到有点好笑，但他实在希望慢一点到达宿舍，好让自己有时间再把这件事想一想。也怪，似乎车子越驶近家门，这个问题变得越简单了。“看来只好这么办了，”将军下了决心，“把一切都告诉他，反正我会像那位死去的战友一样，对这位老人尽一个做儿子的责任的。”瞬间，他甚至把安慰老人的话都想出来了：“不，老伯，你的儿子是为革命牺牲的，我们活着的就都是你的儿子……”他觉得这两句还不够亲切，又想道：“老伯，你没有了儿子，我也没有了父亲。我认你作爹爹，你就认我这个儿子吧！……”

想着，将军竟抑制不住地激动起来，把话低低地说出了声，倒弄得老韩有些摸不着头脑。

车子渐渐走近宿舍，将军的决心也更加坚定。他简直毫不怀疑地相信自己一定能好好地处理这次复杂的会见。

将军怀着激动而又多少有些惴惴不安的心情，跨上楼梯，轻轻地推开了房门。

他的四岁的男孩子亚非怀里抱着只橙黄的大柚子，一蹦一跳地跑过来：“爸爸，爷爷来了！”

将军顾不得逗弄孩子，他停住脚，满屋里张望了一下，只见那矮脚茶几旁边，一个矮小瘦弱的老人正把身躯深深地埋在沙发里，两手拄着根红竹烟筒，脑袋俯在双手上，在半睡半醒地打着盹。显然，长途的汽车、火车使这位年迈的老人太疲乏了。将军两眼直盯着那一丛斑白的头发：“这老人是多么衰老呵！”他的心头不由得涌上一阵酸楚。他知道，只要他再走前几步，那斑白的头就会蓦地抬起来，然后一双贮满泪水的眼睛便会深情地盯住他的脸，望着他的嘴巴，期待着会听到那盼了二十多年的声音——“爹！”而他，却要告诉他：“不，我不是你的儿子！”这，这对于这位年迈的老人实在太……

“不，不能这么做！”突然，一股强烈的感情冲动着他，他觉得自己眼睛潮润润的，模糊里，他眼前又闪过了露在水草上面的那只手、那支枪，那微微抖动的枪皮带。……刚才一路苦想出来的想法和做法，这会都不知哪里去了，他阅读老人的来信的时候，他拿着笔写回信的时候所涌起过的那种感情，又以更大的幅度占满了他的心。他缓慢地拂开孩子的手，大步走过去，在老人身旁蹲下来，用手轻轻抚着老人那瘦弱的肩膀，低低地叫了声：“爹！……”

这话一出口，将军不由得一愣：从他的口里有二十多年没有吐出这个字了。这个字眼是那么满含感情，又那么生疏。接着一个念头掠过：他就要发觉了。

正像他所想象的那样，老人惊醒了，猛地抬起头，手一松，烟筒“叭哒”

歪倒在地板上。但出乎将军意外的是，老人的眼睛并没有射出那期望的光，那双被蛛网般的密密的细纹包着的眼睛，有一只已经深深地塌陷下去，另一只微微红肿着，好像故意眯起来似的，只留着一条细缝。像所有丧失视力的人一样，老人竭力把那只眼睛睁大，两只干枯的手却习惯地平伸在胸前，不停地抖动着，在将军的肩章、脖颈、头发上胡乱地摸索着，最后他紧紧捧住了将军的脸颊，嘴唇哆哆嗦嗦地叫着："大旺子……"

这不知是哪个人的乳名，对于将军来说是那么陌生，但听起来却那么亲切！他直盯着老人的脸回答："爹，是我！"

随着这应声，老人那张像揉绉了的纸似的脸孔登时舒展开了。他长长地叹了口气，把身子向"儿子"更凑近了些，抱住将军的头，用力地瞅着、摸着，好像在找到了一件丢失很久的东西以后，在辨认这东西是不是自己的一样。将军顺从地把脑袋俯在老人的胸前，一任他抚摩着。这时候，他觉得有一滴热热的东西滴在自己的腮边上，……他觉得仿佛直到现在他才第一次体验到父亲对儿子的那种真挚、慈爱的感情。

半天，还是将军先打破了这沉重的寂静。他直起身，坐在老人的身旁，说："爹，你……老多了。"这话说得有点慌乱。他还没有完全走进做儿子的境界里去，竟差点像以前对来队的军属那样，习惯地问一声"你什么年纪了？"话到舌边才临时改了嘴。

"是呵！二十多年啦！"老人长长地叹了口气，"我记着你是开全苏大会的那年走的，那年你才十七，可现在胡子都扎手了。你今年该是四十……"

"四十……"将军连忙把话接过来，又沉吟了一下，"四十三了。"他没有把自己真实的年龄说出来。像所有那些不得已而说了谎话的人一样，他觉得一阵不安。为了掩饰自己的狼狈，接着把小亚非拉过来往老人身边一推，补充了一句："你看，走的时候我还是个娃娃，现在都给你抱孙孙了。"

"可不，二十六年了嘛！"老人伸手把小亚非揽在怀里。孩子略带羞涩地叫了声"爷爷！"把脸偎在老人的脸上。孩子这个天真的动作在将军的心头漾起一种甜蜜的感觉："要是这个新的家庭组成了，该是多好啊！"

孩子好奇地用小手梳理着老人那花白的胡子，像想起了什么，仰起脸问道："我爸爸不是说你早就叫国民党给杀死了吗？"孩子嘴里突然冒出的这句话，使将军吃了一惊，他刚想解释几句，老人却毫不在意地把话接过去，他摸着孩子的头说道："傻孩子，不看到你们我能死？"说完，他扬起头哈哈地笑了。

这爽朗的笑声赶走了将军的疑虑，使屋里的空气充满了欢乐。将军有意把话题扯开些，便笑着说："这是个小的，大的已经八岁了，在学校上学，过几天就能回来。嗨，一个比一个调皮！"

"龙生龙，凤生凤，你还能生出个安生孩子来了？你忘了你小时候了？天上的鸟儿你不揪他两撮毛！"老人说得又诙谐又慈祥，这是只有父亲对自己的子女才说的话呵！听着，将军有些不好意思地想："我父亲也会这么说的！"老人说完，吃力地站起身，蹒跚着走到门边，从一个提篮里摸出两只大柚子，递给儿子，笑笑说："怕有多年没吃到自己家乡产的这玩艺了吧？"

"嗯，柚子倒没少吃，咱家乡的味道可就没吃到过。"这倒是确实的。将军知道老人的家乡是有名的柚子产地，当年四次反"围剿"的时候，他也曾到过那一带，可这道地的果产他还没吃过呢。他拿起小刀，熟练地把柚皮剖开，剥出那粉红色的肥硕的果实。

"还记得不？"老人把一片柚子摸索着递给小"孙孙"，转脸向着"儿子"，"你离开家的时候柚子刚熟，那天，我和你妈把你一直送到村头咱那几棵柚树底下，你还非要带上几个给同志们吃不行。那时候我身板壮，眼力也好，我亲自爬到树上摘了几个扔给你；从那里一直看着你走出几里路……"

"记得！"将军含糊地应了声。他脑子里浮起的却是另一幅情景。他是在一个黑夜里，土豪堵着大门的时候，翻过墙头逃到红军去的。那时父亲手托着他的屁股把他推到墙上，然后递给他一个衣包，把仅有的五十个铜元放进他的口袋里……那时父亲的眼睛，……他望望老人家的眼，问道："爹，你这眼是怎么糟塌的？"

"还不是那些狗东西造的罪？"提起眼睛的事，老人登时变得十分激动了，滔滔不绝地讲起来：那是红军长征走了以后，这位忠于革命的老农民就暗暗做起了红军游击队交通员的工作。不幸，在一九三六年的秋天，由于叛徒的告密，老人被捕了。敌人知道他熟悉通往游击队密营的每一条山径，在把他残酷地拷打之后，又逼着他给白军带路。就在白军准备动身的前一天，老人向看守骗来了两大把石灰，咬着牙揉进了自己的眼里……因为残废了，老人才活着被抬出了敌人的监狱；亏得亲友邻居的细心照料，总算保全了半只眼睛。

“孩子，”老人激情地结束了他对过去艰难遭遇的叙述，“这些年来，我这个做老人的没有给你丢脸啊！”

将军怀着深深的敬意，听着老人的叙述。关于老区人民在敌人残酷的白色恐怖下坚持多年斗争的情形，他在一九五一年秋天回到故乡时，曾经站在自己父亲的坟前，怀着悲痛和敬意听乡亲们讲过。而现在老人的话又勾起了那一幅情景。将军不由得再一次想到草地水面上的那顶浮动着的褪色的军帽，和那高擎着步枪的手……仿佛直到现在，将军才更清楚地体会到为革命胜利人民所付出的全部代价。这里面不只有血，还有那数不清的眼睛所流的眼泪。“对于这些为革命事业献出了一切的人，你怎么爱他们也不会过分的！”他觉得自己的心和老人靠得更近了。他深情地抓住了老人的手：“爹，这些年来你可受了苦啦！”

“苦，不怕！为革命嘛！当时我就跟人讲：‘给我剩下半个眼，我也用它看着这些家伙完蛋，看着咱红军回来！’可不是，就让我看到了！”老人抖抖索索地装上一管毛烟，等“儿子”给点燃着了，猛吸了一口，又说：“唉？说实话，这半只眼还有一个用处，就是等着能看一看你。你不知道，为了你，就这一只眼流的眼泪也足够个小伙子挑的呵！”

将军默默地掏出手绢，把老人眼里的泪水揩了揩，说：“爹，别难过啦，我不是在这里吗！”

“是呵，想看的我都看到了！可是，”老人略略顿了一下，脸上浮上了一种不快的表情，“别怪你爹数落你的不是：胜利了这多年，人家活着的都回家看过了，可你怎么连封信也不往家写呀？”

老人责备得对，做儿女的怎么能对老人这么冷淡？将军懊恼地想：为什么没有早些和这位老人相识呢？但是又怎么向他解释？他嗫嚅着，说着临时涌到嘴边的“理由”：“这些年我在学习……”“信，我写过……”可怎么也觉得理屈。

正在这时，房门开了。将军的爱人高玫走进来，才打破了这尴尬的局面。

“高玫，你看爹来了！”说着，他轻轻地扯了扯她的衣角。

高玫会意地点点头，连忙跑上去，亲热地叫了声：“爹！”

“爹，别净想那些伤心事了，”将军伸手挽住了老人的胳膊，“来，吃顿团圆饭吧！”

在一张圆圆的小桌周围，坐下了这老少三代的一家人。老人的心情显然平静多了，他把儿子拉在自己身边，不停地瞅瞅这个，看看那个，那凄苦、不安的表情早就消失了，幸福和满足的笑容挂在他那苍老的脸上。

为了使老人增添些欢乐，将军倒满了一碗老酒，端到老人的面前。

“你还没有忘了哇？”老人笑着接过酒，呷了一大口，扬起手掌擦了擦胡子。在他眼前浮上了多少年前让孩子端只瓷碗去打五个铜子的老酒时的情形。而在将军眼里，老人这爱好，这动作却又是那么熟悉——“连这些地方也像我的父亲呢。”

将军竭力回忆着自己父亲的一切爱好，把记得起的父亲爱吃的菜连着夹到老人的碗里去。老人却没有怎么吃，他不时停下来，向前探着身子，瞅着“儿子”吃饭，好像这比他自己吃还要紧。“看，还是那么狼吞虎咽的，这又不是小时候了，没得吃！……”老人直盯着“儿子”的嘴巴，忽然，他用筷子戳着将军的嘴角问道：“我记得你这里有个瘊子，怎么刚才没摸着？”

“那……”将军刚要回话，高玫笑着把话接过去：“他嫌刮胡子不方便，早就弄掉了！”

过一会，老人又发现了什么，感叹地说：“年岁久了，人都变了，我记着你小时候都是左手拿筷子……”

“受了伤，不改不行嘛！”将军赶忙掳起袖子，左手腕上凑巧有一个伤疤，那是广阳战斗叫日本鬼子一枪打穿的。

借着这个话题，将军连忙避开谈论他“儿时”的一切，他历数着自己身上的伤疤，谈到这些年来的战斗，谈到爬雪山过草地的艰苦，爱人和孩子的情形……他想着一切动人的和逗趣的故事，讲给老人听。大概因为这环境太特别，这些故事吸引了老人，将军自己也深深地激动了。

这顿饭吃得时间特别长，当老人喝下最后一匙菜汤，已是夜里十点多钟了。将军和高玫小心地搀扶着被醇酒和疲乏搅得昏昏欲睡的老人，走进了为老人预备好了的卧室。

不知是因为酒醉还是什么原因，老人睡到床上，却突然坐起身。用他那枯老的双手猛地抓住将军的肩膀，拉到自己的身边，拼命地睁着眼望着，望着，用一种变了音的腔调惊叫着：

“你是大旺子！……”

“是！”将军不安地回答。

“你是我儿子？……”

“是呵，爹！”将军情不自禁的紧紧地抱住了老人。

“呵！可看到了！……”老人放声大哭起来。

将军，这位身经百战，被打断了两条肋骨也没流过一滴眼泪的人，这时候，泪水却顺着腮边流下来。

老人，这经受了百般磨难的老人，在哭声里睡着了。将军目不转睛地望着老人那张挂着泪痕和笑容的脸，它是那么苍老，又那么和善、安详。他轻轻地给老人盖好了被子，关了电灯，踮着脚走回了自己的寝室。

将军点燃了一支烟，在寝室里来回地踱着步子，他的脚步和他的心一样沉重。死去的战友的印象，故乡土地上那累累的坟茔，父亲的面容，老人的眼睛……一齐在眼前晃动。

高玫走近他的身边，低声地问：“也许这是你常说的老曾的父亲？”

“不，也许是，也许不是……”

孩子一面啃着柚子，一面说：“爸爸，把你看地图的那个放大镜给我吧，明天让爷爷好好看看我……”

“明天，咱俩一块出去一趟，给……给老人添几件衣服……”高玫说。

将军含糊地应着。他望望爱人，又望望孩子，缓缓地点了点头，像是回答他们，又像是自言自语地说：“多少年的斗争，我们的人付出了一切！现在，我们活着的，要想法来弥补，能补一点也是好的！”

说完，他霍地转过身，来到了窗前。他猛地推开了窗子。窗外，天空清亮亮的，满天星斗，间或有几只流星无声地扫过去。窗前那棵老槐树的叶子早已脱落了，那鹿角般的枝桠正倔强地指向夜空。傍着槐树，那棵柏树的蓊郁的枝叶，正伸搭在槐树的干枝上。

将军深深地吸了口气，忽然，他放大嗓子喊了声公务员：“赵振国，明天去医院帮我的父亲挂个号。记住，挂眼科！”他把“我的父亲”四个字说得声音特别大，大得连自己都有些吃惊。

（原载1957年《解放军文艺》第12期）

述评

王愿坚(1929—1991)，山东省诸城县人。当代作家。1944年7月到抗日根据地，参加革命工作。在部队里当过宣传员、文工团员、报社编辑和记者。1952年任《解放军文艺》编辑。1954年开始写短篇小说。《党费》、《粮食的故事》等短篇小说受到舆论的普遍赞扬。1956—1966年，参加了“解放军30年征文”——革命回忆录选集《星火燎原》的编辑工作，有机会系统地学习了党和军队的历史，接触到更多老一辈革命者，使他的创作题材更丰富，视野更开阔，文笔更洗练。此后陆续写出了《七根火柴》、《三人行》、《支队政委》等10多篇短篇小说。1976年又继续发表了《路标》、《足迹》等10篇短篇小说。1974年与陆柱国合作改编《闪闪的红星》为电影文学剧本。已出版的短篇小说集有《粮食的故事》、《后代》、《普通劳动者》、《王愿坚小说选》。1978年后陆续任八一电影制片厂编剧、文学部主任，解放军艺术学院文学美术系主任等职务。他的多篇小说如《党费》、《七根火柴》、《三人行》、《普通劳动者》等先后被选入大、中、小学课本，影响深远。

小说《亲人》，讲述的是一名将军和一位老人之间的感人故事。老人的儿子在过草地时牺牲了，但老人思儿心切，始终无法接受儿子死去的事实。儿子牺牲5年后，他听人说，有一位与自己儿子同名的将军在报上发表了讲话，因此心存一线希望，写信求证是不是他那20多年日思夜想的儿子死而复生了。而将军在收到信后，思绪万千，有对牺牲战友的愧疚，也有对老人丧子悲痛的理解，“要使这位失去唯一儿子的老人得到安慰，唯一的办法是还给他一个儿子！哪怕是暂时的也好！”在这种想法的驱使下，最终将军写了回信。自此，将军尽着儿子应尽的义务：写家信、寄生活费、寄衣服。过了近半年时间，老人终于按捺不住，登门认子来了。在一系列的回顾镜头掠过后，充满辛酸、喜悦、激动的会面结尾处，作者巧妙善意地把老人写成患有眼疾，并未能亲见儿子，成就了这一份善意谎言下的真情释放，让爱有方向，幸福有指向。

著名评论家冯牧对《亲人》给予了高度的评价：“在不长的文字间，作者让我们看到了一个怎样伟大的心灵，一个怎样饱含着阶级深情的心灵啊！”

1962年，曾被打成右派分子、已经恢复职务的长春电影制片厂导演郭维，将王愿坚的短篇小说《亲人》改编成了电影剧本，准备搬上银幕。然而，影片刚刚进入拍摄阶段，对《亲人》的质疑和批判就接踵而至，矛头所指为作品“宣扬了资产阶级人性论”，电影的拍摄于是被迫终止。

1965年以后，在极左思潮的影响下，小说《亲人》遭到更加猛烈的批判，什么“让人把亲子之爱、个人幸福看得高于一切，让人徘徊在个人得失的小天地中”。什么“根本不是共产主义幸福观，而是资产阶级个人主义的幸福观”等等大帽子满天飞舞，“乌云压城城欲摧”。小说的作者王愿坚随之被定性为反革命分子，1969年初下放到安徽省军区独立师“体验生活”。

著名诗人臧克家对王愿坚的写作才华一直赞赏有加，即或在王愿坚的作品遭到批判的时候，他仍能客观评价：“我还真的没有发现它里面有反党反社会主义的地方，相反，我倒觉得这篇小说写得很好，无论是政治性还是艺术性都不错，能以情打动人！”可见人间自有公道在。

《亲人》的故事情节错综复杂，人物形象血肉丰满，细节描写感人至深。千千万万为国捐躯的军人士兵，其背后是千千万万个破碎的家庭。在我们感知战争残酷的同时，也深刻地体认了革命胜利的来之不易。将军对老人内心世界的深刻理解和深情抚慰，是作品最令人为之动容的亮点，它不但是真挚情感的颂歌，也闪烁着人性的动人光辉。小说不但感动了20世纪五六十年代的广大读者，也将感动21世纪的广大读者。这就是经典作品的魅力所在。

陆

赖大嫂

赖大嫂听了这个新规定以后，三心二意的，怎么也拿不定个主意。她觉得不喂吧，怕将来真的收入归己，自己吃了亏；喂吧，又怕办法变了，来个收入归公怎么办？

赖大嫂

西 戎

立柱妈卖给食品公司一口大肥猪。这件事，一下子就成了轰动全村妇女的重要新闻。那口猪，喂得确实不错，连毛挂重，三百斤还出头。单单这一项，已经叫妇女们啧啧惊叹了，加上立柱妈领了卖猪款，在供销社买了那么些好东西，什么洋磁洗脸盆啦，红绒衣啦，花格格灯芯绒啦，印花头巾啦……计划给立柱娶媳妇置办的零碎东西，卖了一口猪，一下子就应有尽有地置办齐了。这怎么能叫妇女们不眼馋呢！这几天村子里，有些已经养了猪的人家，对小猪的喂养格外经心起来；一些还没有养猪的人家，也跃跃欲试地四处打听着，想很快抓到一头小猪喂喂。

住在大榆树院的赖大嫂，本来算是村子里头一个消息灵通的人，不管谁家有什么新鲜事，别人还不知道的时候，她已经在到处传播了。可是这一次，表现有些反常，立柱妈卖猪的新闻已经轰动了全村，却听不见她那石鸡子滚坡似的高嗓门在传播消息。难道说这新闻赖大嫂还不知道吗？不对。当天下午，她还亲眼看见立柱妈抱着买来的东西，从供销社走出来。为什么她能对这件事不感兴趣了呢？这里面有些说不出口的情由。

从去年开春算起，赖大嫂也有两次养猪的历史。头一次是去年春三月，队里和食品公司订了养猪合同，规定社员养一头猪，供应一百斤饲料。她领了猪饲料以后，只过了三个月，便通知队里说她的猪突然生病死了。猪因病而死，这是天灾，谁也把她没有办法，队里动员她再喂养一头，她说不能喂了，因为运气不好。队里叫她退出剩余的饲料，她说猪已经吃完了，到底是吃完了没有吃完，到现在都还是一笔糊涂账。

她第二次喂猪，是去年九月。当时，队里的老母猪下了一窝小猪娃。为了发动户户养猪，大搞家庭副业生产，队干部们开会，研究出来一个新的喂猪办法。办法是：队里不供应饲料，自喂自养，收入归己。赖大嫂听了这个新规定以后，三心二意的，怎么也拿不定个主意。她觉得不喂吧，怕将来真的收入归己，自己吃了亏；喂吧，又怕办法变了，来个收入归公怎么办？她用不信任的口气对队长说："鬼才信你们说的话，到时候猪喂肥了，卖了钱要交公，还不是白白操劳一场！"嘴里虽是这么说，小猪还是抓了回来，她的主意是走了一步说一步，哪里黑了哪里宿。小猪抓回来后，不圈，不喂，整天不是在场里拱麦秸垛，便是在秋庄稼地里啃庄稼。村里人看不过眼去，纷纷给队长提意见，队长又找家庭副业组长立柱妈，要她想法子教育赖大嫂。

立柱妈是个知情知理的好心肠老太太，就是胆子小，情面重，处处怕得罪人，遇有难为事，宁愿自己吃点哑巴亏，也不愿和人争嘴斗舌。对于赖大嫂，立柱妈把这些办法都用了，效果还是不大。村里人提意见提得实在忍不住了，她便召开了养猪会议。会上，她并没有敢指名赖大嫂有什么不对，赖大嫂当场就跺着脚叫骂起来："立柱妈，你说话说清楚，不要指冬瓜骂葫芦，你看见我的猪吃了哪里的庄稼？你们抓住了？是我的不是？嗐呀！这真是墙倒众人推，鼓破乱人捶，看见我脑袋软，好欺侮是不是？你们这么血口喷人不行！"

立柱妈原是一番好意，却招来一肚子的气。照她的处世哲学，当然是忍了这口气，没有进行争辩。可是参加养猪会议的民兵队长张立柱，看见他妈被赖大嫂叫骂了一场，心里着实气恼，要不是开会，真想跑上去，狠狠给她两巴掌。可是又一想，对这种不讲理的人，不抓住把柄，是没有办法降住她的。心里说："磨道等驴蹄，总有等住你的时候！"

正好，开过会还没有出三天，有一天下午，立柱从地里回来，看见赖大嫂的小白猪，又在场边山药地里用鼻子拱着吃山药蛋。立柱慢慢走过去，猛地一下拽住了小猪的后腿，连拉带提地把小猪弄回来，关在了自己家的猪圈里。

立柱妈看见这情景，吓了一大跳，忙对儿子说："柱子，你怎敢把她的猪抓回来，叫那老婆知道，你还想活不想？"

"妈，这事你不要管，看庄稼，这是我们民兵的任务，我看她这回还敢嘴硬！"

立柱妈担心地说："队长说她，她都敢顶嘴骂人，你可不是她的对手，听我说，快把猪放了！"

立柱不同意，用责备的口气说："妈，你当的是副业组长，这样的事，你都胆小怕事不出头处理，村里人又该怎么办？依我说，你和她到队里去讲理，村里家家都喂着猪，都照她这样干，村边的庄稼还能种不能？"

立柱妈为难了，她本来想负起自己当组长的责任，瞅空给赖大嫂一点教育，叫她认识自己的行为不对。可是她不是这种通情理的人呀！儿子讲的道理虽然无法反驳，但她还是主张忍一口气，把猪先放了。这种人，惹不起，怕得起。她坚持这样做，并不是想在这件事的处理上推卸责任，教育赖大嫂的任务，她时刻都记在心上，可是有什么好办法呢？轻不得，重不得，要慢慢来哪！

立柱妈催着叫儿子先放了猪再说，立柱不放，决心要和赖大嫂见个高低。他的想法和他妈不一样。他认为，越是怕她，她就越要耍无赖；要是给她拉拉硬弓，也许能把她降住。母子俩正在争执不下，忽然听见赖大嫂那石鸡子滚坡似的高嗓门，远远地喊叫着来了。

立柱妈着了慌，抱怨儿子道："看，你不听妈的话，招风惹事，寻上门来了，看你怎和她说！"

"妈，你走开，叫我对付她！"立柱双手叉腰，气汹汹地站在门口，准备应战。

赖大嫂嚎叫着进来了。双脚刚在院里站稳，伸手指着立柱硬嚷："你们欺侮的我还能活不能！"

立柱妈本来已经躲进屋里，见赖大嫂的来势不善，忙返身出来，不等立柱张嘴，先笑脸迎上去说："你大婶，你是寻猪的吧！我家柱子给你圈住了，他看见它在社里的地里，怕……"一语未了，赖大嫂把镰刀似的脚，连连跺了几跺，说："谁说我的猪到了庄稼地里？到了哪块地里？为啥不把我叫出来让我看？我的猪压根儿就不会到地里！我把它喂得饱饱的，整天卧在圈，鞭子打都打不起来，它怎就能到了地里？你们母子打牌定计，一回一回地欺侮我，我和你家祖宗三代有了什么仇？"说罢，仰起脖颈，瞪着眼，呜呜哇哇地放声干嚎起来。

立柱听得火透顶了，冲上去把他妈拉到一边，直挺挺地往赖大嫂面前一站，大声喝道："你嘴里干净一点，你说理不说理？"

赖大嫂突然停止了干嚎，定睛看看，站在面前的这个后生，结结实实，高高大大，好似一座小山，心里先有几分怯阵。立柱妈担心儿子闯祸，见他脸上变颜变色的，怕他感情用事，真的伸开手打赖大嫂两下，那可不得了。她一面用手拉立柱，一面对赖大嫂陪话说："你大婶，他年轻不懂事，你比他大几岁，让他几分，别吵了，先回屋里坐坐！"

赖大嫂见有人说好话，气焰又高起来，镰刀似的脚，跺得噔噔响，连声叫骂道："他年纪小不懂事，怎么不爬到粪坑里吃屎去！"

一句话，把立柱又招引到了身边。立柱伸开手，正准备给她两巴掌，幸亏旁边看热闹的人拽住了胳膊，没有打上去，不然赖大嫂挨揍是一定的了。

"娃娃，你还想打人？"

"今天我就豁着进司法科哩！"

"你打，你打！反正我三十七的阳寿也活够了！"赖大嫂一面凶神恶煞地叫嚷，一面直往后退，她心里也有个主意：要真的把这个后生的火性逗起来，挨他两巴掌，够自己受的。

这时，院子里已经来了不少人，男男女女，围了个大圆圈，除了立柱妈和几个上了年纪的妇女在认真劝解而外，其他年轻人，都站在一旁，咧着嘴，很有兴致地看着。仿佛觉得张立柱没有真的给赖大嫂点厉害瞧瞧，心里怪不舒服。有人说开了调皮话：

"赖大嫂的猪成了仙了！怎么好端端在她圈里卧着，一下子就跑到立柱圈里去啦！"

"赖大嫂的猪是孙猴儿变的，有七十二变哩！"

"种庄稼就为的吃，猪吃、人吃都一样！人家有啥错误！"

赖大嫂听着人们的嘻笑戏谑，觉得在这里恋战下去，对自己无益，又虚张声势地往立柱面前冲了几下，扭身便走。一面走，一面嚷："村里不是死的没了人，还有领导人，我要找他们说理去，他们要不给我解决，我就到县里、省里，有说理的地方，不能受你们这欺侮！"说罢，回头狠狠地向围在身边的人们扫了一眼，拐着镰刀脚，噔噔噔地走了。

立柱妈怕把事情闹大，不顾儿子和众人的反对，亲自去开了猪栅栏，把赖大嫂的小白猪放了出来。那小畜牲仿佛知道自己给主人闯下大祸，卷起小尾巴，惊惊慌慌地窜回去了。

也不知赖大嫂找到队长之后是个什么结果，反正她再没有回来找立柱母子的麻烦。天快黑的时候，听见她站在自己大门口，那石鸡子滚坡似的高嗓门，又在“啰啰啰”地唤猪。一面唤，一面还数数划划地在骂：“把你这挨刀子的，又跑到哪里去了？你跑的碰上你那小祖爷爷，要了你孙子的命！”

小白猪听见了主人的唤声，哼哼着回来了。赖大嫂数落的声调低了一些：“不知道吃了他几颗山药蛋，好像掏了他们的心肝，把我的猪圈住，有本事杀了……啰啰啰……”

过不多几天，赖大嫂自己突然把那头小白猪杀吃了。她告诉队里，杀猪的原因有二：第一，没有了饲料；第二，养猪受村里人的欺侮。既然把已经喂养了三四个月的猪下决心杀了，那么从此以后，赖大嫂当然不会再考虑喂猪的事了。偏偏事隔半年，村子里又出现了立柱妈卖肥猪这件叫赖大嫂吃后悔药的事情。因为猪吃庄稼的事，她和立柱母子有了成见，没有替她到处传播这件新闻，可是当妇女们兴致勃勃地谈论着的时候，不由得心里便懊悔起来，她想起了她那头喂了三四个月的小猪，要是让它活到现在的话有多好，保险也有立柱妈的猪那样肥，也不会比她的猪少卖钱……吃了几苗庄稼，害得把猪杀了……想着想着，她把一切过错，都加在了别人的身上，好像她自己真正是一个被侮辱、受损害的。她怀着对立柱母子的憎恶和嫉妒心情，也参加了妇女们的议论：“……你们该记得吧，我喂的那头小白猪娃，圆嘴头，短尾巴，是头多好看的猪娃，肯吃，肯睡，倒上一桶食，‘通通通’，一会就吃得笤帚扫了似的，可是咱没有喂猪的命，遇了个逼命鬼立柱，当他娘个什么民兵队长，就整天管天管地，说我的猪吃了社里的庄稼，你们知道我跟上猪受了多少气！唉！咱不喂了，叫人家喂着。这阵人家卖了猪、发了财，咱倒了灶，这就打到人家手背上了，叫人家常走红运吧！”

怨恨、嫉妒，并不能使她就此甘心。她，平心静气地想了一阵之后，发现自己当初喂猪，脚登两只船，已经是错打了算盘；但是千不该万不该，不该杀了那头已经喂养了三四个月的小白猪。她真的后悔起来。她决心要再喂一头猪，而且要比立柱妈喂的猪还要肥。可是小猪到哪里抓去呢？听别的妇女们说，队里的另一头老母猪，半个月以前又下了一窝猪娃。这两天，人们争着要买，有的人已经和养猪姑娘春桃挂了号；有的妇女怕落空，还把买猪的现款存到会计账上，等小猪过了满月，马上就来抱的。人们养猪的兴致这样好，使得赖大嫂更加心神不安了，她能不能也分到一头呢？有了过去的行为，队里还给不给她分配呢？她暗自估计分析情况：队长的人性很绵善，说上两句承认错误的话，或许可以通融；立柱母子怎么办？一个是家庭副业组组长，专管养猪的事，一个是民兵队长，曾经是她的主要斗争对手，再加上养猪姑娘春桃，是立柱来过门的媳妇，他们要是串通了，商量好不给她，能有个什么办法啊？难题来了。

晚上，赖大嫂的丈夫赖永福从地里回来，赖大嫂第一次和自己的丈夫堆起笑脸，宣传立柱妈养猪得来的好处："看人家多走运气，一口猪卖了那么多钱，买了那么些东西——绒衣、灯芯绒、洗脸盆……"她滔滔不绝地说着，同时还捎带着诉说了自己家庭生活中的困难，企图打动丈夫，也为买小猪的事积极行动起来。

赖永福平时是很怕赖大嫂的。两个人的性情，完全相反，赖大嫂一天说了的话，赖永福说十天也用不完。他不爱多说话，并不是遇事没有主见。赖大嫂平日的一些作为，村里人有意见，他自己也看不惯。看不惯有什么办法？打架，赖永福不动火，打不起来；吵嘴，不管有理没理，赖大嫂张口就骂，没有他回嘴辩解的余地。因为处理家庭事务，只有赖大嫂说了算数；就连村里有关会议，光叫赖永福点头不算，还得赖大嫂说了话，这才真正合法化了。

今天赖大嫂确实是好心好意地和他商量办法，因此不但脸上挂着笑意，连说话的音调，也降低了好几度。赖永福想起了前几次喂猪生气吵嘴的事，似乎觉得今天是可以对她提出一些批评的好时机，便没好气地说："你是吊死鬼擦粉——快别败死兴了！你要喂猪，当初就好好喂；要不喂，就别打那些主意，人家别人得了金元宝，自家也别眼红！"

一句话触到了赖大嫂的痛处，立时声调提高了几度，脸上的笑纹绷展了，用手指住赖永福，放连珠炮似的质问道："从前喂猪，你操了多少心？你活了四十几，比死人多有一口气，有啥能耐！不喂就不喂，不喂猪不生气，我早想清清静静活几天哩！"

赖永福破例质问道："谁叫你生气来？自己老做那些不能见人的事，还说张三李四欺侮你，村里喂猪的人多着哩，为啥要专欺侮你？你把猪饲料领上，不好好喂，把猪饿死；社里订下养猪公约，你不遵守，叫人家整天操咱的心，你养猪不是挣钱，是给咱挣气哩！”

“我没生下好命，”赖大嫂见丈夫并不示弱，气得脸都白了，冤枉地诉说着，“儿子媳妇不孝顺，和我分开家；遭了你这死老汉，也是整天气我。好，你们把我气死，你们就高兴了！”

赖永福长长地叹口气，说：“唉！着实是年岁大了，要是年轻二十年，我也得和你离婚。跟上你，整天没三顿饱饭，有三顿饱气！”

“好，好，离婚！现时就离！”赖大嫂一把揪住赖永福的领口，“谁又不是十七的、十八的，一辈子没男人也不稀奇你这号东西！离了你这活死人，倒没人气我了！”

两口子争吵了一场，最后还是赖永福让了步，由赖大嫂那石鸡子滚坡似的高嗓门，高一阵、低一阵地叫骂了足足有吃一顿饭的时辰，屋子里才算安静下来。

一连有好几天，赖大嫂再没有提起养猪的事情。不过她嘴里不讲，心里仍不能平静。外面那些有关养猪的新消息，总是不断地传到耳边来。听说队里的这窝小猪，个个长得都十分好，村里关心小猪成长的妇女们，天天都要趴在猪圈的短墙上去看。还听说有些心眼灵动的妇女，早已悄悄跳到猪圈里，在挑选好了的小猪腿上，拴上了红布条。这许许多多消息，着实叫赖大嫂心焦起来，她也很想走去看看这些小猪，到底好到个什么样子？有一天，她实在忍不住，便鼓起了勇气看队里的小猪去了。

当她趴在了猪圈的短墙上，看见了那一群胖乎乎的小东西，趴在躺着的母猪身边吃奶的时候，她的心动了。她真想马上跳进去抱起一头，抱回自己家里喂起来。她觉得自己从来还没有像今天这样喜爱这些小东西，她是从心里喜欢它们哪！如果队里真能分给它一头，她决心要好好喂养，不能让它再出来乱跑，要叫它吃了睡、睡了吃，好好地长肉，长得比立柱妈卖给食品公司的那一头还要肥。到那时，全村子的妇女，也像现在这样谈论她、羡慕她……

她想得入谜了，正在一个人望着小猪出神，忽然听见有人问道：“大婶嘛！好稀客！”

赖大嫂回头一看，是养猪姑娘春桃走过来，一只手提着一桶猪食，另只手拿着一把木杓，喂猪来了。便搭讪着问：“闺女，一天喂几回？”

“三回。”春桃说着，打开了猪栅栏，把食倒在猪槽里，看看赖大嫂，问道："看这猪娃好不好？"

"好，"赖大嫂羡慕地应着。她很想趁机问问春桃分配小猪的事，可是又有点不好意思开口。沉吟了半晌，才试探着问："春桃，咱这小猪，队里计划怎处理？"

春桃看出来了赖大嫂的意思，故意摇摇头，笑着说："不知道！"

"我不信，听说早都有了主儿了！"赖大嫂提醒着。

春桃用奇异的眼光看看赖大嫂，又故意反问道："你问这干什么？反正你又不想喂它！"

赖大嫂装模作样地长叹一声，说："闺女，你是不知道我家的事。依我说，我是不想再喂了。喂一回，生几场气，图了什么？可是你大叔这几天老寻我的麻烦，生气拌嘴地叫我给他抓头小猪。唉！我可真不愿意再生这份气了！"

"你还怕他吗？"春桃嘴里这么问，心里直是想笑。

赖大嫂用力在墙头拍了一把，沉下脸，认真地说："你大叔如今学得厉害了，动不动也寻我的不是。上一次我没把猪喂好，在他手里有了短处，这回不给他抓个小猪娃，在他手里就活不出去！"

谈话中断了。

赖大嫂想用话打动春桃，想叫这姑娘主动提出来给她分一头小猪。春桃呢，因为猜透了赖大嫂的心理，故意不提小猪的事，弄得好大一会，两个人谁也无话可说。春桃看着猪吃完了食，提起桶来正要走，赖大嫂一把拉住春桃，说："闺女，我问你一下，队里的这小猪能不能再给我留下一头？"

春桃说："你问队长吧！我光管喂，别的事我不管！"

"队长说了，小猪由副业组长和你分配。"赖大嫂赶紧撒了个谎，想叫春桃有个肯定答复，其实他连队长的面都没见过。

春桃说："那你就去找副业组长去吧，我担不了我婆婆的事！"

"你婆婆呢？"

"在场里打场！"春桃说着，怕赖大嫂再纠缠，很快走了。

赖大嫂独自在猪圈旁愣怔了一会，便往场里找立柱妈去了。

立柱妈丢了手里的活，把赖大嫂引到场边麦垛边坐下。拉了几句家常之后，赖大嫂便带着乞求的神态小声说："大婶，咱队里那窝猪娃，我看见了，长得真叫人喜欢，说什么也得给我留下一头，你喂猪享了利，光叫别人眼馋不行哪！”

立柱妈见她开门见山地说明了来意，便半开玩笑半认真地说：“你还敢喂猪！不怕再吃亏？”

“哎哟！”赖大嫂不好意思地笑了笑，说：“享利就得受些害，吃亏人常在嘛！”赖大嫂说的那么干脆，好似思想真的通了。

立柱妈听她这么一说，心里倒有几分高兴起来，紧接着便说：“对嘛！搞生产，有利没利都得干，只要国家需要，没利也要干。这一条你能办到办不到？”

赖大嫂犹豫了。沉吟了半晌，还是没有敢正面回答，她拍拍立柱妈的肩，笑着说：“大婶，你真会说笑，喂猪还会没利！没利，你那一口猪卖的是啥？”

“卖的是钱呀！”

“是呀，能卖钱就行！钱就是利！”

“要是卖不了那么多钱，你喂不喂？”立柱妈故意反问。

赖大嫂不说话了，手在地上无目的地抓着，两眼奇怪地盯着立柱妈，好似要从她的脸上，看出来她内心里在想什么。

立柱妈见她回答不上来，觉得她想喂猪的想法，和自己的想法，距离还很大，便又解释说：“搞生产建设，不能光说钱，世上能挣钱的路儿多着哪！有的能干，有的就不能干。那年你卖统购粮，为了多卖一块钱，叫奸商骗了你几千斤粮食，你说那钱赚的合算不合算？”

赖大嫂突然红了脸。她不想再叫人谈论这件丢丑事，赶忙岔开话题，站起来显出要走的样子说：“大婶，闲话不多说了，给我留一头猪娃，说定了啊！”

立柱妈也站起来说：“我还要和队长商量一下。公共的财产，不能由我一人做主。”

赖大嫂说：“千锤打锣，一锤定音；商量不商量，你是组长，主要由你哩！”

立柱妈摆摆手说：“可不能这么说。前一回由我做主，给你分配了一头猪娃，结果你喂得好好的就杀了。你还想叫我跟上你作检讨！”

赖大嫂本来已经走出去几步，马上又返转来，赔情似的笑着说：“大婶，旧账不要算了，前头的勾了，后头的抹了，重打锣鼓重开戏。这回呀，走不了我也跑不了你，你是组长，你看着就是啦！保证不会往你脸上抹黑了！”

立柱妈望着赖大嫂走远了的背影，心里有种说不出的高兴，她觉得赖大嫂是有些不一样了。

赖大嫂为小猪的事奔走，虽然没有被拒绝，但是也并没有得到肯定的答复。她回到家里，心情仍然不十分好。晚上，丈夫从地里回来，赖大嫂说起了这件事，照例又在丈夫身上发泄了一阵，好似这一切的过错，都是因为他不帮忙的缘故。她开始叨叨着："你天天夸口你比我强，队里说你是好社员。你把队里的猪娃给我抓回一头来。能抓回来，就算你有能耐；要是抓不回来，你，比我还不如！"

赖永福不高兴地说："你是骡子卖了驴价钱，贱就贱到你那嘴上了！你早把门市坏了！"

赖大嫂不服气地说："我臭了有你这香的也行，有能耐出去试一试，看你这香包包是啥行情！"

吃罢晚饭，赖永福真的到队里交涉抓小猪的事去了。他去的意思，并不是要表示自己有能耐，也不是和赖大嫂争高低，他心里也有喂头小猪、增加点家庭收入的想法。

他走到队办公室的时候，正好碰上队长、立柱妈、立柱、春桃都在那里，像是开会，又不像开会。他刚进门，春桃就笑着问："是不是抓猪娃来了？"

队长也打趣说："佘太君不行，老令公亲自出马了！"

赖永福没有答话，憨厚地笑着。

立柱妈走过来说："永福，我们刚才研究了，小猪可以再分配给你们一头。可是你一定要保证喂好，不发生问题，遵守养猪公约。"

"对，"立柱接上威胁地说，"要是再叫民兵抓住了，可要往死打哩！"

赖永福点着头，说："不怕！这回有我，你们信不过她，可要信得过我。我保证就是！"他打住话，停了一下，伤心地说："你们是不知道，她办的那些气肚子事，几天几夜也说不完！以后大家好好教育她吧！"

"你怎不教育她？"春桃有意要难一下这个老实人。

赖永福叹口气，摇了几下头，说："不算！我说十句，不如外人说她一句。不过这一回，你们放心吧，在哪里摔了跤，知道了哪里路滑，事实教育了她了。"他接着问春桃："给我留的小猪呢？"

春桃提过来一只荆条篮子，说："早给你留下了，你要不来，我妈还叫我给你家送去哩！"

“好好好。”赖永福满意地把篮子接过来，一面往出走，一面还想说点什么，可是他动了几下嘴唇，什么也没有说，便开门走出来。他觉得社里的每一个人，从社长到社员，都能关心别人、关心集体，都是好人，唯有自己那死老婆，事事只顾自己，除了自己，仿佛世界上再没有可以叫她关心的事情了。就是不能大公无私地关心别人，起码也不要再干那些损人利己的事情才好呀！

赖永福走到了家门口，他今天也好像比往常聪明起来，他没有立刻提着篮子进屋，他把装小猪的篮子放在门外，一声不吭地空手走了进去。

赖大嫂看见丈夫的神色不好，吃惊地问：“小猪没有啦？”

赖永福说：“去了那么多人，都不赞成给你！”

“为啥？”

“这还用说，蛇掏窟窿蛇知道！”

“唉！唉！你就没有长着嘴，不能和他们讲道理？你那能耐在哪里？”赖大嫂动了怒，正准备在丈夫身上狠狠出这口冤气，忽然耳边传来了小猪的吱叫声，赖大嫂的脸神，一下子转怒为喜，惊问：“猪娃？”

赖永福到门外把装小猪的篮子提进来，放在地上，揭开篮盖，肥墩墩、肉乎乎的一头小猪娃，欢溜溜地跳出篮外。赖大嫂伸手把猪娃抱起来，搂在怀里，眉开眼笑地说：“这下可好了！老汉，你看着，这口猪我一定要喂它三百斤，和立柱妈争口气。到那时，叫全村人都说我！”

“又说你不守公约，批评你！”

赖大嫂不服气地把嘴一撇说：“说我好，说我的猪喂的肥、喂的大！全村头一名！”

“哼！”赖永福“叭”了一口烟，轻蔑地斜视了老婆一眼，说：“快别逞能了，你早就是全村倒数头一名了！叫我说，你以后就给咱老老实实，别人干啥咱干啥，越能越倒灶！还是少要些小心眼吧！”

赖大嫂这一次，没有回嘴，听着丈夫说完了，只惭愧地笑了一笑，便忙着喂小猪去了。

1962年4月19日

（原载1962年《人民文学》第7期）

述评

西戎（1922–2001），原名席诚正，出生于山西蒲县西坡村。1942年10月31日在延安《解放日报》上发表了他的小说处女作《我掉队以后》，此后佳作不断，硕果累累，而且逐渐形成了独特的创作风格，是中国现代小说重要流派之一山药蛋派文学的代表作家之一。西戎的小说创作始终保持着浑厚朴实的特色，充满真情实感，用作家自己的话来说就是："写真实的，写自己相信的，写自己熟悉的。"1966年，"文革"动乱开始，由于《赖大嫂》之故，西戎是较早被批斗的作家之一。他与赵树理、马烽等人一道被关进"牛棚"，除继续挨批斗外，还得干扫厕所、烧锅炉一类苦力活。1970年，西戎全家被下放到运城县农村劳动改造。1975年，山西省委成立文艺工作室，西戎才重新获得工作的权利。次年，停刊10年的《火花》改名为《汾水》正式出版，西戎任主编；到1982年更名为《山西文学》时，才卸去主编职务。1978年，山西省文联和省作协恢复活动，他被推选为省作协主席，一直到1988年因年事已高，改任名誉主席。

短篇小说《赖大嫂》，发表在1962年第7期《人民文学》。小说讲述赖大嫂三次养猪的经历，反映了在社会主义建设的初级阶段，由于固有的小农意识作怪，个人利益与集体利益关系尚待理顺，国家针对农民劳动所制定的相关政策和农民劳动积极性的调动之间还有诸多的不顺，这些因素都影响着农民的生产和生活以及精神状态，人民内部复杂的矛盾不可回避。小说批判了赖大嫂前两次养猪过程中损公肥私的个人主义，正面肯定了立柱妈温和的思想教育方式，同时通过人物对话也点明了政策的制定执行带给农民的切身感受。在集体教育及自我反省的作用下，赖大嫂的思想有所转变，并以认真喂好小猪的实际行动开始了她积极的崭新的人生。

小说发表后，深受读者喜爱，同时也引起文学界的关注。中国作协于1962年7月在大连召开了"农村题材短篇小说创作座谈会"。中国作家协会党组书记、著名的文艺理论家、作家邵荃麟先生主持座谈会。他强调"现实主义深化"，并提出"写中间人物"的见解。"中间人物"指的是介于英雄人物和落后人物之间既可能变为英雄也可能成为落后的典型人物。邵荃麟旗帜鲜明地倡导文学作品塑造人物的多样性。会议对《赖大嫂》这篇小说作了充分肯定，并作为"写中间人物"的代表性作品加以褒扬和推广。

《火花》在1962年10月号上，发表了《我读<赖大嫂>》和《漫谈<赖大嫂>》两篇评论文章，充分肯定了它所取得的艺术成就，其中的论者沈思在文章中指出："把现实生活中中间人们的思想、性格的庸俗，这样形象地勾勒出来，使得在现实生活中容易滑过去的落后的、看来又是琐碎的事物，显著地闪现在读者的眼前，那些生存在现实生活中的、以追求钱和利为人生目的的人们，那些无利不起早，见利盼鸡啼的人们，不是都能从赖大嫂的形象上，照见自己的身影，使自己自私自利的思想受到鞭挞吗！"

"文革"前的1964年，中国的政治生态已是风雨欲来、乌云压城了，文艺界的"左倾"思潮渐次盛行，江青等人将"中间人物"论列入"黑八论"之一，并且在全国范围内展开了猛烈而持续的批判，《赖大嫂》不幸成了"中间人物"论的"黑样板"。批判的文章指责《赖大嫂》塑造了落后的人物形象，调和了阶级斗争，因而被定性为"大毒草"。到了"文革"中，《赖大嫂》更成为西戎的一大罪状，遭到了残酷的迫害。

几十年过去了，站在新的时间节点上，学者王鹏程、鲁惠显在《对<二十世纪中国文学史>的批评》一文中，对《赖大嫂》的评价可谓客观公允，文中写道："《赖大嫂》虽然也写了赖大嫂的唯利是图、'无利不早起'、损公利己、撒泼耍赖的个人主义和自私自利思想，但作品的重心反映的是国家政策多变，好心给农民办坏事。同时，国家和集体只向老百姓索取，政策从不兑现，因而丧失了老百姓的信任。赖大嫂对队长的一番话很能说明问题：'鬼才信你们所说的话，到时候猪喂肥了，卖了钱要交公，还不是白白操劳一场！'"实际上，小说思考的是个人与集体、国家利益如何协调的问题。正是政策的多变和不兑现，才导致了赖大嫂对集体的极不信任。而这是亟应引起高度重视的。

“锻炼锻炼”

赵树理

“争先”农业社，地多劳力少，
动员女劳力，作得不够好：
有些妇女们，光想讨点巧，
只要没便宜，请也请不到——
有说小腿疼，床也下不了，
要留儿媳妇，给她送屎尿；
有说四百二，她还吃不饱，
男人上了地，她却吃面条。
她们一上地，定是工分巧，
做完便宜活，老病就犯了；
割麦请不动，拾麦起得早，
敢偷又敢抢，脸面全不要；
开会常不到，也不上民校，
提起正经事，啥也不知道；
谁给提意见，马上跟谁闹，
没理占三分，吵得天塌了。
这些老毛病，赶紧得改造，
快请识字人，念念大字报！
——杨小四写

这是一九五七年秋末“争先农业社”整风时候出的一张大字报。在一个吃午饭的时间，大家正端着碗到社办公室门外的墙上看大字报，杨小四就趁这个热闹时候把自己写的这张快板大字报贴出来，引得大家丢下别的不看，先抢着来看他这一张，看着看着就轰隆轰隆笑起来。倒不因为杨小四是副主任，也不是因为他编得顺溜写得整齐才引得大家这样注意，最引人注意的是他批评的两个主要对像是“争先社”的两个有名人物——一个外号叫“小腿疼”，那一个外号叫“吃不饱”。

小腿疼是五十来岁一个老太婆，家里有一个儿子、一个儿媳，还有个小孙孙。本来她瞧着孙孙做做饭媳妇是可以上地的，可是她不，她一定要让媳妇照着她当日伺侯婆婆那个样子伺侯她——给她打洗脸水、送尿盆、扫地、抹灰尘、做饭、端饭……不过要是地里有点便宜活也不放过机会。例如夏天拾麦子，在麦子没有割完的时候她可去，一到割完了她就不去了。按她的说法是“拾东西全凭偷，光凭拾能有多大出息”。后来社里发现了这个秘密，又规定拾的麦子归社，按斤给她记工她就不干了。又如摘棉花，在棉桃盛开每天摘的能超过定额一倍的时候她也能出动好几天，不用说刚能做到定额她不去，就是只超过定额三分她也不去。她的小腿上，在年轻时候生过连疮，不过早在二十多年前就治好了。在生疮的时候，她的丈夫伺候她；在治好之后，为了容易使唤丈夫，她说她留下了个腿疼根。“疼”是只有自己才能感觉到的。她说“疼”别人也无法证明真假，不过她这“疼”疼得有点特别：高兴时候不疼，不高兴了就疼；逛会、看戏、游门、串户时候不疼，一做活儿就疼；她的丈夫死后儿子还小的时候有好几年没有疼，一给孩子娶过媳妇就又疼起来；入社以后是活儿能大量超过定额时候不疼，超不过定额或者超过的少了就又要疼。乡里的医务站办得虽说还不错，可是对这种腿疼还是没有办法的。

“吃不饱”原名“李宝珠”，比“小腿疼”年轻得多——才三十来岁，论人材在“争先社”是数一数二的，可惜她这个优越条件，变成了她自己一个很大的包袱。她的丈夫叫张信，和她也算是自由结婚。张信这个人，生得也聪明伶俐，只是没有志气，在恋爱期间李宝珠跟他提出的条件，明明白白就说是结婚以后不上地劳动，这条件在解放后的农村是没有人能答应的，可是他答应了。在李宝珠看来，她这位丈夫也不能算最满意的人，只能说是“比上不足比下有余”——因为不是个干部——所以只把他作为个“过渡时期”的丈夫，等什么时候找下了最理想的人再和他离婚。在结婚以后，李宝珠有一个时期还在给她写大字报这位副主任杨小四身上打过主意，后来打听着她自己那个“吃不饱”的外号原来就是杨小四给她起的，这才打消了这个念头。她既然只把张信当成她“过渡时期”的丈夫，自然就不能完全按“自己人”来对待他，因此她安排了一套对待张信的“政策”。她这套政策：第一是要掌握经济全权，在社里张信名下的账要朝她算，家里一切开支要由她安排，张信有什么额外收入全部缴她，到花钱时候再由她批准、支付。第二是除做饭和针线活以外的一切劳动——包括担水、和煤、上碾、上磨、扫地、送灰渣一切杂事在内——都要由张信负担。第三是吃饭穿衣的标准要由她规定——在吃饭方面她自己是想吃什么就做什么，对张信是她做什么张信吃什么；同样，在穿衣方面，她自己是想穿什么买什么，对张信自然又是她买什么张信穿什么。她这一套政策是她暗自规定暗自执行的，全面执行之后，张信完全变成了她的长工。自从实行粮食统购以来，她是时常喊叫吃不饱的。她的吃法是张信上了地她先把面条煮得吃了，再把汤里下几颗米熬两碗糊糊粥让张信回来吃，另外还做些火烧干饼锁在箱里，张信不在的时候几时想吃几时吃。队里动员她参加劳动时候，她却说：“粮食不够吃，每顿只能等张信吃完了刮个空锅，实在劳动不了。”时常做假的人，没有不露马脚的。张信常常发现床铺上有干饼星星(碎屑)，也不断见着糊糊粥里有一两根没有捞尽的面条，只是因为一提就得生气，一生气她就先提“离婚”，所以不敢提，就那样睁只眼闭只眼吃点亏忍忍饥算了。有一次张信端着碗在门外和大家一起吃饭，第三队(他所属的队)的队长张太和发现他碗里有一根面条。这位队长是个比较爱说调皮话的青年。他问张信说：“‘吃不饱’大嫂在哪里学会这单做一根面条的本事哩？”从这以后，每逢张信端着糊糊粥到门外来吃的时候，爱和他开玩笑的人常好夺过他的筷子来在他碗里找面条，碰巧的是时常不落空，总能找到那么一星半点。张太和有一次跟他说：“我看‘吃不饱’这个外号给你加上还比较正确，因为你只能吃一根面条。”在参加生产方面，“吃不饱”和“小腿疼”的态度完全一样。她既掌握着经济全权，就想利用这种时机为她的“过渡”以后多弄一点积蓄，因此在生产上一有了取巧的机会她就参加，绝不受她自己所定的政策第二条的约束；当便宜活做完了她就仍然喊她的“吃不饱不能参加劳动”。

杨小四的快板大字报贴出来一小会，吃不饱听见社房门口起了哄，就跑出来打听——她这几天心里一直跳，生怕有人给她贴大字报。张太和见她来了，就想给她当个义务读报员。张太和说："大家不要起哄，我来给大家从头念一遍！"大家看见"吃不饱"走过来，已经猜着了张太和的意思，就都静下来听张太和的。张太和说快板是很有功夫的。他用手打起拍子有时候还带着表演，跟流水一样马上把这段快板说了一遍，只说得人人鼓掌、个个叫好。"吃不饱"就在大家鼓掌鼓得起劲的时候，悄悄溜走了。

不过"吃不饱"可没有回了家，她马上到"小腿疼"家里去了。她和"小腿疼"也不算太相好，只是有时候想借重一下"小腿疼"的硬牌子。"小腿疼"比她年纪大，闯荡得早，又是正主任王聚海、支书王镇海、第一队队长王盈海的本家嫂子，有理没理常常敢到社房去闹，所以比吃不饱的牌子硬。吃不饱听张太和念过大字报，气得直哆嗦，本想马上在当场骂起来，可是看见人那么多，又没有一个是会给自己说话的，所以没有敢张口就悄悄溜到小腿疼家里。她一进门就说："大婶呀！有人贴着黑帖子骂咱们哩！"小腿疼听说有人敢骂她好像还是第一次。她好像不相信地问："你听准说的？""谁说的？多少人都在社房门口吵了半天了，还用听谁说？""谁写的？""杨小四那个小死材！""他这小死材都写了些什么？""写的多着哩：说你装腿疼，留下儿媳妇给你送屎尿；说你偷麦子；说你没理占三分，光跟人吵架……"她又加油加醋添了些火字报上没有写上去的话，一顿把个小腿疼说得腿也不疼了，挺挺挺挺就跑到社房里去找杨小四。

这时候，主任王聚海、副主任杨小四、支书王镇海三个人都正端着碗开碰头会，研究整风与当前生产怎样配合的问题，小腿疼一跑进去就把个小会给他们搅乱了。在门外看大字报的人们，见小腿疼的来头有点不平常，也有些人跟进去看。小腿疼一进门一句话也没有说，就伸开两条胳膊去扑杨小四，杨小四从座上跳起来闪过一边，主任王聚海趁势把小腿疼拦住。杨小四料定是大字报引起来的事，就向小腿疼说："你是不是想打架？政府有规定，不准打架。打架是犯法的。不怕罚款、不怕坐牢你就打吧！只要你敢打一下，我就把你请得到法院！"又向王聚海说："不要拦她！放开叫她打吧！"小腿疼一听说要出罚款要坐牢，手就软下来，不过嘴还不软。她说："我不是要打你！我是要问问你政府规定过叫你骂人没有？""我什么时候骂过你？""白纸黑字贴在墙上你还昧得了？”王聚海说：“这老嫂！人家提你的名来没有？”小腿疼马上顶回来说：“只要不提名就该骂是不是？要可以骂我可就天天骂哩！”杨小四说：“问题不在提名不提名，要说清楚的是骂你来没有！我写的有哪一句不实，就算我是骂你！你举出来！我写的是有个缺点，那就是不该没有提你们的名字。我本来提着的，主任建议叫我去了。你要嫌我写得不全，我给你把名字加上好了！”“你还嫌骂得不痛快呀？加吧！你又是副主任，你又会写，还有我这不识字的老百姓活的哩？”支书王镇海站起来说：“老嫂你是说理不说理？要说理，等到辩论会上找个人把大字报一句一句念给你听，你认为哪里写得不对许你驳他！不能这样满脑一把抓来派人家的不是！谁不叫你活了？”“你们都是官官相卫，我跟你们说什么理？我要骂！谁给我出大字报叫他死绝了根！叫狼吃得他不剩个血盘儿，叫……”支书认真地说：“大字报是毛主席叫贴的！你实在要不说理要这样发疯，这么大个社也不是没有办法治你！”回头向大家说：“来两个人把她送乡政府！”看的人们早有几个人忍不住了，听支书一说，马上跳出五六个人来把她围上，其中有两个人拉住她两条胳膊就要走。这时候，主任王聚海却拦住说：“等一等！这么一点事情哪里值得去麻烦乡政府一趟？”大家早就想让小腿疼去受点教训，见王聚海一拦，都觉得泄气，不过他是主任，也只好听他的。小腿疼见真要送她走，已经有点胆怯，后来经主任这么一拦就放了心。她定了定神，看到局势稳定了，就强鼓着气说了几句似乎是光荣退兵的话：“不要拦他们！让他们送吧！看乡政府能不能拔了我的舌头！”王聚海认为已经到了收场的时候，就拉长了调子向小腿疼说：“老嫂！你且回去吧！没有到不了底的事！我们现在要布置明天的生产工作，等过两天再给你们解释解释！”“什么解释解释？一定得说个过来过去！”“好好好！就说个过来过去！”杨小四说：“主任你的话是怎么说着的？人家闹到咱的会场来了，还要给人家陪情是不是？”小腿疼怕杨小四和支书王镇海再把王聚海说倒了弄得自己不得退场，就赶紧抢了个空子和王聚海说：“我可走了！事情是你承担着的！可不许平白白地拉倒啊！”说完了抽身就走，跑出门去才想起来没有装腿疼。

主任王聚海是个老中农出身，早在抗日战争以前就好给人和解个争端，人们常说他是个会和稀泥的人；在抗日战争中八路军来了以后他当过村长，做各种动员工作都还有点办法；在土改时候，地主几次要收买他，都被他拒绝了，村支部见他对斗争地主还坚决，就吸收他入了党；“争先农业社”成立时，又把他选为社主任，好几年来，因为照顾他这老资格，一直连选连任。他好研究每个人的“性格”，主张按性格用人，可惜不懂得有些坏性格一定得改造过来。他给人们平息争端，主张“和事不表理”，只求得“了事”就算。他以为凡是懂得他这一套的人就当得了干部，不能照他这一套来办事的人就都还得“锻炼锻炼”。例如在一九五五年党内外都有人提出可以把杨小四选成副主任，他却说“不行不行，还得好好锻炼几年”，直到本年(一九五七年)改选时候他还坚持他的意见，可是大多数人都说杨小四要比他还强，结果选举的票数和他得了个平。小四当了副主任之后，他可是什么事也不靠小四做，并且常说：“年轻人，随在管委会里‘锻炼锻炼’再说吧！”又如社章上规定要有个妇女副主任，在他看来那也是多余的。他说：“叫妇女们闹事可以，想叫她们办事呀，连门都找不着！”因为人家别的社里每社都有那么一个人，他也没法坚持他的主张，结果在选举时候还是选了第三队里的高秀兰来当女副主任。他对高秀兰和对杨小四还有区别，以为小四还可以“锻炼锻炼”，秀兰连“锻炼”也没法“锻炼”，因此除了在全体管委会议的时候按名单通知秀兰来参加以外，在其他主干碰头的会上就根本想不起来还有秀兰那么个人。不过高秀兰可没有忘了他。就在这次整风开始，高秀兰给他贴过这样一张大字报：

争先社，难争先，因为主任太主观；
只信自己有本事，常说别人欠锻炼；
大小事情都包揽，不肯交给别人干，
一天起来忙到晚，办的事情很有限。
遇上社员有争端，他在中间陪笑脸，
只求说个八面圆，谁是谁非不评断，
有的没理沾了光，感谢主任多照看，
有的有理受了屈，只把苦水往下咽。
正气碰了墙，邪气遮了天，
有力没处使，谁还肯争先？
希望王主任，来个大转变：

办事靠集体，说理分长短，
多听群众话，免得耍光杆！

高秀兰写

他看了这张大字报，冷不防也吃了一惊，不过他的气派大，不像小腿疼那样马上唧唧喳喳乱吵，只是定了定神仍然摆出长辈的口气来说："没想到秀兰这孩子还是个有出息的，以后好好'锻炼锻炼'还许能给社里办点事。"王聚海就是这样一个人。

杨小四给小腿疼和吃不饱出的那张大字报，在才写成稿子没有誊清以前，征求过王聚海的意见。王聚海坚决主张不要出。他说："什么病要吃什么药，这两个人吃软不吃硬。你要给她们出上这么一张大字报，保证她们要跟你闹麻烦；实在想出的话，也应该把他们的名字去了。"杨小四又征求支书王镇海的意见，并且把主任的话告诉了支书，支书说："怕麻烦就不要整风！至于名字写不写都行，一贴出去谁也知道指的是谁！"杨小四为了照顾王聚海的老面子，又改了两句，只把那两个人的名字去了，内容一点也没有变，就贴出去了。

当小腿疼一进社房来扑杨小四，王聚海一边拦着她，一边暗自埋怨杨小四："看你惹下麻烦了没有？都只怨不听我的话！"等到大家要往乡政府送小腿疼，被他拦住用好话把小腿疼劝回去之后，他又暗自夸奖他自己的本领："试试谁会办事？要不是我在，事情准闹大了！"可是他没有想到当小腿疼走出去、看热闹的也散了之后，支书批评他说："聚海哥！人家给你提过那么多意见，你怎么还是这样无原则？要不把这样无法无天的人的气焰打下去，这整风工作还怎么往下做呀？"他听了这几句批评觉着很伤心。他想："你们闯下了事自己没法了局，我给你们做了开解，倒反落下不是了？"不过他摸得着支书的"性格"是"认理不认人、不怕不了事"的，所以他没有把真心话说出来，只勉强承认说："算了算了！都算我的错！咱们还是快点布置一下明后天的生产工作吧！"

一谈起布置生产来，支书又说："生产和整风是分不开的。现在快上冻了，妇女大半不上地，棉花摘不下来，花杆拔不了，牲口闲站着，地不能犁，要不整风，怎么能把这种情况变过来呢？"主任王聚海说："整风是个慢工夫，一两天也不能转变个什么样子；最救急的办法，还是根据去年的经验。把定额减一减——把摘八斤籽棉顶一个工，改成六斤一个工，明天马上就能把大部分人动员起来！”支书说：“事情就坏到去年那个经验上！现在一天摘十斤也摘得够，可是你去年改过那么一下，把那些自私自利的人改得心高了，老在家里等那个便宜。这种落后思想照顾不得！去年改成六斤，今年她们会要求改成五斤，明年会要求改成四斤！”杨小四说：“那样也就对不住人家进步的妇女！明天要减了定额，这几天的工分你怎么给人家算？一个多月以前定额是二十斤，实际能摘到四十斤，落后的抢着摘棉花，叫人家进步的去割谷，就已经亏了人家；如今摘三遍棉花，人家又按八斤定额摘了十来天了，你再把定额改小了让落后的来抢，那像话吗？”王聚海说：“不改定额也行，那就得个别动员。会动员的话，不论哪一个都能动员出来，可惜大家在作动员工作方面都没有‘锻炼’，我一个人又只有一张嘴，所以工作不好作……”接着他就举出好多例子，说哪个媳妇爱听人夸她的手快，哪个老婆爱听人说她干净……只要摸得着人的“性格”，几句话就能说得她愿意听你的话。他正唠唠叨叨举着例子，支书打断他的话说：“够了够了！只要克服了资本主义思想，什么‘性格’的人都能动员出来！”

话才说到这里，乡政府来送通知，要主任和支书带两天给养马上到乡政府集合，然后到城关一个社里参观整风大辩论。两个人看了通知，主任说：“怎么办？”支书说：“去！”“生产？”“交给副主任！”主任看了看杨小四，带着讽刺的口气说：“小四！生产交给你！支书说过，‘生产和整风分不开’，怎样布置都由你！”“还有人家高秀兰哩！”“你和她商量去吧！”

***

主任和支书走后，杨小四去找高秀兰和副支书，三个人商量了一下，晚上召开了社员大会。

人们快要集合齐了的时候，向来不参加会的小腿疼和吃不饱也来了。当她们走近人群的时候，吃不饱推着小腿疼的脊背说：“快去快去！凑他们都还没有开口！”她把小腿疼推进了场，她自己却只坐在圈外。一队的队长王盈海看见她们两个来得不大正派，又见小腿疼被推进场去以后要直奔主席台，就趁了两步过来拦住她说：“你又要干什么？”“干什么？今天晌午的事你又不是不知道！先得把小四骂我的事说清楚，要不今天晚上的会开不好！”前边提过，王盈海也是小腿疼的一个本家小叔子，说话要比王聚海、王镇海都尖刻。王盈海当了队长，小腿疼虽然能借着个叔婶关系跟他要无赖，不过有时候还怕他三分。王盈海见小腿疼的话头来得十分无理，怕她再把个会场搅乱了，就用话顶住她说："你的兴就还没有败透？人家什么地方屈说了你？你的腿到底疼不疼？""疼不疼你管不着！""编在我队里我就要管你！说你腿疼哩，闹起事来你比谁跑得也快；说你不疼哩，你却连饭也不能做，把个媳妇拖得上不了地！人家给你写了张大字报，你就跟被蝎子螯了一下一样，唧唧喳喳乱叫喊！叫吧，越叫越多！再要不改造，大字报会把你的大门上也贴满了！"这样一顶，果然有效，把个小腿疼顶得关上嗓门慢慢退出场外和吃不饱坐到一起去。杨小四看见小腿疼息了虎威，悄悄和高秀兰说："咱们主任对小腿疼的'性格'摸得还是不太透。他说小腿疼是'吃软不吃硬'，我看一队长这'硬'的比他那'软'的更有效些。"

宣布开会了，副支书先讲了几句话说："支书和主任今天走得很急促，没有顾上详细安排整风工作怎样继续进行。今天下午我和两位副主任商议了一下，决定今天晚上暂且不开整风会，先来布置明天的生产。明天晚上继续整风，开分组检讨会，谁来检讨、检讨什么，得等到明天另外决定。我不说什么了，请副主任谈生产吧！"副支书说了这么几句简单的话就坐下了。有个人提议说："最好是先把检讨人和检讨什么宣布一下，好让大家准备准备！"副支书又站起来说："我们还没有商量好，还是等明天再说吧！"

接着就是杨小四讲话。他说："咱们现在的生产问题，大家都看得很清楚；棉花摘不下来，花杆拔不了，牲口闲站着，地不能犁，再过几天地一冻，秋杀地就算误了。摘完了的棉花杆，断不了还要丢下一星半点，拔花杆上熏了肥料，觉着很可惜；要让大家自由拾一拾吧，还有好多三遍花没有摘，说不定有些手不干净的人要偷偷摸摸的。我们下午商量了一下，决定明后两天，由各队妇女副队长带领各队妇女，有组织地自由拾花；各队队长带领男劳力，在拾过自由花的地里拔花杆，把这一部分地腾清以后，先让牲口犁着，然后再摘那没有摘过三遍的花。为了防止偷花的毛病，现在要宣布几条纪律：第一，明天早晨各队正副队长带领全队队员到村外南池边犁过的那块地里集合，听候分配地点。第二，各队妇女只准到指定地点拾花，不许乱跑。第三，谁要不到南池边集合，或者不往指定地点，拾的花就算偷的，还按社里原来的规定，见一斤扣除五个劳动日的工分，不愿叫扣除的送到法院去改造。完了！散会！”

大会没有开够十分钟就散了，会后大家纷纷议论，有的说：“青年人究竟没有经验！就定一百条纪律，该偷的还是要偷！”有的说：“队长有什么用？去年拾自由花，有些妇女队长也偷过！”有的说：“年轻人可有点火气，真要处罚几个人，也就没人敢偷了！”有的说：“他们不过替人家当两天家，不论说得多么认真，王聚海回来还不是平塌塌地又放下了！”准备偷花的妇女们，也互相交换着意见：“他想的倒周全，一分开队咱们就散开，看谁还管得住谁？”“分给咱们个好地方咱们就去，要分到没出息的地方，干脆都不要跟上队长走！”“他一只手拖一个，两只手拖两个，还能把咱们都拖住？”“我们的队长也不那么老实！”……

***

“新官上任，不摸秉性”，议论尽管议论，第二天早晨都还得到村外南池边那块犁过的地里集合。

要来的人都来到犁耙得很平整的这块地里来坐下，村里再没有往这里走的人了，小四、秀兰和副支书一看，平常装病、装忙、装饿的那些妇女们这时候差不多也都到齐，可是小腿疼和吃不饱两个有名人物没有来。他们三个人互相看了看，秀兰说：“大概是一张大字报真把人家两个人惹恼了！”大家又稍微等了一下，小四说：“不等她们了，咱们就按咱们的计划来吧！”他走到面向群众那一边说：“各队先查点一下人数，看一共来了多少人！男女分别计算！”各个队长查点了一遍，把数字报告上来。小四又说：“请各队长到前边来，咱们先商量一下！”各队长都集中到他们三个人跟前来。小四和各队长低声说了几句话，各个队长一听都大笑起来，笑过之后，依小四的吩咐坐在一边。

小四开始讲话了。小四说：“今天大家来得这样齐楚，我很高兴。这几天，队长每天去动员人摘花，可是说来说去，来的还是那几个人，不来的又都各有理由：有的说病了，有的说孩子病了，有的说家里忙得离不开……指东划西不出来，今天一听说自由拾花大家就什么事也没有了！这不明明是自私自利思想作怪吗？摘头遍花能超过定额一倍的时候，大家也是这样来得整齐。你们想想，平常活叫别人做，有了便宜你们讨，人家长年在地里劳动的人吃你们多少亏？你们真是想‘拾’花吗？一个人一天拾不到一斤籽棉，值上两三毛钱，五天也赚不够一个劳动日，谁有那么傻瓜？老实说：愿意拾花的根本就是想偷花！今年不能像去年，多数人种地让少数人偷！花杆上丢的那一点棉花不拾了，把花杆拔下来堆在地边让每天下午小学生下了课来拾一拾，拾过了再熏肥。今天来了的人一个也不许回去！妇女们各队到各队地里摘三遍花，定额不动，仍是八斤一个劳动日；男人们除了往麦地担粪的还去担粪，其余到各队摘尽了花的地里拔花杆！我的话讲完了！副支书还要讲话！”有一个媳妇站起来说：“副主任！我不说瞎话！我今天不能去！我孩子的病还没有好！不信你去看看！”小四打断她的话说：“我不看！孩子病不好你为什么能来？”“本来就不能来，因为……”“因为听说要自由拾花！本来不能来你怎么来的？天天叫也叫不到地，今天没有人去叫你，你怎么就来了？副支书马上就要跟你们讲这些事！”这个媳妇再没有说的，还有几个也想找理由请假，见她受了碰，也都没有敢开口。她们也想到悄悄溜走，可是坐在村外一块犁过的地里，各个队长又都坐在通到村里去的路上，谁动一动都看得见，想跑也跑不了。

副支书站起来讲话了。他说：“我要说的话很简单：有人昨天晚上要我把今天的分组检讨会布置一下，把检讨人和检讨什么告大家说，让大家好准备。现在我可以告大家说了：检讨人就是每天不来今天来的人，检讨的事就是‘为什么只顾自己不顾社’。现在先请各队的记工员把每天不来今天来的人开个名单。”

一会，名单也开完了，小四说：“谁也不准回村去！谁要是半路偷跑了，或者下午不来了，把大字报给她出到乡政府！”秀兰插话说：“我们三队的地在村北哩，不回村怎么过去？”小四向三队队长张太和说：“太和！你和你的副队长把人带过村去，到村北路上再查点一下，一个也不准回去！各队干各队的事！散会！”

在散会中间又有些小议论：“小四比聚海有办法！”“想得出来干得出来！”“这伙懒婆娘可叫小四给整住了！”“也不止小四一个，他们三个人早就套好了！”“聚海只学过内科，这些年轻人能动手术！”“聚海的内科也不行，根本治不了病！”“可惜小腿疼和吃不饱没有来！”……说着就都走开了。

***

第三队通过了村，到了村北的路上，队长查点过人数，就往村北的杏树底地里来。这地方有两丈来高一个土岗，有一棵老杏树就长在这土岗上，围着这土岗南、东、北三面有二十来亩地在成立农业社以后连成了一块，这一年种的是棉花，东南两面向阳地方的棉花已经摘尽了，只有北面因为背阴一点，第三遍花还没有摘。他们走到这块地里，把男劳力和高秀兰那样强一点的女劳力留在南头拔花杆，让妇女队长带着软一点的女劳力上北头去摘花。

妇女们绕过了南边和东边快要往北边转弯了，看见有四个妇女早在这块地里摘花，其中有小腿疼和吃不饱两个人。大家停住了步，妇女队长正要喊叫，有个妇女向她摆摆手低声说："队长不要叫她们！你一叫她们不拾了！咱们也装成自由拾花的样子慢慢往那边去，到那里咱们摘咱们的，她们拾她们的！让她们多拾一点处理起来也有个分量！"妇女队长说："我说她们怎么没有出来？原来早来了！"另一个不常下地的妇女说："吃不饱昨天夜里散会以后，就去跟我商量过不要到南池边去集合，早一点往地里去，我没有敢听她的话。"大家都想和小腿疼她们开开玩笑，就都装作拾花的样子，一边在摘过的空花杆上拾着零花，一边往北边走。

原来头天晚上开会时候，小腿疼没有闹起事来，不是就退出场外和吃不饱坐在一起了吗？她们一听到第二天叫自由拾花，吃不饱就对住小腿疼的耳朵说："大婶！咱明天可不要管他那什么纪律！咱们叫上几个人天不明就走，赶她们到地，咱们就能弄他好几斤，让她们到南池边集合，咱们到村北杏树底去，谁也碰不上准；赶她们也到杏树底来咱们跟她们一块儿拾，拾东西谁也不能不偷，她们一偷，就不敢去告咱们的状了！"小腿疼说："我也是这么想！什么纪律！犯纪律的多哩！处理过谁？光咱们俩人去多好！不要叫别人！""要叫几个人，犯了也有个垫背的；不过也不要叫得太多，太多了轮到一个人手里东西就不多了！"她们一共叫过五个人，不过有三个没有敢来，临出发只来了两个，就相跟着到杏树底来了。她们正在五六亩大的没有摘过三遍花的地里偷得起劲，听见有人说话，抬头一看，见三队的妇女都来了，就溜到摘过的这一边来；后来见三队的人也到没有摘过的那边去了，她们就又溜回去。三队的人都哈哈大笑起来。小腿疼说："笑什么？许你们偷不许我们偷？"有个人说："你们怎么拾了那么多？""谁不叫你们早点来？"三队的人都是挨着摘，小腿疼她们四个人可是满地跑着捡好的。三队有个人说："要偷也该挨住片偷呀！"小腿疼说："自由拾花你管我们怎么拾哩？要说是偷，你们不也是偷吗？"大家也不认真和她辩论，有些人隔一阵还忍不住要笑一次。

妇女队长悄悄和一个队员说："这样一直开玩笑也不大好。我离开怕她们闹起来，请你跑到南头去和队长、副主任说一声，叫他们看该怎么办！"那个队员就去了。

队长张太和更是个开玩笑大王。他一听说小腿疼和吃不饱那两个有名人物来了，好像有点幸灾乐祸的样子说："来了才合理！我早就想到这些人物碰上这些机会不会不出马！你先回去摘花，我马上就到！"他又向高秀兰说："副主任！你先不要出面，等我把她们整住了请你你再去！你把你的上级架子扎得硬硬地！"可是高秀兰不愿意那样做。高秀兰说："咱们都是才学着办事，还是正正经经来吧！咱们一同去！"他们走到北头，队员们看见副主任和队长都来了，又都大笑起来。张太和依照高秀兰的意见，很正经地说："大家不要笑了！你们那几位也不要满地跑了！"小腿疼又要她的厉害："自由拾花！你管不着！""就算自由拾花吧！你们来抢我三队的花，我就要管！都先把篮子缴给我！"吃不饱说："我可是三队的！三队的花许别人偷就得许我偷！要缴大家都缴出来！"张太和说："谁也得缴！"说着就先把她们四个人的篮子夺下来，然后就问她们说："你们为什么不到南池边集合？"吃不饱说："你且不要问这个！你不是说'谁也得缴'吗？为什么不缴她们的？""她们是给社里摘！""我们也是给社里摘！""谁叫你们摘的？""谁叫她们摘的？""对！现在就先要给你们讲明是谁叫她们摘的！"接着就把在南池边集合的时候那一段事给她们四个讲述了一遍，羞得她们都软下来。小腿疼说："不叫拾不拾算了！谁叫你们不先告我们说？""不告说为什么还叫到南池边集合？告你说你不去听，别人有什么办法？"小腿疼说："算我们白拾了一趟！你们把花倒下，给我们篮子我们走！"

这时候，高秀兰说话了。她说："事情不那么简单：事前宣布纪律，为的是让大家不犯，犯了可就不能随便了事！这棉花分明是偷的。太和同志！把这些棉花送回社里，过一过秤，让保管给她们每一个篮子上贴上个条子，写明她们的姓名和棉花的分量，连篮子一同保存起来，等以后开个社员大会，让大家商量一个处理办法来处理！"张太和把四个篮子拿起来走了，小腿疼说："秀兰呀！你可不能说我们是偷的！我们真正不知道你们今天早上变了卦！"秀兰说："我们一点也没有变卦！昨天晚上杨小四同志给大家说得明白：'谁要不到南池边集合，拾的花就都算偷的'，何况你们明明白白在没有摘过的地里来抢哩？这是妨害全社利益的事，我们不能自作主张，准备交给群众讨论个处理办法！你们有什么话到社员大会上说去吧！"

***

小腿疼和吃不饱偷了棉花的事，等到吃早饭的时候，就传遍了全村。上午，各队在做活的时候提起这事，差不多都要求把整风的分组检讨会推迟一天，先在本天晚上开个社员大会处理偷花问题——因为大多数人都想叫在王聚海回来之前处理，免得他回来再来个“八面圆”把问题平放下来。两个副主任接受了大家的要求，和副支书商量把整风会推迟一天，晚上就召开了处理偷花问题的社员大会。

大会开了。会议的项目是先由高秀兰报告捉住四个偷花贼的经过，再要她们四个人坦白交代，然后讨论处理办法。

在她们四个人坦白交代的时候，因为篮子和偷的棉花都还在社里，爱“了事”的主任又不在家，所以除了小腿疼还想找一点巧辩的理由外，一般都还交代得老实。前头是那两个垫背的交代的。一个说是她头天晚上没有参加会，小腿疼约她去她就去了，去到杏树底见地里没有人，根本没有到已经摘尽了的地里去拾，四个人一去，就跑到北头没摘过的地里去了。另一个说得和第一个大体相同，不过她自己是吃不饱约她的。这两个人交代过之后，群众中另有三个人插话说小腿疼和吃不饱也约过她们，她们没有敢去。第三个就叫吃不饱交代。吃不饱见大风已经倒了，老老实实把她怎样和小腿疼商量，怎样去拉垫背的、计划几时出发、往哪块地去……详细谈了一遍。有人追问她拉垫背的有什么用处，她说根据主任处理问题的习惯，犯案的人越多了处理得越轻，有时候就不处理；不过人越多了，每个人能偷到的东西就太少了，所以最好是少拉几个，既不孤单又能落下东西。她可以算是摸着主任的“性格”了。

最后轮着小腿疼作交代了。主席杨小四所以把她排在最后，就是因为她好倚老卖老来巧辩，所以让别人先把事实摆一摆来减少她一些巧辩的机会。可是这个小老太婆真有两下子，有理没理总想争个盛气。她装作很受屈的样子说：“说什么？算我偷了花还不行？”有人问她：“怎么‘算’你偷了？你究竟偷了没有？”“偷了！偷也是副主任叫我偷的！”主席杨小四说：“哪个副主任叫你偷的？”“就是你！昨天晚上在大会上说叫大家拾花，过了一夜怎么就不算了？你是说话呀是放屁哩？”她一骂出来，没有等小四答话，群众就有一半以上的人“哗”地一下站起来：“你要起反！”“叫你坦白呀叫你骂人？”……三队长张太和说：“我提议，想坦白也不让她坦白了！干脆送法院！”大家一齐喊“赞成”。小腿疼着了慌，头像货郎鼓一样转来转去四下看。她的孩子、媳妇见说要送她也都慌了。孩子劝她说：“娘你快交代呀！”小四向大家说：“请大家稍静一下！”然后又向小腿疼说：“最后问你一次，交代不交代？马上答应，不交代就送走！没有什么客气的！”“交交交代什么呀？”“随你的便！想骂你就再骂！”“不不不，那是我一句话说错了！我交代。”小四问大家说：“怎么样？就让她交代交代看吧？”“好吧！”大家答应着又都坐下了。小腿疼喘了几口气说：“我也不会说什么！反正自己做错了！事情和宝珠说的差不多：昨天晚上快散会的时候，宝珠跟我说：‘咱明天可不要管他那什么纪律！咱们叫上几个人……’”

这时候忽然出了点小岔子：城关那个整风辩论会提前开了半天，支书和主任摸了几里黑路赶回来了。他们见场里有灯光，预料是开会，没有回家就先到会场上来。主任远远看见小腿疼先朝着小四说话然后又转向群众，以为还是争论那张大字报的问题，就赶了几步赶进场里，根本也没有听小腿疼正说什么，就拦住她说：“回去吧老嫂！一点点小事还值得追这么紧？过几天给你们解释解释就完了……”大家初看见他进到会场时候本来已经觉得有点泄气，赶听到他这几句话，才知道他还根本不了解情况，“轰隆”一声都笑了。有个年纪老一点的人说：“主任！你且坐下来歇歇吧！‘没有调查就没有发言权’！”支书也拉住他说：“咱们打听打听再说话吧！离开一天多了，你知道人家的工作是怎样安排的？”主任觉得很没意思，就和支书一同坐下。

小腿疼见主任王聚海一回来，马上长了精神。她不接着往下交代了。她离开自己站的地方走到王聚海面前说：“老弟呀！你走了一天，人家就快把你这没出息嫂嫂摆弄死了！”她来了这一下，群众马上又都站起来：“你不用装蒜！”“你犯了法谁也替不了你！”……主任站起来走到小四旁边面向大家说：“大家请坐下！我先给大家谈谈！没有了不了的事……”有人说：“你请坐下！我们今天没有选你当主席！”“这个事我们会‘了’！”……支书急了，又把主任拉住说：“你为什么这么肯了事？先打听一下情况好不好？让人家开会，我们到社房休息休息！”又向副支书说：“你要抽得出身来的话，抽空子到社房给我们谈谈这两天的事！”副支书说：“可以！现在就行！”

他们三个离了会场到社房，副支书把他和杨小四、高秀兰怎样设计把那些光想讨巧不想劳动的妇女调到南池边，怎样批评了她们，怎样分配人力摘花、拔花杆，怎样碰上小腿疼她们偷花……详细谈了一遍，并且说：“棉花明天就可以摘完，今天下午犁地的牲口就全部出动了，花杆拔得赶得上犁，剩下的男劳力仍然往准备冬浇的小麦地里运粪。”他报告完了情况，就先赶回会场去。

副支书走了，支书想了一想说：“这些年轻人还是有办法！做法虽说有点开玩笑，可是也解决了问题！”主任说：“我看那种动员办法不可靠！不捉摸每个人的‘性格’，勉强动员到地里去，能做多少活哩？”“再不要相信你摸得着人的‘性格’了！我看人家几个年轻同志非常摸得着人的‘性格’。那些不好动员的妇女们有她们的共同‘性格’，那就是‘偷懒’、‘取巧’。正因为摸透了她们这种性格，才把她们都调动出来。人家不止‘摸得着’这种性格，还能‘改变’这种性格。你想：开了那么一个‘思想展览会’，把她们的坏思想抖出来了，她们还能原封收回去吗？你说人家动员的人不能做活，可是棉花是靠那些人摘下来的。用人家的办法两天就能摘完，要仍用你那‘摸性格’的老办法，恐怕十天也摘不完——越摘人越少。在整风方面，人家一来就找着两个自私自利的头子，你除不帮忙，还要替人家‘解释解释’。你就没有想到全社的妇女你连一半人数也没有领导起来，另一半就是咱那个小腿疼嫂嫂和李宝珠领导着的！我的老哥！我看你还是跟那几位年轻同志在一块‘锻炼锻炼’吧！”主任无话可说了，支书拉住他说：“咱们去看看人家怎么处理这偷花问题。”

他们又走到会场时候，小腿疼正向小四求情。小腿疼说：“副主任！你就让我再交代交代吧！”原来自她说了大家“捉弄”了她以后，大家就不让她再交代，只讨论了对另外三个人的处分问题，留下她准备往法院送。有个人看见主任来了，就故意讽刺小腿疼说：“不要要求交代了！那不是？主任又来了！”主任说：“不要说我！我来不来你们该怎么办还怎么办！刚才怨我太主观，不了解情况先说话！”小腿疼也抢着说：“只要大家准我交代，不论谁来了我也交代！”小腿疼看了看群众，群众不说话；看了看副支书和两个副主任，这三个人也不说话。群众看了看主任，主任不说话；看了看支书，支书也不说话。全场冷了一下以后，小腿疼的孩子站起来说：“主席！我替我娘求个情！还是准她交代好不好？”小四看了看这青年，又看了看大家说：“怎么样？大家说！”有个老汉说：“我提议，看到孩子的面上还是让她交代吧！”又有人接着说：“要不就让她说吧！”小四又问：“大家看怎么样？”有些人也答应：“就让她说吧！”“叫她说说试试！”……小腿疼见大家放了话，因为怕进法院，恨不得把她那些对不起大家的事都说出来，所以坦白得很彻底。她说完了，大家决定也按一斤籽棉五个劳动日处理，不过也跟给吃不饱规定的条件一样，说这工一定得她做，不许用孩子的工分来顶。

散会以后，支书走在咱上和主任说："你说那两个人'吃软不吃硬'，你可算没有摸透她们的'性格'吧？要不是你的认识给她们撑了腰，她们早就不敢那么猖狂了！所以我说你还是得'锻炼锻炼'！"

一九五八年七月十四日

（原载1958年《火花》8月号）

述评

作者赵树理(1906—1970)，山西省沁水县人。1943年发表小说成名作《小二黑结婚》而蜚声解放区文坛。建国后出版了短篇小说集《下乡集》、《赵树理小说选》及长篇小说《三里湾》、长篇评书《灵泉洞》(上)等。赵树理的小说多以华北农村为背景，坚持用现实主义方法反映农村社会的变迁和存在其间的矛盾斗争，塑造农村各式人物的形象；他坚持民族化、大众化的创作道路，努力使自己的创作与农民的阅读心理、欣赏习惯相一致。这种创作追求使他的作品既有强烈的时代精神、浓郁的生活气息，又有鲜明的民族色彩，深受读者特别是农民读者的喜爱。

《“锻炼锻炼”》，首刊于1958年8月号的《火花》杂志，紧接着《人民文学》在9月号上转载，当年，作家出版社出版的《一九五八年短篇小说选》，将其作为“头题”佳作收入选本之中。

小说塑造了“吃不饱”、“小腿疼”、王聚海、杨小四四个典型人物形象，从而表现了农村基层人民内部思想矛盾的复杂多样。“吃不饱”“小腿疼”是消极落后的农民形象代表。“小腿疼”的主要特点是自恃年长、逃避劳动、撒泼闹事。“吃不饱”则是好吃懒做、拨弄是非、煽风点火的代表人物。两个人都是自私自利的典型形象。作者不仅描写了落后的农民形象，而且刻画了两名基层领导干部的思想和性格，巧妙而深刻地揭露了他们的缺陷。他们在处理各种各样的群众问题时，缺乏理性的思维、清晰的辨别、正确的导向，这两个人物形象也不是脸谱化或概念化，而是有血有肉，个性鲜明。王聚海是典型的官僚主义者，习惯充当“和事佬”，办事更是无立场无原则；他有一个口头禅，遇事总是说“锻炼锻炼”，对丑恶现象敷衍了事，姑息纵容，没有是非爱憎，缺乏面对现实的勇气和解决问题的魄力。副主任杨小四则是另外一种类型，他虽然年轻有为，敢于打破传统，解决问题手段多样，但作为基层的领导干部，其思维和工作方式却十分不妥，他爱搞“大字报”、“大批判”那种简单而粗暴的东西，在对农民教育的过程中，也是好把“法院”、“法律”、“政府”等挂在嘴边，连威胁带恐吓，这些做法只会将矛盾激化，一处解决在另一处又会爆发，是典型的治标不治本。干部队伍中的思想作风问题，如何对深具小农意识的落后群众进行说服教育，如何从思想上解决问题，也是作品所要表现的主旨。

这篇很有特色的小说在读者中间反响热烈，但也存在不同意见。《文艺报》1959年春召开座谈会，开辟“文艺作品如何反映人民内部矛盾”专栏，在第7、9、10三期相继发表12篇文章，对这篇小说展开争鸣讨论。1964年，文艺界批判“写中间人物”论和“现实主义深化”论时，《“锻炼锻炼”》被公开点名，判定为“没有能够用饱满的革命热情描画出革命农民的精神面貌”。“文化大革命”中，《“锻炼锻炼”》又被诬为“写中间人物”论的“黑标本”，“‘现实主义深化’论”的“代表作”。粉碎“四人帮”之后，赵树理及其作品重新得到了公允的评价。

赵树理生前曾指出：“我的作品，我自己常常叫它是‘问题小说’……再如，《‘锻炼锻炼’》也是因为有这么个问题，就是我想批评中农干部中的和事佬的思想问题。”从这几句作者的“自白”中，我们深深地感到：作为一位有良知有责任感的现实主义作家，在当年社会上盛行“浮夸风”、“共产风”之际，他对农村所存在的问题不回避，不粉饰，而是通过细致观察和深刻思考来勇敢地揭露和反映，体现了赵树理的勇气、高度和强烈的使命感。作品的生活气息浓郁，人物形象鲜活逼真，语言表达具有“中国作风和中国气魄”。1980年工人出版社与山西大学联合编辑出版了《赵树理文集》，周扬在序言中以“卓见和勇敢”称赞赵树理的为人与为文。

陶渊明写《挽歌》

陈翔鹤

一

在六朝时候宋文帝元嘉四年，陶渊明已经满过六十二岁快达六十三岁的高龄了。近三四年来，由于田地接连丰收，今年又是一个丰年，陶渊明家里的生活似乎比以前要好过一些。尤其是在去年颜延之被朝廷使命去作始安郡太守，路过浔阳时，给他留下了二万钱，对他生活也不无小补。虽说陶渊明叫儿子把钱全部去寄存到镇上的几家酒店，记在账上，以便随时取酒来喝，其实那个经营家务的小儿子阿通，却并未照办，只送了半数前去，其余的便添办了些油盐和别的家常日用物；这种情形，陶渊明当然知道，不过在向来不以钱财为意的陶渊明看来，这也算不得什么，因此并不再加过问。

在身体健康方面，虽说陶渊明自四十一岁归田以后，即“躬耕自资，遂抱羸疾”，但在六十岁以前，他却仍然不断地参加部分劳动。只是当他满过六十岁之后，他才把锄头交给儿子，说“不成不成，手脚骨头都松了，使用不得力，这些事只好交给你们来作了！”此后即很少自己动手，只是早晚间负手到田陇间去看看桑麻禾黍，一面温习温习自己心爱的诗篇。

这一年浔阳的秋天，来得似乎比哪年都早；每到早晚间，八月里的瑟瑟秋风便使人倍加有畏缩之感。这一天早晨，天刚一放亮，陶渊明便起来了。昨夜他在床上翻腾了一整夜。昨天在庐山东林寺给他的不愉快的印象实在太深了，这不能不逼使他去思考一些问题。因为他去庐山，本来是想同慧远法师谈谈，同时也想在店里住上三几天，静静脑筋，换换空气。却不料一到东林寺，就遇见那里正在大办法事，来烧香的人真有如穿梭一般，进进出出，十分闹杂。而尤其令他不愉快的，便是那盘腿打坐在大雄宝殿正中的慧远和尚的那种近于傲慢、淡漠而又装腔作势的态度。这与他平时的为人是完全两样的。他头戴毗卢帽，身披绯色罗袈裟，前后左右还围着有一大群年青俊美的小和尚，手中各持着铜唾盂、白玉柄麈尾、紫丝布巾等类的东西，俨然是另一种达官贵人的派头。只见他半闭着眼睛，两手合十，一让香客们在他座前四礼八拜，脸上纹风不动，连一点表情都没有；真不知他是在睡觉呢还是在闭目养神。法会一会儿正式开始了，首先由僧徒们高声唪诵一通《无量寿佛经》，然后又由刘遗民来大念一遍他自己作的所谓“发愿文”，次即是由白莲社中的社友们一齐向慧远和尚顶礼膜拜；然后又由会众大声宣扬一阵“南无阿弥陀佛，观世音菩萨，大势至菩萨”的佛号，便算散会。这时他才微微地动了一下眼皮，在钟鼓齐鸣中，喃喃念道：“揭谛揭谛，波罗揭谛，波罗僧揭谛，菩提萨婆诃！”念毕这种神秘而又令人难懂的咒语之后，他什么也没有说，便下得座来起身入内了。对于那些匍匐在地面上的会众，连正眼都不曾看一眼，更不用说和气地来同大家打招呼了！这种毫不理会大家的态度，给陶渊明以一种大有“我慢”之概的印象。而这种“我慢”，又正是慧远本人对陶渊明所时常提起，认为是违反佛理的。

“渊明公，你看这个念佛法会怎样？”到禅堂里坐下喝茶时，刘遗民对他这样的问。还不等他回答，周续之接着便说：“真正是名山胜会，世间少有啊！我看渊明公还是加入我们白莲社的好。慧远法师不是说你加入之后，还是特许可以喝酒吗？”“对，对！还是加入的好。‘浔阳三隐’中有两位都已经加入，渊明公再一加入，那便算是全数了！”只听得张野、张铨、宗炳、雷次宗等陶渊明儒学中的朋友，当时所谓知名之士的，都一齐异口同声地来劝说。“让我再想想看。人生本来就很短促，并且活着也多不容易啊！在我个人想，又何必用敲钟鼓来增加它的麻烦呢？”陶渊明边说边立起身来，打算出去。“你不坐坐，吃过午斋，去同法师谈谈再走吗？”大家齐声说。“不用啦，今天人多，他也很忙，改天再来。”陶渊明记得自己昨天正是这样起身回家的。

虽说“背负炉峰（香炉峰），旁带瀑布”的东林寺离陶渊明的住处柴桑山的栗里只不过二十多里地，可是陶渊明这次走起来却觉得比往常任何一次都吃力。他停停走走地一直到将近黄昏时候才回到了家。在喝过一碗稀粥之后，他便上床睡觉了。他一方面虽然觉得自己腿酸腰疼，疲乏不堪，但一方面想睡却又睡不着。而更可恶的是那种“铛、铛、铛。铛”的东林寺的钟声，于朦胧半睡中，还不住阴一下阳一下地在他耳边鸣响。“看来东林寺以后是不能再去啦，这些和尚真作孽，总是想拿敲钟敲鼓来吓唬人。最可笑的还有刘遗民、周续之那一般人，平时连朝廷的征辟也都不应，可是一见了慧远和尚就那样的磕头礼拜，五体投地！是不是这可以说明，他们对于生死道理还有所未达呢？死，死了便了，一死百了，又算得个什么！哪值得那样敲钟敲鼓地大惊小怪！佛家说超脱，道家说羽化，其实这些都是自己仍旧有解脱不了的东西。”陶渊明就像这样的想着想着，直翻腾了一整夜。

二

此刻，陶渊明是坐在他茅屋前面过道间的靠背胡床上面了。这还是他大儿子阿舒十多年前，在修盖这所草屋时替他出的主意：即是把房檐尽量放得宽些，简直有堂屋一般的宽，目的是好招待来拜访的客人。不想这样一来，陶渊明却得到受用了，因为他近年来除了爱在床上躺躺之外，就喜欢斜倚在这过道间的胡床上，有时读读书，想想诗，望望南山，听听松涛和想想心事；有时也与来找他谈天的邻居们研究研究收成，话话桑麻；如果当家酿黍酒新熟时，就同他们和和融融、喜笑颜开地喝上几杯。

昨天夜晚刚下过一点小雨。屋檐下的几棵柳树，虽然在中秋的微寒里已经不再茁长了，而且叶子已有点发黄，但早晨乡间的空气还是那般清新，简直分辨不出哪是篱边黄菊的芬芳，哪是田野间残稻的谷香。陶渊明情不自禁地深深呼吸了几口长气。他因昨晚不曾睡好，虽然觉得头有些发晕、口有些发苦、腰也有些发痛，但这一派远远近近的山光树影，薄雾流云，仍不能不使这位饱经忧患的老诗人，很自然地想要去停止一切不愉快的思考，好让自己安静一下。但秋天清晨的寒气又使得陶渊明不得不把身上的灰布单袍往紧里裹了一裹。“真正是秋天了呀！‘良辰在何许，凝霜沾衣襟。’阮嗣宗的《咏怀诗》可真正作得不错。还有呢，‘感物怀殷忧，悄悄令人悲。多言焉所告，繁辞将诉谁。’像这样的好诗，恐怕只有他一人才能写得出来啦。我的诗似乎可以不必再写了，只消读读他的《咏怀诗》也满够味的。”陶渊明不自禁地想起了他平时最所心爱的阮诗来。他念着，念着，轻轻地频频地摇着头，好像是要把那些使人瑟缩的秋气赶跑似的。

就在这时候，一个身穿白布小褂，青布裤子的小孩，八岁左右，皮肤黑黑的，全身胖乎乎的，一蹦一跳地从后面跑出来了。“呀，我知道，我知道，爷爷昨天去庐山来着。总不带我去，我不答应。”他边说边扑到陶渊明的怀里来，用手去摸摸陶渊明的灰白胡子。“你走得动吗？我去的时候还是西头的王家叔叔用篮舆抬我去的，回来自己走，可就不行啦，二十多里地就一直走到天黑。”陶渊明边说边抓住孙儿的两只小手，不让他去弄乱他的胡须。“我走得动，走得动，等下一回，你一定要带我去，我跟着你篮舆走，一大步一大步的跨。”“小牛，你等不到。以后恐怕我就不会再去庐山啦，哎，不会再去啦！”“干什么不？我就一个人也要去。庐山真好玩儿。我就喜欢摸小和尚的脑袋。我摸他们，他们也摸我。上回我还同他们捉蜻蜓来着。真好玩儿。”“嗯……”陶渊明觉得对孩子简直无理可说，便只得这样嗯了一声。

“哎，小牛，快下来！我不告诉过你，爷爷经不起你吗？还是那样不听话！”这时那个陶渊明的小儿媳妇已托着一个茶盘走了出来。她约有三十左右，身体壮健，足穿草履，身着青衣，发髻挽得高高的，眉目间颇带一点秀气。她一面嚷着，将茶盘放到矮矮的小白木几上，便动手去拉那个淘气的小孩。“不要紧，还乘得起，就让他这样吧！”陶渊明摸着小孙儿头上的两个丫角爱抚地说，同时又抬起头去看了儿媳妇一眼，在他黑瘦清秀的方脸上不觉已露出了一点笑容。“这是南山上刚才折下来的秋茶，昨天夜晚才炒好，请爷爷尝尝，看可合口味？”她恭顺地说了，随即斟出一杯碧绿的茶水递给陶渊明。“给我喝，给我喝，……”孩子又在撒娇了。“好，好. 我们大家都喝。媳妇，你辛苦，也来喝上一杯。”陶渊明一面给孩子喝茶一面要媳妇再去取个杯子。“我不忙。昨天爷爷那样晚才回来，可把您累着了？要早知道您在庙里只坐一会儿就走，那便不该把篮舆打发回来了，老年人哪里走得了这样多的路！”“不，不，还可以。阿通呢，下田去了吗？”“哪里，他还睡着呢。稻子一收上坡，他就该睡懒觉啦。有事吗？我去喊他。”“没事，没事，让他睡着吧。年轻人能睡得着觉总是好的。”陶渊明说到这里蹙起眉，轻轻叹了一口气，看来他又是觉得腰有些发痛了。

这个媳妇仍然在陶渊明身边站着没有走，似乎尚有所待。陶渊明又抬起头来疑问地望了她一眼。“昨天下午爹来啦，他还等了你老人家半天呢。”她关心地说。“找我可有事情？”“他把您的诗稿都拿走了。”听到这里，陶渊明在心内不禁也为之一惊。他间歇了一会才又追问：“他这是什么意思，拿去作什么用呢？”“据他老人家说，他找到一个什么字写得不错的书手，打算把您的诗拿去重抄一遍，装订起来，以留作传家之宝。等再过两天，我一定去把稿子要回来。……本来嘛，我就有点不大放心，怕有遗失。”她说罢将头低了下去，仿佛做了一件什么错事似的。“哦，原来这样，那就让它去吧。当然，如果把稿子失掉了也是可惜的。”“不！过两天我一定自己去要回来！”“好媳妇，你又何必这样性急呢，等过些时候再说吧。稿子又不比可以吃得的东西，你还怕些什么！”“哎，我本来就不愿意给的，可是他老人家执意要拿去，真是叫人为难。”“给了就算了吧。不用去管它。写着玩的东西，本来就不值得什么，哪用得着这样耽心！”陶渊明说毕，又望了儿媳一眼，同时有一种暖乎乎的感觉袭上心来。他简直没想到自己的家里，竟有人会这样的珍视他的诗篇。随着，这个少妇便拿起一个竹耙，走到篱笆外面去了。

至于说到对这位小儿媳妇的选择，陶渊明起初还是有所考虑的，因为新娘的父亲庞迭之曾经作过江州刺史刘弘的后军功曹，家里又广有田产，他恐怕她过得门来不能吃苦安贫。何况阿通又有一种粗声粗气的戆脾气。可是他的那个以爱管闲事著名的故人庞通之，却竭力向他担保说：“行！我说行就行。难道我自己的亲侄女儿都不了解？她念的《列女传》、《论语》、《诗经》，都还是我一手教出来的呢。姑娘是个不多言多语的好姑娘，平时又很喜欢诗，你的许多诗她都能背得过来。……固然，老头儿有些俗气，讨厌，贪财好名。不过我们娶的是姑娘，而不是那个老头儿。”

过门后，问题果然出来了。首先是大哥阿舒的老婆对新娘感情不好，不肯再管家；等庞家姑娘动手管家了，她又嫌别人管得不好，太费。接着就吵着要分家（陶渊明的其他三个儿子，因为小孩多，早就自立门户了）；这时庞迭之也出来说了话。于是，平素就很不喜欢生活关系闹得复杂的陶渊明，才决定让他们各自东西，而自己仍同阿通夫妇一同过日子。所幸他所租得庞迭之的三十多亩田，近三四年来收成也还不错，而阿通在庄稼上又是个全把式，孩子也只有小牛一个，再加上陶渊明和儿媳妇两个帮着薅薅锄锄，他们的日子总算勤巴苦做地度过去了。

陶渊明是从三十岁起就开始过独身生活的。他的两个妻室都早已前后亡故，只有那个“夫耕于前，妻锄于后”的继室翟氏，他对她始终保持着一种优美和崇高的柔情。而阿通又正是翟氏所生的（老二、老三、老四也都与阿通同母），因此他对于这个有点戆脾气的小儿子便更加爱惜，不愿同他离开。一个独身生活过得太久的人，常常是有许多怪脾气的。比如说，不大注意室内清洁，不许别人动用他的东西之类，陶渊明也不例外。可是这种独身汉的生活习惯，到他五十六岁的那年，却被一场严重的痢疾破除了。这时陶渊明病倒床上，看看已入危境，于是这个庞家姑娘才不避嫌疑，大胆地前去看护他，亲自替他换洗衣衾，侍奉汤药。等到病慢慢好了，这个少妇才真正成为这一家之主。而陶渊明也才重新感到有人照顾他生活的家庭之乐。

近几年来，陶渊明又一连遇见了一些就连他自己也不大能理解的事情——那即是他不懂得为什么如像本州（江州）刺史那样的大官儿总爱来同他攀亲论友。首先是刺史王弘，接着又是刺史檀道济。而最使他不高兴的便要数檀道济来拜访他的那一次了。他带有许多兵马前来，吆吆喝喝，简直把一个栗里村闹得天翻地覆；老乡们家家关门闭户，一直等他走了以后才敢探出头来。

陶渊明对于这个一州之长，自然是待之以礼。而檀刺史呢，在他高谈阔论了一阵什么贤者处世应当“天下无道则隐，有道则至”之后，竟至又说起打算要送他几百斛粳米和多少口猪羊这类的话来了。这使得“逃禄归耕”，一向不肯轻易接受人钱财的陶渊明，不禁觉得登时两颊有些发烧起来。因此他才拱了拱手，断然决然地说：“这决不敢当，决不敢当，粳米猪羊之类一定不能接受！我陶潜（这是他在刘裕夺取了晋朝政权以后所取的新名字）哪里够得上称什么‘贤者’呢！这并不是我故意装腔作势，只是由于个人的夙愿，不敢妄与那些借归隐为高，一心取得高官厚禄的‘贤者’高攀，如此而已！”话不投机半句多。知道谈不下去了，于是这个聪明的檀刺史便拿出赳赳武夫的派头，立起身来大声地说：“到州里来坐坐吧。我一定大张筵席的招待你！”“好，再见。改天一定来拜访。”这样才结束了这次颇为不愉快的会谈。事过之后，陶渊明又不得不再三去向邻里们解释，说檀刺史是他自己来的而不是由于他的招请。“真正对不起得很，惊动了大家，惹起这许多麻烦。”“还好，还好，幸喜那些兵大爷们没有去捉我们的鸡鸭，”一个老乡说。“近几年来，催收赋税的衙役们好像对我们都要客气得多啦，想来是沾了你老人家的光！”另一个深谙世故的老人说，“哎，老邻居，我们都已经是白发苍苍的老人了啊，哪里还禁得起这样的吵闹。我不图别的，只希望那些豪门大官儿们不要再到这儿来，让我们安安静静的过日子就求之不得啦！看来诗还是作不得的，诌了几句诗，就会引起一些无聊的人前来麻烦！”像这样，陶渊明才算结束了他的“善后工作”。

三

就在从庐山回来第二天的当晚，经过一整天躺着休息之后，陶渊明的心情似乎已经平静得多了，腰虽然还有点疼，但头却已经不再发晕了。到用晚饭的时候，陶渊明又看见他儿媳端出两大盘风鸡和糟鱼来。“嘿，了不起，哪里来的这许多好东西？”陶渊明惊疑而又奇怪地问。“还不是爹带来的。两边都是老人家，真是收下不好，不收下也不好。”因为这个摸熟了陶渊明脾气的聪敏儿媳妇知道，如果公公一不高兴，他是连筷子也都不会去动的，于是她才这样惴惴然地解释说，同时更借着灯光去窥探陶渊明的脸色。近些年来，特别是在有了孙儿小牛以后，陶渊明对于儿媳的神态不觉已经变得柔和、温存得多了，有时还可以说有意去揣摩和投合她的心意。“总是这样时常的道谢他老人家。好，有了好菜，我们大家都来喝上几杯。阿通，你用大碗喝我的菊花酒，我喝糯米酒。媳妇儿也不能不喝。只有一个人喝酒就太没意思啦！”陶渊明的这种兴致，显然是为了要投合他儿媳的心意。

他们父、子、儿媳三人围着一张黑漆矮饭桌，席地坐下了，阿通平时不大爱开口，但喝起酒来，正同他种庄稼一样是个能手。他大口大口地喝着，在他晒得黧黑的圆脸上，也不时露出一种开朗的笑容来。

“你爸爸老啦，下不得田啦。不知道现刻家里可还有什么困难没有？你大哥三哥孩子多，想来一定是有困难的。你爸爸没本领，脾气又怪，不能够去升官发财，让你们弟兄书都读得很少，阿通尤其识字不多，这不能不算是我当爸爸的人的一种不到之处！”在喝过两杯之后，陶渊明不禁又发起平日所时常爱发的感慨来了。“干吗爸爸总爱说这一些，读书有个屁用！你看颜延之叔叔作了一辈子官，到头还不充军似的到始安郡去作个什么太守。依我看，还是他不哄人，你挖多少锄就能有多少锄的收成！我就不喜欢读书，也不喜欢读书人。大哥因为多读了几年书，说起话来就总有些酸溜溜的，让人家听不懂。我不高兴和他说话，好多人都不高兴和他说话。”阿通说罢，大大地喝了一口酒，咂了一咂嘴，又用他粗大的手掌去把嘴唇抹了一下。

“爸爸说话，你好好的听着不好吗？”那个知书识礼的媳妇正想制止丈夫的说话。

不，不。他说得对，说得很对！颜延之是个好人，就是名利心重，官瘾大了点。上回他来，还同我吵架呢。他把自己诗写得不好，归罪于公务太忙，没有时间去推敲。其实哪里是这样。他一天到晚都在同什么庐陵王、豫章公这一些人搞在一起，侍宴啦，陪乘啦，应诏赋诗啦，俗务萦心，患得患失，哪还有什么诗情画意？没有诗情，又哪里来的好诗！你看，我所认为好的他的那几首《五君咏》，还不是他官作得不如意的时候写的。除此之外，可就不大高明啦。不过他人总是个好人。讲义气，重朋友。一喝起酒来，便把什么俗情都忘却了。这不能不说他是颇懂得一点酒中真味的。哎，人一老了，就净爱去想些莫名其妙的事情，说不定他从始安郡回来，就不大可能再看见我了！”陶渊明用手理了理胡须，又满满地干了一杯。“因此，在这两天，我很想把那几首《挽歌》和那篇《自祭文》写完，好留给如像颜延之那样的故友们看看。”言下似乎不胜感慨。

“爸爸昨天上庐山见着那个慧远和尚没有？你不说要在那里住上两天吗，干吗当天就回来了呢？”庞家姑娘担心的问。

“见是见着啦，只是没有得着机会说话。他们正在做什么念佛法会。这位大法师，就欢喜装腔作势，净拿些什么‘三界不安犹如火宅’，生啦死啦的大道理来吓唬人。我就不喜欢听这些。”

“‘未知生，焉知死？’这是孔老夫子说的对呀。”儿媳妇又在运用她的《论语》知识了。其实这一句也正是陶渊明所时常引用的。

“简直乌七八糟，可恶得很！其实，眼睛里恐怕还是在望着那几个大钱上！”阿通在喝过两大碗酒之后，话也多起来了。

“话不能那样说。慧远和尚倒是戒律很严，不爱钱财的。我所看重他的就在于三件事情：第一，他写过五篇《沙门不敬王者论》，而且又博通六经，更懂得老庄的道理，讲起经来也还不是那样干巴巴的；第二，他不许可那个架子很大，拿富贵来骄人的谢灵运加入白莲社；第三，他竟敢去同那个杀人不眨眼的贼头儿卢循'欢然道旧'，一点也不怕得附逆之罪的名声。这些都是要有点胆量、修养、本领的人才能作得到的。不过我同他究竟还是两路人。关于生死的看法，我同他就有很大的不同，当然我平时也不是不去思考这些。但说来说去还是二十多年前我在《归去来辞》里面说过的那两句话，"聊乘化以归尽，乐乎天命复奚疑'。慧远和尚再想同我辩论也辩论不出什么道理来。他写过一篇《形尽神不灭论》，我也写过三首《形影神》诗来回答他。我主要的意见就在'纵浪大化中，不喜亦不惧。应尽便须尽，无复独多虑。'这四句当中。尽，就是完结。凡事有头就有尾，有开头就得有个完结。这不是很自然的吗？何况人活在世上又多么的不容易啊。即以咱们家里的事来作个比喻吧，你们死过两个母亲，一个堂叔叔（敬远），一个堂姑姑（程氏妹），在我四十四岁的时候大火又烧掉了我们的房子，简直烧得个精光，在这段时间，几乎大半要靠向别人借贷口粮过日子。你们弟兄也挨过饥、受过苦。像这样，没个完结，行吗？从反面讲，再以你爹为例吧，好媳妇，你说说看，如果每个人都像你爹那样，养得肥胖肥胖的，终日忙着见官见府，买田置地，没个了结，恐怕也不见得就行吧？"陶渊明说罢便不自禁哈哈地大笑了起来，在他黑瘦的脸上不觉泛起了一层薄薄的酒晕。"我讲个笑话给你听好吗？这还是前两天羊松龄告诉我的，可能是出于他自己的瞎编。不过也真有趣，这很能说明一些道理，说明佛家道理的不大能说得通。"接着陶渊明又说。

"爸爸，讲，讲吧！我就爱听爸爸讲笑话。"

"好多人都说爸爸讲的笑话有意思."

阿通和他的媳妇都异口同声地要求着。

"那就说一个吧。据说，有个寒门素士去找一位有名的和尚谈道。那和尚爱理不理的，待他非常傲慢。碰巧一个大官儿到庙里来了，而那个老和尚接待他时，却亦步亦趋非常谦恭。等到官儿走了之后，这士子便责问他，为什么接待客人竟会有两种不同的面孔？老和尚就用禅语来回答说，'接是不接，不接是接！'这个士子听了实在不胜其愤，于是就在他秃头上狠狠揍了几巴掌，说，"打是不打，不打是打！'打过后便飘然而去了。你们说有意思没意思？……”陶渊明讲完后，大家都哄堂地笑了起来。阿通笑得更其痛快，接连说：“该打，该打，打得好，打得好！”这时陶渊明早已经有些醉意阑珊了，他立起身来，而那个庞家姑娘就赶忙上前去搀扶着他，把他送入室内。

四

依照陶渊明平时的生活习惯，他总是爱在睡醒一觉之后又动手去作点事情，或者就斜靠在床上去想想在白天他所不大能弄得明白的事情；他这种爱躺在床上沉思默想的习惯，简直可以说已经成为几十年来的顽固习惯了。

今天夜晚，因为大家酒都喝得很高兴，风鸡和糟鱼的味道又很不错，所以隔壁阿通夫妇以及那个早就睡着了的小牛孙儿都睡得很香。等陶渊明一觉醒来，估计时间只不过三更左右。他感觉这几间草房似乎比任何时候都要显得清静，清静得几乎连窗外飞虫的展翅声全都可以听得出来。同时，那桌上的一盏黯淡的菜油灯也更衬托出这秋夜的萧索和静寂。秋夜是那样的静，静得简直有些令人难受。他半夜起身来，把灯心拨亮了一下。本来打算下得床来，将自己早已打好腹稿的三首《挽歌》和那篇《自祭文》用纸笔记了下来的，可是从牛肋巴的窗孔间所攻进来的阵阵秋风，却使他接连打了两个喷嚏。同时他又感觉自己四肢无力，实在站立不起来。“果然人一到秋天便大大的不同了啊。脚软，站不起来，这不正表明我所有的时间不会太多了么？”他心里这样的嘀咕着，于是便放弃了要下床去动纸笔的念头，决定只斜靠在床上，依旧去推敲他那不知推敲过多少遍了的诗篇。

他从“有生必有死，早终非命促”起，在心内一直默念到“亲戚或余悲，他人亦已歌”止，本来这三首诗写到这里，他认为便可完结了的，可是庐山法会的钟鼓齐鸣，慧远和尚在会上的那种淡漠自傲和专门拿死来吓唬人的情景，蓦地又在他的脑子里闪现出来了。“嗨，不能够这样就算完结，还得同慧远辩论下去。再在这篇诗里面表示一下我对于生死大事的最终看法吧！”于是他在诗的末尾又加上了“死去何所道，托体同山阿”这两句。“‘死去何所道，托体同山阿’。不错，死又算得个什么！人死了，还不是与山阿草木同归于朽。不想那个赌棍刘裕竟会当了皇帝，而能征惯战的刘牢之反而被背叛朝廷的桓玄破棺戮尸。活在这种尔虞我诈、你砍我杀的社会里，眼前的事情实在是无聊之极；一旦死去，归之自然，真是没有什么值得留恋的！……‘死去何所道，托体同山阿’，好，这首诗，就该这样结束，不必再作什么添改的啦。”

陶渊明结束了《挽歌》之后，在他心里又默默地去推敲他那篇《自祭文》。这篇东西，因为酝酿时间相当的久，所以在他反复地吟诵了几遍，却仍然不曾发现有什么需得改动的地方。只是当他念到“……匪贵前誉，孰重后服，人生实难，死之如何？呜呼哀哉！”这最后五句时，一种湿漉漉、热乎乎的东西，便不自觉地没到了他眼睫间来。这时他引为感慨的不仅是眼前的生活，而且还有他整个艰难坎坷的一生。

“‘人生实难，死之如何’！难道这不是我对于生死一事的素常看法吗？哎，脚都站不起来，老了，看来是真正的老了啊！凡事得有个结束。明天得叫庞家儿媳妇回娘家去，请那位书手将我的诗稿多抄两份，好捡一份送给颜延之。他上回送我的二万钱，数目可真不算少呀。他不肯轻易送人，我也不是那种轻易收下赠物的人。”

想到这里，窗外的雄鸡，拍了拍翅膀，已高声啼唱起来了。

（原载1961年《人民文学》11月号）

述评

陈翔鹤（1901—1969），现代作家。重庆人。1919年毕业于成都省立一中。1920年考进上海复旦大学、1923年转学到北京大学研究生班学习，专攻英国文学和中国文学。1923年起，和林如稷、冯至等组织“浅草社”、“沉钟社”，从事文学活动并在山东、吉林、河北等地教书。1939年经周文介绍加入中国共产党。“七·七”抗战爆发后返回故乡，次年参加中华全国文艺界抗敌协会，任成都分会常务理事。1945年任中国民主同盟四川省委执行委员。有小说集《不安定的灵魂》，剧本《落花》等行世。因写历史小说《陶渊明写<挽歌>》（1961）、《广陵散》（1962）而遭到诬陷，受残酷迫害，于1969年4月22日含冤逝世。

《陶渊明写<挽歌>》原载《人民文学》1961年11月号。作品描写了东晋大诗人陶渊明的东林寺访友、田间漫步、席间闲谈、榻上凝思等几个晚年日常生活场景。东林寺内的法事场景再次勾起了他对生死问题的思考，他想将烂熟于心的三首《挽歌》和一篇《自祭文》写出，由于心绪怅惘而终于未能如愿。小说表现和肯定了陶渊明对生死问题平静坦然和对世事清醒超越的人生态度，生动形象地刻画和赞赏他“不戚戚于贫贱，不汲汲于富贵”的旷达宁远、清贫自守的性格。

《陶渊明写<挽歌>》以历史人物为题材，通过对日常生活的细致描绘，来再现历史人物的生活场景，细腻真切地呈现人物的心理活动，有一种与古人面对面交流之感，鲜活而生动；在语言上，作者将古典诗词、佛教用语自然地引用到现代汉语的叙述之中，叙述语言质朴平易，人物语言也能生动地表现其性格特征。它是一篇独具特色的形式新颖的小说，广受读者好评，对当时中国的历史小说创作起到了一定的引领和推动作用。

作品在1960年代被定性为反动小说，有论者认为“不是批判地而是用同情和欣赏的态度突出了陶渊明思想中的某些消极的东西”，开始的批评还仅限于作品表现出的所谓“消极思想”，大体上还属于文学批评。事情的发展完全出乎正常人的想象，后来居然有论者把《陶渊明写<挽歌>》、《广陵散》的主题寓意拔高为政治斗争的表述，指责作品恶毒影射的是党和国家领导人。在1965—1966年连续出现对这篇小说的批判文章中，《揭穿陈翔鹤两篇历史小说的反动本质》（《人民文学》1966年第5期）是其中较有代表性的一篇。该文说，《陶渊明写＜挽歌＞》“恶毒攻击庐山会议”，“进攻的矛头直接指向党中央"，"险恶地为右倾机会主义分子鸣冤，煽动他们起来和党抗争到底"，"贯串全篇极端阴暗的对于生与死的看法"。这些批评与责难完全背离了作者的创作本意，曲解了作者那种超然出世的文人情怀。

作为"60年代名享一时"的小说佳作，粉碎"四人帮"之后，冤案得以昭雪。鲁迅先生曾说："一个人如果不活在别人心里，那他就是真的死了。"作者虽然已经仙逝，但其作品经过半个世纪的时间淘洗，依然鲜活有力，绽放光彩，深存在人们心底。1980年四川人民出版社出版《陈翔鹤选集》，"沉钟"文学社的挚友、著名作家、翻译家冯至为选集作序时写道："这两篇历史小说，是翔鹤用力最勤、工夫最深的创作，发表后也得到一些好评，不料到了1966年，竟被说成是反党反社会主义的'毒草'。在林彪、'四人帮'极左路线的影响下，一顶顶欲加之罪何患无辞的帽子向作者飞来，使作者蒙受不白之冤，不能申辩，也不容许申辩。"这是陈翔鹤朋友的肺腑之言，同时也代表了广大读者对作品的充分肯定与客观评价，或许也可当作是对逝去冤魂的一种慰藉吧。

读陈翔鹤笔下的陶渊明，再读陈翔鹤跌宕起伏的人生经历和精神历程，我们似乎隐约可以感到：知识分子是有着自由思想、独立思考能力的一个"先知先觉"的群体，历朝历代，他们到底是以何种方式服务大众，是积极参与政治生活，为官一任，造福一方？还是潜心于自我所好，例如创作题材新颖、立意鲜明的作品，从而为广大人民提供丰富的精神食粮？亦或是两者相辅相成，互为推进？这也或是陶渊明和陈翔鹤的一种困惑吧。